KB121000

XO

XO
by Jeffery Deaver

Copyright © 2012 by Jeffery Deaver
Korean translation copyright © 2017 by Viche, an imprint of Gimm-Young Publishers, Inc.
All rights reserved.

This Korean translation rights arranged with ICM Partners through EYA(Eric Yang Agency).

이 책의 한국어판 저작권은 에릭양 에이전시를 통한 저작권사와의 독점 계약으로 비채에 있습니다.
저작권법에 의해 한국 내에서 보호를 받는 저작물이므로 무단전재와 무단복제를 금합니다.

제프리 디버 장편소설 | 이나경 옮김

Jeffery Deaver

XO

비채

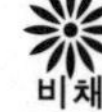

작가 노트

이 소설에 등장하는 컨트리 음악 앨범 《유어 섀도Your Shadow》에 수록된 모든 노래 가사는 책 뒤에 실려 있다. 소설 전체에 걸쳐 이 노래들이 언급되는데, 펼쳐지는 사건에 대한 몇 가지 실마리를 포함하고 있을 수도 있다. 최근 내슈빌에서 녹음한 타이틀곡 〈유어 섀도Your Shadow〉를 비롯해 앨범의 다른 곡을 듣고 싶다면 www.jefferydeaver.com에서 다운로드 관련 정보를 찾을 수 있다.

대부분의 사람에게 타이틀곡 〈유어 섀도〉는 단순히 사랑 노래다.

반면 그렇게 느끼지 않는 사람들도 있다.

차례

제목: **RE: 당신은 최고예요!**

발신: noreply@kayleightownemusic.com

수신: EdwinSharp18474@anon.com

1월 2일 10:32 a.m.

안녕하세요, 에드윈.

이메일 감사합니다! 새 앨범이 마음에 든다니 정말 기뻐요! 좋아해주시니 온 세상을 얻은 기분이에요. 웹사이트에 가입하면 뉴스레터를 받을 수 있고 신곡과 콘서트 소식도 알 수 있답니다. 페이스북과 트위터에서 팔로우하는 것도 잊지 마세요. 그리고 우편함 확인하세요. 부탁하신 사진 보냈어요!

XO, 케일리.

제목: **대박!!!!!**

발신: EdwinSharp26535@anon.com

수신: ktowne7788@compserve.com

9월 3일 5:10 a.m.

안녕, 케일리.

나 완전 쓰러졌어. 말문이 막혔다니까. 이제 내가 어떤 사람인지 제법 잘 알 테니, 내 말문이 막혔다면 얼마나 대단한 건지도 알겠지! 무슨 얘기냐면, 어젯밤에 네 새 앨범을 다운받아 〈유어 섀도〉를 들었어. 우와아아! 이건 정말 내가 들은 최고의 노래야. 역대 최고라니까. 〈잇츠 고잉 투 비 디퍼런트 디스 타임It's Going to Be Different This Time〉보다 더 마음에 들어. 내가 느끼는 고통과 인생, 그 모든 것을 너만큼 잘 표현하는 사람은 없다고 했잖아. 이 노래가 바로 그런 노래야. 하지만 그보다 더 중요한 건, 네가 무슨 말을 하는지 알겠다는 거야. 도와달라는 게 이제 확실하게 느껴져. 염려 마. 넌 혼자가 아니니까, 케일리!
내가 **당신의** 그림자가 되어주겠어. 영원히.

XO, 에드윈.

제목: **Fwd: 대박!!!!!**

발신: Samuel.King@CrowellSmithWendall.com

수신: EdwinSharp26535@anon.com

9월 3일 10:34 a.m.

샤프 씨.

저희 고객인 케일리 타운 씨와 아버지 비숍 타운 씨의 비서 얼리샤 세션스 씨가 귀하께서 오늘 새벽에 보낸 이메일을 저희에게 전달했습니다. 저희가 두 달 전 타운 씨와 타운 씨의 친구, 가족 누구에게도 연락하지 말라고 말씀드린 이후로 귀하는 50통 이상의 이메일과 편지를 보냈습니다. 귀하께서 타운 씨의 (새로 교체한) 개인 이메일 주소를 알아낸 것과 관련해 저희는 매우 큰 곤란을 겪고 있으며, 주소를 알아내는 과정에 주州법 및 연방법 위반이 있었는지 조사중입니다.

다시 한 번 말씀드리지만, 귀하의 행동은 대단히 부적절하며 소송을 초래할 수 있습니다. 이 경고에 귀 기울여주실 것을 강력히 촉구합니다. 여러 번 말씀드렸듯이, 타운 씨의 경호원 및 지역 경찰에 귀하가 타운 씨에게 사생활 침해에 해당하는 접촉을 여러 차례 시도했음을 알렸습니다. 염려스러운 행동을 막기 위해 필요한 조치를 취할 준비 또한 마친 상태입니다.

크로얼, 스미스 앤드 웬들 법률사무소
새뮤얼 킹 변호사 드림.

제목: **곧 만나!!!**

발신: EdwinSharp26535@anon.com

수신: KST33486@westerninternet.com

9월 5일 11:43 p.m.

안녕, 케일리.
새 이메일 주소를 알아냈어. 그들이 무슨 생각을 하는 건지 모르겠지만, 염려 마. 아무 일도 없을 거야.

지금 침대에 누워서 네 노래를 듣고 있어. 말 그대로 나는 **당신의 그림자**가 된 것 같아…… 그리고 넌 내 것이고. 황홀하군! 너도 그런 생각을 해봤는지 모르겠어. 너무 바쁘니까! 하지만, 다시 한 번 부탁할게. 머리카락을 좀 보내준다면 참 고맙겠어. 십 년 사 개월 동안 자르지 않은 걸로 아는데 (그래서 그렇게 아름다운 거지!!!) 혹시 빗에 붙은 머리카락이 있으면 보내줘. 베개에 붙은 거면 더 좋고. 영원히 간직할게.

다음 주 금요일 콘서트가 기다려져. 곧 만나자.

영원히 너만의

XO, 에드윈.

일요일

SUNDAY

1

공연장의 심장은 사람이다.

그리고 지금 이곳이 그렇듯이 이 넓은 공간이 어둑한 채 비어 있으면, 조바심과 무관심으로 바짝 곤두서 있는 느낌이 들기도 한다.

적개심마저 느껴진다.

됐어, 상상은 그만. 케일리 타운이 자신에게 말했다. 아이처럼 굴지 마. 케일리는 프레즈노 콘퍼런스센터의 본관, 여기저기 흠이 난 널찍한 무대에 서 있었다. 금요일 콘서트 준비를 위해 무대를 한 번 더 찬찬히 살피며 조명과 동선, 밴드 배치에 대해 고민했다. 관중 속으로 들어가지는 않으면서 가까이 다가가 손을 잡아주고 키스를 날리기 가장 좋은 지점은 어디인지. 폴드백 스피커, 즉 밴드가 에코나 왜곡 없이 자기 소리를 들을 수 있도록 설치하는 모니터 스피커를 두기에 음향학적으로 가장 좋은 위치는 어디인지. 요즘은 공연 때 스피커 대신 이어폰을 쓰는 연주자도 많지만 케일리는 폴드백에서 소리를 직접 듣는 것을 좋아했다.

생각해야 할 세부 사항이 그 밖에도 숱하게 많았다. 케일리는 모든 공연이 완벽해야 한다고, 모든 관객은 최고의 공연을 볼 자격이 있다고 믿었다. 최고, **그 이상**의 공연을. 110퍼센트를.

따지고 보면, 케일리는 비숍 타운의 그림자 안에서 자랐다.

이제 와서 생각하니 단어 선택이 좋지 않았다.

내가 당신의 그림자가 되어주겠어. 영원히…….

다시 계획으로 돌아가서, 이번 공연은 여덟 달쯤 전에 여기서 한 공연과는 달라야 했다. 많은 팬이 케일리가 사는 도시로 콘서트를 보러왔을 텐데 그들이 예상하지 못한 것을 보여주고 싶었다. 그러니 새로운 프로그램이 특히 중요했다. 그것은 케일리 타운 음악의 일면이기도 했다. 케일리의 공연을 찾아오는 사람이 어마어마하게 많지는 않았지만, 그들은 골든 리트리버처럼 충성스러웠다. 가사를 다 외고 있었고, 기타 릭lick과 무대에서의 움직임을 다 알아서 그녀가 늘 하는 농담이 끝나기도 전에 웃음을 터뜨렸다. 그들은 케일리의 공연에서 함께 뛰고 함께 숨 쉬었으며 그녀의 말 한 마디 한 마디를 놓치지 않았다. 그녀가 어떤 사람인지, 무엇을 좋아하고 싫어하는지 속속들이 알고 있었다.

그리고 어떤 사람들은 더 많은 것을 알고 싶어 했다…….

그 생각이 들자 1월에 헨슬리 호수에 들어간 것처럼 가슴과 배 속이 죄어왔다.

물론 **그 사람**이 생각났기 때문이다.

순간 케일리는 화들짝 놀라며 얼어붙었다. 그렇다. 누군가 복도 저 끝에서 그녀를 지켜보고 있었다! 공연 스태프도 없는 곳에서.

그림자들이 움직이고 있었다.

아니면 케일리의 상상이었을까? 시력이 나빠서 그런 걸까? 케일리는 완벽한 음역과 천상의 목소리를 가졌지만 신은 그만하면 충분하다고 여겼는지 시력은 인색하게 주었다. 케일리는 눈을 가늘게 뜨고 안경을 고쳐 썼다. 분명 누군가 매표소에서 사용하는 창고로 연결되는 문 뒤에 서서 몸을 앞뒤로 흔들고 있었다.

그러다 움직임이 멈췄다.

케일리는 아무것도 움직이지 않았다고 판단했다. 그저 빛이 어른거린 것뿐이었다고.

그래도 어딘가 알 수 없는 곳에서 달칵거리고 또각거리는 심란한 소리가 들려왔고, 케일리는 등줄기가 서늘해지는 것을 느꼈다.

그 남자…….

친한 척, 망상에 빠져서 수백 통의 이메일과 편지를 보내고, 함께 살자고 하고, 머리카락과 깎은 손톱을 달라고 한 남자. 수십 차례 콘서트에서 케일리의 클로즈업 사진을 찍을 만큼 다가왔는데, 아무도 본 적 없는 남자. 증거는 없지만, 투어중에 밴드 버스나 이동 주택에 몰래 들어와 케일리의 옷가지, 심지어 속옷까지 훔쳐갔을 가능성이 있는 남자.

흐트러진 머리에 뚱뚱한 몸, 지저분한 옷을 입은 자기 사진을 수십 장 보낸 남자. 야한 사진은 아니었지만, 친밀한 척하고 있어서 더욱 섬뜩했다. 하나같이 남자친구가 여행중에 보낼 만한 사진이었다.

그 남자…….

케일리의 아버지는 최근 개인 경호원을 고용했다. 둥그런 총알 모양의 두상에, 꼬불거리는 전선을 귀에 꽂고 다녀서 직업이 무엇인지 확실히 드러나는 덩치 큰 남자였다. 하지만 마침 그때 다서 모건은 밖에서 순찰하며 자동차들을 확인하고 있었다. 자신의 모습을 늘 드러내, 스토커들이 반항적인 래퍼 같은 생김새에(실제로 그는 십대 시절에 래퍼였다) 체중은 110킬로그램이 넘는 남자를 상대하느니

순순히 포기하도록 만드는 것이 그의 경호 계획 중 하나였다.

케일리는 복도 끝을 다시 보았다. **그 남자**가 자신을 지켜보기 가장 좋은 곳이었다. 두려움과 불편함을 다스리지 못하고 정신을 판데 화가 나서 케일리는 이를 앙다물었다. 이제. 그만. 일에. 집중해.

게다가 뭐가 걱정이야? 너는 혼자가 아니야. 밴드는 내슈빌에서 스튜디오 작업을 마무리하느라 아직 도착하지 않았지만, 보비는 60미터 떨어진 복도 뒤, 컨트롤데크를 가득 채운 미다스 XL8 믹싱 콘솔에서 작업중이었다. 얼리샤는 리허설룸을 정리하고 있었다. 보비의 투어팀 가운데 덩치 큰 남자도 두 명 있었다. 뒤쪽에서 수백 개의 상자와 도구, 장비와 베니어판, 스탠드, 전선, 앰프, 기구, 컴퓨터와 튜너 등 케일리의 밴드처럼 수수한 투어 밴드에게도 필요한 온갖 장비를 조립하고 정리하고 있었다.

저 그림자가 **그 남자**라면, 케일리는 그중 한 명이 재빨리 달려와 줄 거라고 생각했다.

젠장. **그 남자** 생각 좀 그만둬! **그 남자, 그 남자, 그 남자.** 겁나서 이름도 못 부르고 있잖아. 이름을 말하면 나타나기라도 할까 봐?

케일리에게 집착한 팬은 전에도 많았다. 천상의 목소리를 가진 아름다운 싱어송라이터에게 부적절한 팬이 없을 리 있겠는가? 그녀는 만나본 적도 없는 남자 열두 명, 여자 세 명에게서 청혼을 받았다. 여남은 부부가 그녀를 입양하겠다고 나섰고, 서른 몇 명의 십대 여자아이들은 친구가 되고 싶다고 했으며, 숱한 남자들이 밥에 번스나 만다린오리엔탈 호텔에서 한잔하자고, 저녁식사를 하자고 했다…… 불편한 결혼식은 생략하고, 일단 첫날밤부터 즐기자는 초대도 차고 넘쳤다. **안녕 케일리 한번 생각해봐 여태까지 해본 것보다 훨씬 더 좋은 시간을 보내게 해줄게 여기 참고하라고 사진 보낸다 이거**

진짜 나야 괜찮지???

(사진을 받았을 때 케일리는 열일곱 살이었는데, 그 나이 소녀에게 그런 사진을 보내다니 참 멍청했다.)

보통 케일리는 그런 관심을 내심 좋아했다. 하지만 항상 그런 것은 아니고, 이번에는 전혀 아니었다. 케일리는 옆에 있던 의자에서 데님 재킷을 들어 티셔츠 위에 입었다. 자신을 살피는 눈이 있는 거라면 한 겹 더 방어막을 치고 싶었다. 컴컴한 공연장을 묽은 스튜처럼 채운 프레즈노 특유의 9월 더위에도 불구하고.

어딘가에서 달칵거리고 또각거리는 소리가 계속 들려왔다.

"케일리?"

케일리는 낯익은 목소리에 살짝 흠칫한 걸 감추려고 재빨리 돌아보았다.

서른 살가량 된 탄탄한 체격의 여자가 무대 중앙쯤에서 걸음을 멈췄다. 짧은 머리는 빨갛고, 짧은 탱크톱과 골반에 걸친 타이트한 블랙진 덕분에 팔과 어깨와 등에 새긴 빛바랜 문신이 도드라져 보였다. 화려한 카우보이 부츠까지 신었다. "놀라게 하려던 건 아니야. 괜찮아?"

"안 놀랐어요. 왜요?" 케일리가 얼리샤 세션스에게 물었다.

들고 있던 아이패드를 턱으로 가리키며 얼리샤가 말했다. "방금 이게 들어왔어. 새 포스터 시안인데, 오늘 인쇄소에 보내면 공연 전까지는 나올 거야. 네가 보기에는 괜찮아?"

케일리는 화면을 살펴봤다. 요즘 음악에서 음악 자체가 차지하는 비중은 일부분에 불과했다. 항상 그래왔겠지만, 케일리는 인기가 높아지면서 전보다 비즈니스 쪽에 시간을 훨씬 더 많이 들이게 되었다. 케일리는 이런 문제에 별 관심이 없었고, 보통은 관심을 가질 필요도 없었다. 아버지가 매니저 일을 맡았고, 얼리샤가 매일매일 서류작업과 스케줄을 챙겨줬으며, 변호사들이 계약서를 검토했고, 음반사가 녹음실과 시디 제작사, 소매상과 다운로드 관련 업무를 처리했다. BHRC 레코드사에서 케일리의 프로듀서를 오랫동안 맡아준 친구 배리 자이글러는 제작의 기술적 측면을 맡아주었고 보비와 직원들은 공연 진행을 담당했다.

케일리 타운이 가장 잘하는 것, 곡을 쓰고 노래하는 일에 전념할 수 있도록.

그래도 케일리가 관심을 갖는 비즈니스는 자신의 팬들, 어리고 돈이 많지 않은 팬들이 공연의 추억을 간직할 수 있도록 저렴하면서도 훌륭한 기념품을 살 수 있게 준비해주는 것이었다. 이런 포스터부터 티셔츠, 열쇠고리, 팔찌, 액세서리, 기타 코드 책, 헤드밴드, 배낭…… 그리고 아이들을 공연장까지 태워다주고 표를 사준 부모를 위한 머그잔까지.

케일리는 시안을 살펴봤다. 사진 속에는 케일리와 그녀가 가장 좋아하는 기타가 함께 있었다. 커다란 드레드노트가 아니라, 한결 작은 000-18.* 노란 전나무 탑을 얹었고 음색이 독특한 마틴 사의 기타였다. 최신 앨범 《유어 섀도》에 실린 사진이었다.

그 남자…….

아니, 그만해.

다시 문 쪽을 살폈다.

"정말 괜찮은 거야?" 얼리샤가 비음 섞인, 텍사스 억양이 살짝 느껴지는 목소리로 물었다.

* 둘 다 마틴 기타의 모델 이름.

"네." 케일리는 포스터 시안으로 시선을 돌렸다. 모두 같은 사진이지만 글씨체와 메시지, 배경이 달랐다. 사진 속 케일리는 자신이 바라보는 모습 그대로였다. 원하는 것보다 작은 158센티미터 키에, 얼굴은 좀 길지만 보는 사람의 숨을 멎게 하는 새파란 눈, 끝없이 긴 속눈썹, 기자들이 콜라겐을 들먹이게 하는 입술. **마치**…… 그리고 케일리의 트레이드마크인 120센티미터 길이의 금발. 십 년 사 개월 동안 자른 적 없이 다듬기만 한 머리카락이 사진작가가 켜놓은 선풍기 바람에 부드럽게 흩날리고 있었다. 고급 청바지와 진한 붉은색의 하이칼라 블라우스. 조그만 다이아몬드 십자가.

"팬한테는 노래만 들려주는 게 아니지." 비숍 타운은 늘 이렇게 말했다. "**비주얼**도 포함된단 말이다. 그리고 남자와 여자의 기준은 달라." 컨트리 음악계에서 남자는 비숍 같은 외모, 그러니까 툭 튀어나온 배와 담배, 수염이 덥수룩하고 주름이 자글거리는 얼굴, 구겨진 셔츠, 낡은 부츠와 청바지로도 잘 해나갈 수 있다는 뜻이었다. 여자는, 정확히는 젊은 여자 가수를 의미하는데, 데이트 상대로도 적합해야 했다. 그리고 케일리의 경우에는 교회 친목회에서 사귈 만한 상대를 의미했다. 케일리는 옆집에 사는 착한 여자아이의 이미지를 구축해왔다. 물론, 청바지는 조금 타이트할 수도 있었다. 블라우스와 스웨터는 동그란 가슴을 조금 더 드러낼 수도 있지만, 네크라인이 깊이 파이진 않았다. 화장은 자연스러운 핑크 계열로 일관했다.

"이걸로 해요."

"좋아." 얼리샤는 아이패드를 닫았다. 잠시 침묵. "아버지 의견은 아직 못 물었어."

"좋다고요." 케일리는 아이패드를 향해 고개를 끄덕이며 다시 한 번 확인해주었다.

"그냥 아버지한테 한 번 보여드리는 거야. 알잖니."

이번에는 케일리가 잠시 입을 다물었다. "알아요."

"음향은 괜찮아?" 전직 가수인 얼리샤가 물었다. 그녀는 목소리도 상당히 좋고 음악을 사랑했다. 그래서 회사 중역의 개인 비서로 일한다면 두 배는 더 벌 수 있는 효율성과 진지함을 갖추었으면서도 케일리 타운을 위해 일하기로 한 것이다. 얼리샤는 지난봄에 계약했으므로 프레즈노 공연은 처음이었다.

"아, 사운드는 좋아요." 케일리는 삭막한 콘크리트 벽을 바라보며 힘주어 말했다. "생각보다 좋을 거예요." 그러고는 1960년대에 이곳을 설계한 사람들이 일을 얼마나 제대로 했는지 설명했다. 무대에서 뿜어지는 소리, 즉 '직접 음량'만으로 악기 소리와 목소리가 가장 먼 좌석까지 닿을 수 있음을 믿지 못한 채 수많은 공연장이 지어졌다. 클래식 음악을 위한 공연장도 마찬가지였다. 건축가들은 음량을 증폭하기 위해 공연장 내부에 각진 표면과 독립적으로 서 있는 형태를 덧붙였고, 그 결과 숱한 방향으로 진동이 전달되었다. 그러자 모든 연주자가 악몽으로 여기는 '반향'이 일어났다. 메아리가 겹치면서 탁하고 음정이 어긋나는 소리가 나게 된 것이다.

프레즈노의 소박한 공연장을 설계한 사람들은 목소리와 드럼, 공명판과 리드, 현이 지니는 힘과 그 순수함을 믿었다고, 케일리는 아버지가 자신에게 설명했듯이 얼리샤에게 설명해주었다. 함께 노래를 한 소절 불러 그 사실을 증명해보자고 하려던 케일리는 얼리샤가 복도 뒤쪽을 보고 있음을 알아차렸다. 케일리는 얼리샤가 과학적인 설명을 지루해한다고 생각했다. 하지만 찡그린 이맛살을 보니 뭔가 다른 생각을 하는 것 같았다.

"왜요?" 케일리가 물었다.

"우리랑 보비만 있는 것 아닌가?"

"무슨 말이에요?"

"누구를 본 것 같아서." 얼리샤는 손톱을 검게 칠한 손가락을 들어올렸다. "저기. 문 쪽."

십 분 전 케일리도 그림자를 봤다고 생각한 바로 그곳을 향해.

케일리는 땀난 손으로 휴대전화를 만지면서 어른거리는 복도 뒤쪽을 바라보았다.

그렇다…… 아니다. 도저히 알 수 없었다.

빨간색과 초록색 뱀 문신이 있는 넓은 어깨를 으쓱이며 얼리샤가 말했다. "흠. 아닌가 봐. 뭔지 모르겠지만 이제 안 보여…… 그래, 이따 보자. 1시에 레스토랑에서?"

"네."

케일리는 얼리샤의 발소리를 멍하니 들으며 컴컴한 문 쪽을 계속 바라보았다.

그러다 불쑥 화난 목소리로 속삭였다. "에드윈 샤프."

그렇다. **그의** 이름을 말했다.

"에드윈. 에드윈. 에드윈."

이제 이름을 불렀으니 잘 들어. 내 공연장에서 꺼져! 난 할 일이 있으니까.

케일리는 시커먼 아가리를 벌리고 있는 문 쪽에서 돌아섰다. 거기서 자신을 살피는 사람은 물론 없었다. 케일리는 무대 중앙에 서서 공연중에 서야 할 위치를 표시한 바닥의 마스킹 테이프를 살폈다.

그때 복도 뒤에서 어떤 남자가 소리를 질렀다. "케일리!" 보비였다. 믹싱 콘솔 뒤에서 벌떡 일어나는 바람에 의자가 쓰러졌다. 이어폰을 벗어 던진 보비는 케일리를 향해 한 손을 흔들면서, 다른 손으로는 머리 위를 가리켰다. "조심해…… 안 돼! 케일리!"

케일리가 얼른 위쪽을 보니 2미터 위에 걸려 있던 조명 하나가 떨어져 굵은 케이블에 매달린 채 흔들리고 있었다.

케일리는 본능적으로 뒷걸음치다가 거기 있는지도 몰랐던 기타 스탠드를 쓰러뜨렸다.

휘청거리며, 팔을 휘두르며, 헐떡이며…….

케일리는 무대에 털썩 주저앉았다. 거대한 라이트가 무시무시한 추처럼 케일리를 향해 곤두박질쳤다. 일어나려고 버둥대다가 1000와트 전구에서 쏘아대는 불빛에 앞이 보이지 않아 도로 주저앉았다.

그리고 사방이 캄캄해졌다.

2

캐트린 댄스는 몇 사람의 몫을 감당하며 살았다.

남편과 사별하고 십대가 되어가는 두 아이를 키우는 엄마.

심문과 동작학, 즉 보디랭귀지 분석이 전문인 CBI* 요원.

근처에 사는 부모님에게 자식 된 도리를 다하지만 가끔 제멋대로 굴고 화를 잘 내는 딸. 댄스는 자기 삶에 이렇게 순서를 매겼다.

넷째는 앞의 세 가지만큼 정신 건강에 중요한 것, 음악이다. 이십세기 중반의 앨런 로맥스처럼, 댄스는 민속학자이자 음악 수집가였다. 이따금 댄스는 휴가를 내고, 가끔은 아이들과 개를 데리고, 또 가끔은 지금처럼 혼자 SUV에 올라탔다. 그러고는 사냥꾼이 사슴이나 칠면조를 잡으러 들로 나가는 것처럼 음악을 찾아나섰다.

댄스의 패스파인더**는 몬터레이 반도에서 152번 고속도로를 타고 캘리포니아 한편의 황량한 지역을 가로질러, 샌와킨 밸리의 프레즈노로 달려가는 중이었다. 세 시간 거리였다. 그곳은 지역 농업

* California Bureau of Investigation, 캘리포니아 연방 수사국.

** 닛산 사의 대형 SUV.

의 중심지였다. 마늘, 토마토, 그 밖의 과일과 야채를 가득 실은 트럭들이 저 멀리 거대한 식품가공 공장을 향해 달려가고 있었다. 들판은 녹색으로 푸르거나 이미 수확이 끝난 곳은 짙은 검은색이었다. 그 외에는 모두 굽고 잊어버린 토스트처럼 마른 갈색이었다.

낫산 뒤로 먼지가 피어올랐고, 벌레들이 창문에 부딪혀 죽었다.

댄스가 앞으로 며칠 동안 할 일은 프레즈노나 근처에 살고 있는 멕시코 뮤지션 그룹의 음악을 녹음하는 것이었다. 대부분 밭에서 일하던 사람들이라 '로스 트라바하도레스Los Trabajadores' 즉 '일꾼들'이라는 그룹 이름을 붙였다. 댄스는 조금 비쌌지만 값을 하는 타스캠 HD-P2에 곡을 녹음한 뒤, 편집해서 자신의 웹사이트 '아메리칸 튠스'에 올렸다.

사람들은 약간의 비용을 내면 그 곡을 다운로드할 수 있었다. 댄스는 그 돈에서 사이트 유지 비용, 이따금 아이들과 외식할 돈만 떼고는 대부분 뮤지션에게 보내주었다. 부자가 되는 사람은 없었지만 댄스와 사업 파트너 마틴 크리스텐슨이 발견한 그룹 중 몇몇은, 그 지역 또는 미국 전역에서 유명해지기도 했다.

댄스는 자신의 구역인 몬터레이에서 어려운 사건을 해결한 참이라 모처럼 휴가를 내기로 했다. 아이들은 음악 캠프와 스포츠 캠프에 보내놓았고, 밤이 되면 개들과 함께 할머니 집에서 지내도록 해뒀다. 댄스는 프레즈노와 요세미티 지역을 자유롭게 돌아다니며 '로스 트라바하도레스'의 곡을 녹음하고, 다양한 음악이 탄생하는 이 지역에서 다른 가수를 찾아볼 요량이었다. 이곳에서는 라틴 음악뿐만 아니라 독특한 컨트리 음악도 찾을 수 있었다(그 장르를 컨트리-**웨스턴**이라고 부르는 데는 물론 이유가 있었다). 사실 베이커스필드 사운드는 프레즈노에서 몇 시간 남쪽으로 가면 나오는 도시에서 연원했고, 메이저 컨트리 음악에서도 중요했다. 그것은 1950년대 일부 사람들이 내슈빌의 프로덕션이 지나치게 겉만 번지르르하다고 생각해 내놓은 대응책이었다. 벅 오언스와 멀 해거드 같은 연주자가 베이커스필드 사운드를 시작했고, 최근에는 드와이트 요컴과 게리 앨런 등의 음악에서 부활했다.

댄스는 스프라이트를 마시며 라디오를 이리저리 돌려보았다. 이 여행을 로맨틱한 휴가로 계획해 존 볼링에게 함께 가자고 할까 생각하기도 했다. 하지만 그는 컴퓨터 스타트업 회사 컨설팅 일이 있어서 며칠 동안 꼼짝할 수 없었다. 그리고 댄스는 어쩐지 이 여행을 혼자서 하는 것이 좋겠다고 판단했다. 막 종결된 유괴 사건은 힘들었다. 이틀 전, 댄스는 구출해낸 두 명의 피해자와 함께 결국 구하지 못한 피해자의 장례식에 참석했다.

에어컨을 틀었다. 이 시기 몬터레이 반도는 가끔 쌀쌀해지기는 하지만 쾌적하기 때문에 댄스는 출발지 날씨에 맞춰 옷을 입고 있었다. 긴팔 회색 면셔츠와 청바지를 입고 있으려니 좀 더웠다. 댄스는 분홍색 테 안경을 벗어 티슈로 닦으면서 무릎으로 핸들을 조종했다. 한쪽 렌즈에 땀이 흘러내렸기 때문이다. 자동차 온도계에 따르면 바깥 기온은 섭씨 35.6도였다.

9월이다. 그렇지.

댄스가 이 여행을 기대한 이유는 하나 더 있었다. 하나뿐인 유명인 친구, 이제는 싱어송라이터로 인기를 모으고 있는 케일리 타운을 만나는 것이었다. 케일리는 오래전부터 댄스의 웹사이트와 그녀가 마틴과 함께 발굴해낸 원주민 뮤지션을 후원해왔고, 금요일 밤 프레즈노에서 열릴 자신의 대형 콘서트에 댄스를 초대하기까지 했다. 댄스보다 열두 살이나 어리지만, 케일리는 아홉 살이나 열 살쯤 공연을 시작했고 십대 후반부터 프로로 활동했다. 재미있고, 세련되며, 엄청난 곡을 써내는 엔터테이너이면서도 자존심을 세우지 않는 그녀는 나이에 비해 성숙했다. 댄스는 케일리를 만나는 시간이 몹시 즐거웠다.

케일리는 컨트리 음악의 전설 비숍 타운의 딸이기도 했다.

두세 차례, 케일리의 공연에 갔을 때나 프레즈노에서 그녀를 만났을 때 댄스는 곰처럼 생긴 비숍을 보았다. 그는 과거에 코카인과 술에 중독되었듯이 회복에도 중독되었고, 그런 사람답게 엄청난 자부심과 강렬한 존재감을 드러내며 대기실에 들어왔다. 그는 음악업계에 대해, 가깝게 아는 (수백 명의) 가수들, 자신에게 가르침을 준 (위대한) 가수들, 자신이 멘토가 되어준 (현재 슈퍼스타 대부분이 해당되는) 가수들, 그리고 주먹다짐을 한 (역시 상당수의) 가수들에 대해 끝도 없이 이야기를 늘어놓았다.

비숍은 자신만만하고 거칠었으며, 다분히 연극적인 사람이었다. 댄스는 그에게 마음을 사로잡혔다.

한편 그의 최근 앨범은 완전히 망했다. 목소리를 잃었고 에너지도 사라졌는데, 그 두 가지는 스튜디오에서 아무리 디지털 마사지를 해도 어쩔 수 없었다. 그리고 오래전 히트곡의 뛰어난 가사나 선율과 한참 달라진 진부한 곡도 구제불능이었다.

그런데도 그는 충성스러운 수행단을 이끌었으며 케일리의 커리어를 멋대로 좌지우지했다. 케일리를 제대로 대우하지 않는 프로듀서나 음반사, 공연장은 화를 입기 마련이었다.

댄스는 프레즈노로 접어들었다. 서쪽으로 약 160킬로미터 떨어진 샐리너스 밸리는 미국의 대표적인 양상추 생산지이다. 하지만 샌와킨은 그보다 더 넓고 생산량도 많았다. 그 중심지인 프레즈노는 인구 50만 정도의 별 특징 없는 소도시였다. 몇 건의 갱단 활동이 있었고, 요즘 소도시라면 어디서나 볼 수 있는 가정 폭력, 강도, 살인, 테러 위협까지도 발생했다. 모든 범죄율이 전국 평균을 살짝 웃도는 수준이었는데, 댄스는 18퍼센트 정도 되는 실업률이 영향을 끼친다고 추정했다. 이 통계 수치에 속하는 젊은이 여럿이 길거리에서 빈둥거렸다. 민소매 티셔츠와 헐렁한 반바지 또는 청바지를 입은 그들은 댄스와 다른 사람들의 차가 지나가는 것을 보거나, 종이봉투에 싼 술병째로 술을 마시며 낄낄거렸다.

달아오른 도로에서 먼지와 열기가 솟아올랐다. 개들이 제집 현관에 앉아 댄스의 차를 멍하니 바라보았고, 아이들이 뒷마당에서 스프링클러 물로 장난치면서 즐겁게 뛰어다니는 광경도 보였다. 가뭄이 계속되는 캘리포니아에서 그런 행동이라니. 불법은 아니라 해도 미심쩍은 점은 있었다.

41번 고속도로를 빠져나가 내비게이션의 도움으로 마운틴뷰 모텔을 쉽게 찾았다. 모텔 이름에 걸맞은 경치는 없었지만 안개 탓일 수도 있었다. 댄스는 눈을 가늘게 떠 살펴보고는 날씨가 좋으면 동쪽과 북쪽으로는 요세미티로 이어지는 언덕이 보이겠다고 생각했다.

차에서 내리니 극심한 더위에 머리가 핑 돌았다. 생각해보니 아이들과 개를 데리고 아침을 먹은 것이 한참 전이었다.

객실이 아직 준비가 안 되어 있었지만 삼십 분 뒤에 케일리와 친구들을 만날 예정이었으니 상관없었다. 댄스는 프런트에 가방을 맡기고 이미 뜨겁게 달궈진 패스파인더에 올랐다.

댄스는 내비게이션에 새로운 주소를 입력한 뒤 위성 내비게이션의 안내 음성은 왜 모두 여자 목소리일까 생각하면서 지시대로 차를 몰았다.

정지 신호를 만나자 휴대전화를 들고 수신한 전화와 메시지 목록을 확인했다.

아무것도 없었다.

직장에서도, 아이들 캠프에서도 연락이 없다니 다행이었다.

하지만 오전에 다시 통화하기로 한 케일리에게서 연락이 없는 건 이상했다. 케일리에게 특히 인상적인 점이 하나 있다면, 아무리 유명해졌어도 사소한 일을 잊지 않는 그 성격이었다. 사실 케일리는 일상생활에서든 무대에서든 매우 책임감이 강했다.

케일리에게 한 번 더 전화를 걸었다.

음성 메시지로 바로 연결되었다.

캐트린 댄스는 웃을 수밖에 없었다.

카우보이 살롱의 주인에게는 유머 감각이 있었다. 짙은 색 목재로 지은, 어지러울 정도로 시원한 그곳에는 카우보이 관련 물품이 단 하나도 없었다. 하지만 카우보이의 삶은 잘 나타나 있었다. 목장에서 말을 타고, 가축에게 밧줄을 던지고, 낙인을 찍고, 주먹질을 하는 **여자들**…… 그리고 울타리에 세운 빈병을 총으로 명중시키는 리벳공 로지Rosie the Riveter의 서부 영화 버전 포스터를 믿는다면 말이다.

이 영화 포스터와 찢어진 책 표지, 점심 도시락, 장난감, 그림과 사진에 따르면 서부에는 카우보이모자를 쓰고 귀여운 목수건을 두르고 스웨이드 스커트와 자수 블라우스를 입고, 최고급 부츠를 신은 가슴 풍만한 여자들로 가득했을 것이다. 캐트린 댄스는 신발을 좋아해서 정교한 장식을 한 노코나 부츠를 두 켤레 갖고 있었다. 하지만 그중 어느 것도 빛바랜 포스터에 등장하는 1950년대 TV 드라마에서 로이 로저스의 파트너로 나오는 데일 에번스가 신은 것과는 비슷하지 않았다.

댄스는 바에서 아이스티를 시키고, 단숨에 비운 뒤, 한 잔 더 시켰다. 그리고 바니시를 여러 겹 발랐지만 여기저기 긁힌 둥근 테이블에 앉아 손님들을 구경했다. 나이 지긋한 부부 두 쌍, 해가 뜨자마자 일을 시작했는지 지쳐 보이는 작업복 차림의 노동자 두 사람, 청바지에 체크무늬 셔츠를 입은 채 구식 주크박스를 살펴보는 날씬한 청년, 흰 셔츠에 어두운색 타이를 매고 재킷은 벗은 비즈니스맨 서너 명.

댄스는 어서 케일리를 만나 녹음하고 싶었다. 점심도 기다려졌다. 배가 몹시 고팠다.

그리고 걱정스러웠다.

이제 1시 20분이었다. 친구는 어디에 있는 걸까?

주크박스에서 흘러나오는 음악이 공간을 가득 채웠다. 댄스는 살짝 웃었다. 케일리 타운의 노래였다. 장소를 생각하면 특히 어울리는 선곡이었다. 〈미, 아임 낫 어 카우걸Me, I'm Not a Cowgirl〉.

도시 근교에서 아이들 뒷바라지에 전념하며 카우걸과는 전혀 다른 삶을 살던 여자가 결국 자신은 카우걸의 영혼을 갖고 있음을 깨닫는다는 내용이었다. 케일리의 노래가 다 그렇듯이 가볍고 흥겹지만, 의미심장한 메시지를 전달했다.

그때 레스토랑 문이 열렸다. 리놀륨 바닥에 강렬한 햇볕이 내리쬐고, 들어오는 사람들의 그림자가 기하학적 형태로 춤을 추었다.

댄스가 일어났다. "케일리!"

케일리는 네 명의 사람들에게 에워싸여 레스토랑 안으로 들어왔다. 웃고 있었지만 주위를 재빠르게 살폈다. 댄스는 곧바로 케일리에게 무슨 일이 생겼다는 것을 알아차렸다. 아니, 무슨 일 정도가 아니었다. 케일리 타운은 두려워하고 있었다.

맞닥뜨릴까 봐 염려한 것이 무엇인지는 몰라도, 자신이 안전하다는 사실을 깨닫자 케일리는 긴장을 풀고 걸어와 댄스를 꽉 끌어안았다. "캐트린. 안녕하셨어요. 정말 반가워요!"

"빨리 오고 싶었어."

케일리는 청바지에, 더위에도 불구하고 두꺼운 데님 재킷을 입고 있었다. 키만큼이나 긴 아름다운 머리카락이 풀어져 있었다.

댄스는 이렇게 덧붙였다. "두어 번 전화했는데."

"음…… 공연장에 약간 문제가 있었어요. 괜찮아요. 자, 여러분. 이분은 제 친구 캐트린 댄스 씨예요."

댄스는 몇 년 전에 만난 적이 있는 보비 프레스콧에게 인사했다. 삼십대, 배우처럼 생긴 얼굴에 수줍은 미소, 갈색 곱슬머리. 좀 다듬어주어야 할 붉은색 긴 머리에 수줍음이 병적으로 심한 타이 슬로컴도 있었다. 그는 밴드의 기타 테크니션이자 수리 담당이었다. 맨해튼 시내의 펑크록클럽 일원이라는 듯, 웃음기 없이 댄스를 보는 얼리샤 세션스는 케일리의 개인 비서였다.

그리고 또 한 명이 함께했다. 키가 180센티미터를 넘고 체중이 110킬로그램은 족히 되어 보이는 흑인 남자.

개인 경호원이었다.

케일리에게 경호원이 있다는 사실은 놀랍지 않았지만, 그가 이곳에서도 긴장을 늦추지 않자 댄스는 심란해졌다. 그는 주크박스에서 있는 청년, 노동자, 비즈니스맨, 심지어 나이 지긋한 부부와 바텐더까지 세심하게 살피면서 잠재적 위험 요소로 머릿속에 입력하고 있었다.

무슨 일이 있었기에?

어떤 위협을 막으려 이곳에 왔는지는 모르겠지만, 경호원은 위험 요소가 없음을 확인하자 케일리에게 시선을 돌렸다. 여전히 긴장을 풀지 않았다. 그와 같은 사람은 긴장을 푸는 법이 없었다. 그 덕분에 자기 일을 잘할 수 있는 것이다. 그는 대기 상태로 들어갔다. "괜찮은 것 같군요."

그의 이름은 다서 모건이었고, 댄스와 악수하면서 그녀를 찬찬히 살피더니 누군지 알아보는 듯했다. 동작학과 보디랭귀지 전문가인 댄스는 의도하지 않았지만 자신이 '경찰' 느낌을 자아냈음을 알았다.

"같이 점심 먹어요." 케일리가 경호원에게 말했다.

"고맙지만 괜찮습니다. 밖에 있겠습니다."

"아뇨. 밖은 너무 더워요."

"거기가 낫습니다."

"그럼, 아이스티나 음료수를 가져가세요. 그리고 들어오고 싶으면 바로 들어오시고요."

하지만 그는 음료를 주문하지 않고 천천히 어두운 레스토랑을 가로질러 걸어갔다. 그러고는 밀랍으로 만든 카우걸을 한 번 보더니 밖으로 나갔다.

깡마른 바텐더가 메뉴를 들고 다가와 케일리 타운을 감탄하는 눈빛으로 바라보았고, 케일리는 그 청년에게 어머니처럼 웃어주었다. 두 사람의 나이는 비슷할 테지만.

케일리는 실내에서 자기 목소리가 들려오는 상황에 어색해하며 주크박스 쪽을 보았다.

"그런데, 무슨 일 있었어?" 댄스가 물었다.

"좋아요. 얘기할게요." 케일리는 금요일 콘서트 준비를 하는데 무대 위쪽에 설치한 스트립라이트* 하나가 추락했다고 설명했다.

"세상에. 다친 데는 없어?"

"네. 괜찮아요. 엉덩이가 좀 아픈 것만 빼고요."

케일리 옆에 앉아 있던 보비가 팔을 꼭 잡았다. 그는 케일리를 지켜주겠다는 눈빛으로 보았다. "어떻게 된 건지 모르겠어요." 그가 낮은 목소리로 말했다. "그건 스트립라이트예요. 공연할 때 붙였다 떼었다 하는 게 아니에요. 거기 항상 고정되어 있거든요."

모두와 눈을 마주치지 않으며 타이 슬로컴이 말했다. "그리고 네가 확인도 했잖아, 보비. 내가 봤어. 두 번이나 라이트를 전부 다. 보비는 일류 공연 매니저예요. 그런 사고는 한 번도 없었어요."

"케일리한테 떨어졌다면 끝이었어요. 케일리는 여기 없었을 거라고요." 얼리샤가 못마땅한 목소리로 말했다.

보비가 덧붙였다. "전압이 1000와트예요. 램프가 깨졌으면 공연장에 불이 났을걸요. 그럴까 봐 중앙 스위치를 내려뒀어요. 오늘 밤에 돌아가면 다시 확인할 거예요. 베이커스필드로 가서 새로 앰프랑 스피커를 가져와야죠."

사고 이야기는 접어두고 점심을 주문했다. 댄스는 유괴 사건 이후로 '전투 준비 상태'였다. 체중이 4킬로그램이나 줄었으니 그릴드치킨 샌드위치에 프라이를 더해 실컷 먹기로 했다. 케일리와 타이는 샐러드를 주문했다. 얼리샤와 보비는 더운데도 커피와 토스타다를 골랐다. 화제는 댄스의 웹사이트로 옮겨갔고 그녀는 샌프란시스코에서 가수가 되려다 실패한 이야기를 조금 했다.

"캐트린 목소리가 굉장히 좋아요." 케일리가 속임수를 의미하는

* 무대 상단에 매다는 기다란 조명 장치.

동작학적 증거를 대여섯 가지 내보이며 말했다. 댄스는 미소를 지었다.

남자 목소리가 끼어들었다. "실례합니다. 저, 안녕, 케일리."

주크박스 옆에 서 있던 청년이었다. 그는 웃으며 댄스와 사람들에게 고개를 끄덕이더니 케일리를 내려다보았다.

"안녕하세요." 케일리의 목소리가 불현듯 밝지만 조심스럽게 변했다.

"엿들을 생각은 아니었는데. 문제가 있었다면서요, 괜찮아요?"

"괜찮아요. 고마워요."

잠시 '관심 가져줘서 고맙지만 이제 가보세요'라는 의미의 침묵이 흘렀다.

케일리가 말했다. "제 팬이세요?"

"그럼요."

"음, 좋아해줘서 고마워요. 염려해주신 것도요. 금요일 콘서트에 오세요?"

"그럼요. 갈 거예요. 절대 놓칠 수 없죠. 괜찮은 거 맞아요?"

살짝 어색해지는 침묵. 케일리는 마지막 문장을 곱씹고 있는 듯했다.

"그럼요."

보비가 말했다. "좋아요, 친구. 건강 조심해요. 우리는 이제 점심을 들어야겠어요."

매니저의 말이 들리지 않는 듯이, 그 남자는 웃으며 말했다. "날 몰라보는군요, 그렇죠?"

"미안해요." 케일리가 말했다.

얼리샤가 단호하게 말했다. "케일리 타운 씨는 지금 사적인 시간을 원합니다."

"안녕, 얼리샤." 청년이 말했다.

비서는 놀라 눈을 깜빡였다. 누군지 모르는 남자가 어떻게 자신의 이름을 아는지 의아한 모양이었다.

얼리샤 역시 무시하고, 그 남자는 다시 웃으며 말했다. 오싹한 목소리였다. "나야, 케일리! 에드윈 샤프. 당신의 그림자."

3

케일리가 놓친 아이스티 잔이 바닥에 떨어지면서 요란한 소리가 울려퍼졌다.

그 소리가 총성과 똑같아서 댄스의 손이 저도 모르게 평소 글록 권총을 차는 자리로 움직였다. 지금은 물론 자물쇠를 채워 침대 옆에 안전하게 보관하고 있지만.

케일리는 눈을 휘둥그레 뜨고 숨을 가쁘게 내쉬면서 말했다. "당신이…… 당신이…… 에드윈?"

케일리의 반응은 공황 상태에 가까웠지만, 그는 불쌍하다는 듯 이맛살을 찡그리며 이렇게 말했다. "이봐, 케일리. 괜찮아. 걱정하지 마."

"하지만……." 케일리는 다시 모건이 있는 문 쪽으로 시선을 돌렸다. 댄스의 추측이 옳다면 그는 권총을 갖고 있을 것이었다.

댄스는 이 상황의 퍼즐을 맞추어보려고 했다. 전 남자친구일 리는 없었다. 그렇다면 진작 알아보았을 테니. 분명 부적절한 팬일 것이다. 케일리는 스토커 문제를 겪기에 딱 알맞은 가수였다. 아름답고, 독신이며, 재능 있는 사람이니까.

"나를 못 알아봤다고 당황할 것 없어." 에드윈 샤프는 케일리의 불편한 표정을 전혀 모르는 듯 이상한 말로 달랬다. "마지막 사진을 보낸 후로 살을 좀 뺐거든. 그렇지, 33킬로그램 뺐어." 그는 자기 배를 두드렸다. "편지에는 쓰지 않았어. 놀라게 해주려고. 《컨트리위크》랑 《엔터테인먼트위클리》를 보니까 남자들이랑 함께 찍은 사진이 있더라고. 날씬한 남자를 좋아하는 거 알아. 뚱뚱한 걸 안 좋아할 거 같아서. 그리고 25달러 주고 커트도 했어! 남자들이 바뀐다 바뀐다 하면서 안 바뀌는 거 알지? 네가 쓴 노래에 나오는 것처럼. 모든 걸 내일로 미루는 '미스터 투모로Mr. Tomorrow'가 되고 싶지 않았어. 난 '미스터 투데이'야."

케일리는 아무 말도 하지 않았을 뿐만 아니라 거의 과호흡증을 일으키고 있었다.

어떤 각도에서 보면 에드윈의 외모는 준수했다. 정치인처럼 보수적인 스타일로 자르고 스프레이를 뿌려 고정한 숱 많은 머리, 날카롭고 그윽한 갈색 눈, 약간 창백하긴 하지만 매끄러운 피부. 하지만 얼굴은 매우 길고 각져 있었고, 짙은 눈썹이 도드라졌다. 호리호리한 편이었지만, 다시 보니 체격이 컸다. 188센티미터나 190센티미터는 족히 되는 키에 체중을 줄였다고 해도 90킬로그램은 되는 듯했다. 팔이 길었고, 커다란 손은 이상하게도, 그리고 기분 나쁘게도 분홍빛이었다.

보비 프레스콧이 벌떡 일어나더니 그 남자를 막아섰다. 보비도 체격은 컸지만 키가 크지 않아서 에드윈이 그를 내려다보았다. "안녕." 에드윈이 명랑하게 말했다. "보비. 매니저. 아니, 공연 책임자라고 해야겠지."

그러더니 시선이 다시 케일리에게로 돌아가 귀엽다는 듯 바라보았다. "나랑 아이스티를 함께 마셔준다면 영광이겠어. 저기 저쪽에서. 몇 가지 보여줄 게 있거든."

"대체 어떻게……."

"여기 있는지 알았느냐고? 까짓것. 네가 여기를 제일 좋아하는 건 다들 알아. 블로그만 봐도 알 수 있는걸. 여기서 〈미, 아임 낫 어 카우걸〉을 썼잖아." 그는 바로 그 노래가 흘러나오는 주크박스를 턱으로 가리켰다. 같은 곡이 두 번째 나오고 있다고 댄스는 생각했다.

교외와 도시, 내가 속한 곳이죠.
나는 카우걸이 아니에요. 하지만
사람들의 눈을 보고 솔직하게 말하고
편견이나 속임수, 증오를 참지 못하고
가족과 나라, 친구를 소중히 여기라는
엄마 아빠 말씀을 기억하는 사람이 바로 카우걸이라면.
나도 어쩌면 카우걸이 될 수 있을 것 같아요.

"저 노래 좋아." 그가 말했다. "정말 **좋아**. 알지? 백 번은 이야기했을 테니까."

"난 정말……." 케일리는 도로 가운데서 꼼짝도 못하는 사슴 같은 꼴이었다.

보비는 에드윈의 어깨에 손을 얹었다. 적대적인 태도는 아니었지만, 그렇다고 상냥하지도 않았다. 댄스는 싸움이 시작될 것인지 생각하며, 갖고 있는 유일한 무기인 휴대전화를 손에 들었다. 필요하면 911에 전화를 할 참이었다. 하지만 에드윈은 보비를 무시하고 뒤로 몇 센티미터 물러나기만 했다. "어서, 아이스티 좀 마시자. 여기 아이스티가 최고라면서. 내가 살게. 오늘 할 일은 오늘 한다니까? 아, 머리카락이 정말 아름다워. 십 년 사 개월."

댄스는 그게 무슨 말인지 알 수 없었지만 그 말에 케일리는 더욱 불안해했다. 턱이 떨리고 있었다.

"케일리가 혼자 있게 물러나주시죠." 얼리샤가 단호하게 말했다. 그녀는 보비 프레스콧만큼 강해 보였고 눈빛은 더 무시무시했다.

"밴드 일은 재미있어요, 얼리샤?" 그는 칵테일파티에서 대화하듯 얼리샤에게 말을 걸었다. "얼마나 함께 일한 거죠? 대여섯 달, 맞죠? 당신도 재능이 있잖아요. 유튜브에서 봤어요. 노래 진짜 잘하던데요. 우와."

얼리샤는 불길한 표정으로 몸을 앞으로 숙였다. "대체 뭐 하자는 거야? 나를 어떻게 알아?"

"이봐요, 친구." 보비가 중얼거렸다. "이제 그만 가봐요."

그때 타이 슬로컴이 천천히 의자를 밀며 일어나더니 문 쪽으로 걸어갔다. 에드윈이 그를 보더니 테이블로 다가올 때와 똑같은 미소를 얼굴에 걸쳤다. 하지만 뭔가 달라졌다. 케일리가 정말로 함께 차를 마실 줄 알았는데 그렇지 않다는 사실이 당혹스러운 것 같았다. 게다가 타이가 경호원을 부르려고 하자 짜증이 난 모양이었다. "케일리. 부탁이야. 여기서 성가시게 할 생각은 없었는데, 이메일 답장을 한 번도 안 해줬잖아. 잠깐만 만나고 싶어. 할 이야기가 많아."

"그럴 수 없어요."

댄스가 개입하기 전에 보비가 에드윈의 팔을 한 번 더 잡았다. 하지만 그 남자는 이번에도 뒤로 물러서기만 했다. 서로 대립하는 데에는 관심 없는 것 같았다. 싸움에는 더더욱.

눈부신 빛이 번쩍하며 문이 열리자 테이블에 햇빛이 가득해졌고, 이내 다시 어두워졌다. 다서 모건은 선글라스를 벗으며 빠르게 안으로 들어왔다. 에드윈을 보고 입가 근육이 긴장한 모건은, 체중을 줄인 스토커를 알아차리지 못해 스스로 책망하고 있다고 댄스는 생각했다.

"에드윈 샤프입니까?"

"맞아요. 모건 씨."

요즘은 사람에 관한 정보를 얻는 것이 어렵지 않았고, 케일리 타운처럼 아주 유명한 사람과 연결된 이들의 경우 더욱 그랬다. 하지만 경호원 이름을 알아내다니.

"이제 타운 씨에게서 떠나주십시오. 타운 씨는 당신이 돌아가주기를 바랍니다. 보안에 위협이 되고 있습니다."

"음, '자일스 대 로한' 사건 판례에 따르면 나는 그런 존재는 아니에요, 모건 씨. 위협을 암시한 적도 없어요. 어쨌든 나는 아무도 다치게 하거나 위협할 생각이 없어요. 그저 내 친구가 겪은 일, 트라우마를 남긴 일에 동정을 표시하러 온 것뿐이에요. 그리고 차나 한잔할 수 있는지 물어보러 온 거라고요. 차를 한 잔 사고 싶기도 하고."

"이제 그만 됐습니다." 모건이 단호하게 말했다.

에드윈은 차분하게 계속 말했다. "물론 당신은 개인 경호원이죠. 내가 범죄를 저지르는 것을 보았을 때만 시민으로서 체포할 수 있어요. 그리고 난 그런 짓을 하지 않았어요. 경찰관이라면 상황이 다르겠지만 당신은……."

음, 그렇군. 댄스가 생각했다. 이럴 줄 알았어. 그리고 댄스는 일어나 CBI 신분증을 내보였다.

"아." 에드윈은 그 내용을 암기하듯 오랫동안 응시했다. "어쩐지 경찰 쪽일 것 같더라니."

"신분증을 볼 수 있을까요?"

"그럼요." 그는 워싱턴 주에서 발급한 운전면허증을 건넸다. 에드윈 스탠턴 샤프. 주소는 시애틀. 사진 속 인물은 정말로 훨씬 뚱뚱했고, 머리가 길고 지저분했다.

"프레즈노에서는 어디서 지내고 있죠?" 댄스가 물었다.

"우드워드 파크 옆에 있는 집요. 신개발 지역이에요. 나쁘지 않아요." 미소. "프레즈노가 덥긴 하지만요."

"여기로 이사 왔어요?" 얼리샤가 놀란 목소리로 속삭이듯 에드윈에게 물었다.

케일리는 그 말에 눈을 크게 떴고 어깨가 경직되었다.

"아뇨. 빌린 거예요, 당분간. 콘서트 보러 왔어요. 올해 최고의 콘서트가 될 거예요. 빨리 보고 싶어요."

콘서트 한 번 보는데 왜 집을 빌린 걸까?

"아니에요. 당신은 케일리를 스토킹하려고 했어요." 보비가 불쑥 말했다. "변호사들이 경고했잖아요."

변호사들? 댄스는 의아했다.

에드윈은 테이블 주위를 둘러보았다. 미소가 사라졌다. "내 생각에는 여러분이…… 모두의 행동이 케일리를 불안하게 하는 것 같군요." 그가 케일리에게 말했다. "미안해. 네가 뭘 걱정하는지 알고 있어. 하지만 걱정 마. 다 해결될 테니까." 그는 문 쪽으로 걸어가다 멈추더니, 돌아섰다. "안녕히 계세요, 댄스 요원. 캘리포니아 주민을 위한 당신의 희생을 신께서 축복하시기를."

4

댄스가 "무슨 일인지 이야기해주세요"라고 하자 그들은 그렇게 했다. 모두.

한꺼번에.

서로 말을 자르며 늘어놓은 이야기를 정리하고 나서야 댄스는 전체적인 그림을 그릴 수 있었다. 작년 겨울, 어느 팬이 케일리의 이메일 마지막에 자동으로 서명되는 "XO, 케일리"의 XO, 즉 포옹과 키스라는 의미의 인사를 곧이곧대로 받아들이는 일이 있었다. 자기가 인생에 대해 느끼는 것을 완벽하게 표현한 곡들을 듣고, 그는 케일리와 자신이 소울메이트라고 판단했다. 그러고는 이메일, 페이스북, 트위터, 손 편지 등 온갖 방법을 동원해 연락하기 시작했다. 선물도 보냈다.

무시하라는 조언을 받은 케일리와 주위 사람들은 대응을 멈추고 선물만 돌려보냈지만, 에드윈 샤프는 멈추지 않았다. 케일리의 아버지와 주위 사람들이 자신과 케일리 사이에 위협을 느끼고 둘을 떼어놓으려 한다고 믿는 모양이었다.

그는 수십 차례 그만두라는 말을 들었다. 케일리와 아버지의 일을 맡은 법률회사에서는 멈추지 않으면 민사소송을 걸고 경찰에 신고하겠다고 협박했다.

하지만 그는 듣지 않았다.

"정말 징그러웠어요." 케일리는 갈라진 목소리로 말했다. 바텐더가 흘린 것을 치우러 오면서 새 아이스티를 가져다주었고, 케일리는 그것을 한 모금 마셨다. "머리카락, 손톱 자른 것, 립스틱을 바르고 키스한 종이를 달라고 했어요. 그를 본 적조차 없는 장소에서 나를 찍은 사진을 갖고 있었어요. 무대 뒤편이나 주차장 같은 곳요."

댄스가 말했다. "이런 범죄가 원래 그렇지. 스토커가 어디 있는지 알 수 없거든. 멀리 떨어진 데 있을지, 창밖에 서 있을지."

케일리가 계속 말했다. "그리고 편지! 편지와 이메일을 수백 통 보냈어요. 이메일 주소를 바꿔도 몇 시간만 지나면 새 주소를 알아냈어요."

"그 사람이 떨어진 라이트와 연관 있는 것 같아?" 댄스가 물었다.

케일리는 그날 아침 컨벤션센터에서 뭔가 '이상한' 것을 본 것 같다고 했다. 움직이는 그림자 같기도 하고, 아닌 것 같기도 했다고. 사람은 보지 못했다고 했다.

얼리샤 세션스가 좀 더 확실하게 말해주었다. "나도 뭔가 봤어요. 확실해요." 그녀는 넓은 어깨를 으쓱여 옷에 가려진 문신을 드러냈다. "하지만 구체적인 건 모르겠어요. 얼굴도 몸도 못 봤어요."

밴드는 아직 프레즈노에 도착하지 않았고, 케일리와 얼리샤가 그 그림자를 보았다고 생각했을 때, 다른 사람들은 밖에 있었다. 보비는 스트립라이트가 떨어지기 시작한 것밖에 보지 못했다.

댄스가 물었다. "경찰에서는 그 사람에 대해 알아?"

케일리가 대답했다. "아, 네. 알고 있어요. 그 사람이 금요일 콘서트에 올 계획인 것도요. 변호사들이 접근 금지 명령을 얻어내겠다고 협박한 것도 알고 있어요. 하지만 그 사람이 금지 명령받을 일을 한 건 아니라고 생각해요. 그래도 보안관은 그가 나타나면 감시하겠다고 했어요. 모두 지켜보고 있다는 것을 알게 해준다고."

"보안관 사무소에 연락해야 되겠어." 얼리샤가 말했다. "그가 왔다고 해야죠. 어디서 지내는지도 알리고." 그녀는 놀란 표정으로 웃었다. "감추지도 않으니."

그러자 케일리는 불안한 표정으로 주위를 둘러보았다. "여기가 시내에서 가장 좋아하는 식당이었는데 이제 정이 떨어졌어요…… 배도 고프지 않아요. 돌아가고 싶어요. 미안해요."

케일리는 계산서를 달라고 하더니 결제했다.

"잠깐만." 보비가 출입문으로 걸어가더니 문을 약간 열고 모건과 대화를 나눴다. 테이블로 돌아온 매니저는 말했다. "돌아갔어. 다서가 그가 차에 타고 떠나는 걸 봤대."

"그럼 뒷문으로 나갑시다." 얼리샤가 말했다. 타이는 모건에게 주위를 돌아보라고 부탁했고, 댄스는 그들과 함께 맥주 냄새 나는 창고를 통과해 어두컴컴한 화장실 앞을 지나갔다. 이윽고 잡초와 먼지 쌓인 자동차들이 보이고, 아스팔트 바닥이 조각난 주차장으로 들어섰다.

케일리가 오른쪽을 한 번 보더니 놀라는 소리를 냈다. 댄스도 케일리의 시선이 닿는 곳을 보았다.

6미터쯤 떨어진 곳에 차가 한 대 서 있었다. 아주 크고 오래된 차종의 빨간 차였다. 운전석에 에드윈 샤프가 앉아 있었다. 그는 창문을 열고 이렇게 외쳤다. "이봐, 케일리! 내 차 좀 봐! 캐딜락은 아니야. 뷰익이야. 마음에 들어?" 대답을 기대하지는 않는 것 같았다. "걱정 마. 네 차보다 앞서지 않을 테니까!"

〈마이 레드 캐딜락My Red Cadillac〉은 케일리의 히트곡 중 하나였다. 자신의 오래된 자동차를 몹시 좋아하는 소녀가…… 크고 낡은 자동차를 좋아하지 않는 남자를 모두 차버린다는 내용의 노래였다.

보비 프레스콧이 앞으로 나가더니 화를 냈다. "이 개자식아, 꺼져! 그리고 케일리가 사는 곳을 알아내러 따라올 생각은 하지도 마. 그랬다가는 경찰에게 신고할 테다."

에드윈은 웃으며 고개를 끄덕이더니 차를 몰고 가버렸다.

햇살 때문에 눈이 부시고 방금 만난 사람의 동작이라 확실하지는 않았지만, 댄스는 보비가 말했을 때 스토커의 얼굴에 혼란스러워하는 기색이 떠올랐다고 느꼈다. 마치, 케일리가 사는 곳은 **당연히** 알고 있다는 듯. 모를 리 없지 않은가?

5

엘살바도르, 온두라스, 니카라과 등 캘리포니아는 늘 라틴 음악의 고향이었다. 하지만 대부분은 전통적인 마리아치, 반다, 란체라, 노르테뇨, 소네스* 같은 멕시코 계열이었다. 팝과 록도 다양했고 심지어 사우스 오브 더 보더** 특유의 스카와 힙합까지 있었다.

이 음악들은 센트럴 밸리를 중심으로 자리 잡은 여러 스페인어 방송국에서 가정과 직장, 들판으로 전송되었다. 방송 전파의 절반을 차지하는 양이었다. 나머지는 앵글로 음악과 앞뒤가 안 맞는 신학을 전파하며 돈을 구걸하는 종교 방송국이 나눠 썼다.

오후 9시가 가까운 시각이었고 댄스는 프레즈노 외곽 호세 비야로보스의 푹푹 찌는 차고 안에서 이 음악을 직접 음미하고 있었다. 가족의 토요타 자동차 두 대를 치우면, 작은 차고는 리허설 장소로 변신했다. 하지만 오늘 밤 이곳은 녹음 스튜디오였다. 로스 트라바하도레스의 뮤지션 여섯 명이 마지막 곡을 마치고 있었고, 댄스는

* 모두 멕시코의 전통적인 음악 장르.

** 미국 사우스캐롤라이나 주의 명소.

디지털 녹음중이었다. 스물다섯에서 예순 살 사이인 이들은 전통적 멕시코 포크 음악과 자신들의 곡을 몇 년째 함께 연주했다.

녹음은 잘 됐지만, 그들은 처음에는 그다지 집중하지 못했다. 댄스가 데려온 사람 때문이었다. 정교하게 땋은 머리를 정수리에 올려 묶고, 빛바랜 청바지와 티셔츠에 데님 조끼 차림인 케일리 타운.

뮤지션들은 깜짝 놀랐고, 둘은 집으로 달려가 아내와 아이들을 데리고 와서 사인을 받았다. 한 여자는 눈물을 글썽이며 말했다. "있잖아요, 〈리빙 홈Leaving Home〉은…… 우리 모두 그 노래를 정말 좋아해요. 그 곡을 썼다니, 축복받을 거예요."

남편과 아이를 키우며 살던 집을 떠나는, 어느 할머니의 이야기를 담은 발라드 곡이었다. 노래를 들은 이들은 그녀가 남편을 잃은 것인지, 집을 은행에 빼앗긴 것인지 궁금해했다.

이제 나는 다시, 다시 시작하네.
가족도 친구도 없이 새로운 삶을 살아보고자.
이 땅에서 살아온 내내 배운 것이 하나 있지.
집을 떠나는 일보다 어려운 건 없다는 것.

곡의 마지막에 가서야 그녀가 평생 미국에서 살았지만 불법 체류자라서 추방된다는 것을 알게 된다. 그녀는 멕시코의 어느 버스 정류장에 내리자마자 후렴구를 스페인어로 노래한다. "아메리카, 아름다운 곳." 이 곡은 케일리의 노래 가운데 가장 큰 논란을 일으켰고, 이민 문제 개혁에 대해 강경한 이들의 분노를 샀다. 하지만 굉장히 인기 있는 곡이라 라틴계 노동자들과 좀 더 개방적인 국경 정책을 지지하는 사람들에게는 성가가 되었다.

짐을 정리하면서, 댄스는 녹음한 곡을 웹사이트에 업로드할 것이라고 설명했다. 장담할 수는 없지만, 밴드의 음악이 훌륭해서 음원이 꽤 팔릴 것 같다고도 했다. 그리고 미국 전역에서 라틴 음악 방송국과 인디 레코드 전문 레이블이 늘어났으므로 어느 프로듀서나 광고사의 관심을 끌 수도 있었다.

희한하게도 그들은 성공에 전혀 관심이 없었다. 음악으로 돈을 버는 것을 마다하지는 않겠지만, 음원 다운로드로만 벌겠다고 했다. 비야로보스가 설명해주었다. "네, 그런 삶, 길에서 보내는 삶은 원하지 않아요. 공연을 하러 돌아다니지는 않을 거예요. 우린 직업도 있고, 가족도, 아이들도 있어요. 헤수스에게는 쌍둥이가 있어요. 이제 기저귀 갈러 가야 해요." 그가 낡은 깁슨 허밍버드 기타를 정리하면서 씩 웃는 잘생긴 청년을 가리켰다.

작별인사를 하고 댄스와 케일리는 진녹색 서버번에 올라탔다. 댄스는 마운틴뷰 모텔에 패스파인더를 두고 케일리의 SUV를 타고 왔다. 다서 모건이 소리 없이 고개를 끄덕이더니 댄스의 모텔로 차를 몰기 시작했다. 그는 녹음하는 동안 차 안에서 바깥을 주시하고 있었다. 앞자리에는 가죽 장정 하드커버 책이 예닐곱 권 놓여 있었다. 책등에만 제목이 금박으로 새겨져 있었다. 고전인 모양이라고 댄스는 추측했다. 하지만 경호 임무중일 때 그 책을 읽는 것 같지는 않았다. 밤에 방으로 돌아가서 읽는 것 같았다. 사라지지 않는 악에서 벗어나는 그의 탈출구.

케일리는 차창 밖의, 불빛이 흐릿하거나 캄캄한 풍경을 보고 있었다. "저 사람들이 부러워요."

"뭐가?"

"캐트린의 웹사이트에 있는 뮤지션들이 다들 그렇잖아요. 밤에,

그리고 주말에 친구와 가족을 위해 연주해요. 돈을 벌기 위해서가 아니에요. 가끔은 내 음악이 그렇게 좋지 않았으면 싶기도 해요. 아, 겸손하지 못한 거죠. 하지만 무슨 말인지 알죠? 스타가 되고 싶었던 적은 없었거든요. 남편을 원했고, 그리고……." 케일리는 비야로보스의 집 쪽으로 고갯짓을 했다. "아이들도 있었으면 했고, **아이들**과 친구들에게 노래를 불러주고…… 난 이룰 수 없는 일이에요."

케일리는 말이 없었다. 유명하지 않았다면 에드윈 샤프도 없었으리라고 생각하는 모양이었다.

댄스는 유리창에 비친 케일리의 얼굴을 보고 턱이 긴장되었으며 눈물도 고여 있음을 알아차렸다. 그때 케일리가 고개를 돌리더니 고민을 떨치는 듯 씩 웃으며 말했다. "그럼. 이제 얘기해봐요."

"남자 얘기?"

"당연하죠!" 케일리가 말했다. "존 누구라고 했죠?"

"멋진 사람이지." 댄스가 말했다. "훌륭해. 실리콘 밸리에서 일하다가 지금은 강의와 컨설팅을 하고 있어. 가장 중요한 건, 웨스와 매기가 그 사람을 좋아한다는 거야." 댄스는 그전까지 아들이 엄마의 데이트를 받아들이지 못했다는 설명을 덧붙였다. 볼링을 만나기 전까지 그 애는 어떤 남자도 좋아하지 않았다.

"물론 내가 아이들한테 소개한 남자가 알고 보니 살인범이었던 것도 도움이 안 됐지."

"어머!"

"아, 우리가 위험한 적은 없었어. 그 사람도 내가 쫓던 범인을 찾던 중이었어. 나는 범인을 교도소에 넣으려고 했고. 내 친구는 그를 죽이려고 했지."

"글쎄요." 케일리가 불길한 표정으로 말했다. "그럴 만한 이유가 있었겠죠."

아마, 에드윈 샤프 생각이 다시 든 모양이었다.

"하지만 아이들이 존은 좋아해. 잘 되고 있어."

"그런데요?" 케일리가 물었다.

"그런데 뭐?"

"말할 거예요, 안 할 거예요?"

동작학 전문가 일을 해야 하는 건 나인데 말이지. 댄스는 고민하다가 결국 물러섰다. "아, 아무것도 아냐…… 어떻게 될지 누가 알겠어? 남편이 죽은 지 몇 년 되지도 않았는데. 급할 것 없으니까."

"그렇죠." 케일리는 변변치 않은 설명을 믿지 않으면서도 이렇게 대답했다.

댄스는 자신이 존 볼링을 많이 좋아했다는 사실을 떠올렸다. 어쩌면 사랑했을지도 모른다. 시외에서 보낸 몇 안 되는 밤, 침대에 함께 누워 있을 때면 사랑한다고 말하고 싶기도 했다. 존 역시 마찬가지라는 것도 감지했다.

그는 상냥하고, 성격 좋고, 유머 감각도 뛰어났다.

하지만 마이클이 있었다.

마이클 오닐은 몬터레이 보안관 사무소의 형사였다. 그와 댄스는 몇 년째 함께 일했다. 댄스와 주파수가 잘 맞는 사람이 있다면, 그건 오닐이었다. 그들은 시계 장치처럼 정확하게 맞아 들어가며 일했고, 함께 웃었다. 같은 음식과 와인을 좋아했고, 아무리 말다툼을 해도 개인적인 모욕으로 받아들이지 않았다. 댄스는 그가 어떤 사람보다 자신에게 완벽한 상대라고 믿었다.

아주 사소한 문제 한 가지, 마이클 오닐에게 아내가 있다는 사실만 제외하면.

그런데 그 아내는 마침내 그와 아이들을 두고 떠났다. 당연히 댄스가 존 볼링과 사귀기 시작한 **직후**였다. 오닐과 그의 아내 앤은 여전히 부부 사이이지만 앤은 현재 샌프란시스코에 살고 있었다. 오닐은 이혼 서류를 작성할 거라고 말했지만 일정이나 계획은 모호한 상태였다.

하지만 이것은 케일리 타운과 다음에 만나면 할 이야기였다.

십 분 뒤 그들은 마운틴뷰 모텔에 도착했고 다서 모건은 차를 건물 앞에 세웠다. 댄스는 두 사람에게 잘 자라는 인사를 건넸다.

그때 전화벨이 울렸다. 케일리는 이맛살을 찡그리며 화면을 보고는 전화를 받았다. "여보세요? ……여보세요?" 케일리는 잠시 듣더니 단호한 목소리로 말했다. "누구시죠?"

댄스는 문을 열다가 멈추고 케일리를 돌아보았다.

케일리는 전화를 끊더니 화면을 한 번 더 보았다. "이상하네."

"뭐가?"

"누군가 〈유어 섀도〉를 틀어놨어요."

최근 앨범의 타이틀곡이고 이미 엄청난 히트작이었다.

"누군지 모르겠지만 아무 말도 하지 않았어요. 그냥 1절만 틀어놓았어요."

댄스는 그 곡을 다운로드해 들은 적이 있어 가사를 기억했다.

> 당신은 무대 위로 나와서 사람들에게 노래를 불러주죠.
> 모두를 웃게 해줘요. 무엇이 잘못될 수 있을까요?
> 하지만 곧 그 일에는 희생이 따르는 걸 알게 되죠.
> 모두가 당신의 영혼을 한 조각씩 원하고 있으니까.

"그런데…… 콘서트에서 녹음한 거였어요."

"라이브 앨범은 안 내잖아." 케일리는 상황을 통제할 수 있는 스튜디오 녹음을 더 좋아한다는 것을 기억하고는 댄스가 말했다.

케일리는 여전히 화면을 보고 있었다. "맞아요. 불법 녹음일 거예요. 하지만 음질이 굉장히 좋았어요. 녹음이 아니라 진짜 목소리 같았어요. 하지만 누가 이걸 틀었을까요? 뭘 하려고?"

"아는 번호야?"

"아뇨. 이곳 지역번호는 아니에요. 에드윈일까요?" 케일리는 스트레스로 긴장한 목소리로 말하며, 백미러에 검고 차분한 두 눈을 비추고 있는 다서 모건을 올려다보았다. "하지만 이 번호는 친구들이랑 가족만 알아요. 번호를 어떻게 알았을까요?" 케일리는 얼굴을 찡그렸다. "아마 이메일 주소를 알아낸 방법이랑 같겠죠."

"밴드의 누군가는 아닐까?" 댄스가 물었다. "장난으로?"

"글쎄요. 여태까진 아무도 이런 장난을 치지 않았어요."

"번호 좀 알려줘. 몇 군데 알아볼게. 그리고 에드윈도 조사해볼게. 성이 뭐지?"

"샤프요. E자는 없어요. 부탁해도 될까요, 캐트린?"

"물론이지."

댄스는 전화번호를 적고 서버번에서 내렸다.

그리고 인사했나.

"집으로 가야겠어요, 다서."

차가 출발할 때 케일리는 에드윈 샤프가 어딘가 근처에 도사리고 있다는 듯 빈 주차장을 두리번거렸다.

안으로 향하던 댄스는 자신이 〈유어 섀도〉의 한 소절을 흥얼거리고 있음을, 그게 머릿속을 떠나지 않고 있음을 알았다.

무엇이 잘못될 수 있을까요…… 무엇이 잘못될 수 있을까요…… 무엇이 잘못될 수 있을까요?

6

댄스는 모텔의 바에 들러 피노 누아 한 잔을 사들고 방으로 들어갔다. 문에는 '방해하지 마시오' 팻말을 걸어두었다. 아이 엄마로서는 드문 일, 늦잠을 잘 생각이었다.

댄스는 샤워를 하고 가운을 입었다. 그러고는 와인을 홀짝이며 침대에 누워 단축번호 3번을 눌렀다.

"안녕하세요, 보스." 전화벨이 채 한 번도 울리기 전, 티제이 스캔런의 명랑한 목소리가 들려왔다. 뒤에서 이상한 소음이 들렸다. 전화벨, 고함 소리, 캘리오프* 음악 소리. 댄스는 캘리오프가 정확히 무엇인지 모른다는 사실을 깨달았다.

"쇼핑몰 같은 데 있어?"

"카니발이에요. 데이트요. 롤러코스터를 타려고 줄 서 있는데, 뒤로 가서 전화받겠습니다." 그가 휴대전화를 얼굴에서 떼어놓는지 목소리가 멀어졌다. "보스야…… 맞아. 타기 전에 슬러피를 다 먹

* 증기 오르간.

어야지…… 아니, 진짜야. 정말이라니까. 뒤집힌다는 게 그런 뜻 아니야?"

티제이는 대체로 보수적인 몬터레이 수사국 요원 중에서 가장 보수적이지 않은 사람이었다. 그리고 길고 힘든 과제나 잠복부터 1960년대, 밥 딜런, 홀치기염색, 라바 램프* 같은 잡다한 상식에 이르기까지 제일 먼저 도움을 요청해야 하는 사람이었다.

그렇다. 독특한 사람이었다. 하지만 댄스가 그렇게 말할 처지일까? 그녀는 일주일간 프레즈노에서 휴가를 갖는답시고 숨 막히게 뜨거운 차고에 앉아 명랑하고 이름 없는 노동자들의 아무도 모르는 노래를 녹음하고 있었다.

"뭐 좀 알아봐줘, 티제이."

댄스는 에드윈 샤프에 대해 아는 대로 알려주었다. 그리고 좀 전에 케일리에게 노래를 틀어준 사람의 번호를 불렀다.

티제이가 물었다. "특별한 점은 없어요? 샤프에 대해?"

"평소대로 알아봐줘. 민사 쪽도 알아보고. 스토킹, 소송, 접근 금지. 여기랑 워싱턴 주, 혹시 모르니 오리건에서도 알아봐줘."

"알았습니다. 소나무, 피노 누아, 치즈. 아니요, 그건 위스콘신이에요."

"재미있게 놀아."

"그러고 있어요. 세이디에게 판다를 따줬거든요…… 아니, 진짜야. 슬러피는 두고 가. 원심력으로 안 된다니까…… 끊어요, 보스."

댄스는 전화를 끊었다. 존 볼링에게도 걸어보았지만 곧바로 음성 메시지로 연결되었다. 와인을 한 모금 마시고 그만 자야 할 시간이

* 유색 액체가 들어 있는 장식용 전기 램프.

라고 판단했다. 일어나 창가로 가서 커튼을 닫았다. 그리고 이를 닦고, 가운을 벗고, 박서 팬티와 자신에게 한참 큰 낡은 분홍색 티셔츠를 입었다. 캐트린 댄스는 특별한 경우에만 드레스 잠옷을 입었다.

그녀는 스탠드 쪽으로 굴러가 스위치를 더듬어 찾았다.

그러다 얼어붙었다.

창문!

오후에 나가기 전, 댄스는 얇은 커튼과 두꺼운 커튼을 모두 닫아두었다. 주차장과 4차선 도로, 그 너머 작은 공원이 내다보이는 1층 방이었기 때문이다.

그리고 방금 그 커튼을 다시 닫았다.

그것을 걷은 적이 없다는 사실이 문제였다. 누군가 방에 들어와 커튼을 열어둔 것이다.

누가 '방해하지 마시오'를 어긴 걸까?

모텔의 객실 관리는 아니었다. 방을 치우지도, 그날 오후 누워서 아이들에게 전화하느라 흐트러진 침대를 정리하지도 않은 상태였다.

건드린 건 없는 듯했다. 진녹색 여행가방은 놓아둔 자리에 그대로 있었다. 옷가지는 전처럼 옷장에 아무렇게나 걸려 있고 신발 다섯 켤레는 서랍장 옆에 놓아둔 그대로 있었다. 컴퓨터가방도 건드린 것 같지 않았고, 컴퓨터에는 어쨌든 암호가 있으므로 함부로 파일이나 이메일을 볼 수 없었다.

댄스는 불을 끄고 창가로 가서 밖을 내다보았다. 오후 11시 30분. 고속도로 너머 공원에는 아무도 없었다…… 아니, 그렇지 않았다. 누군가 그림자 속에 있었다. 정확히 누군지는 알아볼 수 없었지만 천천히 움직이는 작은 담뱃불이 보였다.

에드윈 샤프가 그날 레스토랑에서 댄스 자신의 얼굴과 몸을 천천히, 인내심 있게 훑어본 일이 떠올랐다. 그가 자신의 신분증에 적힌 모든 내용을 세심하게 읽었던 일도. 스토커들은 사람들에 대한 정보를 알아내는 데 전문가였다. 자신이 집착하는 대상과 그에게 접근하는 것을 막는 사람들 모두에 대해서. 에드윈은 케일리 주변 사람을 대상으로 그런 조사에 유능하다는 것을 확실히 보여주었다.

하지만 우연일 수도 있었다. 전기나 배관 문제가 있어서 문에 팻말이 붙어 있었음에도 사람들이 방으로 들어왔을지도 모른다. 댄스는 프런트에 전화를 했다. 야간 근무자는 방금 근무를 시작해 직원 중 누가 들어온 적이 있는지 몰랐다.

댄스는 창문을 모두 잠그고 문의 체인을 확실히 고정한 뒤 한 번 더 커튼 사이로 공원을 살폈다. 달이 뜨기는 했지만 여전히 너무 어둡고 밤안개가 드리워 제대로 보이지 않았다.

담배를 피우는 사람이 숨을 깊게 들이쉬는지 불빛이 커졌다. 이윽고 그 빛은 바닥에 떨어지더니 발에 밟혀 사라졌다.

더는 움직임이 보이지 않았다. 그녀가 불을 끄고 잠자리에 들었다 여기고 떠난 걸까?

댄스는 잠시 더 지켜보고는 침대에 누웠다. 눈을 감았다.

그리고 애쓸 필요도 없었다. 어차피 잠은 아주 오랫동안 밀려 있었으니까.

7

그의 머릿속에는 잭슨 브라운의 〈더 로드아웃The Load-Out〉이 맴돌았다. 1970년대 앨범인 《러닝 온 엠프티Running on Empty》에 실린, 매니저에게 바치는 감사였다.

완전한 감사는 아니었다. 가수가 우선이라는 느낌은 들었다.

하지만 가수야 늘 그러지 않는가?

그래도 보비 프레스콧의 직업에 대해 노래를 만든 사람은 잭슨 브라운밖에 없었고, 그는 이 노래를 자주 흥얼거렸다.

자정이 다 되어가는 시각, 그는 컨벤션센터 근처에 주차를 하고 밴드의 퀘스트*에서 내렸다. 주문 제작 앰프를 가지러 베이커스필드까지 오가는 장거리 운전을 한 이후인지라 기지개를 켰다. 케일리 타운은 뮤지션들이 예전 TV나 라디오처럼 진공관 앰프를 쓰는 것을 좋아했다. 솔리드스테이트 앰프**와 진공관 앰프 중 어느 쪽 소리가 더 좋은지에 대해 큰 논쟁이 있었다. 진공관 앰프 순수주의자

* 닛산 사의 밴 차량.

** 트랜지스터나 다이오드를 이용한 앰프.

들은 오버드라이브로 연주할 때 말로 표현할 수 없는 독특한 소리가 나는데, 디지털 기술이 결코 모방할 수 없다고 주장했다. 이것은 비숍 타운의 철학이기도 했다. 그의 매니저들이 부르는 별명대로 그 '늙은이'가 공연하던 시절에는 마샬 JCM2000 TSL602와 펜더 디럭스 리버브 II, 트레이너커스텀 밸브 YCV20WR, 복스 AC30*이 무대를 채웠다.

보비도 기타리스트였다(공연중에 반드시 그래야 할 때에도 가만히 앉아 있을 수 있는 매니저, 테크니션, 개인 비서는 음악계에 많지 않았다). 그는 진공관 앰프의 풍부한 음이 주목할 만하지만 블루스를 연주할 때만 그렇다고 생각했다.

보비는 컨벤션센터에서 무대로 통하는 문을 열고 커다란 장비를 안으로 밀고 들어갔다. 라이트 거치대와 안전 케이블도 한 상자 있었다.

그날 아침 떨어진 스트립라이트가 다시 떠올랐다.

세상에…….

공연은 위험한 일일 수도 있었다. 그의 아버지는 1960년대와 1970년대 런던에서 녹음 엔지니어로 일했다. 그 시절에는 함께 일하는 비틀스와 롤링 스톤스 같은 진지한 프로들보다 마약, 술, 자동차, 지나치게 떨어지는 판단력 때문에 죽고 마는 자기 파괴적인 뮤지션이 더 많았다. 하지만 이런 행동을 제외하더라도 공연은 위험할 수 있었다. 전기가 가장 큰 위험 요인이었다. 그가 알기로 연주자 세 명이 무대에서 감전사했고, 가수 두 명과 기타리스트 한 명이 번개에 맞았다. 매니저 한 명은 높은 무대에서 떨어져 목이 부러지

* 모두 앰프 제조사와 모델 이름.

기도 했다. 대여섯 명은 교통사고로, 주로 졸음운전 때문에 생을 마감했다. 서넛은 장비 트럭의 브레이크가 고장 나서 죽었다.

하지만 라이트가 떨어진다? 그건 참 괴상한 일이었고, 그가 매니저로 일하는 동안 한 번도 없던 일이었다.

게다가 케일리가 위험했다니.

생각만 해도 온몸이 떨렸다.

오늘 밤 이 컴컴한 공연장은 출구 유도등이 드리운 그림자로 가득했다. 하지만 케일리가 그날 오전 불편해한 점만 빼면, 보비는 이곳에 온 것이 은근히 기뻤다. 그와 케일리는 거의 완벽하게 호흡이 잘 맞았는데, 한 가지만 예외였다. 케일리에게 음악은 사업이자 과제, 직업이었다. 그리고 공연장은 음향만 좋으면 되었다. 낭만주의자인 보비에게 이곳은 특별했다. 거의 종교적인 대상이었다. 그는 이런 공연장에서는 이곳에 섰던 모든 뮤지션의 소리가 계속 메아리친다고 믿었다. 게다가 프레즈노의 이 못생긴 콘크리트 건물에는 대단한 역사가 깃들어 있었다. 이 지역에서 자란 보비는 이곳에서 밥 딜런과 폴 사이먼, U2와 빈스 길, 유니언 스테이션, 알로 거스리, 리처드 톰프슨과 로잔느 캐시, 스팅, 가스 브룩스, 제임스 테일러, 샤니아를 보았다. 아니, 리스트는 끝이 없었다. 그리고 그들의 목소리와 기타, 금관악기, 리드, 드럼이 울려퍼지는 소리가 장소의 본질을 바꾸어놓았다고 보비는 믿었다.

떨어진 스트립라이트 쪽으로 걸어가보니 누군가 옮겨놓았음을 알 수 있었다. 그는 무거운 라이트를 무대 쪽으로 낮추어놓은 뒤 아무도 건드리지 말라고 지시했다. 하지만 지금 와보니 오케스트라 피트 위 가장자리에 놓여 있었다. 흔들거리던 곳에서 10미터는 떨어진 자리였다.

호되게 야단칠 일이었다. 보비는 정확히 무슨 일이 있었는지 궁금했다. 그래서 쪼그리고 앉아 장비를 살펴봤다. 뭐가 잘못된 걸까?

그 자식, 에드윈 샤프 짓이었을까?

어쩌면…….

보비 프레스콧은 누군가 뒤에서 다가오는 소리를 듣지 못했다. 그저 누군가의 손이 등을 밀치자, 몸이 앞으로 쏠렸고, 놀라 고함을 지르면서 6미터 아래 오케스트라 피트의 콘크리트 바닥으로 떨어져 턱과 팔이 부러진 것뿐…….

오, 세상에, 세상에…….

그는 엎드린 채, 붉은 피가 점점이 묻은 새하얀 뼈가 팔꿈치 아래로 튀어나온 것을 멍하니 보았다.

보비는 신음하며 도와달라고 외쳤다.

누구야? 누가 이런 짓을 한 거지?

에드윈? ……그자는 내가 오늘 밤늦게 여기 올 거라고 카페에서 케일리에게 말하는 것을 들었을지도 모른다.

"도와줘!"

침묵.

보비는 주머니에 든 휴대전화를 꺼내려 했다. 통증이 너무 심했다. 정신을 잃을 것 같았다. 아니, 다시 한 번! 이렇게 있으면 과다출혈로 죽고 만다!

보비의 헐떡이는 숨소리 위로, 무대 상부에서 뭔가 긁히는 소리가 들렸다. 목을 돌려 올려다보았다.

안 돼…… 세상에, 안 돼!

스트립라이트가 바로 위, 무대 가장자리로 밀려오고 있었다.

"안 돼! 누구야? 안 돼!"

보비는 부러지지 않은 팔의 손가락으로 콘크리트 바닥을 움켜쥐고 기어보려 했다. 하지만 다리도 말을 듣지 않았다.

한 뼘, 두 뼘…….

움직여, 옆으로 굴러!

하지만 너무 늦었다.

라이트가 시속 160킬로미터 속도로 그의 등에 내리꽂혔다. 상체에서 또 한 번 뚝 끊어지는 느낌이 들더니 모든 통증이 사라졌다.

등…… 등이…….

시야가 흐려졌다.

보비 프레스콧은 얼마 후에 정신을 차렸다. 몇 초가 지났는지, 몇 분이 지났는지, 몇 시간이 지났는지…… 알 수 없었다. 알 수 있는 것이라고는 사방이 엄청난 불빛으로 가득하다는 것뿐이었다. 등에 떨어진 라이트가 켜진 것이다.

거대한 전등에서 쏟아져나오는 수천 와트.

그리고 벽을 보니 불길이 드리운 그림자가 깜빡였다. 처음에는 무엇에 불이 붙었는지 몰랐다. 아무런 열기도 느껴지지 않았다. 하지만 이내 머리카락과 살이 타는 역겨운 냄새가 좁은 공간을 가득 채웠다.

그리고 그는 깨달았다.

월요일

MONDAY

8

전화벨 소리를 듣고 깬 캐트린 댄스는 가장 먼저 아이들 생각을 했다.

그리고 부모님.

그리고 마이클 오닐. 최근 갱단이나 테러리스트 관련 사건을 맡고 있었으니까.

서둘러 받으려던 댄스는 휴대전화를 한 번 떨어뜨렸고, 집어들면서 휴가중인 자신에게 새벽부터 누군가 전화를 할 이유에 대해 여러 가설을 세웠다.

그리고 존 볼링은…… 별일 없을까?

댄스는 휴대전화를 바로 들었지만 안경이 없어 번호가 보이지 않았다. 녹색 버튼을 눌렀다. "네?"

"제가 깨웠죠, 보스?"

"응?"

"죄송합니다."

"죄송하다니 무슨 말이야, 거기 모두 무사한 건 맞아?" 여러 개의 문장이 뒤섞였다. 댄스는 주 경찰에서 빌에 대해 알려온 전화를 떠올리고 있었다. 남편과 계획한 인생, 영원히 든든한 기반이 되어 주리라 믿었던 삶이 펼쳐지지 않으리라고 설명하는, 짧고 동정심을 담고는 있지만 무감한 통화.

"여기 말고 거기 말입니다."

단지 지쳐서 그런 걸까? 댄스는 눈을 깜빡였다. 몇 시지? 오전 5시? 4시?

티제이 스캔런이 말했다. "혹시 제가 필요하실까 봐요."

뒤척이며 잤는지 말려 올라간 티셔츠를 내리며, 댄스는 몸을 일으켜 앉았다. "처음부터 말해봐."

"아, 소식 못 들으셨어요?"

"응, 못 들었어."

죄송하다니 무슨 말이야…….

"프레즈노에서 발생한 살인 사건 보고를 봤습니다. 어젯밤 늦게에서 오늘 이른 아침 사이에 발생했어요."

잠이 좀 깼다. 아니, 안 깬 상태가 덜해졌다.

"무슨 일인데."

"케일리 타운의 밴드와 관련 있는 사람이 죽었어요."

세상에…… "누구?" 짙은 금발을 얼굴에서 쓸어넘겼다. 나쁜 소식일수록 캐트린 댄스는 더 침착해졌다. 훈련 덕분이기도 하고, 천성 탓이기도 했으며 어머니이기 때문이기도 했다. 그러나 동작학 전문가이면서도 다리를 떨고 있었다. 댄스는 움직임을 멈췄다.

"로버트 프레스콧이라는 사람이에요."

보비? 그렇다. 그 사람 성이 프레스콧이다. 나쁜 소식이었다. 어제 보니 그와 케일리는 함께 일하는 사이일 뿐 아니라 친한 친구

사이였는데.

"자세한 사항은?"

"아직 없어요."

댄스는 에드윈의 부자연스러운 미소, 곁눈질, 얼음처럼 냉정한 태도가 떠올랐다. 그것은 분노를 꾹꾹 눌러 감춘 것일 수도 있었다.

티제이가 말했다. "한 문단짜리 통지였습니다. 정보만 있었을 뿐, 지원 요청도 아니었어요."

CBI는 주요 범죄 수사 때 캘리포니아 지역 공공 보안 사무소를 도울 수 있었지만, 수사국 요원들은 대체로 연락을 받을 때까지 기다렸다. CBI 요원은 수가 많지 않았다. 캘리포니아는 넓었고 나쁜 일은 숱하게 벌어졌다.

티제이가 말을 계속 이어갔다. "피해자는 컨벤션센터에서 사망했습니다."

금요일에 콘서트가 열릴 곳.

"계속해."

"프레즈노-마데라 합동 보안관 사무소에서 담당하고 있어요. 보안관은 애니타 곤살레스이고 수석 형사는 P. K. 매디건입니다. 아주 오래 일한 사람이에요. 다른 건 모르겠어요."

"지금 가볼게. 샤프에 대해서는 알아낸 것 있어? 스토커 말이야."

"여기서는 영장이나 법원 명령을 받은 적 없어요. 캘리포니아에선 아무것도 조회되지 않고요. 워싱턴과 오리건에 대해서는 기다리는 중이에요. 알려주신 전화번호요? 케일리에게 걸려온 전화는 벌린게임 슈퍼마켓에서 현금으로 산 선불전화였어요."

샌프란시스코 남쪽, 공항이 있는 곳이다.

"CCTV도, 다른 구매 기록도 없어요. 점원들은 그 사람이 누구였는지 모르고요. 사흘 전이었어요. 다른 사항은 아직 없습니다."

"계속 확인해줘. 샤프의 이력 모두 이메일로 보내주고. 알아내는 대로 뭐든지."

"명령만 내려주세요, 보스."

전화를 끊었다.

몇 시지? 방 안은 아직 어두웠지만 커튼 뒤로 빛이 보였다.

안경을 썼다. 아, 8시 30분. 아침이 된 지 오래였다.

댄스는 욕실로 가서 재빨리, 뜨거운 물로 샤워했다. 이십 분 뒤 그녀는 블랙진, 검은 티셔츠에 보수적인 디자인의 진남색 실크 재킷을 입었다. 더위에 입기에는 힘들 옷 같았지만, 근무를 하게 될 가능성이 높았다. 여성 수사관이 프로처럼 보이려면 남성 수사관에 비해 옷차림부터 완벽해야 한다는 사실을 오래전에 배웠다. 슬프지만 세상이 그랬다.

실제로 어제 침입자가 있었던 거라면, 그 침입자가 다시 찾아올 경우에 대비해 노트북도 챙겼다.

문밖으로 나가서는 L자형 손잡이에 '방해하지 마시오' 팻말을 걸었다.

그 팻말에 무슨 효력이 있기는 한지 궁금했다.

밖으로 나와 가차 없이 내리쬐는 햇볕 아래 서니 관자놀이, 얼굴, 겨드랑이에 땀이 흘렀다. 댄스는 코치 지갑에서 패스파인더 열쇠를 찾았고, 보통 때라면 글록 권총이 자리 잡고 있을 허리께를 한 번 툭 쳤다.

오늘, 무기가 없다는 사실이 더욱 실감났다.

9

정말 피해자가 한 명뿐인가?

컨벤션센터의 무대로 통하는 문 쪽 주차장으로 들어서던 댄스는 필요 이상으로 응급구조 대원과 보안 요원이 많다고 느꼈다. 이십여 명은 족히 되어 보이는 사람들이 천천히 걸어다니면서 신호등 색이자 아이들 장난감 색인 초록, 빨강, 노랑 장비를 든 채 휴대전화나 무전기에 대고 대화중이었다.

소방차 네 대, 구급차 두 대, 순찰차 여덟 대, 그리고 표시 없는 차량 서너 대.

티제이의 정보가 틀린 건 아닌지 댄스는 다시 한 번 궁금해졌다. 사망자가 또 있나?

댄스는 아무 표시도 없지만 관련 차량이 분명한 도지 트럭 옆에 차를 세우고 내렸다. 수사관 제복을 입은 여자가 댄스 쪽을 보았다. 탄탄한 가슴에 붙은 명찰에는 'C. 스태닝'이라고 쓰여 있었다. 머리는 뒤로 싹 넘겨 파란 고무 밴드로 묶었다.

"무슨 일이시죠?"

댄스가 CBI 신분증을 내보였으나 이해 못 하겠다는 듯한 표정이었다. "……새크라멘토도 관할하시나요?"

댄스는 휴가차 이곳에 왔는데 희생자가 아는 사람이라고 말할 뻔했다. 하지만 법률 집행에는 본능이 중요하다. 용의자와 협력자를 다룰 때 모두. 댄스가 말했다. "아직은 아닙니다. 우연히 근처에 있었어요."

스태닝은 이 말을 곱씹어보면서 상부에서 받은 지시를 떠올리는 모양이었다. "네."

댄스는 무미건조한 콘크리트 건물로 향했다. 근처에 다다르자 눈부신 불빛이 얼굴을 비췄다. 그늘진 곳으로 들어갔지만, 그곳 역시 불쾌했다. 두 개의 높다란 벽 사이, 정문으로 향하는 공간은 환기가 되지 않아 숨이 막혔다.

안으로 들어가 에어컨 냉기에 찾아든 안도감은 0.5초도 되지 않아 악취 때문에 사라져버렸다.

캐트린 댄스는 오랫동안 수사관으로 일했고 범죄 현장 수백 곳에 가보았다. 하지만 CBI인 그녀가 초기 대응을 하는 경우는 드물었고 과학수사를 담당하지도 않았다. 그러므로 그녀가 현장에 도착했을 때, 보기 흉한 것들은 대부분 정리돼 있었다. 피는 멎고, 시신은 방수포로 덮이고, 신체 부위는 회수해서 기록한 뒤였던 것이다.

그러니 살과 머리카락 탄 냄새는 예상하지 못한 것이었다. 댄스는 허를 찔린 느낌이었다.

댄스는 망설이지는 않았지만, 마음을 단단히 먹고 악취의 공격에 맞서며 구역질을 겨우 참았다. 넓은 공연장으로 들어가보니 3만 명은 수용하는 곳 같았다. 천장 조명이 모두 켜져 있어서 공연장의 노후하고 허름한 장식이 다 드러나 보였다. 연극이나 콘서트가 끝난 직후, 관객을 로비로 내보내 시디와 기념품을 사도록 할 때 같았다.

무대 위와 1층에는 경찰서와 소방서, 응급치료 기관의 다양한 제복을 입은 사람들이 여남은 명 보였다.

무대 위로 올라선 댄스는 가장자리에 모여 오케스트라 피트를 내려다보고 있는 사람들 무리에 합류했다. 거기서 악취가 풍기는 연기가 흘러나오고 있었다. 댄스는 구역질을 하지 않으려고 걸음을 늦추었다가 다시 다가갔다.

무슨 일이 있었을까? 어제 라이트가 떨어졌다는 사실이 기억났다.

댄스는 갈색 제복을 입은 두 명의 자세와 눈동자 움직임을 보고 그들이 상관인 것을 곧 알아챘다. 한 명은 긴 머리에 얽은 얼굴을 한 오십대 여자였다. 라틴계로 보이는 그녀는 땅딸한 체격이었고, 자세를 보면 제복을 싫어한다는 것을 알 수 있었다. 꽉 죄는 바지와 지방이 붙은 허리께에서 튀어나온 블라우스.

그녀가 말하는 상대 남자는 백인이지만, 검게 그어 있었다. 그 역시 땅딸한 체구였지만 다리는 가늘고 배가 불룩했다. 커다랗고 둥근 얼굴에는 햇볕에 그을린 주름이 자글자글했다. 앞으로 몸을 숙이고 어깨가 위로 솟은 자세, 눈을 가늘게 뜬 표정을 보면 거만하고 까다로운 남자였다. 머리카락은 숱이 많고 검은색이었다. 그는 총신이 긴 리볼버를 차고 있는 반면, 다른 사람들은 캘리포니아의 법률 집행기관에서 필수로 사용하는 반자동 글록을 차고 있었다.

아, 그렇지. 추측이 맞았다. 그는 P. K. 매디건 경감이었다.

그들은 블랙진에 재킷을 입은 날씬한 여자가 다가오는 것을 보더니 대화를 멈추고 돌아보았다.

매디건은 무뚝뚝하게 물었다. "누구신지……?" 전혀 궁금하지 않다는 말투였다. 그리고 누가 댄스를 들여보냈는지 확인하려는 듯 그녀의 어깨너머를 응시했다.

댄스는 여자가 곤살레스 보안관인 것을 확인하면서 자기 이름을 밝히고 신분증을 내보였다. 두 책임자는 신분증을 자세히 살폈다.

"전 보안관 곤살레스입니다. 이분은 매디건 경감입니다." 자기소개 때 성만 밝히는 건 보통 권력을 주장하려는 시도다. 댄스는 그런 사실에는 별로 개의치 않았다. 여기 힘겨루기를 하러 오지는 않았으니까.

"저희 쪽에서 살인 사건이 발생했다고 전화를 받았어요. 다른 일로 이 근처에 와 있었거든요."

공무이든, 아니든. 그것은 보안관과 경감이 짐작하도록 하자.

댄스는 이렇게 덧붙였다. "저는 케일리 타운의 친구이기도 합니다. 피해자가 스태프라기에 곧바로 왔습니다."

"음, 고맙소. 캐트린." 매디건이 말했다.

그리고 상대방의 이름을 **이용**하는 것은 상대에게서 권력을 빼앗으려는 시도다.

이 가벼운 모욕에 곤살레스의 눈이 반짝이기는 했지만, 매디건 쪽을 보지 않았다는 사실은 경감에 대해 많은 것을 설명해주었다. 그는 이곳에서 절대 권위자였다.

매디건이 말했다. "하지만 이 시점에서는 CBI의 개입이 필요하지 않소. 어떻습니까, 보안관?"

"그런 것 같군요." 곤살레스는 댄스의 눈을 바라보며 말했다. 지긋한 그 시선은, 매디건처럼 성별이나 권력 관계에 의한 것이 아니라 자신보다 네 사이즈 정도 작은 인물을 흘끔거리지는 않겠다는 그녀의 결심에서 비롯한 것이었다. 지위나 직업과 무관하게 우리는 모두 연약한 인간이니까.

매디건이 말했다. "다른 일로 왔다고 했소? 합동 수사에 대해서는 매일 아침 살펴보는데. 연방수사국 일은 없는 걸로 알고 있소. 물론, 우리에게 늘 알려주는 것은 아니지만."

그가 몰아붙였다. "사적인 일입니다." 댄스가 먼저 나섰다. "피해자가 보비 프레스콧, 공연 책임자, 맞습니까?"

"그렇소."

"다른 부상자는요?"

매디건은 대답할 마음이 없는지 옆에 있던 보안관을 핑계로 돌아서서 그와 작은 소리로 이야기했다. 상관인 보안관더러 이 침입자에게 대응하라는 듯.

곤살레스 보안관이 말했다. "보비뿐이에요."

"어떻게 된 건가요?"

매디건이 다시 대화에 끼어들었다. "예비 수사 단계요. 아직 확실하지 않소." 그는 결코 댄스가 여기 있는 것을 원하지 않았지만, 댄스는 상급 기관 소속이므로 어쨌든 공손히 대해야 했다. 댄스는 피크닉에 돌아다니는 큰 개 같은 존재였다. 아무도 원하지 않지만, 쫓아버리기에는 너무 위험한.

"근무중이었나요?"

곤살레스가 잠시 후 말했다. "피해자는 어젯밤에 무대에서 일을 하고 있었어요. 발을 헛디뎌 떨어졌는데, 스포트라이트가 그 위로 떨어진 모양이에요. 불이 켜져 있었어요. 피해자에게 불이 붙었고. 사망 원인은 출혈과 화상입니다."

세상에, 정말 끔찍한 죽음이다.

"한참 불이 붙어 있었을 텐데. 경보가 울리지 않았나요?"

"저 아래 연기 감지기가 꺼져 있었어요. 이유는 모릅니다."

댄스의 머릿속에 처음 떠오른 것은 에드윈 샤프였다. 거짓 미소를 지으며 보비 프레스콧을 모래 자루로 바꿔버리고 싶다는 욕망을 드러내던 그 눈빛.

"알고 계셔야 할 것이……."

"우리의 스토커, 샤프 씨 말이오?" 매디건이 물었다.

"음, 네."

"스태프 중에 타이 슬로컴이라는 친구가 어제 카우보이 살롱에서 일이 있었다고 알려줬소."

댄스는 자신이 보고 들은 내용을 설명했다. "보비는 에드윈과 두어 차례 충돌했어요. 그리고 에드윈은 보비가 어젯밤 늦게 이곳에 와서 장비 문제를 살펴보겠다고 한 것을 엿들었을 수도 있습니다. 베이커스필드에 뭘 가지러 가야 했으니 늦은 시각이었을 겁니다."

매디건이 멍하니 덧붙였다. "에드윈은 주시중이고. 시내 북쪽 우드워드 파크에 집을 빌린 건 알고 있소. 한 달 동안."

댄스는 에드윈이 거주지에 대해 상당히 솔직하게 말한 것을 기억했다. 어째서 그 기간 동안 집을 빌린 것인지 여전히 궁금했다. 댄스는 곤살레스와 매디건이 모두 그를 성을 뺀 이름으로 부르고 있다는 사실도 알아차렸다. 용의자에게 감정적인 문제가 결부될 가능성이 있을 때 종종 일어나는 현상이었다. 댄스는 그들이 무슨 이름을 사용하든 하찮게 여겨서는 안 된다는 사실을 상기했다.

경감이 전화를 받았다. 그러더니 댄스에게 잠깐 돌아섰다. 그리고 아주 잠시 미소를 지었는데, 에드윈의 미소만큼이나 가식적이었다. "들러줘서 고맙소. 필요한 게 있으면 CBI에 연락하겠소."

댄스는 무대 위, 부연 연기가 피어오른 것을 보았다.

곤살레스가 말했다. "그럼, 이만."

양쪽에서 작별을 강요하는데도 댄스는 아직 나가고 싶지 않았다.

"라이트가 어떻게 떨어졌죠?"

보안관이 말했다. "떨어지면서 케이블을 당긴 모양이에요."

"스트립라이트였나요?" 댄스가 물었다.

매디건이 중얼거렸다. "그게 뭔지 모르겠는데. 한번 보시오." 마지막 말에서 껄끄러운 심사가 느껴졌다.

댄스는 직접 확인했다. 정말로 보기 괴로운 광경이었다. 불에 탄 시체. 그렇다. 그것은 등 네 개짜리 스트립라이트였다.

"어제 떨어진 라이트가 저것 같군요."

"타이가 그렇게 말했소." 매디건이 말했다. "조사중이오." 그는 댄스가 지겹다는 내색을 분명히 했다. "음, 그럼 됐소." 그가 돌아섰다.

"어떻게 떨어진 건가요?"

"윙너트가 풀렸나?" 그는 비계*를 확인했다.

댄스가 말했다. "그리고 보비가 **떨어진** 이유도 궁금하네요. 표시도 되어 있는데." 무대 가장자리에 노란 테이프로 경고 표시가 되어 있었다.

매디건이 어깨너머로 무시하듯이 말했다. "이상한 거야 많지."

그때 공연장 뒤에서 여자 목소리가 울려퍼졌다. "아니…… 아니, **아니야!**" 마지막 음성은 비명이었다. 공기가 뜨겁고 답답한데도 댄스의 등에 소름이 오소소 돋았다.

케일리 타운이 통로를 내달려 친구가 끔찍하게 죽어 있는 무대 쪽으로 다가왔다.

* 건축공사 시, 높은 곳에서 일할 수 있도록 설치하는 임시가설물.

10

댄스는 케일리를 여섯 번쯤 보았는데, 항상 완벽하지는 않더라도 공들여 꾸민 모습이었다.

하지만 오늘 그녀는 댄스가 본 것 중 가장 엉망이었다. 화장도 하지 않았고, 긴 머리는 헝클어지고, 눈은 잠이 부족해서가 아니라 울어서(차이가 있음을 댄스는 알았다) 부어 있었다. 늘 끼고 다니는 콘택트렌즈 대신 댄스의 안경과 비슷한 얇은 검은 테 안경을 쓰고 있었다. 그리고 헉헉거렸다.

매디건 수사관은 곧바로 전혀 다른 사람이 되었다. 댄스에게 지어 보이던 짜증을 감춘 미소는, 케일리를 보더니 진심으로 동정하며 일그러졌다. 그는 계단을 내려가 케일리가 무대에 오르기 전에 가로막았다. "케일리. 아니, 안 돼요. 여기 오면 안 돼. 그럴 필요가 없소."

"보비예요?"

"그런 것 같소."

"그렇다고 하는데…… 착오이길 기도하고 있었어요."

곤살레스 보안관도 1층으로 내려가 케일리의 어깨를 감싸 안았다. 댄스는 피해자의 친구와 가족이 모두 이런 대우를 받는 것인지, 유명인에게만 국한된 것인지 궁금해하다가 냉소적인 생각은 좋을 것이 없다고 판단했다. 물론 케일리 타운은 이 도시가 배출한 대표 스타였지만, 지금은 끔찍한 고통을 겪는 사람일 뿐이었다.

"유감이에요, 케일리." 곤살레스가 말했다. "정말 유감입니다."

"그 사람이에요! 에드윈요. 분명해요! 그를 체포해주세요. 내 집 앞에 차를 대고 있어요. 지금요!"

"뭐라고요?" 매디건이 물었다.

"길 건너 자연보호 구역 주차장에 차를 세워놨어요. 그놈의 빨간 차에 계속 앉아 있단 말이에요."

매디건은 인상을 찌푸리며 전화를 걸어 보안관보에게 확인하라고 지시했다.

"체포해주세요!"

"확인이 필요해요, 케일리. 그렇게 간단한 일이 아니라서."

댄스는 다서 모건이 팔짱을 낀 채 공연장 뒤에서 세심하게 주위를 둘러보고 있음을 알아차렸다.

"저건 또 누구지?" 매디건이 그를 보더니 중얼거렸다.

"내 경호원이에요." 케일리는 우느라 껵껵거리며 말했다.

"아."

댄스는 무대 가장자리로 돌아가 아래를 내려다보았다. 가장 독한 냄새가 피어오르는 자리여서 속이 메슥거렸지만 애써 무시하고 현장을 세심하게 살폈다. 2미터 가까이 되는 스트립라이트가 불에 탄 보비 프레스콧의 시신 위에 있었다. 댄스는 살아 있든, 죽은 뒤이든 몸이 주는 메시지를 알아볼 수 있었다. 움켜쥔 채 경직된 손과 부러진 뼈의 모양을 찬찬히 살폈다. 화재 피해자의 근육이 본래 수축되기 때문이기도 하지만, 부러진 몸을 움직여보려고 애썼기 때문일 것이다. 보비는 계단 반대 방향을 향하고 있었다. 그저 거기서 벗어나려고 한 것이라면 논리적으로 맞지 않았다.

"라이트가 떨어지기 몇 분 **전**에 추락했군요." 댄스는 옆에 서 있던 보안관보에게, 케일리가 듣지 못하도록 작은 소리로 말했다.

"어째서 그렇습니까?" 탐스러운 검은 턱수염에 체격 좋은 삼십 대 중반의 남자가 다가왔다. 매디건처럼 그을린 얼굴이지만, 타고난 피부가 검을 수도 있었다. 이름표에는 D. 하루튠 형사라고 적혀 있었다.

댄스가 고갯짓으로 작업복 차림의 현장 담당자들이 라이트를 치운 뒤 시신을 처리하기 시작한 아래를 가리켰다. "다리 각도랑 손을 보세요. 먼저 떨어졌어요. 그리고 라이트가 그 위로 떨어진 거죠."

수사관은 말없이 현장을 살피고는 말했다. "라이트가 흔들거리다가 떨어졌군요. 피해자는 케이블을 당겼으니 라이트가 떨어질 걸 알고 있었던 겁니다."

하지만 전원은 오케스트라 피트가 아닌 무대 위에 꽂혀 있었다. 댄스와 수사관은 이를 동시에 알아차렸다. 보비가 그것을 혼자서 당겼을 리 없었다. 댄스가 물었다. "그런데 그게 왜 저쪽 벽에 꽂혀 있죠? 저런 라이트는 무대 **위**에 설치하는데. 게다가 왜 전원을 연결해둔 건가요? 그것도 알아봐야 되겠어요."

"그러겠습니다."

수사관은 곧바로 계단을 내려가 케일리에게 위로의 말을 건넨 뒤 매디건을 한쪽으로 데리고 가서 뭐라고 속삭였다. 매디건은 고개를 끄덕였다. 그리고 인상을 썼다. "좋아." 그가 말했다. "무대를 범죄 현장으로 취급한다. 어제 라이트가 떨어진 비계도. 모두 철수

시켜. 찰리의 팀에게 수색을 맡기도록. 젠장, 벌써 여긴 한참 오염됐는데."

댄스는 하루튠이 자기가 알아냈다고 했을지 궁금했다. 아마 그랬을 것이다. 하지만 상관없었다. 그들이 도움이 되는 증거만 얻는다면. 중요한 건 그것이었다.

곤살레스는 아이폰으로 전화를 거느라 집중하고 있었다. 댄스는 제정신이 아닌 상태로 혼자 서 있는 케일리에게 다가갔다. 케일리는 여기저기 둘러보면서 빠르게, 손짓을 섞어 말하기 시작했다. 댄스는 FBI 요원이었던 남편의 죽음을 알고 난 뒤 몇 시간 동안 어쩔 줄 모르고 불안에 떨었던 때를 떠올렸다. 그는 범죄가 아니라 1번 고속도로의 부주의한 운전자 때문에 희생되었다.

댄스는 케일리를 꽉 안고서 어떻게 도와줄지 물었다. 전화를 걸어줄지, 차를 태워줄지. 케일리는 고맙다 하고는 괜찮다고, 직접 전화하겠다고 말했다. "아, 캐트린. 믿어져요? 난…… 믿기지 않아요. 보비가." 케일리의 눈이 오케스트라 피트 쪽으로 향했다. 댄스는 필요하다면, 케일리가 시신을 보려 할 때 몸으로 막을 생각이었다. 하지만 케일리는 대신 매디건과 곤살레스에게 누군가 어제 이곳에서 자신을 보고 있었던 것 같다고 털어놓았다. 아니, 확실하다고 했다.

"어디서요?"

케일리는 손짓으로 가리켰다. "저쪽 복도에서요. 제 비서 얼리샤도 뭔가 봤어요. 하지만 확실히 사람을 본 건 아니에요."

댄스가 말했다. "어젯밤 전화에 대해서도 말씀드려."

침입자가 **이렇게** 기여하자 적어도 매디건의 관심은 얻어낼 수 있었다.

케일리는 떨리는 목소리로 댄스에게 말했다. "참, 그것도 이 일과 관련 있을까요?"

"뭔가요?" 곤살레스가 물었다.

케일리는 전날 저녁, 차에서 받은 전화에 대해 설명했다. 누군가 전화선 저편에서 최근 앨범 《유어 섀도》의 타이틀곡을 틀었다고. "어쨌든 음질이 아주 좋았어요. 눈을 감고 들으면 누가 정말 노래를 하는 것인지, 디지털 녹음인지 알 수 없을 정도였어요. 그런 녹음기를 갖고 있는 사람은 프로들뿐이에요."

"아니면, 광적인 팬이거나." 댄스가 말했다. 그리고 댄스는 티제이에게서 그 휴대전화에 대해 들은 내용을 언급했다. 매디건은 다른 지역 수사관이 벌써 자신의 사건을 조사하기 시작한 것이 못마땅했지만 내용을 기록했다.

그 순간 또 한 사람이 다가왔다. 스태닝 수사관이었다.

"크리스털." 매디건이 차갑게 말했다.

스태닝이 말했다. "기자들이 나타나고 있습니다, 대장. 기자회견을……."

"현장에 사람들이 접근하지 못하게 막고 있나?"

그는 댄스 쪽을 보지 않았지만, 그럴 필요가 없었다. 스태닝이 대신 해주었다.

그녀는 완곡하게 변명했다. "넓어서 다 확인 못 했습니다. 구경꾼도 많고, 궁금해하는 사람도 많습니다. 최대한 막고 있습니다."

"그러길 바라네. 기자들도 돌아가게 하고." 이번에는 공연장 뒤쪽 덩치 큰 경호원에게 시선이 갔다.

보안관이 물었다. "케일리, 전화로 들은 내용이 정확히 뭐였죠?"

"제 노래 1절이었어요."

"전화 건 사람은 아무 말도 없었어요?"

"네. 노래뿐이었어요."

곤살레스는 전화를 한 통 더 받더니 잠시 통화하고 끊었다. "데이비스 의원이 왔군요. 보안 문제로 만나봐야 합니다…… 케일리, 삼가 조의를 표합니다." 이 말은 진심이었고, 그녀는 케일리의 어깨를 두드려주었다. "뭐든 도움이 필요하면 이야기하세요."

경감을 보는 곤살레스의 시선은 수사에 총력을 다 할 것을 지시하고 있었다. 이 사건은 지역에서 큰 뉴스거리였고 케일리는 이 도시의 자랑스러운 딸이었다. 그녀에게는 어떤 일도 일어나도록 할 수 없었다. 그 어떤 일도.

보안관은 댄스에게도 인사를 했다. 그러고는 다른 보안관보 두 명과 함께 나갔다.

댄스가 매디건에게 말했다. "제 전공은 심문과 탐문입니다. 제가 만나봤으면 하는 용의자나 목격자가 있으면 전화주세요." 댄스는 명함을 건넸다.

"나도 그건 좀 하지." 매디건이 말했다. "음, 그럼 알겠소, 캐트린." 그는 명함을 다 쓴 티슈처럼 대충 주머니에 넣었다.

"아, 그때 그 세미나." 하루튠이 이맛살을 찡그리며 말했다. "샐리너스에서요. 보디랭귀지에 관한 거, 맞죠? 동작학. 그게 요원님이었군요."

"네, 동작학 맞아요."

그가 매디건에게 말했다. "알베르토와 제가 작년에 갔습니다. 도움이 되었어요. 재미있었습니다."

"세미나라." 매디건이 말했다. "재미있군. 음, 잘 알겠소. 잠시만. 생각이 났는데…… 케일리, 어제 누굴 봤다고 했지요?"

"그림자만 봤어요." 케일리가 말했다.

그는 미소를 지었다. "그림자에는 주인이 있는 법이지. 캐트린, 여기 있었던 스태프들 이야기를 좀 들어보면 어떻겠소. 컨벤션센터 근무자들도. 뭐라고들 하는지 봅시다."

"가능합니다. 하지만 그건 조사에 가까운데요. 스태프와 이곳 사람들은 모두 협조할 겁니다. 보통 저는 속임수를 쓸 수 있는 목격자나 용의자, 또는 그들이 중요 사항을 잘 기억하지 못하는 경우에 개입하죠."

"물론 당신의 세미나 기술을 써먹을 상대도 나올 거요. 하지만 그때까지는 다른 사람들을 상대해주면 큰 도움이 되겠소. 물론 강요는 안 하겠지만."

세미나 기술이라…….

댄스가 한 방 먹었다. 피크닉에서 살점 많은 고기를 찾아다니던 개한테 말라붙은 뼈를 하나 던져준 셈이었다.

"기꺼이 그렇게 하죠." 댄스가 말했다. 그리고 아이폰을 꺼내 케일리에게서 스태프와 어제 이곳에 있었던 컨벤션센터 직원의 이름을 받아 하나하나 입력했다.

검시관이 도착해 경감에게 다가왔다. 조용한 대화가 오갔다.

댄스는 케일리에게 말했다. "나중에 봐." 케일리의 눈이 너무나 슬퍼 보여 마주 보기 힘들었다. 그러고는 통로를 나가려는데 문득 그 생각이 떠올랐다.

아뿔싸.

댄스가 돌아서서 말했다. "케일리, 어젯밤 말이야. 전화 건 사람이 1절만 들려준 거지?"

"1절요. 그리고 후렴이랑."

"1절은 공연장에 관한 내용이고." 댄스가 말했다.

"음, 그런 거예요. 공인으로 산다는 것에 관한 내용이에요. 공연장 이야기도 나와요."

"누가 꾸민 일인지는 모르겠지만, 에드윈 같은 스토커라면 살인을 계속할 것 같아." 댄스가 말했다.

"오, 캐트린." 케일리가 나지막이 말했다. "또요? 다른 사람을 해칠 수도 있어요?"

스토커가 살인을 저지르는 일은 드물지만, 댄스는 기자, 배심원 자문, 경찰로 일해오는 동안 강력 범죄에 관한 한 확률이 적은 사람도 살인할 수 있음을 배웠다. "스토킹의 기본은 반복적이고 강박적인 행동이니까. 그가 전화를 더 걸어올 것이고, 위험에 처할 사람도 더 있다고 봐야 합니다. 케일리 전화를 추적해야겠어요. 그리고 그 노래의 나머지 가사를 보고 누구를 어디서 공격할지 알아보죠."

매디건이 물었다. "하지만 범인이 왜 그런 짓을 하겠소? 무슨 득이 된다고?"

댄스가 답했다. "글쎄요. 스토커 중에는 분명히 단순 사이코도 있으니까요."

"그럴 가능성은 적어 보이는데." 매디건이 말했다. 댄스가 케일리를 놀라게 한 것이 짜증나는 모양이었다.

"중요한 문제라고 생각합니다."

"당신에겐 그래 보이는군." 매디건은 전화를 한 통 받더니 케일리에게 말했다. "순찰 담당이오. 케일리의 집 앞을 순찰중인데 그도, 자동차도 보지 못했다고 하는군요."

"그럼 **어디에** 있나요? **어디로** 갔대요?" 당황한 목소리였다.

"모른다고 하오."

매디건은 시계를 보더니 하루튠에게 밖으로 나가 기자회견을 하라고 했다. "보비의 이름 이외에는 구체적인 내용은 아무것도 알리지 말게. 조사중이라고 해. 사고로 보인다고. 어떻게 하는지 알잖나. 그리고 사람들이 접근하지 못하게 하게." 매디건은 스태닝 수사관이 그 일을 제대로 하지 못한다고 생각하는 모양이었다.

그는 댄스도 내보냈다. 단호한 목소리에 짜증이 섞여 있었다. "그리고 이제 그만 탐문하러 가주면 고맙겠소, 캐트린."

댄스는 케일리를 한 번 더 끌어안았다. 그러고는 하루튠과 함께 출구로 향했다.

"라이트 이야기를 해줘서 고마워요, 하루튠 수사관."

"논리적인 내용이었으니까요. 데니스라고 부르세요."

"캐트린이에요."

"들었어요." 무표정한 얼굴.

둘은 어두운 표정의 다서 모건 앞을 지나치며 목례를 했다. 그의 눈은 케일리에게서 아주 잠깐 떨어질 뿐이었다.

몇 분 뒤 두 사람은 문을 열고 밖으로 나갔다. 댄스는 뜨겁지만 냄새 없는 공기에 감사했다. 하지만 하루튠의 각진 얼굴에는 괴로움이 드러났다. 어깨선도 바뀌었다. 그는 모여든 기자들과 방송국 차량을 주시했다. 댄스는 그가 이 일보다는 어두운 골목길에서 범인을 추격하는 편을 원하고 있음을 알 수 있었다. 사람들 앞에서 말하는 일이라니, 아마 모든 사람이 두려워할 것이다.

댄스는 걸음을 늦추며 휴대전화로 빠르게 이메일을 보냈다. "수사관님?"

그는 경계하는 표정을 짓기는 했지만 기자들 앞에 서는 것을 조금이라도 늦춰 반가운 눈치였다.

댄스가 말했다. "방금 케일리 노래의 가사를 다운로드했어요. 어젯밤에 전화로 들은 노래죠."

그는 어리둥절한 표정이었다. "수사부서에도 보냈어요. 참고하시도록."

"저한테요?"

"2절을 한번 봐주면 정말 고맙겠어요. 음, 모두 다 보면 좋겠지만, 우선 그 부분만 먼저 봐주세요. 2절이 의미하는 장소가 떠오르면, 그 가사를 보고 범인이 살인 장소를 어디로 정할지 예측되면 연락주세요. 1절에 공연장이 나온 것처럼요. 구체적인 현장을 추측할 수는 없을지 몰라도, 조금이라도 좁힐 수 있다면 범인이 다시 전화해올 때 신속하게 대처할 수 있으니까요."

머뭇거리는 기색. "그건 대장에게 확인해보겠습니다."

댄스는 천천히 말했다. "**그러시죠.**"

하루퓬은 댄스를 보지 않고 기자들을 살폈다. "경감님에게는 밸리 최고의 과학수사팀이 있습니다. 베이커스필드보다 나아요. 그리고 캘리포니아 주 내에서 그분의 체포 및 유죄 판결 비율은 상위 10퍼센트 안에 듭니다."

"잘하시는 것 같더군요." 댄스가 말했다.

하루퓬의 시선은 여전히 게걸스러운 기자들에게 머물러 있었다. "목격자들에게서 진술을 받아주시면 대장이 고마워하실 겁니다."

댄스는 단호하게 말했다. "가사를 꼭 봐주세요."

덩치 큰 수사관은 침을 꿀꺽 삼키고 대답 없이, 내키지 않는 발걸음을 옮겼다. 굶주린 늑대들과 상대하기 위해.

11

보비 프레스콧의 트레일러는 인상적인 더블 와이드*였다. 버커니어 사의 콜 모델로, 길이 15미터, 높이 7.5미터 정도일 것이라고 캐트린 댄스는 짐작했다. 외부는 황갈색 바탕에 흰색으로 장식되어 있었다.

그렇다. **이동식** 주택이지만 콘크리트 블록으로 기초를 세운 것을 보면, 많이 이동하는 편은 아니었다. 주변의 마른 땅은 갈라지고 풀이 죽어갔지만, 수국과 회양목은 버티고 있었다.

주위에 사람이 많지 않았다. 수사관과 호기심 많은 아이들 몇 명이 자전거나 스케이트보드를 타고 와 있었고, 어른 구경꾼도 몇 명 있었다. 대부분의 어른은 아예 관심이 없거나 시선을 마주치고 싶어 하지 않았다. 그런 지역이었다. 트레일러에 함께 산 사람은 없었다. 티제이는 보비 프레스콧이 미혼이었으며 여기서 혼자 살았다고 했다.

* 트레일러 두 대를 연결한 이동식 주택.

오후 1시였다. 해는 9월의 각도로 비췄지만 공기는 여전히 7월처럼 뜨거웠다.

FMCSO* 순찰차 두 대가 앞에 서 있었고, 댄스는 그들을 지나쳐 간이 차고로 들어간 뒤 패스파인더에서 내렸다. 매디건 경감과 하루튠이 함께 서서 아이들과 이야기하고 있다가 캐트린 댄스에게 관심을 돌렸다.

턱수염이 난 수사관은 애매하게 고개를 끄덕였다.

그의 상관은 이렇게 말했다. "아, 캐트린." 가짜 미소조차 짓지 않았다. 그 얇은 껍질 아래는 분노가 자리 잡고 있었다. 댄스, 그리고 정치적 관계 탓에 CBI 요원을 쫓아내버릴 수 없는 자신에 대한 분노였다. 매디건은 예상과 달리 댄스가 작은 마을의 경찰 놀이가 지겨워져 떠나지 않았다는 데 놀란 듯 했다.

그런 행운은 없었다.

데니스 하루튠은 엄숙한 표정으로 댄스를 바라보았고 댄스는 그가 〈유어 섀도〉 가사를 다운로드해서 살펴봤는지 궁금했다. 아마 그러지 않았을 것이다. 그는 손등으로 턱수염을 쓰다듬더니 동네 사람 탐문으로 돌아갔다. 컨벤션센터에서 그랬듯이 침착한 태도였다. 하지만 에드윈이 권총을 들고 근처에 숨어 있기라도 한 것처럼, 조심스럽게 주위를 자주 둘러보았다.

그러지 않으리라는 보장도 없었다. 스토커 같은 관음적인 범인들은 늘 사람을 불안하게 만든다. **그들**은 남을 훔쳐보며 편안해진다.

매디건이 말했다. "그럼, 목격자들과 이야기를 못 했겠군."

"아뇨, 했어요. 하지만 별로 소득이 없는 것 같아서요. 케일리의

* Fresno-Mandera Consolidated Sheriff's Office, 프레즈노-마데라 합동 보안관 사무소.

개인 비서 얼리샤와 타이 슬로컴, 나머지 스태프와 이야기를 나눠 봤습니다. 다서 모건은……."

"누구?"

"경호원요."

"그…… 아까 거기 있던 덩치 말이오?"

"네. 컨벤션센터에는 경비원 한 명과 작업자 두 명이 있었는데, 하나는 전기기사였고 하나는 밴드를 돕는 목수예요. 두 사람은 노조 규칙에 따라 함께 있어야 한답니다. 그들도 만나서 이야기 나눠 봤어요. 경비원은 문 세 개가 열려 있었다고 했는데, 그게 이상한 일은 아니라고 했어요. 낮 동안에 공연이 없으면 그를 찾아 앞쪽, 옆쪽, 뒤쪽 문을 열어달라고 하는 것이 성가셔서 보통 그냥 열어둔다고 하는군요. 모르는 사람을 실내에서 본 적도, 비계 위나 다른 곳에서 본 적도 없다고 했고요."

"세 시간 만에 다 알아낸 거요?"

사실은 팔십 분이었다. 나머지 시간은 보비가 어디서 시간을 보내는지 알아내는 데 썼다. 근처 주립공원에서 하이킹을 하거나(실마리 없음), 기타 매장과 라디오 방송국에서 친구들과 놀든가(마찬가지로 실마리 없음), 타워 지구의 어떤 식당에 앉아서 커피를 많이 마신다고 했다(이것 역시 도움될 것 없음).

마지막으로 그의 거주지를 알아냈다.

그래서 여기로 온 것이었다.

하지만 댄스는 그런 말은 하지 않고 이렇게 물었다. "컨벤션센터에 있는 현장 팀은 뭐라고 하나요?"

침묵. "여러 가지를 수집했소. 아직 결과는 알 수 없소."

또 한 차례 FMCSO 순찰차가 도착했다. 크리스털 스태닝이 운전하고 있었다. 그는 댄스의 차 뒤에 주차하고는 내려서 다가왔다. 그녀 역시 불안한 표정으로 주위를 둘러보았다.

그것이 이런 범죄의 특징이다. 스토커가 어디 있는지 알 수 없다. 몇 킬로미터 떨어져 있는지, 아니면 창밖에 있는지.

스태닝은 자신이 맡은 일에 대해 상관에게 보고하고 싶지만 댄스가 다른 곳으로 가거나, 상관이 괜찮다고 하기 전까지는 아무 말도 않을 셈이었다. 땀에 젖은 매디건이 초조했는지 쏘아붙였다. "전화는?"

"벌린게임의 서비스플러스 드럭스에서 구입했습니다. 현금으로 샀고, CCTV는 없습니다. 그래서 거기로 간 것 같습니다."

댄스가 이미 알려준 내용이었다.

하지만 스태닝은 계속했다. "그리고, 그 말씀이 맞습니다. 그것 말고도 전화를 세 대 더 샀다고 합니다."

댄스가 티제이 스캔런에게 하지 **않은** 질문이었다.

매디건은 한숨을 쉬었다. "그렇다면 이 친구에게 계획이 **더 있을지도** 모르겠군."

댄스의 '가능성이 적은' 추측을 간접적으로 인정하는 셈이었다.

〈유어 섀도〉에는 4절까지 있었다. 피해자는 모두 네 명이 될까? 게다가 그 노래만 살인을 알리는 것이 아닐 수도 있었다. 케일리는 여러 곡을 썼으니까.

"전화번호와 제품번호를 알아냈습니다."

전화를 추적하려면 두 가지 번호가 모두 필요했다.

"차단시켜야 해." 매디건이 말했다. "그러면 에드윈이 여기서 다시 사겠지. 추적이 쉬워지잖나."

댄스는 에드윈을 범인으로 확신할 수는 없다고 생각했지만, 아무 말도 하지 않았다.

"그렇습니다." 스태닝은 한쪽 귀에 귀고리를 세 개 하고 다른 쪽 귓불에 소용돌이 모양 귀고리를 한 개 하고 있었다. 코에도 구멍이 있는 걸 보면 근무 시간이 아닐 때는 피어싱을 하는 모양이었다.

댄스는 이렇게 말했다. "저라면 그자의 계획을 모르는 척, 그냥 두겠어요. 그리고 그 휴대전화에 위치 추적을 하겠어요. 범인이 다시 전화를 하면 발신지를 찾아낼 수 있겠죠."

매디건이 입을 다물더니 크리스털 스태닝을 보았다. "그렇게 하게."

"누구한테……?"

"통신 부서의 레드먼에게 전화하게. 그가 할 수 있으니."

길 건너 좀 더 소박한 트레일러가 자리 잡은 곳에서 뭔가 움직였다. 살집 있는 여자가 콘크리트 바닥에 서서 담배를 피우고 있었다. 햇볕에 그을린 어깨, 주근깨. 어깨끈이 없는 흰색의 타이트한 드레스를 입었고 이쪽을 조심스러운 눈길로 살피고 있었다.

매디건이 스태닝에게 하루튠의 조사를 도우라 지시하고 길가로 걸어갔다. 픽업트럭 두 대가 지나간 뒤 그는 길을 건너 여자에게 다가갔다. 댄스도 뒤따랐다.

매디건이 뒤돌아보았지만 댄스는 걸음을 늦추지 않았다.

여자는 불안한 표정으로 걸어 나왔고, 그들은 우편함에서 좀 떨어진 위치에서 만났다. 그녀는 쉰 목소리로 말했다. "뉴스 들었어요. 보비 말이에요. 믿을 수가 없었어요." 곧장 빠르게 되풀이해 말했다. "뉴스에 나왔어요. 그래서 알게 됐어요." 그러고는 담배를 한 모금 빨았다.

죄가 없는 사람이 죄인처럼 굴기도 한다.

"네, 부인. 저는 매디건 경감입니다. 이쪽은 댄서 수사관이고."

댄스는 애써 바로잡지 않았다.

"성함이?"

"태버사 나이스미스예요. 보비는 아무 말썽 없이 살았어요. 마약도, 술도 안 했고요. 음악만 좋아했죠. 불평이 나온 건 딱 한 번, 파티 때문이었어요. 좀 시끄러웠거든요. 그 사람이 죽었다니. 어떻게 된 거예요? 뉴스에는 안 나왔는데."

"확실하지 않습니다, 부인. 아직은 몰라요."

"갱단이 죽였어요?"

"말씀드린 대로, 확실한 건 없습니다."

"정말 착한 사람이었어요. 우리 큰아들 토니한테 기타도 보여주고 그랬어요. 믹 재거가 예전에 연주한 것도 있다고 했어요. 보비의 아버지가 그 사람들, 그리고 비틀스하고도 일했대요. 그렇다고 했어요. 우리야 몰랐죠. 어떻게 알겠어요? 하지만 토니는 무척 좋아했죠."

"최근에 여기서 낯선 사람을 보셨습니까?"

"못 봤어요."

"싸우거나, 시끄럽게 떠들거나, 마약을 한 사람은요?"

"아뇨. 어젯밤에도, 오늘 아침에도 아무도 못 봤어요. 아무것도 못 봤어요."

"확실합니까?"

"네." 그녀는 담배를 눌러 끄고 새로 불을 붙였다. 댄스는 문 앞에 쌓인 꽁초를 보고 그녀가 적어도 밖에 나와 담배를 피우는 예의를 차린다는 사실을 확인했다. 아이들을 위해서일 것이다. 그녀가 말을 이었다. "그 사람 집이 잘 안 보여요." 그러고는 자기 트레일러 앞쪽, 덤불에 가려진 창문을 가리키며 말했다. "토니 아빠한테 덤불 좀 쳐내라고 하는데, 절대 일을 안 해요."

댄스 쪽을 바라보더니, 미소를 지었다.

남자들이란…….

"혹시 **남편**께서는 뭘 보셨을까요?"

"그이는 여기 없어요. 트럭 기사거든요. 사흘째 밖에 있어요. 아니, 나흘째."

"그렇군요. 잘 알겠습니다, 부인. 시간 내주셔서 감사합니다."

"아니에요, 형사님. 혹시 장례식 같은 게 있나요?"

"잘 모르겠습니다. 안녕히 계십시오." 매디건은 트레일러 쪽으로 걸어갔지만 댄스는 반대쪽으로, 그 여자를 따라갔다.

"실례합니다."

"네?"

"몇 가지만 더 여쭤봐도 될까요?"

"미안해요. 아이들한테 가봐야 해서."

"몇인가요?"

"네?"

"아이들요."

"아. 넷이에요."

"저는 둘이에요."

태버사는 미소를 지었다. "그, 뭐냐. 이런 표현을 들었어요. 수확체감요. 무슨 말인지 잘은 모르지만, 애가 둘이면 기본이 잡힌다는 말 같아요. 열 명을 더 낳아도 크게 더 힘들지 않다는."

'수확체감'은 그런 뜻이 아닐 테지만, 댄스는 이해한다는 표정으로 미소를 지었다. "전 둘이면 됐어요."

"하지만 일을 하잖아요."

그 짧은 문장에는 여러 의미가 들어 있었다. 태버사가 이어 말했다. "저분한테 말한 것 말고는 정말 잘 몰라요." 그녀는 댄스의 날씬한 몸과 꽉 끼는 블랙진, 크랜베리소스 색의 선글라스를 보았다.

전혀 다른 세상.

그리고 나는 일을 한다.

"셰릴이랑 애넷한테 아이들을 맡기고 나와서요." 여자는 체격치고는 빠른 발걸음으로 계속 걸었다. 담배를 세게 빨더니 조심스럽게 눌러 껐다. 산불이 잘 나는 캘리포니아에서 흡연자들은 불을 그렇게 끈다.

"한두 가지만 여쭤볼게요."

"아기가 울기 시작하면……."

"아들 기저귀 가는 거 도와드릴게요."

"딸이에요."

"이름이 뭐예요?"

"캐이틀린이에요."

"예쁘네요. 제 딸은 매기예요."

두 사람은 트레일러의 스크린도어 앞에 섰다. 태버사는 먼지가 잔뜩 끼고 녹슨 방충망 안을 들여다보았다. 댄스에게는 장난감 이외에는 별로 보이지 않았다. 플라스틱 세발자전거, 성, 인형의 집, 해적 보물 상자. 실내는 어두웠지만 열기를 내뿜고 있었다. 텔레비전이 켜져 있고 연속극이 방영중이었다.

태버사는 한쪽 눈썹을 추어올렸다.

"보비에 대해서 몇 가지만요."

댄스가 태버사와 이야기를 계속 나누려 한 것은 동작 분석의 중요 규칙인 자발성의 원칙 때문이었다. 어떤 질문에 답하자마자 다음 질문이 될 거라고 예상한 내용을 묻는다면, 상대방은 질문 방향을 바꾸거나 교란하려는 경우가 많다.

댄스는 태버사가 어젯밤, 또는 **오늘 아침**에 여기서 아무도 보지 못했다고 말한 데 주목했다.

왜 그 말을 해야 한다고 생각했을까? 뭔가 감추는 게 있기 때문일 것이다.

댄스는 선글라스를 벗었다.

"아이들한테 가봐야 해요."

"태버사. 오늘 아침 보비의 트레일러에서 뭘 봤죠?"

"아무것도 못 봤어요." 그녀는 재빨리 말했다.

목격자와 용의자의 동작을 효과적으로 분석하려면 오랫동안 대화해야 한다. 며칠, 몇 주 정도 대화하는 것이 이상적이다. 처음에는 범죄에 대해 아무 말도 하지 않는다. 탐문자는 상대의 생활과 관련된 질문을 하고, 말을 건넨다. 사실을 알고 있는 온갖 주제에 대해 이야기를 나눈다. 그러면 용의자의 기준점이 파악된다. 그가 솔직하게 대답할 때 어떻게 말하고 행동하는지 보이는 것이다. 그런 뒤 탐문자는 범죄에 관해 질문을 하고, 상대의 행동을 기준점과 비교한다. 조금이라도 변화가 있다면 상대가 긴장했음을 의미하고, 그것은 속임수를 쓰려 한다는 뜻일 수 있다.

하지만 기준점을 정하기 전에도, 적어도 캐트린 댄스처럼 숙련된 수사관은 상대방이 거짓말을 하고 있음을 암시하는 습관적인 행동을 파악하고 있다. 태버사의 목소리가 전보다 살짝 높아졌다. 긴장했다는 신호이다.

매디건과 수사관들이 보비의 트레일러 앞에 서서 댄스를 흘끔 보고 있었지만, 그녀는 그들을 무시하고 침착하게 말했다. "조금만 더 정보를 주시면 모두에게 도움이 될 거예요."

모두에게…….

당신에게도.

적어도 그녀는 울지는 않았다. 이 단계에서 댄스가 목격자나 용의자가 거짓말을 한다는 것을 시인하도록 만들면 다수의 여자, 그리고 생각보다 훨씬 많은 수의 남자들이 울기 시작했다. 거짓말을 했다고 해서 나쁜 것이 아니라고 설득하는 데 한 시간 가까이 걸리기도 한다. 가족을 걱정한다든지, 다른 이유가 있어서 그런 것뿐이라고 말이다. 태버사는 솔직히 말하면 아이들이 위험하지 않을까 염려하는 듯, 숱이 많은 눈썹을 찡그리며 고민하는 것 이외에는 아무런 반응도 보이지 않았다.

댄스는 그녀가 경계선상에 있다고 판단했다.

"신변을 보호해드릴게요. 하지만 이건 상당히 중대한 문제예요."

낮은 목소리로. 여자 대 여자. 성인 대 성인으로서. "말씀이야 그렇게 하시겠죠. 말은 쉬우니까."

"약속해요."

어머니 대 어머니로서.

기나긴 십 초가 흘렀다. "오늘 아침, 트레일러에 **누군가가** 찾아왔어요."

"생김새를 설명해줄 수 있어요?"

"얼굴은 못 봤어요. 각도 때문에요. 창문을 통해 몸만 봤어요. 가슴이랑 어깨. 그러니까, 실루엣요. 옷도 못 봤어요. 그것밖에 못 봤어요. 맹세해요."

맹세한다는 말은 종종 거짓말을 나타냈지만, 사실 그대로일 수도 있었고, 댄스는 그렇게 믿었다. "어느 창문요?"

"저기 앞쪽의 저 창문이에요." 태버사가 손을 들어 가리켰다. 높이 60센티미터, 폭 90센티미터의 창문이었다.

"담배 피우러 나왔다가 본 거예요?"

"끊으려는 중이에요. 끊을 거예요. 그런데 체중이 걱정돼서요. 담배를 끊으면 항상 체중이 늘잖아요. 노력은 하고 있어요. 더는 살찌고 싶지 않거든요. 아이들 아빠도 그렇게 말했고. 맥주를 그렇게 마시면서 그런 소리를 하다니."

"몇 시였어요?"

"11시, 11시 30분쯤이었어요."

"차가 있었나요? 아니, 그 사람이 언제 돌아갔는지는 봤어요?"

"아뇨."

그때 매디슨이 증오 섞인 눈길을 보내더니 돌아서서 보비의 트레일러 문으로 다가갔다. 댄스는 깜짝 놀랐다.

"고마워요, 태버사. 이제 아이들에게 가보세요."

"증언해야 하나요?"

댄스는 트레일러로 달려가면서 어깨너머로 외쳤다. "보호해드릴게요, 약속해요!" 그리고 이렇게 소리쳤다. "경감님! 잠깐만요!"

12

매디건의 손이 문손잡이에 닿기 직전이었다.

그의 눈길이 댄스 쪽으로 향했고, 댄스는 그의 얼굴에 짜증이 가득한 것을 보았다.

하지만 그는 댄스가 들어가지 말라고 하는 데는 이유가 있음을 곧 이해한 것 같았다.

혹은, 권총으로 향하는 손으로 보았을 때 뭔가 위험하다고 판단한 것 같다고 댄스는 추론했다.

매디건은 뒤로 물러났다. 데니스 하루튠도 마찬가지였다.

댄스는 서둘러 길을 건너 다가갔다.

"안에 누가 있소?" 경감이 날카롭게 물었다.

댄스는 숨을 돌렸다. "그런 것 같진 않은데, 확실하진 않아요. 문제는 범인이나 다른 누군가가 오늘 아침 여기 왔었단 거예요. 11시, 11시 30분쯤. 오염시키면 안 되겠죠."

"**이 안**에?"

"범인이라고 봐야 할 것 같습니다."

"확실한가? 시간은?" 태버사의 트레일러 쪽으로 고갯짓.

"아마 그럴 거예요. 텔레비전이 오전 내내 켜져 있었을 겁니다. 남편이 자주 나가 있어서 위로 삼아 틀어놓는 거죠. 프로그램 방송 시간 덕에 시각을 아는 걸 테고요."

"누굴 봤다고 했소? 신원을 확인할 수 있소?"

"아뇨. 거짓말은 아닌 것 같아요. 얼굴도, 차량도 보지 못했다고 하더군요."

깊은 한숨. 그는 하루튠에게 중얼거렸다. "현장감식반 불러. 저지선도 치고. 가능한 한 넓게. 트레일러 전체에 치도록."

조심스러운 보안관보가 전화를 걸었다.

매디건과 댄스는 트레일러에서 떨어져 산책로에 서 있었다.

"에드윈인지 누군지, 여기서 뭘 한 거요? 살인 후에?"

"모르겠어요."

"친구나 스태프일 수도 있지."

"친구일 수는 있습니다. 스태프와는 이야기를 해봤으니까요. 여기 왔다는 말을 했거나, 아니면 거짓말을 했을 거예요. 하지만 아무도 그러지 않았어요."

매디건이 들어가고 싶어 문 쪽을 바라보는 사이 침묵이 흘렀다. 그가 불쑥 물었다. "낚시 좋아하시오?"

"아뇨."

"흠." 그는 마른 풀을 살펴봤다. "안 하는 거요, 아니면 좋아하지 않는 거요?"

"둘 다 아니에요. 하지만 할 수만 있다면 몬터레이 베이의 배에서 살고 싶어 하는 친구를 한 명 알고 있기는 해요."

마이클 오닐은 늘 일렁이는 바다에 나가 있었다. 댄스의 아들 웨스와 자기 아이들을 데리고. 가끔은 은퇴한 해양생물학자인 댄스의 아버지도 함께 갔다.

"몬터레이 베이라. 흠. 연어가 많지." 매디건이 주위를 둘러봤다. "낚시를 좋아해서."

"잡았다가 놓아주나요?"

"아니. 내가 보기엔 그게 더 잔인한 짓이오. 잡으면 먹지."

"마이클도 그렇게 해요."

"마이클?"

"방금 말한 친구예요."

열기가 더해지며 점점 더 농도 짙은 침묵이 흘렀고, 그들은 하루튠과 스태닝이 노란 테이프를 치는 것을 지켜보았다.

"아까 그 여자, 태버사에게 보호해주겠다고 했습니다."

"그건 가능하지."

"꼭 해주셔야 합니다."

"그건 가능하지." 그는 살짝 날카롭게 반복해서 말하더니 하루튠을 불렀다. "여기 차 보내. 초짜 하나랑. 이곳을 지키도록. 길 건너 트레일러도."

"고맙습니다." 댄스가 말했다.

매디건은 대답하지 않았다.

댄스는 그의 덩치 큰 몸에서 올드스파이스나 정향 냄새가 풍기는 것을 감지했다. 그는 카우보이처럼 여분의 실탄을 아래로 향하도록 꽂은 권총띠를 차고 있었다. 여섯 개나 여덟 개의 탄환이 든 카트리지를 권총에 빠르게 장전하기 위한 스피드로더는 보이지 않았다. 프레즈노의 형사들은 장전을 빠르게 할 일은커녕, 사람을 쏠 일도 거의 없었을 것이다.

매디건이 문으로 다가가더니 열쇠를 살펴봤다. "지렛대를 썼을 수도 있겠군."

그들은 계속 침묵 속에서 현장감식반이 오기를 기다렸고, 감식반이 도착하자 댄스는 다시 한 번 효율적인 작업에 감탄했다. 감식반은 빠르게 전신 작업복를 입은 다음 마스크를 쓰고 부츠를 신었다. 무장한 두 명이 트레일러 내부에 위험이 없는지 확인했다. 보통 경찰특공대나 일반 경찰관이 증거 보호 복장을 하고 이 일을 담당해서 현장을 오염시키는 경우가 대부분이었다.

현장감식반은 트레일러에서 지문을 처리했고, 흔적 증거가 되는 표본과 발자국을 채취했다. 타이어 자국과 범인이 버리거나 흘릴 수도 있는 것들도 수색했다.

댄스의 친구 링컨 라임은 아마 미국 최고의 증거 및 현장감식 전문가일 것이다. 댄스 자신은 사실 그 기술에 절대적으로 의존하는 데 약간 회의적이었다. 진범이 몇 가지 실마리를 심어놓은 바람에 무고한 사람을 사형할 뻔했던 사건도 있었다. 반면 라임과 그의 파트너 어밀리아 색스는 거의 존재하지도 않는 증거를 근거로 용의자를 찾아내고 범죄를 밝혀내는 기적을 행했다.

매디건은 감식반이 주위를 샅샅이 뒤지고 트레일러 안팎을 드나드는 것을 보고 처음으로 눈빛이 살아났다. 그는 법과학을 좋아한다. 매디건은 **사람**을 상대하는 경찰이 아니라, **증거**를 상대하는 경찰이다.

한 시간 뒤, 감식반은 상자 몇 개와 종이봉투와 비닐봉지 들을 들고 나오더니 조사가 끝났다고 했다.

매디건과 낚시에 관한 대화를 했지만, 댄스는 자신이 그다지 오랫동안 환영받지는 못할 것 같았다. 그녀는 재빨리 트레일러로 다가갔다. 후끈하고 플라스틱 가구 냄새 가득한 트레일러 안으로 들어선 댄스는 얼어붙어버렸다. 그곳은 박물관이었다. 사람이 사는 집에서 이런 광경은 처음이었다. 포스터, 레코드 재킷, 기타, 뮤지션 모형, 해먼드 B-3 오르간, 관악기와 현악기의 부품들, 오래된 앰프와 수백 개의 비닐레코드. 33⅓rpm, 45rpm, 예전에 쓰던 78rpm 엘피들, 테이프. 턴테이블 컬렉션과 커델스키 그룹에서 만든 최고의 휴대용 테이프 레코더인 나그라도 한 대 보였다. 아름답지만 오래된 자동차들을 보는 기분이 들었다. 오래전에 디지털과의 싸움에서 패한 아날로그 장치들이었다.

하지만 보비에게 그랬듯이, 댄스에게도 그것들은 예술작품이었다.

수백 개의 콘서트 기념품도 있었다. 대부분 1960년대부터 1980년대의 것이었다. 머그, 티셔츠, 모자. 지적인 싱어송라이터 폴 사이먼을 기념하는 펜. 댄스는 그의 노래 〈아메리칸 튠American Tune〉에서 웹사이트 이름을 따왔다.

대부분 컨트리 음악에 관련된 것이었다. 벽을 거의 남김없이 채우고 있는 사진들은 이 장르의 역사를 보여주었다. 컨트리 음악은 미국에서 세월을 거치면서 어떤 장르보다 심하게 변모해왔다. 전통의 시대에 속하는 1950년대 그랜드 올 오프리와 로커빌리 스타일 뮤지션들의 사진이 보였다. 그리고 십 년 뒤 컨트리 록 시대에 이어 웨일런 제닝스, 행크 윌리엄스 주니어, 윌리 넬슨 같은 무법자*도 있었다. 1970년대 후반과 1980년대 컨트리 팝 유행을 일으킨 돌리 파튼, 케니 로저스, 에디 래빗의 사진과 사인도 있었다. 그 후 일어난 신전통주의 운동은 초창기로 돌아가자는 경향으로, 랜디 트래

* 1977년 웨일런 제닝스와 윌리 넬슨은《무법자The Outlaws》라는 앨범을 공동으로 발표함.

비스, 조지 스트레이트, 저즈, 트래비스 트릿과 수십 명의 뮤지션을 슈퍼스타로 만들었다. 그들 모두 여기 모여 있었다.

1990년대 컨트리는 국제적인 음악이 되어서 한편으로는 클린트 블랙, 빈스 길, 가스 브룩스, 샤니아 트웨인, 민디 매크레디, 페이스 힐을 배출했고, 다른 한편으로는 내슈빌 프로덕션을 거부하는 강력한 대안 운동이 있었다. 후자 쪽에 속하는 라일리 로벳과 스티브 얼의 사진이 벽에서 아래를 내려다보고 있었다.

오늘날의 컨트리도 전시되어 있었다. 캐리 언더우드(그렇다, 〈아메리칸 아이돌〉 출신)의 사진과 테일러 스위프트 〈피프틴Fifteen〉의 사인본도 있었다. 〈피프틴〉은 트럭 운전이나 신, 어려운 삶 등 전통적인 컨트리 음악에서 다루어온 주제가 아닌, 고교 시절의 불안에 관한 노래였다.

케일리 타운의 커리어도 물론 잘 정리되어 있었다.

댄스는 지난 오십 년의 음악계를 꿰고 있는 역사가들이 많다는 것을 알고 있었지만, 그중 보비만큼 자료를 많이 가진 사람이 있을지는 의심스러웠다. 모든 사람의 목숨이 소중하지만, 이십 세기의 팝 음악과 컨트리 음악의 면면을 빠짐없이 수집하고자 한 보비 프레스콧의 열정이 함께 사라졌다고 생각하니 마음 깊숙한 곳이 아팠다. 온 세상이 안타까워할 일이었다.

댄스는 수집품에서 돌아서서 조심스럽게 실내를 돌아보았다. 무엇을 찾는 것인지는 몰랐다.

그러다 뭔가 이상한 것이 눈에 띄었다.

세금청구서 같은 법적이고 공식적인 서류를 모아둔 바인더와 폴더, 카세트 상자와 테이프가 든 상자가 놓인 책장이 있었다. 상자 안에는 '마스터 테이프'라고 적힌 것도 있었다.

댄스는 태버사가 그날 아침 침입자를 보았다고 한 창문 앞을 지나갔다. 그러다가 반대편에서 매우 못마땅한 표정을 짓고 있는 매디건과 눈이 마주쳐 깜짝 놀랐다.

그의 표정은 이렇게 말하고 있었다. 여기 창고로 좀 와보시오.

하지만 댄스가 그를 먼저 불렀다. "뭔가 발견했어요."

그는 인상을 찡그리며 망설이더니 마지못해 들어왔다.

"뭔가 **사라진** 것이 있다는 사실을 발견했어요."

그는 주위를 둘러보았다. "트레일러의 보디랭귀지가 그렇게 말하는 거요?"

매디건은 은근히 헐뜯고 있었다. 댄스는 말을 이어갔다. "그렇게 말할 수도 있겠네요. 사람들의 몸짓과 말투, 표정에는 패턴이 있어요. 사는 공간에도 패턴이 있죠. 보비는 굉장히 정돈을 잘하는 사람이에요. 정돈 잘하는 사람은 우연히 그렇게 되는 게 아니에요. 심리적인 충동에 의한 결과죠. 저 선반을 보세요." 댄스는 손으로 가리켰다.

"엉망이지만, 그게 뭐 어쨌다는 거요? 난 십대 아들이 있는 사람이오."

"다른 선반은 그렇지 않아요. 그리고 현장감식반이 물건을 가져간 곳에는 표시를 해두었어요. 누군가 다른 사람이 저 상자를 뒤진 겁니다. 아마 침입자일 거예요. 태버사가 누굴 봤다는 창문 근처니까요."

"어째서 뭔가 없어졌다고 하는 거요?"

"확실하지 않습니다. 저 선반만 흐트러져 있다는 건 침입자가 뭔가 찾으려 했고, 찾던 걸 발견해서 멈춘 거라고 추론했죠."

매디건은 내키지 않는 표정으로 선반에 다가가더니 라텍스 장갑을 끼고서 테이프와 서류, 사진, 잡동사니와 기념품을 살펴봤다. "몇 개는 케일리 사진이요. 기념품이 아니라 개인적으로 찍은 거요."

댄스가 알아차리지 못한 점이었다.

매디건이 말했다. "스토커 놈이 기념품으로 가져갈 만한 거지."

"그럴 수도 있겠네요, 네."

매디건은 선반을 손가락으로 훑으며 살폈다. 먼지가 두껍게 쌓여 있었다. 보비는 정돈은 잘하지만 청소에는 별로 관심이 없었다. "저기 위쪽에 시멘트 공장이 있소. 거기서 날아온 먼지 같군. 아는 곳이오. 그 때문에 이 트레일러 파크에 범인이 왔다는 확신이 있소. 도움이 될 거요." 그는 냉정한 시선으로 그녀를 바라보았다. "또 발견한 게 있소?"

"아뇨."

그는 말없이 트레일러를 나섰고 댄스도 뒤따랐다. 그는 하루튠을 불렀다. "뭐 찾은 거 있나? 목격자는?"

"없습니다."

스태닝도 고개를 저었다.

"로페스는 어디 있나?"

"컨벤션센터에서 마무리중입니다."

매디건은 두꺼운 벨트에서 휴대전화를 꺼내 전화를 걸었다. 댄스는 통화 내용을 들을 수 없었다. 그는 말하면서 사망자가 살던 곳을 눈으로 살폈다. 댄스도 그의 시선 안에 포함되었다.

매디건은 전화를 끊으며 하루튠에게 말했다. "에드윈 샤프란 자를 찾아내. 데려오게. 어디 있든, 뭘 하든 상관없어. 그자랑 이야기를 해야겠네. 당장."

"체포할까요?"

"아니. 오는 게 좋을 거라고 해둬. 자신을 위해서."

매디건이 댄스의 표정을 보더니 한숨을 거칠게 내쉬었다. "뭐요? 좋은 생각이 아니라고?"

댄스가 말했다. "네. 저는 감시 쪽에 한 표입니다."

매디건은 하루튠을 노려보았다. "그렇게 하게."

"네, 대장." 하루튠은 순찰차에 올라타더니 댄스에게 말 한 마디 없이 출발했다.

그렇다. 보안관보는 케일리의 노래 가사를 보지 않았다.

매디건은 뒤뚱거리며 차로 돌아가면서 현장을 한 번 돌아보았다. "크리스털. 나랑 함께 가지. 순찰차에서 이야기하세. 자네 차는 나중에 가지러 오고."

그녀는 매디건의 순찰차 조수석에 올라탔다. 잠시 후 그들은 댄스에게 인사도 없이 고속도로로 향했다.

상관없었다.

댄스는 열쇠를 들고 차로 향했다. 그러다가 걸음을 멈추고는 짜증이 나서 눈을 꼭 감고 신경질적으로 한 번 웃었다. 크리스털 스태닝의 차가 댄스의 패스파인더 뒤쪽 범퍼에 딱 붙어 서 있었다. 앞에는 쓰레기가 가득한 간이 차고였다. 0.5톤은 되는 V-8 엔진 블록이 댄스의 SUV에서 15센티미터 떨어진 위치에 버티고 있었다.

꼼짝할 수 없었다.

13

보비 프레스콧의 트레일러에서 돌아와 프레즈노-마데라 합동 보안관 사무소에 도착한 매디건은 한 블록 떨어진 현장감식반에 들렀다.

이 사건을 최우선으로 삼으라고 다그치러 간 것인데, 물론 감식반은 그러겠다고 했다. 프레즈노를 유명하게 만들어준 소녀, 케일리 타운을 위해서라면.

그리고 매디건 경감을 위해서라면.

하지만 격려는 그에게 그렇게 중요하지 않았다. 그의 머릿속에는 캐트린 댄스가 떠올랐다.

꼼짝달싹 못하는 그녀의 차. 어떤 사람은 좋은 말로 해서는 통하지 않는다. 크리스털을 한두 시간 뒤에 보내 그 여자를 자동차 구치소에서 꺼내줄 것이다. 오, 미안, 캐트린. 거기 꼼짝달싹 못하고 끼어 있을 줄이야!

하지만 그는 댄스처럼 케일리를 이용하는 사람들이 정말 지겨웠다.

케일리가 개입되지 않았더라면 캐트린 댄스 같은 자들은 프레즈노에 오지도 않았을 것이고, 이곳 사람에게는 인사 한 마디 건네지 않았을 것이다. MS-13* 지망생들이 기관총을 들고 헌든의 피자가게에 난사해 두 아이가 죽고 라이벌 마약 거래상은 놓쳐버렸을 때, 댄스 요원과 CBI는 어디 있었는가?

그들은 유명인이 아니었으니까.

그는 CBI가 그보다는 나을 것이라 기대했다. 그들도 언론 플레이나 할 줄은 몰랐다. 하지만 매디건은 할 일을 했다. 댄스의 상관 찰리 오버비를 유튜브와 자료실에서 검색해보았다. 그는 와일드 빌 히콕이 6연발 권총을 꺼내는 것보다 빠르게 기자회견을 열었다.

댄스는 그 밑에서 일하니 아마도 똑같을 것이다.

우연히 여기 와 있고 케일리의 친구라고? 턱도 없는 소리.

수사를 제가 맡아도 되겠죠, 경감님?

물론 그 여자는 몇 가지 도움이 되긴 했다. 하지만 엉뚱한 이유로 사건에 껴들었고, 매디건은 용납할 수 없었다. 게다가 그 여자가 하는 소리를 별로 믿지 않았다. 동작학? 헛소리. 디스커버리 채널과 책에서 송어를 배우는 셈이다. 크리스코에서 송어를 직접 잡아 다듬어서 요리하는 것과는 정반대로.

그렇다. 그의 접근법은 달랐다. 오늘날 사건은 주술이 아니라 과학으로 처리되었다. 컨벤션센터에서 증거를 얻었고, 보비의 트레일러에서 실시한 조사 결과를 가져올 것이다. 시멘트 먼지는 하늘이 준 선물이었다.

증거들로 무장한 매디건은 그 개자식을 잡아다 한두 시간 안에

* 로스앤젤레스에서 시작된 국제 갱 조직.

자백을 얻어낼 것이다.

그는 크리스털과 현장감식반 실험실로 들어갔다. 화학물질 냄새, 색층 분석 장치가 풍기는 냄새가 반가웠다. 고등학교 때 썼던 분젠 버너가 떠올랐다. 축구를 했고, 동생이 건강했고, 예쁜 여자친구가 있던 좋은 시절이었다.

"찰리." 그가 불렀다.

통통하고 뺨이 붉은 현장감식반 반장, 찰리 신이 자신의 사무실 컴퓨터에서 고개를 들었다. 그의 사무실이라고 해봐야 큰 방에 벽 네 개를 두른 공간일 뿐이었다. 나머지 공간은 큐비클과 작업대, 매디건이 애써서 사들인 최신 법의학 장비로 가득 차 있었다.

"안녕하세요, 대장." 신의 억양을 들어보면 빈 타운의 남쪽이나 북쪽, 매사추세츠 해안 어딘가에서 온 것 같았다.

매디건은 신이 자신의 예산으로 채용할 수 있는 최고의 법의학 수사관이라고 생각했고, 수사대에서 존경하는 몇 안 되는 직원 중 하나였다. 물론, 이름을 가지고 몇 가지 농담을 하긴 했지만.

"케일리 타운 사건에 전력을 다해야 하네."

신은 고개를 저었다. "안됐어요. 상심이 크겠죠. 이번 주에 큰 콘서트도 있잖아요. 저도 표 샀거든요. 아내랑 가려고요. 안 가세요?"

"전 가요." 스태닝이 말했다.

매디건은 가지 않는다. 음악은 좋아했지만 원할 때는 스위치로 꺼버릴 수 있는 음악을 좋아했다. "뭐 나온 게 있나?"

신은 보안경과 장갑을 끼고 실험복을 입은 채 근처에서 집중하며 작업중인 사람들을 가리켰다.

"아직은 없어요. 현장이 셋이에요. 컨벤션센터, 보비의 트레일러, 샤프가 빌린 집. 이백 개쯤 되는 지문을 처리하고 있어요. 집에서 샤프의 지문**처럼** 보이는 것이 나오기는 했지만, 자동통합지문확인시스템에 등록되어 있지 않아요."

FBI의 자동통합지문확인시스템은 매디건 생각에 연방정부가 잘한, 드문 일 중 하나였다.

"하지만 그 지문이 그자 것인지는 확실하지 않아요."

"샤프를 만나볼 거야. 물병 속임수를 써서 지문을 가져오지."

"CBI의 댄스 요원이 누군가요?"

매디건이 쏘아붙였다. "왜?"

"전화를 해서……."

"**자네**한테? 여기로? 직접?"

"네. 케일리의 비서와 이야기를 했다고 합니다. 얼리샤 세션스요. 누군가 컨벤션센터에서 케일리를 지켜보고 있었던 자리를 알아냈다더군요. 그곳을 조사했지만, 아무것도 안 나왔습니다. CBI가 개입했나요?"

"아니. **안** 하네."

"아." 매디건이 더 설명하지 않자 신은 계속해서 이야기했다. "대장 말씀이 맞았어요. 보비의 트레일러에 있는 시멘트 가루는 바니에로 사건 때와 같은 겁니다. 그 지역에만 있는 거죠."

"에드윈의 집과도 비교해봤나? 로페스 말로는 케일리 사진과 기념품에도 먼지가 많다던데."

"네, 흔적은 많은데 아직 결과는 안 나왔습니다. 곧 알게 될 거예요. 한 가지 더 있습니다. 오케스트라 피트에서도 뭔가 발견했어요. 상자가 몇 개 옮겨졌다더군요. 매니저는 대개 사람이 잘못해서 떨어지지 않도록 스턴트맨이 쓰는 특수 상자를 쌓아둔다고 했어요. 누가 옮겼는지 모르겠지만, 라텍스 장갑을 끼고 있었던 모양이에요. 연기 감지기에도 비슷한 흔적이 있고, 거기서는 배터리를 빼냈더군요."

역시!

에드윈이 빌린 집을 수색한 미겔 로페스는 라텍스 장갑 한 상자를 발견했다.

"에드윈의 집에서 가져온 것과 같나?"

"그것도 아직은 모릅니다. 구겨진 자국과 제조사를 확인하면 알게 되겠죠."

"좋네, 찰리. 소식 있으면 언제든 연락하게."

매디건과 스태닝은 보안관 사무실로 걸어간 뒤 안으로 들어가 긴 복도를 걸었다. 반대편에서 지나가던 사람이 약간 조심스럽게 목례했다. 기가 질린 표정이었다.

그는 다시 캐트린 댄스를 떠올렸다. 그녀는 조금도 기죽지 않았다. 지금쯤 뜨거운 별에 타고 있을 거라는 생각이 들었다. 아주 잠시 가책이 느껴졌다. 그 잘난 패스파인더의 에어컨을 틀면 되겠지. 게다가 그 여자처럼 아이를 키우는 엄마들은 항상 생수를 잔뜩 가지고 다닌다. 수돗물은 마시지 않으니까.

매디건은 빛바랜 '형사부' 표지가 붙어 있는 스윙도어를 밀고 안으로 들어갔다.

겨울에도 땀을 뻘뻘 흘리는 불독 같은 사내, 가브리엘 푸엔테스 수사관이 접수처 근처에 서 있었다. 대부분 군인 출신인 그곳 보안관보들과는 달리, 푸엔테스는 군대의 흔적을 싹 지운 채 검고 반짝이는 머리를 최대한 기르고 다녔다.

에드윈 샤프도 와 있었다. 매디건은 케일리의 변호사들이 보내준 사진 속 남자를, 체중을 많이 줄였음에도 한눈에 알아보았다. 에드윈은 15센티미터 정도 키가 작은 172센티미터의 푸엔테스 옆에 서 있었다. 스토커는 팔이 길고 손이 컸다. 눈은 짙은 눈썹 밑에 쑥 들어가 있어서 그 밖에는 매우 정상적인데도 불길한 느낌을 주었다. 눈에서 호기심이 느껴졌다. 불안을 조금도 드러내지 않았다. 이곳에 견학을 온 아이들도 그보다는 더 켕기는 표정이었다.

얇은 입술을 끝만 살짝 올리는 그의 미소는 매디건이 본 미소 중 가장 이상했다.

그 눈이 매디건을 향했다. "매디건 형사님, 안녕하세요. 제가 에드윈 샤프입니다."

명찰을 달고 있긴 하지만, 저자는 그걸 보지도 않았다. 이건 또 뭔가?

"잠깐만 기다리시오. 와줘서 고맙소."

"참고로 말씀드리는데, 전 체포된 게 아닙니다. 출두 요청에 자발적으로 온 겁니다. 언제든지 나갈 수 있습니다. 맞죠?"

"그렇네. 아이스크림 어떤가?"

"제가…… 뭐라고요?"

"아이스크림?"

"아뇨. 됐습니다. 무슨 일인가요?"

"에드라고 부르나? 에디?"

미소. 오싹한 미소. "아뇨, 에드윈이 좋습니다, 파이크."

매디건은 잠시 말을 멈췄다. 젠장, 이 자식이 내 이름을 불러? 게다가 어떻게 안 거지? 여기 **수사관들**도 모르는데.

"그렇다면. 에드윈으로 하지. 잠깐 기다리게." 그는 푸엔테스에게 고갯짓으로 함께 나가자고 했다.

"무슨 문제가 있었나?" 매디건이 속삭였다.

"아뇨. 와달라고 했더니 바로 나왔습니다."

푸엔테스가 설명했다. "그리고 미겔과 감식반이 그가 나간 다음에 좋은 증거를 찾았다고 들었습니다."

"그런 것 같군."

"네." 푸엔테스가 말했다. "케일리는 어떻습니까?"

"최선을 다 하고 있지. 좋지 않아."

"개자식." 두 사람은 자신들을 바라보는 에드윈을 돌아보았다. 그는 그들의 대화를 들을 수 없다. 멀리 있으므로. 하지만 마치 모든 말을 감지할 수 있다는 듯 싱글거리는 눈을 보고 매디건은 오싹함을 느꼈다.

그는 푸엔테스를 형사부로 돌려보내고 식당으로 갔다. 냉장고를 열고 아이스크림을 좀 퍼서 종이컵에 담았다. 그는 아이스크림을 좋아했다. 바비큐를 먹을 때에도 맥주 이외에는 술도 마시지 않고, 담배도 피우지 않지만, 아이스크림은 먹었다. 요거트나 셔벗, 저지방은 사양했다. 진짜 아이스크림. 5킬로그램이나 체중이 불었지만, 그 정도 희생은 기꺼이 감수했다.

사람들은 그가 아이스크림을 권하면 용의자를 겁주거나 회유하기 위한 것이라고 생각했다. 하지만 사실은 아이스크림을 좋아해서일 뿐이다.

오늘은 민트초콜릿칩이다.

매디건이 형사부로 돌아왔다. "좋아, 에드윈. 친절하게 와줬으니 대화를 좀 하고 싶네."

금속 스푼으로 두어 번 아이스크림을 떠먹었다. 그는 항상 금속 스푼을 썼다. 플라스틱이 싫었다. 종이나 스티로폼 컵은 괜찮지만, 아이스크림은 진짜 스푼으로 먹어야 했다.

그들이 심문실로 향하는데, 형사부 문이 다시 휙 열리더니 누군가 로비로 들어왔다.

오, 젠장.

캐트린 댄스였다.

14

댄스는 택시를 탔다.

안 탈 줄 알았나?

경감과 크리스털 스태닝이 떠나고 십 분 뒤, 댄스는 차를 앞뒤로 움직여보다가 포기했다.

댄스는 휴대전화를 꺼내 검색 앱을 찾아 택시를 불렀고 보안관 사무소로 곧장 왔다.

댄스가 다가오자 스토커는 더욱 신이 난 것 같았다. "댄스 요원. 별일 없으시길." 에드윈은 그의 직함과 이름을 정확하게 부르며 약간의 경의를 표했다.

매디건의 표정은 이렇게 말했다. 트레일러 현장의 즉흥 구금도 끝이로군.

댄스가 단호하게 말했다. "드릴 말씀이 있습니다, 수사관님." 댄스는 정말 열받았기에 경감이라는 직함 대신 이렇게 불렀다.

매디건이 대답했다. "지금은 좀 바쁘네. 에드윈, 저쪽으로 가세. 시원한 물 좀 마시겠나?" 그는 비서에게 말했다. "삼 번에 있겠네."

그러고는 복도로 사라졌다.

초조하게 오 분을 보냈다. 댄스는 탄탄한 어깨, 짙은 피부, 부드러운 턱수염의 데니스 하루튠이 복도를 걸어오는 것을 보았다. 그는 매디건이 자동차 장난을 치기 전에 떠났고 댄스가 달갑지 않은 인물임을 모를 수도 있었다. 댄스는 결정을 내리고, 가방에서 신분증을 꺼내 허리에 찼다. 방패막 전시는 근무중에도 하지 않는 행동이었다.

댄스는 하루튠에게 다가갔다.

그도 상관처럼 웃지 않았지만, 눈에 수상한 기색은 없었다. 그가 어색해 보인다면 모든 일을 멈추고 케일리의 〈유어 섀도〉 노래에서 다음 범행 장소를 찾지 않았기 때문일 것이다.

"데니스."

"안녕하세요, 캐트린."

캐트린은 매디건이 친한 부하들에게 뭐라고 불리는지 기억했다. "대장이 에드윈과 면담하고 있어요. 삼 번 관찰실이 어딘가요? 못 찾겠네요."

거짓말이 성공했다. 댄스가 여기 있어도 되는 것으로 착각한 하루튠은 아무 의심 없이 안내하더니 공손하게 문까지 열어주었다. 그는 작은 방의 불을 켜주었다. 에드윈이나 매디건이 불이 켜지는 것을 볼 염려는 없었다. 집에 텔레비전이 있는 사람이라면 거울이 가짜이고, 카메라가 있으며, 반대편에는 경찰과 목격자가 있다는 것을 알 것이다. 관찰실은 내광성에 방음장치가 되어 있었다.

댄스는 하루튠을 이용한 것이 조금 켕겼다. 케일리 타운을 지켜야 했고, 매디건의 목표도 같다는 것을 알지만 에드윈 같은 용의자를 상대할 때 그의 경쟁심이 도움이 될지 알 수 없었다.

참, 그리고 댄스는 아직도 화가 가시지 않았다.

댄스는 조사실을 살펴봤다. 소박한 공간이었다. 가운데 커다란 테이블이 놓였고, 의자 여섯 개, 물병과 노트가 놓인 작은 테이블이 하나 있었다. 벽에 장식은 없었다.

연필이나 펜도 없었다.

매디건은 전문가적으로 접근하고 있었다. 위협적이지 않은 자세로, 몸을 앞으로 당기고 앉아 있었다. 당당하기는 하지만, 이전에 보았던 권위적이고 위압적인 태도(아마 법률 집행관들에게 참견할 때 쓰려고 아껴놓은 모양이다)는 버린 상태였다. 용의자의 집중을 흐트러뜨릴 수 있는 손짓은 하지 않았다. 에드윈을 존중하며 편안한지, 너무 덥거나 춥지 않은지 물었다.

댄스는 아이스크림도 일종의 소품이라고 생각했다. 심문자의 말 한 마디, 동작 하나가 좀 더 많은 것을 알려준다. 심문에 도움이 되지 않는 행동이나 말은 절대 하면 안 된다. 커피를 마시거나, 머리를 긁거나, 인상을 찡그리거나…… 하지만 아이스크림은 형사가 계획한 것이 아닌 모양이었다. 그는 맛있게 아이스크림을 먹더니 컵을 옆으로 던졌다. 에드윈이 그 과정을 하나하나 살폈다.

매디건은 몇 가지 실수를 했다. 하나는 에드윈에게 테이블 맞은편에 앉으라고 한 것이다. 가구 없이 마주 앉는 편이 나았을 것이다. 테이블, 의자, 다른 **어떤** 물건이 사이를 가로막고 있으면 용의자는 안전하다는 느낌을 받는다.

그는 아주 서툴게 물을 권했다. 댄스는 매디건이 물병을 들어 에드윈에게 건네는 대신 물이 있는 쪽을 가리키기만 하는 것을 보았다. 물병에서 에드윈의 지문을 얻으려는 모양인데, 에드윈이 병을 만지지 않는 것을 보면 의도를 알아차린 듯했다. 문제는 그 손짓이 심문자의 전략과 요령을 드러냈다는 것이다.

하지만 댄스가 보기에 더 큰 실수는 다음에 나왔다.

"무슨 일인지 물어봐도 되나요, 파이크?"

"로버트 프레스콧 때문이오."

댄스라면 그렇게 대답하지 않았을 것이다.

"아, 케일리의 로드 매니저." 에드윈은 고개를 끄덕이며 눈에 띄게 짙은 눈썹을 문질렀다.

"그가 죽은 시각에 어디 있었소?"

오, 안 돼.

하루튠이 고개를 돌리는 것을 보니 댄스가 이 말을 소리 내어 한 모양이었다.

"뭐라고요? 아니, 그가 죽었어요?" 에드윈은 놀란 표정을 지었다.

"그걸 몰랐소?"

"네. 몰랐어요. 안됐군요. 그 사람은 케일리랑 정말 가까웠는데. 어떻게 된 건가요?"

"불이 붙었소. 그럼, 어젯밤에 컨벤션센터에 간 건 아니라는 거요?" 그는 에드윈에게 불길한 표정을 지으며 다가갔다.

댄스는 매디건의 접근 방법을 알아챘다. 무차별 대입 공격이었다. 암호화된 메시지를 풀기 위해 거대 슈퍼컴퓨터를 이용해 모든 가능한 암호를 다 써보는 방법을 일컫는 해커 용어였다. 즉, 무차별적으로 용의자에게 사건 관련 정보를 줌으로써 수사관들에게 없는 지식과 관련 사실을 암시하는 것이다. 매디건처럼 자신 있게 정보를 주면 용의자들은 금방 세부 사항을 털어놓기도 했다.

그렇다. 무차별 대입 공격은 효과적일 수 있다. 하지만 바로 효과를 내지 못하면 상대는 오히려 철벽을 두를 수도 있다. 도움되는 정보를 얻을 기회가 모조리 사라진다. 댄스는 이 방법을 결코 쓰지 않았다. 댄스는 심문자가 갖고 있는 것 중 가장 소중한 것은 정보라고 믿었다. 덫을 써도 되고 무기를 써도 되지만, 효과를 얻기 위해서는 용의자를 천천히 꾀어 나중에 써먹을 수 있는 세부 사항을 밝혀내야 한다. 매디건은 방금 가장 중요한 사실을 내놓았다. 보비가 죽었다는 사실, 범죄가 일어난 시각, 범죄 방식을 다 알려주었다. 댄스가 이 인터뷰를 했다면 당분간 그 사실은 비밀로 두었을 것이다.

에드윈은 매디건을 어두운 표정으로 보았다. "보비 일은 유감이군요. 케일리가 안됐어요."

매디건은 대답하지 않았다. 그리고 빠르게 말했다. "프레스콧이 사망한 시각에 어디 있었는지 말해주겠소? 어젯밤 자정에."

"흠, 전 아무 말도 안 해도 된다고 알고 있어요. 그렇잖아요. 내가 보비를 해쳤다고 믿는 모양인데 대체 내가 왜 그런 짓을 하겠어요? 케일리와 가까운 사람을 해친 적은 없어요. 하지만 대답을 드리자면 집에 있었어요."

"목격자가 있소?"

"차를 몰고 가던 사람이 봤을지도 모르죠. 모르겠어요. 거실에서 음악을 들으면서 있었어요. 그때까진 커튼을 치지 않았어요."

"그렇군. 알겠소." 그러더니 그는 덫을 놓았다. 매디건은 더욱 바짝 다가가더니 단호하게 물었다. "하지만 당신이 그 시각에 컨벤션 센터에 있었고, 오늘 아침에는 보비 집에 있었다는 걸 목격한 사람이 두 명이라는 사실에는 뭐라고 말할 텐가?"

15

에드윈 샤프의 대답을 매디건은 예상하지 못했을 것이다.

그는 이맛살을 찌푸려 짙은 눈썹을 하나로 모으면서 물었다. "확실히 본 거래요?"

대답하지 마. 댄스가 속으로 매디건에게 말했다.

"그래. 컨벤션센터 스테이지 도어 건너편 집. 그리고 보비의 집 바로 맞은편 집."

젠장. 댄스는 속으로 외쳤다. 이제 에드윈은 증인이 누군지 정확히 알 수 있다.

에드윈은 어깨를 으쓱였다. "뭐, 착각했을 수 있죠. 난 집에 있었어요."

댄스는 하루튠에게 말했다. "태버사는 누구를 봤다고 말하지는 않았어요. 그럴 수 없었어요. 거기 다른 사람이 있었나요?"

잠시 침묵. "제가 알기론 없습니다."

"그럼 컨벤션센터에는 목격자가 정말 있나요?"

"그런 모양이죠." 하루튠은 머뭇거리다가 말하기로 결정한 듯 덧붙였다. "근처에 사는 어떤 여자가 자정쯤에 누굴 봤답니다."

"에드윈을 확실히 봤대요?"

"그건…… 그건 아닌 것 같습니다."

문장이 도중에 끊기는 것을 보니 분명히 **아니었다**. 댄스는 지도를 떠올렸다. 그 집은 스테이지 도어에서 200미터 떨어진 곳, 주차장 건너편에 있었다. 밤에는 어렴풋한 윤곽밖에 보지 못했을 것이다.

"흠. 매디건은 지금 살인 용의자에게 목격자 이야기를 했는데, 누군지 알아내기 어렵지 않을 거예요. 보호가 필요해요. 경감님이 태버사는 보호해주겠다고 했어요. 조치됐는지 알아요?"

"태버사 얘기는 들었습니다. 다른 쪽은 모르겠습니다."

"보호해야 해요."

"네."

그리고 조사실에서는 일대일 심문이 계속되었다. 매디건은 센트럴 밸리에 등장하는 전형적인 범인에게서 자백을 받아내는 데는 뛰어날 것 같았다. 하지만 에드윈 샤프는 전형적인 범인이 아니었다.

음, 자일스 대 로헌의 **판례에 따르면**…….

매디건이 말하는 내용을 스토커는 끈기 있게, 분석하며 들었다. "그리고 자네 집도 살펴봤네, 에드윈. 범행에 사용된 것과 같은 라텍스 장갑이니, 흥미로운 것들이 많더군. 발자국 증거도 있고."

에드윈은 침착하게 말했다. "그렇군요. 제 집을 조사하셨다고요? 영장은 받았나요?"

"영장은 필요 없었네. 척 봐도 보이는 것이 몇 가지 있더군."

"길에서요?" 에드윈이 물었다. "정원 안으로 들어오지 않으면 아무것도 안 보일 텐데요. 흠, 그리고 뭐든 가져가실 권리는 없을 거고요. 돌려주시기 바랍니다."

댄스가 하루튠에게 물었다. "영장은 받았어요?"

"아뇨. 보비의 집에서 없어진 물건이 있어서 경감님이 보안관보인 미겔 로페스를 보내셨습니다. 창문으로 안을 들여다보니 트레일러에 있던 물건이 보인 거죠. 그냥 봐도…… 왜 그러시나요?"

댄스는 대답하지 않았다.

조사실에서 에드윈이 이렇게 말했다. "음, 저는 보비의 트레일러에 들어가지 않았으니……."

"오, 그게 트레일러인지 어떻게 알았나?" 매디건이 의기양양하게 물었다.

"맞아요. 아까 '집'이라고 하셨죠. 이상하다고 생각했어요. 케일리가 이 년 전에 쓴 노래 덕분에 그가 어디 사는지 알아요. 〈보비스 더블 와이드Bobby's Double-wide〉라는 노래요. 컨트리 음악의 역사가 다 모여 있는 곳. 돈 매클레인의 〈아메리칸 파이American Pie〉랑 비슷한 노래였죠. 그걸 모르다니 놀랍네요. 케일리의 열혈팬이면서."

매디건의 미소가 잦아들었다. "에드윈, 그냥 자백하게. 그러고 싶다는 걸 알아."

무차별 대입 공격에서 쓰는 교과서적인 대사였다. 범인은 울기 시작하면서, 자백하게 되어 있었다.

하지만 에드윈은 이렇게 말했다. "내 물건은 지금 가져가도 되나요? 어디 있죠? 현장감식반에 있나요? 남쪽에 있는 건물 맞죠?"

매디건은 눈을 껌뻑거렸다. 그리고 말했다. "이봐, 현실적으로 행동해. 내게 협조하면 검사와 잘 이야기해볼 테니. 형량을 줄여줄 거네. 보비랑 말싸움을 했을지도 모르지. 그거 있잖나, 그날 오후에 카우보이 살롱에서 부딪친 거. 그게 과열된 거지. 그럴 수 있어. 형량을 줄여줄 수도 있지. 스토킹 혐의는 없애줄지도 모르고."

"스토킹이라고요?" 에드윈은 당황스럽다는 표정을 지었다. "난 스토커가 아니에요. 케일리는 친구라고요. 나도 알고 케일리도 알아요."

"친구라고? 변호사 이야기는 다르던데."

"아. 케일리는 그들을 두려워해요. 케일리 아버지가 변호사들을 통제하거든요. 모두 다 나에 대해 거짓말을 하고 있어요."

"그런 게 아니야." 매디건이 말했다. "자네는 케일리를 스토킹하러 이곳에 왔어. 그리고 케일리의 친구가 어제 자네를 카우보이 살롱에서 내쫓았다고 죽인 거고."

에드윈은 전혀 동요하지 않았다. "아뇨, 형사님. 프레즈노에는 시애틀의 비가 지겨워서 피해 온 거예요. 콘서트에도 가서…… 내가 좋아하는 가수, 내게 솔직하게 관심을 나타낸 여자한테 존경의 뜻도 표할 겸. 참, 우리 시대 최고의 뮤지션으로 꼽을 수 있는 사람이죠. 나더러 스토킹을 했다고 하는데, 미안하지만 난 **피해자**예요. 내 전화에 대해 아무 조치도 취하지 않았잖아요."

매디건이 혼란스러운 표정을 지었다. "무슨 소린가?"

"푸엔테스가 그 일 때문에 함께 와달라고 한 건 줄 알았는데. **내가** 고소한 것 때문에."

"고소?"

"몰랐어요? 놀라운 일도 아니지만. 토요일 밤에 911에 집 뒤편에서 침입자가 날 훔쳐본다고 신고했어요. 하지만 아무도 와주지 않았어요. 여기 인원이 얼마나 돼요? 1200명? 한 명만 와서 이자가 어디 있는지 확인하고 이웃하고 이야기해주면 되는데. 그렇게 했나요? 아니죠. 외지인한테는 안 해줬죠."

매디건은 어두운 표정으로 웃으며 대답했다. "프레즈노에 **400명**,

마데라에 600명이 있네. 그들이 밸리부터 산지까지 1500제곱킬로미터 지역을 담당해. 진짜인지 모르겠지만, 자네를 좀 훔쳐본 놈을 잡으러 당장 출동하진 못한다는 말이야."

스토커가 보안관 사무소의 한계에 관한 정보를 알아내려고 낚시를 한 거라면 성공이라고 댄스는 생각했다.

에드윈은 손쉽게 공세를 펼쳤다. "이곳이 고향인 여자가 '스토킹' 당한다고 하니까 지구 종말이 온 것처럼 덤볐잖아요. 나는 외지인이니 다들 나 몰라라 하고. 보비 프레스콧이 살해되었는데 증인들이 내가 그 사람 집, 아니, **트레일러**에 있었다고 하면 난 잡힌 거죠. 죽인 사람은 따로 있는데, 나를 이용하는 거예요. 형사님, 난 케일리를 사랑한다는 걸 알아주세요. 케일리와 가까운 사람을 해치지 않아요."

"자네는 그녀를 사랑하지 않아, 에드윈. 자네를 전혀 알지도 못하는 유명인한테 집착하는 거지."

"사랑에는 집착도 **조금** 있다고 생각해요. 안 그래요, 파이크? 부인한테 조금은 집착하지 않아요? 아니, 예전에 그런 적 **없어요?**" 에드윈은 결혼반지를 본 것이다.

"내 가족 이야기는 그만두게!" 매디건이 외쳤다.

"미안해요." 에드윈은 인상을 쓰며 말했다. 알 수 없는, 하지만 거짓으로 뉘우치는 눈빛이 떠올랐다.

매디건이 말했다. "케일리는 자네를 전혀 사랑하지 않아. 그건 완전히 착각이네."

용의자가 틀렸다는 것, 또는 자신의 믿음이 착각에서 기인한 것임을 인정하게 하려는 노력은 대체로 쓸데없는데, 특히 스토킹처럼 광적이거나 집착에 기인한 범죄일 경우 더욱 그렇다.

에드윈은 어깨를 으쓱였다. "형사님은 그렇게 말하지만, 케일리가 나한테 이메일과 편지를 보낸 걸 알고 있잖아요. 나를 사랑한다고 말한 셈이에요."

매디건은 어렵사리 분노를 억누르고 말했다. "이봐, 현실을 파악해야지. 케일리는 당신한테 보낸 이메일을 수만 명한테 똑같이 보냈어. 아니, 수십만 명. 변호사들한테 브리핑받았네. 공식 이메일 여섯 통과 공식 편지 두 통을 받았지."

"그건 그 사람들 말이에요. 그렇다고 사실은 아니죠."

"에드윈. 가수에게 그렇게 느끼는 팬이 많아. 나도 전에는 스타에게 팬레터를 보내봤네. 그도 나한테 사인한 사진을 보냈고……."

"남자였어요?" 에드윈이 재빨리 물었다.

매디건은 잠시 망설였다. "자네는 확실히 잡혔어. 사실대로 말해. 로버트 프레스콧을 죽였다고 하면, 어떻게든 해보지. 내게 털어놓으면 마음도 후련해질 거야. 내 말을 믿게."

에드윈이 말했다. "있잖아요, 파이크. 더는 말하고 싶지 않아요. 가고 싶어요. 그리고 내 물건을 가져가겠어요. **윌리엄스 판례** 알죠? 날 체포하든지 봐주든지 해야 될걸요."

어두침침한 관찰실에서 댄스가 하루튠에게 물었다. "증거는요? 에드윈이 현장에 있었다는 증거가 있어요?"

댄스는 대답을 기다리지도 않았다. 하루튠이 눈길을 돌리는 것만 봐도 답을 알 수 있었다. "과학수사팀에 보내지도 않았죠, 그렇죠?"

"아마 일치할 거라고 봅니다. 하지만 아직입니다."

"데니스, 경감님에게 여기 좀 오시라고 해줘요."

"네?"

"이야기 좀 해야 되겠어요. 아주 중요한 일이에요."

하루튠이 댄스를 살펴보더니 벨트에 찬 신분증을 내려다보았다. 수염에 묻힌 그의 입술이 일자가 되었다. 속임수를 써서 들어온 것을 깨달은 것이다.

"미안해요." 댄스가 말했다. "어쩔 수 없었어요."

그는 인상을 찡그리며 한숨을 쉬었다. 그러더니 전화를 낚아챘다. 안에서 전화 울리는 소리가 들렸다. 매디건이 놀라고 짜증난 표정으로 전화를 보았다. 에드윈은 거기 신경 쓰지 않는 대신 돌아서서 반사경을 보았다. 그 안에 누가 있는지 몰랐으므로 댄스에게도, 하루튠에게도 초점을 맞추지는 않았다. 하지만 그가 이쪽으로 시선을 돌리기만 해도 심란했다.

그리고 얼굴에 띤 미소. 망할 미소.

"왜?" 매디건은 전화에 대고 아무렇지도 않은 척 말했지만 댄스는 수화기를 잡은 그의 엄지가 하얗게 변한 것을 보았다.

"대장?"

"어?"

"지금 댄스 요원과 함께 있습니다. 저…… 이야기를 하고 싶다는데요? 가능하시면."

그도 믿을 수 없다는 눈빛으로 거울을 바라보더니 꾹 참았다.

"지금?"

"그렇습니다. 중요한 일 같습니다."

"거기 어떻게 들어갔는지 모르겠군."

스토커가 상황을 알고 있을까? 댄스는 정확히 판단할 수 없었지만, 에드윈은 계속 거울을 보고 있었다.

"지금 바빠."

댄스가 전화를 잡았다. "경감님, 보내세요. 체포하지 마세요."

잠시 후 매디건은 수화기를 내려놓았다. "에드윈, 물 좀 마시게."

"가고 싶어요." 그는 침착하게 다시 말했다.

매디건은 그 말을 무시하고 밖으로 나왔다. 그가 관찰실 문을 열어젖히고 댄스에게 달려오는 것은 시간문제였다.

"대체 무슨 짓이오?"

"보내야 해요. 적당한 이유가 없으면."

"이건 내 사건이오."

댄스는 부하 앞에서 그에게 망신을 준 것을 알고 있었다. 하지만 어쩔 수 없었다. "놔주셔야 합니다."

"당신이 누군가 보비 프레스콧에게 라이트를 떨어뜨렸다는 걸 알아냈다고 해서 당신 의견이 필요한 건 아니오."

그렇다면, 데니스 하루튠이 그 추리를 댄스가 했음을 밝힌 것이었다.

"보내줘야 합니다."

매디건의 목소리에 짜증이 실렸다. "이제 저놈 편이 된 거요?"

댄스도 상당히 화가 났다. "누구 편이냐 하는 문제가 아니에요. 유죄를 증명하느냐의 문제죠. 물론 에드윈이 보비를 죽였을 가능성이 크죠. 하지만 재판을 받고 풀려난다면 이중의 위험이 있어요. 살인죄에서 벗어나는 거니까요."

"나는 곤살레스 보안관의 명령을 받지, 당신 명령을 받지 않소."

"보내주고 감시하세요. 입증할 방법은 그것뿐이에요."

"그랬다가 저놈이 케일리를 죽이겠다고 하면 어쩌겠소? 레베카 셰퍼처럼."

몇 년 전 로스앤젤레스에서 살해된 여배우였다. 스토커에 의한 그녀의 비극적인 죽음을 계기로, 캘리포니아는 미국에서 처음으로 스토킹 방지법을 제정했다.

"음, 그걸 뭐라고 했지? 동작학? 저놈의 동작을 방금 봤을 텐데, 그게 전문이라면서. 저놈이 자기가 당한 거라고 할 때 거짓말한 거요? 그때 관찰실에 멋대로 들어와 있지 않았소?"

"그런 상황에서는 알 수 없었어요. 시간이 없었어요."

"아."

"그가 가겠다고 하는데, 보내지 않으셨죠. 그건 문제가 됩니다."

매디건은 조사실의 에드윈을 보았다. 에드윈은 펜과 종이를 꺼내더니 뭐라고 적고 있었다. 잔뜩 적고 있었다.

매디건은 하루튠에게 말했다. "기록하고 수갑 채워서 구금해. 지금은 보비의 집 무단침입죄뿐이지만 증거가 나올 거다." 그러고는 댄스에게 말했다. "크리스털이 당신 차로 데려다줄 거요. 이제 가보시오. 당신이 여기 있는 것도 침입이오. 아마 알고 있겠지만 나는 지금 닥치는 대로 체포하고 싶거든."

16

십오 분쯤 말없이 운전하던 크리스털 스태닝이 캐트린 댄스에게 말했다. "일부러 막은 건 아니에요. 어쩌다 보니 그 자리에 주차한 거예요."

"알고 있어요."

스태닝의 차, 빛바랜 도요타를 타고 그들은 말없이 보비의 트레일러 앞으로 다가갔다. 스태닝은 끼익거리며 브레이크를 밟아 차를 세웠다. 브레이크 벨트를 교체해야 할 것 같았다. 이곳의 하얗고 얇은 풀은 전보다 더 먼지를 많이 뒤집어쓴 것 같았다. 패스파인더 위로 물결처럼 열기가 일렁였다.

스태닝은 지갑에서 열쇠 한 묶음을 꺼내더니 이렇게 말했다. "차가 뜨거울 거예요. 핸들 조심하세요. 화상을 입기도 해요." 두 사람은 차에서 내렸다.

"조심할게요."

"지금이 9월인데도 이래요. 빙하가 녹는지는 모르겠지만, 내가 어릴 때보다는 확실히 더 더워요."

"그런가 보네요."

"라이트에이드*에서 유리창 가리개를 팔아요. 효과가 꽤 좋아요. 여기서 오래 지내진 않겠지만."

댄스는 매디건이 부하에게 이런 식으로 말하라고 일러두었는지 궁금했다.

간단히 대답했다. "고마워요."

"우리끼리만 한마디 해도 될까요?"

"그럼요."

"여기서 케일리 타운은 아주 중요한 사람이에요. 프레즈노는 볼 게 없는 동네거든요. '살기 좋은 곳' 등수도 굉장히 낮고. 그런데 케일리 덕분에 유명해졌어요. 글쎄요, 대장은 요원님이 이름을 날리려고 여기 왔다고 생각해요. 요원님이랑 CBI요. 이 수사를 하면서 케일리를 빼앗아간다고나 할까요. 그리고 그렇게 되면 보안관 사무실은 예산도 줄어들 거예요. 상당히 많이."

"예산요?"

"네. 대장은 이 사건을 해결하지 못하면 예산 배정 때 악영향이 있을 거라고 생각해요. 그러니까, 대장은 부서를 위해 애쓰고 있어요. 납치 후 살해된 여자를 못 찾은 게 감식반에서 현장의 흙을 분석할 수 없었기 때문이라고 대장은 믿어요. 그 일에 아직도 죄책감을 갖고 있죠. 그래서 늘 예산을 더 얻으려 애쓰는 거예요."

"그렇군요."

"뭔지는 모르겠지만, 토양 분석기를 구했어요. 얼마나 써먹을지는 모르겠지만, 원래 그런 분이에요."

* 미국의 약국 및 잡화점 체인.

그 이상의 말은 없이 수사관은 차를 몰고 떠났다.

댄스는 자신의 차로 걸어갔다.

어떻게 해야 하나? 사건을 맡고 싶기는 하지만, 그렇다면 완전히 비협조적인 해당 지역의 팀과 함께 일해야 한다는 뜻이었다. 댄스의 상관이나 새크라멘토가 나설 것 같지 않았다. 매디건의 생각이 어떻든, CBI는 댄스가 접촉해본 곳 중 가장 정치 게임이 적은 법률 집행 조직이었다. 용의자가 훨씬 더 유명한 스타를 물고 늘어진다고 해도, CBI에서 스토킹 사건을 맡지는 않을 것이다. 하지만 케일리는 좋은 친구이고, 다른 사람들도 위험에 처해 있는 것이 분명하고, 매디건은 에드윈 샤프를 당해내지 못하고 있다.

기묘한 미소, 계산, 침착한 태도, 조사. 그것은 방패이자 무기였다.

그 미소 밑에 무엇이 있었을까? 그의 마음속, 머릿속에 무엇이 도사리고 있을까? 댄스가 보아온 어떤 용의자보다도 에드윈 샤프는 수수께끼였다. 그의 생각을 읽을 수 없었다.

댄스는 패스파인더에 올라탔다.

그리고 곧바로 내렸다. 실내가 55도는 되는 것 같았다. 댄스는 몸을 숙여 시동을 걸고 창문을 내린 뒤 에어컨을 최대로 켰다.

실내 온도가 내려가기를 기다리는 동안, 댄스는 접근 금지 테이프를 쳐둔 보비 프레스콧의 트레일러로 다가갔다. 엄청난 양의 음악사 자료가 다시 떠올랐다.

바람에 덤불과 풀이 움직였고, 흙먼지가 일어났다 사라졌다. 보비와 태버사의 트레일러를 지키기 위해 나온 순찰차 한 대에 젊은 아시아계 보안관보가 타고 있었다. 그 외에는 주위에 아무도 없었다.

녹아들 것 같은 열기에도 불구하고 댄스는 어딘가 오싹해졌다. 매디건이 에드윈 샤프를 체포한 것이 지니는 또 하나의 의미가 생각났다. 누군가 다른 사람이 범인인데 그가 〈유어 섀도〉를 본보기로 사용하고 있다면, 경찰이 자신을 찾고 있다는 두려움 없이 멋대로 다음 살인을 저지를 수 있을 것이다.

마침내 패스파인더가 식었다. 댄스는 기어를 넣고 차를 출발시켰다. 바람이 불자 등 뒤에서 노란 테이프가 신나서 흔들거렸다.

갈등.

이건 하고 싶지 않아. 악몽이 될 거야.

하지만 십 초 뒤 댄스는 결심을 굳히고 몬터레이의 CBI 사무실, 상관의 음성 메시지 수신 장치로 전화를 걸었다.

"찰스, 캐트린입니다. 프레즈노에서 사건을 하나 맡아야 해요. 전화 주시면 자세히 알려드릴게요." 캐트린은 이 일이 어떤 종류의 핵폭탄을 터뜨릴 것이며, 그 후 어떤 정치적인 악몽이 이어질지도 설명할까 생각해보았다.

하지만 그런 대화는 실제로 통화하며 나누는 것이 가장 낫다고 판단했다.

17

케일리 타운의 2층짜리 빅토리아식 주택은 프레즈노 북쪽의 넓은 땅에 자리 잡고 있었다.

집은 230제곱미터 정도로 크지 않았지만, '편안하고 마음에 위로가 되는 곳'으로 만들어달라는 한 가지 주문에 따라 지은 건물이었다. 케일리는 집에서 지내기를 좋아하는 성격이어서 일 년 중 일곱 달은 공연을 하러 돌아다니는 직업이 힘들었다. 그래서 아늑하고 가족적인 집을 원했다.

케일리가 열두 살 때 비숍 타운은 두 딸을 키운, 프레즈노 북쪽 산지에 있는 허름한 집을 팔아버렸다. 겨울에 살기 힘들다는 이유였지만, 진짜 이유는 따로 있었다. 첫째, 그 집은 비숍의 아버지가 지었는데 비숍은 그에게서 거리를 두기 위해서라면 무슨 일이라도 할 사람이었다. 둘째로, 소박한 시골집은 그가 원하는 컨트리 음악 슈퍼스타 이미지와 맞지 않았다. 그는 밸리의 20만 제곱미터 땅 위에 1000만 달러짜리 목장을 지었고, 관심도 없고 알지도 못하는 소와 양을 사들였다.

이사만으로도 케일리에게는 괴로운 일이었지만, 비숍이 소중한 집과 땅까지 주변 토지를 보유한 광산회사에 팔았다. 그런데 광산회사는 확장한다고 건물을 밀어버리더니 도산했다. 쓸데없이 집을 부숴버린 일은 케일리에게 더욱 큰 상처를 남겼다.

케일리는 그 집에 관한 곡을 썼고, 히트곡이 되었다.

> 로스앤젤레스에서 살았고, 메인에서도 살았어.
> 뉴욕과 미드웨스트의 대평원에서도.
> 하지만 집이라고 생각하는 곳은 단 하나.
> 어릴 적 우리 집.
> 삶은 완벽했고 모든 게 좋았어.
> 은광 옆, 그 커다란 낡은 집에서.
>
> 은광 옆…… 은광 옆.
> 그보다 더 좋았던 때는 없네,
> 은광 옆…… 그 커다란 낡은 집에서.

그 집을 처분한 남자가 케일리의 널찍한 거실로 들어와 어색한 몸짓으로 허리를 숙여 딸을 끌어안았다.

비숍의 네 번째 아내인 셰리가 함께 오더니 케일리를 끌어안고는, 어떤 가구를 고를지 잠시 논쟁을 한 뒤 앉았다. 잿빛 금발을 스프레이로 고정한, 자그마한 체격에 가슴이 큰 여자였다. 딸과 같은 고등학교에, 그것도 저학년에 다닐 수도 있었던 3호 아내와는 달리 케일리보다 열두 살 많았다.

비숍과 마찬가지로 케일리도 두 번째 아내에 대해서는 별로 기억하는 것이 없었다.

비숍 타운은 커다란 덩치를 움직여 더 나이 많은 사람들보다도 느리게 소파에 앉았다. "여기저기 좋지 않아." 그가 최근 이렇게 불평했을 때 케일리는 그가 초창기 술 마시고 싸움질하면서 연주하던 술집을 말하는 줄 알았지만, 알고 보니 허리와 무릎과 어깨를 말하는 것이었다.

비숍은 싸구려 청바지에 어디나 입고 다니는 검은 셔츠를 입고 있었다. 화려한 벨트 위로 배가 늘어져서 더욱 화려한 은색 버클이 조금밖에 보이지 않았다.

"그 사람 아직 길 건너에 있어요?" 케일리는 항상 경계를 늦추지 않는 다서 모건이 SUV 앞좌석에 앉아 있는 것을 내다보며 물었다.

"누구?" 비숍이 웅얼거렸다.

"에드윈 말이에요." 그 사람 말고 또 누가 있다고?

"아무도 못 봤다." 그가 말했다. 셰리도 고개를 저었다.

오늘 아침 일어나자마자 2층 침실 창밖을 내다보니 에드윈이 보였다. 아니, 그의 빨간 **차**가 보였다. 케일리가 본 것이었다. 차만 보아도 스토킹의 느낌은 분명했다.

케일리는 요세미티 국립공원과 시에라 국립공원으로 가는 길목, 경관이 흥미로워지기 시작하는 위치에 살았다. 정원 앞 2차선 길 건너편으로는 공공 휴양지가 펼쳐져 있었고, 완만한 언덕과 조깅 도로, 덤불과 정원이 가득 차 있었다. 그곳은 이십사 시간 주차가 가능해 미친 스토커가 자리 잡기에 안성맞춤이었다.

케일리가 말했다. "좀 전에 그 사람이 거기 있었어요. 가만히 앉아서 우리 집을 보고 있었어요." 그러고는 부르르 떨며 눈을 감았다.

"오, 저런." 셰리가 말했다.

"뭐, 지금은 아무도 없다." 비숍이 멍하니 반복해서 말했다. 그는 케일리가 아이스티와 휴대전화를 들고 앉아 있던 테이블 위에 티슈 뭉치가 놓인 것을 보았다. 친구와 가족에게 보비의 사망 소식을 알리고 있었던 것이다.

"저, 보비 일은 정말 안됐다. 케이티. 나도 네가…… 그러니까, 유감이다."

셰리가 말했다. "끔찍한 일이구나. 네가 안됐다. 모두 안됐어."

케일리는 주방으로 들어가 아버지에게 줄 우유와 셰리에게 줄 아이스티, 자신의 아이스티를 꺼냈다. 그리고 거실로 돌아왔다.

"고맙구나." 셰리가 조심스레 말했다.

아버지는 건배하듯 우유를 들었다.

"아빠." 케일리는 아버지의 시선을 피하며 빠르게 말했다. "취소할까 생각중이에요." 비숍 타운과 눈을 맞추는 것보다 자신을 지켜보는 살인자 스토커 쪽을 보는 편이 쉬웠다.

"콘서트를?" 비숍이 물었다. 그의 거친 음색은 물론 감정 때문이 아니었고 말하는 스타일 때문이었다. 경쾌한 소리를 내거나 속삭이는 법 없이, 항상 목 뒷부분에서 쉰 소리를 냈다. 늘 그런 것은 아니었다. 관절과 간처럼, 그의 목소리도 생활방식에 희생된 것이다.

"생각중이에요."

"그래. 그렇겠지. 알았다."

셰리는 어색한 순간을 모면해보려고 했다. "내가 도울 수 있는 일이 있다면…… 저녁거리를 좀 가져올게. 먹고 싶은 걸 말해보렴. 특별한 걸로 준비해볼게."

음식과 죽음은 항상 연결되어 있다는 생각이 케일리에게 들었다. 괴로움을 모면하기 위한 것.

"생각해볼게요. 고마워요, 셰리."

'엄마'라는 호칭은 거론될 여지도 없었다. 케일리는 새어머니를 미워하지 않았다. 친엄마 마거릿처럼 철의 여인이라면 비숍 타운 같은 남자와 싸우고 몰아붙일 수 있었다. 그렇지 않으면 남아 있는 특권과 무시할 수 없는 카리스마를 받아들이고 항복하는 수밖에 없다. 그것이 바로 셰리였다.

케일리는 셰리를 비난할 수 없었다. 아버지를 비난할 수도 없었다. 그가 처음 선택한 사람은 마거릿이었고, 중간중간 다른 여자들이 생기기도 했지만 두 사람은 여전히 함께였다. 첫 아내의 자리를 차지할 수 있는 사람이 없는데, 무엇하러 애를 쓰겠는가? 하지만 비숍 타운이 여자 없이 사는 것은 상상할 수 없었다.

그가 중얼거렸다. "배리한테 말했냐?"

케일리는 휴대전화 쪽으로 고갯짓했다. "맨 먼저 전화했어요. 닐과 카멀에 있대요."

키 크고 늘 가만히 있지 못하는 프로듀서, 배리 자이글러는 불안한 에너지로 가득한 사람이었다. 스튜디오에서는 천재였다. 컨트리에 '크로스오버'라는 낙인이 찍히고 내슈빌, 댈러스, 베이커스필드를 넘어 주류 텔레비전과 해외로 퍼져나가기 시작한 1990년대, 그는 최고의 히트곡을 여럿 만들었다.

케일리 타운의 사운드를 창조한 사람이 있다면, 바로 배리 자이글러였다. 그리고 그 사운드는 케일리에게 큰 성공을 안겨주었다.

하지만 자이글러와 음반사도 에드윈 샤프의 그늘을 피하지는 못했다. 그 스토커는 회사에 악기 선택, 속도, 프로덕션 기술을 비난하는 이메일을 수없이 보냈다. 케일리의 목소리나 노래 자체를 비난하지는 않았고 자이글러, 녹음 기술자, 백업 뮤지션이 "케일리를 제대로 살려주지 못한다"라고 주장했다. 그는 그 말을 가장 많이 썼다.

케일리도 그런 이메일을 서너 통 보았고, 아무한테도 말한 적은 없지만 몇 가지 점에서는 에드윈의 문제 제기가 일리 있다고 생각했다.

마침내 셰리가 말했다. "한 가지만. 그러니까……." 버번을 마실 때처럼 열과 성을 다해 우유를 마시고 있는 비숍을 한 번 흘끔거린 뒤, 그가 아무 말도 하지 않자 셰리는 말을 이었다. "이달의 팬을 위한 내일 오찬은? 할 수 있겠니?"

얼리샤 세션스가 페이스북과 케일리의 웹사이트에 올린 홍보 행사였다. 비숍은 셰리에게 케일리 타운의 다양한 홍보 프로젝트를 맡겼다. 셰리는 평생 소매업계에서 일했기 때문에 중요한 기여를 해주었다.

"계획은 다 되어 있지?" 비숍이 물었다.

"컨트리클럽에 방을 빌렸어요. 그 사람에게 큰 의미가 있을 거예요. 대단한 팬이거든요."

내가 아는 사람만큼 대단한 팬은 아니겠죠. 케일리가 생각했다.

"그리고 기자도 좀 올 거예요."

"기자는 싫어요." 케일리가 말했다. "보비에 대해 이야기하고 싶지 않아요. 그걸 물어볼 거예요." 얼리샤는 몰려드는 기자들을 피해 왔다. 하지만 차가운 눈을 한 비서가 안 된다고 하면 논쟁의 여지는 없었다.

비숍이 말했다. "그건 통제해주마. 규칙을 정해야지. 컨벤션센터 사건에 관한 질문은 못 하게."

"그렇게 할 수 있어." 셰리가 불분명한 눈빛으로 비숍을 보았다.

"얼리샤랑 같이 조정하면 돼."

케일리는 결국 이렇게 말했다. "그렇겠죠." 일주일 전, 보비랑 단둘이 점심을 먹던 때가 떠올랐다. 다시 울고 싶어졌다.

"됐다." 비숍이 말했다. "하지만 짧게 해야지. 그 팬한테 짧게 해야 한다고 말해."

한 가지 문제에 대해서는 동의한 케일리가 이렇게 말했다. "하지만 콘서트는 정말로 생각해봐야 해요, 아빠."

"그래, 아가. 네가 좋을 대로 해라."

비숍은 몸을 앞으로 기울이더니 딸이 거실에 둔 기타를 집어들었다. 넥이 가늘고 가문비나무 골드탑을 얹은 길드 사의 기타였다. 그는 엘리자베스 코튼이 부른 〈프레이트 트레인Freight Train〉을 연주했다.

비숍은 아티 트롬, 해피 트롬, 리오 코트케 스타일의 재능 있는 핑거피커였다(게다가 독 왓슨만큼 플랫피크 연주도 잘했는데, 이것은 케일리가 끝내 마스터하지 못한 기술이었다). 그의 큼지막한 손은 지판을 완전히 장악했다. 팝 음악에서 기타는 원래 드럼이나 마라카스처럼 리듬 악기였지만, 지난 팔십 년 남짓한 기간 동안 멜로디를 맡았다. 케일리는 마틴 기타를 원래의 목적을 위해 사용해 자신의 주요 악기인 4옥타브 목소리에 리듬을 더했다.

케일리는 어린 시절 들었던 비숍의 풍부한 바리톤을 기억했다. 하지만 그의 목소리가 어떻게 됐는지 생각할 때면 움츠러들었다. 물론 밥 딜런도 미성이 아니었지만 그 안에는 표현력과 열정이 가득했고 바른 음정을 낼 줄 알았다. 가끔 파티나 콘서트에서 비숍과 듀엣을 할 때면 케일리는 아버지를 위해 조를 바꾸기도 하고 아버지가 부를 수 없는 음을 맡기도 했다.

"짧게 해야지." 비숍이 다시 말했다.

뭘? 케일리는 궁금했다. 콘서트를? 아, 팬과의 오찬. 내일인가, 아니면 그다음 날인가?

오, 보비…….

"그리고 콘서트 이야기도 해보자. 하루이틀 지나서 기분이 어떤지 보고. 네 상태가 좋아야지. 행복해야 하고. 그게 가장 중요한 거다." 그가 다시 말했다.

케일리는 다시 창밖 100미터 떨어진 곳, 집과 도로를 가르는 곳에서 자라는 나무들을 바라보았다. 분리된 느낌을 주고 조용하게 만들려고 나무를 심었지만, 이제는 에드윈이 그 뒤에 숨어서 가까이 다가올 수 있다는 생각만 들었다.

하나하나의 음으로 나누어진 코드, 아르페지오가 흘러나왔다. 케일리는 자동적으로 떠올렸다. 반음 내림, 마이너 6, 메이저. 기타는 비숍이 원하는 모든 것을 해냈다. 그는 나뭇가지로도 음악을 만들어낼 수 있었다.

비숍 타운은 의식을 잃거나 교도소에 가는 바람에 콘서트에 불참한 적이 있었지만 한 번도 취소한 적은 없었다.

그는 기타를 세워놓고 셰리에게 말했다. "회의 있어."

매일 다른 향수를 쓰는 것 같은 셰리는 곧바로 일어나더니 비숍의 팔을 잡으려다가 생각을 고쳤다. 딸 앞에서는 조심하려는 것이었다. **정말** 노력하고 있다고 케일리는 생각했다.

당신을 미워하지 않아.

좋아하지 않는 것뿐이지.

케일리는 셰리 쪽으로 미소를 지어보였다.

"이 년 전에 내가 준 선물 아직 갖고 있지?" 비숍이 딸에게 물었다.

"선물은 모두 갖고 있어요, 아빠."

케일리는 문까지 배웅을 나갔다. 다서 모건이 약간 수상쩍은 시선으로 그들을 보는 것이 재미있었다. 부부는 먼지 쌓인 SUV에 올라타더니 떠났다. 커다란 자동차의 운전석에 조그마한 셰리가 앉았다. 비숍은 팔 년 전에 운전을 그만두었다.

케일리는 전화를 좀 더 걸까 했지만 휴대전화를 집어들 수 없었다. 주방으로 걸어가 작업용 장갑을 끼고 정원으로 나갔다. 케일리는 여기서 꽃과 허브, 채소를 키우는 것을 좋아했다. 캘리포니아의 이 지역에서 달리 무슨 일을 하겠는가? 미국에서 농작물 생산량이 가장 많은 지역에 사는데.

정원 가꾸기의 매력은 삶의 기적, 환경 문제, 땅과 하나되기 같은 일과는 아무 상관도 없었다. 케일리 타운은 그저 손에 흙을 묻히며 음악계 이외의 일에 집중하는 것이 좋을 뿐이었다.

그리고 여기서 케일리는 미래의 인생에 대해 꿈꿀 수 있었다. 아이들과 이런 정원을 가꾸는 자신의 모습을. 자신이 키운 재료로 소스를 만들고, 온갖 음식과 캐서롤을 굽는 것을.

> 가을이 기억나, 오븐에는 파이가,
> 현관에 앉아 있던 사랑에 빠진 십대,
> 조랑말을 타고 개들과 산책하고,
> 밖에서 통나무를 쪼개는 아빠를 돕고.
> 인생은 소박하고 인생은 훌륭했지.
> 은광 옆 그 커다란 낡은 집에서.

망할 콘서트는 취소할 거야.

케일리는 머리카락을 우스꽝스러운 캔버스 모자 속에 밀어넣고 작물을 살폈다. 공기는 뜨거웠지만 마음이 편안해졌다. 벌레가 얼굴 주위에서 윙윙거렸지만 끈덕진 성가심에 오히려 마음이 놓였다. 공연 말고도 다른 것이 있다는 사실이 떠올랐다.

음악계 말고도.

케일리는 갑자기 얼어붙었다. 불빛.

아니, 에드윈은 아니었다. 그 자동차의 붉은색은 보이지 않았다.

무엇이었을까? 빛은 남쪽, 정원을 마주 보았을 때의 왼편에서 나왔다. 100미터쯤 떨어진 곳. 수목원 쪽도 아니고, 앞에 있는 도로도 아니었다. 빛은 고속도로와 직각으로 만나는 작은 도로에서 비춘 것이었다. 어떤 개발자가 일 년 전에 그 근처 땅을 사들였지만, 주거지 건설이 시작되기도 전에 도산했다. 토지 조사원이었을까? 지난해, 케일리는 거래가 취소돼 기뻤다. 사생활이 보호받기를 원했기 때문이다. 지금은 반대로 주위에 작업자가, 그리고 이웃이 있어서 에드윈과 그와 같은 자들을 쫓아내주기를 바랐다.

그 불빛은 대체 무엇이었을까?

켜졌다가 꺼졌다, 켜졌다가 꺼졌다. 깜빡였다.

케일리는 살펴보기로 했다.

깜빡이는 불빛을 향해 덤불을 지나갔다.

밝았다가. 어두웠다가.

빛, 그림자.

18

캐트린 댄스는 크리스털 스태닝이 추천한 레스토랑을 찾아 프레즈노 남쪽 지역에 있었다.

하지만 머릿속으로는 찰스 오버비, 그러니까 새크라멘토의 CBI 국장이 애니타 곤살레스 보안관에게 댄스가 보비 프레스콧 살인 사건을 담당할 거라고 알렸을 때 일어날 폭발을 어떻게 처리할지 생각하고 있었다.

전화가 울리자 흠칫 놀랐다.

아, 찰스. 점심시간을 방해한 게 아닌지 모르겠네.

하지만 발신자 전화번호가 이 지역이었다.

"여보세요?"

"캐트린?"

"네."

"파이크 매디건이오."

댄스는 아무 말도 하지 않았다.

"잠깐 통화 가능하오?"

스푼 긁는 소리가 들린 것 같았다. 입술이 부딪치는 소리. 어깨와 귀 사이에 수화기를 끼우고 점심을 먹는 것일까? 아이스크림이나?

"말씀하세요."

"뭐 하고 있소?"

"훌리오스에 치킨 몰리를 먹으러 가는데요."

"잘 생각했소. 타말레*는 시키지 마시오."

그가 잠시 입을 다물었다. "현장감식반에서 전화가 왔소. 찰리 신한테서. 스펠링이 S-H-E-A-N이요. 배우랑 다르지. 그래서 아쉬워하지. 착한 사람이오."

댄스는 컨벤션센터와 트레일러에서 효율적으로 일하던 그들을 떠올렸다. 대도시의 현장감식반과 맞먹는 수준이었다.

"결과가 전부 아니라고 나왔소. 에드윈이 빌린 집의 사진이나 기념품에 묻어 있던 먼지도 다른 흔적도 보비의 트레일러와 전혀 일치하지 않소. 그리고 에드윈의 신용카드를 조회해봤는데, 그의 집에 있는 물건은 전부 이베이에서 샀소. 지문도 채취했는데, 트레일러나 컨벤션센터에서 찾은 것과 일치하지 않고. 발자국도, 아무것도 없소. 타이어도. 완전히 실패요."

"보내셨죠?"

"그렇소. 한 시간 전에. 우리가 가져온 것도 다 내줬소."

매디건이 할 수 있는 최선의 일이라고 댄스는 생각했다.

하지만 그녀의 생각이 틀렸다.

"미안하다고 말하고 싶었소."

사과는 그게 전부가 아니었다.

* 옥수수가루, 다진 고기, 고추로 만든 멕시코 요리의 일종.

"당신 말이 옳았소. 내가 틀렸소. 그자한테 당했소. 그자가 들어온 건 수사 정보를 알아내기 위해서였던 것 같소."

"그가 범인이라면, 그렇죠. 그럴 수도 있다고 생각해요."

"내가 잘 아는 자들과는 좀 다른 놈인 것 같소. 당신이 나보다 그놈을 더 잘 아니 아직 관심이 있으면 도와주겠소? 당신이 도움이 될 거요."

망설임 없이. "네, 그럼요."

댄스는 오버비에게 전화를 해서 이전 요청을 취소할 생각이었다.

"고맙소."

매디건이 걱정하는 것에 대해 스태닝이 해준 말이 떠올랐다. "한 가지만 말씀드릴게요, 형사님. 이건 형사님의 수사입니다. 전 자문만 하는 거예요."

다시 말해 영광과 기자회견은 다 당신 몫이라는 것. 참, 나도 당신 부하 데니스 하루튠만큼이나 기자들이 싫으니까요.

"음, 그거 고맙소. 그럼, 이리로 다시 와주겠소? 참, FMCSO에 온 걸 환영하는 바요, 댄스 수사관. 그거 잘 어울리는데? 안 그렇소?"

하지만 결국 **그놈**이었다.

붉은색을 못 본 것은 라이트가 공연장의 스포트라이트처럼 그녀 쪽을 비추고 있기 때문이었다. 뷰익의 새빨간 색이 눈높이 아래에 있었던 것이다.

에드윈 샤프는 15미터 떨어진 데 있었다. 그는 새로운 곳에 자리를 잡았다. 그는 차를 길가에 세워놓은 채 보닛 위에 앉아 다리를 늘어뜨리고 있었다. 그 역겨운 미소를 입가에 떠올리고서 그녀의 집을 똑바로 보고 있었다. 앞뒤로 몸을 흔들어서 불빛이 깜빡이는 듯 느껴졌던 것이다.

케일리는 무릎을 꿇었다. 하지만 그는 아무 반응이 없었다. 케일리는 그가 자신을 보지 못했다는 것을 알 수 있었다.

케일리는 옆으로 몇 미터 이동한 뒤 다시 덤불 사이로 내다보았다. 그는 귀에 이어폰을 꽂고 음악에 맞추어 손으로 허벅지를 두드리고 있었다. 케일리의 노래일 것이다. 무슨 곡일까?

이따금 그의 머리가 움직이며 집을 예술작품 감상하듯 훑어보았다.

아니⋯⋯ 잠깐. 얼굴이 뭔가 이상했다. 저 표정은 뭘까?

그러다 케일리는 그것이 쾌감임을 느꼈다. 절정에 가까운 감정. 물론 종교적인 의미의 절정은 아니었다. 이따금 눈꺼풀이 아래로 내려오고 미소가 깊어졌다. 숨도 거칠게 쉬는 것 같았다. 가슴이 오르락내리락했다.

섹스를 하고 있는 것 같았다.

음악에 맞추어 허벅지를 두드리는 건가? 아니면, 세상에, 손으로 **다른** 짓을 하는 건가? 제대로 보이지 않았다.

아니, **그럴 리가!**

하지만 저 표정은⋯⋯.

아, 역겨워!

반쯤 열린 입, 튀어나온 눈썹 밑에 감긴 눈꺼풀⋯⋯ 케일리는 더는 감당할 수 없었다.

그녀는 재빨리 뒤로 물러나다가 발을 헛디뎠다. 넘어지지 않으려고 붙잡은 나무가 하필 작은 소나무 묘목이라 케일리의 무게에 옆으로 휘었다.

그리고 에드윈의 눈길을 끌었다.

움직임이 멈췄고 그는 겁에 질린 케일리가 웅크리고 있는 쪽을 바라보았다.

보았을까? 바지 지퍼를 내린 채 이쪽으로 다가오고 있을까?

공포에 휩싸인 케일리는 돌아서서 달아났다. 있는 힘껏 달렸다.

나무와 덤불을 피해, 감히 뒤돌아보지도 못하고…… 이내 소중한 정원을 에워싼 울타리가 나타났다. 케일리는 속도를 낮췄지만 문으로 향하지 않았다. 손을 뻗고 체육시간에 하듯이 울타리를 뛰어넘었다. 언제나 모험을 감행했지만 종종, 지금처럼, 반대편에 떨어지며 구르기도 했다.

심장이 쿵쾅거렸다. 케일리는 일어나 집으로 들어갔다. 문을 쾅 닫고서 어쩔 줄 몰라 했다.

정원을 내다보았다. 다 **망쳤다!** 영영. **그놈**을, 그놈이 하던 **짓**을 떠올리지 않고 정원에 발을 디딜 수 없을 것이다.

케일리는 창문에 얼굴을 댔다.

한동안 불빛이 계속 깜빡였다.

그러다 큰길로 이동하기 시작했다. 천천히 교차로로 향하던 차가 우회전해서 사라질 때 붉은색이 잠시 보였다.

전화가 와서 스틸 기타 벨소리와 진동음이 들려오자 케일리는 화들짝 놀랐다. 휴대전화 쪽으로 천천히 다가갔다. 에드윈, 또는 다른 사람이 〈유어 섀도〉의 2절을 들려주려고 전화한 것일까? 다음 살인을 예고하기 위해?

휴대전화를 들었다. 화면을 확인했다. 잠시 망설이던 케일리는 전화를 받았다.

19

법률 집행기관의 브리핑실은 어딜 가나 똑같았다. 벗겨져서 새로 칠해야 할 벽, 더러운 창문, 짝짝이 가구와 수수께끼 같은 신호들.

프레즈노-마데라 합동 보안관 사무소도 비슷했다. 시큼한 마늘 냄새가 더해진 것이 독특했는데, 전날 저녁식사로 중국 요리를 먹은 탓인 것 같았다. 댄스는 P. K. 매디건, 데니스 하루튠과 함께 녹색 불이 켜진 방 앞에 서 있었다. 댄스가 팀에 합류한다는 발표에, 하루튠의 뚱한 얼굴에 자리 잡은 콧수염 아래로 미소 비슷한 것이 배어나왔다.

그를 미끼로 관찰실에 몰래 들어간 일은 용서받은 것 같았다.

크리스털 스태닝과 미겔 로페스 형사도 함께했다. 현재 현장 근무중인 가브리엘 푸엔테스 형사와 함께 프레스콧 살인/케일리 타운 스토커 사건 전담반이 될 것이며, 몬터레이의 티제이 스캔런의 협조를 받을 것이다("휴가에 대해서 아주 특이한 생각을 갖고 계시네요, 보스").

민간인 두 명도 그 자리에 있었다. 댄스는 삼십 분 전 케일리 타운에게 전화해 와달라고 부탁했다. 케일리는 마지못해 응했고 얼리샤 세션스가 함께 왔다. 케일리는 눈이 퉁퉁 부어 있었고, 핼쑥했다. 탐스러운 금발은 하나로 묶었는데, 변장을 하려는 것처럼 눌러쓴 자주색 모자에서 튀어나와 있었다.

또 케일리는 앨범 표지 촬영이나 콘서트 때 입는 딱 붙는 청바지가 아니라 헐렁한 청바지 차림이었고, 더위에 어울리지 않게 두꺼운 긴팔 니트를 입고 있었다.

하지만 숨으려는 의도였다면, 소용없었다. 에드윈 샤프에게 케일리는 어떤 옷을 입어도, 화장을 안 한 얼굴이어도 세상에서 가장 섹시하고 아름다운 여자였다.

케일리는 에드윈이 사십 분 전, 새로운 곳에 차를 세우고 자신을 살피고 있었다고 보고했다. 아마 그는 경찰이 지나가며 자연보호구역에 차를 세운 자신을 노려보는 것이 지겨워진 모양이었다. 그래서 구금에서 풀려나자마자 마약중독자처럼 케일리의 집으로 곧장 갔던 것이다.

그 외에 다른 일도 있었음을 암시하며 이야기를 전하는 케일리의 목소리는 불안하게 떨렸다. 댄스는 두 사람이 실제로 마주쳤는지 궁금했다. 하지만 무슨 일이 있었든 간에 이야기하고 싶어 하지 않는 것은 분명했다.

얼리샤 세션스는 케일리와는 정반대로, 싸움이라도 걸 것처럼 도전적인 옷차림이었다. 타이트한 청바지, 하늘색 카우보이 부츠, 녹색 탱크톱 사이로 주황색 브라 끈이 보였다. 상당한 근육도 보였다. 댄스는 등에 새겨진 나머지 문신이 무슨 모양일까 궁금했다. 그녀는 침통하고 화가 난 표정이었는데, 그 분노 중 일부는 케일리를 제대로 보호하지 못했다는 듯 수사관들을 향하고 있었다.

댄스가 말했다. "매디건 경감님께서 CBI를 초청해 프레스콧 살인 사건에 공조하도록 해주셨으니 그 사건이 케일리를 괴롭히는 스토커와 연관이 있는지 파악하는 데 집중할 겁니다. 저는 여기 성가신 일을 일으키러 온 것이 아니니, 부서 간 문제가 있다고 생각하시면 저나 매디건 경감님께 언제든 말씀하세요. 스토커 사건에 경험이 있어서 돕는 겁니다."

"개인적으로요?" 로페스가 물었다.

모두 웃었다.

"허리에 글록 23구경을 차고 있는 걸 보면 달아나더군요."

케일리도 그 말에 웃었지만, 웃음소리가 너무 컸다. 댄스는 가엾은 아이가 겁에 질렸다고 판단했다. 얼리샤는 조심스레 지켜보고 있었다.

"우선 몬터레이의 저희 요원이 에드윈에게 영장이나 법원 명령이 발부된 적이 없다는 것을 알아냈습니다. 연방에서도, 캘리포니아, 워싱턴, 오리건 어디에서도요. 교통 법규 위반 몇 건뿐입니다. 스토커에게는 좀 드문 일입니다. 보통 신고를 받은 내력이 있거든요. 하지만 다른 한편으로는 그가 굉장히 세심한 주의를 기울인 것일 수도 있습니다. 에드윈이 똑똑한 것은 우리도 알고 있죠.

자, 이제 스토킹에 대해 잠깐 말씀드리고, 에드윈이 어떤 점에서 스토커인지 알려드리겠습니다. 스토커에는 몇 종류가 있습니다. 첫 번째는 단순 집착입니다. 이건 가정에서 일어나는 경우입니다. 스토커와 집착의 대상이 이전에 연애를 했다거나 성관계를 갖는 등, 접촉이 있었던 경우입니다. 사귀거나, 결혼하거나, 심지어 하룻밤 관계가 틀어진 경우죠. 영화 〈위험한 정사〉를 생각하면 됩니다."

"그 영화는 남편들을 꽉 잡아두려고 만든 거죠." 로페스가 어색하게 웃으면서 말했다.

댄스가 말했다. "다음으로, 음란증 스토커가 있습니다."

"섹스 변태 같은 거요?" 매디건이 소리내어 물었다.

"아뇨. 이건 섹스보다는 사랑에 관한 겁니다. 전통적으로 음란증 스토커는 경제적으로나 사회적인 계급이 높은 남자를 사랑하는 여자였습니다. 비서나 가게 점원이 사장에게 반하는 경우죠. 하지만 이제는 여성뿐 아니라 남성도 이 범주에 들어갑니다. 아주 사소하고 전혀 무해한 접촉을 스토커가 오해하는 겁니다. 그들은 집착하는 상대가 자신을 사랑하지만 수줍거나 자신이 없어서 반응하지 않는다고 확신합니다.

세 번째는 연애 집착이라고 부릅니다. 멀리서 숭배하다가 자신의 소울메이트라고 믿게 된 유명인을 따라다니는 이들이죠. 에드윈은 음란증에 연애 집착이 섞인 유형이라고 생각됩니다. 그는 정말로 케일리가 자기 상대라고 생각하죠. 케일리와 사귀고 싶어 하고, 케일리 마음도 같다고 믿습니다."

"그놈의 XO 때문에." 케일리가 중얼거렸다. "자동 답장의 서명이었는데."

얼리샤가 말했다. "일주일에 그런 편지를 수천 통은 보내요. 이름 하나 이외에는 사적인 내용이 하나도 들어가지 않아요. 자동메일 프로그램으로 이름을 넣고 있어요."

"음, 이걸 아셔야 합니다. 스토커는 모두 어느 정도는 망상에 빠져 있어요. 심각한 신경증에서 경계성 성격장애, 정신분열증이나 심한 조울증 같은 진짜 정신병까지 다양해요. 에드윈이 현실 파악을 못 한다고 생각해야 해요. 그리고 케일리와 접촉하면 기분이 좋아지니까 그걸 고치려고 하지 않는 거죠. 마약처럼 강력한 효과를 발휘할 거예요."

크리스털 스태닝이 물었다. "하지만 보비 프레스콧 살해 동기는 뭘까요? 만약 그가 범인이라면요."

댄스가 말했다. "좋은 질문이에요. 그게 잘 맞지 않는 점이에요. 음란증과 연애 집착 스토커는 위험성이 가장 낮거든요. 통계적으로 보면 가정 스토커보다 낮아요. 하지만 그래도 살인은 얼마든 할 수 있죠."

매디건이 덧붙였다. "보비가 엉뚱한 데 있다가 살해된 것일 수도 있다는 점을 기억해야 할 것 같소. 그 노래가 예고라면 단순히 콘서트 공연장에 관한 거였으니까. 보비랑은 무관할지도 모르지. 범인이 누구든 나타나길 기다렸을지도 모르잖소."

"네, 좋은 지적입니다." 댄스가 말했다. "하지만 보비의 생활을 좀 더 살펴보고 그가 무슨 계획을 갖고 있었는지 알아볼 필요가 있습니다. 가령, 불법적인 일이라든가."

"그런 건 없었어요." 케일리가 단호하게 말했다. "몇 년 전에 마약이랑 음주 문제가 약간 있긴 했지만, 최근에는 모두 끊었어요."

의심과 회의는 수사관 생활의 일부였지만, 댄스는 케일리의 말을 반박하지 않았다. 케일리가 기억하는 보비를 통해 그가 위험한 행동을 했는지 알아내는 것이 중요했다. 이웃 태버사의 말을 들어보면 그렇지는 않은 것 같았다.

"하지만 그게 그가 죽기를 바랄 사람이 없다는 의미는 아니죠." 댄스가 말했다. "그리고 침입자가, 아마도 살인범이 그가 죽은 다음날 아침에 트레일러에서 물건을 몇 가지 가져갔다는 것도 기억해야 합니다."

"제가 보비의 사생활과 배경을 캐볼까요?" 하루튠이 낮고 편안한 목소리로 말했다.

댄스가 매디건을 보자 매디건도 동의하며 고개를 끄덕였다. "데니스는 우리의 사서요. 좋은 의미로 말이오. 저 친구는 일을 잘해내지. 구글이 토요일 아침 텔레비전 만화에 나오는 캐릭터인 줄 알았을 때 그게 뭔지 알았던 친구요."

"좋습니다."

"심문할 수는 없나요?" 얼리샤가 댄스에게 물었고, 댄스는 첫 면담이 별로 성공적이지 않았다는 말은 하지 않았다.

"가능은 하죠. 하지만 그런다고 과연 얼마나 도움이 될지 모르겠습니다."

강단에서 댄스는 에드윈 같은 용의자들은 동작을 분석하기 어렵다는 점을 강의했다. **스토커처럼 경계성 정신분열증 환자의 경우 사건을 수사하고 속임수를 밝혀내는 데 도움이 되는 사실을 알려줄 수도 있습니다. 하지만 그런 사람들의 동작은 분석하기 어려운 경우가 많습니다. 그들은 거짓말을 지어내면서 아무런 중압감을 느끼지 않습니다. 집착 대상에게 가까이 가고자 하는 목표가 모든 것에 우선하기 때문입니다.**

댄스는 이번에도 이 점을 설명했고, 그를 끌어들일 힘이 전혀 없다고도 덧붙였다.

얼리샤는 불만에 인상을 찡그리더니 이렇게 물었다. "스토킹에 관한 법이 있지 않나요?"

"그렇죠. 캘리포니아에 미국 최초로 그 법이 생겼어요." 매디건이 말했다.

댄스가 다시 설명했다. "상대를 의도적, 악의적, 반복적으로 따라다니거나 괴롭히는 경우, 그리고 상대나 직계가족의 안전을 걱정시킬 목적으로 위협하는 경우 스토킹 죄가 성립합니다." 또 이렇게 덧붙였다. "하지만 중죄 취급은 받지 않습니다. 잠시 징역 살고 벌금 내면 끝이죠."

"음, 그것만으로도 충분해요. 그 사람을 그냥 체포해요." 케일리가 말했다.

"그렇게 쉽지 않을 수도 있어. 그 사람의 스토킹에 대해 이야기해봐."

"변호사들이 더 잘 알 거예요. 거의 다 맡겨놨으니까요. 하지만 그 사람이 150통쯤 이메일을 보냈고, 30통 넘게 편지를 보낸 건 저도 알아요. 데이트 신청을 하고, 함께 살자는 뜻으로 말하고, 그날 한 일을 적어 보냈어요."

그보다 더 지독한 스토킹도 있다고, 댄스는 생각했다.

"선물도 보냈어요. 자기가 그린 그림, 작은 악기, 옛날 엘피 몇 장. 다 돌려보냈어요."

"콘서트에도 오긴 했지만 못 봤다고 했지?"

"네."

로페스가 물었다. "변장을 했나 보죠?"

"그럴 수도 있어요." 댄스가 말했다. "스토커가 상대에게 다가가기 위해 사용하는 방법은 수없이 많아요. 상대가 아는 사람, 상대가 다니는 곳을 알아내려고 우편물을 훔치고, 증인을 협박해서 상대의 집 근처에서 봤다는 증언을 못 하게 하죠. 전화와 컴퓨터 해킹하는 법을 익히고, 열쇠 만드는 법을 배워 집에 몰래 들어가기도 해요. 정말 필사적인 사람들이에요. 대상에 대한 사랑에 존재 가치가 달려 있는 사람들이죠. 그 대상이 없어지면 자기 인생이 완전히 무의미해지는 거예요."

얼리샤가 말했다. "접근 금지 명령을 신청하겠다는 둥, 별의별 방법으로 위협해봤지만…… 우리가 보낸 편지를 무시했어요. 변호사들은 그가 불법을 저지른 적이 없대요."

"우리 컴퓨터를 해킹했는지 FBI에 알아보기도 했어요." 케일리가 말했다. "컴퓨터 보안 회사에 일을 맡기기도 해봤고요. 하지만 그가 했다는 증거는 없었어요."

매디건이 가장 중요한 것을 물었다. "편지에 협박이 하나도 없었나요? 법령에 따르면 확실한 협박이 있어야 합니다."

"보비의 죽음이면 충분하지 않나요?" 얼리샤가 차갑게 물었다.

"그가 한 짓이라는 증거가 없습니다." 하루튠이 말했다.

"물론 그가 한 짓이에요."

댄스가 말을 이어갔다. "법령에 따라 스토킹 죄로 체포하려면, 매디건 형사님 말씀이 맞아요. 케일리 본인이나 가족에게 위협이 되어야 해요. 암시로도 가능하지만, 그러려면 케일리가 정말로 위험에 처했다는 적절한 증거가 있어야 해요."

"정신적인 위해나 심리적인 위해는 안 되고요?" 크리스털 스태닝이 물었다.

"네. 신체의 문제예요."

케일리는 경찰과 십대 소년이 등장하는 만화 포스터를 멍하니 보고 있었다.

'학교 순찰대: 마리화나일 뿐이라면…… 상담하세요.'

케일리가 다시 고개를 돌리고 내키지 않는 표정으로 말했다. "네. 위협은 없어요. 사실은 정반대예요. 항상 나를 지켜주고 싶다고 하니까요. 내 곁에서 도와주겠다고. 그 노래, 〈유어 섀도〉처럼요."

바로 그때 댄스의 휴대전화에서 메시지 도착 알림음이 울렸다. 티제이 스캔런이었다. 댄스는 재빨리 읽더니 고개를 들었다.

“우리 스토커의 일대기를 들어볼래요?”

물론 그 질문에는 대답이 필요 없었다.

20

데니스 하루튠은 댄스가 구석에 놓인 컴퓨터에서 이메일에 접속하는 것을 도와주었고 티제이가 보낸 문서를 인쇄했다.

댄스는 내용을 훑어보고는 실망했다.

"별 게 없는 것 같네요." 에드윈 스탠턴 샤프는 워싱턴 주 동부에 있는 야키마에서 태어났다. 아버지는 외판원이었고 어머니는 소매업에 종사했다.

"소득을 보니 어머니는 여러 가지 일을 한 것 같군요. 그렇다면 아들은 주로 혼자 지냈다는 뜻이죠. 심리학자들은 스토킹이 애착 문제에서 시작된다고 생각합니다. 부모, 특히 어머니와 시간을 보내고 싶어 했지만, 어머니가 곁에 없었던 거죠.

음, 성적은 아주 좋았네요. 하지만 칠 학년 때 일 년 동안 유급했어요. 유급하기에는 나이가 제법 있는 시기이고 성적도 별로 나쁘지 않은 걸 보면 학교에서 감정적인 문제가 있었겠죠. 하지만 운동장에서 몇 차례 싸운 것 이외에는 징계도 없었어요. 무기도 사용하지 않았고요. 과외 활동도, 스포츠나 클럽 활동도 없었어요.

열여섯 살 때 부모님이 이혼하자 어머니와 함께 시애틀 외곽에서 살았어요. 워싱턴 대학에 이 년간 다녔네요. 이번에도 성적은 좋았어요. 하지만 무슨 영문인지 삼 학년이 시작되자마자 중퇴를 했군요. 이유는 기록에 없어요. 마찬가지로 다른 활동에는 흥미가 없었어요. 이 역시 전형적이죠. 스토킹에는 시간이 많이 들거든요. 스토커들이 선호하는 직업을 몇 가지 거쳤네요. 경비원, 시간제 판매직, 슈퍼마켓 도우미, 조경, 방문 판매. 많은 사람을 상대하지만 제재는 거의 없으니까 관음증이나 스토킹 성향이 있는 사람에게 좋은 일자리죠. 남들 눈에 띄지도 않고."

"훌륭한 낚시터군." 매디건이 말했다.

댄스는 적절한 표현이라고 생각했다.

"작년 7월에 어머니가 암으로 사망했어요. 아버지는 행방불명이고. 육 년째 세금공제 신청을 하지 않았고 국세청은 소재 파악도 못하고 있군요. 국무부에 따르면 에드윈은 해외여행을 한 적이 없어요. 몬터레이의 동료 티제이가 그의 인터넷 활동도 확인해봤어요. 페이스북에는 케일리에 관한 정보와 사진으로 가득하답니다. 친구는 별로 없어요. 적어도 그의 계정에는 별로 없어요. 다른 계정에는 있을지도 모르죠."

"전 그 사람하고 친구를 맺지 않았어요." 케일리가 중얼거렸다.

"티제이가 에드윈이 쓰는 닉네임 네 개를 찾아냈어요. 온라인에서 꽤 활발하게 활동하는데, 요새 사람들이 다 그렇죠. 음악 블로그에 글을 자주 올리고, 채팅 방에서도 활동해요. 섹스와 관련 있는 곳도 있지만, 대체로 그렇지 않아요. 그리고 취미는 음악뿐만 아니라 영화, 책도 있어요." 댄스는 고개를 저었다. "보통 스토커는 온라인에서 활동을 훨씬 더 많이 하죠. 특히 더 어두운 곳에서."

댄스는 계속해서 읽어내려갔다. "아, 여기 뭔가 있을지도 모르겠어요. 사귀던 사람이랑 작년에 헤어진 것 같아요. 블로그에 샐리라는 이름이 올라온 것을 티제이가 발견했어요. 에드윈이 케일리의 노래, 〈유 앤 미You and Me〉에 대해서 이야기하고 있어요."

"맞아요." 케일리가 말했다. "이별에 대한 노래예요."

"12월에 올린 글이에요." 댄스가 케일리에게 물었다. "스토킹이 시작되기 얼마 전이지?"

"맞아요. 1월이었으니까."

"트라우마가 스토킹을 촉발하는 경우가 많아요. 해고를 당하거나, 부상을 입거나, 가족이 사망하거나. 아니면 연애가 끝나거나." 댄스는 티제이의 이메일 쪽으로 고갯짓했다. "그 노래가 정말로 큰 의미가 있다고 했어요. 힘든 시기였다고, 샐리와 겪었던 문제에 대해 이야기했어요. 케일리가 자신이 겪는 일을 정확히 아는 것 같다고 했고, 며칠 뒤 케일리가 얼마 전 발표한 노래 〈니어 더 실버 마인Near the Silver Mine〉에 대해 글을 올렸죠. 자기도 그 무렵에 집을 잃어서 슬펐는데, 여자친구가 그만 잊어버리라고 했다고."

케일리가 입을 꼭 다물었다. "제 집에 대해 알고 있었어요?" 케일리는 프레즈노 북부에서 어릴 적에 살던 집을 굉장히 좋아했다고 설명했다. 하지만 아버지가 그곳을 광산회사에 팔았다. "아빠가 집을 판 것이 아쉽다고 인터뷰에서 말했을지도 모르겠어요."

케일리는 모든 것이 자신의 사생활과 연관되어 있다고 생각했다.

댄스는 티제이가 보낸 문서를 훑어보았다. "하지만 이 경우도 위협적이거나 문제가 되는 것은 아니에요." 댄스는 좀 더 읽었다. "한 가지를 기억해야 합니다. 그는 똑똑해요. 가령, '행복하든 슬프든, 당신은 진실을 말해요'라고 적었어요. 이 문장은 조금 위험하지만 그가 '행복하든 슬프든' 뒤에 쉼표를 붙인 걸 보세요. 그렇게 써야 정확하지만, 많은 사람이 빠뜨리는 부분이죠. 맞춤법과 문법이 아주 정확해요. 즉, 감정을 통제한다는 뜻이죠. 아주 철저하게."

"그게 나쁜 건가요?" 크리스털 스태닝이 물었다.

"그가 보비를 죽였다면, 흔적을 지우며 매우 세심하게 스토킹을 계획할 거라는 뜻이에요. 쉽게 꼬리를 밟히지 않을 거예요."

매디건은 아이스크림을 다 먹더니 종이컵을 살폈다. 남은 것이 있는지 확인하는 모양이라고 댄스는 생각했다. 매디건이 종이컵을 치우며 말했다. "이제 어떻게 해야 될 것 같소?"

"우선 그를 감시해야 합니다."

"푸엔테스 수사관이 하고 있소."

"에드윈은 지금 어디 있나요?"

"영화를 보고 있소. 리알토에서."

하루툰이 프레즈노의 타워 지구에 있는 오래된 영화관이라고 설명해주었다. 갤러리, 레스토랑, 문신 가게, 상점 들이 모여 있는 특이한 지역이었다.

그가 극장에 간 것은 놀라운 일이 아니었다. "스토커들은 극장이나 집에서 영화를 보면서 시간을 많이 보내죠. 관음증과 스토킹은 아주 밀접하거든요."

"벌린게임에서 산 휴대전화는 어떤가요?"

매디건이 말했다. "추적이 안 돼. 부숴버렸거나 배터리를 빼냈을지도 모르고. 아니면 누가 알겠소? 여러 개 사서 우리를 정신없게 한 다음 여기 와서 다시 다른 걸 사서 전화했을 수도 있지."

댄스가 케일리에게 말했다. "자, 스토커에 관한 기본 원칙 몇 가지만 알려줄게. 다서 모건이나 변호사들이 알려주었을지도 모르겠지만, 그와 절대 접촉해서는 안 된다는 걸 기억해. 절대. 협박하거나, 저리 가라고 하는 것만으로도 흥분할 거야. 어떤 종류의 접촉도 그는 긍정적으로 받아들일 거야. 접근하면 아무 말도 하지 말고 그냥 외면해버려."

"알았어요. 그럴게요."

"그리고 그에 대해 더 알아야겠어요. 전에 사귄 샐리라는 사람을 찾아야 해요."

"로페스, 자네가 맡게. 그 사람을 찾아 댄스 요원에게 전화하게."

"그러죠, 대장."

매디건은 이렇게 덧붙였다. "피해자가 될 수 있는 사람들이 또 누가 있는지 알아내야 하지 않겠소? 그들을 지켜야지. 누가 특히 위험하겠소?"

댄스가 말했다. "연애 관계에서 경쟁 상대라고 여길 만한 사람이 최우선이겠죠." 그러고는 케일리에게 물었다. "보비랑 사귀었니?"

아무도 모르는 일인 모양이었다. 케일리는 얼굴을 붉혔고, 얼리샤는 살짝 찡그리며 댄스를 보았다. 댄스는 사려 깊게 사실을 밝히는 데 별로 관심이 없었다. 한쪽 눈썹을 추어올리며 나지막이 질문을 반복했다.

"음, 네. 한참 됐어요. 그냥 가벼운 데이트였어요. 별거 아니었어요. 어떻게 알았어요? 그때는 공연을 하기 전이었어요. 기사가 나간 적도 없는데."

어제 둘이 함께 있을 때, 이야기를 나눌 때면 어깨 각도가 낮아졌어. 그건 편안하다는 뜻이니까. 댄스는 이렇게 생각했다. 보비는 네게 말할 때면 앞으로 살짝 몸을 숙였어. 그건 너만을 위해서 하는 말이라는 의미이고. "앰프"라는 말을 할 때 살짝 웃은 걸 보면 둘만 아는 암호가 있다는 뜻이고. 그의 눈길이 네 얼굴에 머물 때, 예전 사이가 적어도 그에게는 끝난 게 아니라는 사실이 분명해졌고.

다시 말해, 동작학 덕분이었다.

하지만 댄스는 케일리에게 이렇게 말했다. "그냥 느낌이."

크리스털 스태닝이 물었다. "그럼 케일리가 데이트를 한 적이 있거나 정말 친하게 대하는 남자는 모두 위험한 건가요?"

"네, 하지만 여자도 마찬가지예요. 스토커들은 굉장히 질투심이 강해요. 그리고 현실 감각이 아주 왜곡돼 있어요. 그저 가까운 친구도 위협으로 받아들일 수 있으니까요." 그리고 댄스는 다시 케일리를 바라보았다. "그럼 지금은 아무도 안 만나니?"

"네."

"스토커는 네게 위협이 되거나, 너를 기분 나쁘게 한 사람도 타깃으로 삼을 수 있어. 자기가 정말로 보호자라고 생각하는 거지. 어제 그걸 느낄 수 있었거든. 너랑 사이가 나쁜 사람 중에 그가 알 만한 사람이 있어?"

케일리는 주위를 둘러보았다. "없어요."

얼리샤가 말했다. "케일리는 착해요. 다른 아티스트와 싸우지 않아요."

댄스가 말했다. "널 무시한 비평가들을 노릴 수도 있어. 아니면 네 노래를 비판한 팬이라든가. 그다음에는 자기 생각에, 너와 갈라놓으려 드는 사람을 타깃으로 삼을 수 있고."

"다서요?"

"응, 그 사람. 하지만 변호사도 표적이 될 수 있지." 댄스는 얼리샤 쪽을 보았다. "당신도 가능해요. 케일리를 열심히 지켜주니까요."

얼리샤는 널찍한 어깨를 으쓱였다. "**누군가**는 지켜야죠."

여러 의미가 들어 있는 문장이었다.

"그리고 우리일 수도 있어요. 경찰. 정말 집착이 강한 스토커는 옳고 그름에 관한 감각이 달라요. 극단적인 경우, 스토커가 경찰을 죽이는 건 파리 한 마리를 죽이는 것이나 다름없어요."

"가족은요? 스태프는?"

"보통 가족이나 연인 관계가 아닌 친구들은 스토커에게서 대상을 보호하려고 할 때만 위험해. 하지만 규칙을 항상 지키는 건 아니지. 스토커는 예측 불가능해. 어제 있었던 일에 대해 스태프 몇 명과 이야기를 해봤지만, 모두 만나봐야지. 위험할지 가늠해볼거야."

그중에 범인이 있을 수도 있고. 댄스는 이렇게 생각했지만, 소리 내어 말하지는 않았다.

"스태프는 지금 컨벤션센터에 있어요." 케일리가 말했다. "밴드는 아직 내슈빌에 있어요. 스튜디오에서 새 앨범 작업을 마무리하고 있거든요. 목요일이나 금요일이 되어야 여기로 올 거예요."

좋은 소식이었다. 걱정할 사람이 줄어드는 셈이니까. 용의자도.

댄스가 덧붙여 말했다. "마지막으로 힝클리 시나리오가 있어요. 케일리에게 좋은 인상을 주려고 악명 높은 사람을 죽이는 거죠."

존 힝클리 주니어는 배우 조디 포스터에게 집착했다. "그는 로널드 레이건을 암살하면 조디 포스터와 영원히 연결될 거라고 생각했어요."

"실제로 그렇죠." 하루튠이 말했다. "기분 나쁜 방식이긴 하지만, 그자는 목표를 이뤘어요."

매디건이 말했다. "에드윈과 말해봤소. 당신도 해봤고. 사이코처럼 보이진 않던데. 어떻게 사람을 죽여서 케일리와 더 가까워질 수 있다고 생각할 수 있는 거요?"

"아. 그렇게 생각하는 건 **아니에요**. 의식적인 수준에서는요. 겉보기에는 에드윈의 의식이 제 기능을 하는 것 같지만, 또 다른 수준에서 작용하는 게 있죠. 그건 우리의 현실이 아니라 **그의** 현실이라는 걸 기억해야 해요."

매디건이 말했다. "케일리의 전화로 사서함을 하나 신청했고, 서비스 제공자의 보안팀이 준비하고 있소. 그리고 그가 벌린게임에서 산 다른 휴대전화 번호는 계속 추적중이오. 휴대전화를 다시 켜면 재빨리 차를 대령시키도록."

"좋습니다."

하루튠이 케일리에게 말했다. "캐트린이 노래 가사를 봐달라고 했어요. 그날 밤에 전화로 들었던 노래요." 그는 모인 사람들에게 모두 가사를 한 장씩 나눠주었다. "공격 장소가 어디가 될지 생각해봤습니다만 별로 떠오르는 게 없군요."

하루튠이 댄스의 요청을 진지하게 **받아들인** 셈이었다. 댄스는 고마움의 표시로 목례했다.

〈유어 섀도〉

1. 당신은 무대 위로 나와서 사람들에게 노래를 불러주죠.
모두를 웃게 해줘요. 무엇이 잘못될 수 있을까요?
하지만 곧 그 일에는 희생이 따르는 걸 알게 되죠.
모두가 당신의 영혼을 한 조각씩 원하고 있으니까.

후렴:
인생이 감당하기 어려우면, 이것만 기억해요.

운이 다 떨어질 때면 이것만 기억해요.
나는 당신이 어딜 가든 그림자처럼 가까이 있을 거예요.
아무리 힘들어져도 이것만 알아줘요.
내가 당신과 함께 있다는 걸…… 언제나 함께라는 걸.
당신의 그림자.

2. 당신은 강가에 앉아 무엇을 잘못했는지 생각하죠.
그동안 몇 번의 기회를 잃었는지.
마치 고민 때문에 돌로 변한 듯.
그러면 강물이 속삭이죠. 왜 집으로 가지 않느냐고.

후렴.

3. 어느 날 밤 전화가 오지만 처음에는 알 수 없어요.
길가에서 군인들이 뭐라고 하는지.
그러다 인생이 송두리째 변한 걸 곧 알게 돼요.
모든 것이 사라지고, 모든 계획은 다시 짜야 하죠.

후렴.

4. 미소를 억누를 수 없어요. 행복이 떠다녀요.
하지만 집안에도 걱정거리는 찾아와요.
인생은 제대로 흘러가지 않아요.
아침부터 저녁까지 자기 앞가림도 못해요.

후렴.

후렴 반복.

"이 노래로 계속할지, 다른 노래로 옮겨갈지 모르겠어요. 아니면 이 생각 자체를 버릴지."

케일리는 안경을 벗더니 티셔츠로 문질러 닦았다. "〈유어 섀도〉를 꼭 쓸 거예요. 에드윈은 그게 최고의 노래라고 생각해요."

미겔 로페스는 가사를 훑어보았다. "한편으로 보면 이건 누군가를 지켜준다는 내용의 사랑 노래군요. 연인일 수도 있고, 부모나 친구일 수도 있어요. 하지만 스토커의 관점에서 보자니 오싹하네요."

댄스는 2절에 집중했다. "강이라."

매디건이 짧게 웃었다. "강이라면 아주 많지."

하루튠이 지적했다. "강바닥이 마른 곳도 있고, 물이 있는 곳도 있죠. 어디든지 될 수 있어요."

댄스가 요약했다. "저는 센터에 가서 스태프를 만나보겠습니다. 하루튠 수사관은 보비의 과거에 대해 정보를 구하고, 로페스 수사관은 에드윈의 예전 여자친구 샐리를 찾겠습니다."

매디건이 노래 가사를 들여다보았다. "그럼 나는 순찰 경관들에게 길에서 안 보이는 강가를 특히 주의하라고 지시하겠소."

"네."

얼리샤가 미소를 지었다. 댄스가 기억하기로는 처음이었다. "하지만 케일리는 위험하지 않다는 것이 좋은 소식인 것 같네요. 그가 케일리를 그렇게 사랑한다면."

"사실입니다. 하지만 그것도 잠시뿐이죠. 현실과 유리된 사람이라는 거 기억하시죠? 한동안은 구애 단계였습니다." 댄스가 케일리에게 말했다. "처음 노래를 듣고 네게 끌렸을 때부터, 혹은 콘서트나 텔레비전에서 처음 봤을 때부터 말이야. 그에게는 그게 첫 데이트였고, 그 후로 계속 데이트중인 거지."

"데이트요?" 크리스털 스태닝이 물었다.

"지금 그는 여전히 네가 자기를 좋아한다는 환상에 빠져 있어. 네가 세뇌를 당했다고 생각할 거야. 하지만 어느 시점이 되면 네 행동을 보고 네가 자신과 헤어지려 한다고 생각하게 될 거야.

그리고 단순 집착으로 변할 거야. 버림받은 남편이나 연인처럼. 그러면 위험한 스토커가 돼. 언제든 그렇게 될 수 있고, 가만히 있지 않을 거야. 복수를 원하겠지." 댄스는 잠시 고민했지만 자신의 판단을 미화해서 말할 필요가 없다고 결정했다. "아니면 다른 사람이 널 갖지 못하도록 죽이고 싶어 할 거야."

21

컨벤션센터는 소독됐다.

캐트린 댄스는 컨설턴트와 기자로 일한 적이 있기에 비즈니스 세계에 대해 냉소적이었다. 그리고 케일리 타운 수준의 음악은 실제로 대단히 규모가 큰 비즈니스였다. 범죄 현장을 최대한 빨리 청소하고 죽음의 흔적을 모조리 없앤 뒤 콘서트가 계획대로 진행되도록 하는 것이 놀랍지 않았다.

댄스는 냄새에 대비해 마음을 단단히 먹었다. 불에 탄 머리카락이나 살 냄새처럼 오래 가는 것도 없었다. 하지만 매디건이나 찰리 신이 어떤 세척 작전을 펼쳤는지 몰라도 결과는 놀라웠다. 리졸 소독제와 계피 향이 났다.

케일리는 무대 동선에 대해, 라이트가 떨어질 때 자신이 무얼 하고 있었는지에 대해 생각하지 않으려 했다. 얼리샤가 전문가를 구해 공석을 채울 때까지 기타 테크니션 타이 슬로컴이 매니저 일을 맡았다. 장비에 대해 알 뿐만 아니라 비행기 조종석만큼 복잡한 콘솔에서 사운드 믹싱도 할 줄 아는 사람이 필요했다. 조용하고 튼튼

한 청년 타이는 정신이 딴 데 팔려 있기도 했고, 별로 자신도 없었지만 맡은 일을 해내려고 애쓰고 있었다. 물론 수백 가지 결정을 내려야 했다. 그는 땀을 뻘뻘 흘리며 케일리의 지시를 기다렸다. 케일리 역시 친구가 죽은 곳에 있으니 집중하기 어려울 텐데도 미소를 짓고, 고개를 끄덕여 격려하면서 필요한 사항을 알렸다.

케일리가 괜찮다고 하자 댄스는 타이를 불러 스태프 전원과 이야기를 나눠야 한다고 설명했다. 그는 모두 불러 모았다. 연령대는 이십대 초반에서 사십대였으며, 모두 몸 쓰는 일을 하는 탓에 건장했다. 댄스는 콘서트홀 가장자리, 검게 칠한 공간에서 그들과 이야기를 했다.

그들과 케일리 사이에는 가족 같은 동지애가 느껴졌다. 하지만 케일리에게 보비만큼 가까워 보이는 사람은 없었고, 따라서 에드윈에게 분명한 위협이 될 만한 사람도 없었다. 그중 타이가 케일리를 가장 잘 아는 사람 같았지만, 케일리는 그를 오빠처럼 좋아할 따름이었다. 함께 있을 때 케일리의 보디랭귀지를 보면 짐작할 수 있었다.

보비 프레스콧을 죽일 동기가 있을 만한 사람도 없었다. 케일리에게 강조하진 않았지만, 그걸 알아보는 것 역시 이 면담의 목적이었다.

댄스가 이야기를 나누지 않은 사람은 얼리샤뿐이었다. 댄스가 도착했을 때 얼리샤는 컨벤션센터에 먼저 와 트레일러를 연결한 포드 F150 픽업 앞에 서 있었다. 범퍼에 붙인 스티커에는 이런 문구가 있었다. "내 경주마 ♥"

얼리샤는 담배를 물고 있었다. 근육질의 팔과 문신, 태도로 보아 비서보다는 그 지역의 트럭 기사 같은 모습이었다. 스태프 중에서 얼리샤가 제일 위험할 것이다. 그녀는 지난 일요일 카우보이 살롱에서 에드윈을 가장 심하게 무시했고 케일리와 스토커 사이를 가로막고 있었으니까.

하지만 댄스는 이 경고를 직접 전할 수 없어 메시지를 보냈다. 찾으러 갔을 때는 얼리샤가 이미 센터를 떠난 뒤였던 것이다.

메모한 것을 보고 있는데, 시야 가장자리에서 뭔가 움직이는 것이 느껴졌다. 댄스는 공연장 전체에서 이리저리 움직이는 그림자를 바라보았다. 스물네 개의 문과 비상구가 보였다. 행사가 없을 때는 문을 잠그지 않는다는 사실도 떠올랐다.

그가 지금 여기 와서 어둠 속에 몸을 감추고 관찰하고 있을까? 창문에서 뭔가 살짝 움직였나? 아니면 저기, 문 쪽인가?

착각이었을 것이다.

분명히 그럴 것이다.

잠시 후 댄스는 케일리가 잔뜩 긴장하며 주머니에서 휴대전화를 꺼내는 모습을 보았다. 케일리의 얼굴 표정은 분명했다. 모르는 사람의 번호일 것이다.

케일리는 잠시 휴대전화를 응시하더니 귀에 가져갔다.

센터의 음향 시설 덕분에 케일리가 놀라는 소리가 또렷하게 들렸다.

케일리는 댄스를 향해 고개를 돌리더니 말했다. "그 전화예요, 캐트린. 2절이에요!"

22

십오 분 뒤, 댄스는 보안관 사무소에 도착해 급히 안으로 들어갔다. 하루튠과 문 앞에서 만났다.

댄스가 물었다. "이동통신사에서 그의 전화 위치를 추적할 수 있었나요?"

하루튠은 무표정하게 말했다. "에드윈 것이 아니었습니다. 휴대전화도 아니었어요. 프레즈노 대학 캠퍼스 공중전화였습니다. 아직 개강 전이라 거긴 사람이 거의 없습니다. 전화를 건 사람을 아무도 못 봤습니다."

"음, 에드윈은 어디 있나요?"

"그게 이상합니다. 아직 리알토 극장에 있습니다. 다른 사람이 분명합니다."

매디건의 사무실로 가자 경감과 스태닝 모두 통화중이었다.

매디건이 고개를 들었다. 그는 전화를 끊고, 사납게 울리는 책상 위 휴대전화의 발신자를 확인한 뒤 무시했다. 그러고는 반쯤 빈 아이스크림 컵을 보더니 내던졌다. 괴로운 상황.

"케일리는 어디 있습니까?" 하루튠이 물었다.

댄스가 말했다. "케일리와 스태프는 지금 컨벤션센터에 있어요. 다서 모건이 함께 있고, 보내신 수사관도 밖에 있어요. 얼리샤만 거기 없어요. 여기 오는 길에 전화해보고 메시지도 남겼는데 답장은 없었어요."

하루튠이 자기 휴대전화를 한 번 보았다. "푸엔테스였습니다. 에드윈은 아직도 영화를 보고 있답니다."

하루튠이 물었다. "극장에서 유선이나 휴대전화를 이용해서 대학 캠퍼스 전화로 회선을 돌려 걸 방법은 없나요?"

좋은 질문이다. 하지만 매디건도 좋은 대답을 갖고 있었다. "없어. 전화국 사람들한테 확인해봤네. 그 전화는 학교에서 케일리한테 직접 건 거야."

댄스가 물었다. "극장에서 나왔을 가능성은 없습니까?"

"없소. 푸엔테스가 레스토랑에 있었소. 입구를 보고 있었지. 뒷문에는 알람 기능이 있고. 거기도 확인해봤소."

댄스는 에드윈이 겉보기와 다를 바 없이, 자기 삶이라고는 없이, 전혀 다른 세상에 속한 여자한테 끌리는 불쌍한 청년이라고 생각했다.

이 공식에서 폭력만 제외하면 흔해 빠진 지루한 이야기가 될 것이다.

하지만 그의 냉정한 행동거지, 침착한 태도, 케일리를 향한 레이저처럼 예리한 집중, 가짜 미소를 떠올리지 않을 수 없었다.

그리고 지능.

그래서 댄스는 이렇게 물었다. "지하는요?"

"지하?" 매디건이 되물었다.

“그 블록에 지하로 연결되는 건물은 없나요?”

“글쎄.” 매디건이 느릿하게 말하고는 유선전화의 버튼을 눌렀다. 실내에 벨소리가 울려퍼지더니 열한 자리 전화번호가 빠르게 입력되었다.

“푸엔테스입니다.”

매디건은 자기가 누군지 밝히지도 않고 외쳤다. “지하로 빠져나간 것 같은데. 옆에 철물점 있지? 지하가 연결되어 있나?”

잠시 침묵. “확인해보겠습니다. 바로 연락드리죠.”

삼 분 뒤 소식이 왔다. 댄스의 짐작이 맞았다. “네, 대장. 내려가 봤습니다. 문이 있어요. 열려 있더군요.”

“극장을 비우세요.” 댄스가 말했다. “확인해야 하니까요.”

“비우라고요?” 푸엔테스가 물었다.

매디건이 댄스를 보았다. 그리고 단호하게 말했다. “가브리엘. 댄스 요원 말 들었겠지. 불을 켜고 모두 대피하라고 해.”

“극장에서 굉장히 싫어할…….” 그는 이렇게 말끝을 흐리다가 가난한 동네 프레즈노에서 비즈니스 관련 문제를 염려할 필요는 없다는 사실을 깨달았다. “그러겠습니다.”

십 분 뒤 푸엔테스가 다시 전화를 걸어왔다. 댄스는 “대장”이라고 부르는 소리에서 다음 내용을 짐작할 수 있었다.

매디건은 한숨을 쉬었다. “없는 게 확실한가?”

“안에 사람이 많지도 않았습니다. 아직 시간이 이르니까요. 확실합니다.”

“젠장.” 스태닝이 중얼거렸다.

하지만 푸엔테스의 목소리에 힘이 없는 이유는 또 있었다. “그리고 드릴 말씀이 있는데요…… 레스토랑에서 극장을 지켜보고 있었잖습니까?"

"그래, 뭔가?" 매디건이 으르렁거렸다.

"누가 제 순찰차 문을 열었습니다."

"그래서."

"깜빡 잊고 있었는데, 뒷자리에 글록 권총을 놔뒀습니다. 상자에 넣어서 재킷 밑에 깔아놨는데. 어떻게 그걸 봤는지, 아니면 거기 있는 줄 알았는지 모르겠습니다."

댄스는 그가 말하는 방식을 듣고 권총을 전혀 감춰두지 않았다는 걸 알았다.

"젠장!" 매디건이 외쳤다.

"죄송합니다. 트렁크에 넣어뒀어야 하는데. 하지만 잘 감춰놨습니다."

"**집**에 둬야지. 그건 자네 개인 무기 아닌가. 집에 뒀어야 한다고."

"오늘 밤에 순찰이라서요." 수사관이 불쌍한 말투로 이야기했다.

"내가 어떻게 해야 하는지 알지, 가브리엘. 달리 방법이 없어."

"네. 경찰 배지 드려요?"

"그래. 오늘 서류 작업을 하겠네. 조사를 최대한 빨리 하겠지만, 그래도 사나흘은 걸릴 거야. 그때까지는 일할 수 없네."

"죄송해요."

"물품 가져오게." 그는 스피커폰 버튼을 눌러 전화를 끊었다.

하루툰이 스트레스라고는 느껴지지 않는 낮은 목소리로 말했다. "갱단 소행일 수도 있어요."

"갱단은 아니야." 매디건이 잘라 말했다. "우리의 스토커 짓이지. 적어도 놈한테서 그걸 찾아내면 오래오래 교도소에 보낼 수는 있네. 젠장, 정말 똑똑한 놈이군. 푸엔테스를 궁지에 몰고, 면허를 정지시키고, 멋진 권총도 얻다니."

댄스는 코르크판에 붙여 놓은 가사를 보았다.

"어디서 공격을 할까요? 강이라…… 강."

"그리고." 크리스털 스태닝이 덧붙였다. "다음 희생자는 누구로 정했을까요?"

23

"메리-고든, 거기 다가가지 마. 안내판 보이지?"

"이거 안 움직여요, 엄마." 여섯 살짜리 아이가 말했다. 수엘린 산체스는 논리가 완벽하다고 생각했다. 수화물 컨베이어 벨트의 경고문에는 이렇게 적혀 있었다. '움직이는 벨트에 다가가지 마시오.'

"언제든 움직일 수 있어."

"하지만 불이 켜지면 물러날 수 있어요."

아이들은 인내심을 시험한다.

모녀는 포틀랜드에서 출발한 비행기가 이십 분 일찍 도착해 프레즈노-요세미티 공항 터미널에서 기다리고 있었다. 수엘린은 마중 나온 사람을 찾았다. 아직 아무도 없는 것을 보고 딸에게 말했다. "거기 지저분해. 원피스 더러워질라."

그 말도 별로 효과가 없는 것 같았다. 하지만 "메리-고든"이라고 모종의, 아주 특별한 말투로 한마디만 하면 되었다. 귀여운 금발 아이는 곧바로 뒤로 물러섰다. 희한한 일이라고 수엘린은 생각했다. 그녀와 남편은 아이에게 손을 댄 적도, 때린다고 위협한 적도 없었다. 딸을 잘 키운다는 미명하에 손찌검하는 이웃의 아이들보다 메리-고든은 훨씬 더 착했다.

새디스트 같으니.

수엘린은 진정하자고 다짐했다. 보비 프레스콧의 죽음은 모든 것에 먹구름을 드리웠다. 케일리는 어떻게 버티고 있을까? 케일리와 보비는 보통 사이가 아니었고, 수엘린은 동생이 이 일로 제정신이 아닐 것이라고 짐작할 수 있었다.

가엾은 것…….

게다가 살해되었을 가능성이라니?

아마 케일리를 몇 달 동안 괴롭힌 그 지긋지긋한 스토커 짓일 것이다. 끔찍하다.

그날 아침 케일리에게서 슬픈 소식을 전해들은 뒤 비숍이 수엘린에게 전화를 했다. 아버지가 사적인 문제는 다 회피했으므로 대화는 매우 어색했다. 동생이 힘든 시기를 보내고 있으니 프레즈노에 와 도와달라고 부탁한 것은 둘째치고, 전화를 걸어온 것부터 이상하다고 수엘린은 생각했다. 그러다가 깨달았다. 비숍은 애도하는 일을 다른 사람과 나누고 싶었던 것이다. 누구든 다른 사람과. 그렇다. 그는 할 수만 있다면 그 일을 전적으로 **남**에게 떠넘기고 싶었을 것이다.

하지만 그의 진짜 동기를 누군들 알 수 있을까? 그들의 아버지는 속이 빤히 보이기도 하지만 전혀 알 수 없기도 했다.

그런데 짐은 어디 간 걸까? 초조했다.

수엘린은 동생과 별로 닮지 않았다. 그녀는 형제자매의 나이차가 많을수록 서로 닮지 않는다는 전혀 근거 없는 믿음을 갖고 있었다. 둘은 여덟 살 차이가 났고, 수엘린이 키도 체격도 컸으며 얼굴은 둥

글었는데, 그렇다고 동생보다 체중이 7킬로그램이나 더 무거워 보이지는 않았다. 코는 더 길고 턱은 각졌으며 머리카락은 옅은 갈색이었지만, 머릿결은 케일리처럼 가늘고 부드러웠다. 오늘 수엘린은 프레즈노의 늦여름 날씨를 예상하고 앞뒤가 깊이 파인 선드레스에 브라이튼 샌들을 신었다. 샌들 앞코에 달린 은색 하트를 메리-고든은 몹시 좋아했다.

그렇게 입었어도 더웠다. 포틀랜드의 그날 아침 기온이 17도 정도였던 것이다.

“케일리 이모는 어디 있어?”

“공연을 준비하고 있어. 금요일에 거기 갈 거야.”

아마도. 동생은 사실 콘서트에 초대하지 않았다.

“좋아. 이모 노래 좋아.”

요란한 신호음이 울리고 주황색 불빛이 번쩍이면서 수화물 벨트가 돌아가기 시작했다.

“봐. 내려올 시간이 없었겠지.”

“아냐. 내려올 수 있었어. 그리고 저걸 타고 돌아가서 저 커튼 뒤에 뭐가 있는지 볼 수도 있었고.”

“사람들이 싫어할걸.”

“누가?”

수엘린은 교통 보안청과 테러리스트에 대해 말할 생각은 없었다.

“저 사람들.” 수엘린이 단호하게 말하자 메리-고든은 질문을 잊은 채 처음 나오는 가방을 보고는 신이 나서 달려갔다. 아이의 하얀 스니커즈가 리놀륨 바닥에 닿자 끽끽거렸다. 빨간 리본으로 장식한 분홍색 원피스가 물결쳤다.

짐을 찾아 나오던 두 사람은 문 앞에서 걸음을 멈췄다.

휴대전화가 울렸다. "네, 아빠."

"왔구나." 그가 웅얼거렸다.

네, 아빠도 안녕하세요.

"리치가 데리러 가고 있다."

아니면 아버지가 직접 딸과 손녀를 데리러 올 수도 있었겠죠. 비숍 타운은 운전을 하지 않았지만, 대신 해줄 사람은 주위에 많았다. 직접 오고 싶었다면.

수엘린은 아버지가 아무리 멀리 있어도 대화할 때면 종종 짓는 거짓 미소를 짓고 있었다. 케일리보다는 아버지를 무서워하지 않았지만 그래도 두려운 존재인 건 마찬가지였다.

"택시 타도 돼요."

"아니다. 네가 일찍 도착해서 그래. 리치가 갈 거다."

그리고 뭔가 한마디 해야겠다는 듯이, 또는 4호 부인 셰리가 옆에서 쿡 찌른 듯이, 그가 물었다. "메리-고든은?"

"할아버지를 빨리 보고 싶대요." 수엘린이 대답했다.

이런 것이 수동적 공격성일까? 약간은 그렇다.

"나도 그렇구나." 그러고는 전화를 끊었다.

택시를 타고 말 거다. 수엘린이 생각했다. 여기서 어정거리지 않을 거야. "화장실 갈래?"

"아니."

"정말? 케일리 이모네 가려면 한참 걸려."

"안 가. 젤리빈 사도 돼?"

"이모네 가면 맛있는 거 있을 거야."

"좋아."

"실례합니다, 수엘린 씨 되시나요?"

그녀가 돌아보니 비숍의 수하이며, 어느 모로 보나 컨트리 뮤지션의 수행원처럼 보이는 리치가 있었다. "모시러 왔어요. 반갑습니다." 그는 악수를 하면서 메리-고든에게 웃어 보였다. "안녕."

"안녕하세요." 메리-고든이 말했다.

"프레즈노에 잘 오셨어요. 네가 메리-고든이구나."

"내 이름을 안 틀렸어." 아이가 환하게 웃었다.

아이의 이름은 메리와 고든을 따로 쓰지 않았다. 남부 식으로 붙여 쓰는 이름이었고, 아이는 누군가 틀리면 부끄러워하지 않고 고쳐주었다.

"짐 들어드릴게요." 그가 여행가방을 둘 다 맡았다.

메리-고든은 자기 이름을 아는 남자에게 아무 저항 없이 가방을 맡겼다.

"굉장히 더워요. 오리건하고는 완전히 다르죠. 아버지 댁으로 가세요, 케일리에게 가세요?"

"케일리한테 가요. 놀라게 해주려고요."

"재미있겠군요."

수엘린도 그러기를 바랐다. 비숍은 찾아간다는 걸 케일리에게 알리지 말라고 일렀다. 오지 말라고 할 것 같았다. 보비가 죽었다고 동정받는 것을 원하지 않는다고 했다. 하지만 가족은 힘을 합쳐야 한다.

아버지가 현명하시지. 그렇고말고.

"케일리 이모네 집에는 멋진 수영장이 있어." 리치가 메리-고든에게 말했다. "수영할 거니?"

"수영복이 두 개예요. 마르는 동안 다른 걸 입을 수 있게요."

"똑똑하구나!" 리치가 말했다. "어떤 수영복인데? 헬로 키티?"

메리-고든이 콧잔등을 찡그렸다. "이제 커서 헬로 키티나 스폰지밥은 안 입어요. 하나는 꽃무늬이고 하나는 그냥 파란색이에요. 혼자서 수영할 수 있어요."

밖으로 나가자 예상대로 열기가 대단했다.

그는 돌아서서 웃으며 아이를 내려다보았다. "있잖아, 넌 단추처럼 귀엽구나."

메리-고든이 물었다. "그게 무슨 뜻이에요?"

리치가 수엘린을 보았고, 둘이 함께 웃었다. "나도 모르겠다."

그들은 신호를 기다려 주차장으로 건너갔다. 그가 조그맣게 말했다. "오셔서 다행이에요. 케일리는 보비 때문에 많이 힘들어해요."

"그렇겠죠. 어떻게 된 건지 알아냈나요?"

"아직요. 끔찍한 일이에요." 그는 목소리를 높여 메리-고든에게 말했다. "참, 이모네 가기 전에 재미있는 거 구경할래?"

"네!"

"정말 멋진 거라 마음에 들 거야." 그가 수엘린에게 물었다. "조금만 돌아가도 될까요? 가는 길에 공원이 있거든요."

"엄마, 그렇게 해요!"

"좋아요. 하지만 너무 늦지는 않았으면 좋겠어요, 리치."

리치는 눈을 깜빡였다. "아, 전 리치가 아니에요. 대신 나왔어요."
차에 다다르자 그는 여행가방과 수엘린의 컴퓨터가방을 받아 커다란 뷰익의 트렁크에 넣었다. 새빨간 색이었다. 요즘 흔치 않은.

24

탁 트인 공간이지만 블라인드를 전부 내린 케일리의 집 거실에서, 캐트린 댄스는 다서 모건에게 이야기하고 있었다. 그는 근무중이었으므로 책을 들고만 있을 뿐 읽지는 않았다.

"이름이 특이하네요." 댄스가 말했다.

"네. '모건'에서 철자를 하나 바꾸면 독일어로 '아침'이라는 뜻입니다." 그의 침착한 얼굴에는 성격이 드러나지 않았다.

"재미있네요." 댄스가 말했다. 물론 이름을 말하는 것이었다.

"전에 썼던 겁니다."

케일리는 위층에서 옷을 갈아입고 있었다. 보비 프레스콧이 죽은 곳에 다녀와서 옷이 오염되었다는 듯이.

모건이 말했다. "사람들은 제가 흑인이니 부모님이 '아서'의 철자를 몰라서 '다서'라고 지은 줄 압니다. 그런 말을 가끔 듣죠."

"그렇군요."

"사실은 두 분 다 교사였는데, 고전을 좋아하십니다." 그는 가죽 장정본을 들어 보였다. 디킨스였다. "맬러리의 《아서 왕의 죽음》도 좋아하셨죠."

"아서 왕 이야기죠."

그는 한쪽 눈썹을 추어올렸다. "경찰 중에는 이런 걸 아는 사람이 드물지만 요원님은 보통 경찰이 아니죠."

"당신도 보통 경호원은 아니죠." 댄스는 자신이 아이들 숙제를 봐주는 엄마라는 사실은 덧붙이지 않은 채 그가 쥐고 있는 책을 보았다.

"《위대한 유산》입니다."

댄스가 물었다. "케일리 상태는 괜찮은가요?"

"경계선 같습니다. 함께한 지 얼마 되지 않거든요. 그자가 나타나기 시작하면서 변호사와 케일리의 아버지가 저를 고용했습니다. 케일리는 제가 함께 일한 유명인 중에서 가장 훌륭합니다. 가장 착하고, 예의 바르고. 전에 일했던 사람들 이야기를 몇 가지 해드릴 수도 있습니다."

하지만 그러지 않을 것이다. 그는 진정한 프로였다. 이 일이 끝나면 다서 모건은 케일리 타운에 대해 아는 것을 모두 곧바로 잊어버릴 것이다. 그녀를 위해 일했다는 사실조차도.

"무기는 갖고 계세요?"

"네."

짐작하고 있었지만, 확인하게 되어 기뻤다. 그리고 모건이 무기가 무엇이며, 자신이 얼마나 유능한지, 무기를 쓴 적이 있는지 늘어놓지 않아서 더 기뻤다.

프로다운 자세…….

"에드윈이 글록을 훔쳤을지도 몰라요."

"압니다. 매디건 경감님에게 들었습니다."

모건은 현관 쪽으로 가서 그의 체중을 힘겨워하는 의자에 앉았다. 그는 굵직한 허벅지에 펼치지 않은 책을 얹었었다.

댄스는 케일리가 가져다준 아이스티를 한 모금 마셨다. 거실에 놓인 여러 상장, 벽에 걸린 골드와 플래티넘 레코드를 둘러보았다. 《컨트리 타임스》 표지 사진을 액자에 걸어둔 것을 보고 댄스는 웃었다. 케일리가 '컨트리 음악 협회 올해의 가수 상'을 들고 있는 사진이었다. 케일리가 상을 받고 있을 때, 악동으로 유명한 젊은 컨트리 가수 하나가 무대로 올라가더니 마이크를 빼앗았다. 그러고는 너무 어린데 상을 받았으며, 케일리의 노래는 전통적인 컨트리 음악이 아니라고 비난했다. 그는 다른 가수가 상을 받아야 한다고 주장했다.

케일리는 그가 말을 마칠 때까지 기다린 뒤 마이크를 돌려받더니 그에게 전통적인 컨트리를 그렇게 지지한다면 조지 존스, 로레타 린, 팻시 클라인이 내놓은 히트곡 다섯 개를 말해보라고 했다. "아니, 아무 곡이나 다섯 개만 말씀해보시죠." 케일리가 요구했다.

그는 수백만 명의 생방송 시청자들 앞에서 십 초 동안 꼼짝도 못하고 있더니, 무슨 영문인지 헤비메탈 보컬처럼 한 팔을 들고 무대에서 내려갔다. 케일리는 수상 소감을 마치고 기립 박수를 받으며 좀 전에 요청한 히트곡을 모두 말했다.

케일리는 에드윈이 멀리서 고성능 쌍안경으로 지켜본다고 생각하는 듯, 청바지와 두꺼운 진회색 블라우스를 입고 내려왔다.

사실 에드윈이 그러지 않으리라는 보장은 없었다.

케일리는 거실 가운데 꽃무늬 소파에 앉았다.

댄스가 말했다. "컨벤션센터의 수사관과 이야기하고 왔어. 타이랑 얼리샤만 제외하고 스태프 전원을 확인했어."

"아, 얼리샤는 십 분 전에 통화했어요. 2절에 대해 알리고 조심하라고 했어요." 케일리는 미소를 지었다. "얼리샤는 에드윈이 다가오기를 기다리는 사람 같았어요. 아주 터프하거든요. 화도 잘 내고." 케일리는 타이 슬로컴에게 전화해보고 메시지를 남겼다. "어디 갔는지는 모르겠어요."

그사이 다서 모건은 침착하게 앉아서 대화를 듣는 시늉도 하지 않았다. 그는 집과 창문을 살피기만 했는데, 이윽고 전화를 한 통 받더니 몸이 굳었다.

그가 앞쪽 창문을 내다보며 일어섰다. "손님이 왔습니다. 흠, 수행원 전체가 왔습니다. 공무가 있는 모양이군요."

25

'수행단'이라는 말이 잘 어울린다고 케일리 타운은 판단했다.

SUV 두 대. 하나는 먼지가 내려앉은 비숍의 흰색 렉서스이고, 또 하나는 검은색 링컨 네비게이터였다.

비숍과 셰리가 차에서 내리더니 다른 차를 향해 고개를 돌렸다.

네 명이 타고 있는 것 같았다. 첫 번째는 경호원임을 쉽게 알 수 있었다. 탄탄한 체격, 선글라스, 180센티미터가 훨씬 넘는 키에 흰 피부. 그는 주위를 찬찬히 둘러보더니 SUV 안쪽에 뭐라고 작게 말했다. 다음에 내린 사람은 머리숱이 적고 날씬한, 생각이 많아 보이는 사람이었다. 세 번째도 검은 슈트에 흰 셔츠, 타이를 착용했으며 키가 훨씬 크고 정치인 같은 머리 모양을 하고 있었다.

그러고 보니 그는 진짜 정치인이었다. 캘리포니아의 스타 국회의원이자 민주당 2선 의원인 윌리엄 데이비스였다.

케일리는 그 광경을 주의 깊게 관찰하는 댄스를 바라보았다.

마지막으로 네비게이터에서 여자가 내렸다. 남색 재킷과 스커트, 투명 스타킹을 매치한 보수적인 옷차림이었다.

경호원은 SUV 앞에 서 있었고 나머지는 비숍과 아내를 따라 집으로 들어왔다.

안으로 들어온 비숍은 딸을 끌어안더니 그제야 생각났다는 듯 기분이 어떠냐고 물었다. 케일리는 이름도 기억 못 하는 직원에게 연로한 부모님에 대한 조의를 표하는 것 같다고 여겼다. 게다가 비숍은 몇 시간 전에 여기를 다녀갔다는 것도 기억하지 못하는 것 같았다.

이 사람들은 대체 여기서 무엇을 하고 있는 걸까?

비숍은 댄스를 처음 보는 것처럼 보았고, 다서 모건은 완전히 무시했다.

그리고 딸에게 이렇게 말했다. "이분은 데이비스 의원이시다. 이분은 보좌관 피터 사임스키. 그리고……."

"마이라 배비지입니다." 각지게 자른 갈색머리에 날씬하고 웃음기 없는 여자는 딱딱하게 인사했다. 그녀는 케일리를 우러러보는 것 같았다.

"타운 씨. 영광입니다." 국회의원이 말했다.

"안녕하세요, 케일리라고 불러주세요. 그렇게 부르시면 나이 든 것 같아요."

데이비스가 웃었다. "그럼 전 빌이라고 불러 주십시오. 기억하기 쉽죠. 국회에서 몇 가지 빌*을 지지했으니까요."

케일리가 잠시 미소를 지었다. 그리고 댄스와 모건을 소개했다.

"며칠 전에 샌프란시스코로 들어와서 남쪽으로 내려오던 중입니다. 아버님께 연락드려 콘서트에 갈 수 있을지 여쭤봤죠. 참, 티켓

* '법안'을 뜻한다.

값은 치릅니다. 걱정 마세요. 다만 추가 보안이 필요할 뿐이에요."

비숍이 말했다. "그건 전부 처리했습니다."

"만나서 직접 인사를 나누고 싶었어요. 아버님께서 콘서트 전에 오늘 만나보자고 하시더군요."

그런 것이었군. 케일리는 이해했다. 젠장. 아버지는 콘서트 취소에 대해 생각해본다고 해놓고는 진행에 필요한 일을 해버린 것이다. 딸의 커리어를 쌓는 데 필요한 일은 뭐든 하겠다는 저 태도. 국회의원이 콘서트에 오고, 따라서 기자도 더 많이 오게 된다는 걸 알면 케일리가 취소하기 어려워질 거라고 생각한 것이다.

케일리는 화가 났지만, 데이비스가 소년처럼 이런저런 이야기를 하면서 특히 좋아하는 노래에 대해 늘어놓고 있을 때에는 기분 좋게 웃어 보였다. 그러려고 노력했다. 그는 정말로 케일리의 팬이었다. 모든 노래의 가사를 아는 것 같았다.

마이라 배비지가 이렇게 덧붙였다. "웹사이트에 〈리빙 홈〉을 사용하게 해줘서 고마워요. 빌의 선거운동 주제가가 되었습니다."

캐트린 댄스가 말했다. "라디오에서 의원님 말씀을 들었습니다. 여기 오는 동안요. NPR 방송국에서 이민 문제에 대한 토론을 재방송했거든요. 굉장히 열띤 토론이더군요."

"아, 그랬죠."

"참, 의원님이 이기신 것 같았습니다. 제대로 몰아붙이셨어요."

"고맙습니다. 재미있었어요." 데이비스는 눈을 반짝이며 말했다. "토론을 좋아합니다. 학창시절, 저한테는 토론이 스포츠였죠. 축구장에 나가는 것보다는 말하는 것이 덜 괴로웠어요. 하지만 반드시 더 안전한 것은 아니죠."

케일리는 정치에 대해 잘 몰랐다. 가수 중에는 정치 운동이나 대의에 열심인 이들도 있었지만, 케일리가 보기에 그런 가수들이 대중의 이목을 끌기 전에는 동물 권리나 기아 문제에 관심을 가진 것 같지도 않았다. 좋은 이미지를 쌓기 위해 홍보사나 음반사의 홍보부서에서 언론 플레이를 하는 경우도 많은 것 같았다.

하지만 케일리는 빌 데이비스 의원에 대해서는 알고 있었다. 독특한 입장을 여럿 갖고 있는 정치가. 그중 가장 논란이 많은 것은 이민자를 더 많이 받아들이되 전과 기록 확인, 영어 시험 통과, 취업 가능성 심사 등의 요건을 만들자는 것이었다. 그래서 그는 〈리빙 홈〉의 사용 허가를 구했던 것이다. 데이비스 의원은 가장 유력한 차기 대선 주자였고, 이미 유세를 시작했다.

피터 사임스키 보좌관이 말했다. "의원님이 팬이신 건 제가 보증합니다. 유세 버스 안에서 케일리 양의 노래를 테일러 스위프트, 랜디 트래비스, 제임스 테일러, 스톤스와 함께 늘 틀어놓거든요. 그들과 함께라도 괜찮으셨으면 합니다."

"그럼요."

데이비스 의원이 진지해졌다. "현재 문제가 좀 있다고 아버님께서 말씀하셨어요. 누군가 스토킹을 하고 있다고." 그는 이 질문을 댄스에게도 함께 던졌다. 케일리의 아버지가 댄스를 요원이라고 소개한 모양이었다.

"그렇습니다." 댄스가 말했다.

"요원님은…… 프레즈노에 계십니까?" 마이라 배비지가 물었다. "보안 문제 때문에 그곳 분들과 공조중이거든요."

"아뇨. CBI입니다." 그녀가 여기 있다는 사실은 중대한 사건임을 의미했을 것이다. 하지만 댄스는 이렇게 덧붙였다. "몬터레이 소속입니다. 개인적 일로 왔다가 사건 소식을 들었습니다. 돕겠다고 자원했습니다."

"몬터레이에도 들렀죠." 데이비스가 말했다. "캐너리로에서 유세를 했어요."

"그래서 제가 출발할 때 그곳 교통상황이 그렇게 나빴던 거군요." 댄스가 농담했다.

"더 나빴어야 했어요. 출석률이 좋은 정도이지 훌륭한 정도는 아니었거든요."

케일리는 몬터레이, 특히 카멀은 보수적인 유권자들이 사는 곳이며 이민에 찬성하는 후보를 별로 좋아할 것 같지 않다고 생각했다.

의원은 댄스를 향해 고개를 끄덕였다. "CBI와 지역 당국에서 최선을 다할 거라고 믿지만, 제 도움이 필요하다면 알려주세요. 스토킹은 연방 범죄도 될 수 있으니까요."

케일리와 댄스가 고맙다고 인사했고 사임스키가 명함을 건넸다. "진심입니다. 도움이 필요하시면 전화하세요. 언제든지." 날씬한 청년이 진심인 듯 말했다.

"그러겠습니다." 댄스가 대답하는데 전화가 울렸다. "하루튠 수사관의 메시지입니다." 댄스가 모두에게 알렸다. 내용을 읽고 한숨을 내쉬었다. "다음 현장을 찾았답니다. 또 살인, 방화랍니다. 하지만 공연장보다 상황이 나쁩니다. 피해자가 한 명 이상일 수도 있다고 합니다. 정확히 파악이 안 된답니다."

26

"아직 화재 진압이 안 됐습니다." 하루튠이 전화로 말했다. "촉매를 20리터는 쓴 모양이에요. 생와킨 강 옆에 있는 창고예요."

> 당신은 강가에 앉아 무엇을 잘못했는지 생각하죠.
> 그동안 몇 번의 기회를 잃었는지.
> 마치 고민 때문에 돌로 변한 듯.
> 그러면 강물이 속삭이죠. 왜 집으로 가지 않느냐고.

모두 댄스를 보고 있었다. 댄스는 그들을 무시하고 하루튠과의 대화에 집중했다. "목격자는요?"

"없습니다."

"스토킹 관련 사건인 걸 어떻게 알았습니까?"

"음, 뭐라고 말해야 될지 모르겠지만, 이 앞에 케일리에게 바치는 기념비 같은 게 있어요."

"네?"

"네. 아주 미쳤어요. 창고 앞에 돌멩이를 쌓아올리고, 그 옆에 시디 두 장을 놔뒀어요. 이상한 게 뭔지 아세요?"

더 이상한 게 있다고? 댄스는 짐작도 할 수 없었다.

"돌멩이 밑에 20달러짜리 지폐를 남겼어요. 무슨 헌금처럼."

"피해자가 누군지는 몰라요?"

"여럿일 수도 있습니다." 목소리에서 긴장감이 느껴졌다. "안을 들여다보니 다리가 두 개 보였어요. 남은 건 그것뿐이었어요. 지붕도 내려앉았어요. 주유소였던 곳이라 주의하고 있어요. 근처에 탱크가 묻혀 있을까 봐. 찰리 신이 감식반 사람들을 데리고 와서 최대한 가까이에서 살피고 있어요. 여긴 지옥처럼 뜨거워요. 작업복 입고 더워서 기절한 사람도 있어요. 타이어 자국이나 발자국은 없어요. 그리고 탄피를 두 개 발견했어요. 9밀리미터." 그는 혀를 찼다. "푸엔테스가 도둑맞은 총과 같은 거죠. 하지만 우연일 수도 있고요. 이렇게 되었으니, 불을 붙이기 전에 쏘았기를 바랄 뿐입니다."

"그러게요."

"혈흔은 없지만, 나뭇가지 같은 걸로 흙을 쓸어버린 것 같아요. 샘플을 채취하고 있어요. 누가 죽었는지 알려면 DNA 검사밖에 없을지도 모르겠어요."

케일리에게 바치는 제단. 스토커의 행동과 일치했다.

"찰리의 감식반이 범인이 케일리에게 전화를 건 부스도 살펴봤어요. 흔적은 찾았지만 마흔 개쯤 되는 지문은 아무것도 일치하지 않아요."

"에드윈을 본 사람은?"

"없어요. 이제 가봐야 되겠어요. 뭔가 알게 되면 전화할게요, 캐트린."

"고마워요."

댄스는 케일리와 그녀의 아버지, 그리고 사람들에게 보고했다.

비숍은 눈을 감고 기도 비슷한 것을 중얼거렸다. 댄스는 그가 한때, 재활 이후 기독교 색채의 앨범을 낸 것을 기억했다. 잘 팔리지는 않았다.

"피해자는 누군가요?" 케일리가 다급하게 물었다.

"몰라. 한 사람만이 아닐 수도 있대. 하지만 화재 때문에 안을 잘 볼 수가 없다고 하네."

케일리의 목소리가 갈라졌다. "그럼 얼리샤는 어디 있어요? 타이는요?"

케일리는 곧바로 두 사람에게 전화를 걸었고 통화가 되었다. 나머지 스태프도 모두 소재가 확인되었다고 타이 슬로컴과 통화 후 전했다. "세상에. 얼리샤는 말을 타러 나갔대요. 타이는 기타 줄을 사러 나갔고요. 트럭에 천 개는 있을 텐데. 굳이 왜 나간 걸까요? 미칠 것 같아요."

의원과 그의 수행원들은 불편한 기색이었고, 데이비스는 좋지 않은 때 찾아온 것 같다고 생각하는 듯했다. 그가 말했다. "선거운동이 아직 남았습니다. 성가시게 해드려 미안하네요."

"아닙니다." 케일리가 아니라 비숍의 말이었다.

데이비스는 어떻게든 돕겠다는 말을 반복했다. 그리고 콘서트에서 보자고 했다.

"전……." 케일리는 아무 반응이 없는 아버지를 보더니 입을 다물었다. "네, 지원해주셔서 감사합니다."

"선거일에 나도 그렇게 말할 수 있으면 좋겠군요."

피터 사임스키 보좌관은 댄스에게 다시 한 번 다가왔다. 둘은 악수를 했다. "명함 받으셨죠? 필요한 일 있으면 언제든 알려주세요."

동작학 기술은 근무가 끝났다고 사라지지 않는다. 사임스키가 눈을 맞추는 순간, 댄스는 그가 상황이 허락한다면 자신에 대해 더 알고 싶어 한다는 것을 알 수 있었다. 동작을 보면 그 말이 진심임을 알 수 있었다. 그는 결혼반지도 끼지 않았고 그 역시 댄스의 왼손을 가장 먼저 확인했다. 외도에는 관심 없는 사람일 가능성이 높았다.

그는 편안하면서도 은근한 자신감을 드러냈다. 댄스의 키가 5센티미터 더 크다는 사실에 기가 죽지도 않았고, 몸집이 작고 머리숱이 줄어드는 것을 부끄러워하지도 않았다(아이러니하게도 댄스의 현재 애인 존 볼링도 그와 비슷했다). 하지만 캐트린 댄스는 이미 복잡한 사생활을 더 복잡하게 만들 생각이 없었다.

댄스는 예의 바르게 고개를 숙여 목례했고, 짧고 프로답게 악수했다. 그가 그 메시지를 이해했는지는 알 수 없었다.

데이비스와 사임스키, 마이라 배비지는 집을 나가 SUV로 향했다. 경호원이 문을 열어주었다. 그들은 순식간에 비포장도로를 달려나갔다.

케일리는 충격에 어쩔 줄 몰라 하더니 울기 시작했다. "그러니까, 그가 불을 지른 거예요?" 케일리가 속삭였다.

"맞아."

"아냐! 아니에요! **이건** 내 잘못이기도 해요!" 케일리는 어깨를 세우고 이를 앙다물었다. 화난 표정으로 눈물을 닦았다. "내 노래 때문에! 다른 노래를 이용하고 있어요."

댄스가 말했다. "현장은 강가야. 2절에 나오잖아."

"아뇨, 불 말이에요! 처음에는 보비, 그다음에는 이 사람들. 에드윈이 전에 이메일을 여러 통 보냈어요. 〈파이어 앤드 플레임Fire and

Flame〉을 좋아한다고."

케일리는 《유어 섀도》 시디를 꺼내들더니 댄스에게 라이너노트를 보여주었다.

사랑은 불길, 사랑은 불꽃.
마음을 따뜻하게 해주고 길을 밝혀주죠.
태양처럼 영원히 타오르는 것.
두 영혼을 녹여 하나로 만드는 것.
사랑은 불길, 사랑은 불꽃.

비숍이 딸에게 말했다. "케이티, 자책하지 마라. 네가 미친놈들 속을 전부 다 알 순 없어. 그놈은 사이코야. 네가 아니면 딴 사람을 스토킹했을 거다." 딱딱하기 짝이 없는 말투였다. 그는 위로하는 재주가 없었다.

"그 사람들을 **태워** 죽였다고요, 아빠!"

비숍은 뭐라고 해야 할지 몰라 주방으로 가서 우유를 한 잔 따랐다. 셰리는 불편한 얼굴로 기타 옆에 서 있었다. 댄스는 하루툰에게 다시 전화했지만 진척은 없었다.

비숍이 돌아오더니 통통하고 불그레한 손목에 찬 시계를 보았다. "어, 네 언니한테서 소식 없냐?"

"아침에 통화했어요. 보비 일로 전화했어요. 왜요?"

"이제 도착할 시각인데. 아니면 혹시……."

케일리의 입이 딱 벌어졌다. "무슨 얘기예요, 아빠?"

"우리 집으로 갔나."

"아뇨. 무슨 말이에요? 도착하다뇨? 언니가 왜 도착해요?"

비숍이 시선을 떨궜다. "걔들이 오면 좋을 것 같아서. 보비 일로 널 위로해주면 좋을 거라 생각했다. 오늘 아침에 전화했어. 한 시간 전에 도착했다던데."

그는 이런 식으로 중요한 소식을 전했다. 소프트볼을 던지듯이 아무렇지도 않게.

"오, 세상에. 왜 말 안 했어요? 언니는 아무 상관도 없…… 잠깐만요, 걔들이라니. 가족이 전부 다 오는 거예요?"

"아니. 로베르토는 일하니까. 수엘린이랑 메리-고든만 온단다."

케일리는 화를 냈다. "대체 왜 그랬어요? 미친놈이 있는데. 어린애를 부르다뇨?"

"위로를 해주라고." 그는 당황하며 중얼거렸다. "말했잖니."

"오, 이런. 오, 이런." 케일리는 주저앉았다. "그래서 부른 게 아니잖아요……." 케일리의 목소리가 높아졌다. "불에…… 타죽었다는 사람들. 그런 건 아니겠죠…… **언니**는 아니겠죠?"

"진정해라, 케이티. 샤프라는 놈이 걔들이 공항에 왔다는 걸 어떻게 알겠냐?" 비숍이 말했다. "어느 비행기를 타고 오는지 어떻게 알아?"

케일리는 전화를 걸었다가 이내 끊었다. "음성 메시지로 연결돼요. 누가 데리러 갔어요? 왜 이야기 안 했어요? 왜 **아빠**가 직접 가지 않았어요?"

"의원이랑 만나야 해서 말이다. 리치를 보냈다. 알았다. 그 친구한테 전화해보마." 비숍은 휴대전화를 찾아 전화를 걸었다. "어이, 나야. 어떻게 됐어? 아이들 어디 있어? ……**누구?** 무슨 소리야? 수엘린이랑 딸아이 말이지…… **뭐라고?**"

모두 그를 보았다.

"언제? ……오, 젠장." 비숍이 전화를 끊었다. "그래. 음, 리치가 네 친구한테서 전화를 받았단다." 그는 딸을 바라보았다. "**그 친구**가 데리러 간다고 했다는데."

"누가요?" 케일리가 외쳤다. "대체 그게 누군데요?"

"이름은 기억이 안 난대. 누군지는 몰라도 비행기 편명이랑 이름을 알더래. 네가 원했다는데."

셰리가 말했다. "하지만 그게 에드윈이라면 리치가 데리러 가는 걸 어떻게 알겠어요?"

비숍은 바닥의 카펫을 바라보았다. "음…… 젠장."

"왜 그래요, 아빠? 왜요?"

"오늘 아침에 헌든 카페에서 아침을 먹었다. 셰리랑 내가. 우리뿐이었어. 우리뿐이었을 거야. 그런데 근처에 누가 등을 돌리고 앉아 있었어. 키가 크고. 머리가 까만 놈이었어. 얼굴은 보이지 않았지. 그놈이 내가 수엘린한테 하는 말이랑 리치한테 전화로 알려주는 걸 들었을 수 있어. 확실하진 않지만 그랬을 거 같아."

"몇 시였죠?" 댄스가 물었다.

"모르겠소. 9시 30분, 10시."

댄스가 기억을 되짚어보았다. 에드윈은 극장에 11시쯤 갔다. 시간이 맞을 수도 있었다.

셰리 타운이 케일리에게 다가가더니 조심스레 어깨를 잡았다. 케일리가 입을 꼭 다물었다. 셰리는 물러났다.

"하지만 리치는 어떻게 알았을까요?" 케일리가 물었다. "리치 번호를 어떻게 알아내서 전화를 한 거예요?"

"네 사이트에 연결되어 있든지, 기사에서 찾은 거 아닐까?" 댄스가 물었다.

"그럴 수도 있어요. 리치는 지난 앨범에도 이름이 올라가 있어요. 조수 일도 했고 운전도 했어요. 감사의 글에도 이름이 있고."

댄스가 말했다. "에드윈이 조사했다면 알아냈을 수도 있지."

케일리가 울기 시작했다. "어떡해요?"

댄스는 하루튠에게 전화해서 상황을 전했다. 그는 확인하겠다고 했다.

기다리는 동안 댄스는 비숍을 지켜보았다. 비숍은 분개하고 있었다. 셰리는 그런 그에게서 거리를 두었다. 댄스는 그가 누구에게 화를 내는 것인지 의아했다. 리치일 것 같았다. 비숍은 자신 이외에 모두를 비난하는 인간이었다.

하루튠이 오 분 뒤에 전화를 걸어왔다. "공항 CCTV에 잡혔어요. 삼십대 여성과 여자아이가 에드윈의 뷰익에 탔어요. 포틀랜드발 비행기가 착륙하고 삼십 분쯤 뒤에."

댄스는 기다리는 사람들을 바라보았다. 수사관이 전한 내용을 알렸다.

"안 돼!" 케일리가 비명을 질렀다. "안 돼!"

"그리고 댄스 요원…… 캐트린." 하루튠이 말했다. "안에서 발견된 시신은 하나뿐이래요." 그가 잠시 망설였다. "별로 크지 않대요. 십대 남자아이나 여자아이, 아니면 여성일 수 있대요. 뼈까지 타버려서 정확하지 않답니다. 적어도, 시신이 케일리의 언니라면 아이는 아직 살아 있어요. 하지만 그렇다면 놈이 아이를 데리고 있다는 뜻이에요. 생각하고 싶지도 않은 상황이군요."

27

케일리는 다시 정신없이 전화를 걸었다.

"받아, 받아, 제발 좀 받아." 케일리는 이렇게 속삭였다. 그리고 인상을 찡그렸다. "수엘린. 나야. 바로 전화해. **당장.** 일이 있어서 그래." 케일리는 휴대전화 화면을 보았다. "긴급 전화라고 어떻게 표시하지?" 목소리가 갈라졌다. "어떻게 하는 건지 모르겠어! 어떻게 하는 거예요?"

댄스가 휴대전화를 받아 화면을 살핀 뒤 버튼을 눌렀다.

스토커들이 가족은 타깃으로 삼지 않는다는 의견을 주었는데.

에드윈이 정말 둘을 납치했다면 무슨 생각을 하는 걸까? 체포 때문에 너무 화가 나서 정신이 나간 걸까? 그날 아침 비숍을 스토킹해서 케일리의 언니와 조카가 온다는 것을 알아냈을까? 차 안에서 케일리를 사랑한다 고백하고 수엘린의 도움을 받으려는 것일지도 모른다. 수엘린이 협조하지 않겠다고 하자 죽인 뒤 딸을 데려갔을지도 모른다. 딸을 키우면서 어린 케일리로 취급할 생각인지도 모른다. 댄스는 물론 터프한 경찰이었지만, 아이를 키우는 엄마였다.

당연히 그런 시나리오는 마주하고 싶지 않았다.

"제발 부탁이에요." 케일리는 다시 사정하고 있었다. "어떻게 좀 해줄 수 없어요? 휴대전화를 추적한다든가 할 순 없나요?"

"그건 가능해. 시간은 걸리지만 확실하고. 요청할게."

불에 탄 시신이 수엘린이라면, 추적할 전화는 남아 있지 않을 거라는 정보는 누구와도, 특히 케일리와는 나누고 싶지 않았다.

댄스는 티제이 스캔런에게 수엘린의 이동통신사에 접촉해보라고 요청하고 있었다. 그때 다서 모건이 입구에서 말했다. "또 차가 들어옵니다. 이건 또 뭔가요?"

댄스는 그 수수께끼 같은 말이 무슨 의미인지 궁금했다.

잠시 후 차 문이 쾅 닫히는 소리가 들리고, 이내 자동차가 자갈길을 달려 나가는 소리가 이어졌다.

그리고 현관문이 열리더니 삼십대 여자와 여섯 살쯤 된 귀여운 금발 아이가 분홍색 원피스를 입고 들어왔다. 아이는 봉제 장난감을 들고 있었다. 그 애는 달려나와 자신을 꼭 끌어안는 케일리 이외에는 모두 무시했다. "케일리 이모! 이것 봐! 멋진 박물관에 가서 이모 주려고 레드우드 나무를 사왔어!"

28

캐트린 댄스는 소개받은 여인, 케일리의 언니인 수엘린 산체스에게 미소로 인사한 뒤 현관으로 갔다. 커다랗고 붉은 뷰익이 달려가는 것이 보였다.

"그 사람이었어요." 케일리는 창밖을 내다보며, 어린아이를 걱정시키지 않기 위해 평온한 표정을 유지하려 애쓰며 말했다.

수엘린은 아버지와 포옹했다. 약간 형식적인 몸짓이었다. 그녀는 케일리보다 더 애정을 담아, 셰리에게도 인사했다. "경찰은 왜? 보비 때문에?"

케일리는 아버지를 얼음장 같은 눈으로 본 뒤 메리-고든에게 관심을 돌렸다. "너 오면 주려고 새 장난감을 사다놨어. 다 네 거야."

"야호! ……그런데 프레디는 어디 있어?"

"할아버지 집 마구간에 있어. 엄마랑 거기서 지낼 거야."

"프레디는 좋지만 이모랑 있고 싶어." 아이가 말했다.

"아, 이모는 여기 못 있어. 할아버지 댁에서 만나자."

"좋아."

"이리 와."

케일리는 아이에게 팔을 두르고서 경호원 쪽으로 다가갔다. "이분은 모건 아저씨야. 이모 친구야. 우리랑 같이 지내."

그는 아이의 손을 살그머니 잡고 악수했다. "내 이름은 다서란다. 다서라고 불러도 돼."

아이는 호기심 가득한 눈으로 경호원을 보았다. "재미있는 이름이에요."

"그렇지." 모건은 케일리를 흘끔거리며, 아이의 말을 열심히 받아주었다.

"내 이름은 메리-고든이에요. 이름이 두 개가 아니라 하나예요. 메리랑 고든 사이에 줄이 있어요. 그 줄을 하이픈이라고 해요."

"아주 예쁜 이름이구나."

"감사합니다. 아저씨가 좋아요."

댄스는 하루튠에게 전화를 걸어 언니와 조카가 무사하다고 전했다. 그는 희생자 신원은 아직 모르지만, 불은 꺼졌고 현장감식반과 검시관이 안으로 들어가 시신을 처리하고 살펴볼 거라고 했다.

아이와 안으로 들어간 케일리가 잠시 후 다시 나와서 언니에게 화를 내며 말했다. "무슨 생각으로 그런 거야?"

"왜 그래?"

"언니를 태워다준 사람이 누군지 알아?"

"네 친구라면서. 스탠이라던데."

댄스가 말했다. "스탠턴. 중간 이름."

"세상에." 케일리의 목소리가 낮아졌다. "그놈이 **스토커**라고. 전화할 생각은 안 들었어? 그놈이 보비를 죽였다고."

"뭐? 세상에. 하지만 뚱뚱하고 못생겼다고 했잖아……."

"음, 살을 뺐어." 케일리는 언니의 갈색 눈을 노려보다가 고개를 젓더니 화를 누그러뜨렸다. "미안해. 언니 잘못이 아닌데. 언니는…… 여기 오면 어떡해." 비숍을 향한 차가운 시선.

댄스가 말했다. "배후에 누가 있는지 확실하지 않아. 에드윈 샤프도 용의자이기는 하지만 더는 접촉하지 말아야 해."

"어디 갔었어?" 케일리가 물었다.

"메리-고든이 좋아할 만한 것을 보러 가겠느냐고 물었어. 오는 길에 있다고. 포티원이랑 블러프 사이의 나무 박물관에 갔어. 네가 숲에서 하이킹하는 걸 좋아한다던데."

케일리는 눈을 감았다. "그것도 알아?" 손이 떨리고 있었다. "얼마나 무서웠는지 몰라! 전화는 왜 안 받았어?"

"휴대전화가 컴퓨터가방에 들어 있었어. 그 사람이 그걸 트렁크에 넣었거든. 내가 들고 있으려고 했는데, 그 사람이 가져갔어. 아니, 미안해, 케이. 하지만 그 사람은 너에 대해 **모든 걸** 알고 있었어. 네가 나무에 관한 노래를 썼고, 그린피스인지 어떤 환경운동 단체가 그 노래를 선정해서 네가 그 노래를 안 부른다고 했어. 난 몰랐거든. 밴드 사람도 다 알고, 셰리에 대해서도 알더라고. 친한 친구인 줄 알았지."

모건이 말했다. "그럼 방금 전의 그 살인은요? 강가에서 있었다는 거, 그건 그자 짓이 아닙니까?"

댄스는 다시 시간을 계산해보았다. 에드윈이 피해자를 납치해 총을 쏜 뒤 시신에 불을 붙이고도 공항으로 가서 수엘린과 딸을 만날 수 있었을 것이라고 판단했다.

"오, 이런. 방금 사람을 죽인 사람과 한 차에 타고 있었다는 거야?" 수엘린이 나지막하게 말했다.

비숍이 말했다. "여하튼, 이제 안전해. 그게 중요한 거다. 하지만 그 망할 놈, 그놈은 잡아야지."

케일리가 눈물을 닦았다.

수엘린이 말했다. "정말 이상하네. 그 사람이 너랑 사귀나 싶었어. 네가 걱정된다고 그랬어. 무척 피곤해 보인다고. 부담이 지나치게 크다고. 콘서트를 하는 게 좋은 건지도 모르겠다고. 일정을 바꿔야 한대."

케일리는 또 한 번 아버지를 보았지만, 그 문제는 묻어둔 채였다.

"그 사람이……." 수엘린은 이해해보려고 애썼다. "네가 가끔은 **자신에게** 좋은 게 무엇인지 생각해야 한댔어. 너무 많은 사람이 네 영혼을 한 조각씩 원한다고."

유어 섀도…….

비숍이 큰딸에게 아무렇지도 않은 듯 물었다. "올 때 힘들진 않았니?"

"아빠, 정말." 수엘린은 어이없다는 표정을 지었다.

케일리는 메리-고든이 여기 있으면 안 된다고 했다. 에드윈이 다시 와서 아이에게 접근할까 봐 두려웠다. 언니와 조카는 비숍과 셰리의 집으로 가야 한다. 당장 떠나야 한다.

케일리는 눈을 깜빡이더니 시선을 떨구었다. 그러다가 아직도 레드우드 나무를 들고 있다는 것을 깨달았다. 화가 나서 집어던지려던 케일리는 마음을 바꾸고 선반 위에 올려두었다.

수엘린은 딸과 방으로 가서 케일리가 사놓은 장난감을 챙겨 나왔다.

그 순간 댄스의 휴대전화가 울렸다. 데니스 하루튠이었다. "피해자 신원이 나왔나요?"

"네."

"케일리와 관련이 있어요?"

"있기도 하고 없기도 해요. 와서 보시는 게 좋겠어요."

29

냄새가 지독했지만 고무, 플라스틱, 석유가 많이 타서 적어도 사람 살과 머리카락 탄 냄새는 뚜렷하지 않았다. 바람이 부는 것도 도움이 되었다.

그렇다고 댄스가 구역질하지 않기 위해 안간힘을 쓸 필요가 없었던 것은 아니다.

사랑은 불길, 사랑은 불꽃…….

현장은 흙먼지 가득한 벌판, 금이 가고 무너져내리는 주차장, 붕괴되어 폭삭 주저앉은 오래전에 문 닫은 주유소였다. 불탄 창고에는 별로 남은 것도 없었다. 연기가 여전히 피어오르고 있었고 30미터 떨어진 도로에서도 열기가 느껴졌다. 멀지 않은 위치에, 이곳을 살해 장소로 결정하도록 해준 얕은 강이 흐르고 있었다.

현장감식반은 아직 작업중이었지만 소방관이 경찰보다 많았다. 프레즈노 사람들에게는 미친 스토커 한 명보다는 화재가 훨씬 더 큰 위험이었던 것이다.

현장에 나와 있던 수사관 하루튠이 발견된 것을 설명했는데, 별로 많지는 않았다. 탄피, 시디, 돈. 즉, 케일리에게 바치는 제단. 하지만 20달러 지폐조차도 말 그대로 세탁을 한 것 같았다. 게다가 화재가 워낙 심각한 위협이라 소방관들이 호스를 들고 달려들어 불길을 잡은 바람에 현장이 심하게 오염된 상태였다.

에드윈이 이 살해의 배후에 있다면 별로 증거를 남기지 않았을 것이다. 그는 그러기에는 너무 똑똑했다.

하루툰은 전화로 하던 설명을 계속했다. 피해자는 실제로 케일리를 아는 사람이었다. 그리고 다른 가수들도 아주 잘 아는 사람이었다. 그의 이름은 프레더릭 블랜턴이었다. "사기꾼이에요." 하루툰이 요약했다. "사기꾼**이었죠**."

댄스는 생각했다. 시디와 제단…… 그리고 음악 비즈니스에 대해 아는 것들을. "불법으로 파일을 공유했어요?"

"대단하군요, 캐트린. 맞아요."

"어떻게 된 건가요?"

"네트워크에 컴퓨터가 1만 대 가까이 있었어요. 사람들이 노래와 뮤직비디오를 다운로드했어요. 케일리의 노래는 인기가 가장 많았고요."

"신원을 어떻게 알아냈어요?" 댄스가 안을 들여다보았다. "분명히 지문은 없었을 텐데."

"손이나 발도 거의 없었어요. 한쪽 손은 재가 되어서 완전히 사라졌고. 유전자로 확인해야 되겠지만, 그의 지갑을 창고에서 발견했어요. 주소를 확인했죠. 여기서 11-12킬로미터 떨어진 타워 지구에 살았어요. 한 팀이 현재 그의 집을 수색하고 있고요. 문은 누군가 발로 차서 열었는데 안이 엉망이었어요. 컴퓨터는 전부 망가졌어요. 범인이 그에게 파일 공유 서버를 다 없애게 한 다음에 차 트링크에 들어가라고 한 것 같아요. 그게 에드윈이라면 뷰익에는 공간이 충분할 거예요. 여기까지 태워온 다음에 총을 쏘고 불을 붙였어요."

댄스가 곰곰이 생각했다. "에드윈이 그를 찾는 게 얼마나 쉬웠을까요?"

"'토렌트'와 '케일리 타운', '다운로드'를 구글에서 검색하면, 저 사람 사이트가……." 그는 창고 쪽으로 고갯짓했다. "검색 결과 10위 안에 들어요. 기본적인 조사만 하면 주소를 알아낼 수 있었겠죠. 이 친구가 그건 아주 잘하니까."

"그리고 케일리에게서 도둑질하지 말라는 경고의 의미로 제단을 남겨두었군요."

스토커는 네게 위협이 되거나, 너를 기분 나쁘게 한 사람도 타깃으로 삼을 수 있어. 자기가 정말로 보호자라고 생각하는 거지…….

"그리고 자택 현장에서는요? 증거는?"

"아무것도 없어요. 발자국도, 지문도 없고. 흔적은 좀 있지만……." 하루튠은 어깨를 으쓱이며 아무 소용없다고 신호했다. "그런데 공범이 있다는 건 **알아냈어요**."

"이 상황을 조금 불편해하는 사람이겠군요." 댄스가 추측했다.

"음, 이 지역에 있는 사람은 아니에요."

"컴퓨터 범죄 공범이 꼭 이웃사람일 필요는 없겠죠. 남미나 세르비아에 있어도 도와줄 수는 있어요. 공범은 어디 있죠?"

"샐리너스요."

흠. 몬터레이.

"그 사람 이름이랑 신체 조건이나 컴퓨터 주소는 알아냈어요?"

"현장감식반이 갖고 있어요." 하루튠은 전화를 걸어 댄스의 휴대전화로 정보를 보내라고 했다. 그가 댄스의 전화번호를 기억하고 있었다.

잠시 후 메시지가 왔다는 신호음이 들렸다.

"아는 사람들에게 이걸 보낼게요. 조사해봐야겠어요." 댄스는 이메일을 한 통 보냈다.

하루툰이 말했다. "열린 마음을 유지하려고 노력하고 있어요. 에드윈이 범인인 것 같지만, 다른 사람에게 보비를 죽일 동기가 있었는지 아직 살펴보고 있어요. 여러 정보를 얻고 있는데, 아직은 별게 없어요. 그리고 이제 이 사람도 대상에 포함해야 할 것 같기는 해요. 하지만 파일 공유자를 죽이고 싶어 할 사람은 많잖아요. 음반사랑 영화사 절반은 그럴 테니."

자갈과 흙, 나뭇가지가 꺼멓게 그을린 땅을 덮고 있는 길을 달려 순찰차가 한 대 더 왔다. 연두색 공룡이 그려진 빛바랜 코노코 정유회사 간판 근처에 차가 섰다. 댄스의 딸 매기는 지금 공룡을 한창 좋아하는 시기였다. 아이 방에는 플라스틱 공룡이 가득했다. 댄스는 아이들이 보고 싶어 가슴이 저릿했다.

매디건이 차에서 내리더니 뱃살에 가려진 허리에 손을 얹고 현장을 둘러보았다. 그리고 댄스와 하루툰에게 다가왔다. "그래서, 피해자가 노래를 훔쳤다고?"

"그렇습니다."

매디건이 웅얼거렸다. "유선전화로 바꿀 줄은 몰랐군. 짐작했어야 하는데."

"모두 마찬가지죠."

"게다가 놈은 지금 어디 있나? 내 보트만큼 큰 차, 그것도 새빨간 차를 갖고 있는데. 그러고도 어떻게 형사들을 피해 다니는지." 전화벨이 울리자 매디건은 화면을 확인했다. "로? ……설마 ……아니, 내가 가겠네." 그는 전화를 끊었다. "음, 그럼 좋아. 이 친구가 죽었을 때 에드윈이 어디 있었는지는 말할 수 없지만, 지금 어디 있는지는 알고 있네. 또 케일리의 집 앞에 차를 세우고 있다는군. 길 건너 주차장에."

"뭘 하고 있답니까?"

"차 보닛에 앉아 신이 나서 피크닉을 한다나. 그자와 이야기를 해봐야 되겠어. 아니, 캐트린 **당신**이 이야기해보면 좋겠소. 그래주겠소?"

"물론이죠."

30

하지만 대화는 할 수 없었다.

동시에 출발한 그들은 케일리의 집에 이십오 분 만에 도착했으나 에드윈 샤프는 떠나고 없었다.

댄스는 육감을 믿지 않았지만, 그에게 육감이 있는 모양이라고 생각했다.

단순히 상상일까, 아니면 그가 방금 차를 몰고 떠나서 흙먼지가 피어오르는 것일까? 알 수 없었다. 프레즈노에는 먼지가 많았다. 하늘은 맑았지만 이따금 바람이 불었다. 근처에서 베이지색 가루가 소용돌이치더니 깔대기 모양이 되었다가 차츰 사라졌다.

댄스와 매디건은 케일리 집 건너편 주차장에 차를 세우고 내렸다. 길 이쪽은 공원 덕분에 녹음이 우거져 있었다. 케일리의 마당 역시 조경이 잘 되어 있었다. 멀리 남쪽과 서쪽은 들판인데, 지금은 검은 흙만 있었다. 거기서 무엇을 키웠는지 모르지만 모두 거둬들인 뒤였다.

매디건은 댄스 쪽을 보았다. 에드윈을 놓친 것을 아쉬워하는 표정을 주고받았다. 그는 차에 기대더니 전화를 걸었다. 짧은 대화를 들어보니 케일리 집에 있는 수사관과의 통화였다. 매디건이 인력이 필요할 때를 대비해 다서 모건을 돕도록 배치한 추가 경호원이었다. 그는 전화를 끊었다. "여기 있던 호세였소." 댄스가 고개를 끄덕였다. "에드윈이 십 분 전까지 있었다고 하더군. 어디로 갔는지는 보지 못했고."

댄스는 이유를 알 수 있었다. 여기서는 90미터쯤 떨어진 집의 2층만 보였다. 여기서 보이는 창문, 에드윈이 식사를 하면서 보았다는 그 창문이 케일리의 침실 창문인지 궁금했다.

잠시 침묵. 해가 지기 시작했고 댄스는 차츰 열기가 누그러지는 것을 느꼈다.

매디건이 말했다. "이삼 년 전에 집 뒷마당에 뱀이 들어왔소. 커다란 방울뱀이었지. 아주 큰놈이었어. 한 번 보고 그해 여름 내내 못 봤소. 바비큐통 아래 있는지, 집 안에 들어갔는지, 밖으로 나간 것인지 알 수 없었지. 평소에는 절대 안 그러는데, 그때는 내내 무기를 갖고 돌아다녔소."

"아이들 때문이었겠죠." 댄스가 말했다.

"아이들 때문이었소. 그놈을 '투명 뱀'이라고 불렀지. 하지만 재미있는 상황은 아니었소. 한 철 내내 뒷마당에 편히 나갈 수 없었으니까. 그런데 딱 한 번밖에 못 봤거든. 그랬소." 그는 다시 허리에 손을 얹고 공원 쪽을 보았다. "혼자서 지낼 텐데 저녁이라도 함께 하러 오겠소? 집사람이, 요리를 제법 하는데."

"그냥 모텔에 뭘 사들고 가서 먹을래요. 잠도 좀 자고."

"디저트도 맛있는데."

"아이스크림요?"

웃음. "아니. 주디가 빵도 굽거든. 뭐, 아이스크림도 결국 나오기는 하지만."

"저는 괜찮아요, 고마워요."

"저녁 시간 편안히 보내시오, 캐트린."

"대장님도요."

댄스는 마운틴뷰 모텔로 돌아왔다. 여행가방의 잠금장치도 그대로였고 누가 손댄 흔적은 어디에도 없었다. 댄스는 창밖 공원을 내다보고 아무도 없는 것을 확인한 뒤 블라인드를 닫았다.

그러자마자 모텔 전화가 울렸다.

"댄스 요원님?" 쾌활한 남자 목소리였다.

"그렇습니다."

"저, 피터 사임스키입니다. 데이비스 의원의 보좌관요." 그는 마치 댄스가 모를 것이라는 듯 말끝을 올렸다.

"네, 안녕하세요."

"안녕하세요. 사실은…… 모텔 로비에 와 있어요. 의원님이 근처 농장에서 연설중이라. 잠시 이야기할 수 있을까요? 바쁘세요?"

댄스는 믿을 만한 핑곗거리를 찾지 못했고 곧 나가겠다고 했다.

로비에서 그는 통화중이었고 댄스를 보더니 예의 바르게 전화를 끊었다. 둘은 악수를 했고, 사임스키는 씩 웃더니 인상을 찡그렸다.

"또 공격이 있었다면서요."

"네. 살인요."

"케일리랑 관련 있는 사람인가요?"

"직접적인 관련은 없어요."

"도와드릴 일은 없습니까?"

"아직은 없어요. 감사합니다."

"그 스토커 소행인가요?"

"그를 가리키고 있기는 하지만 확실하지는 않아요."

사임스키는 고개를 살짝 갸웃거렸고 댄스는 관련 있는 이야기가 나올 것이라고 짐작했다. "의원님도 몇 가지 문제가 있었어요. 선거 운동 직원과 인턴이었죠. 여자 두 명에 게이도 한 명 있었고요. 완전히 집착했어요."

댄스는 음란증 스토킹에 대해 설명했다. "전형적인 경우군요. 권력을 가진 남자와 직장 내 아랫사람. 신체적 위협도 있었나요?"

"아뇨, 아뇨. 어색해지기만 했어요."

사임스키는 커다란 물병을 들고 있었고, 물을 꿀꺽꿀꺽 마셨다. 댄스는 그의 흰 셔츠에서 땀 얼룩을 보았다. 그는 댄스의 시선 방향을 보고는 웃었다. "의원님이 왓슨빌에서 프레즈노까지 친환경 연설을 했어요. 요원님 사는 곳이 훨씬 더 쾌적하더군요."

댄스가 사는 곳에서 북쪽으로 조금 떨어진 왓슨빌은 해안 근처였다. 그리고 샌와킨 밸리보다는 날씨가 훨씬 더 쾌적한 것이 사실이었다.

"참가자 수가 많았겠군요."

"농장에서요? 이민자를 대변하는 입장 때문에요? 아, 그럼요. 성공적이라고 봤어요. 항의하는 사람도 마흔 명뿐이었고. 쉰 명쯤 되려나. 그리고 아무도 뭘 던지지 않았어요. 토마토에 맞기도 하거든요. 미니양배추도 맞고. 아이러니하죠. 농업을 지지하는 후보가 농업 반대자에게 야채 세례를 당하다니."

댄스는 미소를 지었다.

사임스키는 모텔의 바를 보았다. "와인 한잔하시겠어요?"

댄스는 망설였다.

"얼마 안 걸릴 거예요. 중요한 일이에요."

댄스는 그가 케일리의 집에서 자신을 보았던 것, 그리고 살짝 긴 악수를 기억했다. 자신도 스토킹 대상이 된 걸까? 댄스가 말했다. "우선 밝혀두자면, 저는 만나는 사람이 있어요."

사임스키는 부끄러운 듯 미소를 지었다. "알아차리셨군요?"

"그게 직업인걸요."

"네. 말씀 들었어요." 미소. "아무래도 보디랭귀지를 주의해야 되겠군요…… 저, 댄스 요원님……."

"캐트린입니다."

"네. 사귈 수 있을까 하던 중이었어요. 몇 초 전에. 그리고 친구가 있다는 말씀에 실망했고요. 그래도 여쭤봐서 나쁠 건 없죠."

"그럼요." 에드윈은 피터 사임스키에게서 교훈을 얻어야 한다.

"하지만 용건은 하나 더 있어요. 완전히 순수한 용건이에요."

"좋아요. 와인 한잔해요."

어두침침한 바에서 댄스는 메를로를, 사임스키는 샤르도네를 시켰다. "그 스토커, 대단한 사건이에요." 사임스키가 말했다.

"끈질기고 똑똑해요. 집착도 강하고요. 가장 위험한 종류의 범인이죠."

"하지만 그자인지 확실하지 않다고 했잖아요."

"자백받거나 증거가 나올 때까지는 절대 확신할 수 없어요."

"그렇겠죠. 저는 변호사이지만 형사 사건은 맡아본 적 없어요. 자, 그럼 제 용건으로."

와인이 도착했고 그들은 잔을 부딪지 않았다.

댄스가 물었다. "케일리 타운에 관한 일인가요?"

"아뇨. 요원님에 관한 겁니다."

"저요?"

"빌 데이비스가 요원님을 마음에 들어 해요. 아, 아뇨…… 그런 식이 아니라." 보좌관이 재빨리 덧붙였다. "의원님이 대학 졸업하고 접근한 여자는 부인뿐이에요. 두 분은 이십팔 년 동안 함께였죠. 이건 전문적인 관심이에요. 정치에 관심이 있으세요?"

"약간요. 신문은 보죠. 데이비스가 내 선거구라면 뽑을 거예요."

사임스키는 아주 좋은 소식으로 받아들이는 눈치였다. 그가 말을 이었다. "상당히 진보적인 분이잖아요. 당내에서는 의원님이 대통령 후보로서 법과 질서 이슈에 취약하다고 인식될까 걱정하기도 해요. 만약에…… 네, 무슨 얘기인지 아시겠죠. 요원님 같은 분이 함께한다면 얘기가 달라질 거예요. 요원님은 똑똑하고 매력적이고, 미안해요, 어쩔 수 없었네요. 그리고 CBI 전력이 훌륭하니까요."

"그리고 여자이고."

"그건 예전만큼 중요하지 않아요."

"'함께한다'라는 게 무슨 뜻인가요?"

"요원님이 관심 있다면, 의원님은 법무부 직책에 대해 의논할 겁니다. 상당히 높은 자리를요. 지금은 운만 떼는 겁니다. 양측 모두 의무는 없고요."

댄스는 웃음이 나왔다. "워싱턴에서요?"

"그렇죠."

가장 처음 보인 반응은 아이들과 이사 가기는 어려울 테니 말도 안 되는 생각이라고 일축하는 것이었다. 또 댄스는 현장 근무가 그리울 것이다. 하지만 자신의 동작 분석 수사 및 심문 기술을 전국에 알릴 기회가 될 수 있다. 댄스는 극단적인 심문 기술을 비도덕적이고 비효과적이라며 반대했다. 그런 관행을 바꿀 수 있는 영향력을 가진 직책이라니 흥미가 동하기도 했다.

그러고 나서 다시 생각해보니 아이들을 다른 도시, 그것도 수도에 몇 년 데려간다고 무슨 문제가 되겠는가? 어쩌면 두 곳을 오가며 출퇴근할 수도 있을 것이다.

피터 사임스키가 웃었다. "요원님 같은 기술은 없지만, 표정을 보니 생각해보는 거군요."

그러다 댄스는 의아해졌다. 마이클 오닐은 이 일에 대해 뭐라고 할까?

참, 그리고 존 볼링은? 컨설턴트로서 그는 어디서든 살 수 있을 것이다. 하지만 그와 의논하기 전에는 아무것도 하지 않을 생각이었다.

"완전히 뜻밖이에요. 이런 생각은 한 번도 해본 적 없거든요."

사임스키가 말했다. "정부를 망치는 직업 정치인이 너무 많아요. 실전을 겪어본 사람이 필요해요. 한동안 정부에서 일하다가 변두리로 돌아가서 다시 농사를 지으면 되죠." 미소. "아니면 경찰이 되든가요. '경찰'이라고 불러도 되나요?"

"전혀 기분 나쁘지 않아요." 사임스키는 의자에서 내려서더니 계산을 했다. "생각할 문제를 많이 드렸는데 당장, 이 수사가 진행되는 동안 결정하진 말아요. 천천히 생각해보세요." 그는 댄스와 악수했다. 문 앞에서 그가 걸음을 멈췄다. "아까 말한 그 남자요. 꽤 진지한 사이겠죠?"

"그럼요."

"운 좋은 사람이라고 전해줘요. 참, 그리고 난 그치가 싫어요." 천사 같은 미소를 지어보인 뒤 그는 떠났다.

댄스는 와인을 마저 마셨다. 이것으로 끝이라고 생각하고 혼자 웃으면서 방으로 들어갔다. FBI 부국장 캐트린 댄스.

어쩌면, 혹시 어쩌면 거기 익숙해질지도 모를 일이었다.

9시 30분. 늦은 시각은 아니었지만 댄스는 몹시 피곤했다. 또 한 번 샤워하고 잘 시간이었다.

하지만 그것 역시 방해를 받았다. 전화벨이 울렸고, 모르는 번호였다. 받지 말까?

하지만 수사관의 본능은 그럴 수 없었다.

다행이었다. 전화를 건 사람은 에드윈 샤프의 전 여자친구였다.

31

그녀의 이름은 샐리 도킹이었다.

미겔 로페스 수사관이 시애틀에서 그녀를 찾아내 댄스에게 전화하라는 메시지를 남겼다. 댄스는 연락을 주어서 고맙다고 인사했다.

머뭇거리는, 낭랑한 목소리. "뭐, 당연하죠."

"에드윈 샤프에 대해 묻고 싶은 게 있어서요."

"어머, 에드윈? 그 사람 잘 있어요?"

이상한 질문.

"네. 몇 가지만 대답해주시겠어요?"

"그럼요. 그런데, 무슨 일인데요?"

"그와 사귄 적이 있죠, 맞나요?"

"네. 한동안. 일 년 전 2월에 만났어요. 같은 쇼핑몰에서 일했어요. 데이트를 하다가 몇 달 같이 살았어요. 잘 안 됐지만요. 크리스마스 무렵에 헤어졌어요. 그런데…… 그런 걸 왜 물어보시는 건지 궁금하네요."

지나치게 답변을 안 해주면 상대가 입을 다물어버리기도 한다.

"이곳 캘리포니아에서 그가 어떤 사람한테 부적절한 관심을 보이고 있어요."

"그 사람이요? 정말요? 그게 무슨 말이에요?"

"스토킹 혐의가 있어서 조사중이에요."

"에드윈이요?" 정말 놀란 목소리였다.

댄스는 그 느낌을 공책에 적었다.

"최근에 연락 있었어요?"

"아뇨. 여러 달 지난걸요."

"샐리, 그가 협박한 적 있어요?"

"협박요? 아뇨. 한 번도 없었어요."

"당신이 아는 여성을 협박하거나 지나치게 관심을 보인 적은 있나요?"

"아뇨. 그런 건 상상도 할 수 없네요."

"그가 집착적인 행동을 하는 걸 본 적은요?"

"음, 뭐. 무슨 말씀인지 정확히 모르겠지만. 가끔 아주 열심인 때가 있었는데, 그걸 집착이라고 부를 수도 있겠죠. 닌텐도 게임에 빠지기도 했고 판타지 작가한테 완전히 빠져서 책을 전부 다 사기도 했어요."

"사람들, 유명인이나 가수는요?"

"영화를 좋아했어요. 맞아요. 극장에 자주 갔어요. 텔레비전은 별로 안 봤고. 하지만 제일 좋아하는 건 음악이었어요. 캐시 맥과이어, 케일리 타운, 찰리 홈스, 마이크 노먼을 정말 좋아했어요. 누군지 아세요?"

"네, 알아요." 마지막 둘은 남자였다.

"그리고 시애틀 출신 밴드, 포인틀리스 브릭스요. 이름이 이상하지만, 정말 정말 좋거든요. 에드윈은 그 밴드를 굉장히 좋아했어요. 콘서트에 누굴 보러 가면 아주 일찍 표를 구하고 스케줄도 확실하게 조정했죠. 그리고 공연장에 세 시간은 일찍 갔어요. 지정좌석일 때도요. 끝나면 줄을 서서 사인도 받았어요. 이베이에서 기념품도 사고. 돈 낭비죠. 내가 보기엔 상당한 집착이었어요."

"샐리가 떠난 뒤에 전화하거나, 따라다니진 않았어요? 아니면 괴롭힌다거나?"

"아뇨. 아파트에 두고 간 물건 때문에 통화는 몇 번 했어요. 함께 대출을 받아놔서, 의논하고 서류에 사인도 했지만 스토킹 같은 건 없었어요. 참, 한 가지만요. 내가 그를 떠났다고 하셨죠. 사실은 그렇지 않았어요. 그 사람이 먼저 떠났어요."

댄스는 실수를 깨달았다. 얼마 전에 매디건이 에드윈에게 유도심문을 한다고 꾸짖어놓고서 똑같은 짓을 하고 있었다.

"어떻게 됐는지 알려주세요."

"잘 안 맞는다고 그랬어요. 좀 충격이었어요. 그 사람이 뭐, 그렇게 꿈이 큰 사람도 아니었거든요. 에드윈은 경비원이나 소매점에서 일하는 것 이상을 바라지도 않았어요. 하지만 로맨틱하기도 하고, 의지할 수 있는 사람이었어요. 술도 안 마시고, 나랑 만났을 때는 담배도 거의 끊었고요."

"그럼 전에는 담배를 피웠군요." 댄스는 자신을 모텔 앞에서 훔쳐보던 사람을 떠올리며 말했다.

"네. 하지만 스트레스를 받을 때만 피웠어요. 암튼 그 사람이 떠났고, 나는 거의 두어 달을 멍하게 지냈어요."

"에드윈이 다른 사람을 사귀었나요?"

"아뇨. 데이트한 여자는 서너 명 된대요. 누군지는 몰라요. 그러다 연락이 끊어졌어요."

"마지막으로 한 가지만요. 폭력을 쓰거나 자제력을 잃는 걸 본 적 있나요?"

잠시 침묵. "네, 있어요."

"알려주세요."

샐리가 설명했다. "네, 한번은 저랑 여자 친구랑 에드윈이 걸어가고 있는데 술 취한 남자가 다가왔어요. 아주, 심하게 취한 사람이었어요. 그 남자가 우리더러 창녀라고 했어요. 그러니까 에드윈이 다가가더니 '당장 사과해, 이 개자식아'라고 했어요. 그 사람은 사과했고요."

댄스가 잠자코 기다리다가 말했다. "그게 다예요? 때리지는 않았고요?"

"아, 아뇨. 에드윈은 그런 짓 하지 않아요. **무섭게** 생기긴 했죠. 눈썹 말이에요. 덩치도 크고요. 하지만 누굴 다치게 하지는 않아요. 있잖아요, 에드윈이 이해 못 하는 것들이 많긴 해요. 아이 같잖아요. 하지만 그게 매력인걸요."

댄스에게 유용한 말은 한 마디도 없었다. 무엇이 맞아서 연인 사이가 됐는지에 대해서 알아내려는 시도는 포기한 지 오래였다.

댄스는 고맙다고 인사한 다음 전화를 끊었다. 노트에 통화 내용을 요약해 적었다. 이걸로 무엇을 알아낼 수 있을까? 한 여자와 비교적 정상적인 연애를 했다고 해서 스토킹을 안 한다는 뜻은 아니다. 하지만 스토킹은 습관이다. 샐리가 일 년 가까이 사귀면서, 그 중 한동안은 동거하면서 아무 위험 신호도 보지 못한 것은 의미가 있었다.

다른 한편, 그는 음악과 뮤지션에 **집착**을 보이기는 했다.

하지만 그건 댄스도 마찬가지였다. 그렇기에 뜨거운 9월, 아름다운 프레즈노 시내에 녹음기를 들고 비야로보스를 찾아온 것이다.

공원에 담배를 피우며 감시하는 사람이 있는지 확인한 후, 댄스는 샤워를 했다. 물기를 닦고 마운틴뷰 모텔 목욕가운을 입었다. 89.95달러에 무료로 가져가도 된다는 앞뒤 안 맞는 안내가 적혀 있었다.

댄스는 푹신한 침대에 누웠다. 가구가 이렇게 고급인데 눈 쌓인 봉우리가 없다는 걸 누가 아쉬워할까?

댄스는 존 볼링이 곁에 있으면 좋겠다고 생각했다. 얼마 전 카멀 남쪽, 빅 서 근처 계곡의 아름답고 초현실적인 리조트 벤타나에 갔던 일이 떠올랐다. 그 여행은 중요한 사건이었다. 그때 댄스는 아이들에게 처음으로 볼링과 함께 여행을 간다고 말했다.

댄스는 여행에 대해 더는 이야기는 하지 않았고, 웨스도 매기도 별 흥미를 보이지 않았다. 하지만 그 나이대 아이들은 함의를 이해하지 못하는 것 같았다. 그래도 엄마가 다른 남자와 여행한다고 하면 으레 보이는 반응에 스트레스를 받을 거라 예상한 댄스에게는 매우 다행이었다. 웨스는 엄마를 가장 걱정했다. 매기는 엄마가 다시 결혼하기를 바랐다(매기는 화동이 아니라 '들러리'가 되어주겠다고 했다).

주말 여행은 아주 멋졌고 댄스는 친밀한 관계 맺기가 불편한 마음이 마침내 사라지고 있다는 사실이 기뻤다.

댄스는 볼링이 함께 있으면 좋겠다고 생각했다.

그리고 이틀 동안 대화를 나누지 않은 사실에 의아해했다. 메시지도 교환했지만, 음성 메시지도 자주 등장했다. 댄스는 살인 사건을 수사중인 자신에게는 핑계가 있다고 생각했다. 하지만 볼링은 컴퓨터 컨설턴트였다. 왜 그가 연락하지 않는지 알 길이 없었다.

댄스는 부모님에게 전화해 아버지와 잠시 수다를 떤 뒤 아이들을 바꿔달라고 했다.

아이들 음성을 들으면 순수한 위로, 순수한 기쁨이 몰려들었다. 아이들이 캠프에서 있었던 일을 열심히 떠들어대자 댄스는 혼자서 웃었다. 아이들이 "엄마 사랑해"(매기), 그리고 "이제 끊어 안녕"(웨스)이라고 인사했다.

아이들이 댄스와 전혀 다른 부모-자녀 관계를 형성하고 있다는 언어 신호였다.

그리고 엄마가 전화를 받았다. 에디는 댄스의 아버지가 주말 파티를 위해 퍼시픽 그로브에 있는 그녀의 집을 좀 손보고 있다고 알려주었다. 손님들은 토요일에 새너제이에서 찾아와 며칠 묵고 갈 예정이었다.

그리고 잠시 침묵.

댄스는 사생활에서는 직업을 활용하지 않으려고 애썼다. 남자가 이전에 보여준 기본 행동에서 완전히 벗어나, 몸을 앞으로 기울이고 눈을 바라보며 이혼했다고 말하는 것을 제대로 분석하면 데이트는 곧바로 망하기 마련이니까. (케일리 타운 노래 중에 좋아하는 곡, 〈더 트루스 어바웃 멘The Truth About Men〉은 보름도 안 되어서 남자들이 어떻게 변하는지 아주 우스꽝스럽게 설명한다.)

그래도 댄스는 그 순간, 분명 무슨 일이 있다는 것을 알아차리고 말았다.

"거긴 어떠니?" 에디 댄스는 어색하게 말을 붙였다.

"좋아요. 프레즈노가 알고 보니 꽤 재미있는 곳이에요. 군데군데 그래요. 활주로 주변 부동산을 개발해요. 차고 대신 격납고가 있나봐요. 아니, 차고도 있겠죠. 자세히 안 봤어요."

평생 동안 엄마는 상냥하고 공평했지만 단호하고 의견이 분명하며 가끔은 화가 날 정도로 고집스럽기도 했다. 요점만 말씀하시죠, 댄스는 생각했다.

"알게 된 게 있는데. 난 어찌해야 할지 모르겠다. 아이들만 아니라면……."

물론 그 말은 모성의 촛불에 기름을 붓는 격이었고 댄스는 대놓고 말했다. "뭔데요? 알려줘요." 어조는 분명했다. 거짓말하지 마세요. 나는 엄마 딸이지만 성인이에요. 지금 당장 알아야겠어요.

"존이 아이들한테 컴퓨터 게임을 갖다주었단다. 그리고 전화를 받았는데, 얘, 부동산 중개인하고 통화하더라. 일자리가 생겨서 집을 보고 싶다고 하는 걸 들었다."

재미있는 이야기였다. 하지만 엄마는 왜 걱정스러운 말투일까? "그래서요?"

"직장이 샌디에이고란다. 이삼 주 뒤에 이사를 간대."

아.

이삼 주라고?

댄스는 엄마가 왜 아이들을 거론했는지 알 수 있었다. 아이들은 아직도 아빠의 죽음으로 받은 상처가 아물지 않았다. 새로운 남자를 또 잃는다면 엄청난 정도는 아니더라도 상당히 힘들 것이다.

그리고 나도 있고.

젠장. 나한테 아무 말도 안 하다니, 대체 무슨 생각이지? 나는 여기서 워싱턴 일자리를 제안받자마자 제일 먼저 자기한테 말하려고 했는데.

이삼 주?

그래서 전화도 안 하고 비겁하게 음성 메시지만 보낸 것이로군.

하지만 법률 집행의 제1법칙은 짐작하지 않는 것이다. "확실해요? 착각한 건 아니고?"

"아냐, 아냐. 존이 뒷마당 수영장에 혼자 있었어. 내가 못 듣는 줄 알았겠지. 그리고 웨스가 나가니까 화제를 싹 바꾸더라. 전화를 그냥 끊다시피 했어."

댄스는 잠시 아무 말도 할 수 없었다.

"안됐구나, 얘야."

"네. 고마워요, 엄마. 생각 좀 해볼게요."

"좀 자렴. 아이들은 잘 있어. 저녁도 잘 먹었고. 캠프가 좋단다." 엄마는 밝은 이야기를 하려고 애썼다. "참, 더 중요한 거. 아이들이 어서 학교에 가고 싶대. 내일은 책가방을 사러 갈 거야."

"고마워요. 주무세요."

"미안하다, 캐트린. 잘 자라."

잠시 후 댄스는 끊어진 전화를 여전히 들고 있다는 것을 깨닫고 내려놓았다.

컴퓨터 천재 존 볼링의 말을 빌리자면, 남편을 잃은 것은 캐트린 존스에게 디지털 사건이었다. 켜거나 끄거나. 그렇거나 아니거나. 살거나 죽거나.

하지만 존 볼링이 떠나는 건? 그건 아날로그였다. 아마도. 부분적으로는. 그는 이제 댄스와 함께하게 될까, 아닐까?

하지만 큰 문제는 그가 이 결정을 혼자서 내렸다는 사실이다. 일자리가 금세 생겼고, 어서 이사 가야 한다는 것은 중요하지 않았다.

젠장. 댄스는 그의 삶의 일부였다. 존 볼링은 뭔가 이야기를 했어야 한다.

댄스는 에드윈 샤프가 어제 레스토랑에서 케일리의 노래를 언급한 것이 떠올랐다. 〈미스터 투모로〉. 정신 차리고 제대로 살겠다고 맹세하는, 폭력적이고 제멋대로인 남자에 관한 곡이었다. 그는 새 사람이 되겠다고 약속한다. 물론 그럴 리 없다는 것을 모두 안다.

불을 끄고 누운 댄스는 천장을 보았다. 잠이 들 때까지 머릿속에서 그 노래가 맴돌았다.

이젠 날 알잖아, 믿어줘야지.
당신은 내게 이 세상 최고의 여자야.
그녀에게 서류를 보냈고 사인한다고 했어.
조금만 있으면 돼, 이런 일은 시간이 걸리잖아……

그의 말은 너무 번지르르하고 눈빛은 너무 슬펐어.
참을성 있게 기다릴 수 없을까?
하지만 가끔 그녀는 그에게 휘둘리며 생각하네.
미스터 투모로를 얻었다고, 미스터 투데이를 원한다고.

화요일
TUESDAY

32

댄스는 매디슨, 하루튠과 함께 보안관 사무실에 있었다.

그리고 또 한 곳의 사법 집행 관할권이 동석하고 있었다. 몬터레이 카운티였다.

마이클 오닐이 스카이프를 통해 240킬로미터 떨어진 곳에서 침착하게 그들을 바라보았다. 댄스는 샐리너스에 있는 파일 공유자 프레더릭 블랜턴의 파트너를 조사해달라고 부탁했다. 같은 사무실의 티제이 스캔런에게 부탁할 수도 있었던 일이다. 하지만 댄스는 오닐에게 연락하기로 했다.

매디건은 몬터레이에 있는 오닐에게 브리핑했다. "에드윈은 어젯밤 귀가하지 않았습니다. 케일리가 10시 30분쯤 공원 어딘가에서 시동 거는 소리가 들렸다고 했고, 경호원도 그 소리를 들었다고 했어요."

투명 뱀…….

"캐트린과 나는 그와 면담을 하고 싶지만 전화를 받지 않습니다. 어디 있는지도 알 수 없어요. 오늘 아침 수사관 하나가 그의 차를

41번 고속도로에서 봤습니다. 이 지역에서는 꽤 큰 도로이죠. 따라가려고 했지만, 눈치챘는지 앞질러 사라졌습니다."

오닐이 말했다. "한 대로 추적은 힘들죠."

"그리고 증인들과 케일리를 보호해야 하니 가용 인원도 많지 않고." 매디건이 중얼거렸다. "담당 구역이 1500제곱킬로미터가 넘는데 순찰 담당 총 인원이 460명이니."

오닐은 얼굴을 찡그렸다. 몬터레이도 작지 않았지만 담당 인원이 그렇게 적지도 않았다. 그가 물었다. "캐트린에게 들었는데, 그가 케일리의 언니와 조카를 공항에서 픽업했다면서요. 그 부분에서는 기소할 여지가 없습니까?"

"캐트린이 그들을 만나서 이야기를 좀 더 들어볼 겁니다." 매디건이 말했다. "그래도 기소는 못 할 것 같습니다. 행동거지도 바르고 신사처럼 굴고 있으니까요. 아이는 그놈을 좋아했고 언니도 케일리가 만난 **남자친구** 중에서 제일 착한 사람 같다고 했어요."

댄스는 화면 속 남자를 살펴봤다. 강하고 탄탄하지만 뚱뚱하지는 않은 남자를. 오닐은 평소 옷차림을 하고 있었다. 하늘색 셔츠, 노타이에 검은색 스포츠 코트. 몬터레이 카운티의 보안관 사무소 형사들은 대부분 제복을 입지만 오닐은 그러지 않았다. 그는 제복과 별 모양 배지보다는 캐주얼한 옷차림이 수사에 도움이 된다고 생각했다.

댄스는 에드윈의 전 여자친구 샐리 도킹과 나눈 대화에 대해 브리핑했다. "샐리에게 한 행동은 스토커 성향에 맞지 않아요." 댄스는 그녀와 헤어지자고 한 것은 사실 에드윈이었다는 것도 말했다.

"그래도 놈을 믿을 수는 없소." 매디건이 말했다.

"네. 다만 좀 이상할 뿐이죠."

오닐이 말했다. "참, 조시 에버하트를 만나봤습니다."

샐리너스에서 파일 공유를 함께하던 사람.

"얼마나 정중하게?" 댄스가 물었다.

"에이미한테 함께 가달라고 했어요."

에이미 그레이브는 샌프란시스코 소속 FBI 특수 요원이었다.

"연방 저작권법 침해 수준이 급습을 해도 될 정도라고 판단해서요. 합동 작전이었어요."

그렇다면 별로 정중하지 않았을 것이다. "돌아서서 다리 벌려"도 포함되었을 것이다.

댄스와 오닐은 함께 웃었다. 스카이프의 해상도로는 확실히 보이지 않았지만 그가 윙크한 것 같았다.

물론, 그런 일은 없었다.

댄스는 자신에게 다시 주의를 주었다. 집중해.

"잘하셨습니다." 매디건은 이렇게 말하고 피스타치오 아이스크림을 한 입 먹었다. 댄스는 아침을 걸렀고, 자신도 한 컵 달라고 부탁할까 생각중이었다.

오닐이 말을 이었다. "집에서 파일 공유가 진행되고 있었던 것은 알아냈지만, 에버하트는 연구자에 가까웠어요. 공개 팬사이트, 지하 팬사이트를 수백 군데 파악하고 있더군요. 그곳들을 살피다가 불법 다운로드 고객이 될 만한 사람들을 찾아내는 것 같았어요. 파일 공유뿐만 아니라 파일 **절도**와 **판매**까지 관련되어 있습니다. 이용자에게 요금을 물렸으니까요. 1000명 가까운 아티스트의 앨범을 훔쳐냈어요.

이렇게 정말로…… 어두운 지하 웹사이트가 있더군요. 주로 문화상품을 다룹니다. 책, 영화, 텔레비전 프로그램, 음악. 작품을 훔쳐 해적판을 파는 일을 하는데, 거의 대부분 유명인들의 작품이죠. 스티븐 킹, 린지 로한, 조지 클루니, 개리 언더우드, 저스틴 비버…… 그리고 케일리 타운까지.

게다가 모두 감시망에서 벗어나 있어요. 포스팅을 하는 사람들은 프락시와 포털…… 그리고 익명 계좌를 씁니다. 구글에서는 아무것도 검색되지 않아요. 그렇게 조치한 거죠." 오닐은 숫자와 문자로만 이루어진 주소의 웹사이트 목록을 주었다. 가령 299ek333.com 이런 식이었다. 일단 접속해보면 무슨 뜻인지 알 수 없는 '제7단계'라든가 '레슨 완료' 같은 페이지가 나왔다.

하지만 링크를 따라가보면 그 사이트의 진정한 자료를 만날 수 있었다. 유명인의 세계였다. 티제이 스캔런은 이런 사이트를 전혀 찾아내지 못했다.

오닐이 말했다. "에드윈이 거기서 정보를 얻는 것 같습니다. 사실 프레즈노의 피해자, 그러니까 살해당한 파일 공유자에 대해 포스팅을 많이 했거든요."

매디건이 물었다. "혹시 에드윈과 그 살인을 연결할 고리는 없습니까?"

"네. 공유 서비스를 쓰지 말자는 이야기뿐입니다."

당연히 실수하지 않았겠지. 똑똑한 에드윈 샤프 씨라면.

오닐이 잠시 돌아앉더니 타이핑을 했다. 댄스는 인터넷 주소가 몇 개 포함된 이메일을 받았다. 하루튠이 댄스에게 휴대전화를 받아 옆에 있던 컴퓨터에 입력했다.

오닐이 모두에게 물었다. "케일리의 통화는 모두 모니터링하고 있습니까?"

"그렇지만 시간을 좀 벌어서 그가 다음 소절을 가지고 케일리에게 접촉하기 어렵게 만들려고 노력중입니다." 하루튠이 말했다. "케일리와 가족들에게 모두 새 휴대전화를 줬습니다. 전화번호부에 등록되지 않은 것으로. 결국에는 번호를 알아낼 수도 있지만, 그때까지는 증거나 증인이 나타나기를 바라고 있습니다."

"저라면 그 사이트를 뒤져보겠습니다." 오닐이 조언했다. "에드윈에 대해 괜찮은 정보를 얻을 수도 있어요. 온라인에서 보내는 시간이 많은 것 같으니까요."

오닐은 잠시 전화를 받더니 다시 화면을 보았다. 그는 취조 시간이 되었다고 가보겠다고 했다. 그의 눈이 웃음을 지으며 반짝였고, 시선이 잘 보이지는 않았지만 댄스는 자신을 향한 것이라고 믿었다. "필요한 사항이 있으면 말씀만 하세요."

매디건이 고맙다고 인사하자 스카이프 화면이 꺼졌다.

미겔 로페스가 오닐이 찾아낸 지하 사이트를 띄워놓았다. 그들은 컴퓨터를 보았다.

"저거 봐요." 크리스털 스태닝이 말했다.

12만 5000명 이상의 팬을 자랑하는 그 사이트는 스토커의 천국이었다. 연예계와 정치계의 유명인 수백 명에 대한 페이지가 있었다. 케일리는 가장 인기 있는 편에 속하는 것 같았다. 케일리의 페이지 중 하나는 '케일리 실물 영접'이라는 제목이 붙어 있었다. 그녀가 현재 어디에 있는지 실시간으로 올리는 게시판이었다. '우린 못 당해!'라는 게시판에는 케일리가 다양한 변장을 한 사진이 올라와 있어서 팬들이 그녀를 알아볼 수 있도록 했다. 다른 게시판에는 스태프와 밴드 멤버의 상세한 경력이 올라와 있었고, 콘서트에 갔다온 팬들의 후기, 어떤 공연장의 음향이 좋고 나쁜지, 누가 입장권을 구했는지 올리는 곳도 있었다.

다른 게시판에는 케일리의 사생활이 자세히 적혀 있었다. 기본적인 경력은 물론, 좋아하는 음식과 옷에 관한 것들도 있었는데, 대체로 추측 같았다.

'케사모, 케일리를 사랑하는 사람들의 모임'이라는 게시판에는 유명한 팬들, 언론에서 케일리의 음악을 좋아한다고 말한 사람들의 정보가 모여 있었다. 그 게시판을 훑어보던 댄스는 데이비스 의원의 이름도 발견했다. 그는 어느 선거유세에서 케일리의 재능과 〈리빙 홈〉에서 드러난 이민자들에 대한 태도를 높이 평가한다고 말했다. 댄스는 하이퍼링크를 따라 홈페이지로 가서 그가 케일리의 허가 아래 가사를 완전히 개작한 사실을 알게 되었다. 댄스는 케일리의 집에서 데이비스가 그 일에 대해 고마워한 것이 기억났다.

'알려진 사실들'에는 언론에 실린 정보, 수천 장의 사진, 케일리의 음반사와 프로듀서 배리 자이글러가 발표한 내용이 있었다. 금요일 콘서트나 오늘 컨트리클럽에서 있을 '이달의 팬' 당첨자와의 오찬 등 예정된 행사를 알리는 공식 사이트의 피드도 있었다. 케일리의 새어머니 셰리가 에드윈이 뽑히지 않아서 다행이라고 써낸 언론 보도 내용도 있었다.

그 외의 링크는 더욱 심란한 사이트로 연결되었다. 콘서트에서 불법 녹음한 해적판 앨범, 파일 공유 서비스로 연결되는 링크 같은 것들이 보였다. 또 한 곳에는 유명인들의 가족 간 분쟁에 대한 가십이 있었다. 비숍과 셰리, 시상식을 방해한 가수 등 몇 명의 뮤지션과 공공연히 싸운 것을 제외하면 케일리의 가십 페이지는 비어 있었다.

케일리는 착하니까…….

다음 페이지에서는 케일리의 옷가지를 팔았는데, 속옷도 있었지만 분명 케일리 것이 아닐 것이다. 포토샵으로 조작한 게 확실한데도 충격적인 사진도 있었다.

이 사이트를 보니 티제이 스캔런이 발견한, 에드윈의 악의 없고 적절한 온라인 활동이 설명되었다. 그것은 에드윈 샤프의 대외적인 모습이었다. 이것이야말로 스토커가 인터넷에서 진짜로 하는 일이었다. 확실하지는 않지만, ES나 ESS라는 이니셜이 붙은 아이디로 올라온 여러 포스팅은 그가 올린 것일 수 있었다. 댄스는 이 글의 문법과 구조를 보았을 때 에드윈의 글과 유사하다고 판단했다.

댄스는 케일리 타운에게 조금이라도 위협이 되는 부분을 발견해 스토킹 법령을 적용할 수 있기를 바랐지만, 별로 도움이 되지 않았다. 공개적인 사이트와 마찬가지로, 그가 쓴 것일 수 있는 포스팅은 대부분 조금도 위협적이지 않았다. 그는 여전히 케일리를 꿋꿋이 보호하고 있었다. 그렇다고 또 다른 피해자가 있는 것도 아니었다. 다른 팬들은 그보다 훨씬 더 욕을 많이 했고, 몇몇은 악의적인 말도 했다. 에드윈은 충성스럽고 열렬한 팬으로 보일 뿐이었다. 댄스는 케일리에게 집착하는 팬이 에드윈 샤프만은 아니라는 사실을 떠올렸다. 사실 글을 읽다보니 에드윈은 무해한 팬에 속한다는 생각이 들었다.

유명인의 삶 속에 사생활은 하나도 없었다. 캐트린 댄스는 컴퓨터 화면에서 눈을 뗐다. 연예인과 유명인은 자신들의 재미와 만족을 위해 존재한다는 듯 고압적인 태도에 불결해지는 느낌마저 받았다.

사람들을 즐겁게 하는 데 성공하는 유명인이 될수록 사람들은 점점 그의 영혼까지 앗아갈 자격이 있다고 느끼는 것 같았다.

크리스털 스태닝이 전화를 받았다. 댄스는 관심을 갖지 않다가 그녀가 어깨를 긴장한 채 웅크리고 이마를 찡그리는 것을 보았다. 나쁜 소식, 혹은 적어도 당황스러운 소식임을 알리는 신호였다. "확실해?" 스태닝이 물었다.

그러자 모인 사람들이 모두 그녀를 보았다.

스태닝은 이맛살을 찡그리며 전화를 끊었다. "남편인데, 우리 아들 테일러를 축구 연습에 데려갔대요. 수업 전에 하는 거요. 그런데 이상해요. 범인이 트는 케일리 노래 알죠? 그 얘기를 했거든요. 누군가 고등학교 운동장에 그 노래 3절을 반복해서 틀었대요."

"오, 젠장." 매디건이 중얼거렸다. "이제 전화를 안 쓰는군."

이번에도 그들보다 앞선 것이다.

그렇다면 가사에 있는 실마리는? 댄스는 하루툰이 인쇄해준 가사를 보았다.

> 어느 날 밤 전화가 오지만 처음에는 알 수 없어요.
> 길가에서 군인들이 뭐라고 하는지.
> 그러다 인생이 송두리째 변한 걸 곧 알게 돼요.
> 모든 것이 사라지고, 모든 계획은 다시 짜야 하죠.

댄스는 멍하니 가사를 보다가 깜짝 놀랐다. 남편의 죽음이 떠오른 것이다. 경찰의 전화로 그 사고를 알게 되었으니까.

애써 그 생각을 떨쳐버렸다.

다음 공격 지점은 어디일까? 어느 길가?

마데라-프레즈노 지역 지도를 보니 도로가 1500킬로미터는 펼쳐져 있었다.

또 한 가지 생각이 들었다. 보비 프레스콧과 파일 공유자에 대한 공격은 케일리에게 전화를 건 직후에 일어났다. 다음 희생자를 알아내고 구할 시간은 한 시간 정도밖에 없을 것이다.

33

매디건이 말했다. "명심해, '길'이란 고속도로만 의미하는 게 아닐 수 있어."

댄스도 끄덕였다. "로드 크루* 말이죠. 그들에게 전화하죠. 조심하라고 말하겠지만, 그가 또 노래를 틀었다는 사실도 알려야 해요. 얼리샤 세션스에게도요. 카우보이 살롱에서 만났을 때, 에드윈은 보비만큼 얼리샤도 싫어했어요."

댄스는 공책을 펼쳐 관련자 전원의 전화번호를 내놓았다. 댄스, 하루툰, 스태닝이 모두에게 알렸다. 스태프 절반은 컨벤션센터에 있었다. 나머지 절반은 도시 북쪽에 위치한 고급 컨트리클럽에서 오찬 준비중이었다. 케일리가 노래를 몇 곡 부를 것이므로 자그마한 공연 공간도 준비했다. 타이 슬로컴은 그곳으로 가는 길이었지만 댄스는 그에게도 위험을 알렸다. 얼리샤는 돌아오는 길에 연료가 떨어진 모양이었으나 무사했다. 주유소 트럭이 올 때까지 커피

* 지역 순회 콘서트를 담당하는 인력을 통틀어 가리키는 말.

숍에서 기다리고 있다고 했다.

댄스는 화면 쪽으로 몸을 기울인 채 오찬의 세부 사항을 알리는 케일리의 비공식 팬사이트 글을 읽고 있었다. 글을 올린 사람들은 표를 구하고 싶어 했지만, 빠르게 매진되었다고 했다.

매디건이 전화에 대고 이렇게 말하고 있었다. "이봐, 그게 뭐가 그렇게 어렵나? 그 차 길이가 1킬로미터는 된다고! 게다가 망할 놈의 빨간색인데!" 그는 사람들에게 어깨를 으쓱여 보였다. 뱀이 아직도 보이지 않는다는 뜻이었다.

댄스는 오찬 장소에 도착한 케일리에게 새 휴대전화로 위협에 대해 알렸다.

"안 돼요! 또요? 확실해요?"

"그런 것 같아. 기자들에게 그 노래에 대해 알리지 않았으니 진짜 위협이라고 봐야지. 언니랑 조카는 어디 있어?"

"아빠하고 셰리랑 집에 있어요."

"다서가 함께 있어?"

"네. 그리고 여기엔 사람이 열 명 넘게 있어요. 100명쯤 올 거예요. 경비도 많아요. 들어오려면 입장권도 필요하고요."

댄스는 화면을 계속 읽었다. 한 가지 생각이 났다. "케일리. 점심 같이 먹는 사람, 누구니?"

"그 사람 이름이…… 잠깐만요. 샘 거버예요. 그 사람이 위험할까요? 오, 캐트린. 어쩌면 좋아요?"

"그럼 지금 거기 없어?"

"네. 사십오 분쯤 뒤에 시작하니까요. 사운드 체크하려고 일찍 왔어요. 그 사람한테 전화해야 할까요?"

"번호 있어?"

"찾아볼게요."

기다리는 동안 팬사이트의 글 하나가 눈에 띄었다. 그날 아침에 쓴 글 같았다.

거버라는 사람은 누구야? 우리 케일리가 만날 만한 사람이야? 그 사람은 글도 별로 안 썼잖아. 그 사람이 가는 건 불공평한 것 같아.

- ESKayleighfan

에드윈 침착해. 또 들어갈 수 있잖아.

- Musiqueman3468

그래 맞아. 그 사람으로 정해졌는데 어쩌겠어? 좋겠다. 케일리랑 점심을 먹다니!!!!!

- Suzi09091

그자는 그럴 자격이 없어. 다른 사람이 가야 해. 내 요점은 그거야.

- ESKayleighfan

케일리가 샘 거버의 전화번호를 찾아왔다. 댄스는 받아 적었다.

"고마워. 최선을 다해볼게. 다시 통화하자."

댄스가 샘에게 전화했지만 음성 메시지로 연결됐다. 지역 전화번호이므로 휴대전화가 아닐 수도 있었다. 긴급 메시지를 남겼다.

"마데라에 사는 사람이오." 매디건이 말했다. "그의 집으로 가보겠소. 운이 좋으면 아직 출발하지 않았을 수도 있지."

"길이라." 댄스가 생각했다. "에드윈이 마데라에서 여기로 오는 길에 뭔가 시도할 거라고 가정해야 해요."

샐리 도킹의 보고와 그 밖의 불확실한 증거에도 불구하고, 댄스 역시 에드윈이 살인범이라고 가정하고 있었다. 그 생각을 버릴 수 없는 댄스는 그의 어지러운 머릿속을 들여다 보기 위해 팬사이트를 계속 훑어보았다.

그녀가 가장 원하는 것은 케일리가 자신을 사랑하는 것이었다.

물론 셰리 타운은 출발부터 불리하다는 것을 알고 있었다. 그렇다. 그녀는 어린애였던 3호 부인이나 타로 카드를 읽는 2호 부인과 달랐다.

하지만 셰리는 비숍보다 많이 젊었고 자기 생각에는 별로 기여하는 바도 없었다. 그녀는 불안했고, 케일리와 수엘린의 엄마인 마거릿과는 전혀 다른 존재라는 것도 알고 있었다. 셰리는 타운 집안 사람이 마거릿 이야기를 해줬기 때문이 아니라 케일리의 노래를 모두 듣고 기억하기 때문에 그녀에 대해 알고 있었다. 초기에 발표한 노래 여러 곡이 엄마에 관한 내용이었다.

하지만 둘 사이의 긴장감에도 불구하고, 셰리는 케일리를 많이 좋아했다. 자신이 계모라는 사실과 무관하게. 셰리는 수엘린과 남편 로베르토, 딸 메리-고든도 사랑했다. 얼마나 귀여운 아이인지! 셰리 자신의 인생이 좀 달랐다면, 갖고 싶었던, **가질 수도** 있었던 아이였다.

그들과 잘 지내고 싶은 마음이 간절했다. 셰리는 비숍을 사랑했다. 그가 가진 힘, 그에 어울리지 않는 결핍을 사랑했다. 과거에는 빛났지만 지금은 흐릿해진 그의 재능을 사랑했다. (어쩌면 그 재능은 앞으로 다시 꽃필 수도 있었다. 재기해서 공연을 하겠다는 말을 하기도 하니까. 비숍이 셰리한테만 털어놓은 비밀이었다.)

하지만 케일리와 진정한 관계를 맺지 못하면, 남편과 제대로 하나가 될 수 없을 것이다. 겉으로만 다정한 척하는 것 말고 말이다.

오셨어요, 셰리, 어떻게 지냈어요? 그럼 잘 지내라, 몸 조심해.

그런 인사 따위. 케일리에게 나는 콘서트에 오는 팬 중에서도 가장 눈에 안 띄는 팬이나 마찬가지야.

집에서 고속도로까지 연결되는 긴 길에서 벗어났다. 차가 덜컹거렸다. 포장도로이긴 했지만 자갈길이나 다름없었다.

그리고 어쩌면, 정말이지 어쩌면 상황이 바뀔 수 있었다. 부스러기 같은 희망이 남아 있었다. 케일리는 셰리에게 이따금 카드를 보내줬다. 생일에는 선물도 주었다. 그리고 삼십 분 전, 케일리가 오찬에 올 때 비숍의 집에서 시디 두어 장만 가져다줄 수 있느냐고 부탁하는 이메일도 보냈다. 잊어버린 모양이었다.

고마워요, 셰리. 제게는 스타 같은 분이에요!

셰리는 그 행사를 주관했는데도 케일리가 와달라고 부탁도 하지 않은 것이 내심 속상했다. '올 때'라는 표현이 눈에 띄었다. 케일리는 셰리가 안 올 거라고는 생각도 하지 않은 것이다. 얼리샤가 셰리에게 오라고 청한 줄 알았을지도 모른다. 아니면 케일리는 내내 셰리가 참석하리라 여겼을지도 모른다.

아니면 그 초대는 간접적인 사과이며, 케일리의 화가 식었다는 뜻일 수 있을까? 두 사람은 얼마 전 베이커스필드 공연에서 창피스러운 싸움을 했다. 사실, 별일도 아니었다. 하지만 어떤 나쁜 놈이 두 사람이 심한 말을 주고받는 모습을 일이 분 정도 촬영했고, 그 동영상은 엄청난 화제가 되었다. 셰리는 수치스러웠다. 케일리가 싸움을 시작했다고 생각했지만.

하지만 모든 일은 잊을 수 있었다. 평생 사악한 계모로 살아야 하는 것은 아닐 터이다.

도로 상태가 나아졌고 셰리는 벤츠의 속력을 높여 텅 빈 고속도로를 달렸다.

케일리에게 감사의 뜻으로 선물을 사갈까. 케일리는…….

너무 갑작스럽게 펑크가 나는 바람에 미처 반응하기도 전에 차가 갓길로 밀려났다. 셰리는 희미하게 비명을 지르며, 시속 110킬로미터로 나무를 향해 틀어지는 차를 통제해보려 했다.

셰리 마셜 타운은 미드웨스트 지역에서 자랐고 열네 살에 운전을 시작했다. 폭설과 강력한 엔진 덕분에, 차가 미끄러질 때 어떻게 대처해야 하는지는 알고 있었다. 차가 도는 대로 핸들을 돌렸고, 브레이크는 밟지 않았다.

천천히, 천천히…… 차가 돌다가 차츰 직선으로 움직였고, 다시 좀 더 돌았다. 바퀴에서 자갈과 나뭇가지, 나뭇잎이 튀어나갔다. 하지만 셰리는 차가 10미터 절벽 아래로 굴러떨어지거나 반대편 소나무 밑으로 처박히는 상황은 막아냈다.

시속 80킬로미터, 60킬로미터…….

하지만 땅이 너무 미끄러웠다. 자갈과 조약돌이 너무 많았다. 결국 셰리는 커다란 벤츠가 도로에서 벗어나 도랑에 처박히는 걸 막지는 못했다.

손에서 땀이 나고 가슴은 쿵쾅거렸다. 셰리는 핸들에 머리를 얹었다.

"오, 주여, 주여, 주여." 지난주 일요일 교회에 갔던 것을 감사하며 셰리가 중얼거렸다.

신께서 도와주셨다.

셰리가 신에게 감사할 때, 커다란 파열음이 들리더니 창문이 거미줄 모양으로 갈라졌다. 유리조각이 머리에 날아들었다.

셰리는 아프기보다는 놀라서 눈을 깜빡이며 작은 상처를 만져보았다.

어떻게 바위가…….

다시 한 번 소리가 나더니 유리가 튀었다. 이번에는 밖에서 굉음이 들렸다.

오, 주여. 안 돼! 누군가 총을 쏘고 있었다. **총알**이다!

높다란 나무 그림자 사이에서 움직임이 보였다. 또 한 번 불꽃. 차가 쩡쩡 울렸다. 이번에는 유리창을 맞추지 못했다.

사냥꾼인가?

아니면 케일리에게 집착하는 그 미친놈인가?

셰리는 안전벨트를 풀고 최대한 바닥으로 몸을 낮춘 뒤 전화기를 찾았다. 어디? 어디 있지? 어디?

한 번 더 총성. 이번에는 차 뒤쪽 창문을 겨냥한 것이었다. 명중하자 소리가 울렸다.

왜 거기에 총을 쏘는 걸까? 셰리는 멍하니 생각했다.

그러다 깨달았다. 젠장, 휘발유 탱크를 맞추려는 것이다! 그 스토커, 에드윈 샤프가 틀림없다! 어째서 이런 짓을 하는 거야? 난 아무 잘못도 안 했는데!

셰리는 조수석 창문을 열려 했지만 시동이 꺼진 상태여서 움직이지 않았다. 그리고 문은 도랑에 끼어 있었다.

들척지근한 휘발유 냄새가 점점 강해지자 첫 남편이 매주 토요일마다 나스카 자동차 경주에 나가던 시절이 떠올랐다.

그리고 흐느끼며 창문을 발로 걷어차고 있을 때, 또 한 가지가 떠올랐다. 오찬에 오라는 이메일은 케일리가 보내지 않았다. 에드윈 샤프가 케일리 이름으로 이메일 계정을 만들어 자신을 이곳으로 꾀어낸 것이다.

케일리는 셰리의 참석을 원하지 않았던 것이다.

34

캐트린 댄스는 십오 분 전, 보안관 사무소를 떠났다.

축구장에서 〈유어 섀도〉가 들린 후 전담반을 세 팀으로 나눴다. 하나는 샘 거버를 찾기 위한 팀이었다. 다른 팀은 에드윈이 거버나 다른 희생자를 찾아올 거라는 생각에 프레즈노 북쪽 컨트리클럽의 오찬 행사장으로 갔다. 또 한 팀은 고속도로 순찰대와 공조해 에드윈과 그의 차를 찾아나섰다. 하루튠은 공격이 진행중일 수도 있다고 의료팀과 화상 센터에도 알렸다. 범인이 선호하는 무기는 불인 것 같았다. 아마 케일리에게서 영감을 받은 모양이었다.

사랑은 불길, 사랑은 불꽃.
마음을 따뜻하게 해주고 길을 밝혀주죠.
태양처럼 영원히 타오르는 것.
두 영혼을 녹여 하나로 만드는 것.
사랑은 불길, 사랑은 불꽃.

캐트린 댄스도 오찬 행사장으로 가는 중이었다. 그 지역 길을 모르니 수색에 참여해봐야 의미가 없었다. 댄스는 컨트리클럽에 가서 케일리를 안심시키는 것이 낫겠다고 생각했다.

SUV를 빠르게 몰고 있는데, 한 가지 생각이 떠올랐다.

가끔 그런 일이 있었다. 머릿속에서 딸꾹질을 하듯 뭔가 번뜩하는 순간. 말로 설명할 수 없는 어떤 것. A 생각에서 B 생각에서…… Z 생각으로 점프하는 순간. (마이클 오닐은 얼마 전, 이런 순간에 댄스의 머리가 "또 **댄스**dance를 춘다"고 했다.)

아니, 이건 아니다. 에드윈은 오찬에서 누군가를 타깃으로 삼기가 논리적으로 어렵다는 사실을 알고 있을 것이다. 이 행사에 경찰들이 신경 쓰고 모여들 텐데 샘 거버가 타깃이 될까? 아니다. 에드윈은 포스팅에서 언급한 사람을 뒤쫓지 않을 것이다. 너무 빤한 노릇이니까. 게다가 5만 명의 무해한 팬 중 하나인 거버를 왜 죽인단 말인가? 스토커의 희생자 프로파일에 맞지 않는 사람이었다.

스태프는 안전했다. 얼리샤도 사람들 틈에 있었다.

그렇다면 누가 타깃일까?

댄스는 다시 한 번 기본적인 질문을 던졌다. 에드윈이 스토커라면 목표는 무엇일까? 케일리와 자신을 떼어놓겠다고 한 사람, 질투하는 사람, 케일리의 적으로 간주되는 사람, 케일리의 기분을 상하게 하는 사람, 죽음으로써 케일리와 자신이 영영 하나될 수 있게 할 사람.

댄스는 오닐이 찾아낸, 팬들이 선정적인 가십을 올려둔 지하 웹사이트를 떠올렸다. 대개 별 볼 일 없는 내용이었고, 관심이 집중된 주제는 케일리와 계모 사이의 갈등이었다. 최근 베이커스필드에서 있었던 싸움을 휴대전화로 촬영한 동영상도 있었다.

전면적인 불화도 아니었다. 케일리는 그렇게 옹졸하거나 비열하게 행동하지 않는다. 그리고 가십 내용에 따르면 셰리 타운도 믿음직하고 좋은 사람 같았다. 또 남편에게 성실하며 케일리의 일에도 도움이 되는 것 같았다. 하지만 셰리는 가장 최근에 들어온 새엄마이고 케일리와 잘 지내는 것 같지는 않았다. 셰리는 자신이 조직한 오찬에 초대도 받지 못했다.

Z 생각…….

댄스는 비숍 타운에게 전화를 걸어 자기가 누군지 밝혔다.

"댄스 수사관." 그가 말했다. "그놈 일은 어떻게 되고 있소? 또 노래를 틀었다는 건 들었는데."

"부인은 어디 계십니까?"

"그 오찬이라는 데에 갔소. 결국에는 케일리가 초대를 해서."

댄스의 머릿속에서 경고음이 울렸지만, 사실 그 대답을 어느 정도 예상하고 있었다.

"언제 출발했습니까?"

"이십 분 전쯤."

"케일리가 전화했나요?"

"아니. 이메일을 보냈더군. 사람들 나눠주게 시디를 좀 갖다달라고. 샤프 그놈 때문에 언니랑 조카는 오지 말라고도 했고."

"그럼 혼자 갔어요?"

"그렇소."

"비숍, 셰리가 위험에 처한 것 같습니다. 에드윈이 그 메일을 보냈을지도 몰라요."

"설마!"

"어쩌면요. 어느 길로 갔나요?"

"오, 안 돼, 안 돼……."

"어느 길입니까?"

"집에서 거기로 가려면 로스 바노스 로드에서 41번 고속도로로 가야 하오. 어떻게든 해보시오! 부탁이오! 그 여자를 구해주시오!"

그 뚱한 남자가 그렇게 필사적으로, 애걸하는 소리를 들으니 마음이 불안했다.

"전화번호를 알려주세요."

댄스는 번호를 외우고는 말했다. "뭔가 알게 되면 연락드릴게요. 차는 뭐죠?"

"아마…… 그렇지, 벤츠요. 은색."

우선 셰리에게 전화했지만 받지 않았다. 그리고 케일리에게 전화해서 짧고 어색한 침묵 뒤, 셰리를 오찬에 부르지 않았고, 이메일도 보내지 않았다는 대답을 얻었다. 댄스는 전화를 끊으며 브레이크를 밟아 길가에 차를 세웠다. 로스 바노스 로드를 내비게이션에 입력한 뒤 다시 고속도로로 들어갔다.

로스 바노스는 요세미티 산기슭을 구불구불 지나가는 좁은 아스팔트 도로였다. 에드윈이 셰리를 공격한다면 바로 그곳일 것이다. 넓고 다차선인 41번 고속도로에 들어갔다면 셰리는 안전할 것이다.

하지만 댄스는 에드윈이 그렇게 두지 않을 것이라고 생각했다. 그는 공격하기에 완벽한 지점을 찾아놓았을 것이다.

셰리의 번호로 다시 전화를 걸었다. 응답이 없었다.

이 분 뒤 댄스는 로스 바노스를 통해 숲을 가로지르고 있었다.

바로 그때 1킬로미터쯤 전방에서 솟아오르는 연기가 보였다.

댄스는 매디건에게 전화를 거는 동시에 액셀을 더욱 세게 밟으며 커브를 돌았다. 닛산은 훌륭한 SUV를 만들었지만, 스포츠카처럼 코너를 돌기에는 무리였다. 차가 가장자리로 벗어나 10미터 아래 절벽으로 떨어질 뻔했다.

넌 운전도 못하잖아. 어리석은 짓 하지 마. 댄스가 스스로에게 말했다.

차의 방향을 바로잡고 속도를 조금 줄였다. 매디건에게 자신의 위치를 알린 후 당장 소방차와 지원 인력을 보내달라는 메시지를 남겼다. 곧 댄스는 연기 나는 지점을 향해 직선 도로를 따라 달려나갔다. 연기는 회색에서 검은색으로 변했다.

타이어가 타고 있나? 기름? 자동차 사고.

댄스의 눈앞에 끔찍한 광경이 펼쳐졌다. 은색 벤츠가 도로에서 벗어나 아스팔트 근처 구덩이에 빠져 있었다. 차 뒤에 불이 붙었지만, 앞부분은 아직 괜찮았다. 보닛이 하늘을 향한 각도를 보니 부서진 탱크에서 나온 휘발유가 뒤로 흐르는 것 같았다. 불길은 좌석 쪽으로 번져가고 있었다.

안에서 움직임이 있었다. 제대로 보이지는 않았지만 셰리일 것이다. 셰리가 발로 창문을 미친 듯이 차고 있었다.

아니! 절대 앞 창문으로는 깨고 나올 수 없어! 옆 창문!

댄스는 패스파인더를 갓길로 옮겼다. 그러고는 뛰어내려 뒷문을 열고 소형 소화기로 손을 뻗었다. 끄집어낸 소화기를 벤츠 쪽으로 겨냥하던 댄스는 그 무거운 통을 떨어뜨렸다. 다시 들려고 몸을 숙였다.

그 덕분에 총알을 피할 수 있었다.

아니, 총알은 하나가 아니었다. 두세 개였다.

"세상에." 엎어지면서 팔꿈치가 땅에 쓸렸다.

총알이 패스파인더에 박혔다. 댄스의 머리와 어깨에서 30센티미터 정도 떨어진 위치였다. 어디서 총을 쏘는 걸까?

알 수 없었다. 소나무 숲 어딘가일 것이다.

물론, 그림자 속에.

조수석에 놓아둔 휴대전화로 911에 신고하려고 일어났다. 하지만 범인은 댄스의 머리 위쪽으로 총을 또 한 차례, 그리고 한 번 더 쏘았다. 댄스가 땅에 엎드리는 순간, 총알이 운전석 옆을 뚫으며 굉음을 냈다.

벤츠에서 비명소리가 들렸다.

움직여, 움직여, 움직여!

댄스는 소화기를 안은 채 벤츠에서 10미터 정도 떨어진 데 쓰러져 있는 나무까지 빠르게 기어갔다.

살짝 내다보았다. 불길이 더 빠르게 커져가고 있었다.

빽빽한 소나무 숲 사이로 총에서 나는 불꽃이 보였다. 미처 머리를 숙이기도 전에 총알이 정수리 위를 스쳐지났다.

범인은 이제 댄스를 보았고, 만약 에드윈이라면 그녀가 CBI 요원임을 알아보았을 것이다. 즉, 그녀에게 무기가 있다고 판단했을 것이다. 에드윈이 아니라면, 혹은 무기가 없다고 생각했다면 그녀 쪽으로 천천히 30미터 정도 더 가까이 다가와 총을 쏠 수도 있었을 것이다.

그때 벤츠에서 한 차례 더 비명소리가 들려왔다.

숲에서 불꽃이 번쩍였다. 총알이 댄스의 얼굴에서 15센티미터 떨어진, 쓰러져 말라가는 나무를 맞추자 파편이 튀어올랐다.

35

“팀원들에게 알려야 하오.” 매디건이 화난 목소리로 사무실 방향으로 고갯짓하며 말했다. “여기서 작전중이오. 살인 사건, 긴급 상황이란 말이오.” 당황한 대장은 어쩔 줄 몰랐다. 그에게 익숙한 느낌이 아니었다.

캘리포니아 법무부 수사관 두 명이 형사부 로비에서 그를 막아섰다가 예의를 지키느라 뒤로 조금 물러섰다. 하나는 붉은 머리, 하나는 검은 머리였다. 그 외에는 단정하게 수트를 차려 입어서 비슷해 보였다. 매우 정중했다. 매디건은 너무 충격을 받아 그들의 이름을 잊었다. 붉은 머리가 말했다. “네. 전화는 기다려야 할 것 같습니다. 체포할 때와 같은 절차가 필요합니다.”

FMCSO의 애니타 곤살레스 보안관이 옆에 서 있었다. 그녀의 표정도 분노보다는 당혹감에 가까웠다. “말도 안 되는 일이오. 정말 말도 안 된다고. 새크라멘토 사무소로 연락을 해야 한다고.”

그쪽에서는 응답이 없었다.

내색을 하든 하지 않든, 두 수사관은 자신들이 맡은 일이 말도 안 된다고 생각하는 것 같지는 않았다.

사실 두 명의 용의자도 마찬가지였다. 매디건과 미겔 로페스는 가택 침입, 불법 구금, 법 권력 남용, 무단 출입 등의 혐의로 체포되어 있었다.

매디건이 말했다. "이보게, 이건 우리가 조사중인 범인이 세운 계획이야. 우리를 조사에서 빼내려는 거라고." 그는 스토커들이 집착 대상을 보호하려는 사람을 타깃으로 삼는다고 한 캐트린 댄스의 설명을 전했다.

캘리포니아 주 소속 수사관들은 별로 귀 기울이지 않았다.

에드윈을 취조실에 정해진 시간보다 오래 붙잡아둔 것이 화근이 되었음을, 매디건은 체포 이유를 듣기 전부터 알고 있었다. 그리고 미겔 로페스를 시켜 에드윈의 집에 들어가 증거물을 가져오게 한 것도.

검은 머리 요원이 말했다. "과정을 설명해드리겠습니다. 형사님을 입건하면 판사님이 분명히 빨리 처리해주실 겁니다. 아마 담보금을 내실 수도 있고요. 보석금을 내라고 하시진 않을 겁니다. 몇 시간 뒤면 나가실 겁니다."

"언제 나가든 상관없소. 문제는, 해결될 때까지 정직 처분을 받는다는 거지. 절차가 그렇잖소." 자기 총을 잃어버린 가브리엘 푸엔테스처럼.

곤살레스가 수사관들에게 말했다. "지금 정직되면 안 됩니다. 범인이 길거리에 돌아다니고 있는데."

붉은 머리가 말했다. "그쪽 가수 사건이 중요한 건 알지만……."

그는 "그렇다고 법을 바꿀 순 없죠"라는 말은 덧붙이지 않았다.

매디건은 그를 한 대 갈기고 싶었다.

당혹감이 차올랐다. 젠장, 이걸로 그의 커리어가 끝날 수도 있었다. 그가 마음을 써온 유일한 커리어가. 가족에겐 뭐라고 하지?

케일리를 위해 법을 살짝 어긴 것뿐인데.

그쪽 가수 사건…….

망할 놈의 에드윈 샤프 자식!

수사관들이 뭔가 논의하고 있었지만, 단순히 수갑을 채울 것인가 하는 문제였다.

"아, 제발." 매디건의 목소리 역시 감정만큼이나 필사적이었다. "이럴 수는……."

"이봐요, 수사관님." 곤살레스 보안관이 말했다. "이건 중대한 작전이에요. 언제라도 살인이 일어날 수 있단 말입니다."

매디건은 다시 자기 사무실을 보았다.

붉은 머리가 곤살레스에게 말했다. "이분 체포영장이 나온 거 아시죠? 미안합니다. 방법이 없습니다."

그들은 매디건의 콜트와 신분증, 배지를 가져갔다.

"최소한 몇 명에게만이라도 연락하게 해주시오." 그는 점점 더 불안해졌다.

둘은 잠시 의논하더니 이렇게 말했다. "한 시간만 다녀오세요."

"최대 두 시간."

그리고 그들은 수갑에 대해서도 결정을 내렸다.

36

댄스는 쓰러진 소나무 뒤에 웅크리고 있었다.

총성이 더는 들리지 않았다. 범인이 아직 거기 있을까? 댄스가 나오기를 기다리며? 그로서는 떠나는 쪽이 더 나을 것이다. 댄스가 추가 지원을 요청했을 거라 짐작하고 달아났을 것이다. 이 이상 여기 있으면 위험해지니까.

그렇게 판단할까?

댄스는 소화기를 움켜쥐고 갈등했다. 지금 뭔가 하지 않으면 셰리는 죽을 거다. 불에 타서 죽을 거다.

댄스는 조심스레 고개를 들었다가 다시 숙였다. 총성은 없었다.

아이들이 떠올랐다. 아이들이 고아가 된다는 생각만으로도 견딜 수 없었다. 생명이 위험해지는 상황을 피하기 위해 동작 분석과 조사를 택한 것이었다.

그런데 심지어 내 임무도 아닌데 여기서 이러고 있다니.

또 한 차례 차에서 비명소리가 들렸지만, 금세 조용해졌다. 셰리 타운은 기력을 잃어가고 있었다.

지금. 지금 움직여야 했다.

댄스는 일어나 벤츠로 달려갔다. 불길이 조수석에 닿고 있었다.

총알이 날아오기를 기다리며.

아무것도 날아오지 않았지만, 댄스는 범인의 사선에서 벗어나 구덩이로 몸을 던진 다음, 빠르게 차로 기어갔다. 안에서 셰리는 피가 난 손으로 창문을 두드리고 있었다. 연기 때문에 연신 구역질과 기침을 해댔다. 댄스는 주위의 불길에 소름이 끼쳤다.

차 안의 셰리는 절망적인 눈빛으로 그녀를 보며 뭐라고 말했다.

댄스는 뒤로 물러나라고 손짓한 뒤 소화기 바닥으로 조수석 창문을 내리쳤다. 유리는 쉽게 깨졌다. 댄스는 소화기를 던졌다. 이런 불에는 아무 소용이 없었다. 그리고 셰리를 꺼내려 손을 뻗었다. 셰리는 경련을 일으키며 기침했다. 입에서 침이 튀어나오고, 꺼멓게 그을린 얼굴에 눈물이 흘렀다.

범인이 아직도 총을 갖고 있을까 봐 몸을 숙인 채 셰리를 차에서 10미터쯤 끌고 나왔다. 그들은 길가의 땅이 파인 곳까지 기어갔다.

셰리는 무릎을 꿇더니 심하게 구토하고는 일어나려 했다.

"아뇨, 엎드려 있어요." 댄스가 말했다. 그러고는 매디건이 메시지를 받았는지 확인한 다음, 그렇지 않으면 911에 전화하려고 차로 향했다.

바로 그때 등 뒤에서 요란한 소리가 들리더니 등허리에 뭔가 부딪히는 것이 느껴졌다. 댄스는 햇볕에 그을린 딱딱한 땅을 향해 고꾸라졌다.

37

데니스 하루튠은 캐트린 댄스가 엎드린 들것 옆에 서 있었다.

구조 대원이 그의 맞은편에 서서 등을 살피고 있었다.

"아직도 단서가 없어요." 하루튠이 말했다.

댄스는 언제나 효율적인 현장감식반이 셰리 타운, 그리고 댄스 자신도 죽을 뻔한 현장을 샅샅이 뒤지는 광경을 바라보았다. 하지만 남은 것은 별로 없었다. 불길이 번져 그가 서 있던 나무와 덤불 일부가 다 타버렸다.

"아픕니까?" 구조 대원이 물었다.

"조금요."

"흠." 그러더니 그는 댄스의 대답을 알은체하지 않고 치료를 계속했다.

"다 끝나가요?" 몇 분 뒤, 오래 걸리는 데다 아프다는 말에 반응이 없어 짜증스러워진 댄스가 물었다. 이렇게 대답할 걸 그랬나. "네, 엄청 아파요, 이 잔인한 인간아."

"이제 된 것 같군요."

댄스는 셔츠를 내렸다.

"찰과상입니다. 깊지 않아요."

댄스는 등에 총을 맞은 것이라고 확신했다. 곧바로 머리에 떠오른 것은 친구이자 범죄 현장 전문가이며 목 아래는 모두 마비된 링컨 라임이었다. 걸을 수 없다면 어떻게 좋은 엄마가 될 수 있을까? 셰리 타운에게 쓰러지며 한 생각이었다. 사실은 댄스가 옆으로 던진 소화기에 불이 붙어 폭발했고, 돌이나 용기 조각이 등으로 날아온 것이었다. 잠시 쓰러져 있던 댄스는 폭파된 소화기에서 흘러나온 하얀 거품인지 가루를 보았다. 상황을 깨닫고는 차로 기어가서 휴대전화를 꺼낸 후 매디건을 제쳐두고 911에 전화를 했다. 십오 분 뒤 경찰과 소방차, 응급구조대가 도착했다.

구조 대원은 일이 끝나자 곧바로 다른 환자, 셰리 타운을 돌보러 갔다. 셰리는 남편 옆에 앉아 있었다. 그녀는 산소마스크를 쓴 채 붕대 감은 손을 보고 있었다. 긴 손톱은, 우연히도 새빨간 핏빛이었다.

"정말 엉망이군." 하루튠이 말했다. 에드윈이 주 법무부에 불법 구금과 수색에 대해 고발했다고 전했다. 매디건과 미겔 로페스는 방금 체포되었다가 풀려났지만, 정직되었다.

"오, 이런." 댄스가 작게 내뱉었다. "일을 못 한다고요?"

"그렇죠." 하루튠이 씁쓸하게 말했다. "가브리엘 푸엔테스의 총을 훔쳐서 내쫓더니. 이젠 대장이랑 미겔이에요. 이제 팀에 크리스털과 나, 요원님뿐이에요."

"에드윈을 본 사람은요?" 댄스가 물었다.

"놈도 그놈의 빨간 차도 보이지 않아요. 오찬은 예정대로 진행됐는데 케일리는 이야기를 듣기에는 상태가 안 좋아 보였어요. 노래 몇 곡 부르고 팬이랑 식사하고는 곧장 떠났어요. 사람들은 케일리가 정신이 딴 데 가 있는 것 같다고 했어요."

댄스는 연기가 피어오르는 벤츠 쪽에 고갯짓을 했다. "케일리랑 사이가 나빠지면 상당히 위험해요."

"그렇다고 그게 살해 동기라니 아직도 이해가 안 되는군요."

"그건 우리의 현실이 아니라 **스토커**의 현실이니까요." 댄스가 설명했다.

하루튠은 셰리와 비숍 쪽을 보았다. "불에 타서 죽을 뻔했지만, 케일리가 오찬에 부르지 않았다는 사실이 제일 괴로운가 봐요."

"셰리를 파티에 초대하는 이메일은 어떻게 쓴 거래요?" 댄스가 물었다.

"오늘 아침에 익명 계정을 만들었어요. 'KTowne'에다 번호를 붙인 걸로. 타워 지구 인터넷 카페에서 보냈더군요. 수사관이 확인했는데, 에드윈의 사진을 알아보는 사람은 없었어요. 당연한 것이, 바리스타 말로는 오전에만 200명이 온대요."

"그 계정으로 셰리에게 메일을 보낸 거예요? 주소는 비숍의 웹사이트에서 보고?"

"케일리의 웹사이트를 보고요."

"그렇군요."

잠시 침묵이 흘렀다.

"어이, 찰리." 하루튠이 동그랗고 얼굴이 붉은 남자에게 목례했다. 그는 작업복을 입고 있었다. "CBI의 캐트린 댄스 알지? 우리 현장감식반 반장, 찰리 신입니다."

그는 댄스에게 인사하고는 인상을 썼다. "매디건 얘기는 진짜야? 정직이라고? 미겔도?"

"그런가 봐."

"스토커 친구가 꾸민 일이고?"

"모르지."

"지랄 같네." 신이 중얼거렸다. 그리고 댄스는 그가 욕을 잘 안 하는 사람이라는 느낌을 받았다.

"자네 팀에선 뭘 찾았어, 찰리? 명함? 에드윈 이름 적힌 전화요금 청구서?" 숱 많은 수염과 표정 없는 얼굴을 한 데니스 하루튠이 분위기를 풀려는 듯했다.

"누군지는 몰라도 솜씨가 좋아. 발자국도, 타이어 자국도, 숲에서 만나는 500만 가지 흔적 이외에는 아무 흔적도 없어. 좀 전에 작은 담뱃재 한 조각은 찾았어. 분석에 시간이 걸릴 거야."

댄스는 모텔 창문으로 길 건너편에서 담배 피우는 사람을 본 일을 설명했다. "하지만 모습은 잘 보지 못했어요. 에드윈은 담배를 피웠어요. 지금도 피울 수는 있겠지만, 확실하진 않아요."

현장감식반장이 말했다. "가브리엘의 글록과 동일한 9구경 총이지만, 탄피가 없어서 확인할 수가 없어요. 발견한 탄피에는 지문도 없고."

"여기서도 생김새는 제대로 못 봤네." 댄스가 중얼거렸다. "나무 그림자에 몸을 숨기고 있었어요." 스토커들은 변장에만 능한 것이 아니다. 몸을 잘 감추기도 한다. 아무도 모르게 상대를 관찰하는 데 도움이 되는 것이라면 무엇이든지. "셰리는 뭘 좀 봤대요?"

"이야기를 못 했어요. 연기를 많이 마셔서요."

그때 차 한 대가 현장으로 달려왔다. 댄스는 본능적으로 권총을 차던 자리로 손을 뻗었다. 하지만 다시 보니 다서 모건이 능숙하게 모는 케일리 타운의 진녹색 SUV였다. 케일리는 차가 채 멈추지도 않았는데 서버번에서 뛰어내리더니 비숍과 셰리에게 달려갔다. 아버지는 완전히 무시하고 허리를 굽히더니 새어머니를 끌어안았다. 모건은 총격전이 있었던 곳에 오는 것이 달갑지 않은 표정이었다. 댄스는 케일리가 아버지와의 관계를 제외하면 고집이 꽤 센 모양이라고 생각했다.

멀어서 대화가 들리지 않았지만 보디랭귀지를 보면 사과, 후회, 위로가 분명했다.

가슴 훈훈한 화해가 진행중이었다.

비숍 타운이 일어나더니 둘을 함께 끌어안았다.

가족은 사랑과 애정이 만들지만 마찰과 분리도 개입한다. 하지만 노력하고 운이 좋으면 물리적이든 감정적이든 거리를 좁힐 수 있고, 없앨 수도 있다. 그때 댄스에게 든 생각은 이들의 재결합에서 보이는 것과는 전혀 달랐다. 바로 자신과 존 볼링, 그리고 아이들…… 덧붙여 볼링이 샌디에이고로 이사한다고 알려준 어머니의 말.

다시 한 번 케일리의 가사가, 셰리 타운의 생명을 앗아가려던 시도에 영감을 준 가사가 떠올랐다.

어느 날 밤 전화가 오지만 처음에는 알 수 없어요.
길가에서 군인들이 뭐라고 하는지.
그러다 인생이 송두리째 변한 걸 곧 알게 돼요.
모든 것이 사라지고, 모든 계획은 다시 짜야 하죠.

댄스에게도 이런 일이 생길까? 모든 것이 바뀌어버렸을까? 그녀와 아이들이 존 볼링과 함께 갖기를 바랐던 삶이?

그렇다면 **내** 그림자는 어디 있을까? 댄스는 씁쓸한 마음으로 생각했다. 나를 지켜주고, 내게 해답을 주는 사람은?

38

뜨겁기는 해도 기분 좋은 프레즈노의 9월 저녁.

타워 지구는 조용했다. (비록 이 지역의 이름은 멀리 떨어진 **다른** 타워에서 따온 것이겠지만.) 소박하기는 하지만, 진짜 타워를 자랑하는 올리브 앤 와이션에 유명한 아르데코 극장이 자리 잡고 있었다.

오늘 밤, 주민들은 멕시코 요리점과 카페에서 이른 저녁식사를 하거나, 미술관, 문신 가게, 할인점, 빵집에 갔다가 돌아오는 중이었다. 영화관에 가거나, 코미디클럽, 또는 주민들이 올리는 연극을 보러 가는 길일지 모른다. 샌프란시스코가 아닌 프레즈노에 예술, 음악, 문학을 하러 오는 사람은 없으니까. 이곳은 아이들을 키우고 일하고 이곳에서 제공하는 문화 생활을 즐기러 오는 마을이다.

오늘 밤, 십대 아이들이 타워 지구에 모여 스바루나 새턴을 타고 돌아다니며 얼마 남지 않은 방학을 즐기고 있었다.

오늘 밤, 여자아이는 수다를 떨고 몰래 담배를 피우고, 남자를 구경하며, 음료수를 시켜놓고 몇 시간씩 옷이나 학교 이야기를 하러 모였다.

그리고 오늘 밤 케일리는 한 남자를 죽이러 타워 지구로 왔다.

이 계획을 세운 것은 단 한 사람 때문이었다. 메리-고든 산체스, 경찰이 뭐라고 하든 에드윈 샤프가 납치했던 아이를 위해.

오, 세상에. 케일리는 너무 화가 났다.

케일리는 늘 엄마가 되고 싶었지만, 커리어는 가정생활과 양립할 수 없다고 생각하는 아버지 때문에 이 계획은 늘 밀렸다.

"케이티. 너도 아직 애야. 몇 년만 더 기다려라. 뭐가 그리 급하니?"

케일리는 지금까지 그 말에 따랐지만, 모성 본능은 더 강해질 뿐이었다.

그런데 메리-고든이 위험에 처했다고, 앞으로도 위험에 처할 수 있다고 생각하니, 도저히 용납할 수 없었다.

에드윈 샤프는 죽을 것이다.

보안관 사무소에서는 그렇게 못할 것이다. 그래서 케일리가 할 생각이다. 혼자서.

나는 함께가 좋아, 하나가 아닌 둘을 원했어.
너와 내가 영원히, 아들과 딸을 데리고.
그렇게 되지 않아 힘들었지만, 이제 알게 되었어.
진정 중요한 일에 정말 필요한 건 나뿐이라고.

몇 년 전에 쓴 가사를 머릿속으로 읊조리며 케일리 타운은 다서 모건이 올리브 애비뉴에 세워둔 서버번에서 내렸다. 그들은 빅토리아풍의 극장 앞에 있었다. 십구 세기부터 있던 소극장 겸 강연장, 파커홀이었다. 명판에 이렇게 적혀 있었다.

케일리, 우리 고장의 딸,

이곳에서 첫 콘서트를 개최함.

그때 케일리는 열세 살이었다. "첫 콘서트"라는 말은 정확하지 않았다. 아홉 살, 열 살 때부터 케일리는 교회나 경기장에서 노래를 불렀다. 하지만 맞다. 콘서트홀에서 노래를 부른 것은 그때가 처음이었다. 비록 조지 워싱턴 중학교 합창단 아이들과 함께였지만.

"삼십 분 정도요." 다서 모건에게 말했다.

"여기 있겠습니다." 모건이 말했다. 그리고 곧 에드윈 샤프나 다른 위협될 만한 것이 있는지 거리를 살폈다.

케일리는 열쇠로 문을 열고 퀴퀴한 실내로 들어갔다. 그날 오후, 케일리는 소유 재단에 연락해 거기서 콘서트를 할까 생각중이라고 말했다. 장소를 확인하도록 열쇠를 빌릴 수 있는지도 물었다. 그들은 기뻐했고 케일리는 직원이 안내해준다는 초대를 정중히 거절했다. 너무 바빠서 언제 도착할지 알 수 없다고 했다.

실내로 들어가니 그곳도 삐걱거리고 딱딱거리는 소리는 났지만 컨벤션센터와는 달리 분위기가 전혀 불편하지 않았다. 위험이 어디 있는지 알고 있었으니까.

그리고 주위를 에워싼 것은 그림자도 아니었다.

케일리는 곧바로 뒤편 하역장으로 갔다. 그러고는 문을 열고 밖으로 나가 올리브와 평행선을 그리는 거리를 내다보았다. 몇 분 뒤, 보비를 죽이고 셰리를 죽이려고 하고, 메리-고든과 수엘린을 납치했던 남자가 탄 빨간 뷰익이 보였다. 그는 극장을 지나 신호등 앞에 섰다. 수사관 하나가 뒤따르고 있었다.

젠장, 그건 생각하지 못했다.

에드윈이 죽을 때 경찰이 옆에 있어서는 안 된다. 어떻게 한다? 포기? 그렇게 생각하니 화가 치밀었다.

뷰익은 신호등을 기다리더니 좌회전 신호를 넣었다.

한 블록 떨어진 곳에서 수사관은 똑똑한 척, 속도를 늦추더니 좌회전을 했다. 에드윈이 돌아나오면 만나려는 생각일 것이다.

에드윈이 직진하는 것을 보고 케일리는 웃을 뻔했다. 그는 수사관을 완벽하게 속였다.

그렇게 되지 않아 힘들었지만, 이제 알게 되었어.

진정 중요한 일에 정말 필요한 건 나뿐이라고.

극장 안으로 다시 들어온 케일리는 백에서 가죽장갑을 꺼내 낀 뒤, 20센티미터짜리 고기 손질용 칼의 포장 상자를 열었다. 그러고는 티슈로 칼날을 감싸 데님 재킷 안주머니에 손잡이부터 넣었다.

그리고 가져온 것을 두 번, 아니 세 번 확인했다.

이 년 전에 내가 준 선물 아직 갖고 있지?

선물은 모두 갖고 있어요, 아빠…….

케일리는 에드윈 샤프가 카우보이 살롱에서 주크박스로 틀었던 노래를 떠올렸다. 〈미, 아임 낫 어 카우걸〉.

내겐 해를 가려줄 카우걸 모자도 없어.

내 부츠에는 하이힐이 달렸어. 총도 하나 없어.

케일리 타운에게 마지막 문장은 사실이 아니었다.

아버지가 준 선물은 콜트 권총이었다. 비숍은 딸이 십대일 때 호

신용으로 그 총을 사주었다. 수엘린은 대학에 가 있었고, 엄마는 세상을 떠났으며, 그는 어떻게든 커리어를 살려보겠다고 엄청난 시간을 길에서 보내고 있었다.

케일리는 몇 번 쏴봤지만, 반동도, 소음도 싫었다. 귀마개를 해도 마찬가지였다. 그래서 생각했다. 이건 말도 안 돼.

사람의 목숨을 앗아가는 것은 케일리로서는 상상할 수 없는 일이었다.

하지만, 이 년 전, 집 뒷마당에서 광견병에 걸려 식식거리며 누런 이빨을 드러낸 코요테를 발견한 적이 있었다.

케일리는 아무렇지도 않게 총을 머리에 쏘아 한 방에 해치웠다.

이제 에드윈 샤프는 그런 존재였다.

인간이 아닌, 미친 코요테.

케일리는 칼 포장지와 영수증을 찢은 다음, 직원 화장실에 들어가 변기에 넣고 물을 내려버렸다.

굳은 결의. 하지만 지옥 같은 긴장감.

게다가 그 개자식은 어디 갔을까? 가버린 걸까?

아니, 그럴 리 없었다. 그에게는 우주의 중심인 케일리가 삼십 분 전, 셰리가 검사받고 퇴원한 병원 공중전화로 전화를 걸었으니까. 그에게 여기서 만나자고 했다. 에드윈과 메리-고든이 박물관에서 고른 레드우드 나무 장난감에는 상표가 붙어 있었는데, 에드윈이 거기에 전화번호를 적어두었다. 그리고 "전화해"라는 말도.

어제 그것을 거의 버릴 뻔했지만, 그러지 않기로 했다. 전화번호를 본 순간 이 계획이 떠올랐기 때문이다.

더러운 창문 옆에 서 있던 케일리는 청바지에 손을 닦았다. 마침내 에드윈 샤프가 등장했다. 세상에 일말의 관심도 없다는, 그 오싹한 표정을 지으며 걸어왔다. 살인과 납치는 자신에게 아무것도 아니라는 듯.

그는 카메라를 들고 하역장으로 곧바로 왔다. 그러고는 걸음을 멈추더니 사진을 몇 장 찍었다. 사진을 찍힌다면, 카메라를 훔쳐 없애야 할 것이다.

잊지 마.

케일리는 숨을 크게 들이쉬었다. 두꺼운 데님 재킷 안주머니에서 칼이 느껴졌다. 배에는 권총이 닿아 있었다.

너도, 그도, 그녀도, 그들도 아니야. 결국 우리는 모두 혼자인걸.
무슨 일을 해야 하든, 혼자 할 수 있어.
내게 필요한 건 그것뿐, 나만 있으면 돼.

39

진흙 튄 창문을 통해 그가 성지 사진을 찍느라 번쩍이는 플래시가 보였다. 프레즈노에 온 것이 에드윈 샤프에게는 성지 순례나 다름없었다.

손과 이마에 땀이 더욱 흐르고, 심장은 비바체 템포로 뛰었다.

침착해, 할 수 있어. 위험에 처한 사람들을 생각해야지.

메리-고든을 생각해봐. 셰리를 생각해봐.

그는 광견병 걸린 코요테야. 그게 바로 저놈이야.

케일리는 생각을 멈췄다. 아냐, 하지 마. 여기서 어서 나가! 인생을 완전히 망치기 전에.

나를 위해서.

당신의 그림자…….

케일리는 하역장으로 발을 내디뎠다. 에드윈이 그 비뚤어진 미소로 얼굴을 일그러뜨리며 돌아섰다. 케일리는 조심스레 고개를 끄덕이고는 여기저기 부서진, 잡초 무성한 아스팔트 바닥을 내려다보았다. 또 한 번 짧은 목례. 수줍다는 듯, 확신이 없다는 듯.

순진한 듯.

"어, 이것 보게." 그가 주위를 둘러보았다. 다서 모건이 없다. "혼자야?"

"응. 나만 왔어."

"다서는 어디 있고?"

"저쪽으로. 보냈어."

"잘했군." 그는 극장을 올려다보았다. "있잖아, 그때 그 콘서트를 녹화해놨으면 좋았을 텐데. 열세 살짜리가 극장 전체를 사로잡았지. 다른 아이들은 아무도 신경 쓰지 않았어. 너뿐이었지. 너뿐이었어, 케일리."

그 공연 기사는 조그만 지역 신문 한 곳에만 났다. 거기서 읽은 모양이었다.

에드윈은 케일리를 따라 안으로 들어갔다.

"여기서 콘서트를 녹화할까 생각중이야."

"동영상. 좋았어! 멋진데. 언제?"

"아직 몰라."

"첫 콘서트를 다시 하는 건가? 멋지겠어. 〈워킹 애프터 미드나잇 Walking After Midnight〉 꼭 불러. 그때 첫 곡이었잖아."

세상에. 그것도 알아?

에드윈은 케일리를 다시 살펴봤다. "와, 오늘 아주 대박인데. 머리가…… 정말 아름다워. 네 목소리 다음으로, 머리가 제일 마음에 드는 것 같아."

케일리는 그가 머리카락을 달라고 했던 일이 떠올라서 침착하게 행동하려고 기를 썼다. 베개에서 떼어낸 것이 제일 좋겠다고 했다. 오, 맙소사…….

"시간이 별로 없어." 케일리가 말했다.

"알아. 그들이 늘 널 지키고 있으니까."

그들?

그는 허리에 손을 얹고 미소를 지었다. 꽉 끼는 청바지였다. 케일리는 집 앞에서 있었던 일이 떠올랐다. 음악에 맞춰 박자를 두드린 걸까, 아니면 딴짓을 한 걸까? 그는 짙은 눈썹에 푹 파묻힌 눈으로 귀엽다는 듯 케일리를 내려다보았다.

케일리 타운은 토할 것 같았다.

"아, 정말." 그가 속삭였다. "전화에서 네 목소리가 들렸을 때를 생각하면! 정말이지 최고의 하루였어. 아니, 최고의 일 년이 될 거야! 얼앤드마지에서 저녁을 먹다가 기분이 좀 안 좋았거든. 그런데 네 목소리를 들었어. 그렇게 오래 기다렸는데, 마침내 목소리를 듣다니."

"그 집 괜찮지."

"파이가 맛있어 보였어. 난 체리파이를 좋아해. 우유를 곁들이면 말이지. 근데 이제 끊었어." 그는 배를 두드렸다. "날씬해지려고. 미스터 투데이. 그거 정말 멋진 노래야. 여자들의 주제가가 되어야 해. 학대에 적응하지 말고, 네게 어울리는 상대가 아닌데 맞춰주지 말고. 무슨 말인지 알아?"

물론 알았다. 케일리가 쓴 곡이니까. 하지만 그렇게 분명한 메시지를 알아채지 못하는 팬들이 많다는 게 참 희한했다.

"저것 봐. 옛날 퍼컬레이터*네." 그는 낡디낡은 커피메이커를 바라보았다. "우리 엄마가 쓰던 건데."

* 삼출 방식의 커피메이커.

케일리는 그 통을 바라보며 말했다. "잘 들어, 에드윈. 나는 네가 언니랑 조카를 멋대로 차에 태워서 굉장히 화가 났어." 케일리는 그를 친한 친구 취급할 수는 없다고 판단했다. 너무 상냥하게 굴면 그가 의심할 것이다. 케일리는 그를 단호한 표정으로 바라보았다.

"아, 그거. 미안. 다른 방법이 없었어. 걱정됐거든."

"걱정?"

"리치 때문에."

"그게 누군데?"

"리치 햄프턴. 네 아버지가 수엘린과 메리-고든에게 보내려던 사람. 그 사람 기록 몰라?"

기록? 무슨 소리를 하는 걸까? "아…… 아니."

"좋아. 그러니까, 난 카페에 앉아 있었어. 네 아버지와 셰리가 거기 우연히 온 거야."

"우연히?" 케일리가 수상쩍다는 듯한 목소리로 물었다.

미소가 살짝 깊어졌다. "알았어, 인정하지. 내가 따라갔어. 너랑 만나서 아침을 먹을 줄 알았거든. 너희 집 앞에 차를 세우기 힘들어져서. 경찰이 자꾸 성가시게 하잖아."

아, **그렇겠죠**. 그는 훔쳐보는 것을 싫어하는 사람이 있다는 사실을 이해하지 못하는 듯 불평하고 있었다. 그러나 그 순간 케일리가 맡은 역할은 아무 말도 하지 않고, 이해하는 척 고개를 끄덕이는 것이었다.

"내가 널 지켜주려고 이러는 거, 알지? 누군가는 나서야지."

얼리샤가 며칠 전 경찰서에서 한 말이었다. 케일리가 물었다. "리치에 대해 말해봐. 무슨 뜻이야?"

에드윈은 퍼컬레이터를 살펴봤다. 가운데 유리 돔이 붙어 있는 뚜껑을 들었다가 제자리에 놓았다. "비숍이 리치에게 전화해서 수엘린과 메리-고든을 데려오라고 부탁하는 걸 들었어. 네 아버지는 운전을 안 하지만 셰리가 함께 갈 수도 있잖아. 왜 할아버지가 손녀를 데리러 가지 않는 거야?"

케일리가 하던 생각이었다. 하지만 비숍은 데이비스 의원을 만나느라 가지 않았다.

"어쨌든 리치에게 부탁했어. 있잖아, 리치는 작년에 과속으로 세 번, 운전 부주의로 한 번 걸린 사람이야. 면허 정지도 두어 번 당했고. 음주운전으로 걸린 건 네 아버지도 모를걸. 나중에 풀려났지만 분명히 술을 마셨다고."

케일리는 그를 빤히 보았다. 그런 걸 어떻게 아는 걸까?

"네 아버지가 언니와 소중한 조카를 그렇게 제멋대로 운전하는 사람에게 맡기려고 하다니. 미안해. 그런 일은 그냥 넘길 수 없었어. 그런데 내가 너나 아버지한테 가서 뭐라고 하면, 경찰을 부를 거 아냐? 내 말도 무시할 테고. 네게 세상에서 가장 소중한 사람들한테 그런 일이 일어나는 건 두고볼 수 없었어. 변호사나 아버지가 에드윈이라는 사람을 조심하라고 했을까 봐 중간 이름을 쓰기까지 했다니까."

변호사나 아버지. 하지만 나는 아니고. 그는 정말 망상에 빠져 있었다.

"있잖아, 이건 정말 지나치게 들이대는 거야. 모르겠어?"

"내가 좀 반한 것 같긴 해." 그의 미소가 진짜일까, 속임수일까? 알 수 없었다. 건조한 열기에도 불구하고 케일리 타운은 몸이 떨렸다. 그가 덧붙여 말했다. "나를 더 잘 알면 마음이 편해질 거야." 다시 머리카락을 향하는 눈길. "혼자 있는 네가 좋아."

"뭐?"

"아니, 카우보이 살롱이랑 다르잖아. 다른 사람들이 다 모여 있었고. 자연스럽지 않았어. 알잖아."

아니, 몰랐다.

"음." 케일리가 확신 없는 말투로 입을 열었다.

그는 진지해졌다. "보비 일은 정말 안됐어. 둘이 가까운 거 아는데. 데이트도 했지?"

연기를 어쩌나 잘하는지! 안됐다고? 네가 죽였잖아!

그러다 케일리는 깨달았다. 잠깐, 보비와 내가 가까운 사이였다는 건 어떻게 알지?

"응, 고마워. 좋은 친구였는데."

"친구. 그렇겠지."

"좀 힘들었어."

"아, 그럴 수밖에." 그의 얼굴이 장의사처럼 일그러졌다. "네가 너무 안됐어."

"그리고 보비의 다른 친구들과 가족도 모두 안됐지." 케일리가 말투를 누그러뜨리려 애쓰며 말했다.

"당연하지. 경찰에선 실마리를 찾았대?"

나쁜 놈.

총을 뽑아서 저 개자식을 쏴버려. 나중에 그 칼을 손에 쥐여주고.

하지만, 안 돼. 똑똑하게 굴어야 한다.

"못 찾았나 봐."

"그 아이스티 먹고 싶어?" 그가 물었다. "네가 좋아하는 거?"

케일리가 말했다. "안 돼. 가봐야 해."

"사랑해, 케일리." 그는 지구가 둥글다고 하거나 달러가 미국의 화폐라고 말하듯이 아무렇지도 않게 말했다.

"저기……."

"괜찮아. 나도 상황을 아니까. 그들이 널 시내에 혼자 보내다니 놀라운걸."

"그들?"

"누구 말하는지 알잖아. 모든 사람…… 그 노래에 나오잖아. **모두가** 네 영혼을 한 조각씩 원한다고." 그는 고개를 저으면서 숨을 거칠게 내쉬고 있었다. "네가 너무 걱정돼."

미쳤다. 완전히 병적으로 미쳤다.

지금이다! 이 이상 지체하면 못할 거다.

"저, 줄 게 있어."

"나한테 줄 게 있다고?" 그가 놀란 표정으로 물었다.

케일리는 미소를 지으며 다가섰다. 가까이 가면 구역질나는 냄새에 압도될 줄 알았는데, 탈취제나 애프터셰이브 향이 희미하게 났다. 아버지가 쓰던 건가? **이상한** 일이다.

케일리는 재킷 안에 손을 넣어 티슈로 감싼 칼날을 잡아 꺼낸 다음, 그의 손에 재빨리 손잡이를 쥐여주었다. 그는 본능적으로 꽉 쥐었다. 케일리는 황급히 뒤로 물러났다.

"이게 뭐야, 펜인가?" 그가 물었다. 편지를 쓰라는 줄 아는 모양이었다.

이윽고 손에 쥔 게 뭔지 깨달았다.

에드윈의 얼굴에서 미소가 사라졌다. 고개를 든 에드윈 앞에는 꿈의 여인이 커다란 권총을 가슴에 겨누고 있었다. 케일리는 공이치기를 뒤로 당겼다. 커다랗게 달칵이는 소리가 났다.

40

칼을 쥔 그의 손에서 힘이 빠졌고, 눈꺼풀과 어깨도 처졌다. "케일리…… 이건 아냐."

"움직이지 마."

"오, 케일리." 다시 미소를 지었지만, 슬픈 미소였다. "이러면 얼마나 힘들어지는 줄 알아?"

케일리는 강하게 버텼다.

"이러면 힘들 거야. 너무 힘들 거야. 네 자신에게 이런 짓 하지 마. 제발! 팬들을 생각해. 가족을 생각하고." 마치 진정 자신이 아니라 케일리를 생각한다는 듯. "경찰이 제일 먼저 나를 만나자고 한 사람을 찾을걸. 네가 한 짓이 아니기를, 사실이 아니기를 바라겠지만 경찰은 이런 일을 다 겪어봤다고. 늘 일어나는 일이니까. 가정 폭력, 스토킹…… 맨날 일어나는 일이야."

"보비를 죽였잖아!"

짙은 눈썹을 찡그리자 그의 얼굴은 더욱 불길해졌다. "내가 그런 거 아니야, 당연히 아니지. 셰리가 다쳤다는 얘기도 들었어. 그것도 내가 한 거라고 하겠지. 하지만 네게 가까운 사람은 절대 해치지 않아. 전부 다 거짓말이라고."

쏴! 케일리가 스스로에게 말했다. 하지만 손가락은 여전히 방아쇠에 가 있지 않았다. 총이 한참 요동쳤다. 케일리는 총을 좀 더 앞으로 내밀었다. 에드윈 샤프는 눈 하나 깜빡하지 않았다.

"그리고 넌 언니랑 조카를 **납치**했어."

"생명을 **구한** 걸지도 모르지. 리치의 운전 얘기는 이미 했잖아."

케일리는 주위를 둘러보았지만 총은 꼭 쥐고 있었다.

"넌 똑똑한 여자야, 케일리."

그러자 케일리가 "똑똑하다"라고 한 아버지와의 대화가 떠올랐다.

"공중전화에서 전화했지만, 네가 어디서 했는지 알아낼 수 없을까? 내 휴대전화 기록에 남아 있을 거야. 그건 찾아내기 쉬워. 그리고 이걸 만질 때 장갑을 끼거나 화장지를 썼겠지." 그는 칼을 보았다. "셀프 계산대가 있는 가게에서 샀을 테고. 하지만 모두 알아낼 거야. 그게 직업인걸."

"시끄러워! 널 죽일 거야!"

그는 칼을 살펴봤다. "새것이니까 이 칼을 파는 가게를 전부 다 뒤질 거야. 별로 많지 않을걸. 현금을 냈겠지. 지난 며칠 동안 현금으로 구매한 사람의 기록만 찾아내면 돼. 정확한 가게랑 계산대는 금세 찾아낼 거야. 이거 하나만 샀을 거 아냐, 그렇지? 아주 간단해. 경찰이 계산대에 낸 현금을 회수할 영장을 낼 거야. 지폐에 지문도 묻어 있고, 이 돈을 꺼낸 현금지급기도 찾아낼 수 있어. 다 기록되거든."

그럴 리 없어!

그런가?

그의 말을 듣지 마. 도와달라고 고함을 지르고 방아쇠를 당겨…….

"셀프 계산대에 CCTV가 있을지 모르고. 칼 주인이 너라는 걸 알아내는 데 오 분밖에 안 걸려. 게다가 신참들은 주변 쓰레기통을 뒤지면서 포장지랑 영수증을 찾아낼 거야." 그는 물이 차는 소리가 들리는 화장실을 보았다. "아니면 하수도. 널 취조실에 데려갈 거고, 넌 이렇게 착하고 정직한 사람이니 버티지 못할 거야. 십 분이면 자백을 받아낼걸. 파이크 매디건은 내키지 않겠지만 달리 방법이 없겠지." 그는 케일리의 손을 보았다. "총을 감추고 다니는 건 불법 아니야?"

혼자서 하겠어.

하지만 못 해.

난 망할 비겁자야.

총이 내려갔다.

"오, 케일리. 널 심하게 세뇌했구나. **난** 적이 아니야. **그들**이 적이지. 자, 칼은 내려놓겠어." 그는 소매에 칼을 닦아 지문을 제거한 뒤 바닥에 내려놓았다. "이렇게 하면 우리 사이에는 아무 관련도 없어질 거야. 가져가서 쓰든지 버리든지 해. 이 일은 없었던 걸로 하고."

그의 목소리는 정말 진심 같았다. 캐트린 댄스가 이 스토커를 보고 있다가 사실을 말하면 고개를 끄덕이고 거짓말을 하면 고개를 저어주었으면 싶었다. 그는 뒤로 물러났고 케일리는 칼을 집어 재킷 안에 넣었다.

"**생각해봐**, 케일리. 그래, 넌 스토킹을 당하고 있어. 하지만 스토커는 내가 아니야. 기자나 사진기자일지도 모르지. 네 **아버지**일지도 모르고. 그는 네게 좋은 걸 원한다고 하지만, 정말일까? 난 잘 모르겠어. 다른 사람들은 어떻고? 글쎄, 얼리샤라든가. 타이 슬로컴이라든가. 아, 그 사람 조심해. 그가 널 바라보는 눈빛을 난 알거든. 그리고 배리 자이글러도. 그 사람은 너를 아주 꽉 잡고 있지. 그 회사에 너만큼 거물이 어디 있겠어? 널 왓슨이 있긴 하지만, 그 사람은 스스로 후진 트리뷰트나 하는 꼴이지. 그리고 너를 지켜보고, 스토킹하는 게 **또 누가** 있겠어? 팬, 타인. 네 음악도 모르고, 네가 아름답고 유명하고 돈이 많은 것만 아는 사람들. 왜 너만 이렇게 운이 좋으냐고 따지겠지? 걔들은 그게 운이 아니라는 걸 몰라. 그건 노력과 재능이지."

케일리가 작게 중얼거렸다. "날 좀 혼자 두면 안 돼? 제발!"

"오, 케일리. 넌 내가 널 혼자 두는 걸 원하지 않아. 그걸 아직 모를 뿐이지."

41

〈리빙 홈〉.

멕시코로 강제 추방당하는 중년 이민 여성의 이야기를 담은 케일리의 히트곡. 수트케이스를 서너 개 싸서 아래층 거실로 내려가니 다시 모건이 받아서 SUV에 실었다. 그러는 내내 케일리의 머릿속에 그 노래의 가사가 자꾸 떠올랐다.

얼리샤 세션스도 포드 F150을 타고 와서 함께 짐을 옮겼다. 케일리는 얼리샤에게 폐를 끼치고 싶지 않았지만, 얼리샤는 기타와 앰프, 홀푸드 슈퍼마켓에서 사온 식료품 상자를 옮겨주겠다고 했다. 케일리는 유기농 식품을 파는 홀푸드에서 장도 봤다. 가서 지낼 곳의 식료품은 세이프웨이 슈퍼마켓에서 주로 공급하기 때문이다.

"정말로 혼자 할 수 있어요."

"힘들 거 하나도 없어." 얼리샤가 말했다.

"저기, 그럼 적어도 저녁은 먹고 가요."

"시내에서 친구들 만날 거야."

효율적이기에 업무에 꼭 필요한 얼리샤는 케일리와 밴드, 스태프 전원에게 미지의 인물이었다. 뉴욕과 샌프란시스코에서 얼터너티브와 포스트 펑크 음악을 했지만 별로 성공을 거두지 못했다. 이후 오랫동안 프로 음악 업계 언저리에서 살아온 그녀는 늘 혼자였다. 그녀는 케일리와 회사를 위해 할 일을 한 다음, 저녁때나 주말이 되면 말을 타거나 음악을 들으러 사라졌다. 오늘 밤에 어떤 친구를 만난다는 것인지, 케일리는 전혀 알지 못했다. 케일리는 얼리샤가 동성애자일 것이라고 추측했고 얼리샤가 이쪽이든 저쪽이든 좋은 사람만 만나기를 바랐다. 하지만 컨트리 음악은 여전히 보수적인 중산층 미국인의 음악인지라 이 업계에서 금기는 쉽게 사라지지 않았다. 그리고 케일리는 얼리샤가 그런 문제를 거론하기 불편해한다고 짐작했다.

SUV와 얼리샤의 픽업트럭에 짐을 모두 실은 뒤, 케일리는 돌아서서 마치 마지막이라도 되는 양, 집을 바라보았다.

집을 떠나네…….

기분을 전환할 겸 케일리가 SUV 운전석에 앉아 시동을 걸었고, 모건은 조수석에 탔다. 얼리샤의 트럭이 뒤따르는 가운데 도로를 향해 달려갔다.

케일리는 공원에 그, **그**가 있을 것으로 예상하고 타이어 소리가 나도록 속도를 높여 도로로 접어들었다. 모건은 손잡이를 잡으면서 드물게 미소를 지었다. 케일리는 주위를 둘러보고 백미러도 보았지만, 빨간 차는 없었다.

"다행이군요." 모건이 말했다.

"그러네요."

케일리는 모건이 자신의 얼굴을 가만히 들여다보는 것을 알아차렸다. "극장에서 무슨 일 있었습니까?"

“무슨 말씀이세요?” 케일리는 그가 ‘아, 알겠군요. 에드윈을 꾀어내어 죽이려고 했잖아요. 얼굴만 보면 다 압니다’라고 말하기라도 한 듯, 그의 시선을 피하며 정면만 노려보았다.

“아무 일도 없었는지 확인하는 겁니다.” 그가 담담히 말했다. “거기서 이상한 전화를 받거나 누군가와 마주쳤습니까?”

“아뇨. 아무 일도 없었어요.”

케일리는 라디오를 켜려고 손을 뻗다가 그만두고 핸들을 잡았다. 그들은 비숍 타운의 집까지 한 마디도 하지 않았다.

케일리는 집 앞에 차를 세웠고, 모건은 얼리샤가 상자와 악기와 가방을 현관까지 옮기는 것을 도왔다. 그다음 모건은 주위를 확인하러 어둠속으로 사라졌다. 케일리와 얼리샤는 안으로 들어갔다.

조그마한 1층은 그랜드 올 오프리*의 전시관이라고 불러도 될 것 같았다. 거실에는 사진과 리뷰, 앨범 커버 액자가 가득했다. 물론 대부분 비숍 타운과 그의 밴드 사진이었다. 몇 개는 비숍이 오래전에 사귄 여자 가수들이었고, 그들의 앨범은 1호 부인부터 4호 부인이 등장한 이후로는 거기 걸렸다. 마거릿과 달리 그들은 비숍의 과거 비행에 대해 몰랐고, 그녀들도 단순히 함께 일한 가수들일 것이라고 여겼다.

하지만 비숍과 마거릿이 함께 찍은 사진도 많이 있었다. 이후 아내들이 아무리 질투해도 그는 그 사진을 내리지 않았다.

메리-고든이 케일리에게 달려오더니 품에 안겼다. “케일리 이모! 와서 이것 좀 봐. 퍼즐 맞추고 있어! 오늘 프레디도 탔어. 이모 말대로 헬멧을 쓰고 탔어.”

* 매주 내슈빌에서 열리는 공연으로, 라디오로 방송되는 컨트리 음악 행사.

케일리는 무릎을 꿇고 조카를 제대로 안아주었고, 일어나서 언니를 끌어안았다. 수엘린이 물었다. "좀 어떠니, 케일리?"

케일리는 속으로 생각했다. 살인죄로 교도소에 갈 수도 있었다고 생각하면, 괜찮아. "그럭저럭 괜찮아."

케일리는 언니와 메리-고든을 얼리샤에게 소개했고, 얼리샤는 미소를 지으며 악수했다.

"와." 메리-고든이 얼리샤의 문신을 보고 조그맣게 말했다. "멋지다!"

"어어." 수엘린이 말했다. "걱정거리가 하나 더 생겼네." 여자들이 함께 웃었다.

케일리는 연기 흡입으로 아직도 목소리가 쉬어 있는 셰리와 아버지에게 인사를 건넸다. 이상한 일이지만 셰리는 남편과 목소리가 아주 비슷해졌다. 피부가 창백해 보였지만 그것은 평소와 달리 화장을 전혀 하지 않았기 때문일 수도 있었다.

그 사건 이후 셰리에 대한 케일리의 태도는 180도 바뀌었고, 여태까지 옹졸하게 행동한 것을 후회했다. 케일리는 셰리를 끌어안았고, 이런 애정 표현에 셰리는 눈물을 글썽거렸다.

얼리샤는 비숍과 셰리에게 캐나다 공연의 홍보 계획을 조금 설명하고 시간을 확인하더니 떠났다.

"여기 있는 게 낫다." 비숍이 케일리에게 말했다. "오라고 했잖아, 처음부터. 내가 그랬잖니. 셰리가 방을 준비해놨다. 경호원 방도. 그 사람은 어디 있냐?"

케일리는 모건이 주위를 점검하느라 밖에 있다고 설명했다. 곧 들어올 거라는 말을 덧붙였다.

"이모 방에 붙이라고 그림 그렸어. 보여줄게."

메리-고든이 바퀴 달린 가방 손잡이를 잡더니 그 층의 손님 방 두 곳 중 하나를 향해 갔다. 케일리와 언니는 미소를 지었다.

"여기 있어! 이것 봐, 케일리 이모."

케일리는 이전에도 이 방을 본 적 있었다. 기능성을 중심으로 꾸민 삭막한 분위기였다. 하지만 지금 침대에는 새로 파란색 깅엄 시트를 깔았고, 프릴 달린 베개, 거기 어울리는 색상의 타월, 양초, 마이클의 장신구 가게에서 사온 거위 인형이나 어린 케일리와 가족이 찍은 사진 액자로 꾸며져 있었다. 셰리가 오기 전에는 구두 상자에 보관되어 있었던 사진들이었다. 정말 아늑한 느낌의 방이었다.

다친 와중에도 이렇게 수고해준 새어머니에게 케일리는 감사 인사를 꼭 하고 싶었다.

메리-고든이 그린 조랑말 그림이 침대 옆 테이블에 놓여 있었다.

"내일 말 타러 가도 돼?"

"그때 가봐야 알아, 메리-고든. 요즘 바쁘거든. 하지만 아침은 같이 먹자."

"할머니랑 엄마가 팬케이크를 만들었어. 꽤 맛있었어. 최고는 아니었지만 제법."

케일리는 웃었다. 메리-고든은 짐 푸는 것을 돕는답시고 케일리를 흘끔거리며 옷가지와 화장품을 지시에 따라 제자리에 정리했다. 물건 정리에 집중하며 간단한 일을 해내는 데서 큰 기쁨을 얻는 모양이었다.

손가락이 크리스털 잔을 두드릴 때처럼, 가슴이 작게 두근거렸다. 노래 아이디어가 떠올랐다. "네게서 많은 것을 배울 수 있어." 부모가 아이에게 불러주는 노래. 엄마나 아빠가 인생에서 잘못된 판단을 내리면 아이가 어른의 관점을 바로잡아 줄 수 있다는 노래.

반전이 들어갈 것이다. 3절까지는 아이가 부모에게 부르는 노래처럼 들릴 것이다. 하지만 마지막 절에 가면 부모가 이야기의 화자임이 드러날 것이다. 곧바로 멜로디가 떠올랐다. 케일리는 작은 책상에 앉아서 서류 뒷면에 가사를 적고 곡을 썼다. "이모, 뭐 해?"

"노래 만들고 있어. 네가 영감을 줬거든."

"영감이 뭐야?"

"너를 위해서 쓴 노래라는 뜻이야."

"우와, 불러줘!"

"아직 완성하진 않았지만 조금만 들려줄게." 노래를 부르자 조카가 케일리를 황홀한 눈빛으로 바라보았다.

"아주 좋은 노래야." 메리-고든은 큰 음반사에서 젊은 싱어송라이터가 제출한 노래를 평가하는 아티스트-레퍼토리 감독이라도 되는 양 이맛살을 찡그리며 말했다.

케일리는 계속 짐을 풀다가 십오 년 전쯤에 찍은 가족사진을 잠시 바라보았다. 비숍, 마거릿, 수엘린, 케일리가 그곳에서 한 시간쯤 북쪽에 있던 옛날 집 앞에 모여 있는 사진이었다.

> 로스앤젤레스에서 살았고, 메인에서도 살았어.
> 뉴욕과 미드웨스트의 대평원에서도.
> 하지만 집이라고 생각하는 곳은 단 하나.
> 어릴 적 우리 집.

아이가 파란 눈을 케일리에게 돌렸다. "이모, 울어?"

케일리는 눈을 깜빡였다. "음, 조금. 메리-고든, 사람들이 행복하면 울기도 하는 거 알지?"

"그건 몰랐어. 나는 안 그러는데."

"모두 다 그러는 건 아니야."

"이건 어디에 넣어?" 메리-고든이 청바지를 들어올리며 물었다. 그리고 케일리가 가리킨 서랍에 조심스레 넣었다.

"상황이 바뀌었소."

댄스는 등 뒤 모텔 로비에서 그 남자의 목소리를 들었다. 놀라지는 않았다. 이제 누구 목소리인지 알 수 있었다.

하지만 매디건을 곧바로 알아보지는 못했다. 그는 청바지에 줄무늬 셔츠, 카우보이 부츠, 낚시에 걸린 물고기를 수놓은 모자 차림이었다.

"대장."

댄스는 케일리 가족과 면담을 계속하기 위해 비숍 타운의 집으로 출발하려던 참이었지만 방향을 바꾸어 그에게 다가갔다. 댄스는 바를 들여다보았다. "아이스크림 드실래요?"라고 물을 뻔했다. 하지만 이렇게 물었다. "커피 드실래요? 탄산수나?"

"됐소." 매디건이 말했다. "나가던 길 같은데. 들러서 할 이야기가 있소."

"네." 매디건은 보비의 살인 사건 현장에서 만났을 때 보여주었던 당당한 태도와 전혀 다른, 맥없는 자세를 하고 있었다.

"그러니까 이런 거요. 애니타는 규칙대로 하고 있소. 부서 사람들은 아무도 나와 이야기할 수 없소. 그들을 위해서도 그런 거요. 나는 수사에서 완전히 제외됐소. 그래서 이제 댄스 요원이 책임자요."

아, 그래서 상황이 바뀌었다는 것이군. 댄스는 그제야 깨달았다.

"정확히 말하면 책임자는 아니죠."

"그렇다고 다른 책임자가 있는 건 아니니까. 젠장. 그때 취조실에서 말을 듣고 그 망할 자식을 내보냈어야 하는데."

댄스는 매디건에게 동정심을 느꼈다. 그는 어쩔 줄 모르는 것 같았다.

"보안관에게 자문이라도 하면 안 되냐고 물었소. 안 된다더군. 모양새가 안 좋다고. 사건에 편견이 개입할 수도 있고." 그는 냉소적으로 웃었다. "살인 사건을 말하는 건지, 내가 기소된 사건을 말하는 건지 알 수 없더군. 아무튼 그래서 밀려났소."

"유감이에요."

그는 손을 내저었다. "내 탓이지 누구 탓이겠소. 미겔이 더 안됐소. 부인은 전업주부이고 애가 셋인데. 저축해놓은 돈도 아마 없을 거요." 그는 어색하게 말했다. "캐트린, 나도 나설 수 없는 입장이지만, 궁금해서 물어보러 왔소. 내가 할 수 있는 일이 뭐 없겠소?"

"글쎄요, 대장. 전 면담중이고 찰리는 증거를 맡고 있고 데니스는 보비와 다른 피해자들을 살해할 동기가 있는 사람이 또 있는지 알아보는 중이에요."

"그렇지. 알겠소."

"그냥 좀 쉬세요. 낚시라도 하면서."

"그거 참 우습지." 매디건이 말했다. "낚시를 좋아해서 몇 년째 주말마다 낚시하러 나갔소. 하지만 이렇게 되고 보니 낚시보다 사건 생각을 더 많이 하고 있다오."

"배를 타고 떠다니다 보면 좋은 아이디어가 떠오르나요?"

"아, 그렇고말고." 우울한 미소. "하지만 지금까지는 배를 타고 나갔다가 다시 제복으로 갈아입고 일을 해야 했거든."

"미안해요, 대장."

"알았소. 괜찮소. 그냥 물어본 거요."

그가 문 쪽으로 절반쯤 걸어갔을 때 댄스가 불렀다. "대장, 잠깐만요."

매디건이 돌아서자 댄스가 말했다. "한 가지 있는 것 같아요. 아무도 모르게 움직여야 해요. 하지만 저…… 그다지 유쾌한 일은 아니에요."

씩 떠오르는 미소. "음, 그거 잘됐군. 한번 해봅시다."

42

캐트린 댄스가 비숍 타운의 집에 도착한 것은 오후 8시 30분쯤이었다.

댄스는 주위에 모여들어 셰리를 구해줘서 고맙다는 케일리 가족과 인사를 나눴다. 목이 쉰 셰리는 다시 한 번 댄스를 꼭 끌어안고 눈물을 글썽거리며 고마움을 표시했다.

비숍도 고맙다고 하더니 물었다. "보안관인지, 수사관인지, 매디건이라고 하던가? 정직 처분을 받았소?"

"그렇습니다. 다른 수사관 둘도요."

"그 개자식!"

"아빠." 수엘린이 주의를 주었다. 하지만 메리-고든은 주방에 있어 듣지 못했다.

"흠, 그게 사실이잖니. 메리-고든도 조만간 그런 말을 배우게 될 거다."

"그건 나중에요." 케일리가 잘라 말했다.

댄스가 설명을 시작했다. "에드윈을 고소하는 데는 전혀 진전이 없습니다. 그는 정말 무죄이거나 아주, 아주 똑똑한 거예요. 실마리가 전혀 없어요. 셰리에게서 몇 가지 사항을 알아보고 싶고, 그리고……." 수엘린을 한 번 보며. "그리고 따님에게, 공항에서 그의 차에 탔을 때의 정황도 알아보려고 왔습니다."

댄스는 에드윈이 위협적인 행동을 암시한 것이 있다면 찾아서 스토킹으로 체포할 수 있기를 바라고 있었다. 그러면 에드윈에게, 그의 변호사의 허가를 받아 접근할 수 있을 것이고, 동작 분석을 할 수 있을 테니까.

"적어도 접근 금지 명령을 받는 데는 도움이 될 겁니다. 그가 가까이 오지 못하도록 말이죠."

"아, 그러면 좋겠네요." 케일리가 말했다.

댄스는 케일리가 울고 있었음을 알아차렸다. 보비 때문일까? 오늘 사건 때문일까? 아니면 다른 이유로?

비숍이 파이프 연기와 소나무 냄새가 나는 작고 어두운 방으로 안내했다. 셰리와 파란 눈을 반짝이는 메리-고든이 쿠키와 커피 한 주전자를 가져왔다. 아이는 댄스의 딸 매기처럼 금발을 하나로 묶고 있었다. 댄스는 문득 이런 생각이 들었다. 매기와 웨스에게 존이 이사 간다는 소식을 어떻게 전하지?

셰리가 아이를 내보내고는 앞에 앉자, 댄스는 가족 생각을 떨치고 인터뷰를 시작했다.

소득이 전혀 없었다. 셰리는 범인에 대해 아무 정보도 제공하지 못했다. 총이 발사되며 불이 번쩍이는 것을 보았을 뿐이었다. 범인의 윤곽선도 보지 못했다. 그림자조차.

댄스는 이어 수엘린 산체스를 만났다. 동생과 어렴풋이 닮은, 현실적인 성격의 수엘린은 도움이 될 만한 일을 생각하려고 애썼지만 솔직히 에드윈이 용의자라는 사실이 여전히 놀랍다고 털어놓았다. "정말 친절하고 성격이 좋았거든요. 그리고 그는 케일리를 굉장히 잘 아는 것 같았어요. 친구 사이가 분명했다니까요."

"그가 한 말 중에 위협적인 것은 아무것도 없었고요?"

수엘린이 머뭇거리는 것을 보고 댄스가 말했다. "증언하셔야 해요. 선서하고."

수엘린은 무슨 말인지 이해했다. 거짓말은 안 할 것이다. "네, 전혀 없었어요. 오히려 반대였죠. 케일리를 굉장히 보호하는 것처럼 말했어요. 누가 그 앨 그렇게 걱정해주다니 사실 기분이 좋았어요."

당신의 그림자…….

원 스트라이크.

다음에는 메리-고든이 함께 앉았다. 댄스는 아이에게 자신의 아이들과 개 사진을 보여주었다. 댄스는 커피를 마시고 쿠키를 먹으면서 아이와 이야기를 나누었고, 아이는 자기 앞에 쿠키와 우유를 가지런히 놓고 예쁘게 먹었다.

아이들의 경우에도 물론 속임수가 드물지 않았다. 아이들도 어른만큼 자주 거짓말을 하지만 그들의 동기는 더 분명했다. 사탕을 잃어버렸거나, 스탠드를 부수었거나. 하지만 아이들을 증인으로 삼을 때 가장 큰 문제는, 관찰한 내용을 제대로 파악할 줄 모른다는 점이다. 아이들에게 수상하게 보이는 행동은 수상한 행동이 아닐 수도 있다. 그리고 아이들은 그것이 범죄인 걸 모르기 때문에 종종 엄청난 범죄 사실을 놓치기도 한다.

댄스는 천천히 공항에서 집까지 온 일로 화제를 옮겨갔다. 하지만 이런 질문 역시 소용이 없었다. 아이가 기억한 것은 그곳에 대해 멋진 이야기를 해주고 이모를 정말 좋아하는 착한 아저씨뿐이었다.

아이의 새파란 눈이 에드윈 샤프의 가명, '스탠'에 대해 이야기하면서 반짝였다.

아이는 그가 케일리에게 꼭 맞는 선물을 찾고 싶어 한 점을 마음에 들어했다. "이모가 정말, 정말 좋아할 물건을 사야 한다고 했어요. 나무 인형을 골랐어요."

"고맙다, 메리-고든." 댄스가 말했다.

"천만에요. 그 아저씨를 또 만날 수 있나요? 아저씨가 좋았어요."

"글쎄."

"원하시면 쿠키 가져가셔도 돼요. 두 개 가져가셔도 돼요."

"그래야 되겠다." 댄스는 핑크색 냅킨에 쿠키를 쌌다. 정말 맛있었다.

방을 나서며 수엘린이 말했다. "별로 쓸 만한 게 없죠?"

"그런 것 같긴 하지만, 도와줘서 고마워요."

다서 모건은 노크를 한 뒤 셰리가 손짓하자 한 손에는 자기 가방을, 다른 손에는 책 두 권을 들고 집 안으로 들어왔다.

"방이 어딘지 알려드릴게요." 셰리가 말했다. 아이가 그의 가방을 들었다.

"그럴 필요……."

"내가 들어줄게요." 아이는 이렇게 말하고는 거실로 향했고, 덩치 큰 남자는 우습기도 하고 당황스럽기도 하다는 듯한 표정을 지었다. 수엘린도 웃으면서 뒤따랐다.

댄스는 비숍과 셰리에게 인사하고 밖으로 나왔다. 케일리가 현관 그네에 앉아 있었다. 둘뿐이었다. 댄스는 그네 옆 삐걱거리는 라탄 의자에 앉았다. 케일리는 손을 들더니 아버지의 집을 가리켰다. "이거 보세요." 목소리에 날이 서 있었다. "어떻게 됐는지. 사람들이 죽고, 일상이 무너졌어요. 이제 아빠 집에서 숨어 지내게 됐어요. 생활은 엉망이 됐고요. 그런데 그가 한 짓인지 아닌지조차 몰라요. 그가 하긴 한 거죠?"

무슨 일이 있었지만 케일리가 말하고 싶어 하지 않는다는 걸 댄스는 알아차렸다. 케일리가 평소 하는 행동의 기준선을 잘 알고 있었는데, 눈 맞춤이나 어깨 위치가 달라졌다. 뭔가 내적인 문제와 관련이 있을 것이다. 그녀가 하는 생각, 댄스에게 알리고 싶지 않은 기억, 잘못을 저지른 무엇. 그것도 최근에.

"솔직히 모르겠어. 수사는 항상 천천히 진행되지만 보통은 확실한 증거나 분명한 증인이 있어서 올바른 방향으로 나아간다는 확신이 있거든. 이번 경우는 모든 게 불분명해."

케일리가 음성을 낮췄다. "캐트린, 모든 게 버거워요. 금요일 공연을 정말 취소할까 생각중이에요. 전혀 마음이 내키지 않아요."

"그런데 아버지는 괜찮다고 하셔?" 케일리가 "취소"라는 말을 할 때 눈길이 비숍 타운 쪽으로 향했고, 목소리도 줄어들었으므로 댄스는 이렇게 물었다.

"네." 케일리의 음성에는 확신이 없었다. "아빠는 그러자고 하는 것 같더니 내가 아무 말도 안 한 것처럼 이렇게 말했어요. '그래, 이해한다. 좋아…… 하지만 취소하지 않기로 한다면, 〈드리프팅Drifting〉을 부를 때는 3절과 4절을 D키로 바꾸는 게 좋을 것 같다.'"

케일리는 앉아 있던 자리를 손으로 가리켰다. "비야로보스의 노래를 녹음한 다음에 한 이야기 기억하세요? 무대는 이 정도면 돼요. 우리 집 현관. 저녁식사도 마음껏 하고, 살도 찌고. 아이들과 가족을 위해 노래를 하고, 메리-고든이랑 헨리를 키우고. 왜 헨리라고 했는지 모르겠네요. 헨리라는 사람은 한 명도 모르는데."

"가족과 함께하면서도 프로로 일할 수 있어."

"어떻게 그럴 수 있는지 모르겠어요. 그런 삶에는 분명 대가가 필요해요."

"로레타 린은 해냈잖아."

"로레타 린 같은 사람이 둘이나 있을 수는 없죠."

댄스는 동의할 수밖에 없었다.

하지만 케일리 타운은 그렇게 말하면서도 주머니에 손을 넣더니 펜과 작은 노트를 꺼내 글과 악보를 적었다.

"노래야?"

"어쩔 수 없어요."

"노래를 쓰지 않고는 배길 수가 없구나?"

케일리는 웃었다. "네, 맞아요. 하지만 그게 생각난 가사였어요. '멈출 수가 없어…… 수없이 많은 시간을…… 그대와 보내는 걸.' 처음에는 '시간을 그대와 보내는 걸'이었는데, 그사이에 다른 음절이 필요했어요. 오늘 밤에 마저 쓸래요."

"곡 전체를?"

"행크 윌리엄스는 쓰는 데 이십 분 이상 걸리는 곡은 좋은 곡이 못 된다고 했어요. 하루나 이틀이 걸리는 경우도 있지만, 이 곡은 거의 완성이에요."

케일리는 아주 듣기 좋은 몇 소절을 흥얼거렸다.

"녹음하면 내가 살게." 댄스가 말했다. "네가……." 나무 사이로 불빛이 나타나자 댄스의 목소리가 잦아들었다. 차 한 대가 천천히 다가오고 있었다.

케일리의 몸이 굳었다. 이렇게 속삭였다. "그는 아니겠죠. 그럴 리 없어요. 따라오는 사람도 없었어요. 확실해요. 집을 나올 때 에드윈은 거기 없었어요. 내가 거기 없는 것도 모를걸요."

하지만 댄스는 그렇게 확신할 수 없었다. 케일리가 혼자 있지 않으려고 이곳으로 온 것은 매우 적절한 판단이었다. 비숍은 주위에 늘 직원을 많이 두고 있다. 그리고 에드윈이 이곳을 찾아내지 못하기를 바랄 수는 있지만, 그는 자기 '여자친구'의 소재를 찾아내는 일만큼은, 좋게 말해서, 끈덕지게 매달리는 사람이었다.

불빛이 멈추는 것 같더니 운전자가 길을 잘 모르는 것처럼 계속 움직였다.

아니면 들키지 않기를 바라는 것처럼.

"다서를 불러야 할까요?" 케일리가 물었다.

나쁜 생각은 아니라고 댄스는 판단했다.

하지만 케일리가 경호원을 부르러 일어나기 전에, 두 개의 등이 위로 솟구치더니 움직임이 멈췄다.

케일리는 말 그대로 얼어붙었다.

댄스는 차를 찬찬히 살펴봤지만 정확히 보이지 않았다.

운전자가 무얼 하고 있을까?

에드윈일까? 액셀을 밟아 집을 들이받고는 케일리와 동반자살이라도 할 셈인가?

댄스는 일어나서 케일리를 일으켜세웠다.

바로 그때 차가 흔들리더니 전진하기 시작했다.

43

그러나 그 차는 전혀 위협적이지 않았다. 천천히 움직이는 하늘색 포드 토러스였다.

운전자를 본 케일리의 보디랭귀지가 완전히 바뀐 것은 동작 전문가가 아니라도 알 수 있었다.

"아, 배리예요!" 케일리가 웃으며 외쳤다.

키가 아주 크고 팔다리가 길며 긴 얼굴이 잘생긴 남자가 차에서 내리고 있었다. 까만 곱슬머리에 동그란 안경을 쓰고 있었다. 케일리는 계단을 달려 내려가더니 그를 꼭 안았다.

댄스를 한 번 보더니 자이글러가 말했다. "왜 그래? 아까 비숍에게 전화해서 오늘 밤에 온다고 했는데."

"그러셨겠죠." 케일리가 중얼거렸다. "아무 말도 못 들었어요."

"카멀에서 닐을 만났어. 보비 소식은 들었어. 무서운 일이야. 정말 유감이야."

"최악이에요, 배리." 케일리는 댄스를 소개했다. 케일리의 음반사 프로듀서인 자이글러는 로스앤젤레스에 살고 있었다. 댄스는 그가 낯익다고 생각하다가 케일리의 집에 걸린 사진 액자에서 본 사람임을 깨달았다. 케일리와 그가 함께 미국 음반산업협회상을 수상하는 사진도 있었다. 곡 또는 앨범이 100만 카피 이상 팔렸다는 뜻이었다.

청바지와 흰 티셔츠, 짙은 색 재킷을 입은 자이글러는 댄스에게 약간 1990년대 사람처럼 느껴졌지만, 시대와 상관없이 음반 프로듀서에게는 적절한 옷차림이었다. 관자놀이께가 희끗희끗한 것을 제외하면 그 사진 속 남자와 전혀 달라 보이지 않았다.

"셰리도 공격당했어?"

"다치기는 했지만 괜찮을 거예요."

"실마리가 있습니까?" 그가 댄스에게 물었다. "그 샤프라는 자인가요?"

케일리가 고개를 끄덕이며 설명했다. "배리도 그 사람에 대해 다 알아요. 에드윈은 음반사에도 편지를 수없이 보내 제작 기준, 연주, 기술 품질에 대해 불평했거든요."

"성가신 놈이죠." 자이글러가 중얼거렸다.

댄스는 수사관답게 대답했다. "지금은 정보만 수집하고 있습니다. 하지만 혹시, 그에게 협박받으신 적 있나요?"

"물리적으로요?"

"네." 댄스가 대답했다.

자이글러는 고개를 저었다. "그보다는 모욕적인 말을 들은 편이죠. BHRC는 로스앤젤레스에서 셋째로 오래된 음반사입니다. 케일리의 곡을 육 년째 프로듀싱하고 있죠. 케일리는 골드를 여덟 번, 플래티넘을 네 번 받았어요. 제대로 하고 있다고요. 하지만 샤프는 그렇지 않대요. 바로 지난주에도 두 쪽짜리 이메일을 보내서 〈유어 섀도〉의 음향 역학이 이러니저러니 했다니까요. 수준이 낮대요. 델모어가 페달 스틸 기타가 아니라 도브로*를 연주하는 이유라뇨? ……'케일리는 이보다 나은 대우를 받아야 합니다'라고 썼어요. 그러더니 우리가 케일리 음반을 엘피로도 내야 한대요. 아날로그 파예요."

하지만 댄스는 음향 품질에 대한 그의 논평이 아무리 가차 없어도 캘리포니아 형법 제646조 9항에 의거했을 때 위협의 수준에 미친다고 생각하지 않았다.

자이글러가 케일리에게 말했다. "보비는 최고였어. 누가 일부러 해쳤다니 믿기지 않아. 게다가 그런 식으로 죽다니. 네 마음이 정말……." 그러더니 그는 더는 무서운 일을 이야기하지 않는 것이 좋겠다 판단하고 입을 다물었다.

"애런과 스티브가 음반사에서 도울 일이 있다면 뭐든지 알려달래. 회사 전체가 널 응원하고 있어."

"배리, 난 그 사람이 이 일을 저지르고 있다고 생각해요. 내 노래를 골라서 틀어주고는 사람을 죽이거나 죽이려고 해요."

"비숍한테서 들었어." 자이글러가 댄스에게 말했다. "체포할 수는 없습니까?"

댄스는 아무 말도 하지 않았지만, 케일리가 대답했다. "너무 똑똑해요. 그가 한 짓 중에 불법인 일이 없어요. 아, 정말 끔찍해요." 분노는 사라지고, 케일리의 눈에 눈물이 차올랐다. 하지만 이내 감정을 다스리고는 무대 위에서처럼 담담한 얼굴로 돌아갔다.

통제…….

* 몸통에 공명장치가 달린 '레저네이터 기타' 메이커 중 하나.

자이글러가 나직한 음성으로 케일리에게 말했다. "비숍과 셰리에게도 인사하고 싶은데. 잠깐만 이야기할 수 있을까? 둘이서?"

"그럼요." 케일리가 댄스에게 말했다. "잠깐만 있다 올게요."

프로듀서와 가수는 거실로 걸어갔고, 프로듀서는 문 앞에서 고개를 숙였다. 키가 2미터는 될 거라고 댄스는 짐작했다.

댄스는 일 분쯤 기다렸다가 케일리가 방금 앉아 있던 그네로 조용히 자리를 옮겼다. 그네 옆에는 반쯤 열린 창문이 있었다. 거기서는 두 사람의 대화가 들렸다. 자이글러가 케일리에게 하려는 이야기가 사건과 관련 있을지 몰랐다. 둘 다 그 사실을 깨닫지 못한다 해도, 댄스는 대화를 들어볼 필요가 있었다.

그들의 말소리는 충분히 컸다. 댄스의 아이들이 어릴 때 부모가 보이지 않으면 자신들이 보이지도, 말소리가 들리지도 않는다고 믿었던 것이 떠올랐다.

"저, 이 이야기를 꺼낼 때가 아니라는 건 알지만. 하지만…… 미안하지만 물어봐야 되겠어."

"뭔데요, 배리? 얘기하세요. 어서요. 대답해줄게요. 그럴 수 있다는 거 알잖아요."

"JBT 글로벌이랑 이야기하고 있어?"

"네?"

"JBT 글로벌 엔터테인먼트 말이야."

"누군지는 알아요. 그리고 아뇨, 이야기하는 거 없어요. 왜요?"

자이글러는 연예계 친구의 친구의 친구에게서, 글로벌이 케일리와 계약하고 싶어 하더라는 말을 전해들었다고 설명했다.

"협상중이라고 들었어."

"배리, 전화야 늘 받죠. 라이브네이션, 글로벌…… 하지만 관심 없어요. 지금 회사에서 나갈 생각 없다는 걸 알잖아요. 나를 만들어 준 건 여긴걸요. 저기, 갑자기 왜 그러는 거예요?"

프로듀서 나이의 절반에 불과한 사람이 학교에서 말썽 부리는 아이 대하듯 말하는 것을 듣고 있으니 기분이 이상했다.

"카멀에 다녀왔다고 했지?"

"닐을 만나러 간댔죠."

닐 왓슨은 지난 이십 년간 팝 음악계의 슈퍼스타 중 하나였다.

"응. 해고당했어."

"설마요!"

"그는…… 세이브모어로 옮긴대. 그래. 타깃이나 월마트 같은 대형 할인점 말이야. 그들이 프로듀싱을 맡고 공연을 후원한대."

"아, 그건 안됐네요. 하지만 글로벌과 논의는 전혀 없었어요. 정말이에요."

댄스의 웹사이트는 거대 음악사업체의 레이더에 걸리지 않았지만, 댄스도 배리 자이글러가 무슨 이야기를 하는지는 알고 있었다. 사람들이 마약 중에서도 가장 중독성이 강한 마약, 즉 음악을 이용하는 방식이 완전히 변한 것이다.

십구 세기 이전에 사람들은 콘서트나 오페라, 댄스홀, 바 등에서 하는 연주를 통해 음악을 경험했다. 1800년대 음악 산업의 발전소는 악보를 발간하는 출판사였고, 사람들은 그것을 사서 집에 가져가 주로 피아노로 연주했다. 그리고 에디슨 덕분에 왁스 실린더와 축음기가 등장했다. 실린더에 새긴 홈에 바늘이 진동하며 꽃잎 모양의 스피커를 통해 음악을 재생했다. 원할 때마다 집에서 음악을 들을 수 있게 된 것이다!

이 실린더가 디스크가 되었고, 축음기나 (원래 에디슨의 발명품과 경쟁했던) 그라모폰, 빅터 토킹 머신, 빅토리얼 등 다양한 기계에서 쓸 수 있었다. 곧 이 장치들은 전기를 동력으로 이용했고, 1930년대 말에는 비닐이라는 기적의 재료가 레코드의 주재료가 되었다. 이로 인해 턴테이블이 회전하는 속도에 차이가 생겼다. 원래는 78rpm이었다가, 나중에는 싱글의 경우 45rpm, 엘피의 경우 33⅓rpm이 되었다.

이십 세기 후반에는 테이프가 득세했다. 처음에는 사운드는 정확하지만 불편한 릴투릴 모델이 나왔다가 곧 카세트가 등장했다. 그리고 광학 콤팩트디스크, 시디가 나왔다.

미디어는 세월이 흐르며 변했지만, 사람들은 변함없이 집과 자동차에 음악을 가져오는 데 엄청난 돈을 썼다. 물론 아티스트들은 공연도 자주 했지만, 콘서트는 보통 앨범을 팔기 위한 홍보의 형태였다. 어떤 아티스트는 무대에 오르는 일도 없이 음악만으로 부자가 되기도 했다.

하지만 그러다 새로운 일이 일어났다.

컴퓨터.

녹음된 어떤 노래나 음악도 다운로드해서 들을 수 있는 장치.

새로운 세계가 열리자 디스크와 테이프는 필요 없어졌고, 자신과 아티스트들을 위해 앨범을 제작, 생산, 판매함으로써 돈을 벌던 음반사 역시 이전보다는 중요하지 않게 되었다.

이제는 앨범 전체를 살 필요가 없어졌다. 한 앨범에서 두세 곡만 좋아한다면(그리고 항상 이렇지 않은가?), 원하는 것만 골라 들을 수 있게 되었다. 냅스터, 아마존, 아이튠스, 랩소디, 그 외 기타 서비스와 위성 라디오 등 한 달에 몇 달러만 내면 수백만 곡의 노래를 듣게 해주는 다운로드 및 스트리밍 회사 덕분에 이제는 믹싱 테이프의 시대가 되었다.

공짜로 얻을 수 있는 것도 많아졌다. 최근 다른 창작 예술 분야와 마찬가지로, 대중은 음악 또한 공짜로 향유해도 된다는 생각을 하게 되었다. 저작권법이 성가시게 굴어도, 원하는 것은 항상 구할 수 있기 마련이었다. 유튜브나 파이어럿 베이, 빗 토런트나 라임와이어, 수십 개의 불법 파일 공유 네트워크로 인해 사실상 모든 노래를 공짜로 구할 수 있게 되었다.

음반사는 파일 공유자를 고소했다. 대학생이나 주부에게 벌금을 수십만 달러 물리고, 그 과정에서 회사 이미지를 실추시키기도 했다. 이제 그들은 대부분 수사를 포기해버렸다.

그리고 이제는 아티스트들도 포기하고 있다. 반면 오픈소스 모델을 통해 대중에게 무료로 몇몇 콘텐츠를 제공하는 것의 가치를 인정하기 시작했다. 말하자면, 공짜 음악 다운로드를 통해 앞으로 앨범을 사고 콘서트에 올 새로운 팬들이 생겨날 수 있다는 것이다. 요즘은 돈을 앨범과 콘서트에서 모두 벌고 있다.

그 덕분에 전통적인 음반 가게와 음반사가 과거의 유물이 되어가고 있다.

배리 자이글러 같은 사람들은 여전히 프로듀서로서 필요하지만 수수료를 받는 기술자로서 필요할 뿐이다. 다운로드 수익만으로는 먹고살기 힘든 사람들도 많다.

댄스는 JBT 글로벌 엔터테인먼트라는 회사에 대해 들어본 적 있었다. 대형 공연장과 콘서트장, 온라인 티켓 판매 사이트인 티켓마스터를 소유하고 록, 팝, 랩, 컨트리 슈퍼스타와 계약을 맺었다. 라이브네이션의 경쟁사이기도 했다. 이 회사들은 전형적인 전천후 모델이었다. 글로벌은 앨범을 프로듀싱하고, 아직 팔리는 몇 안 되는 시디를 찍어내고, 다운로드 서비스, 대기업 홍보를 위해 협상을 하고, 공연 예약을 하고, 큰돈이 되는 영화 음악과 광고 라이선스를 계약하는 등, 가수가 할 수 있는 모든 범위의 활동을 담당했다.

우스운 일이지만 음악계는 겨우 이백 년 만에 한 바퀴를 돌아 제자리로 왔다. 십구 세기 이전의 공연 중심에서 이십일 세기의 공연 중심으로.

배리 자이글러의 세계는 빠르게 사라지고 있었고, 댄스는 케일리가 떠날까 봐 초조해하는 그의 마음을 이해할 수 있었다.

물론 음악계에서 벌어진 이 드라마는 자이글러와 케일리에게는 중요한 일이었다. 하지만 그들의 대화가 에드윈 샤프와 무관하다는 것을 알자 댄스의 머릿속에서 그 주제는 사라져버렸다. 댄스는 엿듣기를 그만두고 안에서 가방을 들고 나와 모텔로 돌아가기로 했다. 케일리가 돌아오기를 현관에서 기다리면서, 댄스는 비숍의 집 주위를 에워싼 우거진 소나무들을 내다보았다.

댄스는 집중했다. 뱀처럼 보이지 않으면서 어디에서든 스토킹할 수 있는 살인자를 어떻게 찾아낼 것인가. 바로 그 순간 집을 에워싼, 수천 개의 그림자 속에 숨어 있을지도 모르는 그를.

44

한 시간 뒤, 캐트린 댄스도 나름대로 스토킹중이었다.

댄스는 마운틴뷰 모텔로 돌아와 어머니에게 전화를 했다. 아이들은 잠자리에 든 뒤였다. 댄스는 존 볼링의 이사에 관한 소식이 더 있을까 봐 불안한 마음으로 전화번호를 눌렀다. 하지만 에디 댄스는 그 문제에 대해서는 아무 말도 하지 않았고 아이들이 잘 지내고 있으며, 아버지 스튜어트가 주말에 있을 파티 준비를 했다는 소식만 전했다.

통화를 끝내고 난 뒤, 댄스는 볼링에게도 전화를 걸까 망설였다. 그러다가 하지 않기로 결정했다.

겁쟁이라서 그러는 거라고, 댄스는 스스로를 나무랐다. 하지만 할 일도 있었다.

스토킹…….

댄스는 광고가 많이 나오는 채널을 틀어 창문에 반사되는 빛으로 누군가 안에 있는 것처럼 보이게 했다. 밤중에 위장용으로 입을 수 있는 옷은 딱 한 벌씩뿐이었다. 남색 코트, 블랙진, 자주색 티셔츠. 이 옷차림이면 될 것이다. 신발은 알도 펌프스로. 부츠는 없으니까.

준비를 마친 댄스는 밖으로 살그머니 나가 주차장으로 갔다.

니코틴과 첩보라는 나쁜 습관을 가진 사람이 누구인지 알아내기 위해서였다. 댄스는 방금 전, 길 건너 공원 같은 자리에서 깜빡이는 담뱃불을 또 보았다. 흡연자는 아직 거기 있었다.

댄스는 어느 이동식 주택 뒤에 숨었다. 강아지 쇼 용품이 가득 실렸고, 운전자가 당신네 우등생보다 더 똑똑한 독일 셰퍼드를 키우는 사람이라고 자랑하는 범퍼 스티커가 붙어 있었다. 댄스는 살짝 앞을 내다보았다.

두 그루의 굵직한 소나무 사이에서 반짝이는 오렌지색 불빛이 또 보였다.

담배는 단순히 우연일까? 셰리 타운을 공격한 사람이 현장에서 담배를 피웠을 수도 있다는 사실을 몰랐더라면, 댄스는 그렇게 생각했을 것이다. 그리고 에드윈이 흡연자일지도 모른다는 예측까지.

어쨌든 댄스는 그가 누군지 보고 싶었다. 십대 소년이 친구들과 담배나 마리화나를 나눠 피우는 것이라면, 그걸로 됐다. 만약 에드윈 샤프이거나 최근 접촉한 누군가라면 문제가 달라질 것이다.

댄스는 주차장으로 들어온 차 한 대가 옆을 지나 입구에서 멈출 때까지 기다렸다. 그러고는 그림자 밖으로 나가서 4차선 도로를 빠르게 건넜다.

평소에는 권총을 차고 있던 허리춤이 가벼운 것이 강하게 의식되었다. 댄스는 크게 돌아서 10에이커 넓이의 공원을 에워싼 녹슨 사슬 울타리 구멍을 통해 안으로 들어갔다.

나무 가까이에 몸을 숨겼다. 놀이터를 통과해서 다가가면 달빛이 댄스의 모습을 그대로 드러낼 것이다. 댄스는 여전히 끈덕지게 들러붙는 여름 벌레들, 그리고 그것들을 잡아먹는 박쥐들을 손을 흔들어 몰아냈다. 밟으면 소리가 나는 식물이나 음식물 봉투가 있는지 발밑을 살피며, 댄스는 꾸준히 앞으로 나아갔다. 그러다 스파이인지, 무고한 시민인지 모를 인물이 건강을 해치고 있는 지점으로 다가갈수록 걸음 속도를 늦췄다.

5미터 앞에서 담배 냄새가 났다.

댄스는 속도를 더욱 늦추고 몸을 웅크렸다.

아직 보이지 않았지만 그가 앉아 있던 곳이 피크닉 장소 같다는 것은 알 수 있었다. 근처에 테이블이 서너 개 있었는데, 모두 두툼한 콘크리트 기둥에 사슬로 묶여 있었다. 프레즈노에서는 공공시설의 테이블 도난이 심각한 문제인가?

댄스는 발걸음을 주의하며 좀 더 다가갔다.

오렌지색 불빛은 분명했지만 굵직한 소나무 때문에 5미터 정도 떨어진 위치의 상대가 전혀 보이지 않았다.

댄스는 손을 뻗어 나뭇가지를 잡아 옆으로 치웠다.

눈을 가늘게 뜨고…….

오, 이런. 댄스는 깜짝 놀랐다.

불이 붙은 담배가 피크닉 테이블 옆 작은 나뭇가지에 끼워져 있었다.

그것의 의미는 단 한 가지. 에드윈, 혹은 정체를 알 수 없는 누군가가 댄스가 방에서 나오자 덫으로 몰아넣은 것이다.

댄스는 주위를 돌아보았지만 아무도 보이지 않았다. 그가 고른 무기가 권총, 아마 가브리엘 푸엔테스에게서 훔친 그 글록일 것이라는 생각이 들자, 댄스는 재빨리 무릎을 꿇었다. 달빛에 목표물이 잘 보이지는 않겠지만, 그런 권총으로는 아주 빠르게 열 발이나 열두 발을 쏠 수 있으니 상대가 있는 방향을 겨누기만 하면 될 것이다.

여전히 그의 흔적은 없었다.

어디 있을까?

아니면 그가 댄스를 이곳으로 꾀어내고 방으로 들어가 컴퓨터나 노트를 훔치려고 한 것일까?

아니, 그는 댄스를 뒤쫓아올 것이다.

댄스는 재빨리 일어나 뒤로 돌았다. 그가 총부리를 등에 겨눈 것처럼, 등골을 따라 찌릿할 정도로 긴장감이 느껴졌다.

하지만 올 때와 같은 방향으로 돌아가는 대신, 댄스는 모텔로 곧바로 가기로 했다. 5미터 높이의 울타리를 넘어야 하기는 했지만, 이 길이 더 가까웠다. 댄스는 달리 선택권이 없었고 담배가 있는 방향에서 돌아서서 최대한 빨리, 몸을 낮추고서 도로로 향했다.

4차선 도로를 건널 때면 완전히 노출될 텐데…….

바로 그때 그가 올가미를 당겼다.

아니, 정확히 말하자면 그가 쳐놓은 낚싯줄, 혹은 기타 줄에 걸렸으니 댄스가 올가미를 당긴 셈이었다. 댄스는 세게 넘어졌고, 바닥에는 솔잎이 하나도 없어 맨땅이 드러나 있었다. 댄스는 쓰러진 채 숨도 제대로 쉬지 못했다.

젠장, 아, 제기랄. 정말 아프다! 숨을 쉴 수 없다…….

멀지 않은 곳에서 다가오는 발소리가 들렸다.

가까이, 더 가까이.

댄스는 도로 쪽으로 굴러가려고 안간힘을 썼다. 그곳으로 가면 적어도 차가 지나갈 수도 있고, 그러면 그가 총을 쏘지 못할 테니까.

하지만 아스팔트 도로는 숲을 통해 적어도 12-13미터는 떨어져 있었다.

댄스는 일어나려고 했지만, 몸이 움직이지 않았다. 숨이 쉬어지지 않았다.

그때, 고요하고 습기 가득한 밤공기 사이로 자동 권총의 슬라이드가 앞뒤로 여닫히는 소리가 쩌렁쩌렁 들려왔다.

45

캐트린 댄스는 한 번 더 몸을 피하려고 했다.

하지만 가느다란 소나무와 덤불 이외에는 숨을 곳이 없었다.

그때 멀지 않은 곳에서 남자의 단호한 목소리가 속삭이듯 그녀를 불렀다. "캐트린!"

댄스는 주위를 둘러보았지만, 아무도 보이지 않았다.

그러자 그가 다시 말했다. "너, 운동 기구 옆에. 내겐 무기가 있다. 경찰이다. 움직이지 마!"

댄스는 누군지 보려고 했다. 덫을 놓은 자도 보이지 않았다.

영원처럼 길게 느껴지는 적막이 이어지더니 댄스 뒤에서 달아나는 발소리가 들려왔다.

그리고 캐트린을 구하러 온 사람이 그를 따라 달려갔다. 댄스는 비틀거리며 일어나면서, 여전히 어렵지만 숨을 쉬어보려고 노력했다. 누구였을까? 하루튠?

총성이 들릴 줄 알았지만, 돌아오는 건 발소리뿐이었다. 그가 나지막이 불렀다. "캐트린, 어디 있어?" 익숙한 목소리였다.

"여기."

그가 다가왔다. 마침내 댄스는 숨을 들이쉬고 통증에 저도 모르게 흘러내린 눈물을 닦았다. 놀라 눈을 깜빡였다.

무기를 쥐고 숲에서 걸어 나온 사람은 마이클 오닐이었다.

댄스는 안도감과 반가움과 히스테리가 뒤섞인 웃음을 터뜨렸다.

둘은 바에 앉아 소노마 와인을 마셨다.

댄스가 물었다. "그게 당신 차였어? 십오 분 전에 들어온 차가?"

"응. 당신이 길을 건너는 걸 봤어. 보니까…… 경계하고 있는 것 같더군."

"그러려고 했지. 충분히 조심하진 않았지만."

"그래서 뒤따라갔지."

댄스는 그의 넓은 어깨에 머리를 기댔다. "오, 마이클. 덫일 줄 전혀 몰랐어."

"누구였어? 에드윈?"

"아마도. 그럴 거야. 아닐 수도 있고. 종잡을 수 없어. 뭘 봤어?"

"아무것도 못 봤어. 그림자밖에."

댄스는 그 말에 조그맣게 웃고는 와인을 한 모금 마셨다. "이 사건의 주제가 그거야. 그림자."

"그때 얘기해준 그 노래를 아직도 쓰고 있어?"

"응."

샐리너스의 파일 공유자 파트너에게서 오닐이 알아낸 웹사이트 정보 덕분에 셰리를 구한 것을 포함해서, 댄스는 그때까지 있었던 일들을 설명했다.

"그럼 가족을 목표로 삼고 있나?" 강력계 형사인 오닐은 스토커 사건에도 경험이 있었다. "그건 드문 일인데."

"그렇지." 댄스가 덧붙여 말했다. "〈유어 섀도〉의 4절이 남아 있어. 하지만 워낙 노래를 많이 썼으니까 또 모르지. 케일리는 히트곡 〈파이어 앤드 플레임〉 때문에 범인이 불을 이용하는 거라 믿고 있어. 다시 무슨 짓을 할지 누가 알겠어? 〈유어 섀도〉에는 각 절마다 주제가 있지만, 내용이 불분명해서 다음 타깃을 누구로 삼을지 알아낼 방도가 없어."

"4절이 어떻게 되는데?"

댄스가 불러주었다.

> 미소를 억누를 수 없어요. 행복이 떠다녀요.
> 하지만 집안에도 걱정거리는 찾아와요.
> 인생은 제대로 흘러가지 않아요.
> 아침부터 저녁까지 자기 앞가림도 못해요.

"사랑 노래인지는 모르겠지만, 내 귀에는 상당히 오싹한데. 게다가 맞아, 그가 공격할 위치를 GPS 좌표처럼 알려주지도 않고."

"그래서," 댄스가 그를 바라보며 말했다. "그냥 저녁 먹고는 차에 올라타서 세 시간 반을 운전해 왔다고?"

오닐은 가까운 사람과도 눈을 잘 맞추지 않았다. 지금은 바와 와인 잔을 통해 반사되는 루비색의 빛을 보고 있었다. "샐리너스의 그자 덕에 몬터레이와 연결점이 생겼어. 내가 오는 게 당연하지."

댄스는 존 볼링이 여기 없다는 걸 알고 온 것인지 궁금했다. 그걸 어떻게 알았을까? 엄마에게 물어보았을까? 엄마는 댄스와 오닐이 가까운 것을 알고 있었다. 게다가 오닐을 상당히 좋아했다.

오닐이 말했다. "그리고 선물을 하나 가져와야 되겠다 싶었어. 페덱스로 보낼 수 없는 거라서. 티제이가 당신이 무기 없이 왔다기에. CBI에서 글록을 하나 받았지. 오버비가 평소에도 서류를 그렇게 많이 작성하라고 하나?"

그렇다. 그녀의 국장은 무기 관련 프로토콜로 인해 수사국 전체의 평판이 나빠질까 봐 염려할 것이다. 아니, **자신**의 평판이 나빠질까 봐.

"찰스는 삼중으로 주의하는 사람이지." 댄스는 미소를 짓다가 다친 옆구리가 결리자 자세를 바꾸며 말했다.

그는 컴퓨터가방에 손을 넣더니 검은색 플라스틱 권총 케이스를 건넸다. "50발이야. 그보다 더 필요하면, 뭐. 큰일이지."

댄스는 그의 팔을 꼭 잡았다. 그의 어깨에 다시 머리를 기대고 싶었지만, 참았다. "이건 휴가였는데. 휴가일 뿐이었는데."

그때 데니스 하루튠이 바로 들어왔고, 하루튠은 스카이프 화상회의 때 본 오닐을 기억하고 있었지만, 댄스는 둘을 서로 소개했다. 자정이 다 된 시각인데도 하루튠은 제복 셔츠를 완벽하게 다려 입은 말끔한 차림새였다. 그가 댄스에게 말했다. "찰리네 친구들이 공원을 샅샅이 뒤지고 있어요. 담배와 낚싯줄 말고는 아무것도 없어요. 담배를 보내 유전자 검사를 하겠지만, 아무것도 없을 가능성이 높아요. 놈은 똑똑하니 끝에 불만 붙였을 것이고, 손에도 장갑을 꼈겠죠. 낚싯줄은 나일론이에요. 수백 군데 스포츠 상점이나 대형마켓에서 파는 거예요."

오닐은 자신도 별로 본 것이 없다고 말했다. 댄스는 무기 소리를 들었지만 둘 다 총을 제대로 본 것도 아니고, 침입자 역시 보지 못했다.

오닐이 말했다. "이곳 수사관에게서 훔친 총 말입니다. 현재 정직 상태인? 그건 아직 행방불명인가요?"

"네. 아, 게다가 상황이 더 나빠지고 있습니다. 이야기했어요?" 하루튠이 댄스에게 마이클 오닐을 가리키며 물었다. 댄스는 아니라고 대답했다.

"이곳 수사대장과 수사관 한 명이 수색과 압수를 좀 임의로 했어요. 에드윈이 주 법무부에 소송을 걸어서 그들도 정직중입니다."

"젠장." 오닐이 중얼거렸다. "파이크 매디건요?"

"맞아요. 요전에 스카이프 회의 때 보셨을 겁니다."

댄스는 창밖을 내다보았다. 현장 수사관과 제복 입은 수사관 들이 순찰차에서 라이트를 번쩍거리는 것을 보고 지나가던 차들이 속도를 늦추고 있었다. 댄스는 빨간 뷰익을 본다고 해도 놀랍지 않을 것 같았다. 물론 그런 일은 없었다.

"이제 좀 자는 게 좋겠어." 오닐을 향하는 시선. "당신도 피곤하겠어."

"아직 체크인도 못 했네."

그렇다. 그는 **나**를 구하러 왔으니까.

댄스가 술값을 자기 방에 청구하도록 서명하고 있는데 문자 메시지가 도착했다. 공원에서 죽을 고비를 넘긴 후 휴대전화를 켜놓았던 것이다.

"왜?" 댄스가 화면을 보고 얼어붙자, 오닐이 물었다.

"메시지야." 댄스가 짧게 웃었다. "에드윈 샤프한테서 왔어."

"뭐?"

"나를 만나고 싶대."

"왜?"

"이야기하자는데. 보안관 사무소에서 만나고 싶대." 댄스는 눈을 들어 오닐과 하루튠을 차례로 보았다. "즐거운 밤을 보냈느냐고도 물었어."

하루튠은 놀라 숨을 크게 내쉬었다. "대단한 놈이야."

댄스는 9시에 만나자고 답장을 보냈다.

그는 대답했다. **좋아요. 단둘이 만나기를 기대하겠어요, 댄스 요원.**

수요일
WEDNESDAY

46

9시 정각, 캐트린 댄스는 FMCSO 취조실이 아닌 빈 사무실에서 에드윈 샤프를 만났다. 위협적인 분위기도, 거울도 없는 장소였다.

댄스가 고른 방이었다. 에드윈의 긴장을 풀어주되, 편안하지는 않은 곳으로. 방에는 창문이 없었고 낡은 회색 책상이 하나 있었는데, 다리가 없어서 책으로 받쳐두었다. 죽어 먼지가 앉은 화분 셋, 파일이 잔뜩 든 상자들. 벽에는 호숫가로 휴가를 간 가족사진이 대여섯 장 붙어 있었다. 배경은 1980년경.

에드윈은 댄스보다 먼저 안으로 들어가 의자에 털썩 앉더니 즐거운 듯, 호기심 가득한 눈으로 댄스를 살폈다. 그의 큼직한 손과 팔, 눈썹이 다시 눈에 띄었다. 그는 격자무늬 셔츠에 딱 붙는 청바지를 입었고 어쩌다 보니 카우보이의 전형적인 요소가 된 액세서리, 은색 버클이 달린 두꺼운 벨트를 하고 있었다. 하지만 1800년대 캔자스나 텍사스 서부에서 카우보이가 정말 그런 것을 착용했는지는 의문이었다.

금속 장식 구두코가 뾰족한 그의 부츠는 낡았지만 비싸 보였다.

"기록해도 될까요?" 댄스가 물었다.

"그럼요. 녹음해도 좋아요." 그는 녹음하고 있다는 사실을 아는 것처럼 주위를 둘러보았다. 살인 사건 용의자라는 사실에 근거해 판사 동의를 받았으므로, 댄스는 알리지 않고 녹음해도 무방했다.

댄스는 침착했지만 그의 인지 능력, 또는 직관이 신경 쓰였다. 그리고 지나치게 차분한 태도도. 짐짓 꾸며낸 미소가 섬뜩한 느낌을 더했다.

"잠시 쉬면서 커피를 마시거나 담배를 피우고 싶으면 언제든지 이야기하세요."

"커피는 안 마셔요." 그는 이렇게 말했지만, 다른 제안에 대해서는 반응을 보이지 않았다. 내숭을 떠는 걸까? 댄스는 그가 현재 담배를 피우는지 알아내려고 했다. 하지만 그가 댄스의 속셈을 알아차렸든 흡연 문제에 대해 언급하지 않기로 했든 상관없어졌다. 이 문제를 한 번 거론했으니 또 거론한다면 댄스는 속마음을 내보이게 될 것이다. 매디건이 첫 면담 내내 그랬듯이.

그러더니 샤프는 아무렇지도 않게 이렇게 묻기까지 했다. "이 일은 얼마나 했어요, 댄스 요원님?"

동작 분석의 기준선을 세우기 위해 댄스가 일찌감치 물어보아야 하는 질문이었다.

"이제 꽤 됐어요. 캐트린이라고 불러요. 자, 용건이 뭔가요?"

그는 그런 식의 대답을 예상했다는 듯 씩 웃었다. "'꽤 됐다.' 아, 노련해 보이네요. 잘됐어요. 참, 에드윈이라고 부르세요."

"좋아요, 에드윈."

"프레즈노는 마음에 들어요?"

"네."

"몬터레이랑 좀 다르죠?"

댄스는 에드윈이 자신에 대해 조사한 데 놀라지 않았다. 다만 자신의 삶에 대해 얼마나 아는지는 궁금했다.

그가 말을 이었다. "거기 경치가 예쁘잖아요. 안개는 별로예요. 물가에 살아요?"

"그러니까, 용건이 뭐죠, 에드윈?"

"바쁘겠죠, 알아요. 알맹이로 들어가죠. 엄마가 쓰던 표현이에요. 엄마가 그렇게 말하면 무슨 알맹인가 했어요. 그 뜻을 결국 몰랐죠. 엄마는 멋진 표현을 많이 알았어요. 대단한 여자였어요." 그의 눈이 댄스의 얼굴을 훑고 가슴과 배까지 내려갔지만 음흉한 눈빛은 아니었고, 다시 눈으로 돌아왔다. "요원님이 똑똑하니까 이야기하자고 한 거예요."

"똑똑하다고요?"

"이 상황에 관여한 사람 중에서 똑똑한 사람과 이야기하고 싶었어요."

"이 보안관 사무소에는 출중한 사람이 많아요." 댄스는 팔을 들어 손짓했다. 그의 시선이 제스처를 따라올까 궁금했다. 하지만 움직이지 않았다. 그는 계속 댄스의 얼굴만 빤히 들여다보았다.

그리고 그 미소…….

"요원님만큼 똑똑한 사람은 없어요. 사실이에요. 그리고 또 하나, 요원님에겐 어젠다가 없어요." 그는 인상을 찌푸렸다. "그런 말 싫어하지 않아요? '어젠다가 있다' '메시지를 보낸다' '쿨에이드를 마신다drink the Kool-Aid'*, 진부한 표현이죠. 어젠다 같은 말을 해서 미

* '무언가를 신봉하게 되다'라는 뜻의 신조어.

안해요. 다시 말하자면. 당신은 진실에 집중할 거예요. 당신은…… 뭐랄까, 케일리에 대한 '충성심'으로 판단을 흐리지 않을 거예요. 여기 수사관들과는 다르죠."

댄스는 그의 말솜씨가 뛰어나다고 생각했다. 그의 이메일도 마찬가지였다. 음란증 스토커나 연애 집착 스토커는 대부분 지적 능력과 교육 수준이 평균 이상이지만 에드윈은 그보다 더 똑똑하게 느껴졌다. 그가 살인 사건 배후에 있는지는 아무도 모르지만, 아무튼 그는 영리했다. 물론 이는 왜곡된 현실 감각과는 아무런 관계가 없었다. 가령, 그가 새엄마와 파일 공유자를 살해한다면 케일리가 정말로 감동할 거라고 믿는다든가.

그가 말했다. "여기 수사관들은 내 말을 듣지 않아요. 그걸로 끝."

"음, 나는 기꺼이 경청하겠어요."

"고마워요, 캐트린. 사실, 간단한 내용이에요. 나는 보비 프레스콧을 죽이지 않았어요. 파일 공유에 찬성하지 않지만, 그런 짓을 했다는 이유로 누군가를 죽이지도 않아요. 그리고 셰리 타운에게 위해를 가하지도 않았고요."

언론 보도를 통해 두 번째, 세 번째 사건에 대해 알게 되었을 것이다. 그리고 댄스는 그가 '셰리와 함께 있었던 사람도'라고 말하지 않았음을 알아차렸다. 뉴스에서는 댄스가 셰리 사건 때 함께 있었다는 사실을 보도하지 **않았다**.

"말은 그렇게 하죠, 에드윈. 하지만 내가 면담하는 사람은 모두 범죄 사실을 부인해요. 심지어 현행범으로 딱 걸린 경우에도……."

"어! 또 우리 엄마가 쓰던 표현이네."

"사실 에드윈이 사람을 해칠 수 있는지, 해치려는 경향이 있는지 결정할 만큼 잘 알지 못해요. 자신에 대해 조금만 이야기해주세요."

다시 다 안다는 듯한 섬뜩한 표정. 하지만 그는 장단을 맞춰주었다. 그리고 오 분 남짓 동안 댄스가 대체로 다 아는 이야기를 했다. 불운하기는 하지만, 그렇다고 고통스러울 것은 없는 가족사. 시애틀에서 한 일. 정규교육을 견딜 수 없었던 것. 그는 수업시간에 자주 지루했다고 말했다. 교사들과 교수들은 그보다 느렸다. 그래서 학교 성적이 들쑥날쑥했던 모양이다.

그는 컴퓨터 기술을 부풀리지 않았지만 부인하지도 않았다.

과거든 현재든 연애에 대해서는 말하지 않았다.

"여자친구 있어요?"

그 말에 에드윈은 살짝 어리둥절한 것 같았다. 당연히 있지. 케일리 타운이 있잖아.

"작년에 시애틀에서 만난 사람이 있었어요. 잠시 동거도 했어요. 샐리는 괜찮은 여자였지만, 재미있는 일에는 관심이 없었어요. 콘서트 같은 데는 데려갈 수 없었죠. 헤어질 수밖에 없었어요. 그 일을 생각하면 가책이 느껴지기도 해요. 샐리가 정말 결혼하고 싶어 했는데…… 하지만 잘 안 됐어요. 아니, 좀 재미있게 사는 게 그렇게 어려운가요? 함께 웃고, 뭐랄까, 주파수가 같은 사람이 되는 거 말이에요."

댄스도 동의했지만, 아무 반응을 보이지 않았다. 그리고 물었다.
"언제 헤어졌죠?"

"크리스마스 무렵에요."

"그건 안됐군요. 힘들었겠어요."

"그랬어요. 사람들에게 상처주는 거 싫어요. 샐리는 정말 착했거든요. 다만…… 맞는 사람이 있고, 아닌 사람이 있는 거죠."

댄스는 이제 정보를 충분히 얻었고 동작 분석을 시작할 때라고 판단했다. 그에게 다시 한 번, 구체적으로 무엇을 원하는지 질문하면서 행동을 자세히 관찰했다.

"좋아요. 내가 크리스마스트리에서 제일 밝은 전구는 아니에요. 이것도 우리 엄마가 잘 쓰던 표현이죠, 하. 그리고 야심도 별로 없어요. 하지만 내가 이 사건에서 희생자라는 걸 알 정도는 되고, 요원님이 그걸 좀 진지하게 받아들여줄 만큼 똑똑한 사람이었으면 해요. 누군가가 나한테 덫을 놓은 거예요. 아마 지난 주말에 날 감시하던 사람들일 거예요. 집 뒤편에서 나랑 내 차, 쓰레기통까지 확인했어요."

"그렇군요."

"보세요. 나는 사람들 말처럼 괴물이 아니에요. 매디건 수사관과 로페스? 체포시켜서 미안하지만, 내가 먼저 시작한 건 아니죠. 그들이 나를 구금하고 내 집을 수색해서 수정안 4조와 14조, 그 밖에 주 법률을 어겼어요. 그 기념품은 중요한 거예요. 법을 어기면 상응하는 대가를 치러야죠. 그게 바로 **당신네 경찰**이 하는 일 아니겠어요? 요원님이 몇 년 전에 기자였을 때, 사법 체제에 대해 쓴 기사를 읽어봤어요. 새크라멘토 지역 신문에서요. 좋은 기사였어요. 무죄 추정에 대한 거."

댄스는 다시 한 번 놀란 표정을 짓지 않으려 애썼다.

"누가 당신을 감시하는지 봤어요?"

"아뇨. 그림자 속에 있었어요." 그림자라는 말에 그의 미소가 더 커졌나? 단순 반사인가? 댄스는 정확히 알 수 없었다.

"왜 경찰에 신고하지 않았어요?"

"왜 안 했다고 생각하죠?"

댄스는 그가 신고한 것을 알고 있었다. 에드윈이 구금되었을 때,

댄스가 취조실을 관찰할 때 그가 매디건에게 말했다. 댄스는 그가 말하는 내용에 일관성이 있는지 확인하고 싶었다. "신고했어요?"

에드윈이 눈을 가늘게 떴다. "911에 했어요. 그 남자가 침입중이냐고 묻기에, 정확히 따지자면 아니라고 했어요."

"남자가 확실한가요?"

머뭇거림. "음, 아뇨. 추측이었어요." 기묘한 미소. "좋아요, 캐트린. 봐요, 내가 말한 게 바로 이거예요. 이게 바로 똑똑한 거죠."

"왜 당신을 희생양으로 삼으려는 걸까요?"

"모르겠어요. 내 결백을 증명하는 건 내가 하는 일이 아니에요. 내가 아는 건, 아무도 해치지 않았는데 누군가가 내가 그런 짓을 한 것처럼 열심히 꾸미고 있다는 거예요." 그의 눈이 댄스의 얼굴을 찬찬히 살폈다. "자, 이래서 요원님의 도움이 필요한 거예요. 보비와 파일 공유자가 죽었을 때 나는 혼자 있었어요. 하지만 셰리 타운이 공격당했을 때는 알리바이가 있어요."

"수사관들에게 말했어요?"

"아뇨. 그들은 믿지 않으니까요. 그래서 요원님과 만나려 한 거예요. 요원님이 케일리의 친구니까, 이게 좋은 생각인지 헷갈렸지만 요원님을 만난 뒤에 그 기사를 읽고 나니 우정 때문에 판단력이 흐려질 사람은 아니라는 생각이 들었어요. 요원님이 엄마라서 그런지도 모르죠." 그는 그 문장을 던진 뒤 다른 말을 덧붙이지도, 대답을 기다리지도 않았다. 댄스는 자신이 느낀 불안이 얼굴에 드러났는지 궁금했다.

"알리바이에 대해 이야기해보세요." 댄스가 침착하게 청했다.

"오찬에 가려고 했어요. 팬 이벤트 알죠? 안에 들어가지 못할 줄은 알았지만, 멀리서 볼 수도 있으니까요. 케일리 노래를 들을 수도 있고. 어쨌든, 길을 잃었어요. 캘리포니아 주립대 근처에서 차를 세우고 길을 물었어요. 그때가 12시 반이었어요."

그렇다. 공격이 일어난 게 바로 그맘때였다.

"누구와 이야기했죠?"

"이름은 몰라요. 경기장 근처의 주거 지역이었어요. 할머니 한 명이 정원에서 일하고 있었어요. 그 할머니가 안에서 지도를 가져왔고 나는 문 앞에 서 있었어요. 정오 뉴스가 막 끝나고 있었고요."

그때 나는 총알을 피하다가 소화기 파편에 맞았다.

"거리 이름은요?"

"몰라요. 하지만 집 모양은 알려줄 수 있어요. 바구니에 식물이 여러 개 매달려 있었어요. 새빨간 꽃도 있었고. 그거 이름이 뭐죠?"

"제라늄요?"

"그런 것 같아요. 케일리도 정원 가꾸기를 좋아하죠. 나는, 별로예요."

자기 아내 이야기를 하는 것 같은 말투였다.

"엄마도 좋아했어요. 정말 진부한 표현이지만, 엄마는 엄지손가락이 진짜 초록색*이었죠."

댄스는 미소를 지었다. "그 집에 대해 다른 점은 없나요?"

"진한 녹색이었고, 모퉁이에 있었어요. 참, 집에 간이 차고만 있었어요. 할머니가 상냥하게 알려줘서 잔디 씨 포대를 옮겨드리기도 했어요. 칠십대 노파였어요. 백인이었고. 기억하는 건 그게 전부예요. 아, 고양이도 있었어요."

"좋아요, 에드윈. 알아보죠." 댄스는 그 정보를 적었다. "침입자

* 식물을 잘 가꾼다는 의미의 관용구.

를 봤다는 마당을 수색하도록 해주겠어요?"

"물론이죠."

댄스는 고개를 들지 않고 빠르게 물었다. "실내도요?"

"네." 100만분의 일 초의 망설임? 알 수 없었다. 에드윈은 이렇게 덧붙였다. "매디건 수사관도 처음부터 물어봤다면 좋다고 했을 거예요."

댄스는 단순한 허세가 아닐지도 모르는 허세를 받아들였고, 수사관들이 찾아갈 시간을 정하겠다고 했다.

댄스는 스스로에게 중요한 질문을 던졌다. 동작 분석이 무엇을 드러내는가? 에드윈 샤프는 사실대로 말하고 있는가?

솔직히, 알 수 없었다. 댄스 자신이 며칠 전 브리핑에서 매디건과 다른 수사관들에게 말했듯이 스토커는 보통 정신병자이거나 경계성 장애, 또는 심한 신경증 환자이며 현실 감각에 문제가 있다. 그렇다면 그는 설령 완전히 틀린 것이라 해도 스스로 사실이라고 믿는 내용을 말하는 것이다. 따라서 거짓말하고 있을 때도 사실을 말할 때와 행동에 차이가 없을 것이다.

더욱 어려운 것은 에드윈의 경우, 스트레스와 같은 감정을 느끼고 드러내는 능력이 축소되어 있다는 점이다. 보디랭귀지 분석은 거짓말을 할 때 느끼는 스트레스가 행동을 변화시키는 때에만 효과가 있다.

그래도 면담은 복잡한 기술이며 속임수 이상의 것을 밝혀줄 수도 있다. 증인이나 용의자일 경우, 대부분 가장 좋은 정보는 보디랭귀지이다. 그다음 정보는 음성의 높낮이나 말의 속도 등을 관찰해서 얻을 수 있다.

인간이 의사소통하는 세 번째 방식도 도움이 되기도 한다. 즉, 언어의 내용물. 그들이 말하는 내용 자체이다(우스운 일이지만, 내용물은 보통 효용성이 가장 낮은데, 가장 쉽게 조작할 수 있고 오해의 여지가 많기 때문이다).

하지만 에드윈과 같이 동작 분석이 쉽지 않은 경우, 그가 하는 말의 내용을 살펴보는 것이 댄스가 활용 가능한 유일한 일일 수도 있었다.

하지만 그가 내놓은 것 가운데 무엇이 도움이 될까?

그는 댄스의 소리 없는 질문에 대답하듯 고개를 저었고 미소는 더욱 깊어졌다. 프로답지 못한 생각이지만, 댄스는 그에게서 그 웃음을 지워버리고 싶었다. 댄스에게는 살인자가 노려보는 표정보다 더 심란했다.

"내가 똑똑하다고 생각한댔죠, 에드윈. 내가 솔직하다고 생각하나요?"

그는 잠시 생각했다. "가능한 한도에서 솔직하다고 생각해요."

"저, 지금 이곳 상황을 봤을 때, 콘서트 따위 잊어버리고 시애틀로 돌아가는 것이 현명하다는 생각이 들지 않나요? 케일리는 다음에 볼 수 있으니까."

그가 자신의 삶과 계획에 관한 사실을 알려줄지, 내용 기반 분석에 쓸 만한 내용을 제공해줄지 알아보려고 던진 질문이었다.

댄스는 에드윈이 믿을 수 없다는 듯 웃으며 이렇게 말할 줄은 예상하지 못했다. "그럴 수는 없죠, 이제는. 안 그래요?"

"그런가요?"

"케일리의 노래 알죠? 〈유어 섀도〉?"

그 노래가 살인을 부르는 신호라는 사실에 대한 실마리는 그의 얼굴에 단 하나도 없었다. 댄스는 아무렇지도 않게 말했다. "그럼요. 히트곡이죠. 케일리가 쓴 곡 중에서 최고라고 했잖아요."

미소에 진심이 담겼다. "케일리가 그 이야기를 했군요, 그렇죠?" 그의 얼굴이 환해졌다. 연인이 자신에 관한 것을 기억해주다니. "음, 알다시피 자신에 관한 노래죠."

"자신이라니, 케일리요?"

"네. 1절은 사람들이 케일리를 뮤지션으로서 이용하는 내용이에요. 그리고 자동차 사고에 대한 내용이 나오죠. 엄마가 죽었을 때요. 케일리가 열다섯 살 때였어요. 비숍이 술에 취해 운전하고 있었어요."

아니, 댄스가 모르는 일이었다.

"비숍은 여덟 달 동안 교도소에 있었어요. 그 뒤로는 운전을 안 하죠. 그리고 가사 중에 강가가 나오는 부분 있잖아요?" 마침내 미소가 사라졌다. "글쎄, 잘은 모르겠지만 열여섯 살 때쯤 상당히 나쁜 일이 있었던 것 같아요. 케일리가 잠시 사라진 적이 있어요. 신경쇠약으로 자살하려고 했던 것 같아요. 물에 빠져서요. 그게 2절이에요."

그게 사실인가? 댄스는 그것도 처음 듣는 이야기였다.

그의 얼굴에서 불편한 미소가 사라졌다. "정말 슬픈 일이죠? 아무도 곁에 없으니 스스로 위로하기 위해 노래를 쓰다니? 끔찍해요……." 그는 댄스를 빤히 보았다. "케일리는 이메일을 수십 통, 진짜 편지를 서너 통 보냈어요. 그리고 그 편지 내용의 행간에 무슨 내용이 있는 줄 알아요? 케일리한테는 내가 필요해요, 댄스 요원님. 내가 절실하게 필요해요. 내가 떠나면 누가 케일리를 지켜주겠어요?"

47

크리스털 스태닝, 마이클 오닐, 캐트린 댄스가 FMCSO의 브리핑실에 모였다. 경감 대행 데니스 하루튠도 함께했다.

댄스는 에드윈과의 면담 내용을 보고하고 있었다. "솔직히 말할게요. 그는 동작을 분석하기가 굉장히 어려워요. 전혀 속임수를 쓰지 않는 것처럼 보이는데, 완전히 진실만 말하거나 완전히 망상에 빠져 있다는 의미죠."

"그 개자식이 한 짓이에요." 스태닝이 중얼거렸다.

사건이 진행되면서 스태닝은 점점 더 자신만만해지고 날카로워졌다. 어쩌면 단순히 매디건이 없기 때문인 것 같기도 했다.

합동 긴급 통신 본부에 확인해보니 에드윈은 911에 전화를 걸어 엿보는 사람이 있다고 신고한 적이 있었다. 토요일 오후 7시였다. 그는 누군가 뒷마당에서 자신을 지켜보고 있다고 신고했다. 자세한 사항은 없었다. 담당자는 범인이 실제로 침입하거나 위협하면 다시 전화하라고 말했다.

찰리 신의 현장감식반이 출동해 침입자가 어디에 있었는지 수색을 실시했다. 곧 그 결과를 가지고 올 예정이었다.

오닐이 물었다. "토요일이면 보비가 죽기 전날이군요. 에드윈이 시내에 있다는 것을 알고 감시할 사람이 누가 있을까요?"

하루튠이 말했다. "일주일 전쯤, 케일리의 변호사에게서 통지를 받았어요. 그가 프레즈노에 와서 문제를 일으킬 수 있다고."

댄스가 지적했다. "하지만 그가 어디 있는지는 누구나 알아낼 수 있었을 거예요."

"어떻게요?" 하루튠이 물었다.

댄스는 팬 웹사이트에 샤프가 "당분간" 프레즈노에 있을 거라는 글을 썼다고 덧붙였다.

하루튠은 전화를 받고 잠시 이야기를 하더니 끊었다. "순찰대가 불독 스타디움 주위를 조사중이랍니다. 캘리포니아 주립대도. 사람이 많답니다. 오래 걸릴 모양이에요."

셰리가 공격당했을 때 에드윈에게 길을 알려준 할머니를 찾기 위한 수색이었다. 댄스는 그녀를 '알리바이 여인'이라고 불렀다.

잠시 후 찰리 신이 들어왔다. 그는 모두에게 인사를 건네고 현장에 대해 브리핑했다.

이 지역에서는 드문 보스턴 지역 억양이 강한 말투로, 그가 말했다. "집을 살펴보고 흔적을 모으기는 했지만 깨끗해요. 수색 허가를 내준 뒤에 싹 청소를 한 게 아닌가 싶어요." 댄스를 한 번 보았다.

댄스는 에드윈이 응낙하기 전에 살짝 머뭇거린 것을 기억했다.

"담배는요?" 댄스가 확인을 요청한 사항이었다.

"아뇨. 라이터도, 성냥이나 재떨이도 없어요. 담배 냄새도 없고…… 자, 에드윈의 주방에 있는 라텍스 장갑이 보비 프레스콧 살해 현장에서 나온 장갑과 다를 수 있다는 건 아시죠? 주름 형태가 달라요. 누군가 그를 지켜보고 있었다는 바깥요? 음, 흙에 발자국이 있기는 했어요. 카우보이 부츠 같은데, 청소부나 인부가 신을 것 같지는 않아요. 바람 때문에 망가지긴 했지만 비에 씻겨 내려가진 않았어요. 사이즈나 성별, 나이는 알 수 없고요. 그리고 삼십 가지 정도 샘플을 모아왔지만, 거의 쓸모없어요. 미안해요, 데니스. 뭐가 있다고 해도, 어떻게 도움이 될지 모르겠어요.

자, 어젯밤 모텔 앞에서 가져온 담배는 말보로가 확실해요. 셰리타운 공격 현장에서 채취한 담뱃재도 갖고 있지만, 브랜드라든가 담뱃재가 떨어진 시점을 알아낼 수 있는 장비는 없어요."

바로 그때 데니스 하루튠의 조수가 문 앞으로 오더니 서류를 건넸다. "기다리신 이메일이에요. 보비 프레스콧에 관한 거요. 이제야 왔습니다."

수사관은 그 내용을 읽더니 웃었다. 작은 소리였지만, 하루튠치고는 상당한 감정 폭발이었다.

그가 말했다. "내가 조사한 것 중 하나는 보비 프레스콧의 또 다른 살해 동기였어요. 에드윈 이외에 말이죠."

"네." 댄스가 말했다.

"뭐, 하나 찾은 것 같기도 해요."

"어서 말해봐요."

하루튠이 말했다. "그 친구들 이름 들어본 적 있어요? 존, 폴, 조지, 링고?"

48

댄스와 오닐이 직접 수색을 실시했다.

다시 그와 함께 있게 되었고, 함께 작업하니 기분이 좋았다. 단순히 가까운 사람과 함께하면서 미묘한 표정과 미소, 손짓만 보아도 완벽하게 의사소통이 되는 편안함 덕분이기도 했다.

하지만 그 기쁨은 수사관으로서 둘의 기술을 합치는 데서 오기도 했다. **부분의 합보다 훨씬 더 큰 전체.** 수사는 힘든 일이고 혼자서 할 수 없다. 파트너와 하나되지 못하면 악몽이 될 수도 있다. 그러면 근무가 힘들 뿐 아니라 범죄자를 놓치게 되기도 한다.

경찰 수사는 발레처럼 기술과 목적을 조합한 예술의 형태가 될 수도 있다. 댄스는 마이클 오닐과 함께할 때 완벽에 가까운 느낌을 받았다.

두 사람이 조화를 이루는 현장은 보비 프레스콧의 트레일러였고, 이곳을 수색하러 온 것은 하루튠이 비틀스에 대해 알아낸 사실 때문이었다.

댄스는 이제 보비가 살해된 다음 날 아침, 그곳에서 무엇을 도둑

맞았는지 알 것 같았다. 태버사 나이스미스가 보비의 트레일러에서 본 사람이 훔쳐간 것. 도둑맞은 물건은 케일리 타운의 기념품이 아니었다. 그렇다. 그것은 케일리나 스토커와 전혀 무관했다. 다만, 에드윈 샤프가 내내 주장했듯이 그가 희생양일 수도 있다는 점만 제외하면.

"음." 댄스는 며칠 전, 매디건과 함께 뭔가 없어졌다는 것을 알아차린 선반에서 바인더를 살펴봤다.

오닐이 다가왔고, 그들은 함께 보비 프레스콧 아버지의 스프링 노트를 훑어보았다. 1960년대와 1970년대 런던 애비 로드 스튜디오에서 작업한 녹음 내용을 적어둔 것이었다.

댄스는 태버사가 보비 부친의 화려한 커리어에 대해 했던 말을 떠올렸다.

그 시절 최고 가수들의 목록이었다. 클리프 리처드, 코니 프랜시스, 스콜피온스, 홀리스, 핑크 플로이드, 그리고 물론 《옐로 서브머린》과 《애비 로드》를 녹음한 비틀스. 적은 내용은 대부분 수수께끼 같았다. 신디사이저와 앰프의 역학 관계와 음향 기기들에 관한 노트였다.

하지만 가장 관련 있는 것은 보비의 아버지가 받은 편지의 복사본이었다.

1969년 6월 13일.

밥 프레스콧에게,

어이, 친구. 훌륭한 작업 고마워. 자네는 정말 최고의 엔지니어야. 진심이라고. 함께 작업해서 좋았어. 그리고 숱한 밤샘 작업에 대한 고마움의 표시로, 《애비 로드》 다음에 연주한 곡들은 모두 당신 거야. 저작권이랑 모두 다. 제목은 아래에 있어. 고마워!

"잠깐." 오닐이 말했다. "그게……?"

댄스가 조그맣게 말했다. "그런 것 같아. 세상에, 그런 것 같아."

편지 밑에 네 곡의 제목이 적혀 있었다. 비틀스의 노래로 알려진 것은 없었다.

댄스는 《애비 로드》 앨범에 수록된 곡의 작곡과 녹음이 1969년에 시작되었다고 설명했다. 그것은 비틀스의 마지막 스튜디오 앨범이었다. 〈렛 잇 비Let It Be〉는 일 년 뒤에 발표되었지만, 그 곡은 1969년 1월에 이미 완성되어 있었다.

매디건의 말마따나 FMCSO의 '사서'인 데니스 하루툰이 보비 프레스콧과 그의 가족을 훌륭하게 조사해 그를 살해할 동기가 있는 사람은 없는지 알아냈다. 그리고 보비의 아버지가 오래전 런던에서 녹음을 도운 비틀스의 미완성곡을 갖고 있을지도 모른다는 소문을 인터넷에서 알아냈다.

하지만 미완성곡이 아니었다. 완성된 곡이며 사람들이 들어본 적 없는 미발표 원곡이었다.

"비틀스가 그걸 공짜로 줬다고?" 오닐이 물었다.

"그때 밴드가 해체하는 중이었거든. 돈도 많았고. 별로 상관 안 했을지도 모르지. 아니면 곡이 마음에 안 들었든지."

"편지에 비틀스 서명이 없는데."

댄스는 어깨를 으쓱였다. "서체 전문가가 네 사람 중 누가 그 편지를 썼는지 확인해줄 수 있겠지. 하지만 '《애비 로드》 다음'이라잖

아. 그러니 달리 누구겠어? 그들이 스튜디오에 남아서 몇 곡 더 녹음한 것이 분명해. 뭐든 어떻겠어. 어쨌든 비틀스 노래인데."

"보비가 아버지에게서 테이프를 받았다?"

"맞아." 댄스가 선반을 가리키며 말했다. "범인이 그걸 알아내고 그를 죽이고 훔칠 기회를 노린 거지."

"에드윈이나 비슷한 사람이 희생자로 나타날 때까지."

"바로 그거야."

오닐이 말했다. "그럼 보비와 그의 수집품을 알고 비틀스 소문을 들은 사람이겠군." 그가 가사를 살펴봤다. "하지만 범인이 그걸 팔 수 있을까?"

"적어도 수수료를 수백만 달러는 받을 수 있을걸. 아니면 지난달에 뉴스에 나온 일본인 사업가 같은 비밀 수집가에게 팔아도 되고. 도난당한 반 고흐 그림에 5000만 달러를 썼다던데. 자기 지하실에 넣어두고 아무도 보여주지 않을 거래. 그냥 갖고 싶어서 샀다고."

오닐이 지적했다. "좋아, 이제 동기는 알아. 두 번째 질문, 범인은 누구인가? 혹시 짚이는 것 있어? 나는 이곳 등장인물을 모르니까."

댄스는 트레일러 주위를 둘러보며 잠시 생각했다.

A에서 B에서 Z로…….

"부탁할 게 있어."

"좋아." 오닐이 대답했다. "증거, 현장? 당신이 나보다 심문은 잘하지만, 뭐든지 해볼게."

"아니." 댄스가 말했다. 댄스는 그의 어깨를 잡고 다섯 발자국 뒤로 밀었다. 그리고 뒤로 물러나더니 그를 찬찬히 살폈다. "거기 가만히 서서 움직이지 마."

댄스가 문 쪽으로 걸어갈 때, 오닐은 주위를 둘러보더니 말했다.

"그건 할 수 있지."

삼십 분 뒤, 댄스와 오닐과 FMCSO의 수사관들은 늦여름 오후의 안개를 뚫고 41번 고속도로 옆에 있는 모텔을 향해 달리고 있었다.

레드루프인이라는 모텔이었다. 점잖고 깔끔한 곳이었지만 그들이 곧 체포할 손님이 한창 시절에 묵었을 만한 수준은 아니었다.

차 네 대가 조용히 다가갔다.

관할권 문제도 있었지만, 댄스와 오닐은 이곳에 도우러 왔지, 트로피를 챙기러 온 것이 아니었다. 흔쾌히 지역 경찰에 체포를 맡겼다. 댄스가 매디건에게 기자들 상대를 맡기기는 했지만, 정직중이므로 FMCSO 전체가 공을 가져갈 것이다.

경찰차 세 대와 댄스의 닛산이 모텔로 들어가 멈춰섰다. 댄스와 오닐은 서로 바라보고 씩 웃으며 건물 뒤로 돌아갔고, 하루튠, 스태닝과 네 명의 수사관이 복도를 지나 용의자의 방으로 달려갔다.

추측대로, 긴장한 범인은 이 상황을 예측하고 있었다. 경찰이 다가오는 것을 보더니 말 그대로 창문으로 튀어나와 개들이 볼일을 보는 냄새나는 풀밭에 착지한 것이다. 그는 컴퓨터가방을 메고 벌떡 일어나 뛰려다가 댄스와 오닐이 침착하게 총으로 자신의 머리를 겨누자 현명하게 동작을 멈췄다.

수사관 두 명이 뒤에서 합세했다. 그들은 케일리의 프로듀서 배리 자이글러의 손목에 수갑을 채웠고, 앞쪽 주차장으로 데려갔다. 그가 보비 프레스콧을 죽인 다음 날, 트레일러에서 훔친 값진 노래들이 들어 있을 컴퓨터가방. 그 가방을 압수한 것은 캐트린 댄스였다.

49

"당신 키요." 댄스가 설명했다.

자이글러는 순찰차 뒷자리에 불쌍한 얼굴로 앉아 있었다. 문이 열리자 그는 수갑을 찬 손을 등 뒤로 돌린 채 바깥을 보았다.

댄스는 자신이라는 것을 어떻게 알았느냐는 그의 질문에 설명해 주고 있었다. "범인은 보비를 잘 알았을 테고 트레일러에도 가본 적 있겠죠. 그리고 밴드랑 관련된 모두를 잘 아는 사람일 거고요."

결정적인 요인은 그다음에 나왔다. "그리고 키가 컸어요."

"키?"

댄스는 며칠 전, 길 건너에 사는 태버사와 면담한 내용을 설명했다. "태버사가 그날 아침 누가 안에 있는 걸 봤다고 했어요. 다만, 머리는 못 보고 가슴만 봤다고 했죠."

그래서 삼십 분 전, 댄스가 오닐을 트레일러 창문 앞에 세워본 것이었다. 지난번 트레일러 수색 때, 밖에 있던 매디건과 눈이 마주쳤던 일이 기억난 댄스는 태버사가 침입자를 보았다던 지점에 오닐을 세워보았다. 그리고 밖으로 나가서 길을 건넜다. 돌아서서 보니 오닐의 얼굴이 잘 보였다.

즉, 월요일 아침의 침입자는 키 180센티미터인 오닐보다 훨씬 큰 사람이어야 했다. 케일리 타운과 관련해 최근 만난 사람들 중에 보비를 알고 그 조건에 맞는 사람은 배리 자이글러뿐이었다.

"젠장." 그가 좌절한 얼굴로 중얼거렸다. "유감입니다. 뭐라고 해야 할지 모르겠군요. 유감이에요."

댄스는 심문중에 이 말을 자주 들었다.

유감입니다.

물론 십중팔구 잡혀서 유감이라는 의미였다.

"케일리의 집에서 만났을 때, 카멀에 있다가 왔다고 했죠. 하지만 모텔 접수 직원한테 물어보니, 보비가 사망한 다음 날 아침에 체크인 했더군요."

"알아요, 네. 거짓말했어요. 유감입니다."

또, 그 말.

댄스가 말했다. "그리고 녹음해둔 케일리의 〈유어 섀도〉를 들려주며 범죄를 예고했죠? 프로들이 사용하는 고급 디지털 녹음기 음질이었어요. 당신 같은 프로듀서나 엔지니어들요."

"녹음이라뇨?" 그가 인상을 쓰며 물었다.

댄스가 데니스 하루튠을 보자, 그가 미란다 원칙을 고지했다. 그리고 덧붙였다. "당신은 살인 혐의로 체포되었습니다."

"살인요? 무슨 말이에요?"

댄스와 하루튠의 눈이 마주쳤다.

"보비 프레스콧 살인 혐의로 체포된 겁니다." 하루튠이 말했다. "그리고 프레더릭 블랜턴 살인, 셰리 타운과 댄스 요원을 공격한 혐의로. 원한다면……."

"아뇨, 아니에요. 아무도 안 죽였어요! 공격한 적도 없다고요!" 자이글러는 충격받은 표정이었다. 댄스는 용의자들의 온갖 연기를 봤지만, 단연 최고 수준이었다. "그런 짓을 왜 하겠어요! 왜요?"

"네. 법정에서 말씀하시죠. 권리를 알고 있습니까?"

"보비? 내가 보비를 죽였다고요? 아니에요! 셰리를 해치지도 않았어요. 이건……."

"알고 있습니까?"

"네, 알아요. 하지만……."

"묵비권을 포기하겠습니까?"

"네. 말도 안 되는 상황이잖아요. 뭔가 커다란 오해가 있어요."

하루튠이 물었다. "일요일에 프레즈노로 와서 그날 밤 보비 프레스콧을 살해했습니까?"

"아뇨, 아니에요. 월요일 오전 11시쯤 왔어요. 케일리한테서 보비가 죽었다는 말을 들은 뒤에요. 보비의 트레일러에 들어가긴 했지만, 물건을 가지러 간 거였어요."

"노래 말이죠." 하루튠이 말했다. "그건 다 알고 있습니다."

"노래요?" 자이글러가 인상을 더욱 찡그렸다.

"비틀스 노래 말입니다."

"무슨 말이에요?"

그는 정말로 당황스럽다는 표정이었다. 댄스가 이렇게 덧붙였다. "보비의 부친은 1960-1970년대 애비 로드에서 테크니션으로 일하셨어요."

"그래요. 꽤 유명했죠. 하지만 그게 무슨 상관이에요?"

"비틀스가 《애비 로드》를 완성한 뒤에 그분께 네 곡을 줬어요."

배리 자이글러는 웃음을 터뜨렸다. "아뇨, 아니에요, 아니……."

오닐이 말했다. "당신이 그를 죽이고 그 곡을 훔쳤어. 수백만 달러짜리가 될 테니까."

자이글러가 말했다. "그건 헛소문이에요. 미완성곡이 있고, 비밀리에 녹음한 게 있다는 이야기들. 폴이 죽었다는 헛소리. 음악계에서 비틀스 루머만큼 빨리 퍼지는 것도 없죠. 하지만 그런 건 없어요. 미공개 곡은 없어요."

댄스는 그의 행동을 살피고 있었다. 자이글러는 어느 정도 믿을 만했다. 댄스가 말했다. "이건요?" 그녀는 편지가 든 비닐 봉투를 보여주었다.

자이글러는 그걸 보더니 고개를 저었다. "그건 비틀스 노래가 아니에요. 런던 캠든타운에 있던 그룹이에요. 이름도 기억이 안 나요. 아무것도 아니에요. 비틀스가《애비 로드》를 완성한 뒤에 이 그룹이 스튜디오를 예약했어요. 열대여섯 곡을 만들었다가 앨범에 열두 곡을 넣었죠. 보비의 아버지를 마음에 들어 해서 나머지 곡을 준 걸로 알고 있어요. 그 그룹은 뜨지 못했어요. 솔직히, 노래도 구렸고."

댄스는 편지에 적힌 내용을 다시 보았다.

> 그리고 숱한 밤샘 작업에 대한 고마움의 표시로,《애비 로드》 다음에 연주한 곡들은 모두 당신 거야. 저작권이랑 모두 다. 제목은 아래에 있어. 고마워!

그렇다. 비틀스가 앨범을 녹음한 뒤, 스튜디오를 썼다는 의미일 수도 있었다.

"하지만 그날 아침 보비의 트레일러에서 뭔가 훔쳤다고 시인했잖아요."

자이글러는 갈등하고 있었다. 그는 오닐과 다른 수사관들을 바라보았다. "둘이서만 이야기할래요. 댄스 요원과 저만."

댄스는 잠시 고민했다. "좋아요."

나머지 수사관은 차에서 내렸다. 댄스는 팔짱을 끼고 말했다. "좋아요, 말해보세요."

"아무한테도 말하면 안 돼요."

"동의할 수 없다는 건 알잖아요."

자이글러의 기다란 얼굴이 구겨졌다. "좋아요. 하지만 먼저 보고 결정해요. 가방 안의 지퍼를 열어봐요. 서류 몇 장. 트레일러에서 가져온 건 **그거**예요."

댄스가 컴퓨터가방 안쪽에서 지퍼 부분을 찾아 봉투를 꺼냈다. 봉투 안에 있는 네 페이지짜리 문서를 읽어보았다.

"오, 이런." 댄스는 조그맣게 읊조렸다.

"이제 됐어요?" 자이글러가 중얼거렸다.

50

그가 훔친 것은 보비 프레스콧이 자신이 사망하는 경우의 재산 분할에 대해 적은 편지였다.

대부분 한 사람에게 가게 되어 있었다. 그와 케일리 타운의 아이, 메리-고든에게.

케일리는 열여섯 살에 그 아이를 낳았고 수엘린과 남편 로베르토 산체스가 곧바로 입양한 모양이었다.

봉투 안에는 입양 서류와 아이가 더 자랐을 때 읽도록 적어둔 편지가 들어 있었다.

"그 친구가 몇 년 전에 그걸 썼다고 했어요." 자이글러가 말했다. "공개되도록 내버려둘 수 없었어요."

댄스는 레스토랑에서 보비와 케일리 사이가 가까웠던 것을 떠올렸다. 그리고 메리-고든의 금발과 솔직담백한 태도, 수엘린과 라틴계 남편의 눈동자가 갈색인데 아이는 케일리처럼 파랗다는 것도.

에드윈이 최근 면담에서 한 말도 생각났다.

열여섯 살 때쯤 상당히 나쁜 일이 있었던 것 같아요…….

댄스가 물었다. "어떻게 케일리가 임신했던 걸 아무도 모를 수 있었죠?"

"아, 케일리는 열일곱이 되어서 프로로 활동하기 시작했어요. 그 전까지는 언론 레이더에 걸리지 않았죠. 하지만 비숍은 딸을 놓고 거창한 계획을 세우고 있었어요. 임신 이 개월쯤 되었을 때 케일리를 자퇴시키고 홈스쿨링을 시작했어요. 그는 비밀을 지켰고 친구들에게는 이야기를 잘 꾸며댔어요. 케일리가 엄마의 죽음으로 많이 속상해한다고. 우울증이라고. 케일리가 여덟아홉 달쯤 사라지는 것도 납득할 만했죠. 비숍은 케일리가 신경쇠약을 겪고 있다는 식으로 말했어요."

댄스는 경악했다. "그리고 아기를 빼앗았어요?"

자이글러의 기다란 얼굴이 위아래로 움직였다. "보비는 스물둘이었고 케일리는 여섯 살 어렸어요. 그러니 상황이 안 좋았죠. 반면 보비는 정말 착한 사람이었고, 케일리는 아버지 같은 남자에게 반했어요. 엄마가 죽은 지 얼마 안 되었고, 싫어하는 집에서 살고 있었어요. 케일리는 취약한 상태였어요. 그리고 그건 단순한 연애도 아니었어요. 둘은 결혼하고 싶어 했어요. 서로 사랑했어요. 하지만 비숍이 소식을 듣자마자 콘서트를 마치고 바로 달려와서 입양에 동의하지 않으면 보비를 강간죄로 고소할 거라고 했어요."

"그가 **그랬어요**?"

"그럼요. 케일리는 입양에 동의했지만, 아이를 언니에게 맡겨 만날 수 있도록 했어요. 그리고 보비가 밴드에 함께 있어야 한다고 주장했어요. 비숍은 그게 최선이다 싶어 그러자고 한 거고요."

댄스는 보비에 대해 관찰한 내용과 케일리가 한 이야기를 기억했다. "그래서 보비가 술을 마시고 약을 하기 시작한 거죠?"

자이글러가 눈썹을 추어올렸다. "그것도 알아요? 흠. 그래요, 그랬어요. 두 사람이 잘 되지 않아서 보비는 정말로 괴로워했어요."

"하지만 왜 아이를 키우지 못했죠?" 댄스가 물었다. "아이를 원하는 건 나도 알거든요."

"아, 그건 잘 될 수가 없었어요." 자이글러가 씁쓸한 표정으로 말했다. "당시 비숍은 커리어가 망하고 있었어요. 그에게 남은 건 케일리뿐이었어요."

"그래서 케일리가 성공하려면 착한 소녀 이미지를 지켜야 한다고 생각했군요."

"그렇죠. 거기서 한 발 앞섰어요. 항상 그렇듯이. 내 딸이 좋아하는 뱀파이어 소설《트와일라잇》을 봐요. 사랑하지만 섹스는 안 하는 아이들이 나와요. 그게 바로 케일리 타운이에요. 그리고 부모들, 신용카드를 가진 사람들은 그런 이미지를 좋아해요. 케일리가 열여섯 살에 임신했다는 소문이 났으면 커리어는 끝장났을 거예요."

댄스는 정말 그런지 아닌지 알 수 없었다. 댄스는 청중의 지성과 판단력에 큰 믿음을 갖고 있었다. 그래서 냉정하게 말했다. "하지만 당신도 마찬가지죠? 케일리를 잃으면 안 되니까요. 요즘처럼 음반사가 내리막길일 때는."

자이글러의 어깨가 툭 떨어졌다. "그래요, 맞아요. 내겐 케일리밖에 남지 않았어요. 다른 가수들은 다 떠났어요. 케일리를 놓치면 끝이에요. 나는 지금 마흔다섯인데 해본 일이라고는 앨범 프로듀싱뿐이에요. 프리랜서로는 먹고살 수 없어요. 게다가 케일리의 재능은 대단해요. 함께 작업하는 게 좋아요. 케일리는 천재예요. 비교 대상이 없어요."

댄스는 입양 서류와 편지를 보았다.

"메리-고든은 몰라요?"

"몰라요. 비숍이 수엘린과 남편에게 절대 사실을 밝히지 않는다는 증서에 서명하게 했어요. 한마디라도 하면 양육권을 잃게 될 수도 있어요."

댄스는 비숍 타운이 그랬다는 말을 듣고 잠시 눈을 감고 고개를 저었다. 심란했지만, 조금도 놀랍지는 않았다.

자이글러가 씁쓸하게 웃었다. "이 사업에서 필사적인 건 나 한 사람이 아니거든요."

댄스는 서류를 자기 가방에 넣었다. "생각해볼게요. 지금은 당신이 보비의 트레일러에서 개인 서류를 찾았던 걸로 해두죠. 가져간 것은 중요하지도 않고, 이 사건과 무관해요." 댄스는 그를 냉랭하게 바라보았다. "하지만 당신은 아직 살인용의자예요."

"보비가 죽었을 때, 나는 카멀의 호텔에 있었어요."

"누가 증명해줄 수 있나요?"

그는 잠시 생각해보았다. 그리고 말했다. "혼자 있었어요. 정말 속이 상했거든요. 그 직전에 다른 아티스트에게 잘렸어요. 누군가와 접촉한 거라고는 집사람에게 남긴 메시지뿐이에요." 그는 불쌍한 눈빛으로 댄스를 보았다. "커리어가 끝났다고, 애처럼 울면서 남긴 음성 메시지로는 안 되나요?"

"될 수도 있겠네요." 댄스가 말했다.

51

"비틀스 노래가 아니라고요?" 데니스 하루튠은 실망한 기색을 감추지 못하며 물었다. 그때까지 보여준 것 중 가장 강렬한 감정 표현이었다.

"그런 것 같아요."

댄스는 웹사이트 파트너이자 진짜 음악 역사가인 마틴에게 전화를 걸었고, 그는 몇 군데 알아보더니 자이글러가 말한 내용에 대해 다시 확인해주었다. 그랬다. 비틀스의 미발표곡이 있다는 소문은 오랫동안 있었지만, 자이글러의 주장에 모두 동조하는 편이었다.

댄스, 하루튠, 크리스털 스태닝은 레드루프인 모텔의 주차장에 모여 있었다. 순찰차의 라이트가 빠르게 번쩍였다. 절차가 그런 모양이지만, 댄스는 당장 껐으면 했다.

오닐은 한참 만에 전화를 끊더니 고개를 들었다. "알리바이 말인데요. 상당히 좋은데요."

휴대전화 데이터와 "애처럼 울면서 남긴" 음성 메시지는 보비 프레스콧이 프레즈노 컨벤션센터에서 살해되던 그 순간, 배리 자이글러가 차로 두 시간 넘게 걸리는 장소에 있었다는 사실을 확인시켜 주었다.

"왜 보비의 트레일러에 들어갔대요?" 하루튠이 물었다. "뭘 찾으려고?"

댄스는 어깨를 으쓱였다. "개인적인 용무 같아요. 사건과는 무관해요. 그의 말을 믿어요."

오닐이 흥미롭다는 눈빛으로 댄스를 보았다. 댄스의 행동이 평소와 달랐을까? 그렇다면 오닐은 매우 잘 알 것이다.

하루튠이 말했다. "그걸로 체포할 필요는 없겠군요. 하지만, 판단 오류도 경범죄인 건 확실하죠." 그는 차로 걸어가더니 자이글러를 내리게 하고 수갑을 풀어주었다. 댄스는 두 사람 사이에 무슨 대화가 오가는지 알 수 없었지만, 엄격한 훈방 조치일 것이라고 생각했다. 자이글러는 댄스 쪽을 한 번 보더니 컴퓨터가방을 챙겨 손목을 문지르며 방으로 돌아갔다.

댄스는 서류를 케일리에게 주고 그 문제를 어떻게 처리할지 결정시킬 생각이었다.

"그럼." 하루튠이 말했다. "실마리도 없고, 용의자도 없군요."

"증거는 있어요." 크리스털 스태닝이 말했다. "현장이랑 에드윈의 뒷마당에서 모은 거요."

"증거라." 하루튠이 뚱하게 중얼거렸다. 과묵한 사람이니 그 역시 하나의 감정 표현일 거라고 댄스는 생각했다. "미안하지만 현실은 〈CSI〉 드라마 같지 않아요. 찰리의 감식반이 잘하기는 하지만 찾아낸다고 다 되는 게 아니죠. 추리가 필요해요."

또 한 차례 모래바람이 일어났다. 댄스는 그것을 바라보며 고개를 갸우뚱했다.

"왜?" 오닐이 댄스의 얼굴을 살피며 물었다. 무언가 알아차린 것이다.

작은 회오리가 사라졌다.

캐트린 댄스는 휴대전화를 꺼내 전화를 걸었다.

52

두 시간 뒤, 네 사람은 보안관 사무소에 다시 모였다. 정확히는 정직중인 매디건의 방에 모였다. 형사부에서 가장 큰 곳이자 두세 명이 한꺼번에 들어갈 수 있는 유일한 방이었다.

경감이 세이프웨이 슈퍼마켓의 할인 쿠폰을 모아둔 것을 보고 댄스는 약간 울적해졌다. 장을 본 모양이었다. 아이스크림 쿠폰은 하나뿐이었다. 파인트 하나를 사면 공짜로 하나를 더 드립니다.

댄스는 문자 메시지를 받아 읽은 뒤 수사관들에게 물었다. "배달 출입구 좀 알려줄래요?"

하루튠과 스태닝이 서로 보더니 스태닝이 말했다. "그럼요. 따라 오세요."

댄스와 함께 모두 스태닝을 따라갔고, 잠시 걸어가다가 중앙 건물 뒤쪽 물품 하역장에 난 커다란 문 앞에 멈췄다. 문 앞에는 주차장으로 연결되는 경사로가 있었다.

"좋아요. 이거면 되겠어요." 댄스는 전화를 걸더니 입구를 알려주었다. 그리고 전화를 끊고 이렇게 설명했다. "이번 주말에 집에 손님이 오거든요. 콘퍼런스 때문에 새너제이에 와 있는데, 여기 좀 와달라고 부탁했어요. 캘리포니아 고속도로 순찰대에 경광등을 좀 사용할 수 있게 해달라고 말해뒀는데, 생각보다 빨리 왔네요."

바로 그때 흰색 밴이 들어와 멈춰섰다. 옆문이 열리고 장애인용 경사면이 땅으로 내려왔다. 잠시 후, 검은 머리에 코가 잘생긴 남자가 빨간 전동 휠체어를 몰아 빠르게 경사면을 내려오더니 문을 통해 하역장으로 들어왔다. 황갈색 바지에 자주색 긴팔 셔츠를 입은 그는 밖에 많이 나다니지 않는 사람답게 창백했다. 키가 크고 청바지에 검은 티셔츠, 검은 재킷을 입은 붉은 머리 여자와 머리를 깔끔하게 다듬은 젊고 늘씬한 남자도 함께 내렸다. 그는 고급 바지에 흰 셔츠, 줄무늬 타이 차림이었다.

"링컨!" 댄스가 허리를 숙여 휠체어에 탄 남자 뺨에 뺨을 갖다댔다. "어밀리아." 댄스는 링컨 라임의 파트너, 어밀리아 색스를 끌어안았다.

"안녕하세요, 톰." 댄스는 라임의 생활을 도와주는 청년에게도 인사했고, 그 역시 댄스와 따뜻하게 포옹했다.

"굉장히 오랜만이네요." 톰이 말했다.

"캐트린이랑…… 마이클 오닐이군요." 라임이 그에게 재빨리 눈길을 던지며 말했다.

놀란 오닐이 말했다. "맞습니다." 그는 라임을 만난 적이 없었다. "어떻게 아셨죠?"

"몇 가지가 보이는군요. 무기를 갖고 다니니 공공 안전을 지키는 사람이고, 저기 프레즈노-마데라 쪽은……." 하루튠과 스태닝에게 고갯짓. "제복을 입고 있지만 명찰을 보니 형사더군요. 그러니 이곳 정책은 형사도 제복을 입는 것인데, 당신은 입고 있지 않으니 다른 구역에서 온 사람이겠죠. 바깥에 몬터레이 카운티 부두 패스가 붙은 차가 있었고. 햇볕에 그을린 피부에 체격이 좋은 걸 보니, 바다에서 배를 타거나 낚시를 하는 사람 같고. 당신과 캐트린이 자주 함께 일하는 것도 알고 있고. 그러니…… 마이클 오닐인 것이죠. 아니면 두 사람 사이의 보디랭귀지를 보고 알았다고 할 수도 있고." 링컨 라임이 비꼴 때 대체로 그렇듯, 웃지도 않고 한 말이었다.

라임이 목을 살짝 움직이자 오른팔이 부드럽게 앞으로 나왔다. 그는 오닐과 악수를 했다. 댄스는 그가 얼마 전 수술받은 것을 알고 있었다. 그는 목 아래로는 거의 움직이지 못하는 사지마비 상태였다. 몇 년 전 뉴욕 경찰의 현장감식반 팀장으로 일하다가 부상을 입었다. 수술은 성공했고, 오른팔과 손을 거의 마음대로 움직일 수 있게 되었다. 목과 어깨, 머리 근육을 섬세하게 움직여서 팔과 손을 통제하는 것이다.

그는 비슷한 동작으로 하루튠, 스태닝과도 인사를 했고 색스가 라임의 도우미 톰 레스턴을 소개했다.

하루튠이 말했다. "캐트린이 전문가를 초청했다더니 라임 수사관 같은 분이 오실 줄은 몰랐군요. 와주셔서 감사합니다. 뉴욕에 계시다고 들었는데요. 캘리포니아에는 무슨 일로 오셨습니까?"

"누굴 만나러 왔어요." 그는 짧게 대답했다. 그걸로 끝이었다. 그는 말이 많지 않았다. 마이클 오닐보다도 말수가 적었다.

색스가 설명했다. "새너제이의 법의학 콘퍼런스에서 강의를 하셨어요. 그리고 캐트린의 가족 분들과 퍼시픽 그로브에서 며칠 지낼 계획이었죠."

댄스는 몇 년 동안 라임과 함께 일했다. 그 인연으로 댄스는 그와 색스를 초대했다. 라임은 여행을 좋아하지 않았다. 이동이 복잡하다는 문제도 있었지만, 그는 천성적으로 나다니는 것을 좋아하지 않았다. 하지만 법의학과 현장감식 작업 컨설턴트로서 그를 원하는 사람들이 있었고, 새너제이에서 의뢰한 그 주제에 관한 강의를 수락한 것이었다.

댄스의 아버지가 집에 손님을 맞기 위해 준비한 것은, 라임이 현관으로 들어올 수 있도록 경사면을 설치하고 화장실에 몇 가지 변형을 가한 것이었다. 라임은 모텔에서 지낼 테니 신경 쓰지 말라고 했다. 하지만 은퇴한 스튜어트 댄스는 목공 도구를 쓸 구실이 생겨 기뻤다.

하루튠이 말했다. "진심으로 반갑습니다, 라임 형사님."

아주 빠른 대답. "링컨이라고 하시면 됩니다. 퇴역했어요." 그는 하루튠의 말에 살짝 짜증 섞인 즐거움을 드러냈다.

"어밀리아가 운전을 했나 보네요." 댄스가 톰을 보고 웃으면서 말했다. 시간 때문에 한 말이었다. 새너제이는 프레즈노에서 200킬로미터 정도 떨어져 있는데 그들은 한 시간 반 만에 도착했다. 장애인용 밴을 타고. 댄스와 달리, 색스는 자동차광이었다. 자동차를 직접 수리하기도 했고, '긴장을 풀기 위해' 경주장을 시속 300킬로미터로 달리기도 했다.

색스가 미소를 지었다. "거의 직선도로였어요. 경광등을 켜면 항상 도움이 되죠."

라임은 이곳이 법의학 실험실일 줄 알았다는 듯 창고 주위를 둘러보며 얼굴을 찡그렸다. "자, 내가 봐줬으면 하는 것이 있다면서요?" 라임은 사교에 시간을 쓰는 사람이 아니었음을, 댄스는 떠올렸다.

"꽤 좋은 실험실이 있습니다." 하루튠이 말했다.

"그런가요?" 라임의 목소리에서 냉소가 느껴졌다. 댄스는 맨해튼 센트럴파크 웨스트에 있는 라임의 집에 가본 적이 있다. 그는 응접실을 훌륭한 법의학 실험실로 꾸며놓았고, 그곳에서 컨설턴트로서 색스와 다른 수사관들과 함께 뉴욕의 주요 사건 현장을 연구했다.

냉소를 알아차리지 못한 스태닝이 자랑스레 말했다. "네, 그렇습니다. 매디건 경감님이 현장감식반을 설치하느라 굉장히 애썼습니다. 베이커스필드의 수사관까지 여기로 샘플을 보내죠. 강간 조사 키트만 있는 게 아닙니다. 꽤 복잡한 기계도 많아요."

"베이커스필드라." 라임이 더욱 비꼬며 말하자 톰이 흘낏 보았다. 겸손한 태도는 필요 없다고 확인시켜주는 눈빛이었다. 하지만 댄스는 그의 태도가 소도시에 대한 편견과는 무관할 것이라고 짐작했다. 라임은 상대를 가리지 않고 괴팍하게 구는 사람이니까. 그는 뉴욕 경찰, 영국 경시청, FBI도 모두 괴롭혔다. 주지사와 시장 들도 그의 분노를 피하지 못했다.

"음, 괜찮으시다면 가보죠."

"이쪽으로 가시죠." 하루튠이 안쪽 문을 가리키며 말했다.

그 건물을 지나 옆문으로 나갔다. 댄스는 사건에 대해 브리핑하며 용의자가 상당히 까다로운 상대라고 설명했다. "이름은 에드윈 샤프예요. 범인일 수도, 완전히 무죄인 희생자일 수도 있어요."

하루튠이 말했다. "범인은 케일리 노래를 틀어놓음으로써 공격을 알립니다."

라임은 분명히 흥미를 느꼈다. "흥미롭군, 좋아요." 그러고는 너무 즐거운 티를 냈다고 판단했다. "그리고 머리가 좋죠? 전화로 시작하더니 라디오 신청곡 같은, 다른 경로로 바꿨죠?"

"그렇습니다." 스태닝이 말했다. "라디오는 아니고, 가장 최근에는 고등학교 운동장에서 노래를 틀었습니다."

라임은 인상을 썼다. "그 생각은 못 했군. 흥미롭군요, 정말로."

댄스가 덧붙여 말했다. "증인을 찾고 있어요. 알리바이도 나올 수 있고. 그런데 그는 누군가 **자신**을 지켜보고 있고, 그래서 범인 누명을 씌우려 한다고 주장해요. 그 증거도 살펴봐야 해요."

색스가 물었다. "면담해보셨어요?"

"네. 하지만 동작 분석이 확실하지 않아요. 스토커의 자질은 갖고 있어요. 감정 표현이 적고, 애착 문제가 있고, 현실 파악에도 문제가 있어요."

색스는 고개를 끄덕였다. 캐트린 댄스는 아래를 내려다보았다. 구두를 좋아하는 댄스는 어밀리아 색스의 검은 하이힐 부츠를 보고 감탄하지 않을 수 없었다. 전직 패션모델 색스는 성층권을 향해 더욱 높이 올라가 있었다.

라임이 물었다. "에드윈의 집이나 아파트에서 채취한 샘플은?"

댄스가 말했다. "집이에요. 수색을 허락했지만, 미리 싹 치웠을 수도 있어요."

하루툰은 영장 없이 수색하는 바람에 두 명이 정직을 당했다고 설명했다. 범인은 다른 수사관에게서 권총을 훔쳐 그 역시 정직중이라고 했다.

"미친놈이군." 라임은 이렇게 말했고, 그 소식에 이상하게 기뻐하는 눈치였다. 아마 그가 특히 똑똑하고 어려운 상대를 좋아하기 때문일 것이다. 그에게 최악의 적수는 권태였다.

실험실로 들어가 찰리 신을 만났다. 하루툰이 이곳에 온 라임을 보고 반가워했다면, 신은 '보잘것없는 곳'에 현장감식의 전설이 찾아오자 제정신이 아니었다.

라임은 다소 냉소적인 반응을 보였음에도 실험실의 수준 높은 장비가 흡족한 모양이었다. 라임의 보디랭귀지는 굉장히 제한적이지만, 그의 감정은 댄스에게는 펼쳐놓은 책처럼 읽어내기 쉬웠다.

찰리 신은 라임의 전문 지식이 필요한 부분에 대해 브리핑했다. "수색도 하고 분석도 했습니다. 하지만 결과는 대부분 미가공 데이터입니다. 이걸로 어떻게 해야 할지 모르겠습니다. 견해를 알려주시면 감사하겠습니다."

라임은 눈으로 천장을 훑어보며 듣고 있다가 불쑥 이렇게 말했다. "색스, 차트를 돌리지."

라임은 사건을 수사할 때 그래픽 자료를 이용했다. 수집한 증거를 적게 한 뒤, 그 앞에서 휠체어로 오가면서 인상을 찡그린 채 중얼거리며 분석했다. 신은 감식반에서 발견한 것을 불렀고 색스가 받아적었다.

- 일요일. 로버트 프레스콧 살인, 컨벤션센터 무대/오케스트라 피트/비계
  스트립램프
    - 일치하는 피문* 없음
    - 일치하는 장비 자국 없음(윙너트로 제거)
  15미터 길이의 전원 케이블
    - 일치하는 지문 없음
  오케스트라 피트 연기 감지기, 꺼놓음
    - 일치하는 지문 없음
    - 자국은 라텍스 장갑에서 생긴 것으로 확인. 브랜드 불명
      에드윈 샤프 소유의 장갑과 연결 불가
  희생자의 동선에서 특수 상자가 제거되어 있음

* 피부의 주름 모양.

– 일치하는 지문 없음

– 자국은 라텍스 장갑에서 생긴 것으로 확인. 브랜드 불명.
  에드윈 샤프 소유의 장갑과 연결 불가

무대/오케스트라 피트/비계에서 독특한 흔적

– 트리글리세라이드 지방(라드)

  ↳ 2700K 색온도(노란색)

  ↳ 녹는점: 4.4–10도

  ↳ 비중: 40도에서 0.91

발자국/운송 수단 자국 없음

- 월요일. 프레더릭 블랜턴 살인, 샌와킨 강가 주유소

  9밀리미터 탄피

  – 가브리엘 푸엔테스 형사의 권총이었을 가능성이 있음
    비교할 탄환이 없음

  – 일치하는 피문 없음

  – 차개 자국이 셰리 타운 현장에서 발견된 것과 일치

  9밀리미터 탄환 1개 발견

  – 셰리 타운 현장에서 발견한 것과 홈 모양이 일치

  촉매

  – 셸 휘발유, 89옥탄

  – 휘발유통 소실

  발자국/운송 수단 자국 없음

- 월요일. 프레더릭 블랜턴 거주지, 프레즈노

  관련 있는 피문, 발자국, 운송 수단 자국 없음

- 월요일. 프레즈노 대학 강의실 건물 공중전화

  관련 있는 마찰 자국 없음

  특이 흔적 수집

  – 칼슘 파우더. 약/소화보충제?

– 화학물질: 갈철석, 침철석, 방해석

발자국/운송 수단 자국 없음

- 화요일. 셰리 타운 공격 현장

  담뱃재

  9밀리미터 탄피 23개

  – 가브리엘 푸엔테스 형사의 권총이었을 가능성이 있음

  비교할 탄환이 없음

  – 피문 없음

  – 차개 자국이 주유소 현장과 일치

  9밀리미터 탄환 7개

  – 홈 자국이 프레더릭 블랜턴 현장과 일치

  피문 없음

  발자국/운송 수단 자국 없음

- 화요일. 에머슨 고등학교 운동장, 방송 설비

  피문 없음

  발자국/운송 수단 자국 없음

  특이 흔적 수집

  – 칼슘 파우더. 약/소화보충제?

- 화요일. 마운틴뷰 모텔 건너편 공원

  말보로 담배, DNA 분석 요청

  낚싯줄, 상표 없음

  피문 없음

  발자국/운송 수단 자국 없음

- 수요일. 에드윈 샤프의 집

  외부:

  부츠 자국, 카우보이 부츠로 추측. 사이즈, 성별 확인 불가

운송 수단 자국 없음

특이 흔적 수집

- 트리글리세라이드 지방(라드)
  - ↳ 2700K 색온도(노란색)
  - ↳ 녹는점: 4.4–10도
  - ↳ 비중: 40도에서 0.91
- 곰팡이
- 화학물질: 갈철석, 침철석, 방해석
- 석회 황합제가 섞인 미네랄 오일
- 칼슘 파우더. 약/소화보충제?
- 수산암모늄

내부:

라텍스 장갑, 프레스콧 살인 현장의 것과 연결 안 됨

가정용 세정제(흔적을 지우기 위한 것?)

담배, 성냥, 라이터, 담배 냄새 없음

링컨 라임은 차트를 자세히 보았다. "좋지도, 나쁘지도 않군. 시작합시다."

53

"컨벤션센터의 출입 경로는?"

신이 설명했다. "창문과 인프라 시설 접근 경로, 하역장을 포함해서 스물아홉 곳입니다. 수천 개의 자국과 흔적 샘플이 있었습니다."

링컨 라임이 말했다. "그렇군요. 맞아요. 가끔은 증거가 부족하기보다 **많아서** 문제지…… 출입구 수를 알고 있다니 기쁘군요, 찰리. 수색 잘했어요."

"감사합니다, 선생님."

"링컨이라고 불러요." 그는 차트에 몰두한 채로 호칭을 정정했다.

라임과 신은 일을 시작했다. 댄스는 라임이 손님으로 왔으니 덜 날카롭게 굴지 않을까 했지만, 분명 아니었다. 에드윈의 집 뒤에 침입자가 서서 감시할 곳이 두 군데 있다는 것을 알게 된 라임은 어느 흔적이 어느 곳에서 나온 것인지 물었다. 대여섯 개의 수집 백에는 이렇게만 적혀 있었다. '**샤프의 집 뒤에서 나온 흔적 증거, 우드워드 서클 웨스트.**'

"어, 사실 그건 구분하지 않았습니다."

라임의 말. "아." 큰소리로 비난하는 것이나 다름없었다. "앞으로는 그 부분도 고려해보는 게 좋겠군요."

라임은 댄스에게 이렇게 말한 적이 있었다. "실마리를 찾은 장소는 매우 중요해요. 필수죠. 범죄 현장은 부동산과 비슷하죠. 위치, 위치, 위치가 전부예요."

다른 한편, 흔적에 관한 한 신은 라임이 가장 중요하게 여기는 요건을 만족시켰다. 즉, 현장에서 범인이 흘렸을지도 모르는 '독특한' 것을 간추리는 것이었다. 근처 지점에서 여러 샘플을 채취함으로써 실행하는 그것을 샘플라samplar라고 불렀다. 특정 물질이 주위 환경과 다르면 범인에게서 나온 것일 수도 있다.

신의 수사관들은 이 일을 아주 잘했다. 모든 현장에서 수백 개의 샘플라를 채취해 비교하도록 한 것이다.

"괜찮군." 라임이 말했다. 그로서는 상당한 칭찬이었다. 그리고 이렇게 말했다. "그럼, 이제 담뱃재를."

스태닝이 물었다. "담뱃재 샘플이 일치하는지 알고 싶습니다."

"그렇죠, 물론 **일치**하지 않을 겁니다. **일치**란 두 개 이상의 물체가 똑같을 때 쓰는 말이잖아요." 라임이 중얼거렸다. "실제로 일치하는 물체는 거의 없어요. 피문, 물론 지문과 발자국. DNA, 탄환의 홈 모양, 차개 자국. 드물게 장비의 자국. 하지만 흔적의 경우에는? 몇 가지 물질은 반감기를 분석해서 **일치**한다고 주장할 수 있지만, 그건 원자핵 수준에서나 할 수 있죠."

라임은 휠체어를 돌려 스태닝을 바라보았다. "18퍼센트 베이킹소다, 2퍼센트 베이비파우더와 섞인 코카인을 발견했다고 칩시다. 그리고 똑같은 비율로 정확히 똑같은 재료가 섞인 다른 샘플이 있다고 합시다. 그건 일치하는 건 아니지만 **관련**이 있는 거죠. 배심원

단은 그것이 같은 데서 나온 것이라고 추론합니다. 물론, 우리 사건에서는 누군가 멀리 떨어진 두 곳에서 같은 담배를 피웠을 수도 있어요. 하지만 그럴 가능성은 상당히 낮아요. 그렇다고 생각하지 않겠어요?"

"물론 그렇겠죠." 스태닝은 더는 말하지 않기로 작정한 얼굴이었다.

"증언하시면 유죄 판결을 많이 받아내시겠네요." 신이 말했다.

"거의 100퍼센트죠." 라임이 겸손한 척 말했다. "물론, 가능성이 없으면 재판을 하지 말라고 권유해요. 그렇다고 큰소리를 쳐서 자백을 받아내는 일이 없는 것도 아니고. 자, 이제 유도 결합 플라스마 테스트를 해야 되겠군요."

신이 말했다. "질량분석계요. 네, 그건 할 수 있습니다."

"참 기쁘군요."

"하지만…… 음, 그냥 궁금해서 그러는데요. 재를 분석하시면서 왜 그걸 쓰십니까?"

"금속 때문이죠." 색스가 말했다.

신이 이마를 톡톡 두드렸다. "담뱃재의 금속 성분을 추적하는 거군요. 대단해요. 그런 생각은 못 해봤습니다."

라임이 무심하게 강의했다. "재만 확보한 경우에 담배의 브랜드와 출처를 알아내는 데 가장 확실한 방법이죠. 담배 자체가 한 조각이라도 있다면 훨씬 더 좋겠지만. 그렇다면 건조와 기타 흡수된 흔적 물질도 감안할 수 있으니까요. 그러면 저장 위치와 기간도 정확히 알아낼 수 있죠." 그는 한 가지를 덧붙였다. "어느 정도까지는."

신은 샘플을 준비해 테스트했고 잠시 후 답을 얻었다.

컴퓨터 스크린을 보던 라임이 말했다. "아연 351.18, 철 2785.74,

크롬 5.59. 비소는 없고. 그렇군, 말보로야."

"그걸 어떻게 아세요?" 하루튠이 물었다.

라임은 어깨를 으쓱여 자신이 할 수 있는 몇 안 되는 동작 가운데 하나를 보여주었다. 그가 꽤 자주 쓰는 동작이었다.

그가 말했다. "두 장소에 동일인이 있었을 가능성이 있군요. 하지만 셰리 타운이 공격당했을 때 A가 말보로를 피우며 현장에 있었을 가능성도 있다는 걸 잊지 말아요. B가 그것을 하나 얻어서 마운틴뷰 모텔에 덫을 놓았을 수도 있죠. 가능성이 높지는 않지만, 배제할 수는 없어요. DNA는 얼마나 걸리죠?"

"며칠 더 있어야 합니다."

찌푸린 얼굴. "물론 뉴욕이라고 더 낫지도 않아요. 하지만 DNA가 나올 것 같지도 않아요. 범인이 똑똑하니까. 입에 물지 않고 끝을 불어서 불을 붙였을 거예요. 참, 샤프라는 자가 담배를 피우나요?"

"전에는 피웠어요." 댄스가 말했다. "지금도 가끔 피우는 걸로 추정되는데, 확실히는 몰라요."

라임은 발끝만 찍힌 부츠 발자국에서는 아무런 결론을 끌어낼 수 없었다. 색스가 정전인쇄 사진을 살펴봤다. "카우보이 부츠가 맞는 것 같아요. 눈에 익은 거네요. 몇 년 전에 뉴욕에서 많이 보였던 거예요. 라인 댄스가 엄청 유행할 때." 색스는 라임이 신발 데이터베이스도 구축해놓았지만 그 사진이 너무 흐려서 브랜드 이름을 알 수 없다고 했다.

"좋아요. 낚싯줄은…… 거긴 아무것도 없겠군요. '브랜드가 없는 것'은 내가 아주 싫어하는 품목이죠. 탄피를 봅시다."

신은 블랜턴과 셰리 타운에게 쓴 권총이 같을 것이라고 다시 말했다.

"'일치'라고 말해도 돼요." 라임이 말했다. "이 경우에는 그래도 상관없어요. 하지만 그 총은 어디서 난 거죠? 수사관에게서 훔친 거라고요?"

"가능성이 있습니다. 가브리엘 푸엔테스, 정직 상태입니다."

"들었어요."

"확인할 수 있으면 좋겠습니다. 그러면 샤프의 범행으로 볼 수도 있을 겁니다. 총을 도둑맞았을 때 그가 가브리엘의 차 근처에 있었거든요. 하지만 확실하진 않습니다."

"그래요? 차개 자국과 긁힌 부분 클로즈업 사진을 봅시다." 라임이 말했다. "그리고 나사산 자국도."

라임이 살펴볼 수 있도록 신이 사진을 테이블 위에 올려놓았다. "하지만 가브리엘의 글록 샘플이 없습니다. 그에게 물어봤는데……."

"알아요."

"아, 네. 있었다면 권총의 정체를 알 수 있었을 겁니다."

"그렇죠." 라임은 사진을 살피면서 이맛살을 찌푸렸다. "색스?"

댄스는 두 사람이 연인이자 동료이면서 서로 성으로 부른다는 사실을 떠올렸다.

색스도 사진을 살펴봤다. 아마 라임이 흥미를 가진 대상을 색스는 정확히 아는 모양이었다. "4000이라고 봐."

"그렇군." 라임이 말했다. "푸엔테스의 총 일련번호가 필요해요."

컴퓨터에서 재빨리 조회했다. 라임이 번호를 확인했다. "좋아요, 이 총은 사 년 전, 오스트리아의 유능한 친구가 만든 겁니다. 푸엔테스라는 사람에게 언제 샀는지, 얼마나 자주 쐈는지 물어보세요."

하루튠이 전화를 걸어 받아 적더니 고개를 들었다. "다른 건 필요 없습니까, 링컨?"

"네. 지금은요. 나중에 생길 수도 있죠. 휴대전화 잘 챙기라고 전해주세요."

삼 년 전에 새것으로 구입한 권총이며, 한 달에 두어 번 정도 사격장에 가져갔다는 답변이 돌아왔다. 한 번에 보통 50발 정도 쏜다고 했다.

라임은 수사관들 머리 위를 응시하고 있었다. "삼 년 동안 이 주마다 50발이라면 3900발 정도 쏘았다는 뜻이군요. 탄피와 탄환 모양으로 봤을 때, 색스는 권총을 4000발 정도 쏘았을 거라고 했습니다. 예리하죠." 그는 색스를 보았다.

색스가 설명했다. "놋쇠가 늘어난 정도, 목 부분에 생긴 금, 나사산이 늘어난 것. 모두 그 정도 쏜 권총에서 흔히 볼 수 있는 거죠."

신은 암기하는 표정으로 고개를 끄덕였다.

"그럼. 정말로 가브리엘의 권총이군요."

"그럴 가능성이 높아요." 색스가 말했다.

"현미경! 찰리, 현미경이 필요해요!" 라임이 외쳤다.

"저, 전자현미경은……."

"아니, 아니, 아니야. 필요한 건 그게 아니에요. 분자를 다루는 게 아니잖아요. 광학, 광학현미경으로!"

"아, 네."

신에게는 두 개의 묵직한 현미경이 있었다. 하나는 반투명한 샘플의 아래에서 불을 비추는 생물학 현미경이었고, 또 하나는 불투명한 샘플 위에 불을 비추는 금속공학 현미경이었다. 신이 광학현미경을 준비하자 라임이 그를 밀어냈다. 라임은 오른손을 써서 흔적 샘플에서 슬라이드를 서너 개 가져다 두 개의 현미경을 모두 이용해 하나씩 살폈다.

"흔적 분석은 잘했어요, 찰리. 원래의 자국을 좀 봅시다."

신이 영상을 띄우자 라임은 스크린을 살펴봤고, 샘플 몇 개는 직접 보았다. 댄스에게는 그가 하는 말이 정확히 들리지 않았지만 "좋아, 좋아…… 대체 이건 뭐지? 아, 말도 안 돼…… 흠, 흥미롭군…… 그렇지"라는 말이 이따금 들려왔다.

라임은 슬라이드를 꺼내더니 가리켰다. "곰팡이 데이터베이스 비교와 시약 테스트를 빨리 해줘요."

기술자 한 명이 시약 테스트를 했다. 찰리 신이 말했다. "곰팡이 데이터베이스는 없습니다."

"정말?" 라임이 말했다. 그리고 그에게 한 웹사이트 주소와 아이디, 패스워드를 알려주었다. 오 분 뒤 신은 라임이 모아놓은 데이터베이스를 살펴보며 메모를 했다.

눈으로는 차트를 보면서 라임이 말했다. "하루튠이라. 아르메니아 사람이군."

하루튠이 끄덕였다. "프레즈노에 큰 커뮤니티가 있습니다."

"알아요."

라임이 그걸 **어떻게** 알았을까? 댄스는 궁금했다. 하지만 범죄전문가의 백과사전 같은 머릿속을 궁금해한다고 무슨 소용이 있을까. 그는 아이들도 아는 사실을 전혀 모르기도 했다. 남들이 잘 모르는 것들은 그의 머릿속에 잘 저장되어 있었다. 그 사실이 증거를 분석하는 데 도움이 되는지, 장차 도움이 될 수 있는지가 관건임을 댄스도 알고 있었다. 댄스는 라임이 지구가 태양 주위를 돈다는 걸 모른대도 놀라지 않을 것이다.

마침내 새로운 테스트 결과가 들어왔고 라임은 신의 수사관이 분석한 이전 결과와 지금 나온 결과를 함께 살펴봤다. 원자료일 뿐이지만 링컨 라임만큼 원자료를 쓸모 있는 것으로 잘 만들어내는 사람도 없었다. "자, 에드윈의 집 바깥에서 수집한 이 곰팡이는 보통 전통적인 살충제 대신 사용하는 것이고, 미네랄 오일도 살충제 대신 사용하죠.

또, 그의 집 실내와 컨벤션센터에서 나온 트리글리세라이드…… 이런 색온도와 녹는점이라면 소가죽 오일Neatsfoot Oil일 거예요. 야구 글로브나 가죽 스포츠 용품, 마구, 권총띠에 쓰죠. 저격수들이 많이 쓰고. 전에는 소뼈로 만들었어요. 니트neat는 소를 가리키는 옛말이죠. 요즘은 주로 라드로 만들죠. 그래서 트리글리세라이드가 나온 거예요." 그는 이맛살을 찡그리며 차트를 보았다. "수산암모늄은 잘 모르겠군요. 그건 좀 더 살펴봐야 되겠어요. 하지만 갈철석, 침철석, 방해석은? 그건 맥석이에요."

"맥석이 뭐죠?" 오닐이 물었다.

"부산물이에요. 일반적으로는 공장에서 나오는 미사용 물질이죠. 특히 광석을 채집하고 처리할 때 자주 발견돼요. 프레즈노 대학 공중전화의 흔적에도 같은 물질이 있던데, 그가 공격을 알리기 위해 케일리에게 전화를 건 곳이죠."

라임이 목소리로 흥분을 드러내며 말했다. "그리고 여기 또 한 가지." 그는 증거 백을 한 번 보았다. "방송 설비실과 공중전화, 그리고 에드윈의 집 뒤에서 칼슘 파우더가 나왔죠? 하지만 이건 약품이나 소화보조제가 아니에요, 찰리. 이건 뼛가루예요."

"음, 그것도 사람들이 보충제로 먹지 않나요?"

라임은 인상을 찌푸렸다. "먹고 싶지 않을걸요. 깜빡하고 말하지 않았는데, 인간의 뼈예요."

54

뼛가루는 극소량이라 그 출처를 확인하려면 공초점 레이저 현미경이 필요할 거라고 라임이 설명했다. 그러면서 그 마법의 장치가 근처에 있기라도 한 것처럼 주위를 둘러보았다.

찰리 신은 그 기계가 무엇인지 알고, 구하고 싶기는 하지만 FMCSO에는 그럴 돈이 없다고 말했다.

"음, 99퍼센트 확실해요. 입자 모양과 가루의 기하학적 구조를 보면 인간의 뼈예요. 아니라면 굉장히 놀라운 일입니다."

하지만 그 정보를 가지고 무엇을 할 수 있을지, 라임은 알 수 없었다. "그게 큰 그림 속에 어떻게 맞아 들어가는지 모르겠군요. 혹시 여기 등장인물 중에 직업이 뼈와 관계된 사람이 있나요? 외과 의사나 치과 의사라든가."

"아뇨."

"장의사는요?" 하루툰이 물었다.

"장의사는 뼈로 하는 일이 별로 없죠. 검시관이나, 병리학자도 있군요. 잠깐, 그가 전화를 건 프레즈노 대학에 의대가 있나요?"

"네." 하루튠이 보고했다.

"아, 그거일 수도 있겠군요. 교실에 인간 뼈가 있을 테고, 수술용 톱도 쓸 것이고. 더 정보가 생기기 전까지는 그가 학교에서 뼛가루를 묻힌 다음 에드윈의 집에서 감시를 계속했다고 가정합시다."

오닐이 말했다. "에드윈의 집 뒤편에 있던 사람이 범인인 것까지는 알게 되었군요."

"그럼, 에드윈이 아니란 뜻이네요." 하루튠이 말했다.

"에드윈 자신이 뼛가루를 묻혀 와서 누가 감시하는지 보려고 갔을 때 흔적을 남긴 게 아니라면 말이죠." 댄스가 말했다.

"바로 그거예요, 캐트린." 라임이 말했다.

하루튠이 중얼거렸다. "이 사건은 내내 그런 식이에요. 그가 범인이었다가, 아니었다가, 범인이었다가, 아니었다가."

라임이 다시 현미경으로 다가갔다. "흠, 아직 더 살펴보고 싶은 게 몇 가지 있어요. 수산암모늄이라…… 스카치?"

크리스털 스태닝이 침묵 선언을 깨뜨렸다. "아…… 알코올 흔적이 나왔어요?"

"아니, 아니. 내가 스카치를 **마시고 싶다고요**."

"아. 음, 사실 보안관 사무소에는 술이 없습니다."

"정말?" 라임이 놀란 목소리로 물었다.

"링컨." 톰이 말했다.

"그냥 물어본 거야." 그는 우울한 표정으로 현미경을 보았다.

댄스와 오닐은 색스가 라임의 추론 내용을 표시해둔 차트를 다시 보았다.

- 일요일. 로버트 프레스콧 살인, 컨벤션센터 무대/오케스트라 피트/비계

스트립램프

- 일치하는 피문 없음
- 일치하는 장비 자국 없음 (윙너트로 제거)

15미터 길이의 전원 케이블

- 일치하는 지문 없음

오케스트라 피트 연기 감지기, 꺼놓음

- 일치하는 지문 없음
- 자국은 라텍스 장갑에서 생긴 것으로 확인. 브랜드 불명
  에드윈 샤프 소유의 장갑과 연결 불가

희생자의 동선에서 특수 상자가 제거되어 있음

- 일치하는 지문 없음
- 자국은 라텍스 장갑에서 생긴 것으로 확인. 브랜드 불명
  에드윈 샤프 소유의 장갑과 연결 불가

무대/오케스트라 피트/비계에서 독특한 흔적

- 트리글리세라이드 지방(라드)
  ↳ 2700K 색온도(노란색)
  ↳ 녹는점: 4.4–10도
  ↳ 비중: 40도에서 0.91
  ↳ **가죽 스포츠 용품, 마구, 권총띠에 쓰는 소가죽 오일로 보임**

발자국/운송 수단 자국 없음

- 월요일. 프레더릭 블랜턴 살인, 샌와킨 강가 주유소

  9밀리미터 탄피

  - 가브리엘 푸엔테스 형사의 권총이었을 가능성이 있음
    비교할 탄환이 없음
    ↳ **그의 권총으로 보임**
  - 일치하는 피문 없음
  - 차개 자국이 셰리 타운 현장에서 발견된 것과 일치

  9밀리미터 탄환 1개 발견

  - 셰리 타운 현장에서 발견한 것과 홈 모양이 일치

촉매

- 셸 휘발유, 89옥탄
- 휘발유통 소실

발자국/운송 수단 자국 없음

- 월요일. 프레더릭 블랜턴 거주지, 프레즈노

관련 있는 피문, 발자국, 운송 수단 자국 없음

- 월요일. 프레즈노 대학교 강의실 건물 공중전화

관련 있는 마찰 자국 없음

특이 흔적 수집

- 칼슘 파우더
    - ↳ **인간의 뼛가루로 보임**
- 화학물질: 갈철석, 침철석, 방해석
    - ↳ **광석 채취 및 처리의 부산물, 맥석으로 보임**

발자국/운송 수단 자국 없음

- 화요일. 셰리 타운 공격 현장

담뱃재

- **말보로로 보임**

9밀리미터 탄피 23개

- 가브리엘 푸엔테스 형사의 권총이었을 가능성이 있음 비교할 탄환이 없음
    - ↳ **그의 권총으로 보임**
- 피문 없음
- 차개 자국이 주유소 현장과 일치

9밀리미터 탄환 7개

- 홈 자국이 프레더릭 블랜턴 현장과 일치

피문 없음

발자국/우송 수단 자국 없음

- 화요일. 에머슨 고등학교 운동장, 방송 설비
  피문 없음
  발자국/운송 수단 자국 없음
  특이 흔적 수집
    – 칼슘 파우더
      ↳ **인간 뼛가루로 보임**

- 화요일. 마운틴뷰 모텔 건너편 공원
  말보로 담배, DNA 분석 요청
  낚싯줄, 상표 없음
  피문 없음
  발자국/운송 수단 자국 없음

- 수요일. 에드윈 샤프의 집
  외부:
  부츠 자국, 카우보이 부츠로 추측. 사이즈, 성별 확인 불가
  운송 수단 자국 없음
  특이 흔적 수집
    – 트리글리세라이드 지방(라드)
      ↳ 2700K 색온도(노란색)
      ↳ 녹는점: 4.4–10도
      ↳ 비중: 40도에서 0.91
      ↳ **가죽 스포츠 용품, 마구, 권총띠에 쓰는 소가죽 오일로 보임**
    – 곰팡이
      ↳ 화학비료 대신 사용된 것으로 보임
    – 화학물질: 갈철석, 침철석, 방해석
      ↳ **광석 채취 및 처리의 부산물, 맥석으로 보임**
    – 석회 황합제가 섞인 미네랄 오일
      ↳ **유기농 살충제로 보임**
    – 칼슘 파우더

ㄴ→ **인간 뼛가루로 보임**

– 수산암모늄

내부:

라텍스 장갑, 프레스콧 살인 현장의 것과 연결 안 됨

가정용 세정제(흔적을 지우기 위한 것?)

담배, 성냥, 라이터, 담배 냄새 없음

댄스의 휴대전화가 울렸다. 댄스는 화면을 보더니 이맛살을 찡그렸다.

"금방 돌아올게." 댄스가 말했다.

그러고는 밖으로 나가 주차장으로 갔다. 매디건의 복장을 보고 웃음이 나올 뻔했다. 그는 카키 바지에 줄무늬 셔츠, 황갈색 조끼를 입고 낚시 모자와 미러 선글라스를 쓰고 있었다.

댄스가 미소를 지었다. "안녕하세요, 저……."

하지만 매디건이 말을 막고 급하게 말했다. "급한 상황이오. 뭔가 발견한 것 같소."

"말씀하세요."

"지금까지 열여섯 시간 동안 인터넷에서 에드윈, 케일리, 팬…… 모든 걸 검색했소."

이것이 댄스가 매디건에게 맡긴 일이었다. 책상 앞에 앉아서 하는 일은 현장에서 뛰기를 좋아하는 매디건 같은 수사관이 달가워할 일이 아니었다. 하지만 댄스는 에드윈의 인터넷 활동을 감시하면서 새로운 포스팅이나, 그가 가는 사이트를 알아내야 한다고 생각했다. 인력이 부족해서 매디건에게 그 일을 맡겼다.

"에드윈은 지금 어디 있소? 감시중이오?"

“네. 확인해볼게요.” 댄스는 전화를 걸었다. 댄스가 사라진 것을 궁금해하고 있을 하루툰에게 그 질문을 전했다. 하루툰은 묻지 않고, “잠깐만요”라고만 대답했다. 잠시 후 그가 다시 전화를 받았다. 목소리에서 불안이 느껴졌다. “이상해요. 에드윈이 패션페어라는 쇼핑몰에 갔는데. 이스트샌타애나 옆 주차장에 차를 세웠대요. 수사관은 에드윈이 돌아올 줄 알고 차에서 기다렸다는데, 그게 두 시간 전이었어요. 아직 돌아오지 않았어요.”

“뒤를 밟는 걸 알고 달아났군요.”

“그런 모양이에요.”

“알겠어요. 몇 분 뒤에 들어갈게요.”

전화를 끊은 뒤 댄스는 매디건에게 그 정보를 전했다. 매디건은 인상을 썼다. “젠장.” 그러고는 물었다. “그가 난폭한 행동을 했다는 증거가 있소?”

“아뇨.” 댄스는 그와 면담한 내용을 설명했다. 그리고 이렇게 덧붙였다. “그런 사람들은 감정을 확실하게 통제해요. 하지만 그러다가 순식간에 폭발하기도 해요.”

“흠.” 매디건이 다급하게 말했다. “걱정되는 일이 있소. 삼십 분 전에 케일리의 팬사이트 몇 곳에 포스팅이 올라왔소. 익명인데, 에드윈이 전에도 글을 올렸던 사이트요. 내용은 똑같이 ‘뉴스를 잘 봐, 케일리. 이제야 내가 널 얼마나 사랑하는지 알게 될 거야’라는 내용이고.”

“존 힝클리로군요.”

“그렇소. 첫 브리핑 때 해준 이야기를 기억하고 있거든.”

이따금 현실에서 완전히 벗어난 스토커가 사랑하는 상대와 함께할 수 있다는 희망이 없어지면, 상대의 머릿속에 자신을 영원히 각인하기 위해 사람을 죽이기도 한다는 설명이었다.

"그 사이트 주소가 여기 있소." 매디건이 노란 종이 한 장을 건넸다. "컴퓨터 범죄팀에게 어디서 만든 건지 알아보라고 하시오."

"고마워요, 대장."

"아니." 그가 힘없이 웃으며 말했다. "내가 고맙소."

댄스는 사무실로 돌아와 데니스 하루튠에게 종이를 건넸다. "이게 뭐예요?" 그가 물었다.

댄스는 매디건의 이름은 거론하지 않고 협박 포스팅에 대해 설명했다. "추적해야 해요. 에드윈의 이름이 나오지는 않지만, 이 블로그와 사이트는 그가 줄곧 글을 올리던 곳이에요."

"이 사이트는 어디서 났어요?" 어밀리아 색스가 물었다.

"바깥에서 조사한 거예요."

하루튠은 쫓겨난 대장의 글씨체를 알아보았는지 이맛살을 찡그렸다. 하지만 그는 말없이 사무소의 컴퓨터 범죄팀에 전화를 걸어 포스팅 위치 추적을 의뢰했다.

크리스털 스태닝이 포스팅을 살펴봤다. 오닐이 말했다. "에드윈이 아닐 수도 있어요. 케일리에게는 다른 광적인 팬도 있을 거예요. 그걸 잊어서는 안 됩니다."

하지만 잠시 후 하루튠의 휴대전화가 울렸다. "컴퓨터 범죄팀이에요." 그는 통화 버튼을 누르고 잠시 듣기만 했다. "알았어. 고마워." 전화를 끊은 하루튠은 휴대전화를 집어넣었다. "자바헛에서 쓴 글이랍니다."

하루튠이 말했다. "자바헛은 패션페어몰에 있어요. 에드윈도 지금 거기 있고요."

"아직도 있을지 모르겠군요." 어밀리아 색스가 말했다. 하루튠은 파견팀에 전화를 걸어 수사관들을 쇼핑몰로 보내 에드윈을 찾게 했다. 그는 에드윈에게 총이 있을 거라고 알렸다.

스태닝이 물었다. "쇼핑몰에서 총기 난사를 하려는 걸까요?"

색스가 말했다. "그럴 수도 있지만 보통 스토커의 살인은 일대일이에요. 암살이죠."

"그렇죠." 댄스가 말했다. "그리고 보통 유명인이 대상이죠. 대상을 통해 관심을 얻도록."

"그런데 누가 희생자가 될까?" 하루튠이 소리 내어 물었다.

오닐은 계속 포스팅을 읽었다. "특정인을 언급하지는 않는군요."

댄스가 그 옆에 앉아서 함께 포스팅을 훑어보았다.

"저기, 저거." 댄스가 한 곳을 가리키며 중얼거렸다. 그러고는 소리 내어 읽었다. "케일리에 대해 네가 쓴 글, 다 봤어. 케일리를 좋아한다며, 케일리의 음악을 사랑한다지. 하지만 너도 다른 사람들처럼, 케일리를 이용하고 있어. 리빙 홈을 훔쳐서 히스패닉들을 지키려고. 넌 빌어먹을 위선자야."

링컨 라임이 물었다. "누구 얘기하는 건지 알겠어요?"

"누군지 확실히 알겠어요." 댄스가 대답했다.

55

"괜찮을 겁니다, 의원님." 피터 사임스키가 말했다.

데이비스에게는 그런 말은 필요 없었다. 그는 가족을 지켜줄 사람이 필요했다. 수전에게 다시 전화해 아이들과 집에 있으라는 메시지를 남겼다. 보안 문제가 조금 있을 것 같아. 꼼짝 말고 문 잠그고 있어. 전화해. 사랑해.

"제시에게 집사람을 찾으라고 하게, 피터."

"그러겠습니다. 하지만 샤프라는 자가 의원님 이외에 다른 사람을 해칠 거라는 징후는 없습니다. 게다가 로스앤젤레스에 갈 방법도 없을 겁니다. 경찰에 따르면 그는 오늘 아침 프레즈노의 쇼핑몰에 있었습니다. 그리고 모두 그를 찾고 있습니다."

"그자가 정말로 내가 케일리를 착취한다고 생각하나?"

"남미 출신 지지층을 넓히려고 케일리와…… 〈리빙 홈〉 노래를 이용한다고요."

"말도 안 되는 소리! 나는 계속 케일리의 팬이었어. 케일리의 사이트와 블로그에 이 년 동안 글도 썼다고. 케일리가 그 노래를 쓰기 전부터."

사임스키가 말했다. "아, 그는 사이코입니다, 빌. 댄스 요원이 그에게는 현실 감각이 없다고 했어요."

"힝클리처럼 될 수도 있다고 했나?"

"그럴 수도 있답니다."

"세상에. 그자를 찾아야 해. 나를 죽이지 못하면 난동을 부릴지도 모르겠어."

그들은 프레즈노의 고급 호텔 중 하나인 코로나도에 있었고 데이비스는 창문에 다가가지만 않는다면 상당히 안전한 곳이라고 느꼈다. 하지만 데이비스의 보좌관인 사임스키와 마이라 배비지, 경찰은 그가 좀 더 안전한 곳으로 옮겨야 한다고 생각했다.

가족의 안전만 아니라면 데이비스는 이 상황을 즐길지도 모를 일이었다. 그는 몇몇 집단에서는 몹시 인기가 없었고 다양한 쟁점에 관한 입장 때문에 여러 차례 협박을 당했다. 칵테일파티에서 이민법을 완화한다고 말만 꺼내도 그랬는데, 유력 대통령 후보가 그것을 선거공약으로 삼는다면 어떤 결과를 초래할까. 하지만 지금 그는 광적인 우익단체가 아니라 '이민'이 무슨 뜻인지도 모르는 어느 미친놈에게 협박받고 있었다.

노크 소리. 데이비스가 앞으로 나갔지만 보좌관이 손짓으로 물러나게 하더니 말했다. "네?"

"캐트린 댄스와 하루튠 수사관이 왔습니다." 선거운동 본부의 경호원, 팀 레이먼드가 문밖에서 말했다.

사임스키가 문을 열자 두 사람이 들어왔다. 사임스키는 댄스를 보고 미소 지었다.

데이비스는 사임스키가 케일리의 타운하우스에서 댄스에게 호감을 보이는 것을 보고 흐뭇했다. 위트 있고 매력적인 독신 남자가 또래의 매력적인 독신 여자에게 관심을 보이지 말라는 법은 없었다. 하지만 이번 만남에서는 둘 다 매우 사무적이었다.

"의원님. 피터." 댄스가 말했다.

그녀의 초록색 눈이 빠르지만 침착하게 보안에 위협이 되는 것이 있는지 방 안을 살펴봤다. 창문 쪽도 잠시 살폈다. 데이비스는 그녀가 무장하고 있는 것을 알아보았다. 전에는 그렇지 않았다. 그러자 조금 불안해졌다.

사임스키가 물었다. "어떤 상황인가요? 확실한 건 뭡니까?"

댄스가 말했다. "아직 에드윈을 찾는 중이에요. 몬터레이에서 온 동료 마이클 오닐과 다른 수사관들이 보안관 사무소에서 애쓰고 있어요. 에드윈은 의원님을 협박하는 글을 올린 쇼핑몰에서 사라졌어요. 차는 아직 거기 있지만, 다른 차를 탔을 수도 있어요. 그의 소재를 확인하기 전까지 최대한 빨리 안전가옥으로 모시려고 해요. 출발 준비되셨나요?"

"네. 어딘가요?"

하루튠이 말했다. "여기서 북쪽으로 삼십 분 지점입니다. 숲 속이에요."

"네, 좋습니다." 그가 찡그렸다. "다만 이자한테서 달아나는 꼴을 보이고 싶지 않군요."

사임스키가 말했다. "빌, 이런 일은 많이 겪습니다. 사람들은 신경 쓰지 않을 거예요. 죽은 순교자보다는 살아 있는 후보를 원할 거예요."

"그렇겠지." 데이비스는 뭔가 생각해냈다. 캐트린 댄스는 주 전체에서 활동하는 요원이므로, 이렇게 말했다. "로스앤젤레스의 내 집에 경찰을 보내줄 수 있습니까? 가족이 걱정돼서."

"물론입니다. 사무소에 전화를 걸어 로스앤젤레스 경찰과 CBI 팀을 보내겠습니다. 그들과 자주 공조하죠."

"고마워요." 그가 약간이나마 안도감을 느끼며 말했다. 그는 집 주소와 수전의 전화번호를 알려주었다.

댄스는 당장 전화를 걸었다. 경찰들이 가는 길이라고 했다. 데이비스는 댄스의 침착하고 효율적인 움직임에 더욱 좋은 인상을 받았고 피터 말대로 그녀가 자신의 행정부에 적임자라고 판단했다.

그리고 다행히 그의 아내가 전화를 했다. "여보?" 그녀가 불쑥 말했다. "제시가 학교에 왔네. 무슨 일이야? 당신 괜찮아?"

"어, 괜찮아……." 데이비스는 상황을 설명했고 몇 분 뒤 집에 경찰이 갈 거라고 설명했다. "보안 문제가 좀 있어서. 아무것도 아닐 거야. 경찰 이외에는 누가 와도 문을 열어주지 마. 로스앤젤레스 경찰과 캘리포니아 수사국이야."

"왜 그래? 또 고립주의자 멍청이가 협박했어?"

"아니. 이번엔 그냥 미친 사람 같아. 그자가 거기 가지 않을 거라고 99퍼센트 확신하지만, 당신이랑 아이들이 괜찮은지 확인하려고."

"당신 목소리가 너무 침착해, 빌." 수전이 말했다. "당신이 그렇게 말하면 기분이 안 좋은데. 그러면 하나도 침착하지 않다는 뜻이니까."

데이비스는 웃었다. 하지만 수전의 말이 옳았다. 그는 지나치게 침착했다.

댄스가 손목시계를 톡톡 두드렸다.

"괜찮아. 여기도 경찰이 있어. 가봐야겠군. 나중에 다시 걸게. 사랑해."

"아, 여보."

그는 내키지 않는 마음으로 전화를 끊었다.

사임스키는 데이비스의 다른 보좌관 마이라 배비지에게 전화를 걸어 안전가옥으로 오라고 전했다.

댄스와 하루튠이 앞장서고 팀 레이먼드가 뒤를 맡고서, 데이비스와 사임스키는 호텔 복도를 빠르게 지나 주차장으로 내려간 뒤 보안관 사무소에서 보낸 타호 SUV에 올라탔다.

댄스가 운전을 맡은 하루튠에게 말했다. "4-5킬로미터는 라이트만 켜고 사이렌을 울리지 않는 게 좋겠어요. 빠르게 움직여서…… 그리고 골목길로 가요. 경광등 끄고, 일반 차량들과 섞여 안전가옥까지 가죠."

"좋아요."

"그자가 근처에 있을 것 같습니까?" 사임스키가 불안한 눈으로 창밖을 내다보며 말했다.

"안 보여요." 댄스가 수수께끼처럼 말했다. "알 수가 없어요."

커다란 차량이 빠르게 속도를 높이자 댄스는 손잡이를 꽉 잡고 메스꺼운 표정을 지었다. 데이비스는 댄스가 자신의 행정부에 들어온다면 쾌속정 나들이를 좋아하지 않겠거니 생각했다.

한편, 그는 댄스와 수전이 좋은 친구가 될 거라고 느꼈다.

십 분 뒤, 에드윈이 뒤쫓지 않는다는 사실이 확인되자 그들은 속도를 늦추고 고속도로로 들어갔다. 삼십 분 뒤, 빈 길로 접어들어 3킬로미터 정도 더 달렸고, 그사이 집은 한 채도 지나치지 않았다. 그리고 마침내 멋진 오두막집이 나왔다. 갈색으로 칠한 1층짜리 오두막은 널찍한 공터에 서 있었다. 집을 공격하려 접근하는 사람이 있다면 아주 잘 보일 것이다.

창문이 몇 개밖에 없었고 모두 셔터가 달려 있었다. 그가 다른 정치인보다 더 좋은 타깃이긴 했지만, 대선에 나서는 사람은 누구나 본능적으로 안전을 고려한다. 특히 사선이나 저격수의 위치를 생각하기 마련이다. 어디에서나. 언제나.

제2수정조항* 덕분이다.

* 총기 소지와 휴대에 대한 권리를 허락하는 헌법.

56

캐트린 댄스는 기꺼이 SUV에서 내려 소나무 숲의 상쾌한 공기를 들이마셨다.

흔들리는 차에서 느낀 메스꺼움이 줄어들고 있었다.

하루툰이 집으로 다가가 번호판에 암호를 입력하자 초록색 불이 켜졌다. 그는 안으로 들어가더니 다른 보안 장치도 해제했다. 불을 켜자 개성 없는 기능적인 실내가 드러났다. 오래된 자동차 실내 냄새가 나는 갈색 카펫, 싸구려 플라스틱 액자에 든 사진들, 지중해 스타일 스탠드와 가구. 스키 리조트의 콘도 분위기였다. 오래된 도지 차량 냄새에 퀴퀴한 곰팡이, 조리용 연료 냄새가 더해졌다.

곰이나 엘크의 머리만 벽에 붙어 있으면 키치한 분위기가 완성될 것 같았다.

실내는 널찍했다. 거실과 주방 뒤에 침실이 네댓 개, 서재가 서너 개쯤 있는 것 같았다.

댄스는 밖에 있는 경호원 팀 레이먼드와 휴대전화 번호를 교환한 뒤 안으로 들어갔다. 하루툰이 문을 닫고 잠갔다. 그리고 집 안

전체를 돌아다니며 안전한지 점검했다. 사임스키도 뒤를 따랐다.

몇 분 뒤 레이먼드가 댄스에게 전화를 걸어 주위 모든 것이 안전한 것 같다고 했다.

댄스는 주위를 둘러보았고, 데이비스는 부인이 안전하다고 하니 이제야 보안 문제 때문에 선거운동과 의원 일을 할 시간을 빼앗긴데 짜증이 나는 눈치였다. 다른 농장에서 근로자들을 만나야 하는데 그럴 수 없게 됐다고 중얼거렸다. 피터와 마이라가 대신 그 일정을 취소했다. "열받는군." 그는 이렇게 말하고 앉아서 손등으로 눈을 문지르더니 아이폰을 들여다보았다.

사임스키와 하루튠은 오두막을 둘러보고 돌아왔다. "이상 없습니다. 창문과 문은 모두 잠겨 있습니다." 하루튠이 이렇게 말하고 물병을 나눠주었다.

"고마워요." 데이비스는 물 한 병을 들이켰다.

댄스의 휴대전화로 이메일이 들어왔다. 작은 화면으로 읽는 대신, 그녀는 컴퓨터를 켜 온라인에 접속했다. 제목을 본 얼굴에 미소가 떠올랐다. **새똥**. 메일은 링컨 라임이 보낸 것이고 에드윈의 집 밖에서 수집한 흔적을 추가로 분석한 내용이었다.

수산암모늄에서 다른 흔적을 겨우 분리해냈어요. 인산염과 동물이 남긴 것이더군. 새똥이에요. 정확히 어떤 새인지는 모르겠어요. 새똥 확인 시트를 가져오지 않았으니. 새똥 게놈 프로젝트를 시작할 수도 없고. 하지만 아마도 해안 지역에 사는 새일 거예요. 주식은 물고기. 이게 무슨 도움이 될지는 모르겠지만. 전체 목록도 보내요. 이 부서에선 왜 아무도 술을 안 마시는지 이해가 안 되는군요.

그는 전체 증거물 차트를 첨부했고, 댄스는 그것을 훑어보면서 어밀리아 색스가 최근에 발견한 사실을 덧붙여놓은 것을 보고 흥미를 느꼈다. 색스는 좀 더 우아한 표현을 썼다.

- 수요일. 에드윈 샤프의 집

  외부:

  부츠 자국, 카우보이 부츠로 추측. 사이즈, 성별 확인 불가

  운송 수단 자국 없음

  특이 흔적 수집

  – 트리글리세라이드 지방(라드)

    ↳ 2700K 색온도(노란색)

    ↳ 녹는점: 4.4–10도

    ↳ 비중: 40도에서 0.91

    ↳ **가죽 스포츠 용품, 마구, 권총띠에 쓰는 소가죽 오일로 보임**

  – 화학물질: 갈철석, 침철석, 방해석

    ↳ **광석 채취 및 처리의 부산물, 맥석으로 보임**

  – 곰팡이

    ↳ **화학비료 대신 사용된 것으로 보임**

  – 석회 황합제가 섞인 미네랄 오일

    ↳ **유기농 살충제로 보임**

  – 칼슘 파우더

    ↳ **인간 뼛가루로 보임**

  – 수산암모늄

    ↳ **아마도 해안 지역에서 온 새의 배설물로 보임**

댄스는 이 목록을 서너 번 반복해 읽어보았다.

바로 그때.

A에서 B에서 Z…….

댄스는 눈을 감고 생각이 흘러가는 대로 두었다. 그리고 전에 본, 데이비스를 협박한 글이 올라온 웹사이트에 들어가 글들을 훑어보았다.

하루튠이 물었다. "에드윈을 찾는 데 도움될 만한 게 있나요?"

"글쎄요." 댄스는 생각에 잠겨 멍하니 대답했다.

사임스키는 한숨을 쉬었다. "이자는 국회의원을 죽이면 체포될 테고, 이곳에서라면 사형선고를 받게 된다는 걸 모르나요?"

컴퓨터 화면을 응시한 채, 댄스가 설명했다. "그에게 그건 문제되지 않아요. 전혀." 그리고 데이비스를 한 번 보았다. "의원님을 살해함으로써, 케일리를 위하는 거니까요."

의원은 씁쓸하게 웃었다. "그러니까 나는 그가 여신에게 바치는 희생양이로군요."

그 상황을 제법 잘 설명한 말이라고 생각하면서, 댄스는 웹사이트로 돌아갔다.

57

행동을 계획하고, 계획을 행동하라.

피터 사임스키의 분석적인 머리는 계획과 계획의 실행을 계속해서 비교했고, 그것이 빠르게 진행된다고 생각했다. 전체적으로 봤을 때, 진행 상황은 그와 마이라 배비지가 열 달 동안 세운 계획과 일치했다.

그는 거실 뒤 작은 방에서 자신의 추적 불가능한 익명 계정 중 하나로 온 메시지를 확인하고 있었다. 그는 거실을 한 번 보았다. 짜증날 정도로 지적인 캐트린 댄스와 데이비스 의원, 데니스 하루튠 형사가 앉아서 낡은 텔레비전을 보고 있었다. 집중해서 보고 있지는 않을 것이다. 데이비스는 이곳에 온 것을 달갑지 않아 했고, 별로 겁을 먹은 것 같지도 않았다.

사임스키는 돌아서서 안전가옥 뒤쪽의 주방으로 갔다.

그의 **계획**은 단순했다. 미국을 배반한 자, 윌리엄 개릿 데이비스 의원을 제거하는 것이었다. 그는 이곳에 있을 자격이 없는 자들, 자기 이익을 위해 이 나라를 이용할 자들, 미국의 가치를 무시하고 이

영광스러운 국가를 훔쳐갈 자들에게 나라를 팔아먹을 정치가였다. 사임스키는 데이비스를 존경하고 열심히 충성하는 척해서 일자리를 얻고 최측근 보좌관이 되기까지, 참 힘든 길을 걸었다. 하지만 그는 이 일을 정말 잘 해냈으며 데이비스의 팀 중 누구보다도 더 많은 시간을 일했다. 그는 데이비스의 핵심 인사가 되기 위해 필요한 일은 무엇이든지 했고, 그 배신자의 앞길을 막기 위해 필요한 정보를 모두 구했다. 그가 대통령이 된다면, 우리의 위대한 미국을 망가뜨릴 테니까.

일 년 전쯤 데이비스의 인기가 치솟기 시작했을 때, 사임스키는 워싱턴, 뉴욕, 시카고, 로스앤젤레스에 사무소를 둔 텍사스의 싱크탱크에서 일했다. 그 싱크탱크는 중서부와 남부에서 기업, 비영리단체, 몇몇 대학을 운영하는 부유한 사업가들과 비공식적인 관계를 맺고 있었다. 그들은 모두 남자였으며, 백인이었다. 공식 명칭은 없었고, 어떤 진보적인 미디어 블로거가 붙여준 별명을 비공식적으로 쓰고 있었다. 그는 이들을 '키홀더'라고 불렀는데, 그곳의 고위 지도자들이 스스로 미국의 모든 병폐를 고칠 열쇠를 갖고 있다고 믿기 때문이었다.

그들은 그 이름이 마음에 들었다.

키홀더는 미국을 강대국으로 유지하는 데 필요한 이상, 즉 연방정부 축소, 과세 축소, 세계 정치에 대한 최소한의 관여, 사실상 모든 이민의 금지를 지지하는 후보들에게 막대한 금액을 전달했다. 희한한 일이지만, 키홀더는 그들이 생각하기에 초점도 없고 단순한 정치 운동, 가령 티 파티라든가 종교적 우익, 낙태나 동성애를 반대하는 운동 따위를 견딜 수 없어했다.

그렇다. 키홀더에게 중요한 문제는 사회주의를 통한 미국 자립,

이민을 통한 미국의 순수성 오염을 종식시키는 것이었다. 빌 데이비스와 같은 지도자들은 미국을 파산시키고 윤리적으로도 타락시킬 것이다.

대체로 키홀더의 활동은 후보들을 재정적으로 후원하고, 홍보하며, 배신자 정치인과 기자에게 반대하고 중상모략하는 것이었다.

하지만 때로는 그보다 더 많은 작업이 필요하기도 했다.

그리고 바로 그때 피터 사임스키의 싱크탱크가 전화를 받았다. 특히 중대한 문제를 담당해달라는 요청이었다.

그가 가장 적당하다고 생각하는 방식으로.

해법이 아무리 극단적이라고 해도.

사임스키는 어떤 임무를 맡더라도 효과적이고 세심한 계획을 세울 것이며, 남의 사생활이나 캐고 다니는 이 진보주의 기자의 죽음이 사고로 보이도록, 그 환경운동가가 자살한 것으로 보이도록, 저 개혁파 국회의원이 유명 가수를 사랑하는 스토커에게 암살된 것으로 보이도록 할 것이라고 키홀더는 믿었다.

그리고 그런 영리한 계획에는 종종 희생자가 필요했다.

안녕, 에드윈.

스토커를 이용하는 아이디어는 지난겨울 그와 비즈니스 파트너이자 이따금 연인 사이이기도 한 마이라 배비지가 데이비스의 보좌관이 된 후에 떠올랐다. 피터 사임스키는 완벽한 리서치를 하는 과정에서 데이비스가 케일리 타운의 열렬한 팬임을 알게 되었다. 데이비스는 그 여자가 이민을 지지하며 지은 노래인 〈리빙 홈〉을 집회와 선거운동 광고에 사용했다.

사임스키는 케일리의 웹사이트를 살펴보다가 에드윈 샤프라는 광적인 팬에 대해 알게 되었다. 케일리에 관한 수백 개의 글을 쓰며, 다른 팬들이 '또라이'라고 부르는 자였다.

완벽했다.

키홀더는 상당한 자원을 갖고 있었으므로, 단 하루 만에 인터넷 서비스 제공자를 통해 케일리 타운과 에드윈의 이메일 계정을 알아냈다. 불행히도 에드윈의 편지와 포스팅에는 별로 위협적인 내용이 없는 것 같았다. 하지만 그는 분명 정서적으로 불안했고 굉장히 집요했다. 사임스키의 계획에는 그 정도면 충분했다. 그와 마이라는 에드윈에게 케일리인 척, 이메일과 편지를 보냈고, 그의 관심에 기분이 좋아졌다고 하면서 그와 함께하고 싶다는 암시까지 넣었다. 하지만 자기가 무관심한 척하지 않으면 아버지가 엄청난 문제를 일으킬 거라고도 했다.

이메일은 모두 지우고, 편지는 태워버려. 에드윈, 꼭 그래야 해. 아빠가 정말 무섭거든!

이 편지들의 내용은 케일리가 사람들 앞에서 하는 말과는 상관없이, 금요일 콘서트에서 그를 보고 싶어 한다는 내용을 암시했다. 가능하다면 케일리는 콘서트가 끝난 뒤에도 그를 보고 싶어 한다. 단둘이.

에드윈. 어젯밤에는 네 생각을 했어. 여자들도 그런 생각을 한다는 거 알지…….

마리아 배비지가 생각해낸 말이었다.

그리고 에드윈은 그들이 원한 대로 신이 나서 프레즈노로 달려왔다. 그들이 바란 것보다 훨씬 더 미친놈이었다.

그와 마이라 배비지는 에드윈이 빌린 집을 감시하며 그의 일과를 알아냈다. 데이비스의 암살 현장에 심어두어 스토커의 소행임을 알려줄 증거물도 훔쳤다. 그러다 오늘, 실행할 때가 왔다. 마이라는 케일리가 시킨 것인 양 에드윈에게 전화를 걸었다. 그녀는 케일리가 그를 만나기로 했지만, 조심해야 한다고 설명했다. 그는 패션페어 쇼핑몰에 가서 경찰을 따돌린 뒤, 메이시스 백화점 하치장에서 케일리의 친구를 기다려 그 차를 타야 했다.

마이라는 빠르게 지나가며 손을 흔들었다. 불쌍한 얼간이는 기대에 차 웃으며 훔친 SUV에 올라탔다. 그가 안전벨트를 매려고 몸을 돌리자 마이라가 전기충격기로 공격한 뒤 진정제를 주사하고 팔다리를 테이프로 묶었다. 그다음 마이라는 쇼핑몰로 들어가 자바헛에서 케일리가 자신을 영원히 기억하게 될 행동을 할 거라는 내용의 글을 올렸다. 앞뒤 맥락을 보면 빌 데이비스가 희생자가 될 것이 분명했다.

그리고 이제, 마이라와 의식을 잃은 에드윈 샤프는 안전가옥으로 향하고 있었다.

몇 분 뒤 계획이 완성될 것이다. 마이라는 도착해서 경호원 팀 레이먼드에게 미소를 지어 보이고는 권총으로 날려버릴 것이다. 동시에 사임스키는 거실로 들어가 국회의원과 다른 이들을 사살할 것이다. 그리고 그와 마이라는 에드윈을 거실로 끌고 가 하루튠의 총으로 머리를 쏘고 손에 발사잔여물을 묻혀놓을 것이다.

사임스키는 놀라 구급차를 부르는 전화를 할 것이고 그가 스토커에게서 총을 빼앗아 직접 쏘았다고 진술할 것이다.

행동을 계획하고, 계획을 행동하라.

하지만 가끔은 변수도 있었다.

캐트린 댄스.

그녀의 등장은 그가 걱정했던 한 가지 문제, 즉 그와 마이라만 살아남으면 의심을 살지 모른다는 점을 해결해줄 수 있었다. 댄스도 살아남는다면 현장 상황이 좀 더 신빙성 있게 느껴질 것이다. 하지만 그가 총을 쏘았다는 것을 댄스가 알 수 없도록 연출해야 했다.

사임스키는 댄스의 등을 쏘아 마비만 일으키고 죽이지는 않은 뒤 데이비스와 하루튠을 죽일 것이다. 그들이 죽고 나면 사임스키는 "에드윈, 안 돼! 무슨 짓이야?"라고 외칠 것이다.

바라는 바는, 댄스가 의식을 잃지 않고 그가 외치는 소리를 듣는 것이다. 댄스는 그 이야기를 경찰에게 보고해 에드윈이 총을 쏘았다는 사실을 확인해줄 것이다. 그녀가 죽는다면, 뭐 그것도 큰 손실은 아니다.

그러니까 나랑 데이트를 했어야지, 멍청한 년아. 사임스키가 화를 내며 생각했다. 그랬으면 좋았잖아?

58

사임스키는 자신의 롤렉스를 보았다.

삼 분 전.

마이라 배비지는 지금쯤 안전가옥에 거의 도착했을 것이다. 사임스키는 거실로 다가갔고, 두꺼운 벽 때문에 타이어 소리는 들리지 않았지만 텔레비전에서 들리는 경기 소리 너머로 댄스의 목소리가 들렸다. "저거 뭐죠? 무슨 소리 들리지 않았어요? 자동차 소리?"

"그런 것 같군요. 아니, 잘 모르겠는데." 데이비스의 목소리였다.

캐트린의 척추에 두 발. 하루튠 머리에 두 발. 그리고 데이비스의 머리에 두 발.

뭐라고 외칠까? 사임스키는 생각해보았다. "세상에, 그놈이다! 그 스토커!" 그러면 될까? 아니면 "에드윈, 세상에. 안 돼!"

거실에서 데이비스의 휴대전화가 울렸다. "여보세요…… 아, 그렇군. 안에 있네." 그리고 모두에게. "마이라 배비지군요. 방금 도착했다고."

하루튠이 말했다. "저, 그분에게 뒤쫓는 사람이 없도록 주의하라고 전하지 않았는데."

사임스키는 댄스가 한 말을 기억했다. 에드윈이 리서치는 많이 했지만 마이라를 찾아 뒤쫓기는커녕, 그녀가 누군지 알아내지도 못할 것이라는 말을.

아, 그렇고말고…….

롤렉스에 따르면, 일 분 전.

댄스가 말했다. "아뇨, 의원님. 창가에 다가가지 마세요."

"누군지 안다니까."

"그래도 안전한 쪽에 계세요."

사임스키는 보이지 않는 곳에서 라텍스 장갑을 끼고 컴퓨터가방을 열어 훔친 권총을 꺼냈다. 그의 위대한 미국이 가진 특징 중 하나였다. 추적 불가능한 권총을 원한다면, 쉽게 손에 넣을 수 있다는 것. 그는 총이 장전됐다는 것도 알았고, 어떻게 작동하는지도 알았다. 발사잔여물을 추출하기 위해 여남은 번쯤 쏘아보기도 했다. 에드윈 손에 묻혀둘 것이다. 그는 다시 권총을 확인했다. 세심하게.

두 발, 그리고 두 발, 또 두 발.

"피터?" 의원이 거실에서 불렀다.

사임스키가 대답했다. "곧 가겠습니다. 커피 드실 분?"

"아니, 고맙지만 됐네." 데이비스가 말했다. "마이라가 왔네."

"그렇군요."

"캐트린, 데니스? 커피 드실래요?"

둘 다 사양했다.

사임스키는 거실로 나가는 문 쪽으로 더 바짝 다가가 보이지 않도록 등을 벽에 댄 다음, 마이라가 레이먼드를 죽이는 총소리를 기다렸다.

하루툰이 말했다. "이곳에 진짜 대통령을 모신 적도 있어요. 주지사와 회의하러 오셨을 때요. 서명을 했으니 누군지는 말하지 않겠어요."

"스무고개로 맞추면 안 돼요?" 댄스가 물었다.

하루툰은 웃었다.

데이비스가 말했다. "지난주에 캠프 데이비드에 갔었소. 생각처럼 멋지진 않더군."

그것이 그의 마지막 말이 될 것인가?

그리고 에드윈 샤프는 여기에서 마지막 순간을 견디면서 무슨 생각을 할까?

"어, 저기 봐요. 경기." 데이비스가 말했다. "삼중살*이로군!" 텔레비전 소리가 높아졌다. 관중들의 함성이 들렸다.

롤렉스를 보았다. 마이라가 총을 쏠 시각이었다.

사임스키도 문을 나서서 총을 쏠 것이다.

두 발.

그리고 두 발, 또 두 발.

에드윈, 안 돼! 세상에…….

그는 바지에 손을 닦고 다시 권총을 쥐었다.

지금이다!

하지만 총성은 들리지 않았다.

일 분이 더 지났지만 텔레비전에서 관중 소리와 아나운서 목소리밖에 들리지 않았다.

무슨 일이지? 사임스키의 이마에 땀이 맺혔다.

* 야구에서 한 번의 플레이로 공격팀 선수 세 명을 아웃시키는 것.

그리고 마침내. 밖에서 총성.

여섯 발. 소형화기로 교전하는 소리.

젠장. 사임스키가 생각했다. 무슨 일이지? 그는 자신의 계획을 떠올려보고 무슨 영문으로 그런 총소리가 났는지 생각했다. 여기 일찍 도착한 형사가 또 있었나? 아니면 지역 경찰이 우연히 지나가다가 권총을 들거나 에드윈 샤프를 끌고 가는 여자를 발견했나?

사방이 조용했다.

계획을 행동하라…….

사임스키는 그럴 수 **없는** 때도 있다고 생각했다. 가끔은 즉흥적으로 계획을 바꿀 필요가 있다. 그러려면 사실을 알아야 했다.

하지만 사실이란 건 없다.

그는 어쨌든 나가기로 했다. 거실의 셋은 앞마당에서 일어난 일에 집중하며 조용히 몸을 낮추고 있을 것이다.

두 발, 두 발, 두 발…… 레이먼드가 아직 살아 있다면, 안으로 들어오자마자 죽인다. 그리고 최선을 다해 치운다. 마이라는 안됐지만 하는 수 없다. 그는 마이라가 죽었다고 생각했다.

하지만 그보다 더 중요한 문제가 있었다.

사임스키는 총을 꽉 잡고 안전장치를 앞으로 민 뒤 심호흡했다. 그는 빠르게 아치형의 문을 지나 거실로 들어가 하루튠과 댄스가 있던 쪽을 겨눴다. 그들이 가장 즉각적인 위협이었으므로. 방아쇠에 힘을 주던 그는 얼어붙었다.

거실이 비어 있었다.

문 옆 경보등은 초록색이었다. 누군가 장치를 해제해 데이비스, 댄스, 하루튠이 나갈 수 있게 해준 것이다. 하지만 문이 닫히는 소리는 들리지 않았다. 대체 뭐지? 그는 거실로 들어갔다. 그리고 옆의 창문이 열린 것을 보았다. 그리로 달아난 것이다.

바닥 한가운데 노란 종이 한 장이 떨어져 있었다. 사임스키는 이렇게 휘갈겨 써놓은 메모를 읽었다.

의원님 죽이려는 음모 사임스키 연루
마이라도 포함됐을지 모름 지금 나가요
옆 창문으로 빨리

오, 이럴 수가…….

누구지? 그는 생각했다.

하지만 곧 깨달았다. 묻긴 뭘 물어? 당연히 캐트린 댄스지.

시골에서 온 진보당원 애엄마가 그와 키홀더를 속여 넘겼다.

댄스가 어떻게 알아냈는지 그는 알 수 없었다. 하지만 댄스는 알아냈다. 아마 지원을 요청했을 것이고 레이먼드에게 알려서 마이라가 차에서 내려 위협을 가하자 쏘도록 했을 것이다.

그리고…….

그는 등 뒤에서 남자 목소리, 하루튠의 목소리를 들었다.

"사임스키, 총 버리고 양손 머리 위로 올려."

하루튠은 뒷문으로 몰래 들어왔을 것이다. 댄스가 앞을 맡고 있을 것이다.

사임스키는 상황을 판단했다. 그는 하루튠을 진짜 시골뜨기로 기억했다. 임무중에 총을 쏜 적이 없을 것이다. 반면 사임스키는 평생 여덟 명을 죽였지만, 그러고도 잠자리에 들 때 양심에 거리낌이 없었다.

그는 뒤를 돌아보았다. "무슨 소립니까? 살인자에게서 의원님을 지키려는 건데. 총성이 들렸어요. 난 아무 짓도 안 했어요! 미친 겁니까?"

"다시 말하지 않겠다. 총 버려."

사임스키는 생각했다. 내겐 케이맨 제도* 계좌가 있다. 키홀더의 자가 항공기를 마음대로 쓸 수 있다.

싸워서 빠져나가자. 돌아서서 쏴라. 하루튠은 놀라서 어쩔 줄 모를 것이다. 시골뜨기 경찰 따위.

사임스키는 총을 낮추고 돌아서기 시작했다. "난 그저……."

그는 굉음과 함께 가슴이 뜨거워지는 것을 느꼈다.

잠시 후 그 감각이 반복되었다. 하지만 두 번째 폭발음과 살갗에 닿는 느낌은 첫 번째보다 훨씬 약했다.

* 조세피난처로 유명한 카리브해의 영국 영토.

59

"둘 다 사망했어요?"

"그렇습니다." 하루튠이 애니타 곤살레스 보안관에게 말했다.

FMCSO 그녀의 사무실에 열 명이 모이자 상당히 비좁았다.

매디건이 비공식적으로나마 돌아왔다. 그의 리서치가 이 음모를 밝히는 데 일조했기 때문이다.

프레즈노의 공보담당도 참석했다. 댄스는 하루튠이 이 점에 지극히 기뻐한다는 사실을 알아차렸다. 기자회견을 맡아줄 사람이 왔으니까. 그리고 기자회견의 규모는 클 것이다. 대단히.

링컨 라임, 톰 레스턴, 어밀리아 색스도 마이클 오닐, 국회의원의 경호원 팀 레이먼드와 함께 와 있었다. 안전을 위해 데이비스 의원은 전용기로 로스앤젤레스에 돌아갔다.

애니타 곤살레스가 물었다. "사임스키와 배비지 이외의 공범은 없습니까?"

댄스가 대답했다. "있을 겁니다. 하지만 지금까지 현장에 직접 가담한 것은 그들뿐이었습니다. 우리 사무소와 샌프란시스코 담당

FBI 요원 에이미 그레이브가 공범과 연루자를 추적중입니다."

마이클 오닐이 말했다. "키홀더라고 부르는 단체와 연관되어 있는 것 같습니다. 정치 활동 단체라고 합니다."

"정치 활동? 무슨. 개자식들이지." 매디건이 아이스크림을 먹으면서 중얼거렸다. "미친놈들."

링컨 라임이 말했다. "하지만 돈 많고 인맥 좋은 미친놈들이죠."

"죽기 전에 둘 다 아무 말도 없었나요?" 곤살레스가 물었다.

레이먼드가 말했다. "없었습니다. 댄스 요원에게서 마이라를 적으로 간주하라는 메시지를 받았을 때, 마이라가 다가왔습니다." 그는 아무렇지도 않게 어깨를 으쓱였다. "마이라가 10미터 앞으로 다가왔을 때 권총을 들었습니다. 코트 아래 45구경 권총을 감추고 있더군요. 도박을 할 수는 없었습니다." 그는 동요한 상태였지만, 총격 때문이 아니라고 댄스는 판단했다. 그는 암살범들이 가한 위협을 알아차리지 못했다는 사실에 놀란 것이었다. 게다가 암살범들이 친구이자 동료인 척하고 있었으니까.

하루튠이 말했다. "그리고 사임스키는 제가 '다시 말하지 않겠다'라고 했을 때 제 말을 믿지 않는 것 같았습니다." 그는 의원 보좌관을 죽인 후에도 아무런 영향을 받지 않은 듯, 침착했다.

"그럼 에드윈은요?" 곤살레스가 물었다.

"마이라가 훔친 SUV 뒤에서 발견했습니다. 마이라가 쓴 전기충격기가 상당히 강력했고 진정제도 맞은 상태였습니다. 하지만 의료요원이 괜찮을 거라고 했습니다."

"어떻게 알아냈소, 캐트린?" 매디건이 물었다.

"저 혼자 알아낸 게 아니에요." 댄스는 링컨 라임과 어밀리아 색스 쪽으로 고갯짓했다.

라임은 아무렇지도 않게 말했다. "여러 가지를 조합했죠. 참, 찰리라는 친구, 실력이 상당히 좋더군요. 뉴욕에 보내지 마세요. 내가 훔쳐갈지도 모르니까."

"전에도 그런 적이 있죠." 톰이 이렇게 말하자 라임이 눈썹을 추어올렸다. 댄스는 그가 신을 진심으로 고용하고 싶어 한다는 것을 알 수 있었다.

라임이 어떻게 도움을 주었는지 자세히 설명하지 않자 댄스가 말했다. "찰리의 현장감식반이 컨벤션센터에서 발견한 것과 에드윈의 집 뒤편에서 발견한 것에 관해 몇 가지 의문점이 있었어요."

"아, 에드윈이 나한테도 그 말을 했었지." 매디건이 우울한 얼굴로 말했다. "그 말을 믿지는 않았지만."

댄스가 말했다. "하나는 갈매기 똥이었어요."

라임이 고쳐 말했다. "정확한 표현은 '해안 지역에 사는 새'의 똥이었어요. 하지만 그곳이 원래 서식지는 아니에요. 그 새가 어디서 왔는지, 어디로 가는지는 몰라요. 내 요점은, 문제의 새가 해안에서 최근까지 지내면서 바닷물고기를 먹었다는 거예요. 그리고 유기농법에 쓰는 오일과 곰팡이도 발견했지요." 그는 색스 쪽으로 고갯짓을 했다. "참, 색스는 정원을 잘 가꾸죠. 나는 꽃을 왜 키우는지 모르겠지만, 색스가 키운 토마토는 맛이 좋아요."

댄스가 설명했다. "데이비스 의원, 사임스키, 배비지가 몬터레이에서 선거운동을 했다는 게 기억났어요. 해안가니까 거기서 새똥을 밟고 왔을 수도 있죠. 그리고 그들은 친환경 농장에도 다녀왔습니다. 왓슨빌에서 이곳 밸리까지."

"하지만 에드윈이 애초에 살인범이 아닐 수도 있다고 생각할 정도로 의심한 이유가 뭐요?" 매디건이 물었다.

댄스는 웃었다. "어찌 보면 그것도 새똥 탓이에요. 보세요, 이메일 제목에 링컨이 '새똥'이라고 적었어요. 하지만 차트에는 '배설물'이라는 단어를 썼죠."

"그건 색스가 쓴 거지." 라임이 중얼거렸다.

"뭐, 그 말 때문에 데이비스 의원을 협박한 웹사이트 글이 생각났어요. 에드윈이 쓴 글 같지 않다는 걸 깨달은 거죠."

"언어의 동작학이군." 오닐이 말했다.

"정확해."

댄스는 의심이 갔던 글을 모두에게 보여주었다.

> 케일리에 대해 네가 쓴 글, 다 봤어. 케일리를 조아한다며, 케일리의 음악을 사랑한다지. 하지만 너도 다른 사람들처럼, 케일리를 이용하고 있어. 리빙 홈을 훔쳐서 히스패닉들을 지키려고. 넌 빌어먹을 위선자야.

"이건 에드윈의 말투가 아니에요. 그가 욕설을 쓰거나 말하는 걸 본 적이 없어요. 그리고 문법도 틀렸어요. 필요 없는 쉼표가 있고. 오타도 있어요. 케일리에게 보낸 이메일에서는 그런 경우가 없었거든요. 참, 그리고 에드윈이 이메일에서 케일리의 노래를 언급할 때는 항상 괄호로 표시했어요. 데이비스 의원을 협박하는 글에는 아무 표시도 없었죠. 미친 스토커가 이렇게 글을 쓸 거라고 **생각하는** 다른 사람이 썼을 수도 있겠다는 생각이 들었죠. 그리고 에드윈과 면담중에 떠오른 질문이 있었어요."

댄스는 동작이나 보디랭귀지 대신, 에드윈의 말뜻을 들여다보는, 내용 분석에 대해 설명했다. "전통적인 동작 분석을 사용할 수 없었기 때문에 그가 말한 사실을 들여다봤어요. 몇 가지는 앞뒤가 맞지 않더군요. 에드윈이 케일리에게서 받은 편지와 이메일 수라든가. 케일리와 변호사들은 에드윈이 대여섯 통의 답장을 받았다고 했거든요. 모두 정해진 자동 답장으로요. 하지만 면담 때 에드윈은 그보다 많은 답장을 받았다고 했어요…… 그리고 파이크에게 그 내용이 굉장히 고무적이라고 했죠.

처음에는 현실 파악에 문제가 있기 때문이라고 봤어요. 하지만 이건 좀 다르다는 생각이 들었어요. 스토커들은 사실의 함의를 **오해**할 수는 있지만, 그 사실 **자체**는 기억해요. 에드윈이 편지에 담긴 케일리의 메시지를 오해할 수는 있지만 편지를 몇 통 받았는지는 확실히 알 거란 거죠. 그렇다면 누군가 케일리인 척하고 이메일과 편지를 보냈다는 뜻은 아닐까? 그리고……."

댄스는 마이클 오닐을 보고 씩 웃으면서 말했다. "피터 사임스키가 왜 내게 그렇게 관심이 있는지도 궁금했어요. 그는 의원이 나를 영입하고 싶어 한다고 했어요. 사실일 수도 있죠. 하지만 사임스키가 데이비스의 머릿속에 그 생각을 집어넣은 거라고 생각해요. 그렇게 하면 사임스키는 우리 수사의 진척 상황도 알 수 있고, 우리가 알아낸 것도 확인할 수 있을 테니까요. 마이라 배비지 역시 내가 누구와 일하는지 관심을 보였어요. 케일리의 집에 있을 때, 그걸 물었거든요. 돌이켜보면 굉장히 뜬금없는 질문이었어요. 그리고 그 둘과 데이비스는 바로 며칠 전에 샌프란시스코로 갔어요. 그때 벌린 게임에서 선불전화를 샀을 수도 있어요. 공항에서 가깝거든요."

매디건이 중얼거렸다. "그래서 그들이 보비와 파일 공유자를 죽였군. 에드윈의 범죄 패턴을 만들려고."

"그렇게 생각하기 힘들긴 하지만." 댄스가 말했다. "네, 그 둘이 죽은 이유는 그것뿐이라고 생각해요." 댄스는 라임 쪽을 한 번 보았다. "안전가옥에서 새 배설물 메시지를 받은 이후에 데이비스 측근을 의심하게 됐어요. 제 동료 티제이 스캔런에게 이메일을 보내서 데이비스 직원의 신원을 모두 조사해달라고 했어요. 모두 깨끗했지만, 사임스키와 마이라는 지나치게 깨끗했죠. 그들은 정치 보좌관의 완벽한, 교과서적인 모델이었어요. 둘은 같은 날 들어왔고, 들어오기 전 경력은 아무것도 찾을 수 없었어요. 그 점이 이상하다고 생각한 티제이가 계속 뒤지다가 키홀더 단체와의 연관을 알아냈어요. 그들은 데이비스의 입장을 여러 번 비난했고 특히 이민 문제에 대해 극렬히 반대했죠.

안전한 게 좋겠다고 판단해서 창문으로 나왔는데, 바로 그때 마이라가 도착하더니 팀과 교전한 거죠." 댄스는 레이먼드를 가리켰다. "그다음에 어떻게 되었는지는 모두 알고 있고."

매디건이 휠체어에 앉은 남자를 향해 스푼을 들었다. "아이스크림 정말 안 드시겠소?"

"내 취향은 아닙니다." 라임이 대답했다.

크리스털 스태닝이 사무실로 들어왔다. "방금 선한 사마리아인을 찾았어요."

"누구?" 매디건이 답답하다는 듯이 물었다. 자신이 엄밀히 말하면 아직 민간인이라는 사실을 잊은 모양이었다.

"에드윈이 길을 잃었을 때 알려준 할머니요."

아, 알리바이 여인.

"에드윈 말이 맞았어요. 셰리 타운이 공격당한 때였어요. 그리고 에드윈의 얼굴도 확실히 알아보았고요."

매디건은 한숨을 쉬었다. "여러분, 우리가 완전히 잘못 짚었어.

샤프를 불러와. 나부터 사과를 해야 하니."

잠시 후 에드윈이 사무실로 들어왔고 좀 당황스럽다는 얼굴로 주위를 둘러보았다. 머리가 흐트러져 있었다. 어지러워 보였지만, 그는 라임과 휠체어에 관심을 집중했다.

곤살레스가 상황을 설명했다. 에드윈이 케일리에게서 받은 이메일 대부분이 가짜였다는 내용도 들어 있었다.

실망하는 기색이 역력했다. "케일리가 보낸 게 아니라고요?"

잠시 어색한 침묵이 흐르고, 댄스가 말했다. "케일리가 서너 통은 보냈지만, 유감이에요, 에드윈. 케일리가 보낸 것은 자동 답장이었어요. 모두에게 보내는 것과 똑같은."

에드윈은 청바지 주머니에 손을 넣었다. "그걸 알았다면 그렇게…… 이상한 짓은 안 했을 거예요. 생각해봐요. 그렇게 예쁘고 재능 있고 유명한 사람이 내게 관심을 갖다니, 나를 소중히 여긴다니…… 대체 제가 무슨 생각을 한 걸까요?"

"이해해요, 에드윈." 댄스가 말했다.

"미안하네." 매디건이 말했다.

에드윈은 잠시 휠체어만 바라보며 아무 말도 하지 않았다. "그럼, 이제 전 용의자가 아닌가요?"

"네." 하루튠이 말했다.

에드윈은 고개를 끄덕이더니 매디건을 바라보았다. "음, 그럼. 형사님을 고소한 게 더는 의미가 없겠네요. 로페스 수사관님도요. 자기 방어 차원에서 필요한 일을 했을 뿐이에요. 아시죠?"

"알고 있네, 잘했어, 에드윈. 사실, 케일리 문제라면 우리가 좀 지나치게 열심이 되거든."

"이제 가보고 싶어요. 그래도 되나요?"

"물론이지. 나중에, 아니면 내일 자네한테서 조서를 받겠네. 사임스키랑 그 여자의…… 납치 건 말이네. 집까지 태워다주라고 하겠네. 지금은 운전할 상태가 아닐 테니까. 차를 내일 가져가도 되네."

"고맙습니다, 형사님." 에드윈은 어깨를 축 늘어뜨린 채 문으로 향했다. 그의 동작은 분석하기 어려웠지만, 그 자세에서 진심 어린 슬픔이 배어나오는 것을 댄스는 볼 수 있었다.

60

보안관 사무소의 하역장에서, 링컨 라임은 밖으로 연결되는 경사로로 향했다. 뉴욕의 파트너와 캐트린 댄스, 마이클 오닐과 함께였다. "한잔할 시간이지. 그리고 새너제이로 가자고."

"밴에서 커피를 마실 시간이죠." 톰이 바로잡았다.

"나는 운전 안 하거든." 라임이 신랄하게 대답했다. "난 술 마셔도 돼."

"하지만." 그의 도우미가 재빠르게 반박했다. "운전을 안 하더라도 움직이는 차 안에서 뚜껑 열린 주류 용기를 소지하는 건 불법일걸요."

"열려 있지 않아." 라임이 잘라 말했다. "내 텀블러에는 뚜껑이 있다고."

도우미가 천천히 말했다. "물론 여기서 이야기하며 있을 수도 있지만, 그러면 새너제이의 바에 그만큼 늦게 도착할 거예요."

라임은 비웃는 표정을 지었지만, 형사들에게 인사할 때는 그 표정을 찾아볼 수 없었다. 오른손을 부드럽게 들어 댄스의 손을 잡았다. 댄스는 그의 뺨에 키스했고, 색스를 껴안았다.

오닐이 말했다. "일요일에 뵙겠습니다. 아이들을 데려갈 거예요." 그리고 색스를 보았다. "관심 있으실 것 같아서. 얼마 전에 H&K MP7*을 새로 구했어요."

"총알이 작은 거."

"맞아요. BB탄보다 작은 17구경입니다. 월요일에 사격장에 가서 한번 쏴보실래요?"

"그럼요." 색스가 신이 나서 말했다.

"캐트린은?" 오닐이 물었다.

"나는 패스해야할 것 같아. 링컨이랑 톰이랑 놀 거야."

그리고 존 볼링과도? 댄스는 이렇게 생각하다가 그만두었다.

뉴욕에서 온 세 사람이 문 밖으로 나섰다.

오닐도 형사들에게 인사했고, 댄스는 그와 함께 무더위 속으로 걸어 나갔다.

"빨리 돌아가야 해?" 댄스는 불쑥 이렇게 물었다. 계획한 질문이 아니었다. 단둘이 저녁을 먹을 수도 있겠다고 생각하던 중이었다.

잠시 침묵. 오닐 역시 남고 싶어 한다는 것을 알 수 있었다. 하지만 그는 고개를 저었다. "저, 앤이 샌프란시스코에서 짐을 가지러 온대. 가 있어야 해." 그는 시선을 돌렸다. "그리고 내일까지 서류를 준비해야 해. 재산처리 동의서."

"그렇게 빨리?"

"앤이 별로 원하는 게 없었어."

외도를 하고 아이들을 버린 여자라면 별로 많은 것을 요구할 입

* 독일제 기관단총.

장이 아닐 거라고, 댄스는 생각했다. "괜찮아?" 상대보다는 질문하는 사람에 대해 더 많은 것을 말해주는 무의미한 질문이었다.

"마음이 놓이기도 하고, 슬프고, 열도 받고, 아이들이 걱정되기도 해." 마이클 오닐이 자신의 감정에 대해 이렇게 길게 말한 것은 처음이었다.

잠시 침묵.

그러다 오닐이 웃었다. "이제, 가봐야겠어."

하지만 그가 돌아서기 전, 댄스는 충동적으로 그의 목 뒤로 손을 뻗어 당겼다. 그의 입술에 강렬하게 키스했다.

안 돼, 안 돼. 이게 무슨 짓이야? 물러서. 댄스가 생각했다.

하지만 그 순간 그의 두 팔이 댄스를 완전히 감싸 안았고 그도 마찬가지로 강렬하게 키스했다.

그리고 한참 뒤에 그가 팔에서 힘을 뺐다. 댄스는 한 번 더 키스하고 그를 더욱 꽉 끌어안고 나서야 뒤로 물러섰다.

곁눈질로 볼 줄 알았는데, 오닐은 댄스의 두 눈을 편안하게 응시하고 있었고, 댄스도 마찬가지로 그를 마주 보았다. 둘은 함께 미소 지었다.

젠장, 내가 무슨 짓을 한 거지?

정말 사랑하는 남자한테 키스한 거지. 댄스가 생각했다. 사실 예상도 못 했던 그 생각이 키스보다 더 놀라웠다.

오닐은 차에 탔다. "도착하면 전화할게. 일요일에 봐."

"운전 조심해." 댄스가 말했다. 그녀의 부모님이 십대의 캐트린에게도 같은 말을 했다는 기억이 나자 살짝 짜증이 났다. 엄마가 말 안 하면 설마 내가 차를 엉뚱한 데로 몰기라도 할까.

하지만 남편을 고속도로에서 잃은 여자로서, 댄스는 이따금 그 말을 하지 않을 수 없었다. 그는 문을 닫고 댄스를 한 번 더 보더니 안에서 왼손을 창문에 댔고 댄스는 오른손을 바깥에서 댔다.

오닐은 시동을 걸고 주차장을 빠져나갔다.

"대단하구먼!" 비숍 타운이 우유를 마시며 말했다.

"그렇죠." 댄스가 그의 집 앞 포치에서 부녀에게 말했다. "에드윈 샤프는 결백했어요. 한 명도 죽이지 않았어요. 완전히 속은 거죠."

"그래도 개자식이야."

"아빠."

"그놈은 개자식이 맞아. 교도소에 가도 상관없다. 하지만 더는 말썽거리가 아니라니 다행이구나." 늙은 가수가 댄스를 보며 물었다. "그렇지 않소?"

"그런 것 같습니다. 케일리가 보낸 줄 알았던 이메일이 사임스키가 지어낸 거라는 사실을 알게 돼 슬픈 모양이었어요."

"그놈들을 고소해야 해." 비숍이 말했다. "키홀더? 대체 뭐하는 자식들이야?"

"아빠. 제발요." 케일리가 주방 쪽을 가리켰다. 수엘린과 메리-고든이 셰리와 함께 바닐라 향이 나는 무언가를 굽고 있었다. 하지만 비숍의 목소리는 거기까지 들리지 않을 것이다.

케일리가 말했다. "아무도 고소하지 않을 거예요, 아빠. 그런 류의 홍보는 필요 없어요."

"흠. 우리가 원하든 그렇지 않든 간에 홍보는 될걸. 그걸 이용할 방법을 셰리랑 의논해야지." 그러더니 그는 딸의 어깨를 두드렸다. "케이티, 좋은 소식이잖니. 이제 콘서트를 취소할 필요도 없고. 말이 나왔으니, 노래 순서를 다시 짜고 있는데, 〈리빙 홈〉을 옮겨야겠다. 모두 그 노래를 원하니까. 앙코르가 제일 좋을 거 같구나. 어린이 합창단을 불러서 마지막 파트를 스페인어로 부르게 할까."

댄스는 이 말에 케일리의 어깨가 경직되었음을 알아차렸다. 케일리 자신은 콘서트에 대해 그다지 확신이 없었다. 살인자를 막아냈고, 에드윈이 무죄라고 해서 케일리가 콘서트를 할 수 있는 정서 상태라는 의미는 아니었다.

그때 댄스는 케일리의 자세가 살짝 내려앉는 것을 느꼈다. 항복의 의미였다.

"그래요, 아빠. 그렇게 해요."

분위기가 순식간에 바뀌었지만, 비숍 타운은 전혀 모른 채, 강을 건너 뭍으로 나온 버펄로처럼 집 안으로 들어갔다. "얘, 메리-고든. 뭘 굽고 있냐?"

케일리는 우울한 표정으로 아버지의 등을 바라보았다. 댄스는 가방에 손을 넣어 보비의 유서와 메리-고든의 입양 서류 사본을 꺼내 케일리에게 건넸다. 케일리가 내려다보았다. 댄스가 조그맣게 말했다. "조사하다 나왔어. 나밖에 몰라. 네가 원하는 대로 해."

"뭘……?"

"알게 될 거야."

케일리는 얇은 봉투를 내려다보다가 꼭 움켜쥐었다. 댄스는 케일리도 그 내용을 알고 있음을 깨달았다. "이해해주세요. 난……."

댄스가 케일리를 끌어안았다. "나랑은 상관없는 일이야. 자, 이제 모텔로 돌아갈게. 보고해야 할 일이 있어."

케일리는 그 봉투를 주머니에 넣고는 댄스에게 고맙다고 인사한 뒤 집으로 들어갔다.

댄스는 SUV를 향해 걸었다. 문득 뒤돌아보니 수엘린과 셰리가 주방 아일랜드식탁에서 요리책을 보고 있었다. 케일리는 메리-고든을 무릎에 앉히고 옆 의자에 앉아 있었다. 아이가 몸을 비틀며 웃는 것을 보면 동작 분석 없이도 케일리가 꽉 끌어안았다는 것을 알 수 있었다.

길고 어두운 길을 달리며 댄스는 타운 집안사람들보다는 엉망이 된 자신의 사생활을 생각했다. 오닐과 키스한 것을 떠올리니 배 속이 간질거렸다. 기쁨과 두려움이 정확히 반반씩 섞였다.

댄스는 SUV의 아이팟 플레이리스트에서 문득 떠오른 노래를 찾았다. 당연히 케일리의 노래였다. 〈이즈 잇 러브, 이즈 잇 레스?〉. 패스파인더의 스피커로 가사가 흘러나왔다.

> 왼쪽일까요, 오른쪽일까요? 동쪽일까요, 서쪽일까요?
> 낮일까요, 밤일까요? 좋을까요, 최고일까요?
> 대답을 찾고 있어요. 실마리를 찾고 있어요.
> 내게 진실을 알려줄 뭔가가 있을 거예요.
> 알고 싶지만, 짐작할 뿐이에요.
> 우리 사이는 사랑인가요?
> 사랑일까요, 아닐까요?

목요일

THURSDAY

61

"그라시아스, 세뇨라 댄스."

"데 나다."

호세 비야로보스의 차고에서 댄스는 디지털 녹음기를 끄고 케이블과 마이크를 정리하기 시작했다. 그날은 요원이 아닌 녹음 엔지니어이자 프로듀서로서 보냈고, 로스 트라바하도레스는 방금 마지막 곡을 마쳤다. 기타처럼 생긴 8현 악기 '하라나'와 바이올린을 사용하는 멕시코 동북부의 전통적인 음악 양식, '손 우아스테코son huasteco'였다. 바이올린을 맡은 후아레스 출신의 마흔 살 남자는, 스테파네 그라펠리 핫 클럽 데 프랑스의 즉흥곡까지 끼워넣으며 폭풍처럼 연주했다.

댄스는 기묘하면서도 황홀한 음악 여정에 즐거워졌고, 빠르고 전염성 높은 음악에 맞춰 박수를 치고 싶었다.

오후 5시가 막 지난 시각. 댄스는 밴드와 함께 맥주를 마시고 패스파인더로 돌아갔다. 휴대전화가 울려 확인해보니 매디건의 메시지였다. 어젯밤에 통화하면서 그에게 구술한 피터 사임스키-마이라 배비지 사건 보고서 기록을 보안관 사무소에 와서 직접 확인할지 물었다.

댄스는 몹시 피곤해서 잠시 고민했지만, 가기로 했다. 아이폰을 확인하니 받지 못한 전화도 있었다.

존 볼링.

댄스는 다시 한 번 '샌디에이고 상황'에 대해 고민했다. 그리고 가장 먼저 떠오른 것은 마이클 오닐과의 키스였다.

존에게 전화할 수 없어.

그렇게 생각하면서도 손가락으로는 통화 버튼을 눌렀다.

신호음. 그리고…… 음성 메시지 전환.

실망과 분노, 안도감을 동시에 느끼며 댄스는 메시지를 남기지 않고 전화를 끊었다. 이 상황이 케일리 타운의 노래 제목으로 어울릴 것 같았다. 〈스트레이트 투 보이스메일Straight to Voicemail〉.

삼십 분 뒤 댄스는 보안관 사무소에 도착했다. 그녀는 이제 공식적으로 명예 수사관이었기에 아무도 막지 않았다. 처음 보는 수사관 몇 명이 상냥하게 인사를 건네기도 했다.

댄스는 매디건의 사무실로 들어갔다. 그는 공식적으로 복귀했다. 에드윈이 고소를 취하한 것이다.

"토핑 안 얹으세요?" 댄스가 낡은 소파에 앉으면서 그가 열심히 숟가락질하는 컵을 보고 물었다.

"뭐요?" 매디건이 물었다.

"아이스크림 말이에요. 휘핑크림이나 시럽은요?"

"아니. 쓸데없는 짓이오. 칼로리만 높아지지. 콘도 마찬가지고. 언젠가 나의 아이스크림 이론을 들려주지. 이건 일종의 철학이오. 만들어본 적 있소?"

"아이스크림요?"

"그렇소."

댄스가 말했다. "세상에는 아이스크림과 요거트, 파스타와 빵을 만드는 사람이 있고, 그걸 사는 사람이 있죠. 저는 사는 쪽이에요."

"나도 마찬가지요. 자, 이거 드시오." 그가 아이스크림 컵을 내밀었다. 초콜릿칩. 금속 스푼과 함께.

"아뇨, 저는……."

"아니라는 말을 너무 빨리 하는군." 매디건이 중얼거렸다. "아이스크림이 먹고 싶을 거요. 내가 알아."

그렇다. 댄스는 그것을 받아 큼직하게 몇 숟가락 먹었다. 적당히 녹아서 먹기 좋았다. "맛있네요."

"당연히 맛있지. 아이스크림인데. 조서는 여기 있으니 의견 있으면 말해주시오." 그가 서류를 내밀었고 댄스는 읽어보았다.

크리스털 스태닝이 댄스의 테이프에서 녹취한 내용이었고, 대체로 정확했다. 댄스는 한두 군데 내용을 덧붙이고 돌려주었다.

이 시각에도 샌와킨 밸리의 열기가 건물 안으로 스며들었다. 메이시스 백화점에서 수영복을 하나 사다 마운틴뷰 수영장에서 손끝이 쭈글쭈글해질 때까지 수영해야지. 댄스가 기지개를 펴고 인사를 하려는데 매디건의 책상에서 전화가 울렸다. 매디건은 '스피커' 버튼을 눌렀다. "네?"

댄스는 아이스크림을 마저 먹었다. 좀 더 달라고 할까 하다가 그만두었다.

당연히 맛있지. 아이스크림인데…….

"저, 대장. 저 미겔이에요. 로페스요."

"사 년이나 같이 일했는데. 목소리 들으면 알아." 매디건이 중얼거리면서 자기 컵의 아이스크림을 보았다. 얼마나 남았는지 가늠하는 표정이었다. "왜?"

"좀 이상한 일이 있어서요."

"말을 하든가, 끊든가."

"KDHT 들으세요?"

"라디오? 가끔 듣지. 요점만 말하게. 무슨 소리야?"

수사관이 말했다. "음, 네. 집에 가는 길에 그걸 듣는데, 청취자의 전화를 받는 프로그램이 있거든요. 〈베보와 저녁을〉이라고."

"로페스!"

"알았어요. 그 사람이 디제이인데 신청곡을 받아요. 오 분 전쯤에 어떤 청취자가 노래를 신청했어요. 아니, 노래 **일부**를 신청했어요. 케일리 노래예요."

댄스는 얼어붙었다. 자리에 앉았다. 매디건이 외쳤다. "그래서?"

"신청은 이메일로 했어요. '케일리 팬'이라는 이름으로요. 〈유어 섀도〉였어요. 4절만요. 디제이는 웃기다고 했어요. 4절만 신청했다면서요. 그래서 곡 전체를 다 틀어줬어요. 그런데 제 생각에는……."

"오, 젠장." 댄스가 중얼거렸다. "데이비스 의원의 살인을 알리기 위해 4절을 튼 사람이 없었어!" 링컨 라임의 말이 떠올랐다.

그리고 머리가 좋죠? 전화로 시작하더니 라디오 신청곡 같은, 다른 경로로 바꿨죠?

"제길." 매디건은 고개를 끄덕였다. 그는 로페스에게 그 이메일에 다른 내용이 있었는지 물었다.

"아뇨. 그뿐이었어요."

매디건은 인사도 없이 전화를 끊었다. 그는 곧장 방송국으로 전화해서 스튜디오와 연결했다. 디제이 베보에게 수사에 필요하니 청취자 이메일을 전달해달라고 부탁했다. 댄스와 함께 기다리던 중, 그가 중얼거렸다. "젠장, 알다시피 사임스키-마이라 배비지 사건과 다른 살인 사건 사이의 관계를 아직 찾고 있었소. 보비와 블랜턴, 셰리 타운 말이오. 하지만 아직 아무것도 안 나왔거든."

잠시 후 그의 컴퓨터 화면에 신호가 떴다. 스튜디오에서 받은 이메일은 숫자와 글자가 아무렇게나 조합된 수수께끼 같은 계정에서 보낸 것이었고, 로페스가 말한 내용이 전부였다. 매디건은 컴퓨터 범죄 부서에 이메일을 전달했다. 몇 분 뒤 익명의 무료 이메일 계정이며, 타워 지구의 어느 호텔에서 보낸 것임이 밝혀졌다.

"투숙객 목록을 받아오지." 매디건이 말했다.

하지만 댄스는 이맛살을 찡그렸다. "소용 없을 거예요. 그는 투숙객이 아닐 거예요. 로비나 주차장에서 와이파이 신호를 잡았겠죠. 그곳과 무슨 관련이 있을지는 모르겠지만 호텔은 아닐 거예요."

"암살 음모는 단순한 우연이었다고 생각하는 거요? 그리고 **정말로** 스토커가 있다고?"

"음, 에드윈일 리는 없겠죠. 알리바이가 있으니까. 그리고 반드시 스토커일 필요도 없어요. 에드윈을 이용해서, 보비나 파일 공유자나 셰리 타운 사건을 덮으려는 사람은 **누구든지** 될 수 있어요." 댄스는 고개를 저었다. "아니면 그것도 그저 패턴을 만들려는 것이고…… 목표한 희생자는 **그다음** 사람일 수도 있죠."

"젠장. 어떻게 그걸 놓쳤지? ……그런데 새로운 희생자는 누구요? 4절이 뭐지?"

댄스가 가사를 불러주었다.

미소를 억누를 수 없어요. 행복이 떠다녀요.
하지만 집안에도 걱정거리는 찾아와요.
인생은 제대로 흘러가지 않아요.
아침부터 저녁까지 자기 앞가림도 못해요.

매디건은 한숨을 쉬었다. "집에서 죽이다니. 도로 때와 마찬가지군. 아무런 도움이 안 돼."

"'떠다녀요'라는 말도 있잖아요. 또 강이나 웅덩이, 물 같은 거?"

"모르겠군. 이 주위에는 호수가 열 개도 넘는데, 시내 가까운 곳에는 없소. 강둑은 수백 킬로미터요. 웅덩이는 천 개쯤 있을 거고. 그보다 더 많겠지."

"좋아요. 타워 지구와 관련이 있을지도 몰라요. 하지만 좀 더 범위를 좁혀야 해요." 댄스는 잠시 생각했다. "저, 감식반에서 찾아낸 증거 중에 사실 잘 살펴보지 않은 것도 있어요. 사임스키와 마이라의 계획을 알아냈으니까요."

매디건이 찰리 신에게 전화를 걸어 잠시 이야기하더니 뭐라고 적었다. 전화를 끊은 뒤, 그가 말했다. "설명이 안 되는 건 맥석이라는군. 산업 부산물이라는 거. 처음 듣는 거요. 인간의 뼛가루도. 그리고 말보로도. 사임스키나 마이라가 담배를 피웠던가?"

"담배 피우는 건 못 봤어요."

매디건이 적은 내용을 보며 말했다. "그리고 앞쪽이 뾰족한 부츠 자국도. 소가죽 오일. 글러브 닦는 거. 돌아가신 피터 사임스키가 파시스트 소프트볼 리그에서 뛰었나 보지."

A에서 B에서 Z로…….

댄스는 고개를 갸우뚱했다. "거기에만 쓰는 건 아니에요."

62

마침내 케일리 타운은 집, 자신의 성소로 돌아왔다.

비록 몇 시간뿐이었지만. 얼리샤 세션스는 콘서트와 관련된 문제로 만나자고 문자 메시지를 보내면서 비숍의 집에서 만나는 건 싫다고 했다.

나도 동감이에요. 얼리샤가 케일리의 집에서 만나자고 해서 곧 동의했다. 다서 모건이 차로 케일리를 데려다주었고, 자기 차를 타고는 작별 인사를 했다.

"아가씨, 함께 일해서 정말 즐거웠습니다."

"아직도 아가씨라고 하시네요. 그렇게 함께 지내고도?"

"그렇습니다. 케일리 아가씨." 그리고 그가 지은 표정은 케일리가 처음으로 본 미소였다.

케일리는 웃으며 그를 끌어안았다. 그는 뻣뻣하게, 하지만 기분 좋게 반응했다.

그는 차를 몰고 떠났고 케일리는 혼자 남았다. 하지만 에드윈이 위험한 스토커가 아니라는 데서 느낀 안도감은 차츰 사라지고 그

대신 불편한 느낌이 자리를 잡았다. 그것은 지난 며칠 동안 있었던 일이나 의원을 죽이기 위해 자신을 구실로 삼은 끔찍한 사람들과는 무관한 일이었다.

그렇다. 그것은 집에 오니 더욱 가깝게 느껴지는 불편함이었다.

케이티. 좋은 소식이다. 악당은 죽었고 에드윈은 문제가 아니란다. 그러니 콘서트 취소하자는 말은 그만두자꾸나…….

어째서 싫다고 말하지 않았을까? 어째서 그냥 취소하자고 **우기지** 않았을까? 위험 때문에 취소하려는 것이 아니라는 사실을 아빠는 모르는 걸까? 보비가 죽고 셰리가 죽을 뻔했기 때문도 아니었다. 케일리는 그저, 단순히, 무대에 오르기 싫었다.

난 슈퍼우먼이 아니에요, 아빠.

아빠의 목표가 내 목표는 아니에요.

아빠는 왜 그걸 모르는 것일까? 음악 산업은 거대한 불도저처럼 앞으로, 앞으로 밀고 나간다. 누군가, 그러니까 보비의 삶이나 케일리의 즐거움이 밑에 깔린다 해도, 뭐 어떻단 말인가? 산업은 멈추지 않는다.

그렇다. 비숍 타운은 당연히 이해하지 못했다. 그는 케일리가 돈을 벌고, 직원과 가족을 먹여 살리고, 열광적인 팬의 기대를 충족시켜주고, 음반사와 광고사를 만족시켜야 한다는 것만 알았다.

그리고 사람들이 비숍 타운을 기억하게 하는 것도 케일리가 해야 하는 일일 것이다. 그가 노래하는 것을 들어본 적 없는, 아니, 그의 이름조차 들어본 적 없는 젊은이들에게도.

그러니 딸의 마음 따위 무슨 상관일까.

케일리에게 가장 소중한 것, 소박한 삶을 영위하는 것 따위는 안중에 없다.

케일리는 생각해보았다. '소박한 삶.' 노래 제목으로 나쁘지 않았다. 케일리는 제목을 적고 몇 소절을 썼다. 그러다 시계를 보았다. 얼리샤는 삼십 분 뒤에 도착할 예정이었다. 케일리는 위층 침실로 올라갔다.

이제는 악명 높아진 〈유어 새도〉가 머릿속에 떠올랐다.

당신은 강가에 앉아 무엇을 잘못했는지 생각하죠.
그동안 몇 번의 기회를 잃었는지.
마치 고민 때문에 돌로 변한 듯.
그러면 강물이 속삭이죠. 왜 집으로 가지 않느냐고.

아, 그 시절은 최악이었다. 고작 열여섯 살에 엄마가 너무 그리웠고, 아기를 보냈고, 자동차 사고로 교도소에서 나온 지 얼마 안 된 아빠가 무대에 서라고, 커리어를 시작하라고 압박했던 시절. 정작 케일리 자신은 그 커리어를 원하는지도 알 수 없었다. 모든 것이 감당하기 힘들었다. 케일리는 혼자 요세미티로 가서 하이킹을 했다. 그러다 갑자기 모든 것이 벅차게 다가왔다. 케일리는 맑은 강물을 바라보다 불쑥 그 속으로 걸어 들어갔다. 아무 계획도 없었다. 자신을 다치게 할 생각은 없었다. 잘 알 수 없었다. 그때도 잘 몰랐고, 지금도 알 수 없긴 마찬가지다. 잠시 후, 누군가 케일리를 끄집어내 병원으로 데려갔다. 익사할 위험보다는 저체온증의 위험이 더 컸지만, 그것도 큰 위험은 아니었다.

케일리는 침대에 앉아 보비의 편지를 한 번 더 읽어보았다. 자신이 가진 것을 대부분 메리-고든에게, 몇 가지는 케일리에게 남긴다는 내용이었다. 법적 효력이 있는 유언장인지 알 수 없었지만,

변호사에게 가져가면 메리-고든의 부모에 대한 뉴스가 공개될 것 같았다.

비숍은 노발대발할 것이다. 그리고 팬들은? 팬들이 자신을 버릴까? 케일리는 솔직히 어떻게 되어도 상관없었다. 현재 마음 상태가 그랬다.

아이가 알게 될 가능성도 있었다. 물론 아이는 언젠가 알게 될 것이다. 하지만 지금, 이 나이에는 아니었다. 수엘린이 엄마, 로베르토가 아빠였다. 아이의 삶을 흔들어놓을 일은 결코 하지 않을 것이다. 케일리는 봉투를 서랍장 맨 위 서랍에 넣었다. 생부가 아이에게 주고 싶어 한 것을 받을 수 있도록, 방법을 생각해볼 것이다.

그렇다. 보비와 메리-고든에 관한 한, 케일리는 너무 늦었다. 하지만 케일리가 꿈꾸는 삶에 관해서는 너무 늦은 건 아니었다. 남자를 만나 결혼하고 아기를 여럿 낳고 집 앞에서 음악을 연주하고, 이따금 콘서트도 몇 번 하자.

물론 그러기 위해 '남자를 만나야 한다'라는 사소한 문제가 있다.

보비 이후로 케일리는 누구에게도 강렬한 감정을 느끼지 못했다. 그때는 겨우 열여섯 살이었다. 그때 사랑의 기준은 가장 순수하고, 정직하며, 복잡할 것 없는 최고의 기준이었을 것이다.

머릿속에 하나의 음이 들렸다. C 샤프에 이어서 다섯 개의 다른 음이 이어지더니, "나 열여섯 살 때"라는 가사가 함께 나왔다.

케일리는 그것을 노래로 불러보았다.

박자도 좋았고, 운율도 맞았다. 곡을 쓸 때 가장 중점을 두는 부분이었다. 운율이 잘 맞는지. 가령, 각운을 맞추기 위해 '오렌지'라는 단어는 한 행의 마지막에 쓰지 않았다. '실버' 역시 까다로운 단어지만, 최근 앨범 수록곡에 써넣기도 했다.

케일리는 침실에서 책상으로 쓰는 화장대 앞에 앉아 노란 노트와 악보 용지 몇 장을 꺼냈다. 삼 분 만에 멜로디와 가사 몇 부분, 노래 일부를 적었다.

열여섯 시절 어땠는지 생생해요, 기억이.
당신은 왕, 나는 당신의 왕비.
그 시절 사랑은 단순했죠.
다시 그런 삶을 바라고 있어요.
나 열여섯 살 때.

오, 보비…….

케일리는 꼬박 오 분 동안 울었다. 그러고는 티슈를 뽑아 얼굴을 닦았다. 이번 주에 티슈를 두 통 가까이 썼다.

좋아. 이제 그만.

케일리는 아이팟 플레이어를 켜 로레타 린을 골랐다.

욕실에 들어가 욕조에 물을 채운 뒤 머리를 묶고 옷을 벗었다. 그리고 그 앨범을 들으며 물속에 몸을 담갔다.

기분이 좋았다.

63

그들은 답을 얻었다.

댄스, 데니스 하루튠, 파이크 매디건은 얼리샤 세션스의 작은 아파트에서 방금 발견한 증거를 살피고 있었다. 앞코가 뾰족한 카우보이 부츠. 에드윈의 집 뒤편에서 발견한 발자국과 같았다. 주방에는 얼리샤가 마구에 바르는 소가죽 오일이 있었다. 댄스는 그녀의 말 모양 범퍼 스티커와 승마 취미를 떠올렸다. 아파트에서 말보로 담뱃갑도 나왔다. 아파트는 타워 지구, 신청곡 이메일을 보낸 호텔 근처에 있었다.

더욱 심각한 것은 에드윈에게서 훔쳐온 커다란 쓰레기봉투 두 개였다. 영수증과 그의 시애틀 집 주소가 적힌 우편물도 들어 있었다. 에드윈이 살인 사건 배후에 있으며, 그가 케일리를 죽였다고 경찰과 배심원을 설득하기 위한 증거로 쓸 예정이었을 것이다. 얼리샤의 침대 밑에는 가브리엘 푸엔테스 수사관의 권총 케이스가 들어 있었다. 그가 에드윈의 뒤를 밟고 있을 때 극장 앞에서 훔쳤을 것이다. 안에 권총은 없었다.

"얼리샤는 가브리엘이 어디 있는지 알고 있었어요." 댄스가 말했다. "본부 브리핑실에 있었거든요."

처음에 그들은 에드윈 샤프를 끌어들일 동기를 찾지 못했다. 하지만 조금 전 댄스는 해답을 찾았다. 댄스는 매디건과 하루튠에게 이십여 장쯤 되는 종이 뭉치를 보였다. 대부분 비슷한 내용이었다. 케일리의 글씨체를 흉내 내어 쓴 것이었다.

이 글을 보실 분께.

내게 길에서 무슨 일이 생길 때에 대비해 가까운 분들께 몇 마디를 남깁니다…… 팻시 클라인의 비행기 사고를 잊을 수 없으니까요…… 무슨 일이 생기면 얼리샤가 밴드를 맡아주기 바라요. 얼리샤는 저만큼 노래를 잘 알고, 고음은 더 잘낼 수 있어요. 그리고 한 가지 더. 여러분 모두 멋진 파티를 하고, 얼리샤가 내게 영감을 준 노래 〈아임 인 더 무드I'm in the Mood〉를 그녀가 직접 불러주었으면 해요.

천국에서 만나요. 모두 사랑해요!

케일리

"세상에." 매디건이 중얼거렸다. "케일리가 네 번째 희생자군. 마지막 4절. '하지만 집안에도 걱정거리는 찾아와요.' 얼리샤가 케일리를 집에서 죽이려는 거요."

댄스는 재빨리 휴대전화를 꺼내 케일리에게 전화를 걸었다.

이런 노래를 써야 해. 목욕과 로레타 린의 노래, 향초의 바이올렛 향을 즐기며 케일리가 생각했다.

"작은 기쁨." 케일리가 노래했다. 아니. "소소한 기쁨." 더 낫다. 음절을 늘리는 것이 도움이 되었다.

그 노래는 인생의 비극, 통제하지 못하는 일들이 작은 것들에 의해 사라지지는 않더라도 줄어들 수 있다는 내용이 될 것이다.

"고통의 해독제."

멋진 가사라고 생각했다. '해독제'를 가사에 쓴 사람은 없었다. 좋아. 하지만…… 잠깐만. 기다려봐. 오 분마다 노래를 한 곡씩 쓸 필요는 없잖아.

그렇지만 케일리가 실제로 곡을 **쓴** 것은 아니었다. 그런 적은 없었다. 그것이 바로 비결이었다. 곡이 저절로 써졌던 것이다.

바깥에서 전화벨 소리가 들렸다. 케일리는 고민했다. 무시해. 네 차례 신호음이 울린 뒤, 음성 메시지.

"여름비가 좋아…… 그건 고통의 해독제……." 흠. 케일리는 생각했다. 엉망이야! 어떤 구절이 빨리 떠오른다고 해서 반드시 훌륭한 건 아니다. 하지만 프로라면 망친 것과 그렇지 않은 것을 구별해야 한다. 그 가사는 고쳐볼 것이다.

그때, 휴대전화가 또 울리자 케일리는 메리-고든을 떠올렸다. 수엘린이 아이가 아파서 전화한 걸까? 케일리가 집에서 무슨 장난감을 가져다주길 바라는 걸까? 아이 걱정에 케일리는 욕조에서 나왔다. 재빨리 몸을 말리고 청바지와 블라우스를 입었다. 양말을 신고, 안경을 썼다.

얼리샤가 전화했을지도 모른다. 비숍이 안 듣는 곳에서 할 이야기가 있는 걸까?

용건은 무엇이든 될 수 있었다. 얼리샤와 비숍은 별로 사이가 좋지 않았다. 비숍은 알랑거리는 여자를 좋아했다. 얼리샤는 해야 할 일을 했다. 그는 회사 사장이었으니까. 하지만 얼리샤가 고분고분하지 않아서 둘 사이에는 항상 긴장감이 흘렀다.

케일리는 휴대전화를 들었다. 아, 캐트린의 번호. 통화 버튼을 눌렀다.

신호음이 가는 동안 케일리는 창밖을 내다보았다. 어두워졌지만 얼리샤의 파란 픽업트럭이 길에 서 있는 것이 보였다. 케일리는 얼리샤가 도착하는 소리를 듣지 못했지만, 얼리샤는 혼자 들어올 수 있었다. 열쇠를 갖고 있었다.

댄스가 전화를 받았다. "아, 잘 있……?"

하지만 댄스가 인사말을 자르고 다급하게 말했다. "케일리, 잘 들어. 설명할 시간 없어. 얼리샤 세션스가 거기로 가고 있어. 널 죽일 거야. 집에서 나와. 빨리!"

"네?"

"빨리 나와!"

아래층에서 주방문이 열리더니 얼리샤가 불렀다. "케일리. 나야. 올라가도 돼?"

캐트린은 케일리가 놀라는 소리를 들었다. 케일리가 속삭였다. "왔어요! 아래층에 있어요. 얼리샤가!"

오, 안 돼. 어떻게 하지?

댄스, 하루튠, 매디건은 FMCSO 순찰차를 타고 타워 지구의 얼리샤 아파트에서 출발해 속도를 올리고 있었다. 댄스는 얼리샤가 이미 케일리의 집에 도착했음을 알리고, 전화에 대고 말했다. "다서는 거기 있어?"

"아뇨. 갔어요. 사임스키가 죽었으니 다 끝난 줄 알고."

"나와. 숲으로 달아날 수 있어?"

"아…… 아뇨. 위층에 있어요. 뛰어내리지 못할 것 같아요. 아래층으로 가면 얼리샤와 마주칠 거예요. 얼리샤랑 대화를 해보면 안 될까요? 왜 날……."

"아니. 숨어야 해. 다가가지 마. 총을 갖고 있어. 최대한 빨리 지원을 보낼 테지만, 이십 분은 걸릴 거야. 방문에 잠금장치 있어?"

"네. 하지만 약해요."

"무기는?"

"아래층에, 잠가놨어요."

"방에 들어가서 바리케이드를 쳐. 시간을 끌어."

"오, 세상에. 캐트린. 무슨 일이에요?"

"최대한 바리케이드를 쳐. 곧 갈게."

뜨겁고 건조한 공기를 가로지르며 사이렌 소리가 울려퍼졌다. 그들은 경광등을 번쩍이면서 자동차, 표지판, 창문 들을 지나치며 질주했다.

"케일리?" 아래층에서 얼리샤가 다시 불렀다.

어디 있을까? 케일리는 궁금했다. 아직 주방에 있을까? 방에?

"잠깐만요." 케일리는 문을 바라보았다.

어서 닫아! 왜 그러는 거야. 시간을 벌어. 문을 잠그고 바리케이드를 쳐.

케일리는 문 앞에서 외쳤다. "방금 샤워했어요. 오 분 뒤에 내려갈게요." 케일리는 문을 닫고 잠갔다. 하지만 손잡이 밑에 끼우려던 의자가 너무 낮았다. 서랍장은 너무 무거워 옮길 수 없었다. 화장대는 메리-고든도 막아내지 못할 것이다.

무기를 찾아. 무엇이든지.

손톱 줄? 스탠드?

바보처럼 굴지 마! 뛰어내려!

케일리는 창가로 달려갔다. 아래로는 콘크리트 바닥과 끝이 뾰족한 철제 펜스뿐이었다. 등이 부러지거나 펜스에 찔릴 것이다.

귀를 문에 대보았다.

"케일리?"

"곧 내려갈게요! 맥주 한잔하든지 커피를 끓여요!"

창문으로 뛰어내려. 방법은 그것뿐이야.

그러다 문득 생각했다. 안 돼.

싸울 거다.

케일리는 화장대 의자에서 로라 애슐리 천을 댄 쿠션을 찢어냈다. 그 가구는 2.5킬로그램짜리 목재였다. 별것 아니지만, 이걸 이용해야 했다. 얼리샤를 불러서 머리를 내리칠 것이다.

케일리가 귀를 기울이며 문으로 다가갔다. 발을 단단히 디디고 서서 의자를 야구 방망이처럼 들었다.

그때 전화가 울렸다.

화면을 보았다. 어렴풋이 낯익은 번호였다. 잠깐…… 에드윈 샤프였다! 그가 메리-고든 편에 보낸 나무 장난감 상표에서 본 그 번호였다.

"여보세요, 에드윈?"

에드윈이 조심스레 말했다. "안녕, 케일리. 있잖아. 거의 다 왔어. 얼리샤가 너한테 전화는 하지 말고 오기만 하랬어. 하지만 이게 뭔가 싶어서. 뭔가 보상하려는 거야? 난 받고 싶은 거 없어. 국회의원이랑 있던 그 사람이 한 짓은 네 잘못이 아니야."

그 순간, 케일리는 알아챘다. 무슨 영문인지 몰라도 얼리샤가 그에게 살인 누명을 씌울 것이다. 여기 오라고 해서 **그**가 케일리를 죽인 것처럼 꾸밀 작정이다.

“오, 에드윈. 문제가 있어.”

“목소리가 이상해. 왜 그래? 아니…….”

“오지 마! 얼리샤가 여기 있어. 날 죽일 거야. 얼리샤는…….”

잠시 침묵. “설마, 진담은 아니지?”

“당신한테 누명을 씌울 거야. 지금 와 있어.”

“경찰에 신고할게.”

케일리가 말했다. “내가 했어. 지금 오고 있어.”

“오 분 있으면 도착해.”

“아니, 에드윈. 오지 마! 브래들리 로드로 가. 미니마트에, 거기 있어. 사람들과 같이 있어. 그러면 무슨 일이 생겨도 당신이 한 거라고 못할 거야.”

바로 그때 연기 냄새가 났다.

에드윈이 뭐라고 말하고 있었다. 케일리는 그 말을 무시하고 문에 귀를 댔다. 그렇다. 아래층에서 타닥거리며 타는 소리가 들렸다.

안 돼, 안 돼! 내 집, 내 기타! 얼리샤가 불태우고 있다! 보비와 파일 공유자, 셰리처럼, 얼리샤는 나도 불태울 것이다.

“케일리, 케일리?” 에드윈의 목소리가 높아졌다.

“불이 났어, 에드윈. 소방서에도 신고해. 하지만 여긴 오지 마. 절대 오지 마.”

“난…….”

케일리는 전화를 끊었다.

씁쓸하고 매캐한 연기가 침실 문 밑으로 스며들기 시작했다.

64

연기와 불길이 점점 강해졌다.

사랑은 불길, 사랑은 불꽃…….

내 집, 내 집이. 슬픔에, 연기로 인한 괴로움에, 두려움에, 케일리의 뺨에 눈물이 흘러내렸다. 내 기타, 사진들…… 이럴 수는 없어!

문을 만지자 뜨거웠고, 창밖으로 아래층 나무와 잔디밭에 불길이 반사되었다.

케일리는 갈등했다. 얼리샤는 어디 있을까? 물론 불이 났는데 아래층에 있을 리 없었다. 아마 돌아갔을 것이다.

젠장, 내 집은 내가 구할 거야!

케일리는 욕실로 달려가 소화기를 잡았다. 오래됐지만, 눈금을 보니 아직 쓸 수 있었다. 방문을 열고 소화기를 쏘았다. 불길은 아래층 복도와 계단, 카펫에 집중되어 있었다. 나일론에 불이 붙어 시커먼 연기가 피어오르고 있었다. 공기 중에 불똥이 튀었다. 케일리는 역한 냄새를 맡고 구역질했다. 머리를 낮추고 깨끗한 공기를 한 번, 두 번 들이마셨다. 다시 일어났다. 아직 불길을 잡지 못할 정도는 아니었다. 얼리샤가 돌아갔다면 불을 끄면서 주방으로 갈 수 있을 것 같았다. 거기에는 훨씬 더 큰 소화기가 있었다. 정원에 호스도 있었다.

케일리는 앞으로 나아갔다.

바로 그때 아래층에서 엄청난 굉음이 온 집안을 뒤흔들었고, 연기 속에서 불꽃이 보였다. 총알이 케일리 머리 옆의 문에 박혔다. 두 개 더 날아왔다.

케일리는 비명을 지르며 방으로 달려가 문을 쾅 닫고 잠갔다. 케일리는 8미터 위에서 뛰어내릴 수밖에 없다고 판단했다. 다리가 부러져 얼리샤의 총에 맞을 때까지 쓰러져 있게 될까? 펜스에 찔려 피를 흘리다 죽을까?

하지만 적어도 타죽지는 않을 것이다. 케일리는 창문으로 달려가 문을 열고 길 쪽을 내다보았다. 아직 불빛 하나 보이지 않았다. 그리고 각도와 거리를 가늠해보려고 아래를 내려다보았다.

펜스 바로 너머 착지할 자리가 보였다. 하지만 그것이 눈에 들어왔다. 뛰어내릴 바로 그 자리에, 얼리샤의 그림자가 어슬렁거리며 오갔다. 현관문 앞에 서서 케일리가 거기로 뛰어내릴 것을 예측하고 조준하고 있었던 것이다.

그림자…….

케일리는 침대에 앉아 메리-고든 사진을 가슴에 끌어안았다.

그러니까, 이렇게 끝나는구나.

엄마, 보비, 곧 만나요.

오, 보비…….

오래전 그에게 써준 곡이 떠올랐다. 〈디 온리 원 포 미The Only One For Me〉.

자꾸 눈물이 났다.

바로 그때 아래층에서 또 한 번의 총성이 울렸다. 그리고 두세 번 더 들렸다. 케일리는 깜짝 놀랐다. 드디어 경찰이 온 것일까?

케일리는 창문으로 달려가 내다보았다. 아니, 거긴 아무도 없었다. 집 앞에는 얼리샤의 트럭뿐이었다. 어디에서도 경광등은 보이지 않았다.

두 차례의 총성.

그리고 아래층에서 이름을 부르는 소리가 들렸다.

남자 목소리였다.

"케일리, 어서 와!"

케일리는 문을 열고 조심스레 내다보았다.

세상에! 연기 사이로 에드윈 샤프의 모습이 겨우 보였다. 그가 재킷을 벗어 계단의 불을 때려 끄고 있었다. 얼리샤는 대리석 복도에 멍하니 눈을 뜨고 누워 있었다. 얼굴에 피가 묻어 있었다. 바닥에 쓰러져 있어서 옷에 불이 옮겨 붙고 있었다.

케일리는 깨달았다. 에드윈이 경고를 무시하고 끝내 집으로 온 것이다.

"어서!" 그가 외쳤다. "빨리 와! 소방서에 신고는 했지만 언제 올지 몰라. 나가야 해!"

그가 재킷으로 두드려도 불길은 잡히지 않았지만, 그래도 1층까지 좁은 길을 낼 수 있었다.

케일리는 그 길을 따라 움직였다. 에드윈이 방을 가리켰다. "저기로 나갈 수 있어! 창문으로!"

하지만 케일리가 외쳤다. "가! 나는 불을 끌 거야!"

"안 돼! 못 꺼!"

"가!" 케일리는 소리치고는 돌아서서 불길에 작은 소화기를 쏘았다.

에드윈은 망설이며 심하게 기침을 하더니 재킷으로 불길을 때리기 시작했다. "도와줄게."

케일리는 미소를 지으며 말했다. "주방에 소화기가 또 있어. 스토브 옆에!"

에드윈은 숨막혀하며 문으로 들어가더니 케일리가 든 것보다 훨씬 큰 소화기를 들고 와서 불길을 향해 쏘기 시작했다.

타들어가는 얼리샤의 시체를 겁에 질린 눈으로 본 뒤, 케일리는 뒷문으로 나가 정원 호스를 들고 들어왔다. 케일리는 끈질긴 불길을 공격했고, 에드윈은 옆에서 소화기 거품을 뿜어댔다. 그들은 구역질하고 기침하면서 눈물을 닦아냈다.

가수와 스토커는 버텨냈지만, 그것도 잠시였다. 곧 에드윈의 소화기는 수명을 다했고, 불길은 케일리의 호스를 녹여버렸다.

너무 늦었다…… 안 돼! 나의 집.

그때 사이렌이 울리기 시작했고, 첫 번째로 도착한 소방차의 불빛이 어둠 속에 번쩍였다. 두꺼운 소방복을 입은 소방관들이 호스를 들고 집으로 달려들어와 불길과 싸웠다. 소방관 한 사람이 연기를 심하게 뿜어내는 얼리샤의 시체를 들여다보고 맥박을 짚었다. 그는 고개를 저었다.

또 한 명이 케일리와 에드윈을 보호해 현관문으로 이동했다. 그들은 밖에 나오자 휘청거렸다. 케일리는 기침하면서 끔찍한 검댕과 재를 뱉어냈다. 잔디밭에서 걸음을 멈추고 구토했다. 그러다 에드윈이 뒤에 처졌다는 생각에 돌아보았다.

에드윈은 포치에서 무릎을 꿇은 채 손으로 목을 쥐고 있었다. 그는 손을 떼더니 손가락을 보았다. 색이 검은 건 재 때문이 아니었다. 목에 난 상처에서 난 피가 흐르고 있었다.

그가 총을 빼앗기 전, 얼리샤가 그에게 총을 쏜 것이다.

그는 눈을 깜빡이더니 케일리를 보았다. "그…… 그…… 그 사람이……." 에드윈은 눈을 감더니 데크 위로 쓰러졌다.

65

캐트린 댄스는 케일리의 집 계단에서, 케일리와 나란히 앉아 있었다. 주위는 온통 울긋불긋한 불빛이었고, 흰색 플래시도 깜빡였다. 아름다우면서도 심란한 광경이었다.

케일리는 몸을 굽힌 채, 어깨를 늘어뜨리고, 턱을 가슴에 묻고 있었다. 에드윈 샤프의 출혈을 막아보려던 케일리에게 온통 피가 묻어 있었다. 동작 분석으로 보자면 케일리는 패배와 포기의 상태였다. 모든 심문자가 목표로 삼는 상태였다. 하지만 이 자세는 피로나 불신을 나타낼 수도 있었다.

매디건은 FMCSO의 현장감식반에게 수색을 지시했고, 소방관들은 불길이 다시 일어나지 못하게 확인하고 있었다.

"이해할 수 없어요." 케일리가 작게 중얼거렸다.

댄스는 얼리샤에 대해서 알게 된 것과 그녀의 아파트에서 발견한 것을 설명해주었다. "얼리샤의 트럭은 에드윈이 빌린 집에서 훔쳐온 물건으로 가득했어. 그걸 여기다 심으려고 했던 거야." 댄스는 이유를 설명했다. "쪽지도 있었어. 네 글씨체를 흉내 내서 꽤 잘 썼더라고. 네게 무슨 일이 생기면, 그녀에게 밴드를 맡긴다는 내용이었어."

"그럼 에드윈을 오늘 밤에 여기로 오라고 한 건 그가 날 죽인 것처럼 꾸미려고 그랬던 거군요. 에드윈이 체포되면 무죄라고 해도 아무도 믿지 않을 테니까."

"그렇지."

케일리는 얼굴을 문질렀다. 이를 악물었다. "얼리샤는 내가 되고 싶었던 거예요. 인기와 돈과 권력을 원했어요. 이 망할 일은 사람들한테 그런 짓을 해요. 사람들을 비틀어놓고, 유혹해요. 이제 지겨워요! 너무 지겨워요." 케일리는 응급구조대 쪽을 보았다. "오지 말라고 했어요. 무슨 일이 생기면 그가 잡힐 거니까. 하지만 그래도 왔어요."

구조 요원이 에드윈을 구급차에 태우자 한 명이 그들에게 다가왔다. "댄스 요원님. 타운 씨…… 샤프 씨의 출혈이 심합니다. 최선을 다해 안정시켰지만, 상태가 좋지 않습니다. 유감입니다. 최대한 빨리 병원으로 옮겨 수술해야 합니다."

"살 수 있어요?" 케일리가 물었다.

"지금으로서는 모르겠습니다. 친구 사이인가요?"

케일리가 조그맣게 말했다. "그런 셈이에요. 제 팬이에요."

66

두 시간 뒤, 녹색 수술복을 입은 지친 얼굴의 외과 의사가 프레즈노 커뮤니티 병원의 복도를 천천히 걸어 대기실로 들어왔다.

댄스가 케일리에게 눈짓했고, 둘은 함께 일어났다.

의사는 누구한테 소식을 전해야 할지 모르는 표정이었다. 프레즈노의 유명 가수에게 전해야 할지, 허리에 총을 찬 키 큰 여자에게 전해야 할지. 그는 두 사람 사이에 대고 에드윈 샤프는 죽지 않을 거라고 말했다. 출혈이 심했지만 결국 완전히 회복될 거라고. "총알이 경동맥과 척추를 피해갔습니다." 에드윈은 곧 마취에서 깨어날 것이다. 원한다면 잠시 만나도 괜찮다고 했다.

그들은 회복실을 찾아 안으로 들어갔다. 에드윈은 멍하니 천장을 보고 있었다.

"어." 그가 중얼거렸다. "안녕." 눈을 깜빡였다. "편도선 수술했을 때 같아." 음성에는 영향이 없는 것 같았다. 하지만 그는 조그맣게 말했고, 잘 들리지 않았다. 그리고 기운이 하나도 없는 것 같았다.

케일리가 말했다. "겪은 일에 비하면 좋아 보여."

총알 구멍은 9밀리미터, 물론 상당히 작았지만 자주색 멍이 상처를 덮은 붕대 바깥까지 퍼져 있었다.

"음, 아직은, 별로 안 아파." 그는 정맥주사를 보았다. 아마 모르핀일 것이다. "퇴원하면 좋은 약도 준다고 했어. 내일 아침에 퇴원한대."

그가 힘없이 웃었고 이번만큼은 그 미소가 전혀 어색하지 않았다. "여기 일주일은 있을 줄 알았는데. 일주일 이상." 그의 눈꺼풀이 감겼고 댄스는 그가 잠드는 것인가 생각했다. 그때 눈을 다시 떴다. "일주일." 그는 몽롱하게 말했다.

"나아져서 다행이야." 케일리가 말했다. "걱정했어."

그는 이맛살을 찡그렸다. 그리고 천천히 말했다. "꽃은 안 가져왔네. 꽃을 안 가져오다니. 내가 착각한 건가?" 그러더니 그가 웃었다. "농담이야."

케일리는 깜짝 놀라 가만히 있더니 함께 웃었다.

에드윈의 얼굴이 진지해졌다. "얼리샤는…… 대체 왜 그랬대? 미친 거야? 아니, 얼리샤가. 어떻게 된 거야?"

댄스가 말했다. "케일리를 죽이고 당신 집에서 가져온 물건을 거기 둬서 당신의 범행으로 보이게 할 생각이었어요. 케일리가 얼리샤에게 밴드를 맡긴다는 내용의 편지도 날조했고."

"그랬어요? 보비 프레스콧도 죽이고? 새엄마도 죽이려 하고?" 에드윈이 물었다.

케일리는 고개를 끄덕였다.

그러자 에드윈은 몇 시간 전에 들었던 이야기를 반복하며 덧붙였다. "그 사람이었구나……." 다시 초점을 맞추었다. "유명해지려고 그런 거구나. 모두 그걸 원하지. 마약 같아. 해리 포터를 쓰고, 대

니얼 크레이그가 되는 거. 다들 자기가 유명해지길 바라."

케일리는 눈시울을 적시면서 조그맣게 말했다. "뭐라고 해야 할지 모르겠어, 에드윈. 이게 대체 무슨 일이야."

그는 어깨를 으쓱이려다 아파서 인상을 썼다.

"당신은 올 필요 없었어, 에드윈. 위험하다고 했잖아."

"그렇지." 그는 이렇게 말했다. 비꼬는 것 같기도 하고, 케일리가 뭐라고 하는지 잘 모르는 것 같기도 했다. 약에 취해 있었다.

"거기서 어떻게 된 거예요?" 댄스가 물었다.

그는 정신을 차리려 애썼다. "거기요?"

"케일리의 집."

"아, 케일리의 집에서…… 얼리샤 이야기를 하고 불이 났다고 하기에 소방서에 신고는 했지만, 돌아갈 수는 없었어요. 돌아가라고 했지?"

"응."

"하지만 그럴 수 없었어요. 집으로 계속 갔어요. 도착한 다음엔 얼리샤가 보지 못하게 길가에 차를 세웠어요. 나무 사이로 접근해서 집으로 들어갔어요. 부엌문이 열려 있었고, 얼리샤는 계단 옆에 있었어요. 얼리샤는 나를 못 봤어요. 내가 다리를 걸었는데, 정말 힘이 셌어요. 아니, **정말요.** 그럴 줄 몰랐어요. 총을 빼앗으려고 했는데, 그러기도 전에 얼리샤가 총을 쏘면서 달려들었고, 나도 총을 쐈어요. 생각할 겨를이 없었어요. 그냥 방아쇠를 당겨버렸죠. 내가 총에 맞은 것도 몰랐어요. 기억나는 건 우리가, 너랑 내가 불을 끄려고 한 거랑…… 그리고 깨어나니 여기네요."

그는 천천히 눈을 감다가 다시 뜨고 케일리를 보았다. "떠나기 전에 뭔가 보내려고 했는데. 카드가 하나 있어. 카드를 보낼 생각이었어. 안에 선물도 들어 있어. 내 재킷에. 주머니를 봐. 내 재킷이 어디 있지?"

댄스는 옷장에서 옷을 찾아 가져다주었다. 케일리가 주머니에 손을 넣었다. 케일리의 주소가 적혀 있고 우표가 붙은 봉투가 나왔다.

"열어봐."

케일리는 봉투를 열었다. 댄스가 어깨너머로 보니 슈퍼마켓에서 파는 강아지가 그려진 카드였다. "나는 간다. 미안해"라고 적혀 있었다. 케일리는 미소를 지었다. "나도 미안해, 에드윈."

"열어봐."

케일리는 얇은 종이를 열었다. 그 안에는 기타 피크 세 개가 들어 있었다. "오, 에드윈."

"시애틀의 가게에서 사슴뿔을 샀어. 그걸로 만든 거야."

"멋지다." 케일리는 그것을 댄스에게 보여주었고, 댄스도 맞장구쳤다.

"난……." 에드윈은 하려던 말을 기억하려고 방 안을 둘러보았다. "전에 그걸 보냈는데, 네가 돌려보냈어. 아니, 누군가 돌려보냈어. 하지만 원한다면 지금 받아줘."

"물론이지. 정말 고마워. 콘서트에서 쓸게. 아니, 콘서트에서 당신에게 고맙다고 인사할 거야."

"아, 아냐. 난 시애틀로 돌아가. 얼리샤가 전화했을 때 짐을 싸던 중이었어." 힘없는 미소.

"간다고?"

"널 위해 그게 낫겠다 싶어서." 에드윈이 웃었다. "나한테도 낫고. 유명한 스타가 날 좋아하는 줄 알았어. 그런데 미친 사람들이 날 이용해서 정치인을 암살하려고 하고, 웬 스토커가 내 쓰레기를 훔쳐다가 누명을 씌우려고 하다니. 팬 노릇이 이렇게 위험한 줄 몰랐네."

댄스와 케일리는 함께 미소를 지었다.

"난…… 난…… 시애틀에서 지내는 게 나을 거 같아." 그는 고개를 앞으로 숙이고 중얼거렸다. "거긴 이렇게 덥지도 않고. 여긴 정말…… 너무 더워."

케일리는 웃었지만, 진지하게 말했다. "에드윈, 이런 상태로는 운전 못해. 며칠만 기다려. 부탁이야. 그리고 기분이 내키면 콘서트에 와줘. 맨 앞 가운데 자리 티켓을 줄게."

그는 잠들고 있었다. "아니…… 나아. 내가……."

그러더니 완전히 잠들었다. 케일리는 기타 피크를 보더니 선물에 진심으로 감동한 표정을 지었다.

케일리와 댄스는 병원에서 나왔다. 주차장으로 들어가자 케일리가 웃었다.

댄스가 한쪽 눈썹을 추어올렸다.

"있잖아요, 금발의 컨트리 가수 이야기 들었어요?"

"뭔데."

"너무 멍청해서 스토커한테 버림받았대요."

금요일
FRIDAY

67

콘서트 당일.

오전 9시. 밴드가 내슈빌에서 출발해 이곳, 케일리와 스태프가 기다리는 컨벤션센터로 곧장 왔다. 그들은 도착하자마자 일을 시작했다.

두 시간 뒤 케일리는 휴식 시간을 갖자고 했다. 무대 뒤에서 케일리는 차를 마셨고, 수엘린에게 전화해 메리-고든과 통화했다. 수엘린은 오후에 아이를 데리고 나가 콘서트에서 입을 새 드레스를 살 계획이었다.

전화를 끊은 뒤 케일리는 오래된 마틴 기타를 들고 에드윈이 준 피크로 연습했다.

마음에 들었다. 닥 왓슨, 노먼 블레이크, 토니 라이스, 비숍 타운 같은 최고의 플랫피크 연주자들은 커다랗고 말랑한 삼각형 피크를 절대 쓰지 않았을 것이다. 진짜 명연주자들은 이것처럼 작고 단단한 피크를 썼다. 케일리는 손가락으로 튕겨 연주하는 편이었지만, 그래도 이 피크가 마음에 들었다.

"어때요?" 갑자기 들려온 목소리에 케일리는 깜짝 놀랐다. 큰 키에도 불구하고 소리 없이 나타난 타이 슬로컴이 물었다. 그는 기타를 바라보고 있었다.

케일리는 미소를 지었다. 기타 테크니션 슬로컴은 기타 현에 대해 묻고 있었다. 볼트와 너트가 있어 쉽게 조절할 수 있는 일반 기타와는 달리, 마틴은 현을 튜닝하려면 노력과 기술이 필요했다.

"약간 낮아요. D에 버징이 좀 있어요."

"새들saddle을 구했어요." 타이가 말했다. "뼈로 만든 것을 몇 개 찾았는데 진짜 오래된 거예요. 상당히 좋아요." 새들은 현에서 몸통으로 소리를 전달하는 흰색 막대를 가리키는 말이다. 음향학적으로 가장 좋은 재료는 숲에 사는 코끼리의 단단한 상아였다. 아프리카 코끼리에게서 나온 부드러운 상아가 그다음이었다. 뼈는 세 번째로 좋은 재료였다. 두 종류의 상아를 모두 합법적, 또는 불법적으로 구할 수 있었지만 케일리는 상아를 쓰지 않았고, 밴드의 다른 사람들도 쓰지 못하게 했다. 하지만 타이는 상아 못지않게 훌륭한 소리를 내는 뼈 새들을 구하는 루트를 알았다.

잠시 침묵. "궁금해서 그러는데, 오늘 배리가 콘솔을 담당해요?" 이어폰을 끼고 믹싱 보드 위에서 열심히 손을 움직이는 배리 자이글러 쪽을 힐끗 보며 타이가 물었다.

"네."

"그렇군요. 당연하죠. 잘하니까." 타이가 중얼거렸다.

보비 프레스콧은 공연 매니저였을 뿐 아니라 공연에서 사운드 믹싱이라는 어려운 일도 맡았다. 그의 아버지가 하던 일이었다. 스태프는 누구나 거대하고 복잡한 마이다스 XL8 콘솔을 어느 정도는 다룰 줄 알았다. 타이도 꽤 잘했다. 하지만 케일리는 자이글러가 함께 있으니 그에게 맡기기로 했다. 자이글러는 록스타가 되고 싶은 꿈이 이루어지지 않자 보드 담당으로 전향했다. 폴드백 오디오, 즉 밴드가 무대 위에서 듣는 오디오와 객석 오디오를 둘 다 잘 다룬다는 점에서 배리를 능가하는 사람은 없었다.

슬로컴은 자신이 담당한 튜너와 악기, 앰프와 도구 틈에서 걸어 나왔다. 케일리는 무대로 올라가 리허설을 다시 시작했다.

케일리의 밴드는 평생을 음악에 바쳐온 아티스트로 구성되었다. 물론 재능 있는 사람은 많지만, 케일리는 자신과 자신의 노래, 그리고 자신이 원하는 음색을 이해하는 사람을 모으려고 애썼다. 매끄럽게 함께 일할 수 있는 사람들, 그건 참 중요했다. 필수적이었다. 앙상블 음악을 만들 만큼 친밀한 프로는 많지 않았고, 연주자끼리 완벽한 조화를 이루지 못하면 제아무리 최고의 노래와 최고의 가수라도 소용없을 것이다.

리드 기타리스트 케빈 피블스는 삼십대의 호리호리하고 느긋한 남자였다. 땀이 난 대머리가 불빛에 반짝였다. 그는 몇 년 동안 록 음악을 하다가 진짜 좋아하는 장르인 컨트리로 전향했다.

베이시스트이자 백업 싱어 에마 수 그레인저는 케일리가 만나본 사람 중에서 가장 아름다운 여자였다. 어깨까지 닿는 새카만 머리카락을 이따금 땋아 꽃으로 장식하는 그레인저는, 직접 짠 타이트한 스웨터에 가죽 바지를 입었다. 케일리의 청중은 60퍼센트가 여성이었지만, 나머지 40퍼센트를 위해 에마 수는 무대 앞에 자주 나섰다.

낡은 카우보이모자에 격자무늬 셔츠, 오래된 청바지를 입은 버디 델모어는 밴드의 페달 스틸 기타를 담당했다. 케일리가 아무리 재능이 있어도 연주할 수 없는, 매끄럽고 유혹적인 악기였다. 케일리는 그것을 마스터하는 사람은 천재라고 생각했다. 버디는 사운드가 독특한 도브로와 내셔널 스틸 기타를 연주하기도 했다. 예순다섯 살의 버디는 웨스트버지니아 출신으로 자신이 진정 사랑하는 일, 닭 농장을 유지하기 위해 연주를 했다. 자녀가 여덟 명 있었고, 그 중 가장 어린 아이는 두 살이었다.

드러머는 밴드의 신참이었다. 알론소 산티아고는 베이커스필드의 스페인인 거주 지역 출신이었고 뭘 잡든, 뭘 만지든, 그걸로 음악을 만들 수 있었다. 비트를 따라갈 수는 있지만, 그것을 창조하고 유지하는 일은 남에게 의존해야 하는 케일리에게는 마법 같은 능력이었다. 산티아고는 어린 아들딸에게 드럼 세트를 쥐어주기도 했지만, 딸은 나스카 자동차 경주 선수가 되고 싶다고 하고 아들은 만화가가 되고 싶다고 하자 실망하고 말았다.

또 다른 밴드 멤버, 사십대의 탄탄한 체구에 머리카락이 붉은 여자는 '오케스트라'였다. 샤론 바스코비츠는 처음 본 악기도 전문가처럼 연주할 줄 아는 그런 사람이었다. 수자폰*, 첼로, 하프시코드, 마림바, 아메리카 원주민 플루트…… 샤론은 그 악기가 무엇이든 노래하게 만들었다. 늘 화려한 홀치기 염색 옷감과 레이스, 반짝이는 가짜 보석 액세서리 치장을 하고 다니는 그녀는 수줍은 에마 수와는 정반대로 자신만만했다.

리허설은 격식 없이 진행됐다. 그들은 자주 공연했으므로 리허설이 필요 없을 정도였지만, 연주 순서를 새로 정했으며 케일리는 팻시 클라인과 앨리슨 크라우스/로버트 플랜트의 곡을 추가했고, 두 곡을 새로 써서 전날 밤에 밴드에게 보냈다. 한 곡은 보비에게 바치

* 튜바와 유사한 금관악기.

는 곡이었다. 케일리는 얼리샤는 언급하지 않기로 했다.

떠들썩하고 신나는 〈아임 인 더 무드〉를 마친 다음, 케일리는 믹싱 보드의 배리를 보았다. 그는 엄지손가락을 치켜들었다. 만족한 얼굴이었다. 케일리도 만족했다. 케일리는 밴드와 스태프 전원에게 이렇게 말했다. "좋아요, 이 정도면 됐어요. 6시에 다시 모여서 마지막 사운드 체크를 해요."

연주자들의 신, 비숍 타운의 주장에 따르면 리허설을 자주하는 것은 상관없지만, 너무 많이 하면 도리어 좋지 않을 수도 있었다. 그들은 이제 좀 쉬면서 새로운 아이디어가 떠오를 시간을 가져야 했다.

케일리는 타이 슬로컴이 새 새들을 끼우도록 기타를 내주었고 아이스티를 한 잔 더 마시며 휴대전화를 들었다. 잠시, 조금 긴 갈등의 시간이 찾아왔다. 그리고 결국 케일리는 지금까지 상상할 수 없던 일을 했다.

케일리 타운이 에드윈 샤프에게 전화를 했다.

"여보세요?" 여전히 목소리에 힘이 없었다.

"안녕, 나야, 케일리."

"어, 안녕."

"아직 병원에 있어?"

그가 웃었다. "정말 전화할 줄은 몰랐어. 아니. 탈출했어."

"몸은 어때?"

"쑤시고, 결리고, 아파."

"음, 콘서트를 보러 올 수 있으면 좋겠는데." 케일리가 단호하게 말했다. "티켓 구해놨어."

침묵이 흘렀고 케일리는 에드윈이 거절할지 궁금했다. 하지만 그가 말했다. "좋아. 고마워."

"지금 갖고 있어. 점심 같이 먹을래?"

티켓 창구에 맡겨두어도 되지만, 에드윈이 해준 일을 생각하면 그건 좀 너무하다 싶었다. 케일리는 셰리와 화해했다. 에드윈과도 화해할 수 있을 것이다.

에드윈이 말했다. "조서를 쓰러 매디건 형사님을 만나야 하지만, 약속은 오후 2시야. 그러니까 갈 수 있어."

그는 자신이 가본 식당에서 만나자고 했다. 케일리는 좋다고 하고 전화를 끊었다. 그리고 무대 뒷문으로 갔다. 타이 슬로컴이 마틴 기타의 현을 풀고 새로운 뼈 새들을 설치하며 걸작에 몰두하는 조각가처럼 정신을 팔고 있었다.

케일리는 고개를 들어 컨벤션센터 위의 흐릿한 하늘을 올려다보았다. 케일리는 그날 아침, 아버지 집에서 깨어나면서 콘서트가 정말 싫다고 생각했다. 목은 멀쩡했지만, 연기를 많이 마셔 콘서트를 할 수 없다고 핑계를 댈까 하는 생각도 했다. 하지만 이곳에 도착해 밴드 멤버들과 인사하고 준비하고 무대 위로 나서자 케일리의 태도는 완전히 바뀌었다.

어서 콘서트를 하고 싶었다. 그 어떤 것도 케일리가 청중에게 최고의 콘서트를 선사하는 순간을 막을 수 없을 것이다.

68

사건은 종료되었다.

하지만 캐트린 댄스가 그렇게 판단하고 나자, 더 큰 문제가 떠올랐다.

곧 직면해야 할 문제였고, 댄스는 오늘이 그날이라고 못 박았다.

댄스는 우에보스 란체로스*로 푸짐하게 브런치를 먹었고, 마운틴뷰 모텔 방으로 돌아와 웹사이트 파트너 마틴과 전화로 로스 트라바하도레스와 녹음한 노래에 대해 의논했다. 노래를 마틴에게 이메일로 보냈고, 이십여 곡 중 무엇을 사이트에 올릴지 몇 시간째 논의 중이었다.

결정은 어려웠다. 모두 정말 좋은 노래였다.

하지만 이따금, 마틴이 말하고 있을 때 더 큰 문제가 껴들었다. 댄스가 이제 처리하기로 결정한 문제. 댄스의 삶 속에 들어온 남자들에 관한 문제. 아니, 그건 정확한 표현이 아니었다. 그녀의 삶 속

* 달걀을 주재료로 쓰는 스페인식 아침식사.

에 남자는, 그런 식의 남자는 **한 명**뿐이었다. 존 볼링. 그가 관계를 끝내려고 해도 상관없었다. 마이클 오닐은 당분간 이 공식에 넣을 수 없었다. 이건 볼링과 자신 사이의 문제였다.

그렇다면 어떻게 한다?

"캐트린, 듣고 있어요?" 마틴의 목소리에 댄스는 정신을 차렸다.

"미안해요." 댄스가 말했다. 그들은 다시 의논해 로스 트라바하도레스의 곡 목록을 결정했다. 댄스는 전화를 끊은 뒤 침대에 누워 스스로에게 말했다. 존에게 전화해. 어서 해버려.

댄스는 창밖을 내다보았다. 날씨가 아주 맑다면 청명한 경치가 보일 테지만, 그런 날씨는 아니었다. 프레즈노의 늦여름에는 그런 날씨가 없었다.

댄스는 휴대전화를 살피며 만지작거리기만 했다.

배경화면은 웃고 있는 두 아이와 강아지답게 아무것도 모르고 신난 두 마리 강아지 사진이었다.

그리고 다음 화면에는 전화번호부가 있었고, 존 볼링의 번호가 강조되어 있었다.

다시 사진으로.

벽에 걸린 어설픈 그림을 보았다. 항구 그림이었다. 이곳 인테리어 디자이너는, 캘리포니아에서는 해안에서 차로 세 시간 떨어진 곳에 사는 사람들까지도 모두 요트를 갖고 있다고 생각했을까?

휙…… 전화번호부. 머리카락이 왼쪽 귀를 간지럽혔다. 댄스는 멍하니 머리카락을 뒤로 넘겼다.

전화할 것인가, 하지 않을 것인가?

댄스는 그에게 왜 말도 없이 샌디에이고로 이사 가는지 대놓고 물어보고 싶었다. 이상했다. 샐리너스의 강간범 마누엘 마르티네스를 깔고 앉아 헥터 알론소의 유해를, 특히 머리를 어디에 묻었는지 따져 물을 때는 하나도 떨리지 않았다. 하지만 연인에게 무슨 생각을 하고 있는 건지 간단한 질문을 하려니 긴장되어 꼼짝도 할 수 없었다.

그러다 분노가 치밀었다. 그는 대체 무슨 생각을 하는 걸까? 아이들과 친해지고, 그들의 삶 속에 슬그머니 자리를 잡아 가족의 일원이 되어서 그렇게 어울리고는.

댄스는 분석하기 시작했다. 어쩌면 이것이 해답일지도 모른다. 겉보기에 존 볼링은 그녀에게 완벽한 사람이었다. 건강하고, 재미있고, 상냥하고, 섹시한 남자니까. 그들은 서로 상처 주는 말을 한 적도, 싸운 적도, 어떤 종류의 충돌도 한 적 없었다. 가령, 마이클 오닐과는 달랐다. 잠깐. 댄스는 다시 생각했다. 오닐은 이 공식을 위해 존재하는 게 아니야.

볼링과 마찰 없이 지내온 게 실은 진정한 사랑은 아니었기 때문일까?

웃음보다는 노력 속에 사랑이 더 많이 녹아 있는 것은 아닐까?

그건 옳지 않게 느껴졌다.

휴대전화를 손에 쥐고, 만지작, 만지작, 만지작.

전화할 것인가, 말 것인가?

아이들 화면 아이들 화면 아이들 화면…….

침대 위에 동전 던지듯이 던져서 운명이 결정하도록 할까.

아이들 화면 아이들 화면…….

69

케일리는 식당 앞에서 천천히 움직이는 에드윈 샤프를 만났다.

케일리는 식당 선택이 마음에 들었다. 조용한 지역이었고, 사인해달라는 사람들을 만날 것 같지 않았다. 그것은 케일리처럼 별로 유명하지 않은 가수도 늘 고려해야 하는 문제였다.

에드윈은 미소를 지으며 문 앞에서 인사하더니 냉방중인 환한 레스토랑 안으로 케일리가 먼저 들어가도록 문을 열어주었다. 안은 거의 비어 있었다. 웨이트리스는 유명한 손님을 보더니 씩 웃었지만 케일리는 팬을 분류하는 데 익숙했다. 그녀는 효율적이고 명랑하지만 예민해서, 주문을 받고 날씨 이야기를 하는 것 이외에는 한마디도 더 하지 않을 사람이었다.

두 사람은 자리에 앉았다. 아이스티와 함께 케일리는 버거를, 에드윈은 밀크셰이크를 주문했다. 목에 난 상처 때문에 음식을 씹으면 아프다고 했다. "밀크셰이크 좋아해. 하지만 몇 달 동안 못 먹었거든. 참, 케일리 덕분에 몇 년째 노력했는데 살은 결국 뺐네."

"와. 멍이 크게 들었어."

그는 크롬 냅킨 홀더를 들어 거울처럼 보았다. "점점 심해지는 것 같은데."

"많이 아파?"

"응. 하지만 더 큰 문제는 똑바로 누워서 자야한다는 거야. 나는 원래 그렇게 못 자거든."

그들은 잠시 데이비스 의원과 얼리샤 이야기를 하다가 프레즈노와 시애틀에서 사는 이야기로 넘어갔다. 그리고 식사가 나왔고, 두 사람은 먹고 마셨다. 에드윈이 물었다. "집은 어때?"

"카펫을 새로 사야 하고, 바닥이랑 벽을 많이 교체해야 해. 더 큰 문제는 연기 피해야. 모든 것이 다 그을렀어. 수십만 달러가 든대. 옷도 절반은 버려야 해. 냄새가 안 빠져."

"안됐다."

침묵이 흘렀고 에드윈은 지난 며칠 동안 있었던 끔찍한 사건에 대해 이야기하고 싶지 않은 것 같았다. 케일리에게는 상관없었다. 그는 음악에 대해, 컨트리 음악의 창시자들에 대해 이야기하기 시작했다. 자기가 모은 레코드에 대해서도 이야기했다. 아직도 엘피로 듣는 음악이 많았고 비싼 턴테이블도 구입했다고 했다. 케일리도 아날로그 녹음 방식이 가장 순수한 음을 만들어내서 최고급 디지털보다 낫다고 여겼다.

에드윈은 시애틀의 중고 레코드가게에서 키티 웰스의 싱글을 몇 장 발견했다고 했다.

"키티 웰스를 좋아해?" 케일리가 놀란 얼굴로 물었다. "나도 정말 좋아하는데."

"그 사람 레코드는 거의 다 있어. 예순 살에 빌보드 히트작을 낸 거 알아?"

"알아, 응."

1950년대에 노래를 시작한 웰스는 컨트리 음악 명예의 전당에 오른 최초의 여성 가수 중 한 명이었다.

그들은 그 시절 컨트리 음악에 대해 이야기했다. 내슈빌과 텍사스, 베이커스필드. 에드윈이 남성 중심의 음반 산업에서 분투했던 로레타 린의 말을 인용하자 케일리는 웃었다. "여자들의 2센트짜리 의견은 컨트리 음악 업계에서 정확히 2센트 값어치를 가진다."

에드윈의 생각에 컨트리는 팝이나 힙합보다 훨씬 뛰어난, 최고의 상업 음악이었다. 컨트리는 솜씨 좋게 만들어지고 매력적인 선율을 사용하며, 가족과 사랑, 일, 정치 등 모두의 삶에 중요한 문제를 주제로 삼았다. 그리고 뮤지션들은 포크나 얼터너티브, 힙합이나 록 아티스트와 달리 모두가 최고의 실력자였다.

에드윈은 음반 산업이 사라지는 것에 불만이 있었으며, 불법 다운로드는 계속해서 문제가 되어 음악의 질을 저하시킬 것이라고 생각했다. "하는 일에 돈을 제대로 받지 못하면, 아티스트가 계속해서 좋은 음악을 쓰고 만들 이유가 없지 않을까?"

"그 말에 건배할게." 케일리는 아이스티 잔을 그의 밀크셰이크 잔에 부딪혔다.

점심식사가 끝나자 케일리가 에드윈에게 티켓을 주었다. "앞쪽 가운데야. 손 흔들게. 참, 그리고 그 피크는 정말 좋아."

"마음에 들어서 다행이야."

케일리의 전화가 울렸다. 타이 슬로컴의 메시지였다. **마틴 준비 완료. 뭐 해요?**

이상한 일이었다. 그가 문자 메시지를 보내는 일은 거의 없었다. 특히나 악기 상태에 대해 알리는 경우는.

"왜 그래?"

"아니, 그냥……." 케일리는 말끝을 흐리며 휴대전화를 치워놓았다. 나중에 답장을 쓸 생각이었다.

계산서가 나왔고 에드윈이 내겠다고 했다. "음, 이건 정말 큰 선물이야. 케일리 타운 콘서트를 맨 앞줄에서 보게 될 줄은 몰랐어."

그들은 주차장으로 걸어갔다. 케일리가 서버번에 다가가는 사이, 에드윈이 웃으며 몇 칸 옆에 세워놓은 빨간 차를 가리켰다. "'뷰익'이었으면 각운 맞추기가 상당히 어려웠을 거야. '캐딜락'을 골라서 다행이야."

"'토요타'는 더 힘들었을걸." 케일리도 농담을 했다.

"저, 이제 내가 미친놈이 아니라는 걸 알았으니까, 언제 저녁 같이 먹을래? 콘서트 끝나고?"

"보통은 밴드랑 저녁을 먹는데."

"아. 그렇지. 그럼, 나중에 언제…… 일요일쯤? 이 주 동안은 움직이지 않잖아. 밴쿠버 콘서트 때까지."

"음…… 안 돌아가?"

그는 목을 가리켰다. "진통제를 먹고 있잖아. 맞아. 약이 굉장히 강해. 약 먹는 동안에는 장거리 운전을 안 하는 게 좋을 것 같아. 며칠 더 빌린 집에서 지낼 거야."

"아, 그럼. 조심해야지." 둘은 케일리의 SUV에 다다랐다. "고마워, 에드윈. 도와줘서. 이런 일을 겪게 해서 미안해."

케일리는 그를 끌어안고 키스하고 싶었지만, 그러지 않기로 마음먹었다.

XO…….

"그때로 되돌아간다고 해도 그렇게 할 거야." 에드윈이 웃으면서 말했다. 케일리의 초기 히트작 제목이었다. 케일리는 웃었다. 잠시 후에 그가 말했다. "저, 있잖아. 캐나다까지 차로 갈 수 있을 거야. 밴쿠버는 시애틀에서 별로 멀지 않아. 멋진 곳을 알거든. 산에 굉장히 아름다운 정원이 있는데……."

케일리는 미소를 지었다. "에드윈. 우린 만나지 않는 게 나을 것 같아. 그냥…… 그게 좋을 것 같아."

그의 얼굴에 미소가 떠올랐다. "그렇지. 다만…… 이런 일을 겪고 나니까, 그저……."

"그게 최선일 것 같아." 케일리가 다시 말했다. "잘 가, 에드윈." 케일리가 손을 내밀었다.

그는 손을 잡지 않았다.

"그럼…… 나랑 헤어지는 거야?" 그가 물었다.

케일리는 어젯밤 병원에서 꽃에 대해 말한 것처럼, 에드윈이 자기 말을 농담으로 받아치는 거라고 생각하며 웃기 시작했다. 하지만 에드윈은 눈을 가늘게 뜨더니 케일리를 빤히 보았다. 그리고 그 미소는 케일리가 전에 알던 미소로 바뀌었다. 입술을 살짝 비트는, 가짜 미소. "이런 일을 겪고 났는데." 그는 조그맣게 다시 말했다.

"그래, 몸 조심해." 케일리는 서둘러 말하고 차문을 열었다.

"가지 마." 그가 속삭이듯이 말했다.

케일리는 주위를 둘러보았다. 주차장은 비어 있었다. "에드윈."

그가 빠르게 말했다. "잠깐만. 미안해. 드라이브나 하면서 이야기하자. 이야기만 해도 돼. 당분간은 그거면 돼."

당분간이라니. 무슨 뜻일까?

"가야 할 것 같아."

"이야기만 하자고." 그가 강하게 말했다. "그것만 하자는 거야."

케일리는 재빨리 돌아섰지만 그가 빠르게 움직여 케일리의 앞을 막았다. "부탁이야. 미안해. 잠깐만 드라이브하자." 그는 시계를 보았다. "여섯 시간 삼십 분 뒤에 공연장에 돌아가면 되잖아."

"아니, 에드윈. 그만해! 비켜줘."

"넌 대화하는 남자를 좋아하잖아. 네 노래 〈유 네버 세이 어 워드You Never Say a Word〉 기억해? 난 대화를 할 줄 안다고. 어서 같이 가자. 방금 전에 식당에서 나랑 대화하는 거 좋아했잖아." 그는 케일리의 팔을 붙들었다. "정말 재미있었어. 내 생애 최고의 점심식사였다고!"

"놔!" 케일리는 그를 밀치려고 했다. 하지만 콘크리트 덩어리처럼 꿈쩍도 하지 않았다.

그가 불길한 표정으로 말했다. "내가 죽을 뻔한 거 알지." 그는 목을 가리켰다. "널 구하려다가 죽을 뻔했다고! 그거 잊었어?"

오, 세상에. 그가 자기 목을 쏜 것이다. 얼리샤는 무죄였다. 그가 얼리샤에게 누명을 씌운 것이다. 에드윈이 보비를 죽였다. 얼리샤를 죽였다! 어떻게 된 것인지는 모르지만, 그가 범인이었다.

"제발, 에드윈……."

그는 손을 놓더니 힘을 빼고 괴로운 표정을 지었다. "정말 미안해! 이래서는 안 되겠어. 있잖아, 네가 지낼 곳이 필요하잖아. 집에 불이 나서. 다 고칠 때까지 나랑 지내자."

지금 제정신인가?

케일리는 홱 돌아서서 달아나려 했다. 하지만 그의 커다란 손이 케일리의 얼굴을 감싸더니 세게 붙잡았다. 한쪽 팔이 케일리의 가슴을 죄어오더니 뷰익으로 끌고 가 트렁크를 열었다. 점점 더 숨이 막혔다. 절망적이었다. 시야가 검게 변해갈 때, 케일리는 들었다. 들린다고 **믿었다**. 누군가의 목소리, 조그맣게 노래하는 소리를. "내가 당신과 함께 있다는 걸…… 언제나 함께라는 걸. 당신의 그림자."

70

캐트린 댄스는 휴대전화로 동전 던지기를 하지 않았다.

샌디에이고 상황에 대해 성숙하게 대처하기로 결정했다. 일어나서 통화 버튼을 누르고 스타벅스 컵을 치웠다.

모텔 방 안에 놓인 쓰레기통을 보는데 볼링의 전화에 신호음이 갔다.

두 번.

세 번.

댄스는 재빨리 끊었다.

그와 이야기하는 것이 긴장되어서가 아니었다. 아니, 문득 다른 생각이 떠올랐던 것이다.

A에서 B에서 Z로…….

얼리샤 세션스가 자기 쓰레기를 훔쳐갔다는 걸 에드윈 샤프가 어떻게 알았지?

병원에서 그렇게 말했다. 하지만 댄스는 그 사실을 이야기한 적 없었다. 댄스는 얼리샤가 그의 물건을 가져갔다고만 했다. 얼리샤가 아파트에 쓰레기봉투를 두었다는 이야기는 하지 않았다.

침착해. 댄스가 스스로에게 말했다. 생각해봐.

그가 다른 방법으로 그 사실을 알 수 있었을까? 아니다. 어젯밤 케일리의 집에서 그는 거의 정신을 잃고 있었고 응급구조 대원들만 그에게 이야기했을 뿐이다. 매디건과 하루튠, 쓰레기에 대해 아는 사람은 아무도 말을 걸지 않았다. 그리고 케일리와 댄스가 병원에 그를 누구보다 먼저 찾아갔다.

그가 논리적으로 추리한 것일까? 얼리샤가 그의 물건을 뭔가 심어놓으려 한다면 쓰레기를 가져가는 것이 논리적이다.

분명 가능하다.

하지만 또 하나의 가능성은 에드윈이 자기 쓰레기봉투 두 개를 얼리샤의 아파트에 가져다두고 그녀가 위조한 것처럼 편지도 써둔 것이다. 그는 자기 집에 증거를 심은 것이다. 소가죽 오일과 부츠 발자국. 얼리샤를 연루시키기 위해.

아니, 아니다. 그건 말도 안 된다. 케일리 집에서 총격은? 그건 분명 얼리샤였을 것이다.

아니, 그런가?

시나리오를 다시 생각해보자. 댄스가 스스로에게 말했다. 어젯밤 케일리가 말한 것, 매디건과 하루튠이 말한 것은?

에드윈이 조작할 방법이 있었을까?

생각해.

A에서 B에서 Z로…….

어서. 살인자의 머릿속에 여러 번 들어가봤잖아. 해봐. 너라면 어떻게 꾸몄겠어?

그 순간, 아이디어가 떠오르기 시작했다.

그가 얼리샤의 집으로 가서 그녀를 묶는다. 자기 쓰레기와 가브리엘 푸엔테스의 권총 케이스, 위조한 케일리의 편지를 거기 둔다. 얼리샤의 휴대전화로 케일리와 자신에게 케일리 집에서 만나자는 메시지를 보내고, 얼리샤의 집 근처 호텔로 가서 그녀의 컴퓨터로 방송국에 4절 신청 이메일을 보낸다.

하지만 케일리의 집 앞에는 차가 두 대 있었다. 그의 차와 얼리샤의 차. 음, 그렇다면 누군가에게 돈을 주고 자기 차를 케일리 집 앞에 세워둔 뒤 가라고 했을지도 모른다. 그리고 그는 얼리샤의 픽업을 타고, 얼리샤를 묶어서 태운 채로 케일리의 집으로 간다. 아니면 얼리샤는 그때 이미 사망한 상태였을지도 모른다. 심하게 탄 시신으로는 사망 시각을 정확히 추정할 수 없을 것이다.

하지만 케일리는 얼리샤가 집에서 자기 이름을 부르는 것을 들었다.

녹음기!

에드윈은 아파트에서 얼리샤를 협박해 케일리의 이름을 부르게 하고, 얼리샤의 목소리를 고성능 디지털 녹음기에 녹음했을 수도 있다. 살인을 예고하기 위해 〈유어 섀도〉를 재생하는 데 쓴 것과 같은 녹음기로.

눈을 감고 들으면 누가 정말 노래를 하는 것인지, 디지털 녹음인지 알 수 없을 정도였어요. 그런 녹음기를 갖고 있는 사람은 프로들뿐이에요.

댄스는 케일리에게 한 대답이 떠올랐다.

아니면, 광적인 팬이거나.

그는 케일리 타운의 '구출'을 위해 몇 가지 시나리오를 준비했을 것이다. 도착했을 때 케일리가 집 어느 곳에 있느냐에 따라서. 케일리가 아래층이나 집 앞에 있었다면 얼리샤와의 다툼은 길 쪽에서 있었을 것이다. 하지만 집에 들어가자 케일리는 자기 방에 있었다. 그렇다면 안으로 들어가 얼리샤인 척할 수 있었다. 모두 댄스 자신 때문이었다. 댄스가 케일리에게 전화를 걸어 위층에서 바리케이드를 치라고 했으니까.

그러면 에드윈의 상처는? 그가 지금 활동 가능하다면, 총격이 극적이긴 했지만 분명 상처가 심하지는 않을 것이다.

총알이 경동맥과 척추를 피해갔습니다…….

댄스는 목에서 살갗을 잡아 당겨보았다. 그렇다. 그곳을 총으로 쏘면 주요 기관은 모두 피할 수 있었다.

댄스는 설명 불가능한 증거가 있는지 생각해보았다.

뼛가루가 맨 먼저 떠올랐다.

인간의 뼛가루.

기타 피크! 그건 사슴뿔로 만든 것이 아니라 프레더릭 블랜턴의 손으로 만든 것이다. 그 부분은 타서 소실된 것이 아니었다. 에드윈은 불을 지르기 전에 그 손을 잘라갔다. 피크를 보낸 적 있다는 말은 거짓말이었다. 케일리는 거짓말인지 몰랐을 것이다. 비서가 열어보지도 않고 모두 반송했으니까.

가수에게는 무시무시한 심판이었다. 자기 음악을 훔친 남자의 뼈로 만든 피크를 쓰다니.

그건 모두 가정일 뿐이었다. 하지만…….

지금으로서는 충분해. 댄스는 이렇게 판단하고 케일리에게 전화를 걸었다. 응답이 없었다. 수상한 점에 대해 메시지를 남기고 비숍 타운에게 전화를 걸어 똑같이 말했다.

"오, 젠장." 비숍이 중얼거렸다. "지금 그놈이랑 점심을 먹고 있소! 셰리가 리허설을 하러 공연장에 갔었소. 한 시간 전에 그를 만나러 나갔다던데."

"어디로요?"

"음, 모르겠소. 잠깐만."

괴로울 정도로 긴 시간이 흐른 뒤, 그가 다시 전화를 받았다. "3번가에 있는 샌와킨 다이너라고 하오. 혹시……."

"만약에 전화하거든 저한테 바로 연락하라고 전해주세요." 댄스는 전화를 끊고 911에 전화를 할지, 보안관 사무소에 전화를 할지 고민했다. 어느 쪽이 더 설명하기 쉬울까?

전화를 걸었다.

"매디건입니다."

"대장, 캐트린이에요. 시간이 없는데, 에드윈이 결국 범인인 것 같아요."

"뭐요?" 아이스크림을 툭하고 내려놓는 소리가 들렸다. "하지만…… 얼리샤는?"

"나중에 설명할게요. 그와 케일리가 지금 샌와킨 다이너에 있어요. 3번가요. 당장 차를 보내야 해요."

"알았소. 그가 총을 갖고 있소?"

"우리가 아는 화기는 전부 확인되었지만, 여기에서는 총을 사기 쉽잖아요."

"그렇지. 바로 연락하겠소."

댄스는 카펫 위에서 안절부절못하다가 모텔 방의 책상으로 가서 사건 기록을 펼쳐보았다. 수십 페이지 분량이었다. 자기 사건이었다면, 지금쯤 모두 인덱스를 붙여 정리해두었을 것이다. 하지만 해결된 사건이었고 다른 사람들이 기소를 담당하므로 기록을 따로 정리하지 않았다. 하는 수 없이 침대에 종이를 펼쳐놓았다. 증인들과의 대화, 링컨 라임과 어밀리아 색스가 분석한 증거, 그리고 에드윈과 면담 때 적은 기록.

하지만 결국 에드윈이 범인인지 아닌지 확인하는데, 댄스의 기록이 필요하지는 않았다.

매디건이 다시 전화를 하더니 그답지 않게 떨리는 목소리로 말했다. "삼십 분 전에 케일리와 에드윈이 식당에서 나갔소. 그런데 케일리의 SUV는 아직 주차장에 있다고 하오. 열쇠는 땅에 떨어져 있고."

"일부러 떨어뜨렸군요. 우리한테 알리려고. 전화는요?"

"배터리가 떨어졌든가, 부순 모양이오. 신호 추적이 안 돼. 로페스를 에드윈의 집에 보냈는데, 뷰익은 거기 있다고 하고. 하지만 집은 비었소. 딴 데로 옮긴 모양이오."

"새 차를 구했군요."

"그렇소. 확인해봤는데 훔치거나 개인에게 산 모양이오. 놈의 이름으로 등록된 차는 없고, 렌트 기록도 없고. 무슨 차를 몰고 있는지, 어디로 가고 있는지 알 수가 없소."

71

알리바이 여인은 거짓말을 했다.

댄스가 이십 분 전에 통화했을 때, 일흔두 살의 레이첼 웨버 여사는 다시 한 번, 매우 빠르게 에드윈이 화요일에 자기 집에 왔던 일을 진술했다.

하지만 댄스가 다시 질문을 하자 단 삼 분 만에 실제로 있었던 일이 밝혀졌다. 에드윈은 그날 아침 일찍 정원에서 그녀를 발견했다. 그는 총으로 위협해 그녀를 집 안으로 밀어넣었고, 자식들과 손주의 이름을 알아낸 뒤 경찰이 와서 물으면 그가 12시 30분에 거기 왔다고 말하라고 했다.

이제 댄스와 하루튠은 매디건이 현장감식반 반장과 통화하는 것을 듣고 있었다. 매디건은 으르렁거리더니 수화기를 쾅 내려놓았다. "에드윈의 집 뒷마당. 찰리의 팀이 인간 뼈와 도구를 찾았다는군. 깊이 파묻혀 있어서 감식반이 며칠 전에 수색했을 때는 찾지 못했다고. 캐트린 말이 맞았소. 기타 피크를 그 파일 공유자 손으로 만든 거요."

댄스는 매디건 사무실의 싸구려 의자에 앉아 몸을 앞뒤로 흔들고 있었다. 그의 전화기 옆에서 아이스크림 한 컵이 녹고 있었다. 그리고 댄스는 다시 생각했다. 어떻게 놓친 거지? 뭘 잘못한 걸까? 그의 속임수를 읽어내지는 못했지만, 에드윈 샤프와 같은 사람의 보디랭귀지 분석이 불가능하지 않다 해도 어렵다는 것은 알고 있었다.

그래서 그가 말한 사실들을 염두에 둔 채 그의 동작을 분석하지 않고 말한 내용을 분석하려고 했다. 음, 생각해보자. 에드윈이 연인을 데리고 갈 만한 곳을 알아내는 데 도움이 될 단서가 있었나?

그리고 그들이 거기 도착하면 어떻게 될까?

댄스는 **그** 질문에 대한 대답을 이미 안다고 생각했고, 그건 자세히 생각하고 싶지 않았다.

하루튠이 물었다. "왜 며칠 전에 케일리를 납치하지 않은 거죠?"

댄스가 자신의 추론을 말했다. "아, 납치하고 싶지 않았던 거예요. 그래서 얼리샤에게 누명을 씌운 거예요. 케일리를 구하고 영웅적인 행동으로 마음을 사로잡으려고. 방화범 중에 그런 사람들이 있죠. 불을 지르고 사람들을 구해내 영웅이 되는 거예요. 그가 한 짓이 바로 그거예요."

댄스는 말을 이었다. "그는 아마 점심을 먹으며 케일리에게 생명을 구해줬으니 데이트 하자고 했을 거예요. 케일리는 싫다고 했을 거고. 그게 에드윈에게는 마지막 기회였으니, 어쩔 수 없이 납치한 거죠. 하지만 충동적으로 한 건 아니에요. 그는 이럴 가능성이 있다는 것을 알았고, 마지막 방법으로 모두 계획해놓았어요."

하지만 뭔가 마음에 걸렸다. 정확히 알 수 없는 그 무엇이. 다시 사실로 돌아가서…… 에드윈이 발설한 내용이…… 사실들이 맞아 떨어지지 않았다.

그게 뭘까?

댄스는 한숨을 쉬었다. 생각이 날듯 말듯 잡히지 않았다.

잠깐…… 그렇다! 그거다!

댄스는 전화를 들고 친구이자 동료, 샌프란시스코 담당 FBI 특수 요원 에이미 그레이브에게 걸었다.

그레이브의 낮고 느릿한 목소리가 이렇게 말했다. "캐트린. 전신 내용 봤어요. 납치. 다른 주로 도주 가능성."

"그래서 전화한 거예요."

"정말로 가수 케일리 타운이에요?"

"네. 그리고 스토커예요."

"음, 어떻게 해야 하죠? 이쪽으로 오는 것 같아요?"

"그래서 전화한 게 아니라, 시애틀 지역에 현장 요원이 두 명쯤 필요해요. 증인과 면담을 해야 해서 거기 갈 시간이 없어요. 지금 바로 부탁할게요."

"전화로는 안 돼요?" 그레이브가 물었다.

"그건 해봤어요. 안 됐어요."

72

캐트린 댄스가 컴퓨터 화면을 보며 생각했다. 음, 이것 봐라.

현재 시애틀에서 스카이프를 통해 자신과 마주하고 있는 여자는 케일리 타운의 동생이라고 해도 믿을 것 같았다.

일란성 쌍둥이는 아닐지 몰라도, 정말 닮았다. 금발 생머리에 자그마한 체구, 길고 예쁘장한 얼굴.

에드윈의 전 여자친구 샐리 도킹이 불안한 얼굴로 컴퓨터 화면을 보고 있었다. 갈라지는 목소리로 이렇게 말했다. "이 사람들이 왜 이러죠. 아무 잘못도 안 했는데." 시애틀에 있는 그녀의 아파트 거실, 등 뒤에는 FBI 요원 두 명이 서 있었다.

댄스는 미소를 지었다. "저랑 다시 한 번 대화할 수 있게, 컴퓨터를 갖다달라고 그분들에게 부탁했어요."

사실은 샐리가 자발적으로 스카이프 통화를 하지 않을 것 같아서 그들을 보낸 것이다.

댄스는 다급했지만 편안한 목소리로 말했다. "아무 일도 없을 거예요. 사실대로 말한다면."

"이번에는 사실대로 말한다면"이라고 하지 않았다. 그건 너무 다그치는 말이니까.

"네."

일치하지 않는 구석이 있다는 생각이 들었다. 사실들이 맞아 떨어지지 않았다. 에드윈 샤프가 범인인 것이 밝혀지자, 샐리 도킹에게 한 행동이 사실 같지 않았다. 샐리가 에드윈과 살았던 시절을 이야기했을 때, 그 말은 사실 같았다. 하지만 그건 전화 통화였다. 동작 전문가는 대상의 말만 들을 것이 아니라 실제로 **봐야** 거짓을 간파할 수 있다.

그래서 에이미 그레이브는 시애틀 사무소에 전화를 걸어 두 명의 요원을 샐리의 아파트로 보냈다. 그들은 고화질 웹캠이 장착된 비싼 노트북을 가져갔다.

댄스는 보안관 사무소 회의실에서 전등을 끄고 책상 스탠드를 가까운 곳에 켜놓았다. 조도를 세심하게 맞췄다. 샐리가 자신을 아주 또렷하게, 그것도 불길한 느낌의 조명 속에서 봐야 했다. 샐리는 별로 밝지 않은 곳에 있었지만 렌즈와 소프트웨어가 영상을 완벽하게 전달했다.

"좋은 아파트 같네요, 샐리." 댄스는 공격적인 이미지를 전하고 싶을 때 쓰는 금속 테나 검은 테 안경이 아닌, 분홍 테 안경을 썼다.

"네. 마음에 들어요. 세도 싸고."

댄스는 샐리에 대해서, 가족과 직장에 대해 여러 가지를 질문하며 행동의 기준선을 정했다. 샐리가 집에서 25킬로미터 떨어진 쇼핑몰까지 통근하는 것이 괜찮다고 했을 때만 살짝 긴장이 느껴졌다.

좋다. 이제 단순한 질문을 받고 사실대로 말하면서도 긴장하는 대상에 대한 감을 잡았다.

십 분 정도 이렇게 질문한 뒤 댄스가 말했다. "자, 이제 에드윈에 대해 좀 더 이야기하고 싶어요."

"이전에 말씀드린 건 전부 사실이에요." 샐리가 카메라를 바라보았다.

이상했다. 재빠른 거절. 댄스는 과잉반응할 수도, 무시할 수도 없었다. 그러면 속셈이 드러날 수도 있으니까. 침착하게. "음, 상황이 달라지면 추가로 정보를 구하기도 해요. 그것뿐이에요."

"아."

"도움이 필요해요, 샐리. 이곳 프레즈노의 상황이…… 어려워요. 에드윈이 범죄에 더 연루되었을지도 몰라요. 그가 다른 사람을 해칠까 봐 걱정이 돼요. 아니면, 자신을 해치거나."

"안 돼요!"

"그렇죠." 댄스는 에드윈이 케일리를 납치했다는 소식을 아무도 밖으로 흘리지 않도록 했다. 샐리 도킹은 모를 것이다. "그래서 에드윈을 찾아야 해요. 그가 어디로 갈지 알아야 해요. 그에게 중요한 장소나, 다른 집이나."

"아, 그런 건 몰라요." 샐리는 다시 컴퓨터 스크린을 보았다.

기준선에 변화. 뭔가 알고 있다는 사실이 확인되었다. 하지만 그것을 알아내려면 노력이 필요했다.

"음, 샐리가 생각보다 많은 걸 알 수도 있어요."

"하지만 연락한 지 오래되었어요."

반응 없음. 그리고 이 진술이 거짓일 수도 있다는 사실을 감추지 않는 모호한 단어 선택. 댄스는 당분간 그대로 두기로 했다. "음, 반드시 그가 옮기고 싶어 할 장소가 아니라도 괜찮아요. 함께 지낼 때 그가 말한 곳이 없나요."

"없어요."

"없어요?"

샐리는 빠르게 생각하고 있었다. "아니, 그는 주로 시애틀에서 지냈어요. 여행도 별로 안 했어요. 집에서 꼼짝도 안 하는 스타일이었어요."

"정말로 아무 말도 없었어요?" 앞에 놓인 종이를 한 번 보았다.

샐리는 그 눈짓을 알아차렸다.

사실대로 말한다면…….

"아니, 휴가를 간다는 말은 했어요. 그런 거요. 하지만 거기는 아닐 것 같아요."

"어딜 가고 싶다고 했어요?"

"내슈빌도 그중 한 곳이었어요. 그랜드 올 오프리를 보러요. 그리고 뉴욕에 가서 콘서트를 보고 싶다고 했어요."

에드윈 샤프가 그런 말을 했을지는 모르지만, 케일리 타운과 함께 내슈빌이나 맨해튼에 가서 살림을 차릴 생각은 아닐 것이다. 그의 현실 감각이 아무리 왜곡되었어도.

하지만 댄스는 이렇게 말했다. "좋아요, 샐리. 그런 걸 찾는 거예요. 다른 곳은 생각나지 않아요? 텔레비전을 보다가 '어, 저기 좋네' 라고 했다거나. 그런 거요?"

"아뇨." 웹 카메라에 시선.

거짓말.

댄스는 인상을 썼다. "음, 노력해줘서 고마워요. 어떻게 해야 할지 모르겠군요. 우리가 의지할 사람은 샐리뿐인데."

"저요? 전 한참 전에 헤어졌는걸요. 음, 아홉 달쯤 됐어요."

"에드윈이 다른 여자들과 맺었던 관계와는 전혀 다른 관계를 샐리가 겪었다는 말이었어요. 믿지 않을지 모르겠지만, 그는 상대를 굉장히 학대하고 집착할 수도 있어요."

"설마요. 정말요?"

댄스의 심장이 더 빠르게 뛰었다. 먹잇감을 뒤쫓으면서 점점 몰아붙이고 있었다.

여전히, 최대한 편안하게 댄스가 말했다. "그래요. 그를 거부한다는 건 버튼을 누르는 셈이죠. 에드윈은 버림받고 거절당하는 데 심리적인 문제가 있어요. 사람들에게 집착하죠. 그가 샐리에게 **먼저** 헤어지자고 한 거니까, 그에게 샐리는 나쁜 사람은 아니었던 거예요. 사실, 에드윈은 그때 헤어진 것이 아직 미안하다고 하더군요."

"에드윈이랑 제 이야기를 했어요? 최근에요?" 마치 쏟아진 물처럼 빠른 말투.

"맞아요. 우습죠. 그가 말한 내용을 들어보면 샐리를 그리워하는 것 같던데요." 댄스는 문장을 세심하게 만들었다. 의도적으로 상대방을 속이지는 않지만, 가끔 스스로 속아 넘어가도록 했다. "샐리가 어떻게 지내는지 궁금해하는 것 같기도 했어요."

샐리는 침을 꿀꺽 삼키더니 파란 매니큐어를 바른 손으로 조심스럽게 긴 머리카락을 넘겼다. 케일리만큼 길지도, 가늘지도 않지만 비슷한 머리였다. 샐리가 고개를 갸우뚱하자 댄스는 머리 뿌리를 볼 수 있었다. 타고난 금발이 아니었다. 샐리는 조금 더 높아진 목소리로 물었다. 스트레스가 느껴졌다. "에드윈이 뭘 알고 싶어 했나요?"

"그냥 이것저것."

샐리는 다시 침을 삼켰다.

댄스는 그때 한 번 더 흰 종이를 내려다보았다. 샐리의 이마에 땀이 살짝 맺힌 것이 보였다.

FBI의 장비는 정말 훌륭했다.

댄스는 다시 종이를 내려다보았고 샐리의 눈은 마치 그 종이가 바로 앞에 있는 것처럼 책상 위를 내려다보았다. 댄스가 물었다. "오빠는 스포캔에 있고, 어머니는 터코마에 계시죠?"

"전…… 오빠랑 엄마요?"

"에드윈이 그들과 가까웠나요?"

스토커는 샐리 도킹에 대해서는 두어 문장밖에 말하지 않았고, 그녀의 가족에 대해서는 아무 말도 하지 않았다. 댄스는 두 사람 사이의 진짜 관계를 의심한 뒤, 워싱턴 주와 연방 기록에서 그 사항을 찾아보았다.

"**엄마랑 오빠** 얘기를 했어요?" 샐리가 물었다.

"사이가 좋았죠, 그렇지 않나요?"

"전……."

"왜 그래요, 샐리? 에드윈이 샐리의 가족에게 관심을 보인다면 걱정되겠어요?"

아, 가정법의 힘이란.

관심을 보인다면…….

"그가 뭐라고 했죠?" 샐리가 불쑥 물었다. "제발 말해줘요!"

"왜요, 샐리?" 댄스는 알 수 없다는 표정을 지어 보였다.

"전……." 눈물이 고이기 시작했다. "그가 뭐라고 했어요?" 샐리 뒤에서, 아마도 댄스와 마찬가지로 히스테리를 감지한 듯, 한 요원이 자세를 바꿨다. "에드윈 말이에요. 그가 제 가족에 대해서 뭐라고 했어요?"

댄스가 아무렇지도 않게 말했다. "왜 걱정하죠? 말해봐요." 이마를 찡그리며.

"그들을 해칠 거예요! 에드윈은 자신이 원하는 일을 내가 했다는 걸 이해하지 않을 거예요. 그들을 입에 올렸다면, 제게 복수하려고 그들을 해칠 거예요. 제발, 도와주세요."

"잠깐만요." 댄스가 걱정스럽다는 표정을 지었다. "헤어지자고 한 게 **샐리**였다는 말은 아니겠죠."

"전……."

"아, 샐리. 이러면 안 돼요. 이러면 다 틀어져요. 아니, 에드윈에게……." 댄스는 말을 멈추고 불안한 표정으로 샐리를 보았다.

"제발요! 안 돼요! 뭐라고 말했어요? 그는 어디 있어요? 에드윈이 터코마나 스포캔에 가는 건가요?"

"우리도 그의 소재를 몰라요, 샐리. 그렇다고 했잖아요. 생각해볼게요. 그래요. 이건 큰 문제예요."

"그가 엄마를 해치지 못하게 해주세요!" 샐리는 흐느끼고 있었다. "제발요! 그리고 오빠는 아이가 둘이예요!"

캐트린 댄스의 계획대로 시나리오가 진행되고 있었다. 댄스는 샐리의 마음속에 두려움의 씨앗을 심어 사실대로 말하게 하고 에드윈이 자기 가족을…… 그리고 샐리 자신을 죽이러 가는 길이라는 느낌을 받도록 질문했다.

샐리가 울며 말했다. "그가 시키는 대로 했어요. 그런데 왜 우릴 해치려는 거죠?"

댄스는 동정심을 담아 말했다. "우리가 도와줄 수 있어요, 샐리. 하지만 솔직하게 말해주지 않으면 샐리나 어머니, 오빠를 위해 아무것도 할 수 없어요."

사실, 댄스는 이미 지역 경찰에 연락해 샐리의 어머니와 오빠의 집을 지키도록 했다. 샐리의 가족은 아직 상황을 모르고 있었지만.

샐리는 우느라 숨도 제대로 쉬지 못했다. "부탁이에요. 죄송해요. 거짓말을 했어요. 그가 시켰어요. 누가 물어보면 그가 아주 착한 사람이고 나나 다른 사람을 스토킹한 적도 없고, 그가 **먼저** 헤어지자고 했다고 말하랬어요. 죄송해요. 하지만 겁이 났어요. 엄마 집에 경찰을 보내주세요. 오빠 집에도요. 오빠한테는 아기들이 있어요! 제발요. 주소를 알려드릴게요."

"우선 사실대로 말해요, 샐리. 그러면 경찰을 보내줄게요. 에드윈이랑 샐리 사이는 어떻게 됐어요?"

"좋아요." 샐리는 뒤에 서 있던 요원이 건넨 티슈로 얼굴을 닦았다. "작년에 에드윈은 제가 일한 쇼핑몰에서 경비원 일을 했어요. 그런데 절 보더니, 갑자기 완전히 집착했어요."

케일리 타운을 닮았으니까.

"그는 내 마음을 잡으려고 별짓을 다했어요. 그리고 어찌어찌하다보니 만나게 되었어요. 그런데 그가 이상해졌어요. 이런 일도 하면 안 된다, 저런 것도 하면 안 된다. 가끔 그는 앉아서 절 보기만 했어요. 가만히 보든가 침대에 누워서 제 머리를 만지기만 했어요. 정말 오싹했어요! 그는 제가 너무 아름답다는 말을 자꾸만 했어요. 저더러 자기가 좋아하는 가수를 닮았다는 거예요. 전에 그 이름을 말했죠. 케일리 타운이라고."

샐리는 코웃음을 쳤다. "그 가수 음악을 계속 들어야 했어요. 그는 날마다 그 여자 이야기를 했어요. '케일리는 이래서 안됐다, 저래서 불쌍하다'라는 거였어요. 아무도 그 가수를 이해하지 못하고, 아버지는 그 가수가 좋아하는 집을 팔고, 엄마를 죽게 하고, 팬들을 대우해주지 않고, 음반사는 녹음을 제대로 못 한다는 거예요. 그는 그런 이야기를 끝도 없이 했어요. 견딜 수 없었어요. 어느 날 그냥 집을 나왔어요. 한 달 동안은 괜찮았어요. 그가 절 스토킹했지만, 끔찍하진 않았어요. 그런데 그의 어머니가 돌아가시고 나서는, 미쳤어요. 완전히."

스트레스 사건이 그를 밀어붙인 것이다.

"인생이 끝난 사람처럼 울며불며 찾아왔어요. 불쌍하더라고요. 겁도 났고. 그래서 다시 만났어요. 하지만 그는 점점 더 이상해졌어요. 밖에는 나가지도 않고, 제 친구들을 하나도 못 만나게 하고, 직장에서 만나는 남자들을 질투했어요. 제가 거기서 그들과 잔다고 생각했어요. 그럴 리가…… 그가 원하는 건 제가 집에 있는 것뿐이었어요. 그가 원하는 것은 저랑 텔레비전을 같이 보고 섹스를 하는 것뿐이었어요. 그걸 할 때 그 가수 노래를 틀었어요. 끔찍했어요! 결국……." 샐리는 갈등하더니 소매를 걷고 팔목에 난 커다란 상처를 보여주었다. "달아날 방법은 이것뿐이었어요. 하지만 에드윈이 절 발견해 응급실로 데려갔어요. 그 일로 물러난 것 같아요."

"그게 언제였죠?"

"작년 12월요."

두 번째 스트레스 사건으로 인해 에드윈은 케일리를 스토킹하기 시작했다.

댄스는 결정을 내렸다. "그가 납치했어요, 샐리."

"누굴요, 케일리 타운을요?" 샐리가 조그맣게 말했다. 하지만 별로 놀란 것 같지 않았다.

"샐리와 가족을 보호할게요. 약속해요. 그리고 그를 잡아 종신형을 살게 할게요. 사람도 죽였어요."

"오, 저런. 세상에, 저런."

“하지만 샐리가 도와줘야 그럴 수 있어요. 그가 어디로 갈지 아는 데 있어요?”

샐리는 다시 한 번 갈등했다.

뭔가 알고 있다. 어서. 제발!

“전…….”

“가족에겐 경찰을 보낼 거예요, 샐리. 하지만 샐리도 우릴 도와줘야 해요.”

“음, 그는, 케일리가 노래하는 걸 처음으로 보고, 무슨 종교 같은 느낌을 받았대요. 실외 콘서트였대요. 이 년 전이라고 했던 것 같아요. 이사를 간다면, 거기로 가고 싶다고 했어요. 거기 근처 숲 속의 오두막으로.”

“어디요?” 댄스가 물었다.

“캘리포니아 바닷가에 있는 어느 도시라고 했어요. 몬터레이? 정확히는 몰라요.”

댄스는 마침내 화면에서 시선을 돌리고 매디건과 눈을 마주쳤다. 그러고는 다시 상대의 눈물로 얼룩진 얼굴로 시선을 돌렸다. “괜찮아요, 샐리. 내가 알아요.”

73

차를 몰면서 에드윈 샤프는 노래를 불렀다. 소리 높여, 대체로 음정에 맞게.

그녀는 휘발유에 맞춰서 달리지, 그 반대가 아니야.
그리고 배기관에서는 아주 요란한 소리가 나.
히터는 작동도 안 되고 에어컨은 잊어버려.
수리는 거의 다 테이프로 했지.
하지만 그녀는 크고 바르고 튼튼해. 믿을 수가 있네.
그녀를 타면 언제나 거기 갈 수 있지…… 남자들과는 달라.

그녀는 나의 빨간 캐딜락…… 나의 빨간 캐딜락.
그녀는 나를 데려가주지, 그리고 언제나 집에 데려다주지.
그녀를 언니처럼 사랑해. 나의 빨간 캐딜락.

"그녀에게 작별을 고할 수밖에 없었어." 그는 밴 뒤를 향해 말했다. "내 빨간 뷰익. 미안해."

케일리는 울지 않으려 집중하고 있었다. 이건 감정적인 문제가 아니라 생사가 걸린 문제였다. 이미 코가 위험할 정도로 막혀 있었고, 울기 시작하면 숨이 막힐 것이다. 입은 테이프가 단단히 막고 있었다. 눈은 가리지 않았지만 창문 없는 밴의 바닥이었다. 그는 케일리의 부츠를 벗기더니 가죽 냄새를 맡으며 좋아했다. 케일리는 속이 뒤집혔다.

프레즈노에서 달리기 시작한 지 한 시간쯤 되었지만, 케일리는 방향을 가늠할 수 없었다. 길이 오르막처럼 느껴지는 것을 보면 아마 요세미티나 가파른 산 쪽일 것 같았다. 서쪽이나 남쪽으로는 평지였다. 에드윈이 백미러로 케일리를 보고 인상을 찡그리더니 차를 세웠다. 그는 길가에 차를 세우고 뒤로 옮겨왔다. 케일리는 몸을 피했다. "아니, 아니, 실수를 했어." 테이프에 붙은 머리카락을 에드윈이 조심스레 떼어냈다. "그럴 순 없지." 그리고 그는 케일리가 머리를 자른 지 얼마나 되었는지 다시 한 번 말했다. "십 년 사 개월. 노래를 지을 수도 있겠어. 훌륭한 제목이야."

그러더니 그는 주머니에서 브러시를 꺼내 케일리의 머리를 부드럽게, 꼼꼼하게 빗겨주었다. 케일리는 공포에 질렸다. "넌 정말 아름다워." 그가 속삭였다.

그리고 차는 다시 달리기 시작했다.

에드윈은 다시 노래를 불렀다. "'그녀는 나를 데려가주지, 그리고 언제나 집에 데려다주지. 그녀는 나의 빨간 캐딜락.' 아, 정말 좋아. 너무 좋아."

케일리의 손은 앞으로 묶여 있었다. 뒷문 레버를 잡아 열고 뛰어내릴 생각을 했다.

하지만 문 레버가 없었다. 그가 없애버렸다. 에드윈 샤프는 세심하게 이 일을 계획했다.

그가 노래를 계속하는 동안 밴은 큰 도로에서 벗어나 한동안 포장 상태가 나쁜 작은 고속도로를 달렸다. 분명히 오르막이었다. 십 분 뒤에는 자갈길을 달리기 시작했다. 노면이 더욱 거칠어졌고 차량은 몇 킬로미터를 더 올라갔다. 마침내 평지가 나왔고, 십 분 뒤 정지했다.

에드윈이 차에서 내렸다. 그리고 한참 동안 고요했다.

이럴 수는 없어. 케일리가 생각했다. 이럴 수는 없다고.

당신은 무대 위로 나와서 사람들에게 노래를 불러주죠.
모두를 웃게 해줘요. 무엇이 잘못될 수 있을까요?

"안녕!" 에드윈이 뒷문을 열자 소나무 숲에 에워싸인 들판이 보였다. 그는 케일리를 부축해 내리게 하더니 입에서 테이프를 떼어냈다. 살살 떼어냈지만, 케일리는 그의 살이 자신에게 닿는다는 사실에 다시 한 번 혐오감을 느꼈다. 분명 아빠의 것과 같은 그의 애프터셰이브 냄새와 땀 냄새가 풍겨왔다.

케일리는 안도감에 전율하며 숨을 깊이 들이쉬었다. 물에 빠져 숨이 막히는 기분이었다.

에드윈은 뒤로 물러서더니 그녀를 사랑스럽다는 표정으로 바라보았지만, 그의 시선에서 이제 예술적 감탄은 느껴지지 않았다. 그의 눈길이 케일리의 가슴과 사타구니에 머물렀다.

"내 부츠 줘." 케일리가 말했다.

"아니. 맨발이 좋아." 시선이 아래로 향했다. "발톱은 어떻게 좀 해야 되겠어. 너무 빨갛잖아."

그러더니 그는 그물로 가려놓은 작은 트레일러를 가리켰다. 풀밭 한가운데 서 있었다. "낯익지?"

"나를 놔주면 무사히 달아날 수 있을 거야. 여섯 시간, 열 시간. 그리고 돈을 보내줄게. 100만 달러."

"낯익지 않아?" 그는 케일리가 알아듣지 못하는 것에 짜증을 내며 다시 말했다.

케일리는 주위를 둘러보았다. 그랬다. 하지만 그게…….

오, 이런.

케일리는 자신이 어디 서 있는지 깨닫고 깜짝 놀랐다. 이곳은 케일리가 자란 곳이었다! 할아버지가 나무를 베어내고 집을 지은 곳. 에드윈은 집이 있던 곳에 트레일러를 세워놓았다. 세월이 지나면서 나무를 많이 베어냈지만, 케일리는 어린 시절에 보던 풍경을 쉽게 알아볼 수 있었다. 비숍이 집을 팔아 케일리가 속상해한 것을 에드윈은 알고 있었다. 그도 마찬가지로 어린 시절 집을 잃어버렸다. 이 땅을 어떻게 찾아냈을까? 소유증서를 찾아봤겠지.

케일리는 이곳 사유지를 사들인 회사가 파산했으며, 반경 30킬로미터 이내에는 아무도 살지 않는다는 것도 알고 있었다.

에드윈은 진심으로 힘주어 말했다. "이 땅이 얼마나 소중한지 알고 있었어. 네게 돌려주고 싶었어. 네가 어릴 적 조랑말을 타던 곳이랑 개랑 산책하던 곳을 알려줘. 우리도 같이 산책 가자. 재미있을 거야! 오늘 저녁 먹기 전에 가자."

케일리는 감동받은 척, 그의 말에 맞춰주다가 등을 돌렸을 때 돌을 들어 머리를 부수고 달아나야 한다고 생각했다. 하지만 연기를 할 수가 없었다. 역겨움과 분노가 배 속에서 요동쳤다. "어떻게 날 사랑한다면서 이럴 수 있어?"

그는 씩 웃으며 케일리의 머리를 부드럽게 쓰다듬었다. 케일리는 머리를 마구 흔들었다. 그는 알아차리지도 못했다. "케일리…… 몬터레이 콘서트에서 네가 첫 곡 부르는 걸 듣자마자 우리가 소울메이트임을 알 수 있었어. 좀 더 걸리겠지만 알게 될 거야. 너를 세상에서 가장 행복한 여자로 만들어줄게. 너를 숭배할 거야." 그는 밴을 방수포로 덮어 돌로 누른 뒤 케일리의 어깨에 단단히 팔을 둘렀다. 그리고 트레일러로 안내했다.

"난 널 사랑하지 않아!"

그는 웃기만 했다. 하지만 트레일러로 다가가며 그의 시선은 싸늘하게 변해갔다. "그 녀석이랑 잤지, 그렇지? 보비 말이야. 아니라고 하지 마." 그는 소리 없이 사실이냐고 묻는 것처럼 케일리를 찬찬히 뜯어보았다. 아니라는 대답을 원하는 것처럼.

"에드윈!"

"나는 알 권리가 있어."

"그냥 친구 사이였어."

"아, 친구들끼리는 떡을 안 친다고 어디 적혀 있는지 모르겠네. 누가 어디에 그렇게 써놨나?"

케일리는 그가 이전에 대화할 때나 이메일을 쓸 때 점잖은 단어만 쓴 것 역시 사기였음을 깨달았다. 그것 역시 그가 꾸며낸 순진한 이미지의 일부였다.

이제 트레일러 문 앞이었다. 그는 진정하더니 다시 웃었다. "미안. 그 사람을 생각하면 화가 나서."

"에드윈, 이것 봐……."

"내가 널 들어서 안으로 들어가야 해. 결혼한 신부처럼, 알지?"

"나한테 손대지 마!"

그는 불쌍하다는 표정으로 케일리를 보더니 문을 열었다. 그러고는 케일리를 가볍게 안아 들고 트레일러 안으로 들어갔다. 케일리는 저항하지 않았다. 그의 커다란 손 하나가 목을 잡았기에.

74

"가는 길이야." 캐트린 댄스가 마이클 오닐에게 전화로 말했다.

데니스 하루튠이 순찰차 조수석이 트럭 옆을 아슬아슬하게 지나도록 몰자, 댄스는 깜짝 놀랐다. 하루튠은 다시 차선 안으로 자리를 잡고 속도를 높였다.

"괜찮아?" 오닐이 물었다. "듣고 있어?"

"응. 그…… 괜찮아." 하루튠이 또 한 대의 견인 트레일러를 추월하는 동안 댄스는 눈을 질끈 감았다.

오닐은 자신의 사무실 책상에 앉아 있었다. 댄스는 눈을 잠시 뜨고 물었다. "진행 상황은?"

"포인트 로보스. 에드윈이 이 년 전 케일리를 콘서트에서 처음 본 곳이지. 그곳에 헬기 두 대. 그리고 모스 랜딩에서 산타크루스까지 헬기 또 한 대. 버려진 지역에 집중하고 있어. 고속도로 순찰대는 퍼시픽 그로브, 페블 비치, 카멀 도로를 차단하고 있고. 몬터레이 지역 경찰이 마흔 명쯤 투입됐어."

"좋아."

"그리고 당신 보스도 자기 일을 하고 있고."

CBI의 몬터레이 지부장, 찰스 오버비는 기자회견에 조예가 깊었다. 그는 대중의 도움을 받아 에드윈 샤프와 케일리 타운을 찾고자 했다.

팬 사이트들도 발칵 뒤집혀 용의자와 희생자의 사진을 올리고 있었지만, 댄스는 텔레비전이나 아이튠스를 갖고 있는 사람이라면 누구나 케일리 타운의 생김새를 알 거라고 생각했다.

"당신은 어때?" 오닐이 다시 물었다.

희한한 질문이었다.

하지만 그가 몬터레이로 떠나기 직전, 그들의 사적인 관계를 생각하면 그렇게 희한한 질문도 아니었다.

하지만 그런 것을 생각할 때가 아니었다.

"좋아." 댄스는 이렇게 말했다. 전혀 좋은 상태가 아니었지만, 대답을 회피하기 위해서. 댄스는 오닐이 이해하기를 바랐다.

이해한 모양이었다. 오닐이 물었다. "도착 예정 시각은?"

댄스는 하루튠에게 질문을 전했다.

"삼십 분 뒤."

댄스는 오닐에게 그대로 전하고 덧붙였다. "끊어야 되겠어, 마이클. 지금 시속 300킬로미터로 달리고 있어."

하루튠에게서 보기 드문 미소가 흘러나왔다.

전화를 끊고 댄스는 의자에 몸을 기댔다.

"속도를 줄일까요?" 하루튠이 물었다.

"아뇨. 더 빨리 가요." 댄스가 말했다.

하루튠이 속도를 올리자 댄스는 다시 눈을 감았다.

"어때?" 에드윈이 명랑한 목소리로 물었다. 그는 깔끔하게 정돈된 트레일러를 가리켰다. 실내는 숨막히게 더웠다.

손이 묶인 채 주방에 서 있던 케일리는 대답하지 않았다.

"봐, 고화질 텔레비전도 있고 DVD를 100장쯤 갖고 있어. 네가 좋아하는 음식도 가득 있어." 그는 찬장을 열어보였다. "홀푸드 마트에서 산 거야. 당연히 유기농이지. 그리고 네가 좋아하는 비누도 있고."

그렇다. 그가 이 상황을 예측했다는 사실에 케일리의 심장이 내려앉았다.

트레일러에는 기다란 사슬도 서너 개 있었다. 천장에 매달린 사슬 끝에는 족쇄가 붙어 있었다. 케일리의 손목이나 발목에 그것을 채울 때 다치지 않도록 양모를 붙여놓은 것이 배려인 모양이었다.

미스터 투데이…….

그리고 다시 한 번 그의 미소가 사라졌다. "네가 내 말대로 나랑 만나줬으면 이런 일을 겪지 않아도 됐을 거야. 저녁만 먹어줬으면. 그리고 네 집을 수리하는 동안 내가 빌린 집에서 며칠만 지내줬으면. 그게 무슨 대수라고?"

케일리는 그가 분노에 떨고 있음을 느꼈다.

에드윈은 현실 감각에 문제가 있어. 모든 스토커들이 그렇지.

그의 목소리가 다시 차가워졌다. "네가 처녀가 아닌 건 알고 있어…… 네가 누구랑 섹스하고 싶었던 게 아니라, **어쩌다 보니** 그렇게 된 거지. 보비랑 섹스했지, 그렇지? 아니, 알고 싶지 않아." 그는 잠시 생각에 잠겼다. "그리고 이상한 짓, 구역질나는 짓은 하지 않았겠지. 가끔 착한 여자애들, 안경을 쓰고 단추를 꼭꼭 채워 잠그는 여자들도 정말 지저분한 짓을 하거든. 하지만 넌 아니겠지." 그는 케일리를 찬찬히 살펴봤다. 하지만 그러다가 전등에 스위치를 켠 것처럼 얼굴이 부드러워지더니 미소가 떠올랐다. "아니, 괜찮아. 넌 이제 내 것이니까. 괜찮을 거야."

그는 케일리에게 트레일러 내부를 더 자세히 안내했다. 그곳은 케일리를 위한 성소였다. 포스터와 기념품, 옷가지와 사진.

케일리 타운이 사방에 있었다.

하지만 무기는 없었다.

케일리는 그것부터 찾아보았지만, 주방에는 예리한 칼이 없었다. 유리나 도자기도 없었다. 모두 금속이나 플라스틱이었다. 담배가 한 갑 있기에 라이터를 찾았다. 하지만 보이지 않았다.

그는 케일리의 시선을 보았다. "걱정 마. 나는 이제 담배 안 피워. 얼리샤 그년한테 누명을 씌우려고 담배가 필요했던 거야. 그리고 케일리, 넌 술 담배 안 돼. 나는 깨끗해. 그리고 마약을 한 적도 없어. 네 친구랑은 다르지. 보비 프레스콧 씨 말이야."

등줄기로 땀이 흘렀다. "이래봐야 소용없어, 에드윈. 10만 명이 날 찾으리라는 거 몰라?"

"글쎄. 네가 사랑하는 사람, 널 위해주는 사람과 달아난 줄 알 수도 있지. 아직도 모두 얼리샤가 범인이라고, 보비를 죽이고 널 죽이려고 했다고 생각할걸."

그는 정말로 현실을 파악하지 못하는 걸까?

"하지만 그들이 찾아나서봐야 우릴 찾아내지 못할 거야. 우리가 몬터레이에 숨어 있다고 생각할 거야. 300킬로미터 떨어진 곳에. 내가 잠깐 사귄 여자가 거기 갔을 거라고 할 거야. 그년이 고자질을 할 거야. 오래전에 다 계획해놨어. 여긴 우리뿐이야…… 프레즈노에서 여기까지 오는 길에 헬기 한 대, 바리케이드 하나 없었잖아.

우리가 여기 오는 줄 알았으면 곧바로 41번 고속도로를 차단했을 걸. 그래, 케일리. 그들은 우리를 절대 못 찾아."

"이런 짓을…… 왜 하는 거야? 내 마음을 얻으려고?"

"네가 정신 차리게 하려고. 널 사랑하는 사람이 아니라면, 이런 짓을 왜 하겠어?"

"하지만…… 국회의원은? 이해가 안 돼."

에드윈은 웃었다. "아, 그거 참 재미있었지. 거기서 교훈을 얻었어. 온라인에 글 올리는 걸 그만뒀어. 그걸로 사임스키가 너와 나 사이를 알아냈거든. 온 세상이 널 이용한다고 했을 때 넌 내 말 안 믿었지."

너와 나 사이…….

"하지만 그래서 좋은 점도 있었어. 토요일 밤에 **정말로** 집 앞에서 누굴 봤어. 사임스키거나 배비지라는 여자였을 텐데, 그때는 그냥 아이들인 줄 알았지. 하지만 그걸 보고 생각했어. 얼리샤가 날 감시하는 것처럼 꾸며야 되겠다고. 경찰이 얼리샤가 스토커라고 생각하게 할 만한 증거를 심어뒀지. 가끔은 운이 좋을 때도 있거든."

그리고 에드윈은 조바심을 냈다. 그는 케일리의 머리, 가슴, 다리를 봤다. "자, 그럼. 무슨 시간인지 알겠지." 그는 흐트러진 침대와 보스 아이팟 플레이어 쪽을 보았다. "저거 보여? 네 콘서트를 쉰 번 녹음했어. 녹음기가 좋거든. 돈을 모아 산 거야. 콘서트에서 녹음한 네 음악을 틀어놓을 거야, 우리가 그걸…… 알잖아." 그의 얼굴에 염려하는 기색이 떠올랐다. "아, 걱정 마. 그래, 녹음은 했지만 팔거나 공유하지 않았으니까. 그냥 나만 들으려고 한 거야. 이제, **우리 둘**을 위해서지."

"부탁이야, 이러지 마. 제발."

그는 케일리의 머리를 보더니 싱크대에 기대섰다. "그렇게…… 거리를 두지 마. 내가 널 도왔잖아. 프레더릭 블랜턴은 네 음악을 훔치는 나쁜 새끼였어. 그리고 얼리샤 말인데, 그년은 네 커리어를 정말 원했을걸. 셰리? 제발, 넌 그 여자보다 나은 새엄마를 얻어야 해. 그 여자는 비숍이랑 자는 점원일 뿐이라고. 널 딸로 둘 자격이 없어, 케일리. 그들은 다 죽어도 싸. 보비? 그놈은 너랑 섹스하기만 바랐지." 그리고 한 번 더 그는 케일리를 바라보며 외도를 인정하기를 기다렸다.

그러다가 에드윈은 스스로 마음을 다스리는 것 같았다.

케일리가 말했다. "최소한 좀 씻으면 안 돼? 샤워만 할게. 이렇게는 편하지 않아."

"그건 안 되는데."

케일리가 잘라 말했다. "그러면서 네가 미스터 투데이라고? 헛소리 마. 빌어먹을 샤워 좀 하겠다는데, 안 된다고?"

에드윈은 인상을 썼다. "좋아. 단 그런 말은 쓰지 마. 다시는 그런 말 쓰지 마."

"알았어. 안 쓸게."

"샤워는 해도 돼. 하지만 열쇠는 나만 갖고 있고, 여기에 무기는 없어. 창문에는 모두 창살이 쳐져 있고."

"그럴 줄 알았어. 정말로 샤워하고 싶어서 그래."

그는 수갑을 풀어주었고 케일리는 손목을 문질렀다.

케일리는 어깨를 늘어뜨린 채 좁은 통로를 지나 욕실로 갔다.

"아, 케일리. 잠깐."

케일리는 걸음을 멈추고 돌아섰다. 에드윈의 표정이 어색했다. 얼굴이 붉어진 건가? "아까 말한 그 여자 말이야. 시애틀에서 사귄 여자. 질투할 필요 없어. 심각한 사이는 아니었어. 그 여자랑은 잔 적 없어. 정말이야. 거짓말 아니고."

케일리는 거짓말이라는 걸 알 수 있었지만, 정말 충격적인 사실은 그가 정말로 자신의 진심이 케일리에게 중요하다고 믿는 표정이라는 것이었다.

그는 미소를 지었다. "어서 샤워하고 와, 자기야." 그러고는 침실로 돌아갔다.

75

에드윈은 케일리의 노래 중에서 가장 좋아하는 것을 도저히 고를 수 없었다.

하지만 그런 고민은 얼간이 같은 짓임을 깨달았다. 그건 마치 좋아하는 음식이 없다면서 모든 음식을 좋아하는 것과 같았다(사실이 그랬다. 케일리가 그의 삶 속에 들어오는 바람에 관리하지 않았더라면 그의 체중은 130킬로그램에 육박했을 것이다).

그는 에어컨을 조금 더 세게 틀었다. 방수포를 씌운 트레일러는 너무 더웠다. 하지만 온도를 따뜻하게 유지했다. 샤워하러 가기 전에 봤는데, 케일리는 땀을 흘리고 있었다. 그녀의 살갗에 맺힌 땀방울에 그는 흥분했다. 그녀의 이마와 머리를 핥는 것을 상상하고 더욱 흥분했다. 케일리 타운의 목소리를 스피커로 들으며 샐리랑 섹스하는 것도 괜찮았지만 이건 천 배쯤 더 나을 것이다.

진짜니까.

아, 그거 노래 제목으로도 좋을 것이다. 〈더 리얼 싱The Real Thing〉. 케일리에게 말해야 되겠다. 그는 케일리와 함께 곡을 쓸 생각이었다. 그가 가사를 지으면 케일리가 작곡을 할 것이다.

에드윈은 글을 잘 썼다.

그는 다시 생각했다. 결혼식 **오후**. 밤이 아니라. 오후.

꽤 우스웠다.

그렇게 생각하니 케일리가 가족과 여기 살 때 누군가와 사귄 적이 있는지 궁금해졌다. 케일리의 노래 속에 예전 집에서 "십대 시절의 짧은 사랑"을 이야기하는 구절이 있는데, 처음에는 그걸 듣고 화가 났다. 그러다가 케일리가 열두 살, 열세 살 때쯤 비숍이 그 집을 팔았다는 것이 기억났다. 그리고 케일리는 착한 여자였으니 키스나 약간의 애무 이상은 없었을 것 같았다. 그것만으로도 그는 질투심에 가슴이 아팠다.

보비…….

그놈의 매니저가 죽을 때 많이 고통스러웠기를 바랐다. 컨벤션센터에서 그는 에드윈이 흡족할 만큼 비명을 지르지 않았다.

에드윈은 물 흐르는 소리를 들으며 옷을 벗고 샤워하는 케일리의 모습을 상상했다. 그는 발기하고 있었다. 《롤링 스톤스》에 난 케일리의 기사가 기억났다.

착한 소녀 성공하다.

에드윈은 누그러지기로 했다.

보비랑 잔 것을 용서할 것이다. 다시 한 번 솔직히 말하라고 조를 것이다. 사실을 알아야 하지만, 케일리가 뭐라고 하든 용서할 것이다.

그는 셔츠를 벗고 배를 주물렀다. 체중을 줄인 뒤 아직도 처진 살이 남아 있었다. 하지만 적어도 지방은 없었다.

케일리라면 무슨 일이든지.

그도 샤워를 해야 할까? 아니. 아침에 했다. 게다가 깨끗하든 아니든, 자신이 원할 때면 언제나 케일리는 눕거나 엎드리는 데 익숙해져야 한다.

어쨌든, 그녀는 그의 아내니까.

그는 라디오를 켜서 뉴스 채널을 찾았다. 경찰이 케일리의 행방불명을 순진하게 해석하지 않은 모양이었다. 파이크 매디건의 목소리가 납치 사건을 설명하고, 사람들에게 에드윈 샤프와 케일리 타운이 서쪽으로, 몬터레이 지역으로 향할 거라고 경고하고 있었다.

"그들이 타고 있는 차량에 대해서는 모르지만 우리가 만든 웹사이트에서 샤프의 사진을 볼 수 있습니다."

아, 너를 믿어도 될 줄 알았어, 샐리. 이 거짓말쟁이. 그는 잠시 누가 샐리의 입을 열었는지 궁금했다. 캐트린 댄스가 떠올랐다. 분명 그 여자일 것이다.

물론 몬터레이로 시선을 옮긴 덕분에 시간을 약간 벌 수 있었다. 다른 곳으로 옮겨야 하지만 이곳에서 한 달 정도는 안전할 것이다. 케일리는 오스틴을 좋아한다고 했다. 어쩌면 다음에는 그리로 갈 것이다. 그곳은 텍사스 주니까 숨을 황야가 있을 것이다. 하지만 케일리는 '온 더 로드' 블로그에 미네소타를 좋아한다고도 했다. 그곳이 더 나을 수도 있었다. 특히 케일리가 아이를 가진다면. 그곳 날씨가 더 선선할 것이다. 더운 곳에서 임산부로 지내기는 힘드니까.

아기들…….

에드윈은 여성의 생리 주기를 인터넷에서 검색해봤다. 케일리가 지금 어떤 상태일지 궁금했다. 그러나 상관없다고 판단했다. 그들은 적어도 이틀에 한 번은 잠자리를 할 것이다. 조만간 그때가 올 것이다.

그는 청바지를 벗고 팬티 속에 손을 집어넣었다. 준비는 이미 마친 상태였다.

그때 물소리가 멈췄다. 케일리는 이제 몸을 닦고 있었다. 그는 케일리의 몸을 그려보았다. 트레일러 안에서는 벌거벗고 다니기로 했다. 밖에 나갈 때만 옷을 입을 것이다.

숨을 깊이 들이쉬자 축축한 공기 속에 향긋한 샴푸 냄새가 풍겨왔다.

"에드윈." 케일리가 장난스러운 목소리로 불렀다. "널 위해 준비를 마쳤어. 와서 봐."

웃으면서 다가가니, 케일리는 욕실 문 앞에 옷을 다 입은 채로 서 있었다.

에드윈 샤프의 눈이 휘둥그레졌다. 그리고 그는 공포에 질려 울부짖었다.

76

"안 돼! 안 돼! 안 돼! 무슨 짓을 한 거야?"

케일리는 에드윈이 사놓은 목욕용품 중에서 끝이 뭉툭한 손톱 가위를 발견했다. 미 연방 교통안전청에서 항공 여행에도 안전하다고 승인한 것이었다.

하지만 그 가위도 자를 수는 있었다. 그리고 케일리는 그것으로 잘랐다. 머리카락을 전부 잘라버렸다.

"안 돼!" 에드윈이 욕실 바닥에 가득 흩어진 금발을 연인의 시체를 보듯이 겁에 질린 얼굴로 바라보았다.

"케일리!"

케일리의 머리에는 5-6센티미터 길이의 삐죽삐죽한 머리카락만 남아 있었다. 케일리는 샤워는 전혀 하지 않았고, 십 분 동안 아름다운 머리를 망가뜨려놓았다.

미친 사람처럼 신나게, 케일리가 조롱했다. "왜 그래, 에드윈? 이제 내가 싫어? 이제 날 스토킹하고 싶지 않아? 상관없잖아, 그렇지? 넌 **날** 사랑하잖아? 내가 어떻게 생기든 상관없잖아."

"그래, 물론이지. 그냥……." 그는 토할 것 같았다. 머리가 자라려면 얼마나 걸릴까?

십 년, 사 개월…….

모자를 써도 된다. 아니, 그는 모자 쓴 여자를 싫어했다.

"신경이 많이 쓰이는 모양이네. 정말로 속이 상한 얼굴이잖아, 에드윈."

"왜, 케일리? 왜 그랬어?"

"네게 진실을 알려주려고. 넌 앨범 커버, 카세트테이프, 비디오와 포스터에 나온 여자를 사랑하는 거야. 《엔터테인먼트위클리》 잡지에 나오는 여자이지, 나를 사랑하는 게 아니야. 프레즈노 극장에서 단둘이 만난 날 기억나? 내 목소리와 머리가 가장 좋다고 했지."

어쩌면 누군가 불러다 머리카락으로 가발을 만들게 해서 머리가 다시 자랄 때까지 쓸 수도 있을 것이다. 하지만 어떻게 그렇게 하지? 사람들이 그를 알아볼 것이다. 신고할 것이다. 아니, 아니, 아니, 아니, 아니야! 어떻게 하지?

케일리가 비웃었다. "이제 섹스할래? 남자애 같은 꼴인데?"

그는 천천히 앞으로 걸으면서 머리카락 더미를 보았다.

"자!" 케일리는 소리를 지르며 머리카락을 한 줌 쥐어 그에게 던졌다. 머리카락이 바닥에 떨어지자 에드윈은 무릎을 꿇고 필사적으로 주웠다.

"그럴 줄 알았어." 케일리가 경멸하듯 중얼거리며 욕실로 뒷걸음쳤다. "넌 날 몰라. 내가 누군지 전혀 모른다고."

그러자 그도 화가 났다. 아니, 난 알아. 넌 내가 일 분 안에 섹스할 년이야.

그가 일어섰다. 그리고 케일리가 손에 든 것을 보았다. 뭐지? 아,

컵이었다. 플라스틱일 것이다. 실내에는 깨지거나 칼로 쓸 만한 것이 없었다.

그건 생각해두었다.

하지만 생각하지 못한 것이 있었다.

컵에 든 내용물.

암모니아. 세면대 밑에 있었다. 케일리는 컵에 암모니아를 가득 부었다.

머리를 자른 것은 메시지나 교훈이 아니었다. 교란을 위한 것이었다.

그는 돌아서려고 했지만 케일리가 빠르게 달려오면서 암모니아를 얼굴에 정통으로 뿌렸다. 암모니아가 코와 입으로 들어갔다. 그는 눈을 감았지만, 잠시 후 눈꺼풀 밑으로도 기체가 스며들어 불쏘시개처럼 뜨거워졌다. 아파서 비명을 질렀다. 통증이 살아 있는 것처럼, 형태를 가지고 몸속을 휘젓는 것 같았다.

비명을 지르고, 뒤로 쓰러지며, 얼굴을 미친 듯이 닦아냈다. 어떻게든 피하려고! 숨이 막히고, 기침이 나왔다.

아파, 아파, 아프다고!

그리고 그가 스스로 총을 쏜 목덜미를 케일리가 힘껏 때리자 더욱 강한 고통이 느껴졌다.

그는 다시 소리를 질렀다.

몸을 굽힌 채 꼼짝 못한 상태로, 그는 케일리가 주머니에서 열쇠를 꺼내가는 것을 느꼈다. 팔을 잡으려고 했지만, 케일리는 빠르게 벗어났다.

쓰고 따가운 약품은 입과 코로 더 깊이 흘러들었다. 재채기를 하고, 기침을 하고, 침을 뱉으며 숨을 쉬려고 했다. 에드윈은 휘청거리며 일어나 싱크대 수도에 얼굴을 들이밀고 물을 틀었다.

하지만 물이 나오지 않았다.

케일리가 물을 다 썼다.

에드윈은 냉장고로 가서 문을 홱 열고 물병을 더듬어 찾았다. 물로 얼굴을 헹궈내자 쓰라림이 조금씩 덜해졌다. 흐릿하지만 시각도 돌아왔다. 현관으로 가보니 케일리가 잠가놓았다. 하지만 그는 지갑에서 열쇠를 꺼내 문을 열고 눈을 닦으면서 밖으로 나왔다.

주위를 둘러보았다. 케일리가 고속도로로 이어진 길을 달려가고 있었다.

통증이 차츰 가시면서 에드윈은 긴장을 풀었다. 미소까지 지어 보였다.

고속도로까지는 5킬로미터였다. 자갈길. 케일리는 맨발이었다.

달아나지 못할 것이다.

77

에드윈은 케일리를 뒤쫓기 시작했다. 처음에는 조깅하듯, 그다음에는 단거리 질주로.

암모니아에 데는 바람에 욕구가 줄기는 했지만 사라지지는 않았다. 케일리를 쓰러뜨려 청바지를 벗기고 싶은 마음은 점점 강해졌다. 그리고 배 위로 올라타는 거다…….

내가 비명을 지른 것처럼, 그녀도 비명을 지르게 해야지. 누가 주인인지 알려줘야지.

케일리는 겨우 30미터쯤 앞에서 모퉁이를 돌아 사라졌다. 거리가 빠르게 좁혀지고 있었다.

20미터, 15미터…….

넌 내 것이라는 걸 알려줘야지.

그도 모퉁이를 돌았다.

그는 열 발자국, 다섯 발자국, 세 발자국을 더 달리며 점점 속도를 늦췄다. 그러다 멈췄다. 그는 어깨를 늘어뜨리고, 달리기와 암모니아 탓에 기침을 심하게 했다.

그리고 웃었다. 그럴 수밖에 없었다.

케일리는 두 사람과 함께 서 있었다. 제복을 입은 수사관과 케일리에게 팔을 두른 여자.

에드윈은 다시 한 번 크게 웃어댔다. 엄마가 술에 취하지 않고 즐거울 때 낸 소리였다.

남자는 프레즈노에서 본 수사관이었다. 검은 수염을 기른 남자.

그리고 여자는 물론, 캐트린 댄스였다.

수사관은 에드윈의 가슴에 정통으로 권총을 겨누고 있었다.

"엎드려." 그가 외쳤다. "엎드려. 손은 옆에 두고."

에드윈은 갈등했다. 한 발자국 앞으로 나가면 죽는다.

엎드리면 교도소에 간다.

생각해, 생각.

교도소에 가면 적어도 케일리와 대화할 기회가, 어쩌면 만날 기회도 있을 것이다. 케일리가 면회하러 올 것이다. 노래도 불러줄지 모른다. 대화도 할 수 있다. 그녀를 둘러싼 사람이 하나같이 얼마나 나쁜 사람인지 알 수 있게 도와줄 것이다. 그가 얼마나 좋은 남자인지도.

에드윈 샤프는 엎드렸다.

캐트린 댄스가 권총을 들고 지키는 사이 수사관이 그에게 수갑을 채우고 일으켜 세웠다.

"눈에 물 좀 뿌려줄 수 있어요? 따가워요."

수사관이 물을 가져와 에드윈의 얼굴에 뿌렸다.

"고마워요."

다른 차들도 도착했다.

에드윈이 말했다. "뉴스 말이에요. 뉴스 들었는데, 우리가 몬터레이에 있는 줄 알았잖아요. 왜 여기로 온 거예요?" 그는 바닥을 보고 말했지만, 그가 질문한 상대가 대답했다.

"몬터레이에도 팀을 보냈어. 하지만 그건 언론을 위해서였지. 네가 라디오를 듣거나 인터넷을 보면 우리가 속은 줄 알도록. 난 네가 거기 가는 걸 납득할 수 없었어. 섀리 도킹이 우리한테 결국 말할 거라고 생각하지 않는 한, 그런 소리를 왜 했겠어? 그게 너의 **패턴**이야. 잘못된 정보를 주고 증인들에게 겁을 줘서 거짓말시키는 거."

댄스는 권총을 허리에 꽂고 말을 이었다. "여기? 감식반이 너의 집 근처에서 채굴 작업에서 나온 것일 수 있는 흔적을 찾았지. 케일리의 노래, 〈니어 더 실버 마인〉이 떠올랐어. 비숍이 그곳을 팔아서 케일리가 슬퍼한 걸 너도 아니까 여기 다시 데려오는 것도 이해가 되었지. 이곳의 위성사진을 몇 장 봤는데 트레일러가 보이더군. 위장 그물은 사실 별로 효과가 없어."

에드윈은 캐트린 댄스가 대단하다고 생각했지만 케일리가 눈에 보이자 그 생각은 순식간에 사라졌다. 케일리는 반항적으로, 두 발을 벌리고 서서 차갑게 노려보고 있었다. 하지만 그는 그녀의 눈이 유혹하며 반짝인다는 느낌을 받았다.

머리만 자라면 그녀는 다시 아름다워질 것이다.

세상에, 그녀를 정말 사랑한다.

78

그날 오후 7시 30분. 케일리와 댄스는 컨벤션센터의 무대 뒤에 있었다.

공연을 취소해야 한다는 이야기가 나왔지만, 희한하게도 케일리 타운이 공연을 하겠다고 우겼다. 사람들이 공연장을 빠르게 채우고 있었고, 댄스는 오래전 포크 가수로서 무대에서 느꼈던 것과 같은 전율을 감지했다.

그 순간의 지극한 희열, 음성과 음악이 하나되어 만드는 힘이 스피커에서 흘러나오고, 청중이 나의 것이 되어 완벽한 소통을 이루는 순간. 그런 것은 사실, 그 어디에도 없었다. 라이트 앞에 서면 수천 명의 관객을 황홀하게 만드는 일에 왜 중독되는지 이해할 수 있다. 그 힘, 시선, 애정, 요구.

그래서 케일리 타운 같은 가수들이 계속 무대에 오르는 것이다. 소모되고, 가족이 고충을 겪고…… 에드윈 스탠턴 샤프 같은 사람들의 위협에 시달리면서도.

케일리는 콘서트 복장을 갖췄다. 물론, 착한 소녀 복장이었다. 한 가지 차이가 있다면, 오늘 밤 케일리는 친구들과 소프트볼을 하고 온 착한 소녀였다. 잘라낸 머리를 캘리포니아 주 프레즈노 불독*의 모자가 가리고 있었다.

케일리가 옆으로 옮기는 순간, 새로운 기타가 '치고' 들어왔다. 케일리는 마틴의 현을 새로 바꾸고 완전히 청소하기 전까지는 마틴을 연주하지 않을 생각이었다. 에드윈이 준 인간 뼈 피크 때문이었다. 미신을 전혀 믿지 않는 댄스였지만, 케일리의 그 결정을 비난할 수 없었다. 그녀였더라도 그 기타를 버리고 새것을 샀을 테니까.

"음." 매디건이 마흔쯤 되는 키가 작고 통통한 여인과 함께 다가왔다. 얼굴이 예쁘장하고 고등학생처럼 명랑한 눈에 주근깨, 짧게 자른 갈색 머리를 한 사람이었다. 손을 잡고 있는 모습이 사랑스럽게 보였다.

그가 댄스를 아내에게 소개했다.

"캘리포니아 수사국은 프레즈노에 언제나 환영이오." 매디건이 말했다. "**댄스 요원**이 선두 지휘를 한다면."

"좋아요. 하지만 이런 사건이 더 없기를 바라도록 하죠."

"음악을 들으러 왔소." 그가 말했다. "아니, 전부는 아니고. 너무 시끄럽지만 않다면. 참, 여기."

그는 댄스 손에 상자를 하나 쥐여주었다. 댄스가 열어보고 웃었다. FMCSO의 배지였다.

"배지로군요."

댄스는 고맙다고 인사했다. 배지를 꺼내 녹색 실크 블라우스에 꽂고 싶었지만 꾹 참았다.

* 미국 풋볼팀 이름.

매디건은 뚱한 표정으로 주위를 둘러보더니 말했다. "이제 됐소." 그러고는 부인과 함께 자리로 갔다. 댄스의 상상일 수도 있지만, 그는 복도 뒤에서 뭔가 찾는 것 같았다. 그림자였을까, 스토커였을까, 아이스크림 파는 사람이었을까?

댄스는 다시 케일리에게 시선을 돌렸다. 케일리는 새 기타를 타이 슬로컴에게 건네며 몇 가지를 요청했다. 그리고 밴드에게 솔로 순서를 마지막에 수정했다고 알려주었다. 보비에게 헌정한 노래의 가사도 바꿨다. 얼리샤를 위한 가사도 넣었다. 케일리는 그 곡을 울지 않고 부를 수 있기를 기도하는 중이라고 댄스에게 말했다.

타이 슬로컴이 수줍은 얼굴로 다가오더니 케일리가 원하는 대로 수정했다고 알렸다. 케일리는 고맙다고 인사했고, 타이는 잠시 더 기다렸다. 평소라면 시선을 회피하는 그의 두 눈이 케일리의 얼굴에 잠시 머물렀다. 그 표정과 동작에서 수상쩍은 구석이 있다고 추론할 사람도 있겠지만, 댄스가 보기에 그 모든 것은 애정의 표현이었다. 물론 영원히 보답 받지 못할 것이다.

하지만 아주 잠깐 눈길을 보내거나 기타를 완벽하게 준비하는 것 이상으로 그가 자신의 속마음을 표현할 리도 없었다.

타이 슬로컴이 바로 정상인과 미치광이의 차이를 보여주는 사람이었다.

그때 면바지와 빳빳하게 다린 드레스셔츠를 입은 남자가 케일리와 댄스에게 다가왔다. 삼십대 중반에 소년처럼 웃는 남자였다. 까만 곱슬머리가 점점 숱을 잃고 있었다.

"케일리, 안녕하세요." 댄스에게는 정중하게 목례하는 것 이상은 아무 인사도 없었다. "아트 프랜시스코라고 해요." 댄스와 케일리는 그의 출입증이 보일 때까지 조심스럽게 그를 살폈다.

“안녕하세요.” 케일리가 멍하니 인사했다. 댄스는 그가 비숍의 친구일 거라고 짐작했다. 그들이 그날 저녁, 주차장에서 이야기 나누는 것을 보았다.

“그간 있었던 일은 정말 유감이에요. 아버님께서 말씀해주셨어요. 정말 끔찍한 일이었어요. 하지만 범인은 교도소에 갔죠?”

“네.”

“다행이에요. 음, 함께하게 돼서 진심으로 기쁘다는 말을 하러 왔어요.”

“어, 누구시라고 했죠?”

그는 이맛살을 찌푸렸다. “아트요. 아트 프랜시스코.” 잠시 케일리에게서 반응이 없자 그가 덧붙였다. “아버님께서 제가 오늘 온다고 말씀하셨죠?”

“죄송하지만, 못 들었어요.”

그는 웃었다. “비숍답군요. 천재들이 그렇잖아요. 세세한 일은 잊어버리죠.”

명함이 등장했다.

댄스는 케일리의 온몸이 드러내는 충격을 동작 분석 없이도 알 수 있었다. 댄스는 케일리의 손 위에 놓인 명함을 보았다. JBT 글로벌 엔터테인먼트.

“함께하다니, 무슨 말씀이세요?”

프랜시스코는 입가를 핥았다. “아, 미안해요. 하지만…….”

“이게 뭐죠?” 케일리가 잘라 말했다.

“음, 아버님께서…… 말씀 안 하셨나요. 방금 이야기를…….”

“무슨 이야기요?”

“오, 이런. 저, 미안해요. 비숍이 오늘 아침에, 서명을 마치고 말한다고 했어요. 하지만 그 미친 사람 때문에 잊어버린 모양이군요."

"**뭐**에 서명해요?"

"음, 계약을 했죠. 비숍이…… 미안해요, 케일리. 오, 이런. 아는 줄 알았어요." 프랜시스코는 어쩔 줄 몰라 하는 표정이었다. "저기, 아버님과 이야기해보지 그러세요?"

케일리가 앞으로 나섰다. 방금 살인마 스토커에게서 벗어난 그녀였다. 로스앤젤레스에서 온 사장에게 기가 눌릴 사람이 아니었다.

"아버님이 케일리와 글로벌의 계약을 마쳤어요. 배리 자이글러와 재계약하지 않고."

"뭐라고요?"

"그럴 수 있어?" 댄스가 물었다.

케일리는 화가 나서 이를 앙다물고 중얼거렸다. "네, 그럴 수 있어요. 미성년자일 때 그렇게 정해놨어요. 그걸 바꾸지 않았고요. 하지만 내가 동의하지 않은 일은 하신 적 없었어요. 지금까지는."

프랜시스코가 말했다. "아, 하지만 이건 큰 계약이에요, 케일리. 그리고 돈이! ……금액이 얼마나 되는지 알면 놀랄 겁니다. 그리고 창작은 케일리가 100퍼센트 담당해요. 비숍과 변호사들이 정말 거래를 잘했어요. 이건 360계약*이에요. 우리 쪽에서 콘서트와 녹음, 프로덕션, 시디, 다운로드 플랫폼, 홍보, 광고…… 모든 걸 담당해요. 해외로 진출할 거예요. 우리는 이미 CMT와 MTV와 연결이 되어 있고, HBO에서 특집에 관심을 갖고 있어요. 모두 오늘 아버님이 계약한 후에 들어온 이야기예요. 그리고 스타벅스와 타깃에서 모두 독점 앨범을 원해요. 이걸로 완전히 새로운 차원에 들어설

* 음악 산업에서, 회사가 모든 지원을 해주면 아티스트가 음반과 콘서트 수익 등에서 일부를 회사에 주는 계약 방식.

겁니다. 대규모 공연장과 라스베이거스, 런던까지 갈 겁니다. 이렇게…… 작은 곳에서 다시는 공연하지 않게 될 겁니다."

"이렇게 작은 곳이 제 고향이라서요."

그는 손사래를 쳤다. "그런 뜻은 아니었어요. 다만, 이걸로 케일리의 커리어가 기하급수적으로 확장될 겁니다. 이렇게 되어서 유감이군요. 다시 시작합시다." 그가 손을 내밀었다.

케일리는 무시했다.

비숍 타운이 그 모습을 보더니 못마땅한 얼굴로 다가왔다. 그가 말했다. "아티."

"미안해요, 비숍. 몰랐어요. 말씀하신 줄 알았어요."

"어." 비숍이 중얼거렸다. "오늘 그렇게 됐다. 말을 못 했어." 댄스가 예상한 대로 비숍은 계속 바닥만 보고 있었다. "잠깐만 자리 좀 비켜주시오, 아티."

"그러죠. 미안합니다."

케일리는 아버지를 보았다. "어떻게 이럴 수 있어요? 배리에게 글로벌에 안 간다고 했어요. 그렇게 말했는데!"

"케이티." 그가 쉰 목소리로 최대한 부드럽게 말했다. "배리는 옛날 사람이다. 그의 세상은 끝났어. 음반사 말이야. 그건 과거의 유물이야."

"배리는 충실했어요. 필요할 때 항상 도와줬고. 저한테 플래티넘을 만들어줬어요."

"그런데 몇 년 있으면 플래티넘이 없어질 거다. 예전 건 사라질 거야. 이제 다운로드랑 텔레비전, 콘서트, 회사와 항공사, 광고사와의 계약이 대체할 거다. 음악 산업은 줄곧 변하지. 원래 그런 법이다. 새로운 시대가 왔어."

"멋진 연설이네요. 열심히 연습한 모양이에요." 케일리는 눈을 가늘게 떴고, 댄스는 거기서 케일리가 아버지와 대화할 때 한 번도 드러내지 않았던 분노와 반항심을 보았다. 케일리가 냉소했다. "이건 나를 위한 게 아니죠. 아빠를 위한 거예요. 아니에요?"

"나?"

"아빠 커리어는 망했잖아요. 목소리는 망쳐먹었고, 이제 노래도 못하고, 곡도 못 쓰잖아요. 그래서 뭘 해요? 위대한 기획자가 된 거죠. 글로벌이 뭐라고 홍보한대요? '비숍 타운의 딸…… 등장?'"

"케이티, 그런 건 아니다. 그건……."

"배리는 어쩌고요?"

"배리?" 비숍은 거기까진 생각 못 한 얼굴이었다. "시대에 맞춰 바꾸든지 새로운 일자리를 찾아야지. 아니면 아트한테 말해서 글로벌에 그 친구 자리를 하나 만들어달라고 하든가. 프로듀서는 필요하니까."

"그러니까 아빠는 친구들을 그런 식으로 취급하는군요. 나도 분명 그렇게 취급했죠, 아니에요? 나한테서 내……." 케일리는 말끝을 흐렸다. 댄스는 케일리가 무슨 말을 하려는지 알았지만, 케일리는 그 이야기는 꺼내지 않았다. "아빠가 음악계에 남아 있으려고 내게 너무 많은 걸 포기하게 했어요. 그래야만 아빠가 버틸 수 있으니까."

케일리는 홱 돌아서서 나갔다.

비숍이 외쳤다. "케이티!"

케일리가 걸음을 멈췄다.

"잠깐만 기다려라."

케일리는 반항심 가득한 얼굴로 돌아섰고 비숍이 다가갔다. 그는 딸이 아닌 동료로서 케일리를 바라보았다. 주위 사람들을 아랑곳하지 않고, 그가 중얼거렸다. "버릇없는 애처럼 구는구나. 좋다. 사실대로 알려주랴? 네 언니와 데이비스 의원을 불러서 콘서트 취소하는 걸 막아달라고 했다. 그래, 글로벌하고 계약도 했다. 하지만 그렇게 한 건 **날** 위해서가 아니다. **너**를 위해서도 아니야. 뭘 위해서인지 알고 싶어 그러니? 그래?"

"그래요, 얘기해보세요." 케일리가 잘라 말했다.

비숍은 사람들이 앉고 있는 객석을 가리켰다. "**저 사람들**을 위한 거다, 케이티. 청중 말이야. 온 세상에서 가장 중요한 건 저 사람들뿐이다."

"대체 무슨 말인지 모르겠어요."

"네가 가진 재능은 한 세대에 하나둘밖에 나오지 않아. 네 가창력, 네 음악성. 무대에서의 존재감. 네 노래들. 그게 얼마나 귀한 건지 알고 있냐? 얼마나 중요한 건지 알아?"

그의 목소리가 누그러졌다. "요즘은 음악이 진리다, 케이티. 종교에서 응답을 구할 수 없고, 정치인한테서 구할 수도 없어. 텔레비전 뉴스에서야 당연히 못 구하지. 우리는 **음악**에서 응답을 얻는다. 온 세상이 귀에다 이어폰을 꽂고 머릿속에 음악을 집어넣고 있잖니. 왜 그러는 거 같니? 진리를 들으려고 그러는 거지! 가사와 음악에 그들이 원하는 진리를 넣어줄 사람이 필요한 거다. 슬픔을 씻어주고, 모두 힘든 시기를 보내고 있다는 걸 알려주고, 희망이 있다는 걸 가르쳐주고, 웃게 해주는 사람 말이야.

그리고, 너한테는 그런 게 쉽잖니. 난 그렇지 않았어. 하지만 너에게는 쉽다. 말해봐라, 케이티. 지난 이틀 동안 몇 곡이나 썼는지. 노력을 쏟아붓지도 않고. 몇 곡? 열두 곡은 될 거다."

케일리는 눈을 깜빡였다. 댄스는 그의 말이 옳다는 것을 알 수 있었다.

"그건 재능이야." 서글픈 미소. "널 다그친 건 날 위해서가 아니었다. 네게 재능이 있다는 걸 알았기 때문이지…… 네가 모든 사람의 그림자가 될 줄 알았다, 케이티. 네가 싫다면 미안하지만, 너는 그런 능력을 가졌어. 그러니 써먹어야지." 그는 청중을 가리켰다. "저 사람들에게는 네가 필요하니까."

"그럼 오늘 밤에 다들 실망하겠군요. 이 콘서트는 나 없이 할 테니까."

그 말을 남기고 케일리는 나가버렸다.

무대 위의 사람들이 모두 소리 없이 비숍을 바라보고 있었다. 그가 망쳤다. 케일리가 콘서트를 강행하도록, 글로벌 이야기를 미리 하지 않았기 때문이다. 하지만 댄스의 마음은 그에게 기울었다. 그는 엄청나게 충격받은 얼굴이었다.

하지만 타운 일가에 대한 생각은 순식간에 사라졌다.

댄스의 등 뒤에서 익숙한 목소리가 들려왔다. "안녕."

댄스는 돌아섰다.

아…….

존 볼링의 인사말은 그의 성품처럼 편안하고 친근했다. 그리고 약간 섹시하다고 댄스는 늘 생각했다.

지금까지는.

댄스는 멍하니 바라보았다. 그는 댄스가 그 순간 무대 뒤에서 진행되던 극적인 상황에 빠져 있었다고 생각하고는 웃음을 터뜨렸다. 온통 심각한 얼굴들이었으니까. 그는 다가오더니 댄스를 끌어안았다.

댄스도 기운 없이 같이 안으며 그가 여기까지 세 시간이나 차를 운전해 찾아와서는, 샌디에이고로 떠난다는 소식을 전할 것이라는 사실을 깨달았다.

적어도 그는 얼굴을 보며 말할 배짱이 있었다.

컨트리 비트를 잘 넣으면 괜찮은 가사가 되겠다고 댄스는 생각했다. 하지만 케일리 타운의 노래에 나올 만한 구절은 결코 아니었다.

79

"생각보다 더 놀란 표정이네." 볼링이 포옹을 풀고 물러나며 말했다.

그는 얼굴을 과장되게 찡그리며 주위를 둘러보았다. "비밀 애인이 여기 어딘가 있을 텐데. 게다가 젠장, 나는 티켓을 돈 주고 샀어. 그 자식한테는 공짜로 줬을 텐데."

댄스는 웃었다. 하지만 웃음소리에 기분은 더 쓸쓸해졌다. 그들이 함께했던 즐거운 시간이 떠올랐기 때문에. 둘은 무대 뒤 빈 곳으로 걸어갔다.

볼링은 주위를 둘러보았다. "무슨 일이야? 별일 없어?"

"잘 모르겠어." 댄스는 이런 수수께끼 같은 대답밖에 내놓을 수 없었다.

그는 댄스를 바라보았다. "왜 그렇게 전화가 엇갈리던지. 하루에 열 시간씩 근무하고 있었거든. 그리고 어머님이 당신은 납치 사건 수사중이라고 하셨어. 대단한 휴가였군, 아니야?"

엄마, 내 스파이.

"그리고 링컨이랑 어밀리아가 왔어?"

"두 사람 없이는 수사를 진행할 수 없었어." 댄스는 에드윈이 케일리의 노래를 기억했을 것이라는 아이디어를 떠올리게 해준 작은 흔적들에 대해 이야기했다. 은광 옆에서 자랐다는 내용의 노래. "그 덕분에 그를 추적할 수 있었어."

볼링은 다가오더니 댄스의 입술에 키스했다.

휴대전화가 울렸다. 아래를 내려다보았다. 마이클 오닐이었다.

참 우스운 일 아닌가?

"받아야 해?"

"놔둘래." 댄스가 말했다.

"많이 왔네." 그가 객석을 가리키며 말했다. "오는 길에 케일리의 시디를 들었어. 콘서트가 기대되는걸."

"그거 말인데…… 취소될 가능성이 있어."

그리고 댄스는 부녀 사이에 있었던 다툼에 대해 이야기했다.

"안 돼! 콘서트를 다 취소한다고?"

"그럴 것 같아."

스태프, 케일리의 밴드, 백업 뮤지션들, 어린이 합창단…… 모두가 어색한 표정으로 두리번거리며 서서 그날의 주인공을 찾고 있었다. 다들 두려워하는 느낌이 분명했다. 케일리는 세상에서 가장 순한 가수였다. 그런 케일리가 뛰쳐나갔다면 괜히 자기 분장실에서 누가 데려오기를 바라며 하는 연기가 아니었다. 그녀의 부재는 어쩌면 초기 히트곡, 〈곤 포 굿 (앤드 잇츠 굿 투 비 곤)Gone for Good (and It's Good to Be Gone)〉에 나타나는 감정을 드러내는 것일지도 모른다.

비숍 타운은 바지에 손을 닦았다. 시작 시각에서 오 분이 지났다. 청중은 아직 술렁이지 않았지만 곧 그럴 것이다.

댄스는 어깨가 몹시 결렸다. 볼링의 잘생긴 얼굴, 숱이 적어진 머리, 완벽한 입술을 돌아보았다.

하지만 용수철처럼 지치지 않고 튀어오르는 영혼을 느끼며, 댄스는 한 남자를 비극적인 사고로 잃었으니, 이런 식으로 잃는 것은 아무렇지도 않다고 되뇌었다. 모두 건강하게, 애정의 자취를 남기고 떠나갔다. 장차 무슨 방법이 생길 수도 있을 것이다. 적어도 그에게 딴 사람이 생긴 것은 아닌 것 같았다. 댄스는 볼링과 아이들이 서로 연락할 수 있도록 할 것이다. 동거를 시작하지 않은 것이 천만다행이었다.

"자, 이거 가지고 들어가자."

그는 스타벅스 컵을 내밀었고 댄스는 그 안에서 와인 냄새를 맡았다. 볼링은 바리스타였으므로 좋은 와인일 것이다. 그렇다. 한 모금 마신 댄스는 훌륭한 말벡 와인이라고 추측했다. 몬터레이와 카멀의 와인 시음회에서 둘이 함께 맛보았던 것이다. 그때 정말 즐거웠지…….

캐트린 댄스는 다짐했다. 울지 않기.

그건 협상불가의 문제였다.

"괜찮아?"

댄스가 설명했다. "사건이 힘들었어."

"전화를 자꾸 못 받으니까 당신이 걱정됐어."

그만둬! 댄스가 속으로 화를 냈다. 당신을 미워하게 만들어줘.

볼링은 댄스가 긴장한 것을 알아차리고, 손을 놓더니 뒤로 물러났다.

그런 꼼꼼함에 댄스는 더욱 화가 치밀었다.

그리고 그는 이제 말할 때라고 판단했다. 그의 자세를 본 댄스는 쉽게 알아볼 수 있었다. 그랬다. 그는 나쁜 소식을 전하는 것을 미루고 싶었을 테지만, 어서 해치우는 편이 낫다고 생각했다. 남자들은 그랬다. 사적이거나 심각한 일은 말하지 않거나, 아니면 엉뚱한 때 전부 터뜨려버렸다.

볼링이 말했다. "저, 할 이야기가 있어."

오, 저 어조.

댄스는 그 순간이 너무 싫었다.

댄스는 와인을 좀 마시며 어깨를 으쓱였다. 크게 한 모금.

"있잖아, 좀 이상하게 느껴지겠지만……."

제발, 존. 어서 말해버려. 난 아이들과 개들과 뉴욕에서 온 손님들에게 돌아가야 하니까. 그리고 여기 모인 3만 5000명에게 원성을 사게 될 친구도 있고.

"미안해, 좀 긴장돼서."

"존, 괜찮아." 댄스가 이렇게 말하며 자신의 목소리가 놀라울 정도로 따뜻하다고 생각했다. "말해봐."

"아이들과는 일박 이상 여행하지 않는 걸 원칙으로 삼았잖아. 그런데……." 그는 말을 더듬는다는 것을 깨닫고는 그냥 말해버렸다. "우리 모두 여행을 가면 좋을 것 같아." 그는 시선을 돌렸다. "이 컨설팅 일 말이야. 이 주 동안 샌디에이고에서 일을 맡았어. 라호이아에서. 회사에서 해변에 집도 빌려줬어. 한 달 빌린 거라 일이 끝난 뒤에, 일이 주 더 묵어도 된대. 그래서 우리 모두 차로 가서 허스트 캐슬도 구경하고 레고랜드랑 디즈니랜드도 가면 어떨까 싶어서. 사실, 나도 거기 가고 싶거든. 레고랜드는 별로지만, 디즈니랜드 말이야. 그러니까, 어때? 샌디에이고에서 일주일. 우리 넷이서?"

"일주일?"

그는 얼굴을 찡그렸다. "알아. 당신은 지금 휴가를 썼는데, 가기 힘들겠지. 하지만 혹시 가능하다면…… 있잖아, 집에 침실이 네 개래. 우리 모두 각자 방을 쓸 수 있어. 당신이랑 나도. 하지만 좋은 기회잖아. 함께 여행을 하지만, **진짜** 함께는 아닌 거. 무슨 말인지 알지?"

"일주일?" 댄스도 말을 더듬고 있었다.

그는 이렇게 생각했다. 내가 그렇게 말했지. 그렇지 않았나?

아, 이사는 일시적인 것이었구나. 엄마가 착각한 것이다.

그는 댄스가 망설이는 것을 알아차렸다. 그리고 꿋꿋이 말했다. "괜찮아. 시간이 별로 길지 않아서 당신과 아이들이 비행기를 타고 오면 며칠 지내도 되고. 아니, 당신 혼자서 와도 되지만. 글쎄, 가족 휴가를 가면 좋을 것 같아서."

댄스는 가족 휴가라는 말이 레이스 장식처럼 느껴졌다. 연약하지만 희망을 주는.

"저…… 저기." 댄스가 행복에 겨워, 그리고 넘겨짚은 것이 부끄러워 끌어안자 그는 뒤로 엉거주춤 물러났다. 잘못된 정보에 휘둘리다니, 형사로서 최악의 실수였다.

댄스는 그에게 열렬히 키스했다. "그럼, 그럼, 가야지! 시간을 내볼게. 가고 싶어." 댄스는 이맛살을 찡그렸다. "근데 부탁 하나만 해도 돼?"

"그럼, 물론이지."

댄스가 속삭였다. "당신이랑 나랑 옆방에서 지내도 돼? 아이들이 일찍 자기도 하니까."

"그거야 가능하죠."

댄스는 그에게 한 번 더 키스했다.

바로 그때 휴대전화가 울렸다. 오닐이 이번에는 메시지를 보냈다. **이혼 서류 서명했어. 콘서트 잘 봐. 곧 만나…… 기다릴게.**

오, 이런. 댄스는 생각했다.

오, 이런.

또 한 번 휴대전화가 울렸다. **XO, 마이클.**

댄스는 전화기를 쓱 치우고 볼링의 손을 잡았다.

"왜 그래?" 그가 물었다.

"아니." 댄스가 말했다. "아무것도 아니야."

그때 비숍 타운이 다가왔다. 그는 걸음을 멈추더니, 볼링은 무시하고 댄스에게 웅얼거렸다. "이제 끝인 모양이오." 그는 숨을 크게 들이쉬었다. "이럴 때 술이 제일 그립지. 나가서 사람들에게 아주 안 좋은 소식을 전해야 하니."

그는 무대 위로 올라갔다.

물론 쩌렁쩌렁 울리는 박수 소리와 함성이 들려왔다. 컨트리의 황제가 인사를 하고 더욱 뛰어난 재능을 지닌 딸을 소개할 테니까.

그가 손을 흔들었다.

대혼란.

댄스와 볼링은 잘 보이는 가장자리로 옮겨갔다. 스포트라이트가 비숍 타운을 비추자 그는 작고, 늙고, 아파 보였다. 그는 살짝 눈을 찡그리더니 머뭇거리며 켜진 마이크로 다가갔다.

비숍 타운은 사람들을 훑어보며 그렇게 많은 사람이 모인 것에 놀란 표정을 지었다. 물론 사업가로서 정확한 청중 수와 티켓 판매고를 파악하고 있을 거라고 댄스는 추측했다.

그가 말했다. "안녕하십니까, 여러분……." 목소리가 잠겼다. "오늘 밤에 이렇게 와주셔서 진심으로 감사드립니다." 비숍은 보통 대화 때는 쓰지 않는 남부 억양으로 말했다.

휘파람 소리와 함성, 박수 소리가 더 커졌다.

"자, 잘 들어주세요. 음, 알려드릴 것이 있습니다."

사람들이 뭔가 문제가 생겼다고 생각해 조용해졌다. 그날 있었던 케일리의 납치 사건이나, 지난주에 있었던 다른 사건과 관련이 있다고 생각되었다.

집단 공황상태가 일어나고 있었다.

"다시 한 번, 이 자리에 와주신 데 감사드립니다. 이 어려운 시기에 케일리와 밴드, 저희 가족에 보내주신 사랑에 감사드립니다."

그는 목청을 가다듬었다.

그리고 말했다. "말씀드릴 것은……." 다시 박수가 터져 나왔고, 그 소리는 점점 더 커지며 부풀어 그 자체로 하나의 힘이 되었다. 이삼 초 만에 청중 전체가 일어나 소리를 지르고, 박수를 치고, 휘파람을 불었다.

비숍은 당황했다. 이건 무슨 반응이지?

댄스도 무슨 영문인지 모르다가 무대 왼쪽을 보니, 케일리 타운이 기타를 들고 손을 흔들며 걸어 나오고 있었다.

케일리는 걸음을 멈추고 그들에게 키스를 보냈다.

공연장에는 환호성이 가득했고, 야광봉이 반짝이고 카메라 플래시가 펑펑 터졌다.

수엘린과 메리-고든이 셰리 타운과 함께 반대편 가장자리에 앉아 케일리가 아버지에게 다가가는 모습을 지켜보고 있었다. 그들은 혼자가 아니었다. 글로벌 엔터테인먼트의 아트 프랜시스코도 옆에 앉아서 셰리, 수엘린과 함께 이야기를 나누고 있었다.

무대에서는 비숍이 허리를 숙여 딸과 포옹했고, 케일리는 아버지의 뺨에 키스했다. 케일리는 두 번째 마이크의 높이를 낮추고는 사람들이 조용해질 때까지 기다렸다.

"여러분, 감사합니다! 감사합니다! 아빠는 여러분이 오늘 밤 깜짝 놀랄 이벤트가 있다고 말씀하시려고 했어요. 하지만 아빠가 스포트라이트를 차지하는 걸 두고 볼 수 없었어요. 늘 그러시잖아요."

큰 웃음소리.

"어쨌든, 오늘 제가 원하는 오프닝은 오랜만에 해보는 거예요. 부녀 듀엣이죠." 이제 케일리의 목소리에도 남부 억양이 살짝 섞였다.

또 커다란 박수갈채.

케일리는 비숍에게 기타를 건네고 이렇게 말했다. "아빠가 저보다 기타를 잘 치는 걸 모두 아실 테니 아빠에게 노래와 기타를 맡기고 저는 화음만 넣을래요. 제가 어릴 때 불러주신 곡이에요. 직접 쓰신 곡인데, 제가 태어나 처음으로 들은 노래도 아마 이 노래일 거예요. 〈아이 싱크 유아 고잉 투 비 어 랏 라이크 미I Think You're Going To Be a Lot Like Me〉라고 해요."

케일리가 바라보자 그는 고개를 끄덕였고, 주름진 얼굴에 희미한 미소가 떠올랐다.

박수갈채와 함성이 가라앉자 비숍 타운은 넓은 어깨에 기타 스트랩을 메고 튜닝을 확인해보았다. 그와 케일리가 마이크 높이를 맞췄다.

그는 뒤쪽에 자리 잡은 밴드가 준비를 마친 것을 보고는 조용히 기다리는 수많은 팬을 향해 시선을 돌렸다. 그는 발을 구르며, 몸을 앞으로 기울인 채 마이크에 대고 박자를 맞추기 시작했다. "원…… 투…… 스리…… 포……."

케일리 타운의 앨범

《유어 섀도》 수록곡 가사

Your Shadow

1. You walk out onstage and sing folks your songs.
You make them all smile. What could go wrong?
But soon you discover the job takes its toll,
And everyone's wanting a piece of your soul.

Chorus:
When life is too much, just remember,
When you're down on your luck, just remember,
I'm as close as a shadow, wherever you go.
As bad as things get, you've got to know,
That I'm with you··· always with you.
Your shadow.

2. You sit by the river, wondering what you got wrong,
How many chances you've missed all along.
Like your troubles had somehow turned you to stone
and the water was whispering, why don't you come home?

Chorus.

3. One night there's a call, and at first you don't know
What the troopers are saying from the side of the road,
Then you see in an instant that your whole life has changed.
Everything gone, all the plans rearranged.

Chorus.

4. You can't keep down smiles; happiness floats.
But trouble can find us in the heart of our homes.
Life never seems to go quite right,
You can't watch your back from morning to night.

Chorus.

Repeat Chorus.

유어 섀도

1. 당신은 무대 위로 나와서 사람들에게 노래를 불러주죠.
모두를 웃게 해줘요. 무엇이 잘못될 수 있을까요?
하지만 곧 그 일에는 희생이 따르는 걸 알게 되죠.
모두가 당신의 영혼을 한 조각씩 원하고 있으니까.

후렴:
인생이 감당하기 어려우면, 이것만 기억해요.
운이 다 떨어질 때면 이것만 기억해요.
나는 당신이 어딜 가든 그림자처럼 가까이 있을 거예요.
아무리 힘들어져도 이것만 알아줘요.
내가 당신과 함께 있다는 걸…… 언제나 함께라는 걸.
당신의 그림자.

2. 당신은 강가에 앉아 무엇을 잘못했는지 생각하죠.
그동안 몇 번의 기회를 잃었는지.
마치 고민 때문에 돌로 변한 듯.
그러면 강물이 속삭이죠. 왜 집으로 가지 않느냐고.

후렴.

3. 어느 날 밤 전화가 오지만 처음에는 알 수 없어요.
길가에서 군인들이 뭐라고 하는지.
그러다 인생이 송두리째 변한 걸 곧 알게 돼요.
모든 것이 사라지고, 모든 계획은 다시 짜야 하죠.

후렴.

4. 미소를 억누를 수 없어요. 행복이 떠다녀요.
하지만 집안에도 걱정거리는 찾아와요.
인생은 제대로 흘러가지 않아요.
아침부터 저녁까지 자기 앞가림도 못해요.

후렴.

후렴 반복.

Is It Love, Is It Less?

1. A warm autumn night, the state fair in full swing,
We walked back to my place and sure enough one thing
Led to another and at dawn you were there.
Your breath on my shoulder, your hand in my hair.

2. Just a week later, it happened again,
I was sure that we'd move to lovers from friends,
But that time I woke to a half empty bed,
And at least two months passed till I saw you again.

Chorus:
Is it left, is it right? Is it east, is it west?
Is it day, is it night? Is it good or the best?
I'm looking for answers, I'm looking for clues.
There has to be something to tell me the truth
I'm trying to know, but I can just guess,
Is it love between us?
Is it love, is it less?

3. I saw you and some girl on the street one day.
Oh, look, here's my friend, I heard you say.
But the "friend" that you meant wasn't her; it was me,
And you took her hand, pleased as could be.

4. Then just a month later, we meet for a beer,
We got to talking and then I hear,
you wonder out loud how life would be
if you got married to someone like me.

Chorus.

5. I read blogs and the papers, I watch cable news.
But the more that I hear, I get more confused.
Which reminds me of us, I simply can't tell
If I'm immune or I'm under your spell.

Chorus.

이즈 잇 러브, 이즈 잇 레스?

1. 어느 따뜻한 가을 밤, 축제가 한창일 때
우리는 집으로 걸어왔고, 그렇게 시간이 흐르고
새벽까지 당신이 내 곁에 있었죠.
내 어깨에 닿는 당신의 숨결, 내 머리를 만지는 당신의 손길.

2. 바로 일주일 뒤, 또 그렇게 됐죠.
친구에서 연인이 되었다 믿었어요.
하지만 그때 깨어보니 빈 침대뿐.
그리고 두 달이 지나서야 당신을 만났죠.

후렴:
왼쪽일까요, 오른쪽일까요? 동쪽일까요, 서쪽일까요?
낮일까요, 밤일까요? 좋을까요, 최고일까요?
대답을 찾고 있어요. 실마리를 찾고 있어요.
내게 진실을 알려줄 뭔가가 있을 거예요.
알고 싶지만, 짐작할 뿐이에요.
우리 사이는 사랑인가요?
사랑일까요, 아닐까요?

3. 어느 날 당신과 어떤 여잘 보았죠.
아, 이쪽은 내 친구. 그렇게 말했죠.
하지만 친구란 그 여자가 아니라 나.
그리고 당신은 그녀의 손을 잡고 행복해했어요.

4. 그리고 한 달 뒤, 맥주를 마시러 만났어요.
이야기를 하다보니
당신이 이렇게 소리 내어 말했죠.
나 같은 사람과 결혼하면 어떻겠느냐고.

후렴.

5. 블로그도 읽고 신문도 읽고 케이블 뉴스도 봐요.
하지만 들으면 들을수록 혼란스러워요.
꼭 우리 사이처럼. 난 알 수가 없어요.
당신의 마법에 면역이 생긴 건지, 홀려버린 건지.

후렴.

Near the Silver Mine

1. I've lived in LA, I've lived in Maine,
New York City and the Midwest Plains,
But there's only one place I consider home.
When I was a kid the house we owned.
Life was perfect and all was fine,
In that big old house, near the silver mine.

Chorus:
The silver mine… the silver mine.
I can't remember a happier time,
In that big old house… near the silver mine.

2. I remember autumn, pies in the oven,
Sitting on the porch, a little teenage lovin',
Riding the pony and walking the dogs,
Helping daddy outside, splitting logs.
Life was simple and life was fine,
In that big old house, near the silver mine.

Chorus.

3. It stewed in the summer and froze in the winter,
The floors were sure to give you splinters.
A little wind and we'd lose the lights,
But nobody cared, it just seemed right.
Life was cozy and all was fine,
In that big old house, near the silver mine.

Chorus.

4. We'd go to the mine and sneak up close
To watch the train fill up with loads,
And wonder which nugget of shiny silver
Would become a ring for some girl's finger.
The future was bright and life was fine
In that big old house near the silver mine.

Chorus.

5. There was always kin and pickers too,
From daddy's band, playing country and blues,
They'd clear a table to be a stage,
And get me up to sing and play.
Life was good and all was fine
In the big old house near the silver mine.

Chorus.

6. My sis was born there and I was too.
And grandpa passed at eighty-two,
Asleep upstairs 'neath grandma's quilt.
in the house that he himself had built
To give his family a place real fine,
That big old house, near the silver mine.

Chorus.

니어 더 실버 마인

1. 로스앤젤레스에서 살았고, 메인에서도 살았어.
뉴욕과 미드웨스트의 대평원에서도.
하지만 집이라고 생각하는 곳은 단 하나.
어릴 적 우리 집.
삶은 완벽했고 모든 게 좋았어.
은광 옆, 그 커다란 낡은 집에서.

후렴:
은광 옆…… 은광 옆.
그보다 더 좋았던 때는 없네,
은광 옆…… 그 커다란 낡은 집에서.

2. 가을이 기억나, 오븐에는 파이가,
현관에 앉아 있던 사랑에 빠진 십대,
조랑말을 타고 개들과 산책하고,
밖에서 통나무를 쪼개는 아빠를 돕고.
인생은 소박하고 인생은 훌륭했지.
은광 옆 그 커다란 낡은 집에서.

후렴.

3. 여름엔 푹푹 찌고 겨울엔 꽁꽁 얼었지.
바닥은 갈라져서 발이 다쳤고
바람만 불면 불이 꺼졌어.
하지만 상관없었어. 딱 좋았어.
인생은 아늑하고 모든 게 좋았어.
은광 옆 그 커다란 낡은 집에서.

후렴.

4. 우리는 은광에 가서 살그머니 다가가
열차가 짐을 싣는 걸 구경했지.
어느 빛나는 은 덩이가
어느 소녀가 낄 반지가 될까.
미래는 밝았고 인생은 훌륭했지.
은광 옆 그 커다란 낡은 집에서.

후렴.

5. 컨트리와 블루스를 연주하는 아빠의 밴드에는
언제나 사람들이 드나들었어.
테이블을 치워 무대를 만들고
나를 거기 올려주면 노래하고 연주했지.
인생은 훌륭했고 모든 게 좋았어.
은광 옆 그 커다란 낡은 집에서.

후렴.

6. 언니도 거기서 태어났고 나도 태어났지.
그리고 할아버지는 여든둘에 돌아가셨고.
위층 할머니는 이불을 덮고 주무시다가.
할아버지가 손수 지어
가족에게 물려주신 그 집에서.
은광 옆 그 커다란 낡은 집에서.

후렴.

The Truth About Men

1. Listen up, sonny boy, I've got some shocking news.
We girls, we got some problems, sure, we sometimes get the blues.
We get a little crazy, we fall head over heels.
We live to shop and drive for miles just for a good deal.

2. But one thing you can count on, we tell it to you straight.
I'm overdrawn, I'm leaving you, I'll be two hours late.
Maybe it's from playing cards, but you guys sure do bluff.
Don't you know that commandment:
Thou shalt not make stuff up?

Chorus:
Men lie···
[Clap hands five times] Men lie···

Last time that I looked, one and one do not make three,
If that's your kind of math, it's not good enough for me.

Men lie···
[Clap hands five times] Men lie···

3. You'll call me in the morning, you'll be back home by eight.
You're gonna have just one more beer, my mom and dad are great.
You've never touched a single joint, you swear you sent that text.
You just need to cuddle, the last thing you want is sex.

Chorus.

4. You boys're cute, you take us out, you can make us laugh,
And nine times out of ten, you're just big pussy-cats.
No, I can't deny that most of you are fun.
You just got to work on, problem number one.

Chorus.

5. I found a note from Stephanie. You said you dated her.
But it was years and years ago, the time was just a blur.
So I called her up and chatted about you and her, of course,
When were you going to tell me, you never got divorced?
Chorus.

Then, fading out:
You fib··· you prevaricate··· you tell tall tales··· you fabricate.
It must be something in your genes··· or in your jeans···.
Men lie···

[Clap hands five times]

Men lie···

더 트루스 어바웃 멘

1. 잘 들어라, 꼬마야. 놀라운 뉴스가 있단다.
우리 여자들도 문제는 있어. 우린 가끔 우울해지기도 해.
우리는 가끔 이상해지고, 나동그라지기도 해.
우리는 쇼핑을 위해 살고 세일을 위해 달리지.

2. 하지만 한 가지는 믿어도 된단다. 솔직하게 말할게.
잔고는 없고, 널 버릴 거야. 그리고 두 시간 늦을 거야.
어쩌면 카드 게임 탓인지 몰라도 너희 남자들은 허세를 부리지.
십계명 모르니. 거짓말하지 말라는?

후렴:
남자들은 거짓말을 해….
[손뼉 5회] 남자들은 거짓말을 해…….

다시 확인해봤지만 1 더하기 1은 3이 아니야.
남자들의 산수가 그렇다면, 나한테는 맞지 않아.

남자들은 거짓말을 해….
[손뼉 5회] 남자들은 거짓말을 해….

3. 아침에 전화를 해서 8시에 온다고 하지.
맥주 한 잔만 더하고. 엄마 아빠가 멋지다고.
마리화나 한 대도 안 피웠고, 메시지를 보냈다고.
안기만 하자고 하더니, 그다음엔 섹스지.

후렴.

4. 너희 남자들은 귀여워, 우리와 데이트를 하고, 웃게 해주지.
그리고 열에 아홉은 착하고 상냥해.
아니, 남자들이 대부분 재미있는 건 인정해.
단지 제일 큰 문제를 해결해야 할 뿐.

후렴.

5. 스테퍼니가 남긴 쪽지를 봤어. 그 여자랑 데이트한댔지.
하지만 그건 오래전, 아주아주 오래전이었잖아.
그래서 전화를 해 둘 사이에 대해 수다를 떨었지.
이혼한 게 아니라는 걸 언제 얘기할 셈이었어?
후렴.

페이드아웃:
너희는 거짓말을 하고… 얼버무리지… 황당한 소리를 하고… 꾸며내지.
유전자 탓일 거야….
아니면 바지 속 때문인가….
남자들은 거짓말을 해….

[손뼉 5회]

남자들은 거짓말을 해….

Another Day Without You

1. I see you on the street, holding someone else's hand.
She's acting like she owns you and that's more than I can stand.
I know that you're unhappy. I see it in your eyes.
It's clear that you don't love her, that you're living in a lie.

Chorus:
And it's another day without you··· Oh, such lonely time.
But in just a little while··· I'm going to make you mine.

2. Ever since we met, I'm twice the girl I was.
Nothing keeps me going the way your smile does.
We have our time together but it's really not the same.
The thought you share a bed with her is driving me insane.

Chorus.

3. I'll steal you away, I will steal you for good.
I'll never have to share you; we'll live the way we should.
It won't be too much longer until I set you free.
Then I'll never let you go, I'll keep you close to me.

Chorus.

Repeat Chorus.

어나더 데이 위드아웃 유

1. 거리에서 다른 사람 손을 잡은 널 봤어.
그녀는 네가 제 것인 것처럼 굴었어. 그리고 난 참을 수가 없었지.
네가 불행한 거 알아. 눈만 보면 알아.
넌 그녀를 사랑하지 않아. 네 삶은 거짓이야.

후렴:
그리고 너 없이 지나가는 또 하루…… 오, 너무나 외로운 시간.
하지만 조금만 있으면…… 넌 내 것이 될 거야.

2. 우리가 만난 이후로, 나는 완전히 달라졌어.
네 미소는 나를 들뜨게 해.
우리는 함께지만 전과 같지 않아.
네가 그녀와 한 침대를 쓴다는 생각에 나는 미칠 것 같아.

후렴.

3. 널 훔쳐낼 거야. 영원히 훔쳐낼 거야.
너를 나누지 않을 거야. 우리는 제대로 살아야 해.
얼마 지나지 않아 너를 자유롭게 해줄게.
그리고 널 놓지 않을 거야. 내게서 떼어놓지 않을 거야.

후렴.

후렴 반복.

My Red Cadillac

1. One Saturday a while ago, I went out for the night.
The music, it was playing loud, everything seemed right.
You smiled my way across the room and moved up really near.
We talked and laughed and then you said, "Hey, let's get out of here."

2. We walked outside and found my car. I sped into the street.
The night was really perfect, till I saw you weren't too pleased.
"What's wrong?" I asked, slowing down, before we got too far.
You said, "Just wondering if you ever thought 'bout getting a new car?"

Chorus:
She gets gallons to the mile, not the other way round,
And the tailpipe, it really makes a pretty nasty sound,
The heater hardly works at all and forget about the air.
Duct tape's been involved in most of her repairs.
But she's big and fast and solid and I know I can depend
On her to always be there··· unlike a lot of men.

She's my red Cadillac··· my red Cadillac.
She gets me where I'm going, and she always gets me back.
I love her like a sister, she's my red Cadillac.

3. This Caddie's got a history that goes back lots of years.
My daddy gave her to me as soon as I could steer.
She's the one who's moved me to a half a dozen states
And come with me to weddings and funerals and dates.

4. She hasn't got a GPS, the windshield's none too clear.
There's no pine tree freshener hanging from the mirror.
I don't reserve my Sundays to polish, wax and clean.
She's a wash and wear gal—an awful lot like me.

Chorus.

5. This Caddie's is America, made for fast and far,
I feel a patriotic spirit when I'm driving in this car.
We've been from north to south, from sea to shining sea.
She's part of that tradition that made this country free.

6. That Saturday a while go, if you're wondering how it went,
I pulled up to the curb, turned to that boy and said,
"So long, friend, I think you better hitch a ride on back.
There's no better judge of men than this here Cadillac."

Chorus.

마이 레드 캐딜락

1. 얼마 전 어느 토요일, 밤을 즐기러 나갔지.
음악이 요란했고 모든 것이 마음에 들었어.
너는 나를 보고 웃었고 바짝 다가왔어.
우리는 이야기를 하고 웃었고 네가 나가자고 했지.

2. 우리는 밖으로 나와 내 차를 찾았어. 거리로 나갔지.
모든 게 완벽했어. 네 표정을 볼 때까지.
"왜 그래?" 내가 물었지. 멀리 가기 전에 속도를 늦추며.
"새 차 살 생각이 없나 해서." 네가 말했어.

후렴:
그녀는 휘발유에 맞춰서 달리지, 그 반대가 아니야.
그리고 배기관에서는 아주 요란한 소리가 나.
히터는 작동도 안 되고 에어컨은 잊어버려.
수리는 거의 다 테이프로 했지.
하지만 그녀는 크고 바르고 튼튼해. 믿을 수 있네.
그녀를 타면 언제나 거기 갈 수 있지…… 남자들과는 달라.

그녀는 나의 빨간 캐딜락…… 나의 빨간 캐딜락.
그녀는 나를 데려가주지, 그리고 언제나 집에 데려다주지.
그녀를 언니처럼 사랑해. 나의 빨간 캐딜락.

3. 이 캐딜락은 오랜 역사가 있어.
내가 운전을 배우자 아빠가 그녀를 주셨지.
그녀는 나를 태우고 여섯 개 주를 다녔고
결혼식과 장례식 데이트에 함께했어.

4. 그녀는 GPS도 없어. 창문은 지저분해.
거울에 방향제도 매달지 않았어.
일요일에 차를 닦고 광내지도 않아.
그녀는 꾸미지 않아도 좋아. 바로 나처럼.

후렴.

5. 이 캐딜락은 아메리카. 빠르게 멀리 달리지.
이 차를 몰면 애국심이 차올라.
북부에서 남부까지 바다에서 빛나는 바다까지.
그녀는 자유 미국의 일부야.

6. 얼마 전 그 토요일, 어떻게 됐냐고.
차를 세우고 그에게 말했어.
"잘 가, 친구. 돌아가는 차는 알아서 얻어 타.
이 캐딜락은 남자 보는 눈이 좋거든."

후렴.

Fire and Flame

1. I'm drawn to you, like a moth to flame.
Once we met, I was never the same.
To reach that light, moths fly for miles,
That's what I'd do, just to see your smile.

Chorus:
Love is fire, love is flame
It warms your heart, it lights the way.
It burns forever just like the sun.
It welds two souls and makes them one.
Love is fire, love is flame.

2. I know some boys as smooth as ice,
I can't deny some look real nice.
But I don't care if they're slick and cool,
They don't ignite me like you do.

Chorus.

3. Some folks hook up not to be alone.
Or they want babies and to make a home.
Nothing wrong with that, for them it's fine.
But I like my furnace turned up high.

Chorus.

4. You can keep those days in early spring.
A gentle autumn's not my thing.
No, I want sun and blaring heat.
Sweaty love, just you and me.

Chorus.

파이어 앤드 플레임

1. 불꽃에 끌리는 나방처럼 당신에게 끌려.
우리가 만난 뒤로 예전의 내가 아니야.
그 불길에 닿으려고 먼 길을 날아오는 나방.
그게 바로 나야. 당신의 미소를 보러.

후렴:
사랑은 불길, 사랑은 불꽃.
마음을 따뜻하게 해주고 길을 밝혀주죠.
태양처럼 영원히 타오르는 것.
두 영혼을 녹여 하나로 만드는 것.
사랑은 불길, 사랑은 불꽃.

2. 어떤 남자들은 얼음처럼 매끄럽지.
어떤 남자들은 정말 잘생겼어.
하지만 그들이 미끈하고 차가운 건 상관없어.
당신처럼 나를 불붙이지 못하니까.

후렴.

3. 어떤 이들은 혼자가 싫어서 사람을 만나지.
또는 아이를 갖고 가정을 꾸리려고.
그게 잘못은 아니야. 그들에겐 그것도 좋아.
하지만 나의 용광로는 뜨겁게 타올라야 해.

후렴.

4. 초봄의 나날은 내버려둬.
부드러운 가을날은 내 취향이 아니야.
난 태양과 뜨거운 열기를 원해.
땀 흘리는 사랑, 당신과 나 둘이서.

후렴.

The Puzzle Of Your Heart

1. A quiet Sunday, the rain comes down.
Hey, you want to play a game?
I look around.
There's a jigsaw puzzle on the shelf.
A country scene, some old-time art
Of farms and fields and stacks of hay.
We pour some wine, curl up and start.

Chorus:
One piece there, and one piece here.
Some fall in place and some won't fit.
It's just not clear
How I can take these mismatched parts
And put together the puzzle of your heart.

2. You want to stay, you have to go,
I think I love you but I'm confused.
I just don't know.
Sometimes you stay, sometimes you run.
The past is good, but the future looms.
Let's have a baby, or maybe not.
Let's buy this place, no, we should move.

Chorus.

3. The hours pass, there's not much done.
The middle's harder than we thought.
It's been fun.
But the rain's let up. Let's take a walk.
We've got an hour before it's night.
Oh, you'd rather watch the game?
I understand. No, it's all right.

Chorus.

4. I get back home and in the hall
I find a note. You're outside jogging
After all.
I try a jigsaw piece or two,
But finally I admit defeat.
I guess that's how it often goes,
Some puzzles we just can't complete.

Chorus.

더 퍼즐 오브 유어 하트

1. 조용한 일요일, 비가 내리네.
헤이, 게임할래?
내가 돌아본다.
선반에 직소퍼즐.
시골 풍경, 농장과 들판,
건초가 그려진 오래전 작품.
와인을 따르고 모여 앉아 시작해.

후렴:
한 조각이 저기, 한 조각이 여기.
맞아 들어가는 것, 맞지 않는 것.
이 맞지 않는 것들을 어떻게 가져다
네 마음의 퍼즐을 맞춰야 할지
알 수가 없어.

2. 있고 싶지만, 가야 하네.
널 사랑하는 것 같지만, 혼란스러워.
알 수 없는 일.
가끔 너는 머무르고, 가끔은 달아나지.
과거는 좋지만 미래가 닥쳐온다.
아기를 가질까, 그러지 말까.
이 집을 살까, 아니, 이사해.

후렴.

3. 시간이 흐르고 맞춘 건 별로 없네.
중간은 생각보다 힘들어.
재미있었어.
하지만 비가 개니까, 산책을 하자.
밤이 되기 전에 한 시간.
아, 경기나 볼까?
난 이해해. 아니, 괜찮아.

후렴.

4. 집으로 돌아와 복도에서
쪽지를 발견하네. 결국
조깅을 나갔구나.
직소퍼즐을 해보지만
결국 패배를 인정하네.
때때로 이럴 때가 있지.
어떤 퍼즐은 맞출 수가 없어.

후렴.

Leaving Home

1. Packing up the suitcase, filling boxes to the brim./ Years and years of memories, trying to fit them in.
I never really thought that there might come a time,/ When everything would change and I'd have to say goodbye.

Chorus:
Now I'm starting over, starting over once again,/ To try to make a new life, without family or friends./ In all my years on earth, there's one thing that I know:/ Nothing can be harder than to leave behind your home.

2. This room, it was my daughter's, who's grown and lives nearby./ She's got babies of her own, oh, I'll miss them till I cry./ This room is the one where my man and I would sleep./ Or sometimes never sleep at all, if you know what I mean.

Chorus.

3. And here's the porch we'd sit on, after dinner every night./ My husband talked about his job and I'd tell him 'bout mine./ Then dishes and some cleaning, some homework and to bed. And the joy of seeing sunrise as the day would start again.

Chorus.

4. Oh, we had quite some parties, to mark those special times./ Christmases and Easters and the Fourth of July./ Any cause for celebration, but the best, at least for me,/ Was my daughter's graduation when she got her degree.

Chorus.

5. We worked hard at our jobs and bought ourselves this home./ We gave back what we got and never hurt a soul./ But I guess I was just naive and I didn't see the truth:/ Why judge people by their hearts? It's simpler to use rules.

Chorus.

6. Now the bus drives through the gate, at the border line,/ And drops me off in Juarez, deported for the crime
Of loving the great USA as if she were my own./ I turn and say goodbye to what's been my only home.

Chorus.

[Then in Spanish]
"America, the Beautiful"/ O beautiful for spacious skies,/ For amber waves of grain,/ For purple mountain majesties/ Above the fruited plain!

America! America!/ God shed His grace on thee,/ And crown thy good with brotherhood/ From sea to shining sea!

O beautiful for pilgrim feet/ Whose stern impassion'd stress/ A thoroughfare for freedom beat/ Across the wilderness.

America! America!/ God shed His grace on thee,/ And crown thy good with brotherhood/ From sea to shining sea!

리빙 홈

1. 가방을 싸고 상자를 가득 채우고.
오랜 세월의 기억들. 모두 넣어보려고.
이런 때가 올 줄을 몰랐네.
모든 게 변하고 작별해야 할 때가.

후렴:
이제 나는 다시, 다시 시작하네.
가족도 친구도 없이 새로운 삶을 살아보고자.
이 땅에서 살아온 내내 배운 것이 하나 있지.
고향 떠나는 일보다 어려운 건 없다는 것.

2. 이 방, 다 자라 떠난 내 딸의 방.
그 애도 아이를 키우고 눈물 나도록 그리워.
이 방은 남편과 내가 자던 곳.
아니, 잠 한숨 못 자기도 했지. 무슨 말인지 알잖아.

후렴.

3. 여기는 베란다. 매일 저녁 앉아 쉬던 곳.
남편은 일 이야기를 하고 나는 내 일을 이야기하고.
설거지를 하고 청소를 하고 숙제를 하고 잠자리 들던.
그리고 새 하루를 밝히는 해를 보는 기쁨.

후렴.

4. 오, 특별한 날에는 멋진 파티.
크리스마스와 부활절, 독립기념일.
축하할 일이 있다면 언제든지. 그중 최고는 내 딸 대학 졸업식.

후렴.

5. 열심히 일해서 이 집을 샀지.
얻은 것은 돌려주고 아무도 해치지 않았어.
하지만 나는 순진해서 진실을 몰랐었나봐.
사람을 마음으로 판단해야지. 법보다 그게 쉽잖아.

후렴.

6. 버스가 국경을 지나가네.
그리고 후아레스에 내려놓네.
위대한 미국을 내 나라로 사랑해 추방당했지.
나는 돌아서서 고향에 작별하네.

후렴.

[스페인어로]
아메리카, 아름다운 나라.
오, 드넓은 하늘이 아름다워.
물결치는 곡식들
장엄한 자줏빛 산맥
열매 가득한 평야!

아메리카! 아메리카!
신께서 은총을 내리셨네.
그리고 바다에서 빛나는 바다까지
형제애를 선사하셨네!

오, 아름다운 순례의 땅
순례자의 열정적인 발자국이
황야를 가로질러
자유의 고속도로를 열었어.

아메리카! 아메리카!
신께서 은총을 내리셨네.
그리고 바다에서 빛나는 바다까지
형제애를 선사하셨네!

Mr. Tomorrow

1. You know me by now, you've got to believe
You're the number-one girl in the world for me.
I've sent her the papers and she's promised to sign
It'll just be a while, these things take some time….

Chorus:
And his words are so smooth and his eyes look so sad.
Can't she be patient, it won't be so bad?
But sometimes she thinks, falling under his sway,
She got Mr. Tomorrow; she wants Mr. Today.

2. Love that new dress, you're looking real hot.
Let's go out dancing. Oh, wait, I forgot.
Me and my buddy, we got something to do.
But next week, I promise, it's just me and you.

Chorus.

3. Hey, I hardly know her, she's only a friend.
We've had lunch once or twice and that was the end.
I wouldn't have left that receipt in my pants
With something to hide. Why would I take that chance?

Chorus.

4. What happened last night, I was a fool.
I didn't mean it, I was in a bad mood.
I won't drink again, I promise, you'll see.
To think that I hit you, you know that's not me.

Chorus.

5. Sure, I want babies, I swear that it's true:
Pretty girls growing up to look just like you.
But waiting a while that's what I'd prefer
Until we're both ready, what can it hurt?

Chorus.

미스터 투모로

1. 이젠 날 알잖아, 믿어줘야지.
당신은 내게 이 세상 최고의 여자야.
그녀에게 서류를 보냈고 사인한다고 했어.
조금만 있으면 돼, 이런 일은 시간이 걸리잖아…….

후렴:
그의 말은 너무 번지르르하고 눈빛은 너무 슬펐어.
참을성 있게 기다릴 수 없을까?
하지만 가끔 그녀는 그에게 휘둘리며 생각하네.
미스터 투모로를 얻었다고, 미스터 투데이를 원한다고.

2. 그 새 옷 멋지다. 너 정말 섹시해.
춤추러 나가자. 아 참, 잊었네.
나랑 내 친구랑 할 일이 있어.
하지만 다음 주엔, 단둘이 만나자고 약속해.

후렴.

3. 이봐, 모르는 여자야. 친구일 뿐이야.
한두 번 점심만 먹었어. 그게 전부야.
감출 게 있으면 주머니에
그 영수증을 넣었겠어. 그런 짓을 왜 하냐고?

후렴.

4. 어젯밤 일은 내가 바보였어.
진심이 아니었어 기분이 나빴어.
다시는 술 안 마실게. 약속해 두고 봐.
널 때리다니, 내 정신이 아니었어.

후렴.

5. 그래, 아이가 갖고 싶어. 진심이야 맹세해.
예쁜 딸이 당신처럼 자라겠지.
하지만 잠깐 기다리는 거 그게 좋겠어.
우리가 준비될 때까지. 그게 뭐가 나빠?

후렴.

I'm in the Mood (for Rock 'n' Roll)

(Slow tempo)
1. We've got a night together, we're sitting on the couch,
This doesn't happen often, alone inside our house.
You open up a real nice wine, the candle light is low.
We're both thinking of romance and where the night might go.

Now, baby, baby, baby,
you better know it's true

I'm in the mood···.
In the mood···.
In the mood··· for rock 'n' roll!

(Tempo and volume way up)

Chorus:
Sometimes it's the only way only way to fix your achin' soul:
Ditch the soft, crank up the loud and go with rock 'n' roll.
Rock 'n' roll,
rock 'n' roll.
When you're down and when you're out and just can't be consoled.
Get yourself in the mood, the mood for rock 'n' roll.

2. You know that I'm a good girl... I don't do too much wrong.
I treat folks right, work real hard, playing tunes and writing songs.
But there's another side to me, that you don't see a lot.
I like to kick my shoes off and get crazy and get hot.

Chorus.

3. My iPod's filled with pop and jazz and Motown and with blues
And soul and folk and hip-hop, not to mention country tunes.
But there's times I just can't help it, I need a concert hall
filled with glam and spotlights and speakers twelve-feet tall.

Chorus.

4. Way up high in heaven, the choir sit on clouds,
And plays their harps and trumpets, and makes angelic sounds.
But I just have this feeling that once or twice a year,
St. Pete digs out his Fender for all paradise to hear.

Ending Chorus:
Now, baby, baby, listen up,
you better know it's true

He's in the mood···.
In the mood···.
In the mood··· for rock 'n' roll!

Sometimes it's the only way to fix on achin' soul:
Ditch the soft, crank up the loud and go with rock 'n' roll.
Rock 'n' roll,
rock 'n' roll.
When you're down and when you're out and just can't be consoled.
Get yourself in the mood, the mood for rock 'n' roll.

아임 인 더 무드 (포 로큰롤)

(슬로 템포)
1. 함께 밤을 보내자. 소파에 앉아서.
이런 일은 흔치 않아. 우리 집에서 단둘이.
당신은 좋은 와인을 따고 촛불을 켰어.
우린 둘 다 로맨스를 생각해. 이 밤이 어디로 향할지.

자, 베이비, 베이비, 베이비,
알아주면 좋겠어.

하고 싶어…….
하고 싶어…….
하고 싶어…… 로큰롤!

(템포와 음량을 높여)

후렴:
가끔 네 아픈 영혼을 이것만이 치유하지.
부드러움을 버리고 요란하게 로큰롤을 하자.
로큰롤.
로큰롤.
우울하고, 처지고, 위로가 필요할 때면
기운을 내. 로큰롤을 위해서.

2. 내가 착한 여자인 거 알지. 나쁜 짓은 별로 안 해.
사람들에게 친절하고 열심히 일하고 노래를 연주하고 곡을 쓰지.
하지만 내겐 다른 면이 있어. 자주 볼 수 없는 것이지.
신발을 벗어 던지고 미친 듯이 뛰곤 해.

후렴.

3. 내 아이팟에는 팝과 재즈, 모타운과 블루스가 가득.
소울과 포크, 힙합, 컨트리 음악은 말할 것도 없고.
하지만 어쩔 수 없을 때가 있어 글램과 스포트라이트.
높다란 스피커가 가득한 공연장이 필요해.

후렴.

4. 저 하늘 높이 구름 위의 성가대.
하프와 트럼펫으로
천상의 노래를 연주하지.
하지만 일 년에 한두 번은.
베드로 성자가 기타를 꺼내 천국을 뒤흔들며 연주할 것 같아.

마지막 후렴:
자, 베이비, 베이비, 베이비,
알아주면 좋겠어

그는 하고 싶어…….
그는 하고 싶어…….
그는 하고 싶어…… 로큰롤!

가끔 네 아픈 영혼을 이것만이 치유하지.
부드러움을 버리고 요란하게 로큰롤을 하자.
로큰롤.
로큰롤.
우울하고, 처지고, 위로가 필요할 때면
기운을 내. 로큰롤을 위해서.

The Crew

Bobby Prescott | Tye Slocum | Hector Garcia | Sue Stevens | Traynor Davis
Sandy("Scoop") Miller | Carole Ng

The Band

Kevin Peebles, lead guitar
Emma Sue Granger, guitar/bass guitar and vocals
Buddy Delmore, National guitar/Dobro and pedal steel
Alonzo Santiago, drum and percussion
Sharon Bascowitz, keyboard/saxophone/oboe/cello and vocals
Kayleigh Towne, guitar/vocals

Produced by Barry Zeigler, BHMC Records.

With thanks to Alicia Sessions and Bishop Towne. Love you, Daddy!
This album is dedicated to my niece,
Mary-Gordon Sanchez, the cutest six-year-old on the planet!

크루

보비 프레스콧 | 타이 슬로컴 | 헥터 가르시아 | 수 스티븐스 | 트레이너 데이비스
샌디 ("스쿱") 밀러 | 캐럴 응

밴드

케빈 피블스, 리드 기타
에마 수 그레인저, 기타, 베이스 기타, 보컬
버디 델모어, 내셔널 기타, 도브로, 페달 스틸
알론소 산티아고, 드럼, 퍼커션
샤론 바스코비츠, 키보드, 색소폰, 오보에, 첼로, 보컬
케일리 타운, 기타, 보컬

프로듀서: 배리 자이글러, BHMC 레코드

얼리샤 세션스와 비숍 타운에게 감사를 전합니다. 아빠, 사랑해요!
이 앨범은 나의 조카,
지구상에서 가장 귀여운 여섯 살 꼬마 메리-고든 산체스에게 바칩니다!

작가 후기

켄 랜더스, 클레이 스태퍼드, 아메리칸 블랙가드 필름 앤드 텔레비전, 이 프로젝트를 가능하게 해준 재능 뛰어난 뮤지션들, 특히 환상적인 싱어, 트레바 블롬퀴스트에게 감사를 표하고 싶다. 참여한 모든 이의 세부 사항은 나의 웹사이트 www.Americanblack-guard.com 또는 www.ClayStafford.com을 참조하시기 바란다. 트레바의 웹사이트는 www.trevamusic.com이다. 노스캐롤라이나의 훌륭한 단체, 뮤직메이커 역시 큰 도움을 주었다. 그들의 웹사이트는 www.musicmaker.org이다.

늘 함께해주는 데버라, 캐시, 빅토리아, 비비언, 베치, 캐럴린, 제이미, 프랜체스카, 줄리, 제인, 윌, 티나…… 물론, 매들린에게 감사한다.

끝으로 사이먼&슈스터 출판사의 친구들에게 특히 감사하며 늘 건강하기를 기원한다. 제시카 어벨, 루이즈 버크, 에이미 코미어, 존 카프, 세라 나이트, 몰리 린들리, 아이린 립스키, 필 멧커프, 캐럴린 라이디, 켈리 웰시, 그리고 모두에게.

이 소설 속 모든 노래 가사의 저작권은 작가에게 있습니다.
The lyrics to all the songs in this novel are © 2011 Jeffery W. Deaver.

XO 모중석스릴러클럽 043

1판 1쇄 발행 2017년 7월 28일 **1판 2쇄 발행** 2018년 1월 27일
지은이 제프리 디버 **옮긴이** 이나경
펴낸이 고세규
편집 박정선 **디자인** 이은혜

발행처 김영사
주소 경기도 파주시 문발로 197(문발동) 우편번호 10881
등록 1979년 5월 17일 (제406-2003-036호)
구입 문의 전화 031)955-3100 **팩스** 031)955-3111
편집부 전화 02)3668-3291 **팩스** 02)745-4827 **전자우편** literature@gimmyoung.com
비채 카페 cafe.naver.com/vichebooks **인스타그램** @drviche **카카오톡** @비채책
트위터 @vichebook **페이스북** facebook.com/vichebook
ISBN 978-89-349-7536-6 03840 책값은 뒤표지에 있습니다.

비채는 김영사의 문학 브랜드입니다.
이 도서의 국립중앙도서관 출판시도서목록(CIP)은 서지정보유통지원시스템 홈페이지(http://seoji.nl.go.kr)와 국가자료공동목록시스템(http://www.nl.go.kr/kolisnet)에서 이용하실 수 있습니다.
(CIP제어번호: CIP2017017165)